丛书主编：陈平原

“十二五”国家重点图书出版规划项目

·文学史研究丛书·

史事与传奇

清末民初小说内外的女学生

黄湘金　著

北京大学出版社
PEKING UNIVERSITY PRESS

图书在版编目(CIP)数据

史事与传奇:清末民初小说内外的女学生/黄湘金著. —北京:北京大学出版社,2016.3

(文学史研究丛书)

ISBN 978-7-301-26867-4

Ⅰ.①史… Ⅱ.①黄… Ⅲ.①古典小说—小说研究—中国—清后期~民国 Ⅳ.①I207.41

中国版本图书馆CIP数据核字(2016)第025121号

书　　名	史事与传奇:清末民初小说内外的女学生
著作责任者	黄湘金　著
责任编辑	延城城
标准书号	ISBN 978-7-301-26867-4
出版发行	北京大学出版社
地　　址	北京市海淀区成府路205号　100871
网　　址	http://www.pup.cn　新浪微博:@北京大学出版社
电子信箱	pkuwsz@126.com
电　　话	邮购部62752015　发行部62750672　编辑部62767315
印 刷 者	北京中科印刷有限公司
经 销 者	新华书店
	880毫米×1230毫米　A5　12.875印张　323千字
	2016年3月第1版　2016年3月第1次印刷
定　　价	49.00元

目　录

"文学史研究丛书"总序 …………………………… 陈平原/1

导　言 ………………………………………………………… 1
　国族、个体与小说间的女子教育话题 ……………………… 1
　相关概念的厘定 …………………………………………… 5
　研究旨趣与结构安排 ……………………………………… 13
第一章　"女学小说"的生成与全景 ………………………… 16
　第一节　传统"妇学"与晚清女学 ………………………… 17
　第二节　女学生:女性生活新开篇 ………………………… 23
　　从闺阁到学堂 …………………………………………… 23
　　女学生生活剪影 ………………………………………… 27
　　新闻和文学的聚焦 ……………………………………… 34
　第三节　女性与教育的小说传统及转换 ………………… 42
　　《镜花缘》的典范意义 ………………………………… 42
　　《海上尘天影》的转型 ………………………………… 47
　第四节　清末民初"女学小说"述略 ……………………… 54
　　"女学小说"的题材走向 ………………………………… 54
　　"女学小说"的数理统计 ………………………………… 64
　　主要"女学小说"类型概述 ……………………………… 69
第二章　"英雌"的起落 ……………………………………… 83
　第一节　晚清小说内外的"英雌"学生 …………………… 84
　　女学堂与"英雌"的生成 ………………………………… 84

晚清小说中“英雌”学生 …………………………… 89
秋瑾的文学经验与“英雌”人格的养成 ………… 97
第二节　革命热潮中的吴淑卿…………………………… 106
女学堂与辛亥革命…………………………………… 106
吴淑卿从军记………………………………………… 111
演进中的形象与发生着的历史……………………… 118
第三节　沈佩贞：“英雌”的陷落 ……………………… 126
“女界之伟人” ……………………………………… 126
妇女参政运动中的进退……………………………… 129
袁氏左右……………………………………………… 133
小说中的陷落………………………………………… 137
第四节　“贤母良妻”与“女豪杰” ………………… 143
“贤母良妻”的游移与归位 ………………………… 143
女学与女权…………………………………………… 149
小　结……………………………………………………… 156
第三章　爱情的神圣、罪恶与难局
——清末民初女学生的“自由结婚”叙事 ………… 158
第一节　女学生“自由结婚”的观念生成
及行为表现………………………………………… 159
女学生：“自由结婚”的主角 ……………………… 159
“买丝欲绣罗夫人” ………………………………… 162
被启悟的权利………………………………………… 166
“自由结婚”的表现 ………………………………… 173
第二节　晚清国族语境下的情爱取向………………… 186
“娶妻须娶”与“嫁夫当嫁” ……………………… 186
“国妻”与“国女” ………………………………… 189
泛化的“道德爱情” ………………………………… 194
第三节　“自由误我”与“我误自由” ……………… 198
男女之防与“误解自由” …………………………… 198

“自由误我” …………………………………… 203
走上歧途的“自由女” …………………………… 210
“自由毒”的经营 ………………………………… 216
第四节　“情之正”:“自由结婚”的真义与限度……… 223
走向哀情的“自由结婚”叙事 ………………… 223
发乎情,止乎礼义 ……………………………… 229
“自由结婚”与“父母之命” …………………… 235
小　结……………………………………………… 241
第四章　暧昧的夜花园
——黑幕、小报与女学 ………………………………… 244
第一节　夜花园:休闲场所与隐喻空间 ………… 245
海上乐园…………………………………………… 245
休闲空间的暧昧隐喻…………………………… 251
进退失据的女学生? …………………………… 259
第二节　《劝业场》中的女学话题 ……………… 265
流言中的养性女学……………………………… 266
女学当重不当重? ……………………………… 272
“黑幕”双簧与女学生的去神圣化 ………… 277
第三节　“女学生诱惑”与欲望呈现 …………… 284
杂闻、隐私与文学 ……………………………… 284
女学校中的男性幽灵…………………………… 288
被凝视的女学生………………………………… 294
小　结……………………………………………… 299
第五章　压抑与救赎
——清末民初小说内外的妓女和女学…………… 302
第一节　物欲与文明……………………………… 303
“女间争效学生装” …………………………… 303
风月场中的相逢………………………………… 307
第二节　青楼兴学:历史与可能 ………………… 311

上海青楼兴学的历史………………………… 311
小说中的青楼女学…………………………… 318
第三节 红粉传奇:风尘女子上学记 ………………… 322
女学堂与妓女的变身………………………… 322
金小宝上学记………………………………… 327
第四节 “花魂”与“国魂” ……………………… 333
以“国魂”的名义 ………………………… 333
权力空间下的妓女与女学生………………… 337
飘零的“花魂” …………………………… 342
小 结……………………………………………… 346
余论:小说文类与女学生形象 ………………………… 348
文类功能与女学生形象的变迁……………………… 348
“纲纪”“文章”与“性情” ……………………… 355
走向“五四” ……………………………………… 362

附录:清末民初单行“女学小说”一览 ………………… 369
参考文献………………………………………………… 380

“文学史研究丛书”总序

陈平原

中国学界之选择“文学史”而不是“文苑传”或“诗文评”，作为文学研究的主要体式，明显得益于西学东渐大潮。从文学观念的转变、文类位置的偏移，到教育体制的改革与课程设置的更新，“文学史”逐渐成为中国人耳熟能详的知识体系。作为一种兼及教育与研究的著述形式，“文学史”在20世纪的中国，产量之高，传播之广，蔚为奇观。

从晚清学制改革到“五四”新文化运动展开，提倡新知与整理国故终于齐头并进，文学史研究也因而得到迅速发展。在此过程中，北大课堂曾走出不少名著：林传甲的《中国文学史》(1904)还只是首开记录，接踵而来者更见精彩，如姚永朴的《文学研究法》、刘师培的《中国中古文学史》和《汉魏六朝专家文研究》、黄侃的《文心雕龙札记》、吴梅的《词余讲义》(后改为《曲学通论》)、鲁迅的《中国小说史略》、胡适的《五十年来中国之文学》和《白话文学史》、周作人的《欧洲文学史》和《中国新文学的源流》，以及俞平伯的《红楼梦辨》、游国恩的《楚辞概论》等。这些著作，思路不一，体式各异，却共同支撑起创立期的文学史大厦。

强调早年北大学人的贡献，并无“惟我独尊”的妄想，更不会将眼下这套丛书的作者局限在区区燕园；作为一种开放且持久的学术探求，本丛书希望容纳国内外学者各具特色的著述。就像北大学者有责任继续先贤遗志，不断冲击新的学术高度一样,北大出版社也有义务在文学史研究等诸领域,为北大向世界一流大学迈进呐喊助阵。

在很长时间里,人们习惯于将“文学史研究”理解为配合课堂讲授而编撰教材(或教材式的“文学通史”),其实,“海阔凭鱼跃,天高任鸟飞”,此乃学者挥洒学识与才情的大好舞台,尽可不必画地为牢。上述草创期的文学史著,虽多与课堂讲授有关,也都各具面目,并无日后千人一腔的通病。

那是一个“开天辟地”的时代,固然也有其盲点与失误,但生气淋漓,至今令人神往。鲁迅撰《〈中国小说史略〉序言》,劈头就是:“中国之小说自来无史”;后世学者恰如其分地添上一句:“有之,自鲁迅先生始。”当初的处女地,如今已“人满为患”,可是否真的没有继续拓展的可能性?胡适撰《〈国学季刊〉发刊宣言》,以历史眼光、系统整理、比较研究作为整理国故的方法论,希望兼及材料的发现与理论的更新。今日中国学界,理论框架与研究方法,早就超越胡适的“三原则”,又焉知不能开辟出新天地?

当初鲁迅、胡适等新文化人“整理国故”时之所以慷慨激昂,乃意识到新的学术时代来临。今日中国,能否有此迹象,不敢过于自信,但“新世纪”的诱惑依然存在。单看近年学界之热心于总结百年学术兴衰,不难明白其抱负与期待。

在本世纪的最后一年推出这套丛书,与其说是为了总结过去,不如说是为了面向未来。在20世纪中国,相对于传统文论,“文学史”曾经代表着新的学术范式。面对即将来临的新世纪,文学史研究究竟该向何处去,如何洗心革面、奋发有为,值得认真反省。

反省之后呢?当然是必不可少的重建——我们期待着学界同仁的积极参与。

1999年2月8日于西三旗

导 言

国族、个体与小说间的女子教育话题

戊戌前后士人对女性非人生活的发现,其重要表现之一即是女子的“失教”——“人人都以女子为玩物,以致巾帼中人,无智识,无学问,无权利,无义务,昏天黑地,梦死醒生,弄成一个半教国”①。一如其时“新童谣”所言:

> 愚其脑,缚其足,哀哀野蛮半教国。一语贻毒害千年,女子无才便是福。吁嗟乎!男女同属天生人,无贵无践无卑尊,何乃重男轻女至如此。……胡为困守深闺中,拘挛束缚如囚笼。事不能为书不识,木雕泥塑毋乃同。女界蒙蔽乃如此,安能诞育文明子?②

类似的表述,在晚清最后十余年间颇为流行。它直指男女间的教育不平等,如“国称半教太淹淹,大倡平权胆识兼”③,“半教名词太憔悴,女权振起大文明”④。然而细究起来,这种“半教”的

---

① 黄海锋郎:《论今日最要的两种教育》,《杭州白话报》,第2年第9期,1903年。

② 《半教国(冀女学之振兴也)》,《杭州白话报》,第2年第8期,1902年;阿英编《晚清文学丛钞·说唱文学卷》,北京:中华书局,1960年,第38页。

③ 天梅(高旭):《题〈女子世界〉》,《女子世界》,第7期,1904年7月。

④ 剑公(高旭):《题〈女学报〉四绝》,《女学报》,第2年第3期,1903年5月。

自我反省、进而开女智的冲动很可能最先源自西人的刺激。1897 年 12 月，为筹办“中国女学堂”，122 名中西女士在张园安垲第举行“裙钗大会”，事后“寄云女史”即在诗中言及：“不将半教咄邻境，巾帼多才盛在斯。”诗注云：“他国以吾华妇女不学，为半教之国。”[①]这是我所见的“半教”之说的最早出处。因此，女子教育的最终目的，不光要实现男女两性间的平等，更有国家强盛、国民扬眉吐气的宏大诉求。

既然女学关涉到女性个体价值、男女两性关系、国家民族利益诸方面，晚清士人对新式女子教育的倡导，其立论亦多涉及这些话题。传教士李提摩太曾在《万国公报》以“生利”和“分利”两词来介绍西方的生产和消费理论[②]，梁启超接过他的学说，将“生利”和“分利”的区分法挪用于女学讨论中，可称创造性的发挥，影响深远。在他的论说中，“女子二万万，全属分利，而无一生利者。惟其不能自养，而待养于他人也，故男子以犬马奴隶畜之，于是妇人极苦。惟妇人待养，而男子不能不养之也，故终岁勤动之所入，不足以赡其妻孥，于是男子亦极苦”，若要改变此种状况，“舍学末由也”。[③] 反之，女子如有学问，则“上可相夫，下可教子，近可宜家，远可善种，妇道既昌，千室良善”[④]。与此同时，晚清知识分子也意识到求学乃女子的个体权益。中国女学堂章程言“必使妇人各得其自有之权，然后风气可开”[⑤]。董寿议兴女学，除了感慨“中国人口号称四万万，而女子居其半，

---

① 浣雪楼主寄云女史初稿：《步蒋畹芳女史女学堂中西大会原韵》，《新闻报》，1898 年 4 月 20 日附张。关于作者“寄云女史”的身份，可参考夏晓虹的精彩考证《彭寄云女史小考》，《中国现代文学研究丛刊》，2001 年第 3 期。

② 李提摩太著，铸铁庵主（蔡尔康）译：《生利分利之法一言破万迷说》，《万国公报》，第 51 期，1893 年 4 月；缕馨仙史（蔡尔康）译稿：《论生利分利之别》，第 52 期，1893 年 5 月。

③ 新会梁启超撰：《变法通议 · 女学》，《时务报》，第 23 册，1897 年 4 月 12 日。

④ 新会梁启超撰：《倡设女学堂启》，《时务报》，第 45 册，1897 年 11 月 15 日。

⑤ 《上海新设中国女学堂章程》，《时务报》，第 47 册，1897 年 12 月 4 日。

皆不能生利自立,而仰食于男人”,亦认为“天赋人权,男女平等”。[①] 随着约翰弥勒(今通译约翰·穆勒)、斯宾塞的女权理论在中国的译介和金一《女界钟》的出版,为女性争取教育权的努力将会更加目标明晰、意志坚定。

早年投身于女学的江亢虎,在经过社会主义和“五四”的洗礼之后,1920 年 11 月 18 日于演说中认为,“贤母良妻”与“国民之母”的教育宗旨只是将女子从“闺房的人”进步到“家庭的人”“国家的人”,而独独不是“自己的人”。[②] 其实早在倡兴女学之始,女性对此点即十分清楚:“男女提倡女学,原不是专为女人起见;为是看透了国亡种灭,就在眼前,要救这个国,和救这个种,不能不用着女人的去处甚多”[③],“现在女子要讲学问,本来不为自己争权,不过要救这个国”[④]。即便这样,女子依然乐此不疲,在承担救国保种之责的同时,随着知识的获取,个人能力的增长和活动空间之拓展,也近于水到渠成。吕碧城所言“普助国家之公益,激发个人之权利”[⑤]的女学宗旨,在清末民初女子教育实践中有生动的体现。

“晚清北京尘土飞扬的大街上,走过若干身着崭新校服的女学生,吸引了众多民众以及记者/画师的目光。千万别小看这幅略显黯淡的图景。正是这些逐渐走出深闺的女子,十几年后,借助五四新文化潮流,登上了文学、教育乃至政治的舞台,展现

---

① 鸳水董寿撰:《兴女学议》,《大公报》,1902 年 8 月 12 日,第 2 版;《女报》,第 5 期,1902 年 9 月 2 日。

② 江亢虎演说,曾于广记:《女子在社会上之地位(在山西女师范讲演)》,《江亢虎博士演讲录》(第 1、2 集),上海:南方大学出版部,1923 年,第 87 页。

③ 《男女都要看》,《女报》,第 8 期,1902 年 11 月。

④ 《讲女学先要讲女权》,《女学报》,第 2 年第 3 期,1903 年 5 月。

⑤ 碧城女史吕兰清(吕碧城)稿:《论提倡女学之宗旨》,《大公报》,1904 年 5 月 20、21 日,第 1 版。

其‘长袖善舞’的身姿，并一举改变了现代中国的文化地图。”①陈平原先生以文学性的语言，表达了他在晚清画报中发现女学生的惊喜。女学生们鲜活而略带羞涩的面容，为路人记录、品评和遐想，被写入图画和新闻纸，凝结为可以细细品味的风景。而对于小说家而言，女学生是同样此前从未有过的新形象。随着女学堂的面世，她们很快开始了在文本中被想象、被凝视的进程，融入小说中重大或细微的事件，逐渐在文学版图中扩充自己的位置。

1910年初，《神州日报》曾发表评论，讽刺女学界诸种不可理喻的怪现状：

> 以兴办女学之人，而终日酒食，征逐狎妓赌博，此为何如事？
>
> 以办理学校之人，而以公款借人，重利肥己，荐一教习，分用束修，此为何如事？
>
> 以文明之女教习，至晚间涂抹脂粉，艳服观剧，此为何如事？
>
> 以高贵之女校长，而尽取学生衣饰钗钏，借贮长生库，以供一人之挥霍，此为何如事？
>
> 呜呼！世无南亭亭长第二，则殊辜负此“女学现形记”材料多多矣！②

短评最末的感叹，或许是作者的无心之笔，却明白无误地点醒我们：自晚清以来，日益兴盛的女学为小说家们的创作提供了取之不竭的素材，凡有心者，都可以写出精彩的作品。从清末“女学小说”创作实绩看，社会小说成了作家们叙述女学故事时采用

---

① 陈平原：《流动的风景与凝视的历史——晚清北京画报中的女学》，陈平原等：《教育：知识生产与文学传播》，合肥：安徽教育出版社，2007年，第59页。

② 《上海之评论》，《神州日报》，1910年1月22日，第4版。

最多的小说类型，“现形记”式的作品亦所在多有。[1] 在社会小说之外，其他小说类型也都能寻出女学生的形象。女学生们由此缓缓浮出小说史的地表。

相关概念的厘定

首先是关于时间范畴的“清末民初”。史学界关于“近代”“晚清”“清末”的起点有多种看法，而我的研究因为关注重心在历史和文学中的“女学生”，何时为“清末”的起点，当从女子教育发展史和文学史中来确定。中国的新式女子教育，本始于教会女学。但早期教会女学，其首要目的在培养传教人才，再加上戊戌之前，教会女学大多设于通商口岸，在大中城市并未普及，因而对中国社会和女性生活的影响相对有限。真正具有标杆意义的是1898年5月31日开学的“中国女学堂”。该女学堂虽然存在时间不过两年，但影响极大，从筹备之日起即成为新闻事件，其影响也早已溢出上海一隅。因此，1898年开校的“中国女学堂”是国人自办女学的先河，也是本研究的历史起点。对女子教育史考察的时间下限，则在1919年。这自然首先是因为“五四运动”在女性史上的里程碑意义。大量女学生从校园走向街头，参与爱国运动，成为重要的政治力量。此外，各地女学堂学潮时有发生，校内女学生的精神气度、师生关系较此前大有不同。而从教育史上看，是年北京女子师范学校更名为“北京女子高等师范学校”，为教会女学外最早的女子大学。另外，北京大学、南京高师等学校于次年开放女禁，女学生进入大学，亦为教育史上划时代的大事，对于女性主体身份的建构、两性关系

---

① 鲁迅《中国小说史略》叙《官场现形记》“骤享大名”后，“而袭用‘现形’名目，描写他事，如商界学界女界者亦接踵也”。见《鲁迅全集》，第9卷，北京：人民文学出版社，2005年，第293页。所言袭用“现形记”描写女界的作品，多属于本书所言之“女学小说”，如《最近女界现形记》《最新女界鬼蜮记》。

的变革，乃至女性文学的异军突起都有至为重大的意义。

小说家对女学生的关注，较之新式女子教育的起步略有延迟。梁启超1902年开始撰写的政治小说《新中国未来记》，即有女留学生的形象。现今所见1904年石印的邹弢所著长篇小说《海上尘天影》，保留着非常有趣的对女学校教学情形的记载。此后小说家对女学生的关注日见其多，几乎遍及彼时的所有题材，而以社会和言情小说最为常见。"五四"之后，新文学家多聚焦于女性的弱势地位和"人性"的发现；与此同时，女学生崛起为新文学中的重要力量，"自我发声"的结果，很大程度上扭转了通俗小说中被书写、被观看的地位，两方面的因素使得其中女学生的形象较之此前的通俗小说发生了质的变化。还值得留意的是，通俗文学对女学生的捕捉显得滞后，至少在1920年出版的几部"女学小说"中，女学生形象与此前作品相比，并未出现断层。因此，本课题对现实中女学生群体的考察，起于1898年，讫于1919年，至于小说文本的选取，则延伸至1920年。①

其次是关于材料来源的"小说内外"。晚清以来，文学与快速发展的报刊的结盟，极大地改变了作品的生产、消费机制，不仅使传统的文学经典观遭遇了巨大的挑战，也缩短了作品与现实的距离，并使作家、文本与读者空前接近。研究者对这些变化视而不见，显然不是明智之举。就我的论题而言，即使将小说文本视为本位，从中考察女学生形象，也必须将其与现实中的女子教育情形结合起来。没有报刊材料的支撑，这种文本细读势必成为空中楼阁。更何况，很多小说最先即发表在报刊上，与同一版面或前后版期的其他文字互相呼应，形成了一个更大更具有张力的结构。这时候的文学研究，不可避免地要置放于更大的

---

① 第三章中追踪小说对吴淑卿与沈佩贞的书写，为求全面，所涉作品在时段上稍有扩展。

历史语境中进行。对于近现代性别史研究来说,“文本”一词更具有广泛的适用性。台湾学者游鉴明认为:“除了一般人知道的自传、传记、回忆录、口述历史之外,小说、日记或者记载个人生平事迹的文类中,都反映历史人物的生活点滴,让人物的撰写更加鲜活、立体。”①而侯杰则承认,在他的研究实践中,作为材料使用的文本包括“档案、地方志、报刊、碑刻、墓志铭、诗文、对联、挽联、歌词、传说、故事、民谣、戏剧、图画、雕像以及宗教经典和宣传品等”②。在历史研究者的视野里,他们采择材料的范围早就超出可以征实的传统史料,原来被视为虚构的文学文本也被大范围地使用。这种尝试,已有不少成功的先例。

小说之外,我的研究将大范围地从报刊中取材。我经眼过的报刊可分为以下几类:一是温和平允的大报,如《大公报》《申报》《南方报》;一是倾向革命的激进报刊,如《江苏》《警钟日报》《神州日报》、“竖三民”(《民呼日报》《民吁日报》《民立报》);一是倾向女权的妇女报刊,如《女报》(《女学报》)、《女子世界》《中国新女界杂志》《神州女报》,这一类还包括女学堂发行的校刊,如上海城东女学之《女学生》、杭州惠兴女学之《惠兴女学报》;一是专业的教育期刊,如《教育杂志》《教育周报》《中华教育界》;一是世俗小报,如《游戏报》《大世界》《劝业场》等。不同类别的报刊对女子教育的态度也不尽相同。可以说,正是为数众多的报刊提供的生动细节,使我在阅读相关小说之前已经熟悉了这种女子教育语境,从而使得将小说与历史进行对照成为可能。报刊新闻之外,我还留意其他类型的文字,如竹枝词、诗文集、地方志、回忆录、日记等,当中也不乏生动的重要材料。

---

① 游鉴明:《导言》,《近代中国妇女史研究》,第 15 期,“传记文类与女性书写”专号,2007 年,第 1 页。

② 侯杰:《文本分析与中国近现代性别史研究》,《郑州大学学报》,2009 年第 2 期。

再次,是关于研究的人物对象"女学生"。它指在学校接受过新教育的女性。略需说明的是,女子不仅在校时拥有这一桂冠,她们毕业之后走上社会时,这段经历也可以看作是其人生中最重要的转折,她们的主体意识、价值观念,主要是在学生时代形成的。在他人看来,"女学生"依然是她们身上最醒目的标签。1918 年出版的《女学生之百面观》,其中女子百人百面,有在校学生、女教师、离校沦落为妓的女子、女滑头,但均收在"女学生"的大标题下。再如《申报》1907 年的消息:

> 女学生翟某,本大家闺秀,父母早世。去秋欲自备资斧入苏苏女学校肄业,后因半园女学堂适乏体操、音乐两科教习,遂延翟某教授。不料各学生与之不合,时起冲突,改延男教习屠乔生君前往教授。翟郁郁不得志,前日忽私服鸦片烟膏,至父母坟前大哭,并有绝命书一通,纸尾有"前虎后河,不死何为"等语。迨人知觉往救,已不及矣。哀哉![①]

该女子在任体操、音乐教习之前,可能在女学校学习过,但她自尽时的身份是被辞退的女教员,而《申报》消息的标题却是"女学生自尽",可见"女学生"不仅是女子求学时的称号,在她们毕业后相当长时期内,这一名词都会与之相伴。因此我的研究主要考察女学生在校时的活动,也会旁及她们毕业后的经历。

最后,是作为虚构文本的"女学小说"。严格说来,"女学小说"这一名词,并非我首创,它最早出现于 1911 年石印的《二十世纪女界文明灯弹词》中。此书叙西方女杰批茶之精魂,见中国女界沉沦,遂拟前往游历,输送欧西文明。到达中国之后,先赴尼山拜望孔子之母颜氏。而孔母于中国女性苦况也并非坐视不管,已留心长江流域之异象:

> 〔老旦白〕近日长江流域,有一道文光直冲牛斗,原来

---

① 言:《女学生自尽》,《申报》,1907 年 3 月 7 日,第 9 版。

> 是几个文场健者，挥洒翰墨，辑成女学小说一种，颇有可观，因此着修文使者前往感动那记者文心，特撰《女界文明灯弹词》，专为改良女子社会起见，凭着法鼓海螺，发人犯省，或者可挽回大局，扭转乾坤，岂不是好？①

这部由“修文使者”从江南取回的可作“女学教科书”观的弹词，依次叙述彼时女界的放足、学堂游艺会、破除迷信、扫除童养恶习、男女自由聚会、拒约等热点话题，礼赞女性破旧革新的勇气。想来出于相同作者笔下的“女学小说”，对女学的态度亦是相同，其性质当近于政治小说《黄绣球》，通过虚拟的人物与故事，或叙述女性为争取入学权利展开的不懈斗争，或描绘女学普及之后的美好图景，强调女学之必不可缓。

此种“女学小说”，只是启蒙者在“改良群治”这一宏伟理想下对女子教育进行的美好想象。它既没有为读者提供太多有关女学堂、女学生的历史图景，也不尽符合彼时女子教育开展的基本史实，且不能代表清末民初这一时段中社会对女学的全部态度，这类“女学小说”更接近于“政治小说”潮流下的乌托邦世界。或者说，它只是“女学小说”之一种。

在清末民初名目纷繁的小说分类中，字面意义最接近“女学小说”的是“女子教育小说”。在我经眼的作品中，仅有两篇小说冠此标识，皆见于1909年的《女报》杂志：一为懊侬女史述意、啸天生笔记的《白牡丹》，载《女报》第一、二期；一为《侬薄命》，署名为“润饰者懊侬女史孙馨，草创者热血男儿许则华”，载《女报》第二期。二文应该都是许啸天与孙馨合作而成，但都未载完。《白牡丹》叙伦敦西塞村青年男女之事，属于译作，在《女报》所见的一回中，暂时未与女子教育发生关联。《侬薄命》

① 心青：《二十世纪女界文明灯弹词》，阿英编：《晚清文学丛钞·说唱文学卷》，北京：中华书局，1960年，第177页。

仅见"祖母何心翻弄家庭如牢狱"[①]一回,已能预见未完部分的情节发展。主人公杨晴瑛生长于专制家庭,祖母顽固至极,晴瑛深叹薄命。一日与祖母争吵后,侄女手拿《女学歌》进屋请她讲解,又勾起她的伤心之事。由此回故事中主人公的姓名和小说人物关系可以推断,《侬薄命》乃据《复报》1906年刊载的《纪杨寿梅女士事》改编而来。在接下来的章回中,将叙述杨晴瑛为了追求入学权利,与顽固的祖母、兄长进行悲壮的抗争。从题材、主题上看,《侬薄命》作为"女子教育小说"可谓实至名归。

不过,《侬薄命》这种由时事改编的作品,虽与《中国之女铜像》《六月霜》性质接近,放在清末民初涉及女性问题的全部小说中,依然只是个案。小说家对主人公同情、赞赏之态,只在一定范围和时段内具有典型性。若"女学小说"仅取此类作品,所见将屈指可数,而更为丰富的小说书写和社会内容会被遮蔽。这对本项追求历史感的文学研究来说,是极为不利的。

在晚清和民国小说的标示中,曾有"女界小说"一类。这是一个边界模糊的文类概念。俞佩兰在序《女狱花》时将"创女权、叙女学"之作称为"女界小说"[②],则晚清叙胡仿兰殉足[③]、秋瑾殉难事的小说《中国之女铜像》《六月霜》两书被标为"女界小说",自然再正常不过;陈啸庐称《镜花缘》和自己的续作为"女界小说"[④],亦是合理。然而,广告中同样被称为"女界小说"的《女界风流史》和《苏小小》,意趣显然与前面几部小说相左。陆

---

① 此回刊出时标第2回,但从人物出场方式和小说情节看,应该是作品的第1回。

② 《俞女士序》,王妙如:《女狱花》,见《中国近代小说大系:女子权、侠义佳人、女狱花》,南昌:百花洲文艺出版社,1993年,第705页。

③ 胡仿兰因入学、放足二事,1907年4月24日被翁姑逼迫,服毒身亡。详夏晓虹《从新闻到小说——胡仿兰一案探析》,收入《晚清女性与近代中国》,北京:北京大学出版社,2004年。

④ 《新镜花缘作意述略》,见《中国近代小说大系:中国进化小史、新镜花缘等》,南昌:百花洲文艺出版社,1993年,第215页。

士谔的《女界风流史》,“详叙上海女界近数年艳事,凡女绅、女妓、女教习、女学生种种秘密举动,搜罗殆遍,而于某大员之姨太太、某钦差之女公子描写尤极淋漓”①,以女界众生相作为噱头,性质介于谴责与黑幕之间。无名氏之《苏小小》,叙主人公“名花飘零,潦倒风尘”②,当系狭邪小说中的溢美之作。可见,在彼时的作者、出版商和读者眼中,只要以女性生活为主要内容的小说,都可以称为“女界小说”,而不必追问哪一种女性(闺秀、女教师、女学生、妓女、女革命家、姨太太等),哪一类生活(放足、革命、教育、家庭、青楼等)。另外,上海书局鸿宝斋在汇总40余年来出版的“旧小说”目录时,于“女界小说”的细目之下,列《绘图再造天》《绘图凤凰山》《绘图安邦定国志》《绘图玉钏缘》《来生福》《锦上添花》《凤双飞》《绘图笔生花》《女仙外史》《梁红玉演义》《绘图再生缘》《绘图十美缘》12部小说或弹词。③ 这一情形,体现了出版界在标签叙事作品时的随意性。

上述“女界小说”的分布情况,予我以重要启示:女学生的的生活既已贯穿于各类小说文本中,而本课题意在沟通历史与文本,因此作为研究对象的“女学小说”之范围,势必不能仅限于教育类的作品,而是应该追求更为全面的考察。相应地,我的采择范围十分开放和宽泛:举凡清末民初这一时段创作的小说,不论题材,不问主题,不限篇幅,也不管文言还是白话,不在意是单行还是报刊登载,只要涉及社会化女子教育的思潮与活动,或者有女学生作为小说人物出入其中,皆属于我所谓的“女学小

---

① 《民立报》,1911年6月4日广告,见陈大康:《〈民立报〉与小说有关编年》,《明清小说研究》,2010年第1期。

② 《女界小说〈苏小小〉出版预告》,《舆论时事报》,1910年4月14日广告,见陈大康:《〈中国通俗小说总目提要〉“未见”条目之补遗》,《明清小说研究》,2013年第1期。

③ 《上海鸿宝斋书局各种书目一览表》,徐蜀、宋安莉编:《中国近代古籍出版发行史料丛刊》,第25册,北京:北京图书馆出版社,2003年,第659—660页。

说”。而书写女性在私塾求学的小说作品，以及当时出版的小说译本，由于其反映生活的特殊性，不在我的采集之列。

需要说明的是，晚清曾经出现过为数不少的“教育小说”。[①]这一从题材与主题进行归类的小说类型，虽与本课题的“女学小说”外延有所交叠，但并不能完全容纳“女学小说”。“女学小说”并不要求女学生成为小说主角，也无需聚焦于教育问题与学校生活，也并非为特定读者而创作，亦不强调作品对童蒙的教育功能。换言之，女学、女学生在“女学小说”中的位置与功能更为灵活：女学可以只是小说触及的诸多话题之一，如社会小说《天足引》，主题为“普劝中国女人脱缠足之苦，享天足之乐”，此外“书中大意，如敦孝友，除迷信，贱势利，贵自立，革旧俗，启新机”，亦一一涉及。[②] 而关于女学，所费文字无多，唯末回言：“到了光绪三十二年，皇太后要实实在在大兴女学，所以正月二十八日，《南方报》有《慈圣面谕实行女学》一节。看过报的人，就不疑心我捏造这部小说了。”[③]因为提及了兴女学之时事，亦能归入“女学小说”之内。女学生亦不必成为小说的重要人物。事实上，在大多数作品中，女学生即使有幸成为贯穿全书的主人公，小说家对其学校生活的描述也往往十分省俭。更多的情形是，由于清末民初章回小说“故事集缀”[④]型的写作大行其道，在单行的“女学小说”中，女学和女学生亦随之片断片、碎片化，只

---

① 相关研究参见赵娟《中国近现代教育小说研究》，河北大学教育学院博士论文，2011 年；梅家玲：《教育，还是小说？——包天笑与清末民初的教育小说》，见陈平原等：《教育：知识生产与文学传播》，合肥：安徽教育出版社，2007 年。

② “社会白话小说天足引”广告，《新世界小说社报》，第 3 期。据谢仁敏考证，此期杂志出版于光绪三十二年九月上旬(1906 年 10 月)，见《晚清〈新世界小说社报〉出版时间、主编考辨》，《明清小说研究》，2009 年第 4 期。

③ 武林程宗启佑甫演说：《天足引》第 8 回，载《天津白话报》，1910 年 10 月 4 日，第 6 版。

④ 此概念由张蕾提出，见《“故事集缀”型章回体小说研究》，北京：北京大学出版社，2012 年。

是文本中诸多或大或小"话柄"之一。如1907年刊行的小说《宪之魂》,乃借幽冥世界讽刺现实中的立宪政治。小说中的女学堂里,教习们说的是自由结婚、男女平权的"鬼话",且有教师与"一个十七八岁的女学生,双双逃走"。[1] 然而叙完130余字之后,作者兴趣很快就转移到其他怪象上去,再无心流连女学堂和女学生的故事。但从这类叙述中,依然能看到当时人们对女学生的部分印象,自然也属于我考察的"女学小说"。

研究旨趣与结构安排

尽管我在前文中已经交代了小说文本与报刊新闻结合进行研究的必要性,但读者对从小说作品反观女学发展和女学生活动、形象、地位这一方法的合理性的质询,可能难以立刻涣然冰释,其潜在的知识经验即是历史研究的实证要求与小说文本的虚构本质二者根本上的对立。另外,在文学研究者看来,我的类似文化研究的做法,将小说材料如此使用,显然是无视其本身独立的文学价值,无可避免地会引起文学边缘化的担忧,并因此生发出更严厉的诘问:

> 文本成了文化研究者"获取""给予"的阶级、性别和种族的种种意识形态内涵的工具,而一个三流或不入流的作品与一流的作品的区别在这里是没有的,它们都被视为例证。在这样的文化批判里,艺术品本身的独特性、读者的主动性、读者阅读过程中所获得的审美愉悦都被忽略了。[2]

虽然从大的方法论上说,我的研究属于传统的"文史互证",但与之又略有不同。我在历史考察与小说研究之间谨慎

---

[1] 《宪之魂》,见崔国光等校点:《枭鬼雄魂记》,沈阳:辽沈书社,1992年,第298页。

[2] 陈太胜:《走向文化诗学的中国现代诗学》,《文学评论》,2001年第6期。

地游走，在关于女子教育发展的历史脉络分析与具体史实的考辨上，我基本上使用的是可以征实的学制史料和报刊材料，很少孤立地援引小说文本。而小说作品的价值，也并非只在于它们可以填充女学发展史中的某些细节，更重要的是，小说文字保留了当时人们对于女学堂、女学生的印象，有时是作家有为而作，有时则可看成读者、作者集体无意识的流露。所以，我更在意它们对考察彼时社会心理的独到价值。这种社会心理，正是女学堂所处的真实的历史语境。

现今存留的小说、报刊材料都非常丰富，仅从报刊入手，就足以呈现出女子教育的大体脉络，而小说为我们提供的是另一不可忽略的历史侧面，并且时常与报刊材料形成十分有趣的对照。小说文本对我的研究的意义，既在于它们表现了怎样的女学图景，更在于关于女学这一点上，它们与报刊材料的亲密无间的历史合谋或显而易见的书写缝隙之中，隐藏着怎样的时代冲动和不同的发言者的叙述立场。

事实上，清末民初的小说作品，就文学价值而言，大多是“三流或不入流的作品”，我从报刊入手考察，正是对文学生产机制的尊重。在尽可能的范围内，我还会体察报刊经营者不同的立场、策略和读者的阅读反应。我认为，这种研究，较之单纯的对女子教育史的考察或纯粹的小说文本分析，更有尝试的必要。

除导论外，本书共分五章。第一章考察女学生如何从新闻进入文学书写，由此过渡到“女学小说”概况的分梳。第二至四章是以主题为中心的研究，分别探讨历史和小说中女学生的政治活动、情爱叙述和负面形象。第五章分析清末民初一类特殊的女性——妓女与女学的纠葛。第二至五章的安排，又大体对应着“女学小说”主要的题材类型：分别是政治小说、言情小说、黑幕小说和狭邪小说。在第三至六章中，报刊新闻往往与小说文本穿插使用。余论部分则回归文学话题，从文类的视角解释小说中女学生形象的演变过程。

一如学者所言,"文学在现代与历史之间的种种纠葛都充分表明:虚构或想象性的文学活动不仅能够有力地推动历史进程,而且还能够丰富我们的历史想象和叙述的可能性"[①]。作为新式女子教育和"小说界革命"的产物,"女学小说"记录了女学堂由萌芽到壮大这一过程中的社会万象,它又是当时一部分人的个体心像的写照与折射,寄寓着人们对女学生的记忆、想象和欲望。因此,将清末民初女子教育的历史与"女学小说"勾联进行研究,自有其合理性和重要价值。在史料中建构女子教育发生的历程,在小说中发现女学的历史和女学生的足迹,在历史与小说文本的对读中探寻作者的意图、读者的喜好和小说的运行机制,是我在下文中将要进行的主要工作。

① 南帆等:《文学理论基础》,北京:北京大学出版社,2008年,第132页。

第一章 “女学小说”的生成与全景

中国传统小说的题材,在“小说界革命”的发起人梁启超看来,不外是男女、英雄、鬼神三种,“以此三者,可以该尽中国之小说矣”[①]。梁启超此论,大体上确实能涵括中国古代小说的取材范围。稍后官场小说突然大盛,成为清末民初醒目的文学现象。1918 年,文学革命的提倡者胡适批评当下的小说创作时,便十分不满:

> 近人的小说材料,只有三种:一种是官场,一种是妓女,一种是不官而官,非妓而妓的中等社会(留学生,女学生之可作小说材料者,亦附此类)。除此以外,别无材料。[②]

胡适的印象式批评,确实指出了那个时代里“不良小说”中非常显眼的题材来源。在清末民初的“新小说”创作中,男女(包括妓女)、英雄、鬼神乃至官场题材的作品都是渊源有自。值得注意的是,胡适表述为“可作小说材料者”的留学生和女学生,语气中已表明这是近年来新的文学现象。二者都与新式教育息息相关:留学生之进入小说是伴随着晚清“留学场域”的产生而完成的[③],而“新小说”作品中的女学生的身影,亦与新式女子教育有不可分割的联系。

---

① 饮冰(梁启超):《小说丛话》,《新小说》,第 7 号,1903 年 9 月。

② 胡适:《建设的文学革命论》,《新青年》,第 4 卷第 4 号,1918 年 4 月。

③ 参阅李东芳:《从东方到西方——20 世纪中国大陆留学生小说研究》,第 1 章,北京:中国文联出版社,2006 年。

第一节　传统“妇学”与晚清女学

晚清士人倡兴女学,首先面对的追问是:中国古时究竟有无女学?

1897 年,创刊不久的《湘学报》以问答的形式,阐述西方女学和中国传统妇学之间的同质关系:

> 问:西国有女学堂,其初学学堂多以女师教之,中国亦宜师其意否?
>
> 曰:此中国古时之妇学也。章实斋先生《文史通义·妇学篇》曰:“《周官》有女祝女史,汉制有内起居注”,“妇学之名,见于《天官》内职,德言容功,所该者广,非如后世只以文艺为学也”。又曰:“妇学掌于九嫔,教法行乎宫壶;内而臣采,外及侯封,六典未详,自可例测。《葛覃》师氏,著于《风》诗;婉娩姆教,垂于《内则》。”此皆古时有妇学之明证也。

接着以伏女传经、班昭续史等事迹,证明古时妇学之兴。而前秦宋氏隔帏授《周官》的故事,“尤与西国女教士显相符契”。然论及晚清女性现状以及西人对中国女子“失教”的指责,作者则明显底气不足:“西人谓其国生一人获一人之用,而中国四万万人只能以二万万人计算,非虚语也。”不得不感叹:“微欤悲哉,女学之失传也!”①

有如唐才常在文中引用的章学诚的《妇学篇》,晚清知识分子谈论女子教育时,多试图从传统资源中找寻蛛丝马迹,以此证

① 《湘学报》,第 2 册,“掌故”栏,1897 年 5 月 2 日。文中以“洴澼子”自称,可知作者为唐才常。

明女学“本吾华上古所自有,并非泰西新法”[①]。于是将中国女子教育追溯至上古,是晚清士人的常用策略。历史上出现过众多的训女书,尤其是出自女子之手的读本,与女子教育关系密切,可以说明古往今来妇学之脉未尝断绝:

> 中国古之女子,亦何尝无学问哉!《周礼》九嫔掌妇学之法,以教九御;汉班昭著《女诫》,唐宋若昭著《女论语》,长孙皇后著《女则》,博至三十卷,是非深明礼义,为学闳深,乌能下笔成文,垂示后世乎?近世桂林陈文恭公辑《训女遗规》,漳清蓝鹿洲先生辑《女学》,之二书者,亦颇淹贯详明。[②]

需要说明的是,先秦典籍中,仅有《周礼》出现过“妇学”一词:“九嫔掌妇学之法,以教九御妇德、妇言、妇容、妇功,各帅其属而以时御叙于王所。”[③]至于“妇学之法”的详细内容,实施的具体形式,均不得而知。为了证明中国上古有女学,章学诚《文史通义·妇学篇》引用《葛覃》之诗和《礼记·内则》作为论据,但其记载颇为含混:“女子十年不出,姆教婉娩听从,执麻枲,治丝茧,织纴组紃,学女事,以共衣服。”[④]从中虽可看出女子在家接受道德教育和日常劳动技巧的训练,但独未见女子接受文化教育的情形。《葛覃》之诗有句“言告师氏,言告言归”,《毛传》训曰:“师,女师也。古者女师教以妇德、妇言、妇容、妇功。祖庙未毁,教于公宫三月。祖庙既毁,教于宗室。”闻一多认为:“要之,女师之职,略同奴婢,特以其年事长而明于妇道,故尊之

① 剡溪聋叟(经元善):《第一次女学会演说》,《女报》,第2期,1902年6月6日。

② 《振兴女学议》,《申报》,1897年7月11日,第1版。

③ 孙诒让撰,王文锦、陈玉霞点校:《周礼正义》,北京:中华书局,1987年,第552页。

④ 郑玄注,孔颖达正义,吕友仁整理:《礼记正义》,上海:上海古籍出版社,2008年,第1171页。

曰师，亲之曰姆耳。”[①]女师所授之德言容功，自然不同于文化知识。今天看来，这种将《周礼》《礼记》和《诗经》的零星记载来比附西方女学的做法，确实有失牵强。1901年陈三立有诗曰：“公宫化杳国风远，图物西来见典型。”[②]即表明上古三代女性的“公宫宗室”之教已难再现，晚清女学追摹的只能是西方和日本的女学典型。同样，明清时极盛的训女书，其内容大多是对女性从品德上进行训诫。《振兴女学议》中列举的蓝鼎元编撰的《女学》一书，是训女书的集大成者，其意想中的女学，是“一种广义的学习与接受教育，既指学习妇德、妇言、妇容、妇功，也指学习文化知识”[③]，只是后者的比重远轻于前者。

古代女性接受文化教育的方式，多为家内亲人传授或女子自修，也有年幼女子进入私塾，与男学生共读的情形，如清代《训学良规》曾论及教导塾中女学生的方法：

> 有女弟子从学者，识字、读《弟子规》，与男子同。更读《小学》（按：即《女小学》）一部，《女四书》一部，看《吕氏闺范》一部，勤与讲说，使明大义。只须文理略通，字迹清楚，能作家书足矣。诗文均不必学，词赋尤不可学。[④]

可见女子入塾主要目的是接受道德规范，文化修养不求高深，一般只需学习浅近实用的知识。主要招收女学生的私塾称为“女塾”“女馆”或“闺塾”。美国学者高彦颐从明清妇女诗文中论证

---

① 闻一多：《诗经通义》，闻一多著，李定凯编校：《闻一多学术文钞·诗经研究》，成都：巴蜀书社，2002年，第148—149页。

② 陈三立：《视女婴入塾戏为二绝句》，陈三立著，李开军校点：《散原精舍诗文集》，上海：上海古籍出版社，2003年，第8页。

③ 黄新宪：《蓝鼎元的教育观探略》，《河北师范大学学报》（教育科学版），2004年第1期。

④ 转引自陈东原：《中国妇女生活史》，上海：商务印书馆，1937年，第282页。

“巡游的女塾师”的普遍存在，当时的女塾应为数不少。[①]《女子世界》也曾刊有演说，引述部分人的看法，认为女子“只要在家念念《女训》《女四书》，或是请一位女先生，教教认得几个字，将来会记记账目，写写信札，也就可以了，何必要到甚么女学堂、女学校呢？”[②]可见女塾为传统女教形式之一。但女塾多为家庭或宗族间所设，规模较小，招收人数有限，与东西洋的女子学校不可同日而语。正因为如此，时人即便坚持古时女子有学，亦不得不承认无女学堂：“古者女子有学乎？曰：有。古有女学堂乎？曰：无。”[③]

前文所引《湘学报》的问答和《申报》所载《振兴女学议》，从时间上看，当是为次年开办的“中国女学堂”（又称“中国女学会书塾”，第一所国人自办的新式女子学校）做舆论准备。梁启超在特为该校撰写的《倡设女学堂启》中也声称：

> 三代女学之盛，宁必逊于美、日哉！遗制绵绵，流风未沬。复前代之遗规，采泰西之美制；仪先圣之明训，急保种之远谋。[④]

在这新旧杂陈的言说中，“保种”是最为急切的目的，冠冕堂皇而又面目可疑的“前代之遗规”和“三代妇学宏规”[⑤]，事实上已经无法还原。中国女学堂总理经元善还特意禀请两江总督刘坤一颁布《内则衍义》，“以为女学准绳”[⑥]。御制《内则衍义》于1656年由顺治帝承皇太后训示制成，并亲自作序，颁行天下，影

---

① 〔美〕高彦颐著，李志生译：《闺塾师：明末清初江南的才女文化》，南京：江苏人民出版社，2005年，第134—137页。

② 夜郎：《劝女子入学堂说》，《女子世界》，第10期，1905年2月。

③ 《女学堂论》，《申报》，1903年4月24日，第1版。

④ 新会梁启超撰：《倡设女学堂启》，《时务报》，第45册，1897年11月15日。

⑤ 《上海新设中国女学堂章程》，《时务报》，第47册，1897年12月4日。

⑥ 《光绪二十四年七月二十九日两江总督刘坤一片》，引自朱有瓛主编：《中国近代学制史料》（第1辑下册），上海：华东师范大学出版社，1986年，第904页。

响深远。全书16卷,以孝、敬、教、礼、让、慈、勤、学八端为纲,子目更是繁复,然即便详尽如此,仍只是一些抽象的道德概念,无法坐实为教学大纲。具体到课程设置和教学实践,能供参考的,只能是西方和近邻日本的经验,即如修订后的《中国女学会书塾章程》所言:“采仿泰西、东瀛师范,以开风气之先,而复上古妇学宏规。”①而据夏晓虹先生考察:“可以肯定,中国女学堂在‘讲求女学,师范西法’上,其确定的取法对象乃是中西女塾。”②中国女学堂的章程中,中文西文各半,以“史志、艺术、治法、性理”作为基础课程,另设算学、医学、法学三门专修科③,其涉猎之深之广,与中国的传统女塾有云泥之别。

要言之,传统妇学与新式女学在教学内容和教育形式上有着明显的区别。前者主要进行品德方面的修养,以及学习粗浅文化知识,学习时间和方式较为随意,多在家庭或家族内部进行,实可归入“家庭教育”这一范畴之下;而后者是社会化的学校教育,有固定的教学场所、教学设备,有专职教学人员,有规定的作息时间,生源较为宽泛,最为重要的是,教学内容多有西方的科学知识,而且一般分科分级,循序渐进。因为有此区别,教育史家舒新城断定:

> 《内则》《女诫》上所说的种种,都是些社会遗规,由所谓富贵之家在家庭对女子施以训导,并非如现在一样公开地遣女子入学校求学,所以严格讲来,在那时(按:指女学

---

① 《中国女学会书塾章程》,《新闻报》,1898年3月17日。

② 夏晓虹:《中西合璧的教育理想——上海“中国女学堂”考述》,见《晚清女性与近代中国》,北京:北京大学出版社,2004年,第21页。中西女塾(McTyeire High School; McTyeire's School for Girls),光绪十八年(1892)二月由美国监理会妇女传道会主任海淑德(Laura Haygood)创办于上海。校规由中西书院创办人林乐知拟定,专收“高贵华人”女子入学。以培养亦中亦西的“通才”为宗旨。主要课程为英文、音乐、宗教,另设国文、历史、地理、物理、化学等科目。

③ 《上海新设中国女学堂章程》,《时务报》,第47册,1897年12月4日。

列入学制系统）以前，实在无所谓女子教育，——最少当是无女子的学校教育。[1]

家塾向女学堂的过渡，这一转变十分典型地体现在早期天津女子教育的发展进程中。淑范女学堂是天津较早创办的女学校[2]，该校原名“淑慎”，创办一月后更名。其功课有《女四书》《小学韵语》等，此外还有笔算，与传统私塾区别不大。半年后因房舍不敷所用，谋求扩充，校址迁移，并请得英文女教习，可授英文及高等英文[3]，因此具有了现代色彩。天津民立第一女子小学堂由“河东志士”张止峰、毛绍权、张少辅等人开办，初创时取家塾形式，1904 年 7 月 3 日开学，学生 10 人均为开办人女儿或女弟，“教课诸公，俱系女学生父兄躬任”[4]。随着办学规模的扩大，第一女学新校舍亦于 1907 年建成，“地势宏敞，可容生百数十人”[5]。

他如浙江嵊县谢飞麟自述，“乙巳（1904），城中冯晓春先生设馆课女生，以有事欲他往，予承之，即邀同志集议创办爱华女校”[6]。又如无锡荣德生之母“念女学之重，谆谆焉谕宗锦、宗诠，创设女校，由家塾而推至乡邑，是为竞化女学之始”[7]。而清

---

① 舒新城：《近代中国教育思想史》，上海：中华书局，1932 年，第 390 页。

② 朱有瓛《中国近代学制史料》记天津最早女学堂为民立第一女子小学堂。见该书第 2 辑下册，上海：华东师范大学出版社，1989 年，第 632 页。但淑范女学要早于民立第一女子小学。

③ 《女学渐兴》，《大公报》，1904 年 5 月 20 日，第 4 版；《淑范女学章程》，《大公报》，1904 年 5 月 21 日，第 4 版；《纪淑范女学堂》，《大公报》，1904 年 11 月 28 日，第 4 版；《淑范女学堂简章》，《大公报》，1904 年 12 月 5 日，第 4 版。

④ 《女学将兴》，《警钟日报》，1904 年 3 月 20 日，第 3 版；《女学开堂纪盛》，《大公报》，1904 年 7 月 5 日，第 5 版。

⑤ 《扩充女学招生》，《大公报》，1907 年 12 月 4 日，第 5 版。

⑥ 谢震：《自序》，萧继宗主编：《革命人物志》（第 15 集），台北：中国国民党中央委员会党史委员会，1976 年，第 399 页。

⑦ 唐文治：《荣母石恭人家传》，见荣德生：《荣德生文集》，上海：上海古籍出版社，2002 年，第 555 页。

末民初民间大量存在的招收女学生的改良私塾,可视为传统家塾与新式女学的中间形态。①

第二节 女学生:女性生活新开篇

从闺阁到学堂

1908 年 9 月 27 日,北京女子师范学堂借苏州大同女学为考场,招考南方女学生,一时盛况空前:“是日考者有二百多人。江督端午帅特派专员护送江宁各学女生六十人赴苏考试。是日商埠旅馆,几至住无隙地。”②此种场景,很容易让人想起“槐花黄,举子忙”的繁忙景象。但如果就此得出女学已广为普及的结论,则为时过早。

在统计数字之外,分析女学生的家庭出身、上学所耗费用,是我们评定女子教育是否普及时不可缺少的工作。1905 年开办的旅宁第一女学堂,学生“十分之八是官家子女”③。1907 年,有记者调查北京豫教女学堂全体学生的姓氏和父兄家长名衔,全部 68 名学生,都来自士宦家庭,其中 57 名学生家长有官职。④ 同年北京的慧仙女学堂,学生以“华族贵胄居多”⑤。与之相关的是学校的收费标准。1904 年杭州女学校开学时,规定每位学生的学膳费是 24 元。⑥ 宗孟女学“高等科每月二元,寻

---

① 如《女子世界》记事:“苏州私塾改良会,颇著成效。于五月二十三日,举行半年大考。各私塾女生,亦于是日在钮家巷胡氏会考。由胡、洪二女士及徐君小若、沈君戟仪之夫人会同考课。女学生到者共二十五人,闻其中颇多英俊。体操亦颇纯熟云。”《女生会考》,《女子世界》,第 2 年第 2 期,1905 年 9 月。

② 《大同女学考试》,《大公报》,1908 年 10 月 10 日,第 2 张第 3 版。

③ 杨步伟:《一个女人的自传》,长沙:岳麓书社,1987 年,第 63 页。

④ 《记北京豫教女学堂教育进步》,《顺天时报》,1907 年 2 月 20 日。

⑤ 《慧仙女学之特色》,《南方报》,1907 年 2 月 16 日,第 1 版。

⑥ 《公立杭州女学校章程》,《浙江潮》,第 10 期,1903 年 12 月。

常科每月一元,缮[膳]金寄宿者每月三元,只午餐者每月一元五角"[①]。爱国女学校"学生每月纳学费银二圆"[②]。1906年长沙的公立女塾,每年学费三十六元。[③] 而民国初年上海,"一女生之入学也,其寄宿者,学膳费年达百金,以外复加以种种无谓之糜费。富有者或犹可勉为支持,使其家为中人之产,未有不告竭蹶者"[④]。虽然有少数学校为了鼓励寒家女子入学而免收学费[⑤],但对大部分学堂来说,巨大的支出不仅制约了自身的发展,也使得多数贫寒家庭望而却步。《女学堂章程》颁布前女子教育的状况,《南方报》上的估计比较可靠:"大率论之,无志读书者居其半,无暇读书者居其半,无力读书者更居其半,其能入校读书者,恐不及百中一二。"[⑥]章程颁行之后,并无大的改观,"各处女学学费均昂,故读书者多富贵中等人。"[⑦]1922年,北京高师附中的女生里,有43.8%来自政界家庭,来自工界者为6.2%,竟无一人出自农家。[⑧] 直到1934年,教育家俞庆棠依然认为:"中国青年女子在农村,极难受到小学教育,受中学教育更谈不到。"[⑨]

对于大部分适龄女性来说,进入学堂接受小学教育,已是不易,而升入女子师范或女子中学继续深造,只能是少数幸运儿的际遇。但女子通过婚嫁,改变家庭经济状况之后,也可以入校继

---

① 《宗孟女学堂新章程》,《警钟日报》,1904年3月16日,第2—3版。

② 《爱国女学校甲辰秋季补订章程》,《警钟日报》,1904年8月1日。

③ 《湖南女学界之现状》,《时报》,1906年6月17日,第3版。

④ 张朱翰芬:《论上海女学生之装束》,《妇女时报》,第11期,1913年10月。

⑤ 如1908年扬州幼女学堂"因筹有的款,学生一律免收学费,俾贫乏子弟亦得遂其向学之志"。《幼女学堂免收学费》,《申报》,1908年9月26日,第2张第3版。

⑥ 来稿:《论女子宜设修身演说会》,《南方报》,1906年11月4日,第1版。

⑦ "读者俱乐部"朱惠贞来稿,《妇女时报》,第3期,1911年9月。

⑧ 周调阳:《北高附中初等男女同校后一年来经过之概况》,《教育丛刊》(北京),第3卷第2集,1922年4月。此转引自王伦信:《清末民国时期中学教育研究》,上海:华东师范大学出版社,2002年,第222页。

⑨ 俞庆棠:《我之女子教育观》,《江苏教育》,第3卷第4期,1934年4月。

续求学。如一上海女子自述:“予家贫。十五既卒业小校,不能复得学。十七于归。十八由外子助,入上海民立女中校。十九转入务本女中校。”[①]即使有能力供养女子上学的家庭,父母受“女子无才便是德”等传统观念的影响,未必乐于将其送入学校。江苏兴化女子任厚康与刘韵琴同里,后者乘时入学,任氏则“格于家庭之涸[锢]蔽,欲学未能也”,“羁絷等于樊中”,后来终于脱离家中羁绊,入神州女校就读。[②] 汪芸馨回顾自己的入学经历:“不平权处事堪伤,弄瓦何曾异弄璋。记得儿时太憨性,故将轻重问爷娘”,“同胞谁肯着先鞭,恢复文明独立天。记得年华刚十五,瞒娘偷读《女权篇》”。[③] 其中隐约透露的,即是她少年时因男女不平等,为上学而与父母进行的抗争。

一如柳亚子1906年所言,其时多数女子在争取入学权利时,“俗学阻之,家庭阻之,种种野蛮之压力又摧挫之”[④]。确实,与男子相比,近代女性不仅有“三从四德”等腐论的羁绊,还要更早涉及家务、婚姻、生育等问题,这些都会妨碍她们入校接受教育的机会与时间。相对于汪芸馨略带温情的回忆,其他女子为了争取在校内更久的学习经历,需要付出更高昂的代价。如上海中西女塾学生吴孟班,与邱震婚后有身孕,“自坠之。公恪大骇。孟班曰:‘养此子,须二十年后乃成一人才;若我,则五年后可以成一人才。君何厚于二十年外之人才而薄于五年内之人才!且君与我皆非能尽父母之责任者,不如已也。’”[⑤]吴孟班之语,说明了女子为妻为母之职与其在校学习活动相冲突。这种

---

① 剑影:《自述读修身学之心得》,《妇女杂志》,第4卷第7期,1918年7月。

② 任厚康:《任序》,见刘韵琴:《韵琴杂著》,上海:泰东图书局,1916年。

③ 汪芸馨女士:《记得词六十首》之一、二,《妇女杂志》,第2卷第1期,1916年1月。

④ 焉是(柳亚子):《云间张女士传》,《复报》,第2期,1906年6月。

⑤ 《道听途说》,《新民丛报》,第3期,1902年3月。关于吴孟班的生平事迹,可参夏晓虹《吴孟班:过早谢世的女权先驱》一文,《文史哲》,2007年第2期。

时不待我的急迫感，则是她珍惜在校学习机会的极端体现。然而类似的“嗜学堕妊”举动，在晚清并非孤例。[1] 无锡女子杨晴瑛，与侄女同学于温氏二等公学，好学异常，升入校中高等。不久因父母之命，“受聘于邑中顽固之王姓，其祖母遂勒令退学，以习种种之刺绣”，于是退学。不久后竞志女学开办，杨晴瑛有意就学，祖母及兄长皆不允，反责之：“汝乃专学下流耶！”杨晴瑛悲愤交加，吞鸦片自尽。被救后，趁家人烧香时，独身逃往上海，入天足会女学堂。[2] 另一女学生为求学而坚忍不拔的感人事件，出现于民国初年：

> 女生凌集嘉，年二十四岁，安徽人，天津第一女子师范学校正科毕业。民国六年，留充本校中学国文教员。今春与吴氏结婚后，仍充该堂教员。思入国文专修科，以竟所学。于六年十二月辞去教员职务，径由津赴沪，入爱国女校专修科。业已数日，始经访得，当由亲友代其退学，切劝同回京宅。于七年一月五号晚，乘沪宁夜车，六号早抵下关。寓万全栈旅馆，拟即日乘津浦车回京。不意上午十时余，复只身出门，不知去向。谅已更改姓名，又入学校。但只身出外，无有多资，心苦境艰，殊属危险。恳请密电苏沪常锡镇江汉口奉吉黑等处，转饬警厅，密至各女校调查明确，加以保护。并电知家属前来援劝，感德匪浅。[3]

此消息原为陆军部秘书凌重伦递请江苏都督的呈文，后来才登载于报刊，应当是女学生凌集嘉此时尚无消息。从二人姓名看，

---

① 卞静秋曾记浙江秀水陆兰贞，肄业于北洋女子师范学堂，能操英日法三国语。婚后有妊，“女士恐妨求学时间，用药堕之。无恙。四月二十六日南下，胡君送之登舟，欢笑如故，犹约以秋会。未几即以病殁于楚。据医家云，腹中为猛药所伤，恐难医治”，“临危时犹大呼‘女学’二字，遂逝。时年十有九。此宣统元年六月二十五日事也”。浙东卞静秋女史：《嗜学堕妊》，《申报》，1909年8月24日，第2张第4版。

② PC生：《纪杨寿梅女士事》，《复报》，第6期，1906年11月。

③ 《女生立志可嘉》，《女铎报》，第72期，1918年3月。

凌重伦应是凌集嘉的父辈。后者为了自己的求学目标,改换姓名,不惜抛弃家庭和教职,以致惊动陆军部和各处海关警厅。《女铎报》认为“该生弃教员之尊,复充学生,专修国文,其立志甚属可嘉”,但在凌集嘉百折不挠的求学志愿背后,很可能还隐藏着一段不和谐的婚姻。

女学生生活剪影

从晚清到“五四”前夕,部分女性在求学时为了达成所愿,与家庭进行了可歌可泣的抗争,除了发自内心的对知识的向往外,还因为学堂生活较之旧日闺中生涯实有难以抵抗的吸引力。

1903 年,《女学报》上刊登了“楚南女子”陈撷芬的演说词,专论做女学生的快乐。她向听众(读者)描述上海女学生的鲜活气象:“单说现在上海几个女学堂的女学生,诸位如不相信,都可以去看的。一个个神清气爽,磊落大方,脸上洁净本色。”演说者本人就是留日女学生,她的现身说法显然很有吸引力:“诸位姊妹倘然进了学堂,连出来都不想出来。”①而在女界名人吴芝瑛眼里,自己幼时入塾受教,与今日在校女生相比,其甘苦不啻天壤:“今日联袂来学,值此新世界,受此新教育。其为学浅深有序、博约有程、游戏有方、休沐有日。凡一切天算、舆地、历史、动植物、理化及手工等学,有仪器、标本以备观摩,有图画以资考证,有简要之课本以便记诵。”②1907 年《神州日报》转引《字林西报》的统计,上海租界设有教会女学六处,学生 300 余人,在作者看来,她们“皆亨[享]自由幸福,前此所未有”③。1915 年《中华妇女界》刊载了某女校的开学歌,有词曰“读书之

---

① 楚南女子(陈撷芬):《做学生的快乐》,《女学报》,第 4 期,1903 年 11 月。

② 《无锡竞志女学校桐城吴芝瑛女士演说》,《南方报》,1906 年 10 月 17 日,第 3 版。

③ 《租界中国妇女人数》,《神州日报》,1907 年 6 月 25 日,第 5 版。

乐乐无穷”[①]。而早在 1904 年 7 月 17 日，务本女学师范科首届毕业仪式上的歌声，则更加形象地向来宾展示了女学生的崭新风貌和幸福生活。仪式上演唱的歌曲有《乐群歌》《祝歌》和《来宾歌》。《乐群歌》歌词曰：

合群之乐乐如何？听我乐群歌。吾侪若非素相识，交臂易错过。相识不相见，河山风雨相思苦。今日天缘凑合，居然相握手，团团坐。

姊乎妹乎，谁家姊妹能比塾中多？吾侪同学同游同息同声歌且舞。进取原不让，终如金玉相琢磨。姊乎妹乎，试想合群之乐乐如何？[②]

确实，比起旧时女子闺房或塾内读书，新式学堂的最大特点即是“乐群”。来自四面八方的女子，原本素不相识，但是因为有了女学校，大家齐聚一堂，朝夕相处，心息相通。较之血缘上的关系，学堂中的姐妹友谊，更显情深义重。杨子烈就曾回忆起她 1914 年初进武昌省立女子师范时的情景：

女师中老班的同学很顽皮，也许每个学校都是如此。当新生初进校时，老班的同学像一窝蜂似的围拢来，手拉手围成一个圆圈圈，把我围困在中心，大家跳着嚷道：“来呀，来看‘新状元’呀！‘新状元’是个小辫子，大眼睛呀！”[③]

在这种带着亲昵的欢迎仪式中，初见时的陌生感消失于无形，一个崭新的世界拉开帷幕。谢冰莹亦有类似的述说。12 岁那年，当好动的她第一次踏进大同女校的大门，“看见许多活泼天真的女孩在拍皮球，跳绳子时，我简直怀疑自己走进了天堂。我发

① 杨玉兰女士：《春日开学歌》，《中华妇女界》，第 1 卷第 2 期，1915 年 2 月。

② 《记上海务本女学堂之毕业式》，《大公报》，1904 年 7 月 25 日。

③ 杨子烈：《张国焘夫人回忆录》，香港：自联出版社，1970 年，第 68 页。

狂了，内心里充满了说不出来的快乐和希望”①。在校园里的求学岁月，有朗朗的书声，有欢乐的游戏，有明快的乐歌……这可能是她们一生中最值得珍惜的时光。无论何时回忆起来，都会附带上温暖的色调。女作家褚问鹃的姐姐，在苏苏女学度过平静的四年时光。比起入学前后的惨淡光阴，褚问鹃深情地写道："假设姐姐的一生也有黄金时代的话，这短短四年，就是她的黄金时代了吧？"②

校园生活主要由课堂学习和课余活动两部分组成。旧日闺中熟读的是训女书等粗浅文字，但学校是分科教授各门课程。在师范女生的笔下，这些新式课程也饶有风味：

> 铅飞珠走理深谙，心性聪明不让男。记得问题完数学，几何三角再详参。
>
> 英雄大半属蛾眉，珍重妻仪与母仪。记得修身都课毕，个中滋味费深思。
>
> 比肩小队女儿身，浅草围场碧若茵。记得体操装束好，哑铃徒手振精神。

诗中描述的分别是算学、修身、体操课程。另如演说时的风采："掌声拍拍笑颜开，都说而今女也才。记得校中初启会，悬河雄辩独登台"，"归家一路月追随，争问缘何出校迟。记得西媛来演说，替伊翻译费多时"。在充满朝气的校园中，女学生的成长，自然会换来个体精神的张扬："儿家历史写分明，三字头衔师范生。记得芳名镌小刺，博人到处总欢迎。"③

此外，学校一般还会组织丰富多彩的校园活动。如吴江丽则女校十二周年时，组织了长达七天的庆祝活动，"七日之中，

---

① 谢冰莹：《一个女兵的自传》，上海：良友图书印刷公司，1936年，第54页。

② 褚问鹃：《我的姊姊》，《寸草心》，广州：粤秀出版社，1947年，第47页。

③ 江芸馨女士：《记得词》，《妇女杂志》，第2卷第1、2期，1916年1、2月。

会之种别有五：曰学艺、曰运动、曰讲演、曰恳亲、曰成绩展览”[1]。而1904年的爱国女学，“遇礼拜必开演说会”[2]。这类活动既能锻炼学生的文艺才能，又是密切校园与社会的联系、展示办学成果的好机会；既能提高学校的知名度，又能增强女学生的社交能力，因此颇受学生欢迎。如1918年江苏各省立男女学校联合运动会，有署名“耆年”的第一女子师范学生作《望江南》词，描述女学生的英姿：

> 江南好，最好女儿兵。身手自今天下壮，舞腰不似掌中轻。巾帼亦干城。[3]

事实上，此前的音乐教科书中，即已向她们展示了运动的乐趣：“请看运动会，紫裙跳舞春风声；请看团体图，乌靴踏步斜阳痕。扑球第一，舞剑无双，都因体育精。阿侬体育未分明，学堂去报名。”[4]而在运动会上亲身实践，则别有一番豪情壮志。至于学艺会（或称“游艺会”）上的表演，更是女学生的拿手好戏。如上海城东女学，至1911年已经举行至第九次游艺会，其会歌曰：

> 好姊姊，好妹妹，来看游艺会。秋风紧急武襄间，大陆走风雷。我侪女弟，养气读书，责任知所在。愿大家提起精神，做个预备会。
>
> 好姊姊，好妹妹，来开游艺会。蜀鹃啼血鬼神哀，汉水势滔天，好整以暇，气象雍容，修养在我辈。望大家勠力前途，临事毋推诿。[5]

① 吴江私立丽则女子中学二年级生金蘅：《本校十二周纪念会嘉宾演讲志略》，《妇女杂志》，第3卷第10期，1917年10月。

② 《记张竹君女士演说》，《警钟日报》，1904年5月2日，第2版。

③ 耆年：《望江南》四首之三，《妇女杂志》，第4卷第7期，1918年7月。

④ 叶中泠：《女子新歌初集·劝学》，上海：商务印书馆，1914年。此处转引自罗苏文：《女性与近代中国社会》，上海：上海人民出版社，1996年，第155页。

⑤ 《第九次游艺会歌》，《女学生杂志》，第38期，1911年。

此次游艺会的特别之处,是它的开办适在武昌起义之后。因此,会歌里呈现出一种壮烈之气,号召女学生积极准备,响应革命,这即是平日读书养气的职责所在。与其精神相一致,不久以后,校长杨白民即邀请女子军事团发起人郑璧女士(系北洋女子师范学生[①])来学校演说,鼓舞学生立大志愿,排除阻碍,誓达目的。[②] 即便是女学堂游艺会上的歌声,其旋律也与时代脉搏一起跃动。

在春秋佳日,女学校师生还会外出旅行,流连风景,增进见识。《妇女时报》第15期曾刊出三篇文章,论述女子游历之益。女学生袁俊认为:"向时风气未开,女子深居闺阁,不事学问。虽一乡一隅之事,亦罕见闻。以致女界沉沦,风俗腐败,国力萎弛,此憾事也。今则文明进化,凡我同胞,亟除陋习,当遍历环球,以增学识。"[③]"遍历环球"放在彼时自然是过于豪迈,但女学生的短途旅行,则十分常见。如1913年松江"清华、景贤两女校女学生,于本月十八日,乘坐沪杭火车,至枫泾镇旅行一周。是日适值该镇高初各小学校,特开联合运动大会,各女学整队到场参观,至五时始返"[④]。《女子世界》创刊号上便载有《旅行歌》,词曰:

> 云淡风清,微雨初晴,假期恰遇良辰。既溉吾发,既整吾襟,出游以写幽情。绿阴为盖,芳草为茵,此间空气新清。歌声履声,一程半程,与子偕行偕行。[⑤]

---

① 《北洋女师范考取苏州学生名单》,《申报》,1908年10月1日,第2张第3版。

② 《记妇女宣讲会》,《民立报》,1911年12月12日,第6版。

③ 苏省女蚕校学生袁俊:《游历增学识论》,《妇女时报》,第15期,1914年11月。

④ 《松江女学生首夏旅行》,《教育周报》,第9期,1913年6月8日。

⑤ 《学校唱歌·旅行歌》,《女子世界》,第1期,1904年1月。该组"学校唱歌"都录自上海务本、爱国两所女学校的课本。

民初的女性杂志也经常刊有女校学生流连某地名胜的照片。女学生在途中"整伍陇畔，合唱踏青之歌"[1]，本身即是流动的风景，会引来不少羡慕赞叹的目光。

女学生在校时有"同学同游同息"之愉悦，然而数年欢聚，终有毕业之期。骊歌奏响，愁情满怀。这时同学间唯有彼此勉励，并希望经常联络："湖山大好，长毋相忘；鱼雁可通，时相安慰。"[2]昔日同学少年在离校之后，遭遇各异，提起共读岁月，想必感慨万千。务本女学学生刘冠昭毕业之后写给友人的诗作中，往事历历在目：

> 忆昔逢君髫龀年，同窗意气最相怜。
> 萤囊愧我荒芜久，雪案钦君才藻鲜。
> 七载风尘抛岁月，三年桑海几烽烟。
> 关山冷月梨花夜，回首当时景宛然。[3]

还有一种离别令人伤心，那就是师长为学生爱戴，却无奈去职。如南京初级女子师范学堂校长周墨亭，"因请款无效，焦急成病，现该校长以心力交瘁，无人援手，呈请辞职"，学生与其感情极厚，"闻其离校之一日，同堂相向哭泣"。校长病中曾填《金缕曲》一阕，哀音满纸，更令学生伤悲。[4]

女学生的学习生活和校园故事，是令人欣羡的新鲜体验；女

---

① 上海养性女塾高等二年级生周大智：《春日旅行记》，《女铎报》，第61期，1917年4月。

② 浙江女子师范本科三年汤修慧：《送别讲习科毕业诸同学序》，《妇女杂志》，第1卷第9期，1915年9月。

③ 刘冠昭：《赠王君伊荃，时客鸡林》，转引自张树年：《我的父亲张元济》，天津：百花文艺出版社，2006年，第51页。刘冠昭时任职于长春女子师范。

④ 其词曰："遥夜西风里。望天涯沉酣万户，人心都死。只有精禽魂未断，唤世人睡起。任瘏口哓音未已。茅屋飘摇风雨夕，忍天津桥畔三更止。看喉舌，血痕紫。　声声欲警当途耳。想黄钟无人能应，空嗟拊髀。一息犹存精气在，宁使唇焦舌是敝。天赋热肠如此。巫峡猿啼今断绝，算关山羌笛哀音比。有蜀帝，魂归矣！"《女校纪事：已去之女校长》，《女铎报》，第27期，1914年6月。

学生的悲欢离合,是闺阁女子不曾有过的情感经历。更重要的是,这种体验和情感,会引向主体命运的改变。如 1907 年 6 月务本女学恳亲会上,参加表演的女生中,日后成为女界名人的有张昭汉、汤国黎、杨达权、吴若安、袁希濂等。[①] 早期女学堂对于女性生活之重要,怎么形容都不为过。年逾四十的女诗人程琼说:“他日幸获有成,得附名于爱国女学之途,以偿其素志,方为不负吾此生也。”[②]而金一说得更加直接——“入学好,女同胞”,“不入学,可怜虫!”[③]

物以稀为贵,早期的女学生们,无论在校内还是校外,都引人关注。女学生沈景英回忆道:“社会是期待我们的未来,不是奖许我们的既往。如此对待仅受有限畸形教育的女子,实在太厚了。”[④]说的即是走出闺秀的女子,在从旧时“才女”到现代女学生的转变过程中,所受到的瞩目。社会的期待,主要是因为女学生的清新气象承担了国家民族命运新变这一重大责任。她们所得到的礼遇,即是人们对于她们毕业之后所从事的教育职能给予的尊重。前文述及的 1904 年务本女学首届师范科毕业式,共有毕业女生 10 人,其中姊妹花一对,即嘉定的黄守渊、黄守蕖,二人“芳声所播,女界倾心”,一周后,南翔学界发起欢迎会,公请两女士前来演说,并为她们量身打造欢迎歌:“好女子,好女子,国民第一良教师。师范科,二年多,自由花两朵。嘉定离翔廿四里,从今女学开风气。学问高,声名噪,模样做我曹。”[⑤]可见人们对此姐妹花的期盼和推崇。她们日后的发展道路,也确实符合众人的期望:黄守渊是年被刚开办的天津女学堂(即

① 《务本女学校家庭恳亲会记》,《时报》,1907 年 6 月 9 日,第 2 版。
② 长沙贞林女史程琼:《游历记》,《女子世界》,第 12 期,1905 年 5 月。
③ 金一:《女学生入学歌》,《女子世界》第 1 期,1904 年 1 月。
④ 沈亦云:《亦云回忆》,台北:传记文学出版社,1980 年,第 42 页。
⑤ 《记南翔欢迎会》,《警钟日报》,1904 年 7 月 30 日,第 4 版。

北洋女子公学）礼聘为教习[①]，黄守蘪则赴日本留学，归国后先后执教于务本女学、苏州振华女校、浙江湖州女校、江苏省立女子蚕业学校（原上海女子蚕桑学堂，后迁苏州浒墅关）。[②]

早期女学生受人尊崇，然而与同龄的女孩相比，她们的心智和生活经验区别并不大，同样是初涉世的女子，特别是背井离乡的女学生们，来到繁华的都市求学，也会有迷惑和忧思。如湖北女子文恢权（从名字就能看出其志向之伟），“前年带洋二百元来沪，肄业某校。兹因学费用罄，至浦东亲戚处，告贷未遇。回至沪北英租界黄浦路，踽踽独行。由巡捕带入捕房，谕饬暂寄济良所候核”[③]。济良所本是收容、改造妓女的慈善团体，文恢权流落此处，实是走投无路。[④] 她的这种遭遇，恐非求学前能料想。社会在给予她们礼赞的同时，也布下了种种陷阱。在学校围墙之外，她们也如同龄女子一样，会遭遇到罪恶的黑手，因而需要处处谨慎。如苏州有两名女学生在放学途中为人诱拐[⑤]，京口女学生吴惠媛被匪徒奚阿根奸拐，后来又被卖入雉妓院为娼[⑥]。在那个过渡时代里，女学生即使顺利毕业，走入职场，在曾经全是男性的空间里占得位置，“社会上对于一个孤单奋斗的女性，总喜欢丢几块小石头的”，女子很可能会遭受新和旧这两个时代“夹磨式的刑罚”。[⑦]

新闻和文学的聚焦

女学生的出现，打破了社会空间的性别布局。中国传统的

---

① 《女教习已到》，《大公报》，1904年11月3日，第4版。

② 周其常：《关于我家的回忆》，见上海嘉定区政协：《嘉定文史资料》（第21辑），2003年，第78页。

③ 《女学生暂寄济良所》，《申报》，1908年12月9日，第2张第3版。

④ 《北京女报》用白话改编这条新闻时，即以“女学生穷途”为标题。

⑤ 《匪徒诱拐女学生》，《申报》，1907年6月29日，第12版。

⑥ 《女学生有何面目回家》，《申报》，1910年10月7日，第2张第3版。

⑦ 褚问鹃：《我的姊姊》，《寸草心》，广州：粤秀出版社，1947年，第49—50页。

闺秀,其活动范围主要局限于家庭,而女学生的足迹则不限于家内和校园。成群结队的女学生出现在大街小巷上,给路人带来很大的视觉冲击。女生们的衣着、神态、步伐都会成为品评的对象:

> 这些学生,老远的就一望而知,并不在衣服上分别,那个气宇,就与众不同。头一样儿,眼睛不胡看;二一样,不像寻常女子,那样羞羞涩涩的;三一样,脸上福气,带出来有学问的样子,正是古诗上说的,腹有诗书气自华。[①]

这还是正面的评价。在清末民初的报刊上,更多的是对女学生服饰的批评。看客们的目光,既有遮遮掩掩的偷窥,也有肆无忌惮的逼视。媒体的立场,也很值得分析。

早期的女学为报刊所关注,自然是因为其新闻价值。当时的女学堂十分罕有,报刊对女学堂的关注,大到筹建、开办、毕业仪式、学堂风潮,小至人事变动、女学生的入学试题、课程安排、服装规定、是否缠足等,都一一采写,更不用说运动会、游艺会、恳亲会、慈善会、展览会、欢迎会等近似于公共空间的场合。女学堂在举行这类活动时,来宾动辄千计,足见人们对女学堂和女学生的注目。1907 年江亢虎借琉璃厂甸举行女学慈善会,“各校女学生演说,唱歌,游艺,售品筹募赈捐”,来宾“车马喧阗,人山人海”。慈善会之所以引起轰动,江亢虎说得很明白:“其实大众的心理,那里都是慈善为怀?多半是来凑热闹,来看女学生。”[②]在这种场合下,人们对女学生的关注,无非是其长相、神态和文艺表演。在有限的篇幅里,记者难以对此等场景做绘声绘色的描绘。

但报刊文字的特点,较之读者亲临现场亦有自己的优势,即

---

① 《受过教育的是与众不同》,《北京女报》,1908 年 10 月 9 日。

② 江亢虎:《在江西义务女学讲演词》(1920 年 10 月 5 日),《江亢虎博士演讲录》(第 1、2 集),上海:南方大学出版部,1923 年,第 38 页。

对女学堂内“故事”的编撰。1903 年《申报》上的评论,很能体现报刊媒体关注女学生的侧重点:

> 第观通衢大道之间,有鼻架金镜、足登皮靴者,众人耳而目之曰:“此某堂之女学生也!”有手携革囊、身衣异服者,途人聚而观之曰:“此某学堂之女监院也!”尤可异者,尝见有某学堂之男教习,面则傅粉,身则薰香。短发覆额,衣履奢华。试问其是何居心,而必修容饰貌若此?至若留学东瀛之某女学生,闻因与某姓少年教习有暗昧事,至为堂中所逐。事虽未必可凭,然藉藉人言,岂尽无因?①

这是我读到的较早对女学生的集中批判。作者对旁人“耳而目之”“聚而观之”的生动描述,体现了女学作为新异事物在人群中引起的戏剧性效果。此文对女学堂的“恶评”,从两个方向启引了后来者:一是对女学生着装的高度关注,一是对学堂内男女关系的极度敏感。文中女学生的“金镜”“皮靴”,在后来的批评文章中演变成更具概括性的“金镜革履”,这一词组高度类型化而且贬义十足,几近女学生的代名词。它象征着女学生的奢华时髦、肤浅浮躁、自由狂放。如《妇女时报》批评女学生的装饰:“近日女生多有松其辫、劲其装、窄其袖、金其镜、皮其包、革其履,招摇过市,顾盼自豪者。”②《妇女杂志》言女学生之放荡:“皮靴橐橐,巾帼而有雄风;金镜煌煌,眉目具含英气。”③都市中女学生戴眼镜,主要是刻苦用功的结果;女生着皮鞋,固然有时髦的因素,但亦是女界全体服饰革命下的表现,大可不必如此惊怪。女学堂内的男女故事,更是紧牵着报刊作者和读者的神经。今天我们阅读此类故事,除了考辨事实的真伪之外,亦当诘究彼时作者以及读者的心态。

---

① 《女学堂论》,《申报》,1903 年 4 月 24 日,第 1 版。

② 魏宏珠:《对于女学生之卮言》,《妇女时报》,第 4 期,1911 年 11 月。

③ 丁逢甲:《女界箴言》,《妇女杂志》,第 4 卷第 3 期,1918 年 3 月。

作为“竖三民”之一的《民立报》，是清末民初的进步报纸。它在报尾设一“东西南北”栏目，发表读者的只言片语，多是对时事的精辟评论。其中不乏涉及女学生者，如：

> 吾痛女学生得文凭后，即有一般傲气。
>
> 吾痛女学生无自由结婚之程度，而自由结婚。
>
> 吾痛女学生与西妇谈话，自觉非常得意。
>
> 吾痛女学生眼睛无恙，一架金丝镜。
>
> 吾痛女学生穿西洋高底皮鞋，以为好看。①

> 女学生在读书时候，只顾忙写信；暑假时候，忙洋琴；将近开学时候，忙办食品。
>
> 女学生带[戴]的眼镜，金丝的多。
>
> 女学生穿的衣服，喜欢身腰小，袖子短。②

“东西南北”每日选稿众多，是一个读者自由发言的场所，展现的大体是读者真实、原始的社会评论。上文摘引的两处，作者一署“端礼”、一署“端礼女士”。其女性身份也许值得怀疑，但对女学生务必守“礼”的用意是不言而喻。作者对女学生的批评，已经泛化到生活中的各种细节。

更富有生活气息的是文艺杂志《余兴》对女学生的采写。《余兴》杂志 1914 年 8 月创刊，至 1917 年 7 月终刊，共出 30 期。它是将曾经发表在《时报》副刊“余兴”上面的部分作品重新编辑出版。但《余兴》上的“国内无线电”“特约马路电”都是由访员当下撰写。“特约马路电”篇幅短小，“所载皆本地发生奇奇怪怪的事”③，其中有不少是女学生的生活片段，如第 11 期：

---

① “东西南北”栏，端礼来稿，《民立报》，1911 年 8 月 18 日，第 6 版。

② “东西南北”栏，端礼女士来稿，《民立报》，1911 年 9 月 7 日，第 6 版。

③ 包天笑：《回忆毕倚虹（一）》，《钏影楼回忆录续编》，香港：大华出版社，1973 年，第 46 页。

一月十二日

上海某女学堂,每逢星期三有远足之举。某日全体女生归校时,途遇一男学生,尾之行,平视不已。众恶之,而无可如何。一女生见其发稀少,遂对众宣言曰:此人系秃头也。众女生咸大笑,群视其首。生大惭,抱头向某校飞奔而逸。

(徐家汇路专电)

一月十九日

昨日有女学生二人同行于静安寺路,遇一流氓钉稍,相嬲不已。二人无可如何。适电车由东而来,一女生曰:"吾辈速乘此车,往愚园作竟日之游。"流氓闻之,急登电车。车即开驶,载流氓往西而去。二女得乘间而逸。

(静安寺路专电)①

相比报章上的简短时评和片段式的采写,女学生进入文艺作品是更高一层的创作活动,其时间也略为滞后。因为考察小说中的女学生是本书的主要任务之一,此处仅简略分析竹枝词和套曲对女学生的书写。竹枝词本是地方性的民歌,歌咏对象主要是一地的民俗风情。唐代以后文人大量参与创作,但其大体风格一直固定下来,兼有写实性和通俗性的特点。在近代,竹枝词这种体式又被作者用于政治时事和社会风气的批评,则其主体色彩也相应加强。

竹枝词对女学生的描写主要可分两种:一是歌颂她们清新质朴的精神风貌,一是批评不良的女学生习气。前者如《余兴》曾刊载《女学生竹枝词》一组共 11 首,描述女学生各门功课,第三首歌咏缝纫课:

① "特约马路电",《余兴》,第 11 期,1915 年 11 月。

文明新式爱西装,剪尺纵横不惮忙。
只恨艺成初试手,先为人作嫁衣裳。[①]

针黹本是传统“女红”技艺之一,但诗中所制之衣乃文明西装,便展现了女学生与闺中女子的不同。需要留意的是,晚清以来竹枝词的创作,不同于此前保留在诗文集中的吟咏,很多首先是在报刊上登载。“竹枝”与现代传媒的结盟,在增加诗歌时效性的同时,又深深地打上了媒体的烙印。报刊的趣味、读者的期待视野都可能左右文人的写作。反过来,文人与生俱来的雅趣(或俗趣)也会相应放大。即便在《女学生竹枝词》中,香艳之气亦随处可见。[②]

至于文人对“女学生习气”的批评,在清末民初报刊中的竹枝词和“类竹枝体”诗歌中,也很常见。如对女生“金镜革履”的经典评价:

橐橐皮靴履有声,金丝明镜耳边撑。
天然面目天然足,争说文明女学生。[③]

橐橐皮鞋意气扬,金丝眼镜学生装。
秋波一盼消魂处,手帕频挥花露香。(苏城有女学生装者,辄躞蹀街头,行人多为注目。)[④]

两位作者的观察地一为上海,一为苏州,但其关注点都不约而同地集中于女学生的眼镜和皮鞋。因为词句的高度接近,从发表时间看,后者应是借鉴了前者。他不仅记录了歌咏对象的穿戴打扮,更从行人的反应生动写出了着装者的巨大魅力。但如果

① 若汀:《女学生竹枝词》,《余兴》,第9期,1915年6月。

② 如第9首言“家政”:“躬操井臼乐清贫,床第庄严敬若宾。第一后房诸婢妾,等闲不许近郎身。”

③ 老徐:《沪上杂吟》26首之6,《余兴》,第8期,1915年5月。

④ 老生:《苏州竹枝词》4首之3,《青声周刊》,第5期,1917年12月。

从诗的韵脚和句式上分析，作者的灵感显然首先来自北京街头的行人对妓女的品评：

> 大辫轻靴意态扬，女间争效学生装。
> 本来男女何分别，不是骑骡赛二娘。①

这种改头换面的写作，使得作者的趣味与原诗大体接近。无论是在上海、苏州还是北京，也不论是妓女还是女学生，她们都是文人品头论足的对象。作者在记录街头风情的同时，也显露出自己的立场和心态。后者在民国小报中表现得更加明显，此时的竹枝词中的女学生，亦成为黑幕之一。②

与竹枝词一样，套曲也来自民间。它有固定的曲调和句法程式，文人填作起来更加得心应手，其游戏笔墨的性质尤为明显。相对而言，套曲的品味也略显低俗。1910 年 10 月，《民立报》上发表了老谈（谈善吾）的《新闺中十二曲》，很快即被《小说月报》转载，后来又被收入多种集子，颇受欢迎。③ 由标题可知，老谈之作乃是对《闺中十二曲》的拟写，对照《香艳丛书》所收之同年排印的《闺中十二曲》，二者曲调和排列顺序相同，都是以【如梦令】始，以【尾声】终。原套曲“妮妮儿女语，令读者醉心”④，老谈的翻新之作，亦有此种效果。试读其起首之【如梦令】：

---

① 佚名：《十不见竹枝词》，载孙殿起辑、雷梦水编：《北京风俗杂咏》，北京：北京古籍出版社，1982 年，第 62 页。

② 如青聿的《黑幕竹枝词》：“垂垂发辫冠峨峨，姊妹称呼叫阿哥。不道暗中成暧昧，校斋名誉损多多。”《新世界》，1918 年 6 月 8 日，第 3 版。

③ 《民立报》1910 年 10 月 11 日、12 日连载《新闺中十二曲》，《小说月报》第 1 卷第 4 期（1910 年 11 月）转载，后又被收入《香艳集》（汪石庵编，上海：广益书局，1913 年）、《香艳丛话》（周瘦鹃编，上海：中华图书馆，1916 年）、《古今滑稽文选》（雷瑨辑，上海：扫叶山房，1926 年）。

④ 《闺中十二曲》原评，见虫天子（张廷华）编：《香艳丛书》，北京：人民文学出版社，1992 年影印，第 1699 页。

休道女郎娇小,学校开通偏早。最易刺神经,男女平权论好。烦恼烦恼,秾郁爱情谁晓?

老谈认为,原《闺中十二曲》“艳冶温柔,于女儿心性,可谓体贴入微。一时传诵殆遍。今时世界日新,闺阁中情态,亦为之一变”。他自己的摹拟写作,又何尝不想达到这种效果?《新闺中十二曲》摹拟闺秀口吻,描绘女子从恋爱到生子的幸福闺中生活,浓情蜜意,香艳十足。较之原作中“闺阁女郎年幼,十五心头春斗”的在闺中春情萌动的女子,他的吟咏对象已转移至学堂女生。她们对于爱情的向往,乃始于学校内男女平权、自由恋爱思潮的熏陶。类似的写作还有琴公的《新女界十四曲》,作者拟想中女郎自然也接受过女学校的新式教育:“女权发达侬先喜,垂髫入学研新理。从此唱文明,休言旧帼巾。”[①]此外还有广为传唱的小调“一半儿词”,对女学生亦多有倾情。

通过上文的简单梳理,我们可以看到:社会化的新式女学自清末开始萌芽,就被新闻报刊和文艺作品及时采写,女学生的身影很快日见其多。对于她们的记录或想象,涉及学堂内外女学生生活的各个面向,因而被读者大众所熟知。由各类文字呈现出来的女生,很快由神圣走向世俗,其形象亦是良莠不齐:有清新雅健的“少年中国”之气象,有轻狂浮嚣的负面女性,由此与现实历史中的女学生形成富有意味的对照。在这个过程中,值得留意的还有凝视者、想象者的姿态:救国救民的期盼、善意戏谑的调笑、指手划脚的批判、难以言传的欲望……清末民初活动于历史与文学、实录与虚构两端,贯穿于作者—文本—读者之间的女学生群体,凝聚着丰沛的学术蕴量,是值得从多角度进行研究的课题。

① 琴公:《新女界十四曲》之“入学”,《余兴》,第4期,1914年11月。

第三节　女性与教育的小说传统及转换

《镜花缘》的典范意义

学堂里成长起来的新女性，为路人观察和品评，自然也会被小说家注目与想象。她们在改变自己的人生、映射新中国未来的同时，也在丰富中国小说的格局，改写叙事文学中女性与教育的关系。

如前所述，中国古时亦有富贵人家设有女塾，教读自家及亲族闺秀。文学作品对此也时有涉及。如明代传奇《牡丹亭》中，女主人公杜丽娘便是陈最良的女学生。在晚清之前的小说中，女性与教育的关联，多从科举上生发。[①] 如《二刻拍案惊奇》中《同窗友认假作真　女秀才移花接木》篇的闻俊卿，因父亲是武人出身，被人轻视，于是年幼即女扮男装，入塾读书，并参加童试考中秀才。之后因其父担心真实身份暴露，便不再应乡试。小说的下场诗称："世上夸称女丈夫，不闻巾帼竟为儒。朝廷若也开科取，未必无人待贾沽。"[②]这种不平之鸣在其他小说中也不时出现，如《游春梦》中，天启年间吉安女子金月娥"质性敏慧，才高道蕴，学迈班昭"，曾对表姊白玉环说："朝廷若开女科，则状元榜眼，当在吾等之手。"[③]《定情人》中，江蕊珠出口成章，父亲江章常对夫人道："若当今开女科试才，我孩儿必取状元，惜

---

① 参见顾歆艺：《明清俗文学中的女性与科举》，见张宏生编：《明清文学与性别研究》，南京：江苏古籍出版社，2002 年，第 34—57 页；叶楚炎：《科举与女性——以明中期至清初的通俗小说为中心》，《首都师范大学学报》（社会科学版），2009 年第 6 期。

② 凌濛初：《二刻拍案惊奇》，北京：人民文学出版社，1996 年，第 351 页。

③ 《萤窗清玩 · 游春梦》，上海：上海古籍出版社影印，1994 年，第 377 页。

乎非是男儿。”[①]《侯官县烈女歼仇》里的申希光,“自幼聪明伶俐,真正学富五车,才通二酉。若是应试文场,对策便殿,稳稳的一举登科,状元及第。只可惜戴不得巾帻,穿不得道袍,埋没在粉黛丛中,胭脂队里”[②]。《玉支玑》中侍郎之女管彤秀,“不独容貌如仙子临凡,只言其才,若朝廷开女科,会状两元是不消说了”[③]。

历史上多次出现的风流文人为妓女们开选“花榜”,其对青楼女子的意义某种程度上可与男性文人的科举相比拟。而在小说《女开科传》中,才子余梦白主持的“花榜”,在考试内容和程序上亦参照了明代的科举考试,小说的题目也喻示着此次考试的性质。当日众妓女“逐名听点,鱼贯而入,不许挨挤。大门内搜检一通,二门内搜检一通,察院面前又搜检一通”,“俨然是棘闱气象,倒比那真正科举场中更觉得森严整肃,甚是可畏”。[④]最后取得一甲三名赐进士及第,二甲六名赐进士出身,三甲九名俱同进士出身。状元自然是余梦白相好倚妆。发榜之时,她惊喜交加,恍若梦里:“上面接连的唱了两声。倚妆明明听得是叫他的名字,不敢就应,直等上头唱了第三声方才低声应道:‘在。’”[⑤]可见妓女对此种才名的期待之殷。

考察女性与教育(科举)的小说传统,《女开科传》的意义在于:它不仅高度模拟男性科举的程序,详细铺叙,使小说幻中有真;更重要的是,女子参与考试对整部小说的情节架构有至关重要的作用,是小说中最基础、最主要的故事。而这一叙述传统,

---

① 李落、苗壮校:《定情人》,第2回,沈阳:春风文艺出版社,1983年,第13页。

② 天然痴叟:《石点头》,上海:上海古籍出版社,1957年,第278页。

③ 天花藏主人述:《玉支玑小传》,上海:上海古籍出版社影印,1994年,第35页。

④ 岐山左臣编次,韩镇琪校点:《女开科传》,沈阳:春风文艺出版社,1983年,第28页。

⑤ 同上书,第37—38页。

在《镜花缘》中得到最大程度的展示。

《镜花缘》共100回，前6回可看成是小说的引子。蓬莱山上的百位花仙，总司天下名花。女皇武则天饮酒赏雪，下诏命百花于冬日齐放，众花仙不敢违命。上帝因其并未奏闻，下旨将"百花仙子"为首的众花仙贬入凡尘，散落人间。第7回至第40回讲述的是唐敖科场失意之后在海外的旅行和奇遇，并遵梦境的指引，访得12位流落在外的花仙。第41回起则讲述武则天开设女科，众位女子参加考试的情形，最后录取才女百名，恰好就是被贬下凡的仙子。从第69回到第93回，众才女相聚在卞氏凝翠馆中，连日欢聚，表演种种游戏，谈论诸般趣闻，展示各色才学。

作为贯穿全书的事件，武则天开女科无疑是小说的中心情节。早在第7回，唐敖之女唐小山（百花仙子转世，后改名为唐闺臣）就诘问叔父唐敏："当今既开科考文，自然男有男科，女有女科了。不知我们女科几年一考？求叔叔说明，侄女也好用功，早作准备。"[①]唐敖在海外寻访12名女子，也是为将她们聚拢回中土参加女科而做准备。第48回中，唐闺臣为寻找求仙不归的父亲，来到小蓬莱之镜花岭，见到一"泣红亭"，亭中牌匾写的是"镜花水月"四字，并有白玉碑一座，上刻百人姓名，便是后来考中"才女"之人。白玉碑上的人物谱，启引着散落四方的花仙为了女科而聚首，促成情节高潮的到来。小说结尾，武则天病愈，又下懿旨通告天下："来岁仍开女试，并命前科众才女重赴红文宴，预宴者另锡殊恩。"[②]可看作是此次轰轰烈烈开科之事的余响。

一如书名所标示，此次女科只是作者拟想的镜花水月。群芳得以名传后世，在小说的叙述逻辑中即是因为武则天大开女

---

① 李汝珍著，张友鹤校注：《镜花缘》，北京：人民文学出版社，1955年，第37页。

② 同上书，第759页。

科。然而现实生活里的女性科举,要在太平天国时期才首次出现,因而李汝珍在描写考试程序、考生心理时,可以依傍的只能是男性的科举。男子功名有秀才、举人、进士之序列,进士又有三甲之分,而李汝珍设想中的女性科举程序也有县考、郡考、部试之序,所得功名也一一区分为诸色名衔:

> 县考取中,赐"文学秀女"匾额,准其郡考;郡考取中,赐"文学淑女"匾额,准其部试;部试取中,赐"文学才女"匾额,准其殿试。殿试名列一等,赏"女学士"之职;二等,赏"女博士"之职;三等,赏"女儒士"之职:俱赴"红文宴",准其半支俸禄。①

可见李汝珍设想的考试程序,无疑是男子科举的翻版,即使是考试时间的规定——"寅时进场,酉时出场",也与清代科举若合符节。只是考生资格的设计,较男子为严——"年十六岁以外,不准入考。其年在十六岁以内,业经出室者,亦不准与试。他如体貌残废,及出身微贱者,俱不准入考"。考试内容则"俱照士子之例,试以诗赋,以归体制"②,此"士子之例"指的是唐时诗赋取士,不同于明清之考试时文。这两处差异,可能是为了突出众才女的年幼和颖悟,也与小说设定的时代背景相关。

既然"才女"为此次女科功名的最高等级,众女子都以得到这一称号为荣。发榜之时,诸女忐忑不安,其中以秦小春和林婉如的表现最为典型。发榜前夜,二人已辗转难眠。放榜当日,45 人聚在红文馆内听候消息,决定等报完再一齐传进报单。从五更放了 37 炮,等到日高三丈,并未再添一炮,众人"不觉个个发慌,人人胆落,究竟不知谁在八名之内;一时害怕起来,不独面目更色,那鼻涕眼泪也就落个不止",秦小春和林

---

① 李汝珍著,张友鹤校注:《镜花缘》,北京:人民文学出版社,1955 年,第 308 页。

② 同上书,第 308—309 页。

婉如更是慌乱万状：

> 小春、婉如见众人这宗样子，再想想自己文字，由不得不怕；只觉身上一阵冰冷，那股寒气直从头顶心冒将出来；三十六个牙齿登时一对一对撕打；浑身抖战筛糠，连椅子也摇动起来。婉如一面抖着，一面说道："这……这……这样乱抖，俺……俺……可受不住了！"小春也抖着道："你……你……你受不住，我……我……我又何曾受得住！今……今……今日这命要送在……在此处了！"[①]

最终的发榜结果，众才女无一落第，二人的担心自然也只是虚惊一场，小说描写她们由忧转喜的情状："谁知小春、婉如忽然不见，四处找寻，好容易才从茅厕找了出来。原来二人却立在净桶旁边，你望着我，我望着你，倒像疯颠一般，只管大笑；见了众人，这才把笑止住。"[②]这几处惊心动魄的白描，可与《儒林外史》里范进中举对读。如此精彩的描写，加上文字中的善意讥讽，已经逸出了作者彰显才女的初衷，更大程度上是科场士人众生相的写照。这一文学效果的获得，除了李汝珍个人的切身体验之外，还要归于他对士子的细微体察。

可以说，《镜花缘》将女性与科举的小说叙述传统，发挥到了登峰造极的境界。"开女科"成为全书占统治地位的事件，是小说编织情节的主体脉络，也是作者塑造人物形象的最重要的寄托。作品中的百位女子，借助这一仪式，完成了展示自家才学的集体狂欢。至于"女科"诸细节的来源，则全面临摹男性世界的科举考试，在荒诞不经的故事里呈现出真切感人的文学效果。

---

① 李汝珍著，张友鹤校注：《镜花缘》，北京：人民文学出版社，1955年，第490页。

② 同上书，第494—495页。

《海上尘天影》的转型

就女性与科举的小说传统而言，晚清值得留意的有“如如女史”著的《女举人》。这部 1903 年出版的小说，采用旅行者的视角叙事，即以女扮男装的主人公的游踪为线索，记录其由上海搭轮船至汉口，然后转乘火车到信阳，再辗转至汴京参加“辛丑、壬寅恩正并科会试”一路上的交游与见闻。汴京是主人公如如女史的目的地，会试情形理应成为小说叙述的重心，但作者于途中之事，同样也颇为用力。汴京与试的部分，于篇幅上仅占 16 回中的两回，叙述效果亦未超出其他内容太多，作为小说的情节高潮，似略为勉强。反倒是主人公试后在黄河边上设坛演说的宏伟场面，更让人印象深刻。即便是在集中叙述会试经过的第 13、14 回，小说家亦花了不少笔墨穿插其他枝节，如主人公在第一天考毕后的奇怪梦境、第二场策论间隙中向周围举人演说时务的场景。

虽然为了增加作品的写实性，小说中考试的地点（汴京）与程序（3 场，第 1 场 5 篇文章，第 2 场 5 篇策论）都符合历史上是年会试的情形。明代和清初的会试时间一般为农历二月，小说家也遵循这一惯例，安排风尘仆仆的举子们在二月初七这一考期之前赶到。但这一细节，透露出作者对清代的科举并不十分熟悉，于是年的会试也非真正关心，因为乾隆十年（1745）之后，会试都安排在三月。① 此次癸卯科会试，亦是在三月初八至十六间进行的。② 除此之外，主人公心态、士子们反应、考场氛围等，亦大异于此前小说中的“科举叙事”。主人公的形象，也与

---

① 邓嗣禹：《中国考试制度》，长春：吉林出版集团有限责任公司，2011 年，第 196 页。

② 关于 1903 年会试的详状，可参考范沛潍《清末癸卯甲辰科会试述论》（载《历史档案》，1993 年第 3 期）与何玲《1903 年汴城会试论略》（载《教育史研究》，2003 年第 4 期）二文。

前代小说中热衷科举的士子或女扮男装的女才子们相去甚远。她既无童试、乡试的经历(此行只是冒用同乡举人苗通的身份),也无意于进士功名。此位年仅17岁的如如女史,早已通读各式西学著作,刚从日本游学归来。这次参加会试,目的只是为了体察内地民情而已。随处演讲时务的主人公,似一位感时忧国、热衷维新的政治家。其形象气质,更接近于同时代政治小说里通晓中西学术、四处游历的女学生。这部"似日记非日记,似小说非小说"的作品,我们可以看成从"女科叙事"向"女学叙事"的过渡:它已经背离了前代小说中女性与科举的叙述传统,只是还未与"女学堂故事"勾联。

另一部值得分析的作品是《海上尘天影》。与《镜花缘》一样,邹弢著的小说《海上尘天影》也是以神仙谪凡的故事为引子。当日倾西北、地陷东南时,女娲与"万花总主"杜兰香补天功成,事后女娲封为太君,杜兰香封为畹香宫幽梦灵妃,仍为万花总主,带领群仙,办理花政。东南所陷之地则无人(仙)填补,杜兰香私助坐骑仙鹤(精卫真仙)前往填海,因此而获罪,与26位花神同贬人间。待历劫期满,万花总主等俱返回天廷,各复其职。女娲太君将其事迹刻于"断肠碑"上,上帝命头陀抄录,传布人间,作者则于梦中与其相遇,得阅碑文,遂成此书。

女娲与万花总主作别时,劝她们在凡间同积功德:"下界中国地方,看得我们女子太轻,不令读书,但令裹足,且一妻数妾,最是不好。你下去可立一个女塾,教导国中男女并重,且女子读书明理,所教的孩子也易开风气的。"[①]有趣的是,小说中的女主人公与《镜花缘》亦颇具渊源——原来杜兰香"在唐朝武则天时,降生一次,名唐闺臣,复位后,升授天下万花总主"[②]。"百花

---

① 邹弢:《中国近代小说大系:海上尘天影》,南昌:百花洲文艺出版社,1993年,第13页。

② 同上书,第12页。

仙子”与“万花总主”在仙界的职务并无不同，都是司理花政，但她们在凡间历劫的体验却迥然有别。唐闺臣是为武则天女科所吸引的女才子；万花总主化名为汪畹香，降生于落拓士人之家，所适非人，不得已误入青楼，更名为苏韵兰。其坐骑在凡间化身为才子韩秋鹤，与苏韵兰生出种种不解之缘。韵兰在海上青楼声名大噪，机缘凑巧，入住绮香园，与诸姊妹在园中兴建花神祠，并立桃花诗社，吟咏不辍。

苏韵兰等最后得以飞升之缘由，据女娲上奏天帝：“该仙等流离颠沛，备极艰辛，殊堪悯恻。且在人间，创行女童义塾，建立花祠，体察天心，实属前因不昧。”[①]可见兴女塾与建花祠是她们最主要的两项功绩。苏韵兰设女塾之议，本早于建花神祠，但困于经费，只得作罢，“再等数年举办”[②]。后来韵兰开圃种兰花，掘得石板下所藏黄金万余两，女塾由此得以兴办。招收学生30余人，学习中文和英文。经历了一系列的波折和阻力，苏韵兰等完成凡尘历劫，升入天界。十一年后，“绮香园及女塾早已云散风流，改为皇华使馆”[③]。可见女塾因苏韵兰而设，亦因其飞离人世而消亡。

相比于《镜花缘》对“女科”的大肆铺叙，《海上尘天影》关于女性与教育的书写，转移到女塾的日常运作上来。通过小说的叙述，读者可以得知女塾的大体情形：女塾院主、院长、教习、司事与学生见面时行中西合璧的礼仪；女学生为37人，功课水平尚粗浅；塾中逢礼拜休息；女塾教习为精通中西学的士人、女子，甚至还包括“针线妇女”；功课为中文、英文、算学、画图、针线。第53回中，苏韵兰恭请地方官绅夫人来女塾中查考功课，由来宾命题：华文题目为“五字的对课”及“随意背诵《女

① 邹弢：《中国近代小说大系：海上尘天影》，南昌：百花洲文艺出版社，1993年，第24页。

② 同上书，第778页。

③ 同上书，第1041页。

四书》半页”,英文为口语问答及中英文互译(将《伯灵京考略》小段英文译成中文,把《三国演义》上十几句文字译成英语)。另外加考格致与算学题。宾客中有康氏曾在外国游历,通英文,“遂与教习操英语问答”。这段对谈,即使今天读来,也是形同天书:

> 康太太道:“由而司古而喊无色姆司卡癞(作勒挨连读)?”美姑娘道:“买(上声)害司古而喊无蚕的色文敏姆。”康太太道:“凹而敏姆喊无色姆克兰司?”美姑娘道:“一脱一司土昔克司克兰司,俺午特夫挨害无克兰司,土台温克兰司土挪害脱。”康太太道:“豁脱一司完而完?”美姑娘道:“夕司土克兰司挨而利特英辩中为台字力希罢克土台,在而敏姆乱午土克兰司完而克俺午特,温克兰司鸭倍克司夕司完而克,挨而利特强你司罢克凹夫挪害脱土亚克老克。”康太太道:“喊无由色姆槐哀司司卡癞?”美姑娘道:“买哀司卡癞泮瞎拨司捺脱槐害司。”[①]

她们所交谈的,即是女学生的人数、班级、功课和程度。[②] 至于韩秋鹤为女学生所撰的格致与算学考题,同样别开生面,大异于

---

① 邹弢:《中国近代小说大系:海上尘天影》,南昌:百花洲文艺出版社,1993年,第912页。

② 小说随后借玉成与康太太的交谈,解释了刚才英文谈话的内容:“玉成笑道:‘说的什么?’康夫人笑道:‘你们不知道的,难懂呢。我说由而司古而喊无色姆司卡癞,是说你的学堂里有几个女学生。他说买害司古而喊无蚕的色文敏姆,是说有三十七个学生。我说凹而敏姆喊无色姆克兰司,是说拢总分几班。他说一脱一司土昔克司克兰司,俺午特夫挨害无克兰司,土台温克兰司土挪害脱,是说就是共总六班,日里头分五班,一班是夜里读的。我说豁脱一司完而完,是问他功课如何。他说夕司土克兰司挨而利特英辩中为台字力希罢克土台,在而敏姆乱午土克兰司完而克俺午特,温克兰司鸭倍克司夕而克,挨而利特强你司罢克凹夫挪害脱土亚克老克,是说日里两班读英国书,其余两班学针钱,一班学画图、算学,夜里读中国书两点钟。我说喊无由色姆槐哀司司卡癞,是问可有聪明学生。他说买哀司卡癞泮瞎泼司捺脱槐害司,是说恐怕有几个。’”同上书,第912页。

女才子的诗赋或时文：

> **格致题**
>
> 问：风定天晴，设有极香极臭两味，各贮一器，每秒钟香臭两味各行空气中，何味最速，相去若干尺，抑系并行？
>
> 问：铅矿中琉养三最多，炼铅何法最善？
>
> **算学题**
>
> 问：有一户不知高广若干，以竿量之，竿亦不知长短，但知横之竿不出四尺，纵之竿不出二尺，斜之适出。问户高广斜各若干。
>
> 今有一担瓦片，不知若干张，每两张一数后多一张，三张一数也多一张，四张一数也多一张，五张一数也多一张，六张一数也多一张，七张一数适合不多。问有若干张。①

作者在随后的文字中又给出了这几道试题的答案。如果依照鲁迅先生的观点，将《镜花缘》看成“才学小说”，那么《海上尘天影》的作者亦难摆脱炫耀才华的嫌疑。小说中不时由男主人公韩秋鹤出面介绍种种西学知识。此处来宾与教习的英文对话，以及韩秋鹤所命考题，亦属此类。不过，小说照录英文对答以及考试题目，就叙述效果而言，不仅十分契合来宾参观女塾秋季考课的情境，而且可以充实读者对女塾的想象，令人倍感新奇，并不能完全算是赘笔。

需略作分析的是《海上尘天影》的创作过程和成书年代。今天看到的最早版本是光绪三十年小阳月（1904 年 11 月）“亚非尔丹督理监印”的石印本，全 60 回。然而据卷首王韬 1896 年的序言，此书是邹弢为了纪念自己与青楼知己汪瑗女史的一段情缘。他在湖南学政江标处游幕时即已著成 52 回，得知汪出嫁

① 邹弢：《中国近代小说大系：海上尘天影》，南昌：百花洲文艺出版社，1993 年，第 914 页。

后，又删改、增续数章。依邹弢致汪瑗函件，他“自到湘省幕，凡十一月”，“到幕之后，兀坐凝神，专志《尘天影》一编，自早以至夜深，往往天已启明，犹拥灯构想，凡十阅月始成五十六回。满志踌躇，拟以善满良缘作结，欣然持稿而返，欲就正于主人，乃燕子楼空，玉人已远，遂更名为《断肠碑》”。他从长沙回到上海的时间，是“乙未九月晦”①，则可推断出邹弢大约于1894年农历十月赴湖南游幕，至次年九月已完成《断肠影》56回。② 汪瑗也在略早的信件中与邹弢讨论小说全书的回目和收尾。③ 另外1898年6月，邹弢在上海创办《趣报》，曾每日附送《断肠碑》单页。④ 如此，则从王韬叙说的52回、邹弢所言之56回、《趣报》附送的小说散页，到最终成书的60回，其间必然经过数次调整。

限于资料，我目前尚未见到1904年之前的版本，无法对照其文字上的异同，因而小说中关于女塾的描写，最早是出现在哪个版本中，是否参照了现实中的女学堂，暂时都不得而知。小说对女塾的叙述，最详尽的即是上文所引诸位士绅夫人查考功课的情形。我只能略作推断：邹弢对女塾中的西学想象，除了在上海受传教士影响外⑤，也可能源于他此时襄助江标在湖南兴办

---

① 《寄幽贞馆信》，《海上尘天影》书尾附，第1044—1047页。此函又言“另有两信，一登《苏报》，一登《大公报》”，则其当撰于1902年或1903年间。

② 第12章回评亦云：“此书共计五十六章，所重者畹香一人。”同上书，第177页。

③ 《〈海上尘天影〉珍锦》录汪瑗乙未（1895）八月十六日致作者信件，言“《尘天影》目录甚佳”，“俟料理俗事既毕，即将先父母灵柩择地安葬，然后回至故乡，择人而字。此即瑗之心事，亦即大作之收场，可叙入其中，以为结束”。同上书，第6页。

④ 阿英：《晚清文艺报刊述略》，《阿英全集》（第6卷），合肥：安徽教育出版社，2003年，第296页。

⑤ 邹弢1881年即进入益闻报馆，襄办《益闻录》。《益闻录》是上海天主教会创办的刊物，以阐发天主教义、介绍西学为主要内容。

时务的经历，抑或与他此前编纂《万国近政考略》的心得有关。[①]士绅眷属参观女塾的场面，也许是借鉴了教会女学堂的经验。此外，麦子嘉阻挠女学的经历，小说叙述也很详细，以致女主人公苏韵兰感叹：“今仅开一个女学堂，是人言藉藉。”[②]女塾生存的压力，可能是作者于1904年小说出版前参考当时的女学事件而补写。当然这些猜测，有待于日后比照其他版本来证实。

《镜花缘》对女性命运的关切，颇为近现代思想家所重，在文学领域也不乏拥趸。不过，在“小说界革命”之后，《镜花缘》的续作者，即便有心接续女子与科举的传统，但呈现出来的，更多是女学生们的故事。1908年上海鸿文书局出版的《新镜花缘》，作者陈啸庐借黄振甫之口言：“最好国家开一个女学特科，大姊姊钦点了女状元，二姊姊钦点了女榜眼，每人再放几任女提学使，专门提倡管内的女学，或改良管内腐败的女学堂，还怕女学界不独树一帜，同那东西洋的学生，见个高低吗？”立刻遭到大姊舜华的讥嘲：

> 你不听见科举早停了吗？还说什么女学特科，还说什么女状元、女榜眼？[③]

因而小说中女子们的主要言行，是她们出洋留学的宏愿、对女学界不良风气的批评，以及入苏州大成女学校上学的详细过程，还有女学生们趁假期聚会结社却碰到流氓尾随所惹起的风波。这些都是彼时社会常见的思潮和现象。作者对女学生们真实生活

---

① 据薛福成、孙乃德《万国近政考略序》，邹弢约于1890年起编撰此书，1892年编成，1896年出版。而史全水发现：《海上尘天影》中的西学知识，“大致可以在《万国近政考略》中一一找到出处”。史全水：《邹弢：一个被忽视的近代重要作家》，复旦大学中文系硕士论文，2009年，第20页。

② 邹弢：《中国近代小说大系：海上尘天影》，南昌：百花洲文艺出版社，1993年，第1014页。

③ 陈啸庐：《新镜花缘》，《中国近代小说大系：中国进化小史、新镜花缘等》，南昌：百花洲文艺出版社，1996年，第226页。

的采写,不仅避免了前辈李汝珍从男性生活中挪移素材的无奈,而且使作品同时兼具史料价值和文化意义。

要之,在明代的小说和戏曲中,已经出现了女性在塾中求学的场景,但它对小说情节、人物设置的作用比较微弱。至于女性与教育的关联,小说作者津津乐道的是女子参与科举考试的事件。它不仅是刻画人物的重要手段,也是小说情节展开的依据。这种女性与科举的小说传统,在《镜花缘》中发展到了巅峰,但小说对女性参加科举考试的具体描写,只能参照现实生活中的男性科举。而从《海上尘天影》开始,先前热衷科举的女才子则变成了小说中女学塾的主事人和女学生。小说对女性和教育的书写,大多已经从现实中的女学堂取材,作家的注目之处遂由"女科"转向"女学"。

第四节　清末民初"女学小说"述略

"女学小说"的题材走向

学界一般将1902年梁启超在横滨创办《新小说》杂志看成是"小说界革命"的起点。作为政治小说的范本,梁氏在《新小说》连载的未竟之作《新中国未来记》,即已预留了女学生的位置。小说仅成5回,比起他之前的宏阔构想,《新小说》刊载的部分只是整部小说的开头。[①] 第4回中,维新志士黄克强、李去病游学欧洲归来,准备联络各地同志。他们在山海关的客店里读到一首题壁《贺新郎》词,乃是黄、李前出关时联句的和韵,署名"端云",跋语则言"东欧游学,道出榆关"。[②] 依小说正常的

① 夏晓虹:《觉世与传世——梁启超的文学道路》,北京:中华书局,2006年,第40—41页。

② 饮冰室主人:《(政治小说)新中国未来记》第4回,《新小说》,第3号,1903年1月。

情节逻辑,此位留学东欧的女子定是一位女志士,与二人将会有一番纠葛。第5回中,友人郑伯才留给黄、李一张写满人名的“日本雁皮纸长笺”,最末三位是可与大事的女性:

> 另女士三人:
>
> 王端云,广东人,胆气、血性、学识皆过人,现往欧洲,拟留学瑞士。
>
> 叶文僩,广东人,在美国大学卒业才归,一大教育家。
>
> 孙木兰,浙江人,沉鸷才敏,现任北京某亲王府为给事。①

王端云定是前文提到的题壁词的作者“端云”,而叶文僩的身份也是女留学生,她们的风神面貌想来定大异于人们熟知的闺阁佳人。

“小说界革命”之后的最初三年中,“新小说”里的女学生,大多是以女留学生的形象出现。作者对她们的刻画,主要还停留在想象的层面。其中原因,一是国内女学并未普及,作者对女学生的生活和气象未必熟悉;另一原因,政治小说要求女性有强大的活动能力和主动性,熟谙祖国弊病和世界大势,而且能言善辩,随时随地可以发表演说启蒙听众(读者),因而相对国内略显纤弱的女学生,选择远游留学的女性来担任这种任务是最合适的。如《女举人》中的主人公如如女史,“生少别无嗜好,单欢喜读书,欢喜讲中国政治及外国地理历史格致等学,年十六,就打扮作一个男儿,负笈游日本,考察彼国女学校情形”②。《女狱花》中的许平权,先留学日本高等学校,后来归国,自己“办了一

---

① 《新中国未来记》第5回,《新小说》,第7号。据夏晓虹考证,此号《新小说》严重拖期,最早要到1904年1月17日之后才印行。《谁是〈新中国未来记〉第五回的作者》,《阅读梁启超》,北京:三联书店,2006年,第299页。

② 如如女史:《女举人》,上海:上海同人社石印,1903年,第1页。

个大大的女学堂”①。《女娲石》中的金瑶瑟，曾“往美洲留学三年”②。由见多识广、性情豪迈的女留学生来实现作者的文学与政治想象，无疑对情节的架设大有便利。但即使如此，仍然无法摆脱政治小说重议论、轻故事的模式，人物形象难免平面化和模式化，影响小说的可读性，如俞佩兰所称：

> （中国旧时之小说）至于创女权、劝女学者，好比六月之霜，三秋之燕焉。近时之小说，思想可谓有进步矣，然议论多而事实少，不合小说体裁，文人学士鄙之夷之。且讲女权、女学之小说，亦有硕果晨星之叹。甚矣作小说之难也，作女界小说之尤难也。③

“政治小说者，著者欲借以吐露其所怀抱之政治思想也。”④此种论调，是小说古已有之的政教目的在晚清的变体。20世纪以来，原本不登大雅之堂的小说忽然成为“文学之最上乘”⑤，大半因政治小说之提倡而来，但小说原借以吸引读者的故事性亦被大打折扣，由此注定了它是昙花一现的小说类型。对此有清醒认识的作者，则在政治小说中努力渗入旧小说重故事的传统，或者干脆引入男女之情来编织情节，如张肇桐1903年出版的《自由结婚》即以男女主人公的情感经历贯串全书，“首期以儿女之天性，观察社会之腐败；次期以学生之资格，振刷学界之精神；末期以英雄之本领，建立国家之大业”，借鉴的即是旧小说的“男女”和“英雄”两大叙事传统。整部小说的故事内容和情

---

① 王妙如：《女狱花》，见《中国近代小说大系：女子权·侠义佳人·女狱花》，南昌：百花洲文艺出版社，1993年，第752页。

② 海天独啸子：《女娲石》，《中国近代小说大系：东欧女豪杰·自由结婚·女娲石等》，南昌：百花洲文艺出版社，1991年，第452页。

③ 俞佩兰：《〈女狱花〉序》，见《中国近代小说大系：女子权·侠义佳人·女狱花》，南昌：百花洲文艺出版社，1993年，第705页。

④ 《中国唯一之文学报〈新小说〉》，载《新民丛报》，第14号，1902年8月。

⑤ 《〈新小说〉第一号》，载《新民丛报》，第14号，1902年8月。

节安排,“关于政治者十之七,关于道德教育者十之三,而一贯之以佳人才子之情”[1]。如此处理,可能会让读惯旧小说的读者觉得似曾相识,倍感亲切。

政治小说自然也有可读之作,但从整体上看,此类“专欲发表区区政见”[2]的作品,往往“开口便见喉咙,又安能动人?”[3]因而经过最初提倡时的井喷之后,很快便走向消歇。“小说界革命”的主要阵地《新小说》杂志也因吴趼人、周桂笙的进入而风格大变。另如1905年小说林社在为已印、将印各书做广告时,其分类已不见“政治小说”之名,而代之以更宽泛的“国民小说”[4]。1906年《月月小说》创刊,所关注的11类小说中,同样无“政治小说”之目,仅“哲理小说”在涵义上庶几近之。[5]

女学生大规模进入“新小说”,最重要的原因当然是现实土壤的生成。随着女子教育的发展,尤其是1907年《女学堂章程》颁布之后,女学堂数目不断增加,女学生群体日趋醒目,女学生的求学经历和校园生活亦渐为人们熟知。同时,读者对女学堂、女学生的好奇,也会刺激“女学小说”的销路和作者的写作欲望。与之有关的是,若干小说家都曾有过在女学堂任教的经历,仅就所知,列表如下:

---

① 张肇桐:《〈自由结婚〉弁言》,见《中国近代小说大系:东欧女豪杰·自由结婚·女娲石等》,南昌:百花洲文艺出版社,1991年,第105—106页。

② 饮冰室主人(梁启超):《新中国未来记·绪言》,《新小说》,第1号,1902年11月。

③ 公奴:《金陵卖书记》,陈平原、夏晓虹编:《二十世纪中国小说理论资料(第1卷)》,北京:北京大学出版社,1997年,第65页。

④ 《谨告小说林社最近之趣意》,同上书,第173页。

⑤ 陆绍明:《〈月月小说〉发刊词》,同上书,第199页。

清末民初曾在女学堂任职的小说家一览表

小说家	就职学校	城市	任教时间	备注	资料出处
陈景韩	务本女学	上海		任教于该校初创期	吴若安《回忆上海务本女塾》
徐念慈	竞化女学	常熟	1904 年起	创办人,校址设曾朴宅内。	丁祖荫《徐念慈先生行述》
	爱国女校	上海			同上
邹弢	启明女校	上海	1905—1921	女子之列门墙者,不下数千人。	邹弢《桃李闲愁》
	务本女学	上海		女弟子约500人	同上
包天笑	女子蚕桑学堂	上海	1906 年起		包天笑《钏影楼回忆录》
	城东女学	上海	1906 年起	妓女金小宝曾来附学	同上
	民立女子中学堂	上海	1906 年起		同上
胡朴安	竞雄女学	上海	1915 年前后		《竞雄女学之扩张》,《申报》,1915年2月5日
陆秋心	务本女学	上海			于右任《陆秋心先生墓志铭》
	城东女学	上海			同上
吕韵清	文明女塾	浙江石门	1905 年前后	为女画家兼小说家	《石门文明女塾教员吕筠青女士小影》,《女子世界》,第 12 期,1905 年5月
	竞雄女学	上海	1915 年前后		《竞雄女学同学录》

续 表

小说家	就职学校	城市	任教时间	备注	资料出处
叶楚伧	竞雄女学	上海	1915 年前后		同上
	城东女学	上海	1914 年起	任高级文科主任	《城东女学之进步观》,《女铎报》,第 30 期,1914 年 9 月 1 日
	开明女学	上海	1915 年前		《竞雄女学之扩张》
林纾	箴宜女学	北京	1915 年起		林纾《箴宜女学校碑记》、朱羲胄《林氏弟子表》
程瞻庐	振华女子中学	苏州	1917 年起		《苏州振华女学校三十年纪念资料》
	景海女子师范	苏州		任中文教务长	赵苕狂《程瞻庐传》
吴绮缘				“吾尝滥竽女学校教职,薄有经验。”	《女学生之百面观》序
胡寄尘	神州女校	上海	约 1919 年	讲授白话诗文	胡寄尘《白话诗文谈》序

随着新材料的发现,这份名单一定还可以继续开列下去。在上述小说家中,有数位曾以提倡女学为职志。如林纾早在 1897 年即称上海开明之士议设女学堂之举为“群贤海上真先觉”①,徐念慈还参与了晚清重要女性刊物《女子世界》的创办。了解这一层关系之后,我们就更容易理解为什么林纾描写战争与爱情的小说《金陵秋》却要“以女学生胡秋光为纬”②。而徐念慈自《女子世界》创刊时即连载政治小说《情天债》,张扬女权与女学。包天笑在《小说画报》上刊载的 4 篇《友人之妻》系列短篇

① 林纾:《闽中新乐府·兴女学》,见林纾著,林薇选注:《林纾选集(文诗词卷)》,成都:四川人民出版社,1988 年,第 277 页。

② 林纾:《金陵秋》“缘起”,上海:商务印书馆,1916 年第 2 版。

小说,女主人公都是女学生,自然可以归因于其在上海几所女学校任职时对学生的体察。程瞻庐 1919 年起在《申报·自由谈》上连载长篇小说《众醉独醒》,把女学堂中年迈迂腐的男教员刻画得入木三分,亦有多年投身女学界的闻见在起作用。

"小说界革命"的成功,自然得益于政治小说的推动以及读者关注国家民族命运的强烈政治冲动,但这种力量显然难以持久。辛亥革命之后,"这种高昂的政治热情迅速消退,小说不可能再单靠'政界之大势'或'爱国之思'来吸引读者,作家也不再以为小说真的能拯世济民重整乾坤了,于是出现一大批立意娱人或自娱的作品",因而民初小说界出现明显的"回雅向俗"的趋势和"商品化"的倾向。[①] 抛弃政治小说庄重严肃的教诲面孔,转身向传统的"男女"题材寻找创作灵感,成为民初小说界的重要动向,"鸳鸯蝴蝶派"以此而大行其道。其实早在 1903 年,鲁迅即发现"小说家积习,多借女性之魔力,以增读者之美感"[②],《新小说》上亦有人称"天下之小说,有有妇人之凡本,然必无无妇人之佳本"[③],可见女性的进入对小说魅力生成之极端重要性。只是这时期的才子和佳人,因为现实中新式教育的普及也随之变身,才子依旧风度翩翩,但不妨是出入各种学堂甚至是留学归国的学生,而佳人也可以转变为身着学生装的女子。

另一方面,清末民初的文学期刊对女学生这一潜在的读者群体大都有所留意甚至是垂青,如徐念慈编《小说林》杂志,认定"女子社会"为读者对象之一,其中"负箧入塾、隶学生籍者"[④]是不需论证的小说读者群。《小说月报》有读者来函,指出

---

① 陈平原:《二十世纪中国小说史(第 1 卷)》,北京:北京大学出版社,1989 年,第 7 页。

② 周树人(鲁迅):《〈月界旅行〉辨言》,陈平原、夏晓虹编:《二十世纪中国小说理论资料(第 1 卷)》,北京:北京大学出版社,1997 年,第 67 页。

③ 曼殊(梁启勋):《小说丛话》,《新小说》,第 13 号,1905 年 3 月。

④ 觉我(徐念慈):《余之小说观》,《小说林》,第 10 期,1908 年 4 月。

杂志的购买者不外以下三种:“林下诸公,其一也;世家子女之通文理者,其二也;男女学校青年,其三也。”这种分析得到主编恽铁樵的认同。[①] 而《小说月报》确实也成为女学生的读物之一,曾有女校学生在日记中写下了暑假阅读《小说月报》的感受[②],苏州正本女学校长也将《小说月报》列入女学生课余自修的参考书单[③]。胡寄尘亦发现:“方今女学发达,女子课读之余,多喜浏览小说。”[④]而沉溺于小说的女学生苏祷菲,竟“视说部若生命,三更灯火,恒手一编弗辍,嗜之几将成癖”[⑤]。民初女性杂志的激增,则是这种读者意识的表现,是期刊经营者对女性读者(其中相当一部分为女学生)的主动争取,重要的刊物有《妇女时报》《妇女杂志》《中华妇女界》和《女子世界》。[⑥] 而在1914—1915年间,上海涌现不少带有浓厚香艳情趣的小说杂志,其中较著者有《销魂语》《香艳小品》《香艳杂志》《眉语》《莺花》等,固然是文人积习的流露,但其侧重于女性题材,确实颇具特色,对女性读者的吸引力也不容小觑。在这种语境中,涉猎女子教育题材的小说作者自然不在少数,如1917年恽代英曾向《中华小说界》杂志投寄习作《女学生》,被退稿。此篇小说前曾“投

---

① 《答某君书》,《小说月报》,第7卷第2号,1916年2月。

② “过午膳,休息一时,阅《小说月报》及《妇女杂志》,觉甚有兴味。”吴江爱德女校甲种师范讲习科生邵漱芬:《模范日记 · 自述夏季之家庭》,《妇女杂志》,第3卷第2期,1917年2月。

③ 吴县正本女学校校长朱周国真:《女学生自修用书之研究》,《妇女杂志》,第1卷第5期,1915年5月。

④ 《〈中国女子小说〉序例》,波罗奢馆主人(胡寄尘)编:《中国女子小说》,上海:广益书局,1919年。

⑤ 《绿窗琼琚集 · 复李慧珠书》,《妇女时报》,第10期,1913年5月。

⑥ 其实,民初女性杂志也不乏男性读者关注。如《上海见闻随笔》的作者发现,1915年有“鹤发老翁”至商务印书馆购买《妇女杂志》。他推测老者心理:“今之世变可谓奇矣。杂志而名曰‘妇女’,岂竟男儿不可观欤? 抑果皆有益于妇女者? 吾曷买一册归而究之?”二郎:《上海见闻随笔》,《余兴》,第11期,1915年11月。

《妇女时报》及《民报》，均失败”[1]。而出色的小说作者，不仅受男性读者的追捧，亦有女学生倾情，如“言情小说专家”周瘦鹃，“少年男女，几奉之为爱神，女学生怀中，尤多君之小影”[2]。而周氏“哀情巨子”之声名，实与务本女学学生周吟萍有莫大关系。早在1912年，他在观看务本女学的演出时，学生演员周吟萍引起了他的爱慕，二人书信往还，很快确定了恋爱关系。然而由于门第差异，这段恋情无疾而终，只能成为小说家心中永久的创伤，影响了他的生活与创作。[3] 多年后，他谈起这段感情时，依然深情款款：“有一段影事，刻骨铭心，达四十余年之久，还是忘不了。”[4]民初小说家的个体经历、情感体验、文学创作和读者反应诸方面，或多或少与女学生发生着联系，这在周瘦鹃的身上体现得十分典型。

在民初的言情小说中，女学生的身影已随处可见。与此同时，她们又是这些小说的重要消费者。有趣的是，她们好读小说、爱慕小说家的情形，在某些小说作品中也得到印证。顾明道以女学生的口吻，述说自己于甲寅(1914)某月在友人家中见到程生，这位颜赧口讷的才子，本早有文名，于是顿生好感。更让叙述者惊喜的是，这位“多情种子”还是一名小说家。二人相互倾心，最后却不能结合，“母也天只，不谅人只”，只得遵循命运的安排。[5] 徐卓呆的小说《死后》中的女主人公，在校时极喜爱

---

① 恽代英著，中央档案馆等编：《恽代英日记》，北京：中共中央党校出版社，1981年，第34页。

② 《本旬刊作者诸大名家小史》，《社会之花》，第1卷第1期，1924年1月。引自芮和师等编：《鸳鸯蝴蝶派文学资料》(上)，福州：福建人民出版社，1984年，第351页。

③ 王智毅：《周瘦鹃年谱》，见王智毅编：《周瘦鹃研究资料》，天津：天津人民出版社，1993年，第14—15页。

④ 周瘦鹃：《一生低首紫罗兰》，同上书，第134页。

⑤ 明道(顾明道)：《(哀情小说)某女士之自述》，《小说新报》，第3年第12期，1917年12月。

文学,作文极佳,立志毕业后为女作家,“想在文坛上开一朵女著作家的花”。然而婚后平淡的生活,渐渐熄灭了她的梦想。后来一个偶然的机会,她结识了著名小说家“孤帆”,借到他新出版的小说《微笑》,又触动了学生时代的理想:

> 读过《微笑》之后,碧云已非昔日之碧云矣。碧云已非子良之妻矣,已非保持夫人之态度而朝夕呼吸幽郁之空气者矣,已非平日冷淡之容颜而茫然眺望庭中者矣。碧云胸中有无限的新希望矣,犹如大梦初醒,较之年前之学生时代,气象更觉活泼了。然而碧云,仍旧是邬子良之妻,毫无变动。

碧云本在病中,受到《微笑》的启引,自己也开始提笔作起小说来。在与小说家接触过几次之后,她对孤帆由敬生爱,几至陷入迷乱。后来丈夫邬子良察觉到她的隐情,而且孤帆的真实身份即是子良的同僚。不久,孤帆自杀,碧云也在情与理、爱与悔的矛盾中郁郁而亡。①

今天看来,徐卓呆 1912 年发表的《死后》实是一篇被忽视的重要作品。他对女主人公感情变化的细腻描摹,对妇女解放问题的触及②,都可视为“五四”时期“问题小说”的先声。小说叙述语言也高度成熟,极有表现力,如叙写主人公得知孤帆搬走的消息后:“自己走到檐前,流下泪来。这垂泪的眼睛,直向隔壁庭中望着,一阵心酸,觉得四边黑暗,宛如气绝一般。一手倚在柱上,惟见那系睡网的一松一桐,树枝微动。”这些都是《死后》超出同期小说的优胜之处。但换一个角度,从其时的小说

---

① 卓呆(徐卓呆):《(言情小说)死后》,《小说月报》,第 2 年第 11、12 期,1912 年 1、2 月。

② 如作者描述碧云作小说时的心理:“碧云视之(按:指自己的小说手稿)而微笑,独语道:‘若是解放了自己,就可在自由的空气里寻乐,为何要把我束缚呢?我总不能不成个自由的身体!’”

生产体制和教育制度的关系来考察，这篇作品提供了一个绝佳的内证：它说明女学生作为小说读者的身份已经培育完成，小说成为她们生活中的重要内容；女学生在走近小说作者的同时，也进入了小说。

“女学小说”的数理统计

根据各种书目[①]的著录和本人在各大图书馆翻拣的结果，从1903年到1920年间共出版“女学小说”175部（参见附录《清末民初单行“女学小说”一览》）。现根据出版年份和小说类型的分布，制表如下：

清末民初单行“女学小说”统计

类型 年份	政治	社会	言情	狭邪	伦理	历史	时事	黑幕	翻新	总计	%
1903	4									4	2.3
1904	2			1		1				4	2.3
1905	1	1								2	1.1
1906		6			2	1				9	5.1
1907	3	4	1	2	1				1	12	6.9
1908		9	2						1	12	6.9
1909		3	1				1	2	4	11	6.3
1910		9	2		1				1	13	7.4
1911		8					3			11	6.3
晚清合计	10	40	6	3	4	2	4	2		78	44.6

① 我利用的工具书主要有：《中国通俗小说总目提要》（江苏省社科院明清小说研究中心、文学研究所编，北京：中国文联出版公司，1990年）、《中国文学大辞典》（马良春、李福田主编，天津：天津人民出版社，1991年）、《中国长篇小说辞典》（中国社会科学院文学研究所编，兰州：敦煌文艺出版社，1991年）。

续 表

类型／年份	政治	社会	言情	狭邪	伦理	历史	时事	黑幕	翻新	总计	%
1912		1				3				4	2.3
1913		1	3							4	2.3
1914		6	7							13	7.4
1915		3	12	1						16	9.1
1916		11	9		1	1		1		23	13.1
1917		3	8					4		15	8.6
1918		7	2			1		6	1	17	9.7
1919		1								1	0.6
1920		3							1	4	2.3
民初合计	0	36	41	1	1	5	0	11	2	97	55.4
总计	10	76	47	4	5	7	4	13	9	175	
总%	5.7	43.4	26.9	2.3	2.9	4.0	2.3	7.4	5.1		

说明：1. 除黑幕小说外，短篇小说集不计。

2. 出版时间折算成公历。

3. 跨年度出版的小说，以第一年为准。①

限于目前的文献保存和研究状况，我的统计只是一个初步的文本调查，当时出版的“女学小说”肯定要远多于我统计的175部。从上表可知，“女学小说”在清末出版了78部，民初出版了97部。晚清“女学小说”的出版高潮始于1906年，共出版小说68部；民初的高峰是1914—1918年，出版小说84部。而从小说类别的分布看，政治小说主要集中在1903—1907年，社会小说占据了晚清小说的半壁江山（51.3%），写情小说则后来居上，在民初小说中同样占得近半（42.3%）。其他类别的小说

① 其中《现身说法演义》出版时间不详，因书中称清为“我朝”，且述及徐锡麟、熊成基事，当成书于1910—1911年间，现暂归入1910年；《娘子军》出版时间不详，暂依《十日新》所载广告计入1914年；《帘影鸡声录》初版时间不详，暂据再版时间，计入1918年。

比重较低。狭邪小说、伦理小说和翻新小说都主要出现在晚清，时事小说和历史小说则主要出版于改朝换代之际的1911、1912年，黑幕小说的出版高峰在1917、1918年。

清末民初小说数量上的繁荣，亦离不开小说杂志的倡导和支撑。重要的小说作品，不少都是首先发表在杂志上的。单行本小说的风行，往往离不开小说杂志的先行刊载，如《玉梨魂》的销售奇迹便是证明。另一方面，有些重要的小说作品因为种种原因没有出版单册，至今也未得到研究者的重视。正反两面的事例都提醒我们：考察女学进入小说的过程，也不妨从小说刊物开始。在翻查清末民初重要的小说杂志之后，我将历年发表的“女学小说”列表如下：

清末民初重要小说期刊发表“女学小说”一览表

年份	小说杂志	发表小说总数		女学小说总数		小说类别								女学小说占小说总数%
						政治	社会	言情	科学	伦理	历史	侦探	滑稽	
1902	《新小说》①	3	3	2	2	1					1			66.7
1903	《新小说》	1	7	2	0									28.6
	《绣像小说》②	6			2		2							
1904	《新小说》	4	12	2	0									16.7
	《绣像小说》	2			2				2					
	《新新小说》	6			0									
1905	《新小说》	1	7	2	1		1							28.6
	《绣像小说》	4			1		1							
	《新新小说》	2			0									

① 《新小说》的实际刊出时间主要参照陈大康《〈新小说〉出版时间辨》，《华东师范大学学报》(哲学社会科学版)，2009年第2期。

② 《绣像小说》的刊期依樽本照雄《〈老残游记〉和〈文明小史〉的关系》一文，见《清末小说研究集稿》，济南：齐鲁书社，2006年，第44—55页。

续 表

年份	小说杂志	发表小说总数		女学小说总数		小说类别								女学小说占小说总数%
						政治	社会	言情	科学	伦理	历史	侦探	滑稽	
1906	《新小说》	0	14	2	0									14.3
	《绣像小说》	3			2		2							
	《新新小说》	1			0									
	《月月小说》	10			0									
1907	《绣像小说》	0	32	2	0									6.3
	《新新小说》	0			0									
	《月月小说》	23			1		1							
	《小说林》	9			1					1				
1908	《月月小说》	34	38	3	3		1	1				1		7.9
	《小说林》	4			0									
1909	《月月小说》	0	23	2	0									8.7
	《十日小说》	23			2			2						
1910	《十日小说》	3	13	2	0									15.4
	《小说时报》	2			1		1							
	《小说月报》	8			1			1						
1911	《小说时报》	9	54	8	2		2							16.7
	《小说月报》	45			6		3	3						
晚清合计			203	27		1	14	7	2	1	1	1	0	13.4
1912	《小说月报》	27	27	6	6		1	3			2			22.2
1913	《小说月报》	38	38	3	3		1	1			1			7.9
1914	《小说月报》	66	279	35	1		1							12.5
	《小说丛报》	56			9		1	3			5			
	《礼拜六》	158			25		5	17		2			1	
1915	《小说月报》	79	481	52	4		2	2						10.8
	《小说丛报》	89			6		2	3			1			
	《礼拜六》	202			34		8	21		5				
	《小说新报》	111			8		4	4						

续 表

年份	小说杂志	发表小说总数		女学小说总数		小说类别								女学小说占小说总数%
						政治	社会	言情	科学	伦理	历史	侦探	滑稽	
1916	《小说月报》	50	233	24	3	1		2						10.3
	《礼拜六》	65			12		1	9					2	
	《小说新报》	118			9		1	7		1				
1917	《小说月报》	44	154	14	3			1		2				9.1
	《小说新报》	110			11		3	8						
1918	《小说月报》	68	184	10	3			3						5.4
	《小说新报》	116			7		1	6						
1919	《小说月报》	62	178	23	5		2	2		1				12.9
	《小说新报》	116			18		2	13			1		2	
1920	《小说月报》	29	29	3	3		3							10.3
民初合计			1603	170		1	38	105	0	11	10	0	5	10.6
总计			1806	197		2	52	112	2	12	11	1	5	10.9

说明:1. 出版时间折算为公历。

2. 跨年发表的连载小说,以首次登载所在刊期计入。

3. 翻译小说不计。

4. 短小笔记不计。

上表中的相关数字来自 1902 年至 1920 年间出版的 11 种重要的小说杂志,其中 7 种选取了创刊至终刊的全部作品,而《小说新报》和《小说月报》因在 1920 年和 1921 年做出重大调整,向新文学靠拢,因此我仅分别统计至 1919 年和 1920 年。此外《小说时报》和《小说丛报》限于收藏条件,都仅计算两年内的刊载情况。相比清末民初难以计数的小说篇目,这份表格提供的仅是一个样本,但由于所取刊物都相对重要,因而它在一定程度上也可代表彼时小说界对女学、女学生的关注。

从表中可以看出,晚清小说期刊发表的自撰作品的数目并不多,有关女子教育的作品在几年内保持每年两篇的规模,但 1911 年由于《小说月报》的加入,其数目突然升至 8 篇。而进入民国后,每年发表的“女学小说”波动较大,以1914—1916年为高峰,不难看出,起主要作用的是《礼拜六》。此外,从“女学小说”所占比重看,清末部分起伏十分明显,说明彼时小说家对女子教育的书写,有较大的随意性;而进入1914年之后(除1918年又明显下降),这一数字基本固定在10%左右,说明女学在小说中的版图已经大体上确定下来。而纵观1902年至1920年,“女学小说”占全部自撰小说的10.9%,也就是说,小说杂志平均每发表10篇小说,即有一篇与女子教育相关。

从题材上看,晚清共发表“女学小说”27篇,其中社会小说即占14篇,这一比重与单行小说基本接近。但至民初,言情小说很快跃居榜首,在全部170篇“女学小说”中占105部,成为绝对的主流题材。当然,言情小说在“女学小说”中的分布情况,与报刊本身的趣味有很大关系,如《礼拜六》中言情类占绝对优势,但《小说月报》里的社会与言情题材相比,差距并不明显,这种情形背后,是主编恽铁樵对言情小说的大力抵拒。此外,相对单行本“女学小说”,清末民初的小说杂志明显对政治题材保持距离,11份杂志中发表的政治类“女学小说”仅见《新中国未来记》一种。这可能与小说篇幅有关:政治小说大多构思宏伟,更适合长篇叙述,而小说杂志上刊载的主要是短篇小说。

主要“女学小说”类型概述

“小说家大多与政治有关联,至少是间接的”①,尤其是在国家危亡之时,这种关联就更加紧密,小说关于社会现实、政治理念的表达就愈集中。晚清的政治小说在“小说界革命”中异峰突起,也就不难理解。早在1898年,梁启超即发现,“在昔欧洲

① 〔英〕格兰特(Neil Grant)著,乔和鸣等译:《文学的历史》,太原:希望出版社,2003年,第172页。

各国变革之始，其魁儒硕学，仁人志士，往往以其身之所经历，及胸中所怀政治之议论，一寄之于小说”[①]，于是当他自己也将欲言已久的政治议论寄寓于小说时，便有了《新中国未来记》的发表、《新小说》的创刊，并随之带来政治小说的创作高潮。

女学之于政治小说的意义主要有二：一是当作家构筑理想国时，女学堂和女学生是必须出现的道具，如《狮子吼》“楔子”里的叙述者梦见在“共和国图书馆”里读到《共和国年鉴》，载“全国大小学堂三十余万所，男女学生六千余万”[②]；浙江舟山岛上有一“民权村”，村内“公园，图书馆，体育会，无不具备。蒙养学堂，中学堂，女学堂，工艺学堂，共十余所”[③]。《瓜分惨祸预言记》中的华永年在对乡民演说时宣传地方自治，希望乡内设议事厅，有卫生、警察、教育各部，“教育部所办的就是男女学生的学堂。那体操场、藏书楼、博览所，皆属此部管理”，乡人“无一个子女可以不进学堂读书”。[④] 除了点缀小说家的理想世界外，女学生在政治小说中更重要的作用体现在她们还是作者政治理念的宣传者和执行者，作品中的女主人公往往有超强的演说能力或行动能力。如《女举人》中的主人公如如女史自日本游学归来后，女扮男装赴汴梁参加癸卯(1903)恩科会试，沿途考察地方风情，时时与途中相遇之人论辩，“阔论高谈通宵达旦”(第5回回目)。近于无所不知、无所不谈的如如女史，从她口中演说出来的时务知识和新学理想，不妨看成是作者的学习心得和

---

① 任公(梁启超)：《译印政治小说序》，《清议报》，第1册，见陈平原、夏晓虹编：《二十世纪中国小说理论资料(第1卷)》，北京：北京大学出版社，1997年，第37页。

② 陈天华：《狮子吼》，见刘晴波、彭国兴编校：《陈天华集》，长沙：湖南人民出版社，1982年，第105页。

③ 陈天华：《狮子吼》，同上书，第122页。

④ 日本女士中江笃济藏本、中国男儿轩辕正裔(郑权)译述：《瓜分惨祸预言记》，见《中国近代小说大系：东欧女豪杰·自由结婚·女娲石等》，南昌：百花洲文艺出版社，1991年，第322页。

以此改造国民的迫切愿望。除了以上提到的小说外,晚清关于女学的政治小说还有《自由结婚》(1903)、《女狱花》(1904)、《女娲石》(1904—1905)、《女子权》(1907)和《中国新女豪》(1907)等。

关于女学的言情小说之兴盛,则与中国古代小说的写作和阅读传统紧密相关。林纾曾言及:“小说之足以动人者,无若男女之情。所为悲欢者,观者亦几随之为悲欢。明知其为驾虚之谈,顾其情况逼肖,既阅犹若斤斤于心,或引以为惜且憾者。”[①] 而晚清言情的“女学小说”,自然也属于传统的“男女”题材。情爱中的女学生,于国人是不尽熟悉的新女性,她们的爱恨情仇,对于熟读才子佳人小说的读者来说有着强大的吸引力。作为正面形象出现的女学生,由于接受了新式教育,往往内外兼美,新知识与旧道德并存,是读者心目中的理想女性。女学生们的悲欢离合,很容易引起读者的同情。如《小说月报》所载的《雁声》,女主人公燕儿原是上海某女学堂的学生,“因为某校开运动会,就与这杭州人做了萍水的挚友”。她原是运动场上女宾中“最爱娇最伶俐”的女子,而男学生张世潮则是运动会的优胜者,二人由此相爱,于是燕儿从上海嫁到了杭州。新婚后伉俪情深,张母却担心夫妻之爱夺走了母子之情,看着媳妇“左也不是,右也不是”,将世潮逼往北京求学。后来世潮在学校病亡,燕儿则终日以泪洗面。[②] 这种旧家庭中习见的婆媳悲剧,因女主人公女学生身份的加入而令读者分外动情。在小说文本当中即插入了“翔声”的题诗 2 首[③],两个月后又发表了读者“诵之”

---

① 林纾:《〈不如归〉序》,见陈平原、夏晓虹编:《二十世纪中国小说理论资料(第1卷)》,北京:北京大学出版社,1997年,第354页。

② 铁樵(恽铁樵):《(哀情小说)雁声》(朗山原稿),《小说月报》,第3卷第9期,1912年12月。

③ 其诗跋语曰:“吾国社会之恶果,多半因缘于家庭。是篇叙述家庭状况,绘声绘影,字字逼真,囿于习惯者,当亦知所自警乎!”

的题诗6首,末首曰:"玉容从此付秋风,惨绿愁红一梦中。孤雁不知人寂寞,声声犹过大江东。"[①]便是对两人深情和女主人公命运的沉重叹息。

虽然1903年出版的《自由结婚》就借主人公(俱是学生)的男女之情来增加小说的故事性以吸引读者,然而就整体上看,它还是政治小说。[②] 以言情为主的"女学小说"出现较晚,最早的单行本是1907年出版的《奇遇记》,小说中"四德俱全"[③]的妻子素贞,竟然是东京高等女学校的留学生。报纸所载关于女学的言情小说,目前我所见最早的为《双泪碑》,1907年6月2日至11日在《时报》连载,标"哀情小说",作者借三角恋爱故事的悲剧,意在批评男主人公王秋塘的"自由结婚"举动。女学生最早进入期刊所载的言情小说,则是戊申年九月(1908年10月)《月月小说》上刊登的"写情小说"《爱苓小传》。

就我统计的情况看,单行的写情"女学小说"在晚清总共6部,几种重要的小说期刊才发表了7篇。它在1914年的风生水起,得益于"鸳鸯蝴蝶派"小说家的壮大。也就在这一年,《礼拜六》《小说丛报》《繁华杂志》《中华小说界》《眉语》等重要的小说杂志创刊,次年更有《小说海》《小说新报》《小说大观》等相继,可见在单行的写情"女学小说"背后,有更广阔的言情氛围的支持。关于女学生的言情故事,已大有模式化的倾向。作者对女学生的情感世界,不外正反两种态度,或是叙述其爱情故事之曲折,同情、赞颂主人公对自由爱情的坚持;更常见的则是抨击其误解自由,败坏社会道德,女主人公大多也堕入风尘,后悔莫及。

从入学到婚姻,男女主人公的故事可以有多种多样的生成

---

① 诵之:《读〈雁声〉小说有感》,《小说月报》,第3卷第11期,1913年2月。

② 作者在弁言中说:"今名政治小说,就其所侧重者言也。"

③ 梦花居士:《(言情小说)奇遇记》,上海:集成图书公司,1907年,第64页。

可能。即如上文谈及的恽铁樵之《雁声》,二人在运动会上相遇之后——

> 于是两人便心心相印起来。经多少日子,好容易得知了女的姓名;又经多少日子,好容易得知女的家乡籍贯;又经多少日子,好容易与这女子通信了几回。今日竟成了夫妇,自然是那千辛万苦的众因,结着蜜样似的甜果。[①]

男女主人公自相识、相恋到结为婚姻,或许每一步都不容易。而对于小说家来说,漫长的“千辛万苦”的爱情拉力,每一跨步很可能都是小说情节的生发点。因为女性有了接受教育的经历,不断走入社会,小说故事发生的场景,显然已超出了传统才子佳人小说的后花园、寺庙等私密空间,其遇合可以在入学路上,也可以是运动场、游艺会,或是公家花园,甚至可以是戏院旅馆。民初言情小说的繁荣,固然与读者对这一传统题材的喜闻乐见有关,但新式女性的进入,以及由此决定的新的人物形象、交往过程等内在的规定性,也为这一旧有“男女”题材注入了新的叙述前景。就此而言,写情小说成就了女学生形象的普及,而女学生对言情小说的兴盛亦有功焉。

有关女学的社会小说是清末民初全体“女学小说”的大宗,这与“社会小说”这一概念的巨大包容性有关。“广义地说,一切小说都是社会小说”[②],即便是狭义的社会小说,其外延依然相当宽泛,那些致力于描写社会问题和人在社会中命运的作品都属于这一题材。小说林社 1905 年阐释“社会小说”的概念时言:“有种种现象,成色色世界,具大魔力,超无上乘。”[③]作为描

---

① 铁樵:《(哀情小说)雁声》(朗山原稿),《小说月报》,第 3 卷第 9 期,1912 年 12 月。

② 游友基:《中国社会小说通史》,南京:江苏教育出版社,1999 年,第 1 页。

③ 《谨告小说林社最近之趣意》,陈平原、夏晓虹编:《二十世纪中国小说理论资料(第 1 卷)》,北京:北京大学出版社,1997 年,第 173 页。

摹对象的大千世界和众生相自然是广阔无边,因而作为小说类型的“社会小说”也很容易阑入其他类别成分。单纯叙述男女之爱自然是言情小说,但若“借离合之情,写兴亡之感”(《桃花扇·先声》),很可能就成了社会小说。如晚清小说《黄绣球》,今人一般将其视为政治小说,因为女主人公在“自由村”放足、兴女学、组建女军等活动,不仅把“自由村”装扮得花团锦簇,而且使全县得以独立自治,颇具乌托邦小说的风味,但《新小说》杂志在连载时,则明白无误地将其标示为“社会小说”。

就小说的功用来说,社会小说关乎世道人心,其价值介于政治小说和写情小说之间。尤其是相对于言情小说的哀感顽艳,社会小说体察人情、针砭世俗的特点更容易受到推重。1911 年《民立报》有读者曾言:“吾辈青年处今日世,当阅有社会思想之小说,不当阅言情小说,以消壮志于无何有之乡。”[①]平襟亚也在《人海潮》中借陆湘林之口说:“新小说喜瞧迭更司描写社会的作品,什么《块肉余生述》《贼史》等,一支笔,仿佛一面显微镜,把社会上一针一芥,放到几千倍大,描摹刻划,入木三分”,“其他哈葛德言情小说,深刻虽则深刻,只把一男两女,一女两男纠缠着,我瞧得一二种,便不要瞧了”。[②] 而较之政治小说,两者虽然都是书写社会人生,但一面向理想未来,一取材当下凡世,因而社会小说比起政治小说有更多渠道的故事来源和更广阔的叙述空间,其描画也来得更加生动贴切,因而更容易受到读者的喜爱。比如同样是提倡女学和女权的小说作品,政治小说《女子权》的叙述时间已进入 1940 年。女主人公袁贞娘到启化女中上学,在中秋运动会上与军装少年邓述禹相遇,二人互生爱意。因家庭阻挠,贞娘投江自尽获救,并被带往京城入学,出任报馆主

---

① 《东西南北》,《民立报》,1911 年 8 月 11 日,第 6 版。

② 网蛛生(平襟亚)著,王锳标点:《人海潮》,第 8 回,上海:上海古籍出版社,1991 年,第 137—138 页。

笔,宣传女权,后来还周游海外演说。最终被皇后召见,赐婚邓述禹。其情节可谓离奇,但因为缺乏现实生活的积淀,显得空洞乏味。而《娘子军》叙女主人公赵爱云入学的经历时,则着眼于夫妻关系的转变。丈夫李固斋由阻碍她入学到共同就学,最后两人志同道合,兴办完全女学堂。相比《女子权》,此小说让人更觉亲切。《十日新》杂志在为《娘子军》广告时就声称:

> 是书叙杭州西湖畔一才貌双佳之女学生,平日恨其夫之完[顽]固,琴瑟不调,已非一日。爰联络一班女同志,与之舌战,多方劝慰,卒令其夫帖然服、憬然悟,遂成一学界中新人物,可称巾帼须眉矣。中间描写反目时如何离异,和好时如何爱情,活现纸上。虽丹青老手,无以过之。[①]

此《娘子军》由改良新小说社出版。据目前所知,清末民初共有两种《娘子军》,另一种由《中国白话报》1904年1月至6月断续刊载[②],未完,题“爱国女儿述、白话道人记”,可见是《中国白话报》主编林獬的作品。小说言“我”与卢太太兴办迦因女学校等事。这篇未竟的作品,实是我所见到的最早于期刊上发表的女学“社会小说”——1903年的《绣像小说》载有《文明小史》和《负曝闲谈》,但它们关涉女学的章节要到1904年下半年才刊出。而有关女学的单行社会小说,最早为1906年出版的“浪荡男儿”(叶景范)的《上海之维新党》[③]。第9回“妓女兴学大起风潮,志士演说小施诡计”讲述妓女陆小宝开办“半日学堂”的阻力和经过。[④] 由此学校名称和主事者的名字猜测,此处可

---

① 《社会小说〈娘子军〉已出版》,《十日新》,第2期,1914年12月。

② 分别发表于第3期(1904年1月17日)、第5期(1904年2月16日)、第6期(1904年3月1日)、第13期(1904年6月23日),共刊登了4回。

③ 据《新世界小说社报》第3期所刊广告,该书初编1905年冬印行。1906年改编为官话,并增为2编,重新出版。

④ 《上海之维新党》我暂时未见。此处叙述据杨世骥:《文苑谈往·上海之维新党》,上海:中华书局,1945年,第108页。

能影射当年上海“改俗半日学堂”之事和妓女金小宝的求学故事。

女学堂、女学生在社会小说中的书写模式，亦分两种情形。一是以主人公的经历为中心，或称赞其锲而不舍的求学志愿，如赤夏 1908 年由改良小说社出版的《女学生》；或感叹其坎坷遭遇，如王理堂之《女学生》[①]。另一种情况是把女学与其他社会现象穿插交织，由是呈现出女学堂、女学生在社会中的处境和意义，其中较优秀的有问渔女史（邵振华）于 1909 年、1911 年出版的《侠义佳人》。而当作者将全书的基调定为讽刺时，女学亦难以避免被嘲弄，如程瞻庐的《茶寮小史》叙某女学堂的国文教员张少彝，上课时不用教科书，却对学生讲极香艳的《菩萨蛮》词，并手舞足蹈地表演词中情境，引得全班女生哄堂大笑，由此获得“花鼓教员”的绰号。[②]

中国古代关于女性的历史小说并不鲜见，但所叙大多是花木兰、秦良玉、沈云英等女子英雄谱，或历数孟母、欧阳修之母等贤良女性，要不就是苏小妹等具有传奇性的才女。这些历史小说大多又会充当女性道德读本的任务，因而往往十分注重其教育功能。“新小说”兴起之后，亦有人为了启蒙女性而注意此类题材。如徐念慈就认为，今后作家当留意于女子社会，“专出女子观览之小说”，其所言“上而孝养奉亲，下若义方教子，示以陈迹，动其兴感”的题材，指的就是历史小说。一般来说，历史小说写作的目的是鉴往以知来，即小说林社所言“志已往之事变，作未来之模型”。[③] 毛乃庸 1904 年出版的《中国十二女杰演

---

① 该小说共 30 回，前 20 回分载于 1916 年《学生杂志》第 1、4、6、10、11 期，1917 年商务印书馆出版单行本。

② 瞻庐（程瞻庐）：《茶寮小史》第 10 回，“菩萨蛮有声有色　花鼓戏疑假疑真”，《小说月报》，第 10 卷第 5 期，1919 年 5 月。

③ 觉我（徐念慈）：《余之小说观》，见陈平原、夏晓虹编：《二十世纪中国小说理论资料（第 1 卷）》，北京：北京大学出版社，1997 年，第 338 页。

义》,从书名上即可知是受到《世界十二女杰》的影响而作。《世界十二女杰》由日本岩崎徂堂、三上寄凤著,赵必振的译本于1903年出版,对国内女性新传记影响极深广。[①] 毛乃庸的《中国十二女杰演义》分12回,在众人的交谈中介绍了黄崇嘏、毕韬文、李寄等12位历史或传说中的知名女子。作者用意,自然不止于仅仅介绍女杰。小说中众人相聚是为了商议女学,谈论起女豪杰自然也要归结到现实中的兴女学之事。[②]

而当作者的注意力过多投注于当下或未来时,历史陈迹难免被改换面孔,伪造或改写便成了小说写作的常态。《新小说》所载的《东欧女豪杰》,标为历史小说,担任全书引线的华明卿,自幼被西妇抚养,13岁时随入美国攻读,1873年又进瑞士“条利希太学”(Zurich,现译苏黎世大学)。[③] 这显然是作者为了叙述方便而创造的人物。小说《邹谈一噱》叙齐宣王之政事,“借《孟子》中事实,贯以新学,真觉匪夷所思”[④]。文本中淳于髡之嫂在宫内设女学一事,自然非《孟子》所有,而是作者有感于新学潮流捏造出的新编历史:“女学开后,那些女学员,已经渐改常度。本来女子,都是‘屦相似’的,那学堂中女子则放之,何也?他说是天足;本来女子,都是‘以其乘舆’的,那学堂中女子,偏不‘百步’而‘亦走’,他说是自由;本来女子,凡遇男子,都

① 夏晓虹言:“在晚清女性传记出版史上,上海广智书局1903年2月发行的《世界十二女杰》实具有界标的意义。”《晚清女性典范的多元景观——从中外女杰传到女报传记栏》,陈平原等著:《教育:知识生产与文学传播》,合肥:安徽教育出版社,2007年,第70页。

② 第6回中吕学兴对众人说:“诸位,你看看我中国边省地方,还生出这种惊天动地女豪杰,若能兴女学,那造就成功人才,不要比外国强十倍二十倍还不止么!”众人答道:“照吕兄这话看起来,我中国将来的人才,是要胜过他们外国的。我们如今就赶紧办女学校事情罢。”毛乃庸著、吴涑校:《中国十二女杰演义》,《明清小说研究》,1996年第1期。

③ 岭南羽衣女士:《东欧女豪杰》,载《新小说》,第1号,1902年11月。

④ 启文社主:《〈邹谈一噱〉跋》,乌程蛰园氏:《邹谈一噱》,上海启文社,1906年。

是‘闭门不内’的，那学堂中女子，则曰：‘彼丈夫也，吾何畏彼哉！’”[①]作者呈现的对象，与其说是千年前的宫中女子，不如说即是眼前鲜活的女学生。

历史小说是改编曾经有过的影事，而“翻新小说”则是将经典小说中的人物形象挪移到当下社会，以他们的遭遇来反映现实世界。小说史家将其称为“拟旧小说”[②]或“翻新小说”[③]，正是看出了它们似旧实新的特点。煮梦的《新西游记》中，唐僧师徒一行四人再次来到凡间。小说家拟写的离奇故事，已绝非原来经典中的降妖除魔的经历，而是融汇晚清的“官场现形记、教习现形记、男学堂现形记、女学堂现形记、选举现形记、警察现形记、嫖界现形记、青楼现形记诸现形记而成一新社会现形记”[④]。小说中的旧时的经典形象穿越时空，在新世界中经历时新的故事，获得崭新的体验。这种陌生化的策略在读者眼里往往激起别有会心的阅读效果，很容易达成小说家关注现实世界的写作初衷。晚清关涉女学的翻新小说主要有吴趼人的《新石头记》（载1905年9月19日至1908年2月1日《南方报》，未完。1908年改良小说社单行）、西泠冬青的《新水浒》（1907年鸿文恒记书局）、陈啸庐的《新镜共缘》（1908年新世界小说社）、南武野蛮的《新石头记》（1909年小说进步社）、陆士谔的《新水浒》（1909年改良小说社）、珠溪渔隐的《新三国志》（1909年小说进步社）、煮梦的《新西游记》（1909年改良小说社）、慧珠女士的《新金瓶梅》（1910年新新小说社）。西泠冬青的《新水浒》中，孙二娘同顾大嫂走下梁山，在松江办起了女学堂，其事固属离奇，然而主事者认为兴办女学，“思想则务求其新，道德则宜

---

① 乌程蛰园氏：《邹谈一噱》，上海：启文社，1906年，第39页。

② 阿英：《晚清小说史》，上海：商务印书馆，1937年，第269页。

③ 欧阳健：《晚清小说史》，杭州：浙江古籍出版社，1997年，第143页。

④ 《改良小说社新小说出版广告》，《申报》，1909年8月17日，第1张第6版。

从其旧,如此方见功用"[①],却是最真实不过的社会思潮。南武野蛮的《新石头记》叙林黛玉出任日本环球大同女子学堂教习,"在校当英文、哲学两科,日本文语也都通晓"。宝玉亦入东京帝国大学校为文科留学生。后来二人奉皇后之命成婚,明治帝亦赐币万金、宝星二串。他们旅行回国后,"夫妇协力齐心,兴商兴学,造成个文明世界"[②]。阿英认为这是一部失败之作,"作者企图把宝、黛二人,灌输以新的灵魂,事实上,效果可说是全无"[③],然而如果不是单纯评判小说的文学价值,而是改换眼光,考察作品与社会现实的对应关系,以及作者"旧瓶装新酒"时的心态,则不失为有趣的话题。

应当说明的是,"翻新"和"黑幕"与其他小说类型并不是出于同一种分类标准,二者主要是小说叙述趣味和艺术风格的定位。如果从题材上看,翻新小说和黑幕小说大多都可归入社会小说中。不管作者如何花样翻新或刺探隐私,他只能根据社会各色相加以描摹或想象。从作者的创作趣味看,翻新小说多是戏谑调笑,而黑幕小说则以揭私、媚俗为能事。1909 年出现了两部描写女学的黑幕小说,分别是新阳蹉跎子的《最新女界鬼蜮记》(小说进步社)和南浦蕙珠女士的《最近女界现形记》(新新小说社),前者叙述上海"昌中女子美术专修学校"中的各种丑恶之事,如女学生在书肆购买《男女新交合论》,在学堂聚众赌博,兴风潮驱赶监学,等等,甚至入妓院吃花酒,彻夜不休。将女学堂与青楼相勾连,是黑幕小说的常见作法。《最新女界鬼蜮记》中"昌中女学"之名,即暗指该校由妓院出身、后嫁与某观察为妾的金燕姊所创办。而《最近女界现形记》中的"文

---

① 西泠冬青著、于润琦校点:《新水浒》,哈尔滨:黑龙江人民出版社,1997 年,第 207—208 页。

② 南武野蛮:《新石头记》,第 2 卷,上海:小说进步社,1909 年,第 17、29 页。

③ 阿英:《新石头记(一)》,《小说闲谈》,上海:上海古籍出版社,1985 年,第 99 页。

明女总会”,乃是一个妓女组织,会长梅爱春(为应合这一名字,作者安排她长期患有梅毒)召集众青楼女子商议改良妓界,并派人赴东西洋考察妓馆章程和妓女学科,准备回国后兴办妓女学堂。

民国后影响最大的女界黑幕小说可能当属孙玉声1917年由文明书局出版的《海上十姊妹》。次年上海小报曾言:“海上自十姊妹发生以来,女界黑幕,层见叠出,其种种事实,光怪离陆,令人不可测度。”[①]孙玉声此前即有创作狭邪小说《海上繁华梦》一续再续的成功经历,在《海上十姊妹》之后,又紧接出版了《黑幕中之黑幕》[②],可谓乐此不疲。而此《海上十姊妹》的卖点,据小报《新世界》所刊广告所言:

> **漱石生生长沪渎**,交游广阔,见闻滋多。本编所叙**十姊妹事**,乃近日**女拆白党以色媚人、攫取金钱之真相。重重黑幕**,从未有人**揭出。个中人物**,以大家姬妾、女校学生为大多数。其**设想之巧妙,构局之离奇**,尤有积世虔婆、无赖律师等为之提调而主持。**实情实事**,一无讳饰,异于凿空捏造诸书。读者幸分别观之。[③]

对猎奇的读者来说,所载黑幕是否为“实情实事”,并非最要。他们所关注的,其实是黑幕中“大家姬妾”“女校学生”的身份。此《海上十姊妹》皇皇六册,初版定价1元5角,至1920年12月已印至第三版。但在后人看来,商业上的成功实难掩此书的低俗品味,范烟桥即认为它与凭空捏造的“黑幕书”相差无几,难

---

① 天媛:《蝴蝶党》,《劝业场》,1918年9月20日,第3版。

② 《黑幕中之黑幕》第1、2卷出版于1918年7月,第3、4卷出版于1919年1月,第5、6卷出版于1919年5月,与《海上十姊妹》同为文明书局刊行。

③ 《上海女拆白党之真相》,《新世界》,1917年12月8日,第4版。此广告文字上方绘有一白鸽,暗示女拆白党又名“白鸽党”。黑体大号文字,保留当日广告原貌。

分高下。[1]

小说史家阿英认为,在晚清描写女子生活的作品中,《十年游学记》是比较严肃的作品。[2] 此论断实有可议处。该书共24回,末回言“现在民国光复,已有一年多了”,可见它并非晚清作品。[3] 我所见到的首都图书馆藏本,出版于1920年。而考究《十年游学记》的叙事风格,它是一部非常典型的黑幕小说,作者的叙述立场是否公正严肃,实大可怀疑。作者的立意,则一如小说的“楔子”所言:“不要说别地方,只在上海一处,讲女学堂,何止百十处,女学生何止数千人?试问有几个教育完备的学堂,有几个才德双全的学生?那些藉学敛钱的办事人,同借读书为名,遂他自由的女学生,不知有多多少少。黑幕中奇奇怪怪的事,真是恒河沙数,变本加厉。”[4]可见此书乃为揭露黑幕而作。就写作方法而论,如要在晚清小说中为它寻一坐标的话,当属《二十年目睹之怪现状》。两部小说不仅书名接近,而且都是以旅行者为叙述人,故事场景随着作者的旅程而不断更替,书中无连续的线索和固定的主角。作者自言,“在下自从十二岁上进了女学堂,随着我那去世的父亲,宦游各省,差不多把全国繁盛的地方,走过了一大半。到过的学堂,也记不得有多少。一直到二十二岁,才脱离了这重门槛。当中耳闻目见的新闻奇事,真是罄竹难书,只没功夫买本日记簿去一桩桩的把他记下来”[5],因而所叙内容即是各样有伤风化的新奇事件,如京城中男子混入女学堂,男女学生荒郊双缢,秦淮河里女学生情杀表兄,苏州女

---

① 范烟桥:《民国旧派小说史略》,见魏绍昌编:《鸳鸯蝴蝶派研究资料》,上海:上海文艺出版社,1984年,第282页。

② 阿英:《晚清小说史》,上海:商务印书馆,1937年,第177页。

③ 欧阳健:《〈十年游学记〉非晚清小说》,《明清小说研究》,1988年第2期。

④ 红叶:《(巾帼指南)十年游学记》(上册),上海:交通图书馆,1920年,第6页。

⑤ 同上书,第7页。

学堂男教员与学生的暧昧情事……其足迹不仅遍布大江南北的女学堂，还远赴日本留学，然而所到之处，黑幕弥漫，“眼睛里看不着一处好成绩，耳朵里听不到一声好名誉，真是牛鬼蛇神，无奇不有”[①]。叙述者于是心灰意冷，退出女学界，跑到上海做了寓公。

因为采用旅行者的叙述视角，小说中众多零碎的黑幕，因“我”的耳闻目见，至少在叙述效果上，显得真实可信。如果顺应作者的叙述逻辑，全国女学黑幕重重，渺无希望，这未免令热心女学的读者丧气。

然而就女学与小说的关系来看，《十年游学记》却自有其特殊地位。在此书中，女学成为文本的书写重心甚至是唯一对象。借由作者的足迹，数地女学景观依次呈现，尽管因为其视角和心态的限制，看到的都属片面乃至负面的景象。如此，女学话题在20世纪初始渗入小说这一文类，到这时却已然成为作品的叙述中心乃至全部内容，本章开篇所引胡适的论断亦由此而成立。

① 红叶：《（巾帼指南）十年游学记》（下册），上海：交通图书馆，1920年，第54页。

第二章 “英雌”的起落

何谓“英雌”？简言之,“英雌”即指女英雄。从构词方式上看,它与“英雄”对举。在清末民初,“英雌”曾高频率、大规模地出现在报刊乃至小说作品中,成为醒目的文化思潮。

中国的文学传统中并不缺少女英雄形象。进入20世纪,随着国族危机的加深,时人对女英雄的呼唤愈加热烈。历史上的女豪杰几乎悉数重现于当时的报刊上,如高燮歌咏中国的奇伟女性,便包括花木兰、红线、聂隐娘、梁红玉、秦良玉、沈云英、李成栋妾、杨娥等有名或不那么著名的女子。花木兰的赞语为:“特缘民族完天职,万古英雌一木兰。”[①]同样,西风东渐下,可供女界追摹的“英雌”典范,除了中国古代女豪杰的历史重构,还包括国外的女英雄。曾有人对“世界十二女杰”一一礼赞,其咏罗兰夫人曰:“绿窗少女鬓慵梳,惯读英雄奇遇书。绝世才夸橄托达,断头台上志难舒。”[②]如果女子人人都能以中外女豪杰为师,“以制造新国民为起点,以组织新政府为终局”[③],那么一个崭新的国家将指日可待。“女学既兴女权盛,雌风吹动革命潮”,这样一个以女性为主要革命者、建设者的国度,即是高燮

---

① 志攘(高燮):《咏祖国奇女子》,《复报》,第5期,1906年10月。

② 竞厂(江天铎):《咏世界十二女杰》,《国民日日报汇编》,台北:“中央”文物供应社,1983年,第819页。橄托达,今译“吉伦特”,罗兰夫人在法国大革命中为吉伦特派灵魂人物。

③ 金天翮著,陈雁编校:《女界钟》,上海:上海古籍出版社,2003年,第82页。

心中呼之欲出的“女中华”。[1]

关于晚清的“英雌”思潮,夏晓虹早在1995年即撰文详细考察[2],目前学界最重要的成果是李奇志的专著《清末民初思想和文学中的“英雌”话语》[3]。在本章中,我将以女学生为考察中心。这一研究对象的框定,除了论题的限制外,还基于以下考虑:女学生或具有新式教育背景的女性是“英雌”的主力军,她们所承载的想象与批评代表着时人对“尚武”与追求女权的新女性的主要态度;从时间上看,民国后“英雌”的指称有泛化的倾向,今天将目光聚焦于女学生,可以透过诸种社会现象,寻出“英雌”流变的脉络和问题的症结所在。

第一节 晚清小说内外的“英雌”学生

女学堂与“英雌”的生成

据今所见,晚清最早使用“英雌”之人为“楚北英雌”。1903年2月,她在《湖北学生界》发表《支那女权愤言》,为男女平权张目,文尾更是质疑“英雄”称谓的适用性,别出心裁地创造出“英雌”之词。[4] 而作者自署“楚北英雌”,便隐含着自开风气的豪壮情怀。据朱峙三回忆,《湖北学生界》中“署名‘楚北英雌’者,为王璟芳之妻”[5]。王璟芳1899年以官费赴日本留学,入高等商业学堂,曾任《湖北学生界》编辑。璟芳之妻王莲,湖北恩

---

① 吹万(高燮):《女中华歌》,《女子世界》,第4期,1904年4月。

② 夏晓虹:《“英雌女杰勤揣摩”——晚清女性的人格理想》,《文艺研究》,1995年第6期。

③ 李奇志:《清末民初思想和文学中的“英雌”话语》,武汉:湖北教育出版社,2006年。

④ 楚北英雌:《支那女权愤言》,《湖北学生界》,第2期,1903年2月。

⑤ 朱峙三:《辛亥武昌起义前后记》,见中国人民政治协商会议湖北省委员会编:《辛亥首义回忆录》(第3辑),武汉:湖北人民出版社,1980年,第151页。

施人,原姓尹,婚后随夫姓。她幼能诗文,通经史,1902 年赴日本留学,入东京女子工艺学校(按:实为女子美术学校),习绘画,为湖北首位留日女学生。[①]

作为首位使用“英雌”称号的女子,王莲的女学生身份颇富象征意义:把“英雌”视为理想人格,国人期盼的对象自然是放诸女界全体,各种阶层和身份的女性都应担当这一重任,但纵观女界实际,女学生(包括从女学校毕业的女性)既是“英雌”的先驱,也是“英雌”队伍的主体。这一现象,可以由以下几个原因来解释:首先,“英雌”最基本的条件,是必须知书识字,才能知晓世界大势,担当救亡之责;其次,女学生较其他阶层的女性年幼,大多涉世不深,容易被打动,最方便进行“英雌”启蒙;再次,女学堂有固定的施教地点和学习时间,是培养“英雌”的天然场所。

更何况,女学堂的出世,本身即是女性挣脱家庭束缚、为国效力的第一步。在旁人看来,女学生的蓬勃朝气,较之闺中女子大有不同。女性进入学堂的同时,便被赋予了某种“英雌”特征。她们为求学奔走四方,不仅增长了学识,而且磨炼了意志和胆气。云南籍成女学校留学生孙清如踏上赴日征途,意气风发:“书囊剑箧几春秋,万里孤身一远游。”[②]抵东京后,依然豪情万丈:“万里只身一剑寒,娉婷顾影未嫌单。”[③]两处都有“剑”的意象,令人想起仗剑远游的女侠。对困守深闺的女子而言,这种经历令人羡慕,如湖北黄梅有 17 岁的童姓女子,喜好读书,想去日本留学,格于家庭阻力,不能如愿,只能在诗中一吐心曲:“自古

① 《王璟芳(附王莲)》,湖北省地方志编纂委员会编:《湖北省志人物志稿》,北京:光明日报出版社,1989 年,第 1075—1076 页;周一川:《近代中国女性日本留学史(1872—1945 年)》,北京:社会科学文献出版社,2007 年,第 135 页。

② 孙清如女士:《咏别诸姊》,《云南》,第 1 期,1906 年 10 月。

③ 清如:《有谓余东来不易者,书此答之》,《中国新女界杂志》,第 3 期,1907 年 4 月。

英雄志四方，岂容管见老村庄？满腔热血谁能谅，弱质终须变作强。”[①]而在卫道者看来，女学生的出现即是礼教溃败、世风日下的“女界变相”：“驰驱乎文场，遨游乎列国。雌伏争雄，叙[钗]横饰弁。通脱联同胞之袂，招摇开讲学之堂。”[②]欣羡也好，谴责也好，他们都意识到了女子通过求学，由弱质变强。如此，进入女学堂便成为“英雌”养成的关键环节。

金一1904年曾撰《女学生入学歌》，鼓励女学生做“新国民”，帅法中外女豪杰：“缇萦、木兰真可儿，班昭我所师。罗兰、若安梦见之，批茶相与期。东西女杰并驾驰。愿巾帼，凌须眉。”[③]如果说，他这种“励志愿作女英雄”的鼓吹，只是男性启蒙者的期待，而众多来自女学堂和女学生的声音，则充分说明她们已经把这种期待内化为自我的价值认同。杭州女学校歌歌词有云：“脂香粉腻尽消除，昂昂匹丈夫。”[④]1904年温州明强女学校开学时，校门楹联为：“四千年坤纲不开，剧怜园里春秋黑暗狱间窥日月；二十纪黎明大启，齐祝女中尧舜竞争台上助风云。”[⑤]1908年，松江钦明女学举行开校典礼，教员何昭演奏风琴，其歌词有：“批茶释奴，罗兰救国，取看好模样。”[⑥]山西公立女学校学监罗宗瀛女士撰写的校歌，也称“祖国前途共扶持，公民义务，爱国思想，一例赛男儿”[⑦]。香山女学校学约更是要求学生“尔当勉为世界之女豪，尔毋复作人间之奴隶”[⑧]。其中体现出来

① 《也是一个有志气的女子》，《北京女报》，1908年7月27日。

② 《〈最新女界鬼蜮记〉序》，蹉跎子：《最新女界鬼蜮记》，见《中国近代孤本小说集成》第1卷，北京：大众文艺出版社，1999年，第291页。

③ 金一：《女学生入学歌》，《女子世界》，第1期，1904年1月。

④ 《杭州女学校歌》，《杭州白话报》，第3年第16期，1904年。

⑤ 《明强女学楹联》，《大公报》附张，1903年12月5日。

⑥ 《张堰女学之光线》，《申报》，1908年3月6日，第2张第3版。

⑦ 罗宗瀛女士：《山西公立女学堂校歌》7章之2，《北京女报》，1908年12月14日。

⑧ 《香山女学校学约》，《女子世界》，第7期，1904年7月。

的，便是女学堂为国为民的宏大心愿、弃旧迎新的精神风貌和勇猛精进的尚武气象。女学堂的此种氛围，正是“英雌”诞生的沃土。

在留存至今的女学堂修身、国文、历史诸教科书中，爱国主义的篇章俯拾皆是。[①] 即便是在女学堂的游艺会中，往往也会有相关节目，表彰历史上的女英雄，以砥砺学生的报国热情。如松江松秀女学1906年11月23日开游艺会，来宾千余人，表演节目有“木兰诗”和学堂乐歌“女军人”。[②] 1909年7月4日，湖州城西女学举行学艺会，同城的吴兴女学和城北女学也派代表参加，秩序单上亦有演说“女英雄传”和“齐读木兰歌”两项。[③] 而女学堂召开运动会，更被看成是女学生尚武的象征，如松江枫泾镇丽德女学1910年秋传出举行运动会的消息，《民立报》记者即认为此乃“提倡女学之尚武，想届时该镇学界中定必异常热闹”，于是迫不及待地在报纸上宣布。[④] 而1907年爱国女学的春季运动会，确实尚武之气十足，比赛项目有哑铃、薙刀、徒手体操、兵式体操等[⑤]，令观众席上的胡适热血沸腾，感慨大生，在归来所作的诗中，便有“剧怜娇小玲珑女，也执金刀学指挥”“疏林回首夕阳斜，愧煞须眉几万家”[⑥]之句。

晚清报刊上，时有出自女学生之手的诗文，其中不乏对女英雄的倾慕。而作者又经常将自己或友人与女豪杰比拟，因此作为歌咏对象的中外“英雌”已与作者或寄赠对象合二为一。这种写作，充溢着浓烈的英雄主义色彩，它们既是咏史或赠别之

① 季家珍：《女性教育中的文化与文本传播：历史情境中的20世纪早期女性课本》，《法国汉学》（第8辑），北京：中华书局，2003年。

② 《松秀女学开游艺会》，《南方报》，1906年11月27日，第2版。

③ 《城西女学校开学艺会》，《神州日报》，1909年7月10日，第3版。

④ 《女学尚武之先声》，《民立报》，1910年10月24日，第3版。

⑤ 《爱国女学校春季运动会顺序单》，《神州日报》，1907年5月1日，第2版。

⑥ 《观爱国女校运动会纪之以诗》，欧阳哲生编：《胡适文集》，第9卷，北京：北京大学出版社，1998年，第4页。

作，同时又在抒写自我怀抱。如“东瓯女子铸任”乃“瓯越名族，负笈海上”，自言“巾帼英雄信有之”[①]；爱国女校学生何震留别同学林宗素：“言念神州诸女杰，何时杯酒饮黄龙。”[②]另如务本女校学生张昭汉感念时艰，悲愤不已，声言“谁洗中国耻？崛起为英雄！”[③]当时女学生对“英雌”认同的群体自觉，此段文字堪为典型：

> 大风泱泱，大潮汹汹，女豪学术，尚其来东！然则他日以纤纤之手，整顿中华者，舍放足读书之女士，其谁与归？[④]

更有甚者，有些女学生还自作主张，更改自己的名字，使之蕴含豪侠之气，如秋瑾原名秋闺瑾，字璇卿，赴日留学后淘汰其“闺”字，并易字为“竞雄”，号“鉴湖女侠”；上海广明师范讲习所的女学生陆守民（小说家陆士谔之妹），毕业后赴日本，以“陆恢权”之名，与何震等创办《天义报》[⑤]；浙江嵊县女子丁喜仙入上海务本女校后，更名为“丁志先”[⑥]。“旧时妇女，无所谓社交，况千金小姐尤矜重，罕与人面，观其命名可见”[⑦]，而新式女学生这种自我命名的方式，充分展现了她们步武前贤、一心做“英雌”的坚定决心。

虽然最后只有少数人成功地化言语为行动，但存留下来的各色文字，足以向我们揭示出那个时代女学生奋进昂扬的气象。

---

① 铸任：《书愤》，《警钟日报》，1904年11月27日，第4版。

② 仪征何震：《赠侯官林宗素女士》，《警钟日报》，1904年7月26日，第4版。

③ 务本女学生张昭汉：《抚念时艰，悲愤不能自已，援笔书此以当哭》，《女子世界》，第2年第3期，1906年1月。

④ 松江女士莫虎飞：《女中华》，《女子世界》，第5期，1904年5月。

⑤ 张臻：《陆灵素》，见柳无忌、殷安如编：《南社人物传》，北京：社会科学文献出版社，2002年，第292页。

⑥ 金向银：《爱国才女丁志先略述》，嵊县政协文史资料委员会编：《嵊县文史资料》（第8辑），1992年，第190页。

⑦ 陶在东：《秋瑾遗闻》，郭延礼编：《秋瑾研究资料》，济南：山东教育出版社，1987年，第108页。

她们对英雄功业的热烈追求，后来女学生罕能匹敌。类似于“英雌”的称号，凝聚着第一代女学生对国家命运的高度关切和对个人价值的独特认同，同时也深刻感染了其他阶层的女性。

晚清小说中“英雌”学生

在救亡图存的时代主题下，女性的社会功能被前所未有地拔高到“女国民”和“国民之母”的地位，女学生的爱国情怀和尚武精神也空前高涨；与此同时，小说的教化功能也进一步得到强调。而当“小说救国”和“女学救国”在国族话语下交汇，便出现了一大批描写女豪杰的作品。这一社会和文学原因，以《女娲石》序言表达得最为明晰：

> 故社会改革以男子难，而以妇女易。妇女一变，而全国皆变矣。虽然，欲求妇女之改革，则不得不输其武侠之思想，增其最新之智识。此二者，皆小说操其能事。[①]

“武侠之思想”和“最新之智识”相结合，使得小说中的女豪杰多数具有新式教育的背景，“英雌”学生由此而产生。

最早有“英雌”学生出没的晚清小说，可能要属梁启超于1902年起在《新小说》连载的“政治小说”《新中国未来记》。第四回中，神龙见首不见尾的女留学生端云，在山海关旅店里挥毫题壁，有“人权未必钗裙异。只怪那，女龙已醒，雄狮犹睡”[②]之语，便流露出巾帼不让须眉的豪迈气概，可视为小说中学生“英雌”的先锋。此后，晚清小说中便涌现出一大批女豪杰。王引萍曾在《晚清小说中的中国女豪杰形象解读》一文中列举数位女英雄：“她们个性鲜明，有的持正平和、沉稳善良，如《女狱花》

---

① 卧虎浪士：《〈女娲石〉序》，海天独啸子：《女娲石》，《中国近代小说大系：东欧女豪杰·自由结婚·女娲石等》，南昌：百花洲文艺出版社，1991年，第441页。

② 饮冰室主人：《（政治小说）新中国未来记》第4回，《新小说》，第3号，1903年1月。

中的许平权；有的天生伶俐、通达时情，如《女娲石》中的金瑶瑟；有的有胆有识、敢做敢为，如《黄绣球》中的黄绣球；有的才智非凡、勇挑重任，如《中国新女豪》中的黄英娘。”[①]如果考察她们的身份和经历，我们会发现，这些女豪杰都与新式女子教育有关——黄绣球是女学堂创办人，其他女子都有在国内或国外女学校的求学经历，从中可见女学对于“英雌”塑造的重要性。

晚清小说中“英雌”学生，依照其爱国手段，可分为两大类：革命“英雌”和改良“英雌”[②]。刻画前一类形象的重要作品有《情天债》《女娲石》和《自由结婚》，书写改良“英雌”的小说主要有《女举人》《女狱花》《女子权》和《中国新女豪》。上述小说中的女学生，其性格有激烈、平和之别，其爱国行为也不尽相同。如果将她们的事迹加以分类，大体上可采用《女狱花》中文洞仁的说法：

> 尝闻古人说，有能行之豪杰，有能言之豪杰，有能文之豪杰。三个名虽不同，其实是一样的。[③]

“能行”之“英雌”学生，如《情天债》（1904 年）中的“帝国第一女杰革命花苏华梦”。《情天债》作者为徐念慈，小说在《女子世界》第 1 至 4 期连载，未完。但从现有的文字看，女主人公苏华梦已气宇非凡。她自幼父母双亡，由母舅黄毓英抚养，从小即是天足。15 岁时，入龙华“自立女学校”就读。该校本是革命组织“自立会”的分会，苏华梦便担任会中的“女执法”。自立会为了解民情，派苏华梦与同学王群媛往内地考察风土人情。她们从上海出发至宁波、嘉兴、湖州，又返到无锡、常州、镇江，到南京、

---

① 王引萍：《晚清小说中的中国女豪杰形象解读》，见《明清小说女性研究》，银川：宁夏人民出版社，2007 年，第 114 页。

② 此处“革命”和“改良”取狭义，区分标准为是否实施暴力。

③ 王妙如：《女狱花》，《中国近代小说大系：女子权 · 侠义佳人 · 女狱花》，南昌：百花洲文艺出版社，1993 年，第 734 页。

九江,至汉口,"看可靠的社会,可靠的志士,便劝与自立会联络,由彼等介绍为自立会会员"①。"闺秀救国小说"《女娲石》(1904年)亦未完,仅成16回。在如今所见的末回中,小说透露"目今阴阳代谢,大运已交,四十八位女豪杰,七十二位女博士,都在你们分内"②,可见作者的宏伟结构。最先出场的"花溅女史"金瑶瑟即是一位"爱种族、爱国家、为民报仇的女豪杰"③,曾任海城"女子改造会"领袖,留学归国后却舍身为妓,伺机暗杀"胡太后"。失败之后,机缘凑巧进了女子虚无党组织"天香院",又开始一系列奇遇。《自由结婚》(1903年)同样是未竟之作,女主人公"绝代佳人"关关,幼年入学,后参加革命,加入光复党,不久成为党中骨干,天天训练军队,准备发动革命。

比起另外两类女豪杰,"能行"的"英雌"学生有以下特点:首先,她们具有坚定的革命意志,且与会党组织联系密切。如光复会之于关关,"女子改造会""花血党"之于金瑶瑟。另如苏华梦为"自立会"女执法,小说且叙"自立会"成立于1901年,"每借张园演说"④。这一组织的名称和活动都令人想起唐才常1900年成立的同名政治组织和当年7月在张园召开的"中国国会",以及8月发动的惨烈异常的"自立军起义"。徐念慈如此安排,使得《情天债》呈现出真实的历史背景,很大程度上可以避免政治小说中常见的蹈空之弊。其次,与革命热情相关,她们都有超强的行动能力。此类"英雌"的活动空间都非常广阔,或周游各地、考察民情,如苏华梦;或乔装打扮、身历险境,如金瑶瑟;或出生入死、矢志报国,如关关。小说人物这种性格预设,非常有利于情节的设置和场景的转换,使得这些作品成为晚清描

---

① 东海觉我:《情天债》,《女子世界》,第4期,1904年4月。

② 海天独啸子:《女娲石》,《中国近代小说大系:东欧女豪杰·自由结婚·女娲石等》,南昌:百花洲文艺出版社,1991年,第530页。

③ 花血党首领秦爱浓对金瑶瑟的赞语。同上书,第473页。

④ 东海觉我:《情天债》,第2回,《女子世界》,第2期,1904年2月。

写“英雌”的小说中最精彩的几部。

“能言之豪杰”,是指主人公有超常的演说技巧,能用演讲鼓舞听众,启蒙国人。《女举人》(1903 年)中的主人公“如如女史”,便是“能言”之“英雌”的典型。女史为江阴人,从小喜欢读书、讲学,16 岁时扮作男子游学日本。1903 年,她又着男装顶替同县举人苗通(此时在德国留学),赴汴梁参加会试。如如女史带着丫环燕燕(改名刘升,同样换上男装)从上海乘轮船到汉口,上岸拜访湖北学务委员游龙飞,对方问起明治维新之事,苗通谈兴大发:“若要说日本变法时学务情形,就三天三夜我也谈不完了。我且谈一个大略,给老兄听听。”①即便只是“大略”,却说了个通宵达旦,涉及日本的维新志士有吉田松荫、福泽谕吉、中江笃介、加藤弘之、三宅雄次郎、志贺重昂诸人,令游龙飞大为惊叹。抵汴梁后,进场考试。待第二场策论试毕,如如女史向众位考生宣扬德、智、体各项新式教育,并当场开出地理、历史、理化、教育等方面的教科书目 47 种。更让人折服的是,她在考试过后,赶赴黄河边上,登坛面对“人山人海”的听众演讲,介绍办学堂、设藏书楼与阅报所、办报、设农业公司、游学各项时下急务,从早上七点半一直进行到傍晚。演讲结束时,苗通又语重心长地说道:

> 以上各事,都是平平易易。在我们通商口岸的人,已经听惯了。虽然,五岳之高,不离平地;太空之远,起于微尘。天下事须一步一步走上去,愿你们把我的话实实在在做出来,不要把我的话抛在黄河里,流到东海大洋,辜负我一番苦心。诸君,诸君,赶紧赶紧!

此时此境,场面极为悲壮:“演毕,仰见夕阳斜照,口诵唐人诗句:‘夕阳无限好,只是近黄昏。’凄然泣下。黄河旁边上,人山

---

① 如如女史:《女举人》,上海:上海同人社石印,1903 年,第 4 页。

人海，一齐下泪。”[①]观众皆被其打动，想必演说效果十分理想。

《女举人》中，如如女史随处或与人论辩，或苦口婆心地宣讲。作者创造这一形象的目的，是借助她把“我们通商口岸，已经听惯了”的新学道理传达给更多的读者；主人公如如女史假冒的举人身份和科考之途，也是为了完成“诲人不倦”的性格特征而特意设置的。虽然她没有惊天动地的革命壮举，但在作者看来，这种“嘴皮功夫”同样不可小视：第17回中，如如女史与新结识的举人朋友王雅卿告别，雅卿有诗留赠：“侠家体魄佛肝肠，不信风姿类女郎。盖世豪雄一忍字，二千年内二张良。”[②]可见她不管外在形象还是心中热肠，都符合“英雌”的标准。

女豪杰“能文”，是指她们依靠著书立说，唤醒众人，进而推动社会改良。晚清“女学小说”中拥有此等本领的女子可举出《女子权》(1907年)中的袁贞娘。汉口启化女中学生袁贞娘因自己与邓述禹的爱情被父亲阻挠，投水自尽，被救后辗转到天津《津报》馆。闲居无事，贞娘试作《女权篇》。馆主之妻黄夫人阅后，大吃一惊，“拜倒才人千百辈，始知杰构出裙钗”[③]。此文在《津报》发表之后，贞娘很快誉满全国。以此为起点，她又主笔《女子国民报》，鼓吹女权，辐射日广：“这国民报的影响，便渐渐的及于全国社会。各省的女学堂及各种女工厂，竟新增了三千数百所。那女学界中创议恢复女权的，纷纷不绝。此项报纸，每日竟增销至五十余万张。”[④]则贞娘文字之功，可敌千军万马，她也因此被称为“中国提倡女权的女豪杰”[⑤]。

---

① 如如女史：《女举人》，上海：上海同人社石印，1903年，第17页。

② 同上书，第18页。

③ 思绮斋(詹垲)：《女子权》，第4回，见《中国近代小说大系：女子权·侠义佳人·女狱花》，南昌：百花洲文艺出版社，1993年，第22页。

④ 同上书，第28页。

⑤ 同上书，第23页。

当然，活动在这些小说中的所有女豪杰形象，出身不同，身份各异，并非全都拥有女子教育的背景。《女娲石》中抢眼的人物，除金瑶瑟外，还有凤葵、秦爱浓、楚湘云、汤翠仙、三娘子、翠黛诸人，她们都非学界中人；《女狱花》中，除许平权留学日本外，其他着墨较多的女性，如侠女沙雪梅、热心女权之文洞仁、女医生董奇簧、女报人张柳娟，都未和女子教育发生直接联系。但女学生身份的设置，在小说中自有其不可取代的作用。首先，拥有女学背景的女豪杰在形象气质上大异于其他女子。因为接受过学校教育，她们处事待人，往往聪慧过人。如《女举人》中的如如女史，身旁虽然一直跟随着丫环燕燕，但后者始终是作为陪衬出现的，其作用是为了凸显主人公的学识和气度。两人往汴梁之前，燕燕不解："难道我大小姐也要去会试不成？"如如女史则斥责她为"混帐丫头"，认为"如果科举不废，有了男举人，一定有女举人的"。这种毫不掩饰的优越感，正象征着小说中学生"英雌"的优胜地位。《女娲石》中，金瑶瑟两刺胡太后不成，逃出宫外，同学伍巧云赠仆人凤葵随行。两人性格反差鲜明。如依"卧虎浪士"序言中的分类，金瑶瑟和凤葵分别代表女中"英俊者"和"武俊者"：瑶瑟才智过人，凤葵则粗鲁憨直；金瑶瑟一点就通，凤葵则反应迟钝。虽然就文学效果来看，凤葵让人过目难忘[1]，但小说中二人之于革命事业，其价值高下自是一望即知：凤葵因违反天香院的会规，被逐往茫泽省投奔春融党；金瑶瑟则继续革命旅途，各地女豪杰皆尊之为"国女"。作者对她们的身份与关系的安排，可能借鉴了古典小说中"主仆模式"的传统，同时也可见新的时代背景下女子教育经历之于主人公的重要意义。

---

① 第4回卧虎浪士评曰："写凤葵确是《水浒传》中李逵、鲁智深之流。一味天真，一味血性，真个令人拜服要死。"海天独啸子：《女娲石》，《中国近代小说大系：东欧女豪杰·自由结婚·女娲石等》，南昌：百花洲文艺出版社，1991年，第466页。

尤为重要的是,由于作者对学生“英雌”的偏爱,使得她们往往成为小说家政治理想的代言人。特别当女豪杰在国族、女权问题上面临着暴力革命与平和改良的两难选择时,学生“英雌”的取向便成了小说中唯一正确的途径。如金瑶瑟之于《女娲石》中的暴力叙述,“如如女史”之于《女举人》的改良群治,她们的抉择都是作者的理想坐标。《女狱花》中的沙雪梅与张柳娟等组织革命党,发愿“杀尽男贼”,但革命不成,雪梅与党中同志70余人自焚而死。许平权则主张和平革命,赴日本留学,归国兴办女学,宣传男女平等之理,行渐次改良之法。过了十数年,终于有所成效。小说中的诸多“闺阁豪杰”①,唯有许平权最得作者认可,可看成女读者努力的方向。《中国新女豪》(1907年)中的主人公黄英娘在辅圣女学堂毕业后,又官费入日本早稻田高等女学堂留学。此时女学生在东京组织“恢复女权会”,选华其兴为会长,辛纪元为副会长,但取和平还是强硬的宗旨尚未议定。不久后,辛纪元被中国驻日使节李伯琢逮捕入狱,华其兴用计毒杀李伯琢,自己亦殒命。英娘见二人如此结局,便决计不使“恢复女权会”走上激烈之途:“原来英娘恢复女权的计画,本意要从振兴女学及女子自治入手,以为妇女苟能明白道理,各有职业以自给,自然不为男子所轻视”,“若不从这里入手,而徒昧昧然与男子争衡,则女权万无恢复之一日”②。后来英娘果然说服众人,改“恢复女权会”为“妇女自治会”,成为合法组织,并自任会长。三年之后,全国女界都获得了应有之权。英娘的介入,有指点迷津、力挽狂澜之效,她因此成为全国女子的精神导师。通过这一形象的塑造,作者隐晦地表达了自己平和渐进的女权主张。出版商在为《中国新女豪》做广告时,也敏锐地看到

---

① 《女狱花》一名《红闺泪》,又名《闺阁豪杰谈》。

② 思绮斋(詹垲):《中国新女豪》,上海:集成图书公司,1907年,第81页。

了这一点。[①]

必须说明的是,这些描写“英雌”的小说,绝大部分都属于政治小说,为“小说界革命”后涌现出来的最初成果。受制于政治小说的书写特点,也因为小说家对女学堂生活的相对陌生——此时国内的女学堂处于第一个发展阶段,女权运动也刚刚起步,小说家们对“英雌”的召唤,更多地停留于理想的状态,而难以在生活中找到原型。一如欧阳健先生所言,中国妇女运动的实际进程,“注定了这类作品不可能如写西方女豪杰那样可以据实敷陈,作品中的中国女豪杰,则更多地来源于作家的想望与艺术虚构”[②]。上述作品中的女豪杰形象,大多难以摆脱高大有余、真实不足的弊病。

而考察小说的结构架设和人物形象,则不时能看到中国传统叙事作品的影子。如如女史的女扮男装,是弹词中女英雄经常使用的技巧。凤葵痛打店主的场面,显然是借鉴了《水浒传》中鲁达拳打镇关西的笔法;此外,《女娲石》第一回里出现的“女娲石”,对小说结构实有《红楼梦》中通灵宝玉的作用;还有研究者指出,《女娲石》隐藏的叙述结构,正是《水浒传》的英雄叙事[③]。而《情天债》以梦境开篇,是古典通俗小说中习见的手法。因此分析小说的叙事方式和艺术形象的内涵,很可能得出乍新还旧的印象。另外,今人从社会性别视角研究,这些女豪杰无一不处于国族话语的笼罩之下,她们往往压抑情感,以“色”救国,使得小说呈现出明显的“雄化叙事”和极暧昧的“性政治”。[④]

---

① 《〈中国新女豪〉出版广告》,《申报》,1907年12月24日,第3张第1版。

② 欧阳健:《晚清小说史》,杭州:浙江古籍出版社,1997年,第253页。

③ 李萌昀:《男性想象中的“国女革命”——论晚清小说〈女娲石〉》,《沈阳师范大学学报》(社会科学版),2009年第5期。

④ 此结论见于刘慧英《20世纪初中国女权启蒙中的救国女子形象》(《中国现代文学研究丛刊》,2002年第2期)、李奇志《清末民初思想和文学中的“英雌”话语》(武汉:湖北教育出版社,2006年,第268—293页)和冯鸽《清末新小说中的“女豪杰”》(《中山大学学报》(社会科学版),2009年第2期)诸研究成果中。

尽管有诸多不尽人意处，但由于作家高扬理想主义旗帜，对女豪杰齐声礼赞，使得作品中的女性光彩照人，形成令人瞩目的“英雌”群像。而这种光荣，大部分由女学生来分享。进入民国之后，随着政治小说的消歇，“英雌”的称号味道大变，女豪杰形象也风流云散。女学生的身影，更多地出现在言情小说中。就文学形象来说，晚清这短短数年，是女学生们最为荣耀、最堪自豪的“英雌”时代。

秋瑾的文学经验与“英雌”人格的养成

可以确定的是，晚清女学生与小说阅读并不十分隔膜，甚至有女学堂内开设小说课程，如 1904 年开办的吴江明华女学，每周便有三次共计一个半小时讲授小说。[①] 1908 年杭州惠兴女学堂总理贵林曾上书学部请杜女学流弊，便称有女学校“以西国理想小说为实事，鼓簧异说，自误误人”[②]，可见小说亦成为女学生成长的思想资源之一。

现代女作家褚问鹃曾回忆自己最初的阅读体验。时值晚清，她在苏苏女学求学，书是她唯一的伙伴，“我把历史当故事看”，而最能引起她兴味的，即是传奇《芝龛记》：

> 家中有一部《芝龛记》，木版四五十本的大书，用文学的手法，写弘光以后直至滇南的覆败，内中还穿插着秦良玉、沈云英她们的勤王事迹。真和假，我也不暇辨别。我只知道那忠义慷慨的叙述，实在使人感动，就是假的，我也把它当成真的了。我同情当时一班奇女子的遭逢，每读到“消磨铁胆甘吞剑，抉却双瞳欲挂门”这两句时，总要废书三叹，便把他用工楷写出贴在座右，仿佛自己就是书中的主

---

① 《明华女学章程》，《女子世界》，第 2 期，1904 年 2 月。

② 《上学部条陈为普及女学校事(附呈普及女校办法说帖)》，《惠兴女学报》，第 4 期，1908 年 8 月 11 日。

人。岂知这两句话,竟成了我后来的谶语。①

这种不辨真假的读法,其实是把所有的故事都当成了真实的历史。在多数人最初的阅读过程中,都会有如此体验。当褚问鹃走上革命道路之后,再反观学生时代极其投入的阅读经历,早年翻阅过的传奇作品也被赋予了某种神秘的功能,它们不仅参与着其性格的养成,还在冥冥之中指引了她的人生方向。

晚清报刊上女性作者的署名往往难以考证真实名姓,她们对叙事作品的读后感更不易觅见,这给研究者考察女学生的阅读史和成长史二者的联系带来了不小的困难。而晚清知名度最高的"英雌"莫过于秋瑾,幸好今天关于她的资料相对比较齐全,因此,在下文中,我将以秋瑾为例,探讨晚清小说中的文学形象与"英雌"学生自我认同的关系。

众所周知,秋瑾母家和夫家的经济条件都比较优裕,她的闺中岁月和婚后在湖南的生活都很悠闲,阅读了大量的文学作品,培育了良好的文学素养。秋瑾同乡戚属陶在东说:"女士生长晚清,号称承平之时代,纯乎一闺秀,纯乎一才人,才人无不好名。是时《红楼梦》《镜花缘》一类小说盛行,女士于两书中作品都能雒诵,对书中人,其趣何[向]可知,大抵李易安、管夫人之际遇,最所心羡,笔下口头,往往见之。"②所谓"李易安、管夫人之际遇",当是指对美满家庭和个人才名的期待。此外,值得注意的是,秋瑾亦熟读《芝龛记》,早在入湖南之初,即题《芝龛记》8首,表达自己对秦良玉、沈云英的倾慕。第三首曰:

莫重男儿薄女儿,平台诗句赐蛾眉。

① 褚问鹃:《生命的印痕》,见谢冰莹等著:《女作家自传选集》,重庆:耕耘出版社,1945年,第215—216页。

② 陶在东:《秋瑾遗闻》,郭延礼编:《秋瑾研究资料》,济南:山东教育出版社,1987年,第109—110页。

吾侪得此添生色,始信英雄亦有雌。[①]

“始信英雄亦有雌”之句,便与1903年“楚北英雌”的自誓异曲同工,“英雌”一词也呼之欲出,从中已能看到她的人生走向。但此处对建功立业的向往,可能只是她偶然的有感而发,作为一种矢志不移的价值追求,诚有待于日后的人生机遇。

1902年前后,秋瑾随夫王子芳来到北京。在她男女平权意识的演进过程中,北京之行是最为关键的时期。她此时不仅加入了女学团体“中国妇女启明社”,交结了吴芝瑛、黄铭训、服部繁子等女学界中人,还与江亢虎、欧阳弁元、铃木信太郎等京师大学堂师生有往来。在诸人感染之下,秋瑾“以提倡女学为己任,凡新书新报,靡不披览”[②],其中便包括梁启超主编的《新民丛报》和《新小说》。据沈祖安介绍:

> 梁于庚子(1900)年后,在横滨自号饮冰室主人,办《新民丛刊[报]》和《新小说》月报,在国内外影响颇大。秋瑾暂住廉家(按:秋瑾曾借住廉泉、吴芝瑛夫妇宅)时,读了其中的《罗兰夫人传》《东欧女豪杰》《新中国未来记》和粤曲《黄萧养回头》等文,在给妹妹秋闺珵的信中说:“任公主编《新民丛报》,一反已往腐儒之气”,“此间女胞,无不以一读为快,盖为吾女界楷模也”。[③]

引文所列篇目,《罗兰夫人传》初载于《新民丛报》,令秋瑾印象深刻,成为她日后的行动楷模。其他三文均见于《新小说》,当

① 秋瑾:《〈芝龛记〉题后》,见郭长海、郭君兮辑注:《秋瑾全集笺注》,长春:吉林文史出版社,2003年,第4页。郭延礼认为此诗作于1895年,见郭延礼:《秋瑾年谱简编》,《秋瑾研究资料》,济南:山东教育出版社,1987年,第17页。

② 吴芝瑛:《秋女侠传》,郭延礼编:《秋瑾研究资料》,济南:山东教育出版社,1987年,第69页。

③ 沈祖安:《拼把头颅换凯歌——从秋瑾的诗文看她的革命思想》,《杭州大学学报》,1979年第1—2期。

中对秋瑾影响最大的，自属宣扬虚无党的《东欧女豪杰》，她日后的立言行事，都有小说主人公苏菲亚的身影。

今人难以理解的是，秋瑾于1907年7月13日在大通学堂被捕，但此前的7月9日她已得知同志徐锡麟就义，中间本有足够的时间可以逃走，为何仍坐以待毙？[1] 或许她此时已经做好了舍生取义的准备，愿以一己之命，换来全国的大震动和全体女界的觉醒，也算死得其所。这种心迹，见之于1905年12月致同学王时泽的信中："吾自庚子以来，已置吾生命于不顾，即不获成功而死，亦吾所不悔也。且光复之事，不可一日缓，而男子之死于谋光复者，则自唐才常以后，若沈荩、史坚如、吴樾诸君子，不乏其人，而女子则无闻焉，亦吾女界之羞也。"[2]则此时她的视死如归，亦有为女界争光的目的。

秋瑾的报国方式，虽在晚清女界堪称创举，但若反观她追摹的国外女英雄的事迹，则可以看出她舍生取义的英勇举动，实具效仿罗兰夫人、苏菲亚之意。夏晓虹先生认为："平日既熟知其（罗兰夫人）事迹，人物形象早已深印脑际，又尝要人学法，一旦处于相同情境，不必自觉，行事即可与罗兰夫人一般无二。"[3]而这种从容赴难的气概，亦见之于《东欧女豪杰》之苏菲亚。第二回里，因有人告密，苏菲亚被捕入狱，她毫不惊慌：

> 菲亚一人坐着，心中想着，我是拿定了宗旨，才出来办事的，早拼着拿也任他们拿，囚也任他们囚，杀也任他们杀，

---

① 夏晓虹：《接受过程中的演绎——罗兰夫人在中国》，《晚清女性与近代中国》，北京：北京大学出版社，2004年，第214页。

② 王时泽：《回忆秋瑾》，郭延礼编：《秋瑾研究资料》，济南：山东教育出版社，1987年，第204—205页。

③ 夏晓虹：《接受过程中的演绎——罗兰夫人在中国》，《晚清女性与近代中国》，北京：北京大学出版社，2004年，第215页。

我只管尽我的职分。今天的事情正是意中事咧。[1]

正因为秋瑾与苏菲亚、罗兰夫人精神气概和日常行事上的相近，生前就曾有人将她与两位西方女英雄相提并论，且得到秋瑾的认可：

甚或举俄之苏菲亚、法之罗兰夫人以相拟，女士亦漫应之。自号曰鉴湖女侠云。[2]

此处记载出自秋瑾的结拜姊妹吴芝瑛笔下，日后小说《六月霜》亦曾将其搬入[3]，为众多读者熟悉。同样，秋瑾挚友徐自华也曾道及秋瑾与苏菲亚、罗兰夫人的精神联系："其爱国爱同胞之热忱，溢于言表。虽俄之苏菲亚、法之玛利侬（即罗兰夫人），有过之无不及。"[4]而秋瑾就义后，众多的悼念诗文中，也不时以之比拟苏菲亚，如"千载仰斯亭，侠骨雄风，争与苏菲应并寿"[5]，"名兮不朽，与苏非亚以同传"[6]，则秋瑾追步苏菲亚、罗兰夫人等女英雄的努力终于获得了他人的认同。她的慷慨赴死，在激励时人为国牺牲的同时，也使自己与这些女豪杰一起"写入英雌传"[7]，成为后人效法的楷模。

黄萧养是明末广东农民起义领袖，兵败被杀。广东班本《黄萧养回头》叙黄萧养再世后，从事反清运动，终于使中国跻

---

① 岭南羽衣女士（罗普）：《东欧女豪杰》，见《中国近代小说大系：东欧女豪杰·自由结婚·瓜分惨祸预言记等》，南昌：百花洲文艺出版社，1991年，第35页。

② 吴芝瑛：《秋女侠传》，郭延礼编：《秋瑾研究资料》，济南：山东教育出版社，1987年，第70页。

③ 夏晓虹：《接受过程中的演绎——罗兰夫人在中国》，《晚清女性与近代中国》，北京：北京大学出版社，2004年，第207页。

④ 徐自华：《秋女士历史》，郭延礼编：《秋瑾研究资料》，济南：山东教育出版社，1987年，第60页。

⑤ 天梅（高旭）：《挽秋女士》，同上书，第594页。

⑥ 王钟麒：《秋瑾女史哀词》，同上书，第555页。

⑦ 秋瑾：《宝剑篇》，郭长海、郭君兮辑注：《秋瑾全集笺注》，长春：吉林文史出版社2003年，第264页。

入“富强之邦”。此剧对秋瑾的影响，主要见之于弹词《精卫石》与《黄萧养回头》的关联。《黄萧养回头》中，黄萧养因为前生壮志未酬，“想前生，在紫洞，义旗树上。时不利，骓不逝，好心伤”①，于是班本的开卷，黄帝即派他投生重回人间。临凡之后，他重整旗鼓，终于成就一番轰轰烈烈的功业。而秋瑾所著弹词《精卫石》，同样以神仙临凡的模式开篇，瑶池王母见下界女子饱受欺凌，“二千年毒氛怨气弥天地，惜妇女何辜罹苦衷”，且汉室行将覆亡，于是派遣英才降世。所差的男女英雄中，大多也是前世心愿未了：

> 女的是生前未展胸中志，此去好各继前心世界间。务使光明新世界，休教那毒氛怨气再弥漫。男的是胡虏未灭遗恨在，今番好去报前冤。②

对比《黄萧养回头》和《精卫石》，前者主要叙男英雄收拾山河，后者则着重书写女英雄的成长历程和爱国经历。这种差异，也正是秋瑾性别立场和个人理想的投射。由于强烈的感情投入，使得《精卫石》主人公黄鞠瑞不仅名字与秋瑾接近③，而且她闺中求学、逃婚、留学、革命的经历，也可与秋瑾一一比照，因此《精卫石》具有十分明显的自传性质，成为研究秋瑾思想的重要文本。

由于晚清先进女性获取知识的渠道的多元，秋瑾对苏菲亚形象的接受，乃至《精卫石》的写作过程，或许难以证明完全是

---

① 新广东武生度曲：《新串班本黄萧养回头全套》，《新小说》，第1号，1902年11月。据张军、裘思乐考证，该剧作者为欧榘甲。见《〈黄萧养回头〉作者为欧榘甲考——兼论欧榘甲在前期〈新小说〉作者群中的重要地位》，《戏剧艺术》，2009年第1期。

② 秋瑾：《精卫石》，见郭长海、郭君兮辑注：《秋瑾全集笺注》，长春：吉林文史出版社，2003年，第472页。

③ 黄鞠瑞赴日留学后更名为“黄汉雄”，对应着秋瑾的名号“竞雄”与《精卫石》的署名“汉侠女儿”。

受《东欧女豪杰》与《黄萧养回头》的直接影响。但徐自华以下的回忆,却明晰无误地证明了作为读者的秋瑾与晚清小说的紧密关系:

> 女士擅辨才,口角不肯让人。遇顽固者,常当面讪诮,余戒之曰:“子太锋芒,恐招人忌。”同看《女娲石传奇》,余戏曰:“四十八位女豪杰,璇卿必居其一。”女士答曰:“七十二位女博士,君亦在焉。试评我像此书中何人?”余曰:“琼仙。”女士曰:“何以像琼仙?”余曰:“颇自负,尚意气,好胜心甚。”女士笑曰:“冤哉!余何曾对子自负耶!”余亦笑曰:“子对我不独无倨傲,且极温让,亦唐太宗看魏征,人云疏慢,我见其妩媚耳!”①

此处记载中,两人都颇得魏晋风度,而徐自华以《女娲石》中的琼仙比拟秋瑾,堪称明鉴。《女娲石》存甲乙卷,未完。与琼仙相关的情节,位于小说乙卷,出版于1905年3月,而秋瑾与徐自华共读《女娲石》,则在一年以后:1906年3月,秋瑾得嘉兴褚辅成之荐,至吴兴(今湖州)浔溪女校担任日文、生理教员,与校长徐自华“一见各自倾倒,徒恨相见之晚”②,两人“同事两月,雅相怜爱”③。诚如徐自华之言,《女娲石》中汤琼仙的形象是“颇自负,尚意气,好胜心甚”。金瑶瑟离开天香院后,考察全国党派情形。临行前花血党领袖秦爱浓赠其神枪一支,途中瑶瑟误击白十字会会长汤翠仙之气球,以此结识白十字会中诸人。琼仙乃汤翠仙之妹,闻知瑶瑟有神枪,遂与其比试,不胜,引为奇耻大

---

① 徐自华:《秋瑾轶事》,郭延礼编:《秋瑾研究资料》,济南:山东教育出版社,1987年,第64页。

② 陈去病:《徐自华传》,同上书,第676页。

③ 徐自华:《祭秋瑾女士文(并序)》,同上书,第552页。

辱,乃立誓求学,“遍访名师,学问不成不愿再踏中国一块土”[1]。琼仙此后未再出场,但根据小说的回评[2],在小说未完成的部分,琼仙当有出头之日。

秋瑾与琼仙形象的契合,虽然她的诗歌创作中也偶有表露,但主要还是体现于日常行事中。她的日本之行,半由于对丈夫王子芳的不满,半出于对学问、功业的追求,但不管哪种原因,都是她不甘人后的性格特点所致,即徐自华所谓的“好胜心”。这种心理,既是针对王子芳个人或王家,即如其寄家兄秋誉章函中所言:“妹得有寸进,则不使彼之姓加我姓上。”[3]同时也指向男性全体,如她向服部繁子吐露心声:“我想做连男子也做不到的事”,“我要做的是使任何男人瞠目吃惊之事”。[4] 秋瑾待人处事中的心直口快,好面折人过,甚至会给人倨傲自大的印象,都因此而来。吴芝瑛称秋瑾“性伉爽,遇有不达时务者,往往面折庭争,不稍假借,以此人多衔之”[5],徐自华将秋瑾比之于《女娲石》中的汤琼仙,都是此意。

要之,秋瑾走向“英雌”的历程,也是她不断阅读叙事文学并与之发生关联的历史:早年闺中阅读《芝龛记》,萌发出朦胧的革命、女权意识;北京时期阅读《东欧女豪杰》与《黄萧养回头》,间接影响了她的价值取向和文学写作;留日归来阅读《女

---

① 海天独啸子:《女娲石》,《中国近代小说大系:东欧女豪杰·自由结婚·女娲石等》,南昌:百花洲文艺出版社,1991 年,第 509 页。

② 卧虎浪士批曰:“琼仙确是聪明女子,确是少年负气,写得如生龙活虎,不可端倪”,“吁,将军岂有下马受缚者哉? 湘云偎欲压服之,庸知刘季有下井之日,项羽无渡江之时”。南昌:百花洲文艺出版社,1991 年,第 509—510 页。

③ 秋瑾:《致秋誉章(其三)》(1905 年 6 月 19 日),郭长海、郭君兮辑注:《秋瑾全集笺注》,长春:吉林文史出版社,2003 年,第 425 页。

④ 〔日〕服部繁子著,郑云山译,李延善校:《回忆秋瑾女士》,中国社会科学院近代史研究所编:《国外中国近代史研究》(第 8 辑),北京:中国社会科学出版社,1985 年,第 28、30 页。

⑤ 吴芝瑛:《秋女侠传》,郭延礼编:《秋瑾研究资料》,济南:山东教育出版社,1987 年,第 70 页。

娲石》,从中找到契合自身性格的文学形象。

秋瑾身后遗留的弹词《精卫石》中,她曾经崇拜过的中外女英雄的形象一一出现,如木兰、秦良玉、沈云英、梁红玉、黄崇嘏、谢道韫、罗兰夫人、马尼他、苏菲亚、批茶、如安等。这也说明,秋瑾并不是单一地崇拜某位女英雄,而是集合众多“英雌”的特点,形成了自己独特的理想人格。《精卫石》的出现,既是她写作叙事作品的最初尝试,也可看成她一生阅读经验的总结,意义十分重大。主人公黄鞠瑞觉醒、抗争的过程,既是秋瑾人生经历的写照,也是自我认同的升华,并有为广大女性读者树立模范的深意。借由《精卫石》,秋瑾完成了由读者到作者、由被启蒙到启蒙者的飞跃。而她在英勇就义之后,马上成为叙事文学关注的焦点,形成了“秋瑾文学”的热潮[①],使她在定格为历史人物的同时,也成为20世纪中国文学中最为著名的女性形象。从读者到作者,再到人物形象,晚清女英雄与虚构叙事文学的关系,以秋瑾最为奇特。

在晚清救亡与启蒙的主潮中,女性的社会价值被重新建构,尚在学校的女学生亦被赋予报国重任,承载着“教育救国”的理想,不少女学生被寄予“英雌”期待。而在“小说界革命”的背景下,作家们以空前严肃的心态创作,小说作品不再是读者用以消磨时光、可有可无的点缀。二者的合流,使得虚构文本中的大量女学生兼具豪杰气质,其性情、功业亦非旧时闺中女性可比。这些描写“英雌”学生的小说与其他各色充溢着激昂气象的文学体式一道,构成了晚清社会思潮重要的组成部分,反过来为女学生的成长提供了丰富的营养。就女学生读者的阅读方式来看,她们对人物传记、时事论说的接受与对虚构作品的理解其实并无大的差别,同样会对后者产生真切的体验,甚至会在生活中效

① 关于晚清文坛对秋瑾事件的聚焦,可参考夏晓虹:《秋瑾之死与晚清的“秋瑾文学”》,《山西大学学报》(哲学社会科学版),2004年第2期。

仿某些人物形象的举动。从这一角度说，秋瑾的阅读史，虽属个案，但也具有普遍意义：晚清众多描写“英雌”的作品介入了女学生追求自我价值的历程，深刻影响了她们的日常生活、情感体验和精神气度，并因此参与到“英雌”的生成中。

第二节 革命热潮中的吴淑卿

女学堂与辛亥革命

在学堂内外，经过多种方式的历练，晚清女学生不仅熟谙了古代女英雄的报国事迹，强健了体魄，而且对世界大势和民族危机有了初步的判断，把自己的命运与国家兴亡紧密联系在一起。更加重要的是，由于民族主义的渗入，女学堂内的反清思潮逐渐扩张，人数日益增加的女学生成为革命事业的预备人材队伍。女学生们在辛亥革命中的表现，使得晚清士人“女学救国”的愿望，以特殊的方式变成了现实。

武昌起义之后，全国军民纷纷响应，革命形势大好，不仅使压抑已久的民族感情得到集体释放，也为“女国民”施展身手提供了绝好的舞台，彼时先进女性为辛亥革命所做的巨大贡献，如从军、救护、募饷等活动，已有多位研究者论证。需要留意的是这些女性的身份问题。1916 年《申报》曾言：“从前革命党中即有所谓女党员者，大抵女学生而已。”[①]其实不仅仅是革命党中的女党员，辛亥革命中其他积极投入革命事业的女子，大多具有新式教育的背景。为了论证这一事实，我将选取彼时重要的女性军事团体，考察其发起人、领导者、成员的身份，以说明响应革命的女学生，不仅是革命女性的先锋，也是其中坚力量。

---

① 《杂评一：龙觐光夫人》，《申报》，1916 年 3 月 31 日，第 7 版。

佘丽芬曾撰文介绍各地女性发起军事团体，投身辛亥革命的情况：

> 在湖北的带动下（按：指吴淑卿发起“湖北女子北伐队”），全国出现了女子从军热，各种女子军相继成立，影响较大的有上海女子北伐队（发起人沈警音、郑璧）、女民国军（发起人薛素贞）、女子国民军（发起人林宗雪）、女子北伐光复军（发起人陈婉衍）、女子军事团（发起人葛敬华、葛敬诚）、同盟女子经武练习队（发起人吴木兰）、女子尚武会（发起人沈佩贞）、浙江女子荡宁队（发起人尹锐志、尹维俊）、广东女子北伐队（发起人徐慕兰、宋铭黄）、安徽女子北伐队（发起人陈也月），等等。[1]

中间虽有错讹处[2]，但当时重要的女子军事团体已大多归入。现将这些团体的成员和活动略加考索[3]。

所谓沈警音、郑璧发起的“上海女子北伐队”，当是指1911年11月成立的“女子军事团”。该团借女子体操学校为招集训练所，以均益里两等女校、黄家阙路十二号徐宅为办事处。[4] 告示所列发起人18位[5]，至少有9人为女校学生或曾入校求学：北洋女子师范学堂的葛敬华、葛敬诚、沈警音、郑璧，北洋高等女学堂的章以保，松江清华女学的沈育德，上海爱国女学校的徐新

---

① 佘丽芬：《近代女知识分子与辛亥革命》，《浙江社会科学》，1991年第5期。

② 如“上海女子北伐队”即是“女子军事团”，“浙江女子荡宁队”实为“女子北伐光复军”，“安徽女子北伐队”未见报导，其“发起人”陈也月即是陈婉衍。

③ 以下考索参考了赵立彬、李堙《辛亥革命时期上海女子军事团体源流考》一文，《史林》，2006年第1期。

④ 《女子军事团简章》，《民立报》，1911年11月19日，第5版。

⑤ 《女子军事团警告》，《民立报》，1911年11月19日，第1版。其发起人为：葛敬华、葛敬诚、沈警音、潘苏、潘昭、潘衡、钱德彰、郑璧、黄坚、张卓群、章以保、沈育德、陈客、曾潇、冯熙、纪国振、徐新华、范莫撄。

华、范莫樱，南浔浔溪女校的纪国振。[1] 而务本女学毕业生张默君暂任女子军事团团长。据 11 月 29 日《申报》所载张默君上沪督陈其美的呈文，该团“自开始至今，报名已达百人以外”。陈其美批文认为其“章程既简而易成，组织亦完而且密，自应准予立案，借以壮我军威”。[2]

“女民国军”发起人“薛素贞”，又名“辛素贞”，“女民国军”后又多称为“女国民军”。细察该团体的人脉关系，上海尚侠女校堪称大本营。尚侠女学 1910 年成立，以“起发勇侠之热诚，养成高尚之人格”为宗旨[3]，在晚清女学中颇具特色。1911 年 11 月，该校校长辛素贞上书陈其美，拟发起女民国军，“一切如男民国军办法，所有详细规则，当俟批准，遵订奉呈”[4]。陈其美悉如其请，认为“使巾帼中人尽如君，何患不雄飞世界？今既捐除红粉，从事黑铁，娘子军容，胡儿胆落”[5]。在见诸报端的招募启事中，“万裕码头西首荣福里第一号尚侠女学校”[6]为第一报名处。然尚侠女学校的活动，又不限于上海一地，随后特派教员林澹烟赴宁波，在宁波府女学堂商设“女国民军宁波支部”，以该校为报名处，代征队员。[7] 此“林澹烟”中，“林”为母姓，“澹烟”为字，她后来使用最多的姓名为“张馥贞”（或复真、馥真、馥祯），毕业于宗孟女学。1912 年初，辛素贞与张馥祯赴总统府晋

---

① 发起人之一的沈警音曾回忆，女子军事团分四项工作——战斗、军医、募饷、缝纫，主要成员还有北洋女子师范学堂学生陈淑，上海爱国女学学生曾季肃、杨兆良，北京女子师范学堂学生黄绍兰，苏州振华女学倡办者谢长达，以及胜家缝纫女学校学生吴振球等。沈亦云：《亦云回忆》，台北：传记文学出版社，1980 年，第 61—62 页。

② 《巾帼英雄》，《申报》，1911 年 11 月 29 日，第 2 张第 1 版—2 版。

③ 《尚侠女学校章程》，《神州日报》，1910 年 8 月 4 日，第 3 版。

④ 《尚侠女学代表辛素贞上陈都督书》，《申报》，1911 年 11 月 13 日，第 2 张第 1 版。

⑤ 《女民国军出现》，《申报》，1911 年 11 月 16 日，第 2 张第 1 版。

⑥ 《女国民军招募第一队》，《民立报》，1911 年 11 月 18 日，第 1 版。

⑦ 《浙省光复近事汇述 · 宁波》，《神州日报》，1911 年 12 月 1 日，第 5 版。

谒孙中山，孙氏对她们赞誉有加：“闻贵女士在沪曾建设尚侠女学堂，能实行‘尚侠’二字，年来四方豪俊，每至贵学堂参观，所以革党中人至以贵学堂为党人往来之机关。”孙中山问起尚侠女学校提倡种族主义、暗杀主义等事，两人答道：“提倡种族绝学之大家，如某某等，实行暗杀主义之大家，如王某、张某等，皆敝学堂之至友。”[①]该校在辛亥革命中的表现，实无愧“尚侠”二字。

发起“女子国民军”的林宗雪，与尚侠女学亦大有渊源。林宗雪为林澹烟之姊，曾同任尚侠女学教员。[②] 据黄元秀回忆，浙江光复后，参议会通过援宁议案，任命朱瑞为支队长，参谋长为吕公望，部下有“女子先锋队”约30余名，主要成员为尹维俊、尹锐志、林宗雪、张复贞，指的即是此“女子国民军”。[③] 其中尹维俊、尹锐志姊妹早在1903年即入嵊县爱华女校[④]，后来成为辛亥革命中名闻全国的女英雄。

陈婉衍发起的“女子北伐光复军”，虽然是奉上海北伐军总司令李燮和之命成立[⑤]，实则以宗孟女学为依托。陈婉衍本人即是宗孟女学的校长，一直在校中灌输爱国主义和民族主义教育。据她所悬的招募条件，“程度不拘，待入队后量才任用，年龄十八岁以上、四十岁以下为合”[⑥]，其中自然少不了女校学生，

---

① 《大总统敬礼女侠》，《民立报》，1912年1月19日，第2版。

② 柳亚子《南社纪略》记：“张侠凡，名雪，字逸帆，一姓林，又称林宗雪女士，浙江平湖人，上海尚侠女校教员，光复时任女子北伐队队长，后与无锡裘祝三同居，创办女子植权公司。”柳亚子著，柳无忌编：《南社纪略》，上海：上海人民出版社，1983年，第22页。

③ 黄元秀：《辛亥浙江光复回忆录》，浙江省辛亥革命史研究会、浙江省图书馆编：《辛亥革命浙江史料选辑》，杭州：浙江人民出版社，1981年，第523页。

④ 尹锐志：《锐志回忆录》，同上书，第485页。

⑤ “本军女管带陈婉衍，奉北伐军总司令李燮和命令，招女子军。”《时报》，1911年11月21日广告栏。

⑥ 《女子北伐光复军招募广告》，《民立报》，1911年11月15日，第1版。

即《吴淞光复军纪略》中所谓“一时青年志士,女校奇才,争趋麾下”①。此“女子北伐光复军”共编得50名,赴南京攻打张勋,故此女军“名为女子荡宁队”。② “荡宁队”后与浙江援宁部队会合,由尹维俊直接领导。据《神州女报》报导,“尹维俊女士率女子荡宁队随浙军北上,闻某女校学生多人与焉”,很可能指的即是宗孟女学,“未几而议和解决,女士等遂各归,复入校求学”。③

“同盟女子经武练习队”以“练习武学,扶助民国”为宗旨,其队员皆为女子同盟会员④,当中也不乏出身女学堂之人,如执行部长秦宝镜,曾为马秋仪所设之青岛端本女学学生;文牍部长袁希澔,则毕业于务本女学;队长吴木兰,求学经历更是丰富:13岁时入江西教会女学“葆灵女书院”初等班,一学期后又入高等班,三学期后则进上海中西女塾,不久后即出国赴日本青山实践女子师范学校留学,毕业后又往美国游历半年。⑤

“广东女子北伐队”由同盟会员邹鲁、高剑父发起,宋铭黄⑥、徐慕兰⑦担任领队,队员多来自香港实践女学校。据该校教员赵连城回忆,实践女学校在辛亥革命前是同盟会在香港的主要机关之一,同盟会员徐维扬、谢英伯、高剑父、冯自由、莫纪彭、邓慕韩、陈哲梅、曾伯谔、郑彼岸、李思辕等都曾在学校兼任教员,挂名校长梁绮川本人即是同盟会员。该队从广州出发,前

① 汉史氏:《吴淞光复军纪略》,见柴德赓、荣孟源等编:《中国近代史资料丛刊·辛亥革命(七)》,上海:上海人民出版社,1957年,第34页。

② 《吴淞军组织详情》,《民立报》,1911年12月1日,第5版。

③ 《女界要闻·旧闻》,《神州女报》,第6期,1913年1月。

④ 《同盟女子经武练习队简章》,《民立报》,1912年2月13日,第8版。

⑤ 《吴木兰被捕后就审之情形》,《大公报》,1914年4月18日,第3张第1版。

⑥ 香港实践女学校教员,后与高剑父结婚。

⑦ 又名徐宗汉,香港实践女学校教员,后与黄兴结婚。

往南京支持,共有队员20人[①],其中许剑魂、陈秉卿、严淑姬、梁荃芳四人来自澳门的子褒学塾,宋铭黄、徐慕兰、梁国体[②]、黄芙蓉四人来自实践女学校。[③]

要之,在武昌起义后涌现的女子革命热潮中,大多数女性军事团体都以女学堂为依托,其领导者为女校教员,队员多是女学堂学生;即便那些成分较为复杂的团体,具有新式女子教育背景的队员往往是其中的核心成员。可以说,没有晚清以来女子教育的发展,就没有辛亥革命中女性的贡献。

吴淑卿从军记

辛亥革命中涌现的女性军事团体,以上海最为集中,这自然要归因于它是全国女学最为发达的城市,但若追究起义后女子从军的发源,还得从首先举义的武汉说起。

1911年11月6日,上海女界还在观望中,当地进步报纸《民立报》即刊载了一位女读者的文章,透露武汉已有女士“奋起从戎”:

> 武汉独立,风云日盛,此正英雄有为之日,乃鄂都[渚?]鹦鹉间,竟有济济英雌,亦奋起从戎。吾亦女子,闻之不禁怦然心动。[④]

可见武汉“济济英雌”对上海女性的巨大鼓舞作用。而考察作

---

① 全体队员为:徐慕兰、宋铭黄、邓务芬、黄芙蓉、许剑魂、许汉英、陈秉卿、谭锦蓉、梁英颜、黎兴汉、赖军华、陈振权、梁国体、严淑姬、梁雪君、刘伟朋、陈汉兴、梁荃芳、汤莲、黄志德。此据邹鲁《中国国民党史稿》,上海:商务印书馆,1947年,第958页。赵连城回忆中的名单与此有小异。

② 入实践女学校前在子褒学塾求学,光复后改名定慧,与邹鲁结婚。

③ 赵连城:《同盟会在港澳的活动和广东妇女参加革命的回忆》,中国人民政治协商会议广东委员会文史资料研究委员会编:《广东辛亥革命史料》,广州:广东人民出版社,1981年,第85—106页。

④ 曾雅女士稿:《说丛》,《民立报》,1911年11月6日,第6版。

者盛赞的女界从军先进，当是指吴淑卿发起的女子军。

其实早在10月31日，《民立报》即刊发了吴淑卿上黎元洪的呈文，请求随军报效革命。现录其文如下：

> 黎都督大人台电：敬禀者无别，愚生吴淑卿，系汉阳县人民，年十九岁。愚生于纪元四千六百零六年，随家兄到奉天。吾兄在陆军第二十镇步队七十八标充当教练官，愚生投入师范学堂为学生，渐及三学期也。又于纪元四千六百零八年秋节后，遇□奴论起历史，言及汉满之分别。该校□奴甚多，愚生气忿，即时请假归家。愚生临行言过，说我吴淑卿再来北地，非兴汉灭满不可也。吾兄仍在奉地，愚生返鄂，谋一小营业养身。今闻都督发起雷震之怒，挞伐之威，发起挽回利权之念头，拿出保国爱群之心，此乃天性也，世人闻之，无不叩敬也。幸我汉族诸同胞，热心爱国保种之义。观今之世界，当要人人努力自强，当要应尽国民之责任。若想热心爱国，非立起当兵之志不可也。
>
> 呜呼！今何时乎？今何时乎？非世界盛行重兵主义而竞争剧烈之时乎？凡为国民者，皆当思尽当兵之义务也。然则何以谓之义务？曰：国家者，非一人之谓也；国民〈者〉，非一统之称也。能保护国家者，则谓大汉之国民也；不能保护国家者，则谓小丑□奴也。既得国民之称者，以其能尽当兵之义务而已。夫今之学者动曰维新革旧，革旧维新，使我国民当效泰西之国，使人人尽当兵之义务，不知此亦吾国上古时所有也。不观夫礼乐射御书数，皆当男子所为之事？《诗》有之曰："赳赳武夫，公侯干城。"由此观之，上古何常[尝]不以军人为重乎？
>
> 愚生观今之时代，无论男女，要想为大汉国民，若闻国家有征兵之时，为农者当弃其耰锄，为工者当弃其斧锯，踊跃为兵，虽学校之教员生徒，皆能当兵也。民为社会之起点，而社会又为国之起点，故民之于国，关系乎胜衰也大矣。

大汉中国所以保护国民之身家免受□奴之侵侮，民众既有享受之利权，则必有应尽当兵之责任也。不可以当兵为凶事，皆不愿为也。如不愿为，则国几于亡国。国既亡，而民岂能独安乎？则必至身家产业不能保矣。当兵虽为凶险之事，然而亦皆为公众保护身家产业耳。且国为举国人民之国，非一人之国也。愚生思之，此番若不将中华大汉人权扶正，若不将□奴灭尽，岂不为外人耻笑乎？北有强大之俄，南有鲸吞之法，东有战胜之日，西有雄大之英，吾国居此战场，岂不危乎？

愚生此番意见，非为他故，只因有心投军，只是无途可进。现今特寄来草禀，恳都督大人开洪恩一丝核准。愚生并非图目下之荣耀，只求其同军士去北地，吾愿舍身而赴敌也。杀尽□奴，方出我大汉心头之恨。愚生虽然学问浅近，稍知一二，并不畏男女之别。今愿吾同胞四万万同心努力，将中华国大汉人权扶起，岂不光耀轩辕哉？黎都督大人万福教安。愚女生吴淑卿字拜。[1]

文中的“□奴”，乃因《民立报》虑及上海此时尚未光复，不得已使用的障眼法，而读者则可将“□奴”填空为“满奴”。吴淑卿的这一呈文，朴素质直，然感情充沛，可见其奋力报国之果决。文后还附有张越的长篇按语，认为“虽昔豪杰义烈之夫，殆亡以俞越”，并重提秋瑾之就义，认为吴淑卿的举动，乃是继承秋氏未遂之心愿。张越此时担任湖北军政府机关报《中华民国公报》的总主编[2]，则吴淑卿投军文的刊发，当是出于军政府的授意，

---

① 《吴淑卿女士投军文》，《民立报》，1911 年 10 月 31 日，第 6 版。

② 《中华民国公报》于 1911 年 10 月 16 日发刊，牟鸿勋任首届总经理，但无暇顾及报社事，一切委诸张越办理。牟鸿勋不久即出任湖北军政府各部总稽察，总经理一职遂由张越接替。1912 年 2 月 18 日，张越辞职。见丁守和主编：《辛亥革命时期期刊介绍》（第 4 集），北京：人民出版社，1986 年，第 157 页。

并有表彰吴氏义举、期盼上海女界奋起的意图。此文确实也起到了这一效果,各地报纸纷纷转载,在全国(尤其是上海)激起巨大反响,直接引发了女界从军的热潮。

略为遗憾的是,除此《吴淑卿女士投军文》外,今天已经难觅关于吴淑卿及“湖北女子北伐队”的报道。在有限的材料中,以时事小说《女革命军首领吴淑卿义侠传》所记最为详尽。目前妇女史对吴淑卿的介绍,都不出此小说。下文分析吴淑卿的从军经历,我即以《女革命军首领吴淑卿义侠传》为蓝本。

《女革命军首领吴淑卿义侠传》作者署“善之生”,实为小说家程善之[①],宣统三年(1911 年)由振汉学社石印。该书分 2 集 16 章,前集以吴淑卿为中心,述其助战武汉和南京的经历;后集则述各地女界之活动,如黄兴夫人的议论,广东女子敢死队、江浙女子敢死队、神州女子协赞会、红十字会等的事迹,而以上海女军界在育贤女校开会庆祝共和作结,脱离了前集的吴淑卿这一主线。

据前集作者序言,“前革命军武昌起义,吴淑卿女士首创女军,辛素贞继其后,并能屡立奇功”,“仆故为作小传,一以彰首领之苦心,一以鼓女兵之进步”,则此小说实可作为传记读。从叙事上分析,各章文字极其简略,仅见简单事实,全无小说应有的细节描绘。作者曾在小说中加以解释:“作书者但言其大宗,即可概其余,刻下每多作著家直抄报章,不知取阅者之厌。”[②]反观此小说的写作,当是采摘有关新闻,再略为改头换面编撰而成。程善之仅言故事“大宗”,很可能是他对人物、事件的经历并无详细了解;作者与其他“作著家”的区别,仅在别人“直抄报章”,他则略述梗概。如此化繁为简的写作,虽然存留了女英雄

---

① 郑逸梅《南社社友著述存目表》于程善之名下著录《女革命吴淑卿》,指的即是此书。见郑逸梅:《南社丛谈》,上海:上海人民出版社,1981 年,第 654 页。

② 善之生(程善之):《女革命军首领吴淑卿义侠传》,振汉书社石印,1981 年,第 9—10 页。

的事迹(部分可能还是虚构),但距优秀小说的标准还很远:此书读来索然无味,即便与同时的其他时事小说(如《五日风声》《血泪黄花》)相比,亦大为逊色。

第一章“吴淑卿出身于学堂”交代她在奉天求学的经历,其“我吴淑卿再来北地,非兴汉灭满不可也”的誓言让人印象深刻,但显然是略缩了《吴淑卿女士投军文》中吴氏关于自家身世的陈述。为了突出她的英雄气概,小说特意编织了吴淑卿的军事天赋:“淑卿自幼即好与兄谈论武事,其兄甚异之,爱慕非常,每于家庭闲暇之余即与其妹细述陆军中诸事务。其初亦不过以之为儿戏,作消遣之谈,谁知淑卿渐有心得,至十二二岁时,闻其兄所言,竟能知其意味,不时与乡里儿童聚集,操演作童子军戏。兄益异之,谓吾妹将来必为女中丈夫也。”而为了塑造她的英武形象,小说称“淑卿生来有膂力,容貌端严,身体壮健”。[①]

第二至四章述吴淑卿拜谒黎元洪,请求从军。黎同意了她的请求,但命她自己组建女军。此事被报章披露后,各省读者“见此革命女军,如此踊跃,世所罕有,莫不欣羡”[②],远近女子,源源而来,很快招满一队。吴淑卿升帐练军,“威仪严肃,不啻当年木[穆]桂英挂帅之盛气炎炎也”,“教以若何为攻,若何宜守。枪若何而中,刀如何而施,竟不日而训成有用之兵”。[③]

第五与第六章叙述吴淑卿率女子军助战的经历,最能显现她们的英勇气概。先在汉口对敌萨镇冰,湖北光复后,又转战南京,参与攻打张勋的战斗。两场战役中,此女子军都是作为奇兵出现的。前次“黎督师与萨镇冰大战之下,淑卿率女军出其背后,两面夹攻,出其不意。北军不知不觉,疑从天上飞来”[④],于

---

① 善之生(程善之):《女革命军首领吴淑卿义侠传》,振汉书社石印,1911 年,第 3 页。

② 同上书,第 7 页。

③ 同上书,第 8 页。

④ 同上书,第 9 页。

是建立奇功。南京狮子山之役，小说叙述稍为详尽：

> 吴淑卿闻此张贼猖狂太甚，亦大怒之，遂率女军约六十名，由武昌至南京，共破此贼。后民军已集城外，与张贼大战数次，究属其城坚固，炮台犹有十数处，一时难以进攻。炮台亦有被民军占据者如紫金山、北极阁等处，维淑卿特用妙计，遂将六十名女将扮成非常之装束，各将发束于头中，腰系裮裙，似东洋妇之式，专为动人之观，乱人之神计，身藏炸弹兵器，混至于狮子山炮台下。其时山上守兵见其装饰异常，正欲拏千里镜朝下望时，而女军已将炸弹及枪齐发矣，先伤死守兵百余人。其巧处争于闪电穿针之瞬息，守兵欲待发枪而女军连上山，彼皆措手不及，故狮子山为女军得。续后又继以民军，焉有不成功之理哉？按此山为金陵之第一要地，此山一失，由是各路军进攻而城亦下矣，张贼亦早逃避矣。呜乎，淑卿之功亦伟矣！①

狮子山炮台的攻克，的确是南京光复过程中的重要战役。正因为小说中有此叙述，吴淑卿女英雄的地位才得到后来妇女史著作的确认。然而此段记载仍需进一步考察，姑且不论文字中的众多不合情理之处，仅将它与史料相比勘，可疑处实多。

曹亚伯所著《武昌革命真史》曾详细记录了南京每日大小战事，较为可信。革命军针对下关狮子山炮台的行动，历时数日。现将书中有关情形罗列如下：

> （十月初六日）民军既得幕府山、狮子山后，查得山上尚有大炮数尊，但皆系十年前之旧物，已不可用。张勋部下无能开炮之人，故悬重赏招外国炮手助之。②

---

①　善之生（程善之）：《女革命军首领吴淑卿义侠传》，振汉书社石印，1911 年，第 10—11 页。

②　曹亚伯：《武昌革命真史》（中册），上海：中华书局，1930 年，第 379 页。

(十月初六日)其时民军所以未攻狮子山者,以该山炮台兵士,受我军运动故也。[1]

初十日晨,外间所闻之炸烈声,乃系城中民军将狮子山军装库炸毁,俾清军无军火可用,不能开炮轰击城外之幕府山。或谓此事即决死队所为。[2]

(十月十一日)当时民军以大炮轰击太平门沿江一带,狮子山炮台与民军炮艇互相轰击,民军即于此时完全占据紫金山。迨十二日早,两军议和未成,民军随即占领全城。午时,狮子山炮台高悬白旗。[3]

可知民军为了占领狮子山炮台,经过了周密的部署:先是运动守兵反正,可能收效不大;继而派遣敢死队炸毁军库火药;最后占领全城,合围炮台,但守军依然支撑到南京光复前的最后一天:十月十二日,民军即通电湖北军政府,宣告克复南京。

据此看来,程善之小说中描写吴淑卿所率女子军轻而易举地占领炮台的情节,基本上是不可信的。女子军的贡献,显然被夸大了。

小说中还出现过一段插曲,即是安排吴淑卿与上海“女国民军”首领辛素贞聚合。作品中辛素贞的上书从军,乃是慕吴淑卿之风而继起,而且受陈其美之命,率队至镇江投奔吴淑卿部。[4] 二人自然彼此投契,合力报国——“由此同往南京,是炮台及攻城杀敌等事,素贞亦同有功焉”。在作者笔下,她们虽为

---

① 曹亚伯:《武昌革命真史》(中册),上海:中华书局,1930年,第381页。

② 同上书,第381—382页。

③ 同上书,第382页。

④ “上海尚侠女学校之辛素贞者,亦修书一函上于陈都督麾下,其书中首辩男女之无分判,复又引古证今,见得女子从军,非为异事。陈都督观其来书,深赏其才勇,遂令进见,褒奖一番,即令素贞赴镇,入吴淑卿队内,其时淑卿女军已至镇江,预备攻取南京,素贞遂至镇江投见吴统领,并将上海陈都督令来之文函奉上。”善之生:《女革命军首领吴淑卿义侠传》,振汉书社石印,1911年,第12页。

女界英杰，但地位却大有差别，于是出现了辛素贞对吴淑卿的真诚爱戴——“素贞一日对淑卿云：‘我中华国久视妇女为无用之物，我辈深为羞愧。假令日前无统领之首先倡举，不几埋没英雄，又谁信有今日之作为也。’”①

前文已叙及，辛素贞发起的“女国民军”，以尚侠女校为依托，是上海影响颇大的军事团体。其在助战南京的途中也确实与他部女军汇合，但所归附的队部，并不是吴淑卿的“湖北女子北伐队”，而是林宗雪所率的“浙江女子国民军北伐队”。林宗雪与辛素贞曾驻兵于南京神策门内绿筠花圃，接受孙中山的阅视。②

虽有以上诸多不实之处，但陶醉于山河光复的读者大多不会细加分辨小说的虚实。程善之无中生有和张冠李戴的点染技巧，反而正好树立起吴淑卿高大伟岸的女英雄形象，使得她也在战场上创建了类似花木兰、秦良玉、沈云英等前辈女豪杰的功业，成为辛亥风云中高扬的“英雌”旗帜。

演进中的形象与发生着的历史

文学作品对吴淑卿形象的拔高，并不止于程善之。在武昌起义后流行的民间时调中，即出现了对她的热情歌颂。当时有五更调用“青阳扇”曲，铺叙吴淑卿的英勇事迹：

> 一更一点月光明，来唱女革命。（呀呀得而哙。）首领吴淑卿，自幼最爱习武争，集聚成，来操演呀，去攻南京城，（呀呀得而哙。）真是娘子军。
>
> 二更二点月渐升，武昌起革命。（呀呀得而哙。）面见孙首领，降书一封当面呈，汉室兴，群策群力，扶汉□□□，（呀呀得而哙。）大家要拼命。
>
> 三更三点月正清，黎督笑盈盈。（呀呀得而哙。）参议

---

① 善之生：《女革命军首领吴淑卿义侠传》，振汉书社石印，1911年，第12—13页。

② 《金陵气象万千·巾帼吐气》，《民立报》，1912年1月7日，第4版。

军中情，一篇言辞说动革命军，才赞成，黎都督呀，□□□□□，（呀呀得而哙。）一同把功成。

四更四点月将沉，女军兵法精。（呀呀得而哙。）副统辛素贞，赛过当年穆桂英。打北京，功劳大呀，仗仗来得胜，（呀呀得而哙。）不愧娘子军。

五更五点月无影，淑卿与素贞，（呀呀得而哙。）都是女伟人，扶助革命来伐……[①]

文字中辛素贞担任副统领的情节，正是《女革命军首领吴淑卿义侠传》中的故事，则此时调很可能是参考程善之的小说编成的。吴、辛等人忽而南京、忽而北京的空间大转移，于史实自属无稽，不过却能与民初民间流传的《民国军女大元帅攻打北京城》的年画相互参照[②]，可见民众对于“女伟人”的旺盛的想象力。《申报·自由谈》刊载的文人拟作的“新道情”，在敷演各地起义时，也对吴淑卿等女英雄的举动予以夸赞：“更有一般女儿军，曹道新、徐武英、吴淑卿、辛素贞，桃花马上请长缨，女界从此放光明。”[③]经

---

① 《女革命五更调》，见《最新时调秋集》，上海：沈鹤记书局石印，出版时间不详。引文中□处，文字无法辨认；第5首未完，下页散佚。

② 《民国军女大元帅攻打北京城》，见中国现代美术全集编辑委员会编：《中国现代美术全集·年画1》，沈阳：辽宁美术出版社，1998年，第7页。此副年画描绘“女先行”徐武英、“女元帅”曹道新等在北京正阳门外对敌张怀芝、姜桂题的场面。

③ 书痴：《瞎子改良新道情》，《申报》，1912年1月31日，第8版。但道情中的“曹道新”很可能是“曹道兴”之讹传，乃是男子。曹为武昌教会学校文华书院学生，其妻傅翠云为牧师傅悦斋之女。阳夏战争时，傅曾单独报名投军，因住宿不便被拒。夫妇二人后同赴汉阳投效，傅始被允白日在营服务，夜晚自归私宅。军队和舆论称为女将军，并配图予以赞美。见贺觉非编著：《辛亥武昌首义人物传》（下册）之《曹道兴　傅翠云》，北京：中华书局，1982年，第541页；朱峙三：《辛亥武昌起义前后记》，见中国人民政治协商会议湖北省委员会编：《辛亥首义回忆录》（第3辑），武汉：湖北人民出版社，1980年，第165—166页。“曹道新”后被目为女子从军的代表，可能与1911年10月23日《民立报》新闻《武汉革命大风云（十三）：女生从戎》被广为传颂、转录有关。报导中“曹道新”是“文华学堂女生”，黎元洪允许其“自募女生一队”。但当时文华书院并不招收女学生。

由通俗时调的传唱，吴淑卿作为“女伟人”的形象更加广为人知。

在《女革命军首领吴淑卿义侠传》外，亦有数部小说中出现了吴淑卿的身影。在武昌新军起义次月，小说家陆士谔即创作了时事小说《血泪黄花》（又名《鄂州血》），书写武昌和汉口的战事。较程善之高明，陆士谔在小说中以新军队官黄一鸣和湖北女子师范学校学生徐振华这对小儿女之情事为贯串全书的线索。第10回中，黄一鸣在军营中吃过晚饭，与众将士闲聊。排长吴德刚说起：“今天都督府有一桩很希奇事情，那真是自从新军成立以来不曾有过的。”[①]说的便是吴淑卿投军之事。次日到徐家，未婚妻徐振华问起他可知吴淑卿组织的女子军士队。黄一鸣假装糊涂：“你不要听信人家胡说。女子军士队、男子军事队，这名目儿我在营里头从没有听人谈起过。”而振华的反应是：

> 振华也不回答，起身开橱，拿出一张字纸来，递给一鸣道：“有和没，我也不和你争论，请瞧这东西。瞧过你总也明白了。”[②]

徐振华作为证据拿给黄一鸣看的，即是吴淑卿的投军文，文后并附黎元洪的批示。她被吴淑卿的文字打动，也想报名投军，因此问黄一鸣的意见。虽然一鸣不允，但她最后还是女扮男装，随军入战场。

核考小说中披露“吴淑卿壮志从军”（第10回回目）时递交黎元洪的呈文，并不是现实中《民立报》所载的《吴淑卿女士投军文》，而是截取张默君为沈警音、郑璧等发起的“女子军事团”

---

① 陆士谔：《（时事小说）血泪黄花》，见王俊年标点：《血泪黄花·五日风声》，桂林：漓江出版社，1988年，第86页。

② 同上书，第87页。

时上书沪督陈其美的部分文字[1],并连带批文也一并引入,只是将报纸上的“陈都督批”更改为“黎都督批”。吴氏原呈质直无文,而相较仅在奉天女子师范求学三学期的吴淑卿,务本女学以第一名毕业的高材生张默君,自是文采斐然。陆士谔李代桃僵,在吴淑卿本人既有的勇毅特征外,还添上才气的要素,从而塑造出文武双全的形象。[2]

另一提及吴淑卿故事的是历史小说《清史演义》。一如小说的回目“练女军争传吴淑卿”所揭示,此回主要叙述吴淑卿投军、练军的事迹,而对其战功并未提及。评点者认为,吴淑卿此举既承秋瑾的壮志,又启引女子从军的高潮,在女子革命史上有重要意义,不能不提:“吴淑卿之编练女军,是为全国紧要关键。张竹君之赤十字会,陈也月之北伐队,皆从淑卿所激起也。”[3]

而1928年出版的《清朝全史演义》,则编织了吴淑卿组建女军前的革命经历。小说认为,光复女英雄谱中,前有秋瑾,中有尹锐志、尹维俊姐妹,殿军则数龙韵兰、吴炎娘、吴九娘、吴淑卿。吴淑卿曾于广州起义前担任招待,在起义失败后被捕,不久即由粤省绅士保出。出狱后吴淑卿在广州天字码头开照相馆,掩护6位男女同志(周之桢、李应生、李沛基、徐忠汉、徐飞汉、徐四妹)。待广东光复后,吴淑卿又随胡汉民回到湖北,并由胡向黎元洪介绍,淑卿始在鄂编练女子北伐队。[4]

考诸史迹,广东宣告光复,时为11月9日,而吴淑卿在鄂投军的呈文于10月31日即载于《民立报》,小说的叙述显然不

---

① 《巾帼英雄》,《申报》,1911年11月29日,第2张第1版—2版。

② 1912年5月通时书局石印的《中华民国革命新战史演义》,内亦夹杂徐振华、黄一鸣情事,文字与《血泪黄花》同。不知此书编撰者“鹅湖山人”,与陆士谔有无关系?

③ 王炳成:《评点清代演义》,第8册第95回,“练女军争传吴淑卿 殉国难特记黄忠浩”,上海:商务印书馆,1918年,第70页。

④ 李伯通编著:《清朝全史演义》,第122—124回,上海:广益书局,1928年。

实。但若从人物形象的塑造来看,吴淑卿在《清朝全史演义》的经历则可以看作投军前的铺垫:正因有此一段历练,吴淑卿在汉口和南京战事中的表现也变得顺理成章。

从《女革命军首领吴淑卿义侠传》到《清朝全史演义》,吴淑卿一直是作为一位女革命家的形象而存在。各小说或宣扬她在战火中的功业,或巧妙展示她的词藻,或夸饰她练兵的威严,或补叙她的投军前史。作为人物原型的吴淑卿,为小说家记录时事、重构历史不断提供着素材。

小说中的吴淑卿形象在辛亥革命后不断演进,渐趋丰满,但她现实生活中的经历如何呢?曾有材料显示,在民初的女子参政潮流下,她也有意加入此项活动,想在湖北政界跻得一席之地,但她的活动重心,主要落在湖北女学界。[①] 1912 年 3 月 24 日,刚刚成立的"湖北女子教育总会"在湖南会馆开会研究进行方法,吴淑卿亦曾与会,并发表重要演说,从中可以预见她人生下一阶段的用力所在:

> 国民程度之高下,视乎师范为转移。刻下新旧过渡时代,宜先养成师范人才,以谋教育之普及。现在男女平等,当先化除界限,无分男女,均须同心同德,共谋进行。[②]

吴淑卿投身于女子师范教育,遂成为湖北女学界的重要人物。表现之一,即是在吴淑卿等人的提倡之下,武昌兴起了兴办女学堂的小高潮。据 1912 年 5 月的《民立报》报道:

> 湖北开通虽早,而女学一节,尚在萌芽。前此女学,甚形寥寥。刻因民国成立,男女一致,陆女士国香、吴女士淑

---

① 1912 年 11 月,吴淑卿作为"女界教育中之贤师",亦曾加入当时的救蒙热潮:"吴淑卿女士,女界教育中之贤师也,拟集合女同胞筹集饷银若干,以为征蒙之助。现正组织一切,不日开会演说,以唤起女界之爱国心。"《女士救国》,《民立报》,1912 年 11 月 29 日,第 8 版。

② 《破天荒之女学界》,《民立报》,1912 年 4 月 1 日,第 8 版。

> 卿等主张女子参政,创立女子参政同志会,以图进行,并组织各项女学。除初等女子小学及草帽公司、蚕业讲习所各零星女校不计外,其已开办规模宏大者,计女子师范二堂(分公立、私立)、进化女学校一堂、培植女学校一堂、国民女子公校一堂。其余向有之滋兰、务本各女校,均接续开办,出示招生。女学之膨胀如此,亦家庭教育前途之好希望也。①

需要说明的是,以上女学之兴办或续办,虽与吴淑卿之提倡有因果关系,但文中称吴氏“组织各项女学”,当属夸大了她的作用。吴淑卿直接参与创建并主持校务的,主要是湖北第二女子师范。

1912年4月,吴淑卿、陆国香发起组织女子师范,黎元洪拨银2000两资助,夫人黎本危挂名总理。② 在报刊数次揭载的关于该校的消息中,吴淑卿均与吴国香并列为发起人,她们本应同心同德为校出力才是,不过5月《申报》刊发的新闻,却向读者揭示出二人之间的巨大罅隙。吴淑卿自湖北教育司领到学校开办经费后,即对外自称为学校监督,不仅不再与陆国香商量校务,且擅自聘请自己兄长为总理。陆国香“忿不能平”,邀集同人会议,女士周志贞自愿代为调停。当周质问吴为何对陆国香由合作转为疏远,吴淑卿激愤地答道:“陆国香贱婢!于大庭广众中与孙中山行握手礼,贻羞女界!不去何为!”陆国香争之不胜,遂上书黎元洪,称吴“有伊胞兄为之补助,至交为之后援”,已不再需自己插手,甘愿从校事中引退”。③ 吴淑卿对陆国香最为不满之处,乃是陆氏在公开社会场合与孙中山的礼节性握手。吴的过激反应,恰恰显露出吴氏这位时新“女界伟人”在道德问

---

① 《女学之膨胀》,《民立报》,1912年5月21日,第8版。

② 中国人民政治协商会议湖北省委员会文史资料研究委员会:《湖北文史资料》,1988年第1辑(总第22辑),“北洋军阀统治时期湖北大事记专辑”,湖北法制报印刷厂印刷,第31—32页;《鄂省女师范之发起》,《教育杂志》,第4卷第1期,1912年4月。

③ 《两女士权利之竞争》,《申报》,1912年5月21日,第6版。

题上的严重保守。同时,相比战时的“桃花马上请长缨”的意气风发,从事教育工作是更为平淡的日常,更考验主事者的智慧、性情。在排挤陆国香之事上,吴淑卿已经显露出其耿直的个性和某种程度的自我中心,这种性格和行事方式,于主持一校事务是颇为不宜的。

在次年进行的对湖北女学的调查中,该校定名为“湖北第二女子师范”(可能因为此前武昌已有女子师范),吴淑卿担任校长。陆国香另任省立“清远两等女学”校长。[①] 不久又因湖北教育经费窘迫,而第一、第二女师范学额常有不足,于是湖北教育司将第二女子师范并入第一女子师范,“更名为省立女师范学校,以重教育而节经费”[②]。合并之前第一女子师范校长为时世英,她曾是湖北幼稚园保育科的第一届学生,保育科被解散后,转入武昌启秀女学就学,后由该校公费送往上海务本女学攻读,旋于1906年被端方派往日本留学。[③] 而且两校合并时,教育司司长时象晋[④]正是时世英之父,则她的学问和资历,显然优于吴淑卿。1914年7月,改组后的湖北省立女子师范开学,校长正是时世英。[⑤] 此时未知吴氏如何安置?

自此之后,吴淑卿渐趋沉寂,报章上也少有她的消息。比起辛亥革命中的荣耀,吴淑卿在民国之后的经历确实黯淡许多,不管是参政活动中的初次试水,或是救蒙热潮中的摇旗呐喊,还是

---

① 《鄂省女校调查记》,《女铎报》,第21期,1913年12月。

② 《湖北女师范改组》,《教育杂志》,第5卷第8期,1913年11月。

③ 《端大臣派女学生出洋》,《时报》,1906年8月16日,第3版。

④ 时象晋(1854—1928),字越皆,湖北枝江人。1896年赴日本考察教育,回国后创办枝江高等小学堂,后在武昌创建滋兰女学堂。辛亥武昌首义,任战地红十字会会长。1913年至1916年任湖北省教育司司长。见湖北省志地方志编纂委员会编:《湖北省志人物志稿》,北京:光明日报出版社,1989年,第14页。

⑤ 《咨湖北巡按使省立女子师范准予变通入校始期文》(1914年7月29日),《教育公报》,第1卷第3册,1914年8月。此文称该校校长为“石世英”,“石”或为夫姓。

湖北女学界中的人事起伏,吴淑卿都不再是舆论关注的焦点。这种略显平淡的日常生活,虽然背后也潜伏着女权运动涨落的重大话题,但很难引起民初小说家的兴趣。

个人在大时代中的遭遇,自然有其偶然性,但历史书写和文学文本对人物的关注,在很大程度上体现出社会的集体无意识,因而人物形象的定位和演变,被赋予了一定的必然性。《吴女士投军文》的出现和被反复转载,是那个特定时代中近乎狂热的爱国主义、民族主义的表征,它迎合了民众的反满情绪和对“英雌”出世的期盼,由此也成为吴淑卿进入历史的核心材料:从徐天啸《神州女子新史》开始,到1930年代谈社英的《中国妇女运动通史》,再到当代多种女性史,我们看到的吴淑卿全是妇女从军的模范。①

从《女革命军首领吴淑卿义侠传》到《清朝全史演义》,吴淑卿的形象一开始就被定型为爱国女英雄,后来虽有演进,但都只是局部的补充。需要注意的是,吴淑卿所进入的文学作品,不是时事小说,就是历史小说,这两类都是比较特殊的文体,都是对时事或历史的积极介入或主动重构,具有强烈的能动性。考虑到小说都是叙写清代兴衰,则不难从中读出清朝覆亡之后的近三十年中,整个社会一言难尽的民族情感。小说中的吴淑卿,则是这种社会心态的寄托。

总之,时势造英雄。吴淑卿的应时而生,既为革命做出了特殊的贡献,也迎合了读者的企盼;她不仅成为社会舆论中的幸运儿,也在小说里攀上了女性形象的制高点。只是在短暂的革命荣光之后,“英雌”由绚烂重归于平淡的日常生活,其遭际更显意味深长。

---

① 如1986年出版的普及读物,这样总结吴淑卿的事迹:“吴淑卿以她年青、勇敢、善战的英雄形象,为中国近代妇女解放史写下光辉的一页。”《辛亥革命中的女子军队》,沈智:《妇女解放史问答》,杭州:浙江人民出版社,1986年,第67页。

第三节 沈佩贞:“英雌”的陷落

参与辛亥革命的女性,经历了战争的磨炼,在民国成立后对国家的公共事务有了更多的诉求,积极投身于参政运动,在民初政坛乃至社会中激起了巨大波澜,使两性关系也出现了新变。

考察辛亥革命中女子从军的历史和民初女性从政的热潮,不能不提的人物即是沈佩贞。与吴淑卿相比,她也是因组织女子军事团体而成名,但吴氏革命后声名渐隐,而沈佩贞却因参政运动更加为人瞩目;吴淑卿是以革命女英雄的形象定格于历史与小说文本中,而沈佩贞在辛亥前后的待遇却迥然有别,在小说中更是沦陷日深。其所得评价转变之巨,极富有戏剧性。沈佩贞的遭遇,实可代表“英雌”语义在革命后的转变,很有探讨的价值。

“女界之伟人”

沈佩贞何人也?据 1915 年《醒华报》记载:“沈佩贞,号义新,原名慕贞,号少华。桂人,生于粤。”[①]又依新近网上披露的《沈佩贞离异魏肇文致全国通电》手迹之图片,沈氏乃“浙江世族,父宦两粤”[②]。据沈氏致北京各报的辩诬函,大约可推算出她约出生于 1886 年。[③] 沈氏早年接受教育的情况已难详细考

---

① 《醒华报》,1915 年 6 月 17 日,转引自饭郎编辑:《沈佩贞》,北京:新华书社印刷,1915 年,第 35 页。

② 《沈佩贞离异魏肇文致全国通电》,http://pmgs. kongfz. com/item_pic_339005/。

③ “佩贞年龄极言其大,亦不过三十岁耳。大略社会上人识佩贞之面者,亦能察之,亦能言之。”《沈佩贞致各报馆书》,见饭郎编辑:《沈佩贞》,北京:新华书社印刷,1915 年,第 38 页。

察,她自称“幼承庭训,长学师范,曾随叔父留学日法,游历各国”①。《时报》通信说她“尝肄业北洋某女校”②,《醒华报》则言沈佩贞“革命后,奉赦出狱,滞留津门,欲入北洋高等女子师范学校,曾一至该校,甫入其门,校长吴鼎昌知为杨晟侍妾也,驱之出门,嗣入某私立学校”③。记载虽然都较简略,但大致可知她曾在天津求学。

沈佩贞之成名,始于1911年底发起“女子尚武会”。1912年初,《申报》曾以“女界之伟人”的标题,报导她的事迹:

> 沈珮贞女士,去年曾要求满政府速开国会不允,遂奔走两粤,跋涉三江,提倡革命。此次武昌起义,女士适在天津谋集同志起事,被汉奸某泄其事于陈夔龙,陈派杨以德将女士逮捕,并将所有资财搜括无遗,转辗诬妄,欲陷女士于死地。嗣陈恐激起绝大风潮,暗使杨释放之。女士有母年七十余,必欲女士离津。女士不得已,遂奉母来沪。惟一片热诚,不能遏止,爰创办女子尚武会,以办理北伐军后方勤务为目的。闻刻已禀准沪都督,不日开办。其志愿,要在推倒满政府,扫除专制政体,建设共和民国。才识高卓,诚近今女界之伟人也。④

而同日《天铎报》亦有相近报导,且称沈佩贞乃“政治革命家也,具尚武之精神、远大之识见”⑤,之所以获此殊荣,自是因为此前发起“女子尚武会”之举。

1911年11月28日,沈佩贞在《申报》发表《创办女子尚武

---

① 《沈佩贞离异魏肇文致全国通电》,http://pmgs. kongfz. com/item pic 339005/。

② 《沈佩贞误打郭同》,转引自饭郎编辑:《沈佩贞》,北京:新华书社印刷,1915年,第14—15页。

③ 饭郎编辑:《沈佩贞》,北京:新华书社印刷,1915年,第36页。

④ 《女界之伟人》,《申报》,1912年1月11日,第2张第3版。

⑤ 《女界之伟人》,《天铎报》,1912年1月11日,第4版。

会绪言》,认为女性同为国民,当效花木兰、梁红玉之举动,投身行伍,与男子一起担当保家卫国之责。[①] 不同于此时上海涌现出来的其他女性军事团体,“女子尚武会”成员在奔赴沙场之前,要开展一系列的军事训练。根据随后披露的《创办女子尚武会简章》,该会“以养成女子尚武精神、灌输军事学识为宗旨”,其训练课程有输送、兵站配备、体操、测量、绘图、琴歌、侦探等门,教员须“具有军事上之学识者,始得称职”,教学设备除桌椅外,还有辎重车辆、挽载马匹、捆包绳索、枪械子弹、钢丝车等军用物品,“悉禀请军政府发给借用”。首期拟招收学员 500 人,计划训练六个月后随女子军北伐。[②] 以上种种,使得“女子尚武会”不是单纯的军事团体,更像是一所女子军事速成学校。

1912 年 1 月 12 日,沈佩贞称该会“现奉沪军都督陈批准,开办在即”,特登广告招生。[③] 1 月 26 日,“女子尚武会”召开成立大会,沈佩贞被选为首任会长,詹寿恒为副会长,张汉英为监学,叶慧哲为书记,钱秀荣为庶务,刘既嘉、李元庆、杨露瀛三人为干事,张振武为名誉总理。[④] 此后的活动情形不详。但尚武会成立时,南京早已光复。2 月 20 日,南北和议告成,南京临时政府随即停止北伐,此时“女子尚武会”会员距毕业还很远,则她们对革命所起的实际作用可能非常有限。发起人沈佩贞则在革命成功后,将主要精力转移到女子参政运动中。

组织规模颇大的“女子尚武会”,开展军事教育,为女性投入革命战斗积极准备,这应该是沈佩贞在辛亥革命中的最大

---

① 沈佩贞稿:《创办女子尚武会绪言》,《申报》,1911 年 11 月 28—29 日,第 1 张第 5 版。

② 沈佩贞:《创办女子尚武会简章》,《时报》,1911 年 12 月 24 日,第 5 版。

③ 沈佩贞:《女子尚武会招生广告》,《神州日报》,1912 年 1 月 12 日,第 1 版。

④ 《女子尚武会开会纪事》,《时事新报》,1912 年 1 月 27 日,第 2 张第 2 版。

功绩。[1] 大约是在1912年,沈佩贞身着戎装的照片开始流传。1913年2月12日,为清帝下诏逊位一周年,北京先农坛举行了为期七天的纪念会。台湾文人连横恰好在北京,亦曾游观此纪念会,见“士女观者十数万,如荼如火,道为之塞,可谓空前之大会矣”。会中设展览区,悬挂着供人景仰的器物和图片,其中即有沈佩贞的军装:

> 会之一室恭挂诸先烈之像,其外则整陈诸物,皆有关于革命者:如吴樾之弹片,汪精卫之铁练,沈佩贞之戎服,使人感念不置,而叹此庄严之民国,固非一蹶可就也。[2]

在此场合下,沈佩贞被视为爱国、尚武的女英雄典型而备受礼遇。通过这种仪式性质的庄重致敬,沈佩贞的形象得到升华,1912年初《申报》所标榜的“女界之伟人”的称号被强调,似乎又一次印入游人脑际。然而此时现实生活中的沈佩贞,其形象已经一言难尽。

妇女参政运动中的进退

对于沈佩贞,连横并不陌生,几个月前他在南京游览时,便听闻沈氏之名。此时的沈佩贞,正与唐群英、吴木兰等一道,因争取女子参政权而名闻全国。连横在游记中亦有记载[3]。

沈佩贞转向妇女参政运动的第一步,即是在上海作为发起人之一,组建“男女平权维持会”。该会1912年2月25日在《天铎报》刊登发起通告,同日起开始连载《男女平权维持会缘

---

① 据黄彦的《中国社会党述评》,民初沈佩贞参与发起的团体还有女子北伐队(上海,1912年1月)、中央女子工艺厂(南京,1912年4月)、女学维持会(上海,1912年)、女子救国社(奉天,1913年3月)。见《近代中国》,第14辑,上海:上海社会科学院出版社,2004年,第142、145、148、149页。

② 连横:《大陆游记》,第1卷,《雅堂先生文集·余集》,第2册,台北:文海出版社,1974年,第40页。

③ 同上书,第17页。

起》,作者即是沈佩贞。

作为“女子尚武会”代表,她于1912年2月和3月先后列名上书参议院、孙中山,并在3月下旬以个人身份致电孙中山、唐绍仪及参议院诸议员,为女子参政权鼓与呼。①

沈佩贞在妇女参政大潮中的主要经历,是其在“女子参政同盟会”内的活动,该会是民初女子参政运动最重要的组织。1912年4月8日,上海女子参政同志会、女子后援会、女子尚武会、金陵女子同盟会、湖南女国民会在南京召开联合大会,正式成立“女子参政同盟会”。成立大会上,沈佩贞发表演说,“痛言女界须化除意见,联络团体,以收竞争之效”,并作总结发言,“陈述此次参议院之约法条义,以压制手段,妨害女界,我女界绝对不承认此条文”。② 会内分为总务部、交际部、政事部、教育部、实业部、财政部、审查部、文事部,沈佩贞被选为实业部职员。③ 随着女子参政运动的行进,沈佩贞的作为日益凸显。

1912年4月,南京临时政府和参议院北迁,女子参政代表也随后联合北上,寓居于京师粉房琉璃街,递交请愿书,商议斗争之法。女子参政的中心议题,是女子的选举权与被选举权,但参议院对女子参政的态度,与此前在南京的倾向十分相近。女界代表曾推举沈佩贞等60余人为代表于8月6日到参议院请见议长吴景濂,“大有不达目的不肯干休之势”,得到的答复颇

---

① 《中华民国女界代表上参议院书》,《时报》,1912年2月27日,转引自中华全国妇女联合会妇女运动历史资料室编:《中国近代妇女运动历史资料(1840—1918)》,北京:中国妇女出版社,1991年,第579—580页;《女子参政会上孙总统书》,《天铎报》,1912年3月23日,第1版;《上海来电七十四》,《临时政府公报》,第50号,1912年3月28日。

② 《看女子之毅力》,《民权报》,1912年4月16日,第7版。

③ 《女子参政同盟会纪事》,《神州日报》,1912年4月11日,第4版。

为含糊,“并不敢表示赞否之主见”。[①] 沈佩贞等人此次请愿并无实质效果。在随后公布的《中华民国国会组织法》《参议院议员选举法》《众议院议员选举法》中,只规定男子有选举权和被选举权,女性的参政请求完全被无视。

9 月 1 日,女子参政同盟会在烂熳胡同女工传习所召开联合大会,宣布该会现以“先实行男女平等、继实行女子参政为宗旨”[②]。其宗旨之所以有此变更,乃是因为现实中女子的处境进一步恶化——1912 年 3 月,同盟会改组为公开政党,其纲领曾明确声明“主张男女平权”,后来同盟会联合统一共和党、国民公党、国民共进会、共和实进会及全国联合进行会等政党,合并为国民党。为了与他党妥协,宋教仁等在起草国民党纲领时,删去了原同盟会“主张男女平权”之政纲。女性的参政权渺不可得,女子参政同盟会只能退而求其次,力保原同盟会纲领上的“男女平权”之条文。

此次会议女子到会者 200 余人,沈佩贞最先发表演说,“反对宋教仁、张继不遗余力”,认为:“宋实一无耻小人,牺牲我二百兆女国民之权利为彼等结党营私交换之媒介,是可忍,孰不可忍?”演说最后,沈佩贞言辞激烈,号召女界继续为参政权斗争,必要时亦可使用武力。[③]

其实早在 8 月 14 日,沈佩贞和唐群英等人即闯入同盟会会场,谴责诸男性会员背弃信义,出卖女党员利益,“大骂不已,且

---

① 《女子要求参政权》,《太平洋报》,1912 年 8 月 7 日,转引自中华全国妇女联合会妇女运动历史资料室编:《中国近代妇女运动历史资料(1840—1918)》,第 591 页。

② 《女子参政同盟会召开联合大会》,《平民日报》,1912 年 9 月 7 日,转引自中华全国妇女联合会妇女运动历史资料室编:《中国近代妇女运动历史资料(1840—1918)》,北京:中国妇女出版社,1991 年,第 594 页。

③ 《女子参政同盟会召开联合大会》,《平民日报》,1912 年 9 月 7 日,转引自中华全国妇女联合会妇女运动历史资料室编:《中国近代妇女运动历史资料(1840—1918)》,北京:中国妇女出版社,1991 年,第 594 页。

欲以武力对待”①。8月25日在国民党的成立大会上，沈佩贞又与唐群英、王昌国到场，力争男女平权，众男会员赞成者鲜，三位女性神情激昂，终至动武：

> 唐等犹不甘服，谓男子挟私把持，压抑女子，更向孙(中山)质问，其言终不得要领。忽唐等行至宋教仁坐地，遽举手抓其额，扭其胡，而以纤手乱批宋颊，清脆之声，震于屋瓦。众大哗，斥其无礼。②

8月27日，沈、唐二人又拜谒孙中山，力争男女平权。孙婉言解释此事实行之难，两人与他发生激烈争执，沈佩贞悲愤之下，“哭声震天”③，但如此软硬兼施，仍于事无济，“男女平权”之规定未写入国民党政纲，留给女子参政会同人的是无尽的失望和愤懑。

沈佩贞忆及辛亥以来的革命和参政遭遇，感慨良深，对男子之忘恩负义深恶痛绝，决心不再凭借男子力量，完全依靠女性自身，从女子教育、实业着手，争取参政权。9月19日，女子参政同盟会开会欢迎“万国女子参政同盟会”来华访问的三位代表嘉德夫人、马克维夫人、解古柏斯博士，沈佩贞于三位演说后，首先发表意见，认为欲得参政权，须先具三条件：(一)教育完全；(二)发达女子之实业；(三)不借男子之保护。对于最后一条，沈佩贞略加引申：

> 我等今日如不能达参政之目的，急宜有一种手段，以对待男子。手段维何？即未结婚者，停止十年不与男子结婚；已结婚者，亦十年不与男子交言。④

---

① 《同盟会女会员之愤激》，《大公报》，1912年8月16日，第6版。

② 《本馆特电·北京专电》，《神州日报》，1912年8月28日，第2版。

③ 《唐沈两女士之墨泪·哭诉孙中山》，《申报》，1912年9月3日，第3版。

④ 《女子参政会纪事》，《民立报》，1912年9月27日，第7版。

此语在当时喧传一时，流为报章笑柄。但置诸女子参政失败后的情境中，实可代表部分女子对男性的严肃立场和决绝态度。如果说在年初她们对男子还心存侥幸，此时则已完全认清了政客们的面孔：革命中作为同盟的男女两性，如今已经成为政坛上难以同生共存的敌人。沈佩贞的激烈言说和恍然醒悟，也可看作民初多数争参政权之女性的心态。

袁氏左右

当女子参政运动渐趋消歇，主将沈佩贞却拥有了另一重身份：总统顾问。据许指严所记：“伟人中复有英雌数人，恃其为老同盟会之资格，苟无以慰藉之，一时亦不能安帖。于是乃以女顾问等不[名]义荣宠之，餍饮之，使其不兴波作浪，与己为敌，亦驯服人才之一法也。”①可见袁世凯为了平息女子参政运动，对主要成员沈佩贞等施以政治笼络。比起吕碧城、唐群英、王昌国等“女顾问”，沈佩贞与袁世凯还多了一层亲密，即她多次在公开场合宣称自己是“大总统门生”②。这一称号的来历，是因为袁世凯任北洋大臣时，沈佩贞恰在天津求学。这层勉强的师生关系，或是袁氏假意所赐③，或是沈佩贞主动所求④，不管来源如何，沈氏四处炫耀，则充分暴露出她对袁世凯的攀援依附之心。

此时沈佩贞出入袁氏之总统府，颇得优待，“入步军统领衙

---

① 许指严：《女伟人》，《新华秘记》，北京：中华书局，2007年，第145页。

② 包天笑：《钏影楼回忆录》，香港：大华出版社，1971年，第394页。

③ 许指严记袁世凯操纵沈佩贞，“袁氏知其易欺，乃益用术饴之，遂故昵之曰：‘尔乃我之门生也。’盖袁为北洋大臣时，沈系北洋女学堂学生，故云云以示亲近。”《女伟人》，《新华秘记》，北京：中华书局，2007年，第149页。

④ 《沈佩贞之案中案》记袁世凯初见沈佩贞时，“沈称总统为老师，总统为之谔然。沈言系北洋高等女子师范毕业。总统实亦不辨其真伪也。前日上书总统请至南洋劝捐储金，犹称夫子者，亦职此故也。”转引自饭郎编辑：《沈佩贞》，北京：新华书社印刷，1915年，第36页。

门及总统府去,所有卫士,罔不举枪立正,深加敬礼”[①]。沈氏在好名之心得到满足的同时,还与京师权贵交游,“拜九门提督江朝宗为干父,奉段芝贵为叔父”,权力欲望空前膨胀。[②] 当时女界中拥有如此活动能量的,着实罕见。

1913 年 7 月“二次革命”爆发时,沈佩贞为虎作伥,特于京中发起“女子南征团”,《大公报》记某报特赐沈佩贞以“滑头女杰”之评,认为“悬之国门,难易一字”。[③]

而将沈佩贞推向舆论风口浪尖的,是 1915 年 6 月她大闹醒春居以及随后与郭同对簿公堂两事。事件的起因,是 6 月 1、2 日《神州日报》刊发驻北京记者的通信报道《沈佩贞大闹醒春居记》,揭露了沈佩贞、刘四奶奶、蒋淑婉、蒋良三等人在宴席上的丑态。最令沈佩贞难堪的情节,是蒋良三威逼她遵行酒令,同意杨光甫嗅沈氏裸足。沈佩贞当场翻脸,掀席大骂而去。《神州日报》却对此津津乐道,描述得穷形尽相,认为“可作一篇艳情小说观”。此次报道,引起几位女当事人的愤怒,沈佩贞要求该报驻北京分馆主事人汪彭年请酒登报道歉,汪则置若罔闻,于是众女子决定赴该报在南横街的分馆找汪彭年兴师问罪。

沈佩贞不满报社而加以讨伐,已有先例。远如 1912 年冲击《亚东新报》,继则不满《国民公报》将其名与王韵秋、金秀卿并列而大闹该报社。[④] 至于此次问罪汪彭年而误伤郭同的情形,京沪各大小报刊都曾详细记载。议员刘成禺曾在法庭上出任证人,事后对事件经过的追忆十分生动:

(汪彭年)闻讯紧闭其门,尽室远避。佩贞等直入厅

---

① 许指严:《女伟人》,《新华秘记》,北京:中华书局,2007 年,第 146 页。

② 《洪宪女臣》,刘禺生撰,钱实甫点校:《世载堂杂忆》,北京:中华书局,1960 年,第 214 页。

③ 《女子南征队》,《大公报》,1913 年 8 月 30 日,第 4 张第 1 版。

④ 《沈佩贞大闹亚东新闻社》,《申报》,1912 年 12 月 19 日,第 3 版;《沈佩贞大闹国民公报》,《申报》,1913 年 10 月 18 日,第 6 版。

堂,捣毁一切,辱骂横行,坐索彭年。有众议员江西郭同者,率小妻住汪书房……乃出与佩贞理论,佩贞又率人捣毁郭所居室。郭乃袒裎跣足,诟骂诸女。诸女复蜂拥而前,有握其发者,有捉其耳鼻者,有扭其左右手者,有抱其左右足者,如举婴儿,大呼“滚去”,郭已圆转落丹墀中。[①]

在6月13日晚的这场闹剧中,汪彭年安然无恙,郭同受此侮辱,不愿接受他人调停,一纸将沈佩贞、蒋淑婉、刘四奶奶诸人诉诸首都地方审判厅。沈佩贞先是有恃无恐,但袁世凯得知事件经过后,“颇震怒,谓都下女风,坏到如此”,并请严办沈佩贞,“江朝宗等乃不敢露面左袒,地方审判厅长尹朝桢亦不敢枳压,迅速审讯此案”。[②] 经过审判,郭同胜诉,沈佩贞被判处监禁三月,送往京师第一监狱执行,并赔偿郭同损坏之物件洋40元。[③]

颇可玩味的是报界在事件中充任的角色。沈佩贞诸人在醒春居的所作所为,最初由《神州日报》揭载。这一长篇报导,香艳十足,多有臆想成分。为了丑化当事人的形象,作者多处使用了小说笔法,语调下流,某种程度上确如沈佩贞在禀呈中所言:“既凭空捏造以污人,复迭构秽词以公众。”[④]此冲突最终由审判裁决,亦离不开媒体的推波助澜。娘子军夜闯南横街之事发生后,沈佩贞曾央请数位要人出面说项调停,郭同已表谅解之意,但北京舆论却不愿就此罢休,把批评矛头一致对准沈佩贞,并怂动郭同以法律方式解决,“京中报界,又以郭同一大好男儿,何

---

① 《娘子军打神州》,刘禺生撰,钱实甫点校:《世载堂杂忆》,北京:中华书局,1960年,第215—216页。

② 同上书,第217页。

③ 《沈佩贞案第二审判决原文》,《申报》,1915年7月28日、7月30日,第6版;《沈佩贞之下场》,《香艳杂志》,第10期,1915年10月(或稍后)。本书所引《香艳杂志》的刊期据马勤勤:《〈香艳杂志〉出版时间考述》,《汉语言文学研究》,2013年第3期。

④ 《沈佩贞案之起诉》,《申报》,1915年6月20日,第6版。

竟屈于英雌一击之下，深致揶揄”。郭同“闻政界之追诘，复感舆论之激刺，乃决向地方检察厅起诉”。[①] 可以说，正是舆情的导引，挟裹了此案的走向。

法庭之上，沈佩贞痛哭流涕，向审判席下上千观众道：“若辈串同，有意陷害，致我于身败名裂。你们有意看些笑话，毫无天良。”平心而论，沈氏本人亦是受害者，她不仅名誉被污，而且遭受牢狱之灾，原来可供荫庇的袁氏势力，也由此失去。形单势孤的沈佩贞，最终流露出软弱的一面，这也正是旁观者乐意见到的结局。法庭下有人略表同情，却立时遭受旁人批评：“若不如此，我们何处看此热闹？”[②]一语即道破作者和读者的心理以及现代媒体所秉持的“社会正义”的暧昧之处。

沈佩贞入狱，即标志着她在袁世凯门下的失势和在政坛上的末路。而随着袁氏的垮台，沈佩贞的身份愈加尴尬。《余兴》杂志有文借《西厢记》中“立又不稳，登临又不快，闲行又困”之句来形容1916年“北京沈佩贞之实在情形”[③]，可见其认同危机，以及出狱之后又一次必须面对的何去何从的人生难题。

今天看来，沈佩贞在辛亥革命中投军从戎，在民国元年投身于女子参政运动，失败后又依附于袁氏，都可视为她在政治舞台上的表演。这些举动背后有着一致的理路，即是希望在历来为男性独占的社会空间里为女子争得一席之地，在公共事务中发出女性的声音。而沈佩贞个人的悲剧也可看成全体女界的困境：她在权力场上短时间一枝独秀，但身后并没有女性同胞强有力的支持，很容易在波谲云诡的政治风云中迷失方向，举动失常，动辄得咎，在失去男性的奥援之后，还是不得不跌落至政坛的底层。

---

① 许指严：《女伟人》，《新华秘记》，北京：中华书局，2007年，第148页。

② 《本案之结束·审讯之情形》，饭郎编辑：《沈佩贞》，北京：新华书社印刷，1915年，第12—13页。

③ 陈稚僧：《西厢记句解》，《余兴》，第21期，1916年10月。

曾经热血沸腾的新女界,在新政权成立后的权力分配中几乎是一无所获,不得不重归于沉寂。南社诗人胡寄尘对沈佩贞的叹惋,也正是此意:

> 当时万紫与千红,毕竟春华过眼空。
> 底事东皇归去后?孤花还不避狂风。
> (自注:指沈佩贞事。当民国建设之初,正女权发达之日,毕竟只有春华,而无秋实,宜乎千红万紫,过眼成空。而春余孤花,犹自与风姨为敌。花固不量,而风亦无情哉。)①

小说中的陷落

沈佩贞在民初以极具个性的张扬作风,为舆论瞩目,也给小说作者提供了生动的素材。1920年,《晨报》有文章论道:

> (沈佩贞)还有那许多的故事,也有人作成小说笔记等等流传到现在社会上,与《孽海花》《九尾龟》《妇女百弊大观》等书,争艳赛奇,受一般人的欢迎,一般人自然也很知道他的历史。②

据此推测,则民初以沈佩贞为题材的小说与笔记当不在少数,可惜今天已难睹全貌。以下我仅就所见文本进行分析,时间上也将延伸至1920年代,以求获得更加全面的认识。③

现今所见,最早关注沈佩贞的小说是王钝根的“滑稽短篇”《英雄类》。此文讽刺几日前的唐群英、沈佩贞、王昌国对宋教仁用武的时事。宋氏演讲时,唐群英等冲上台连打他几个耳光。《英雄类》述“一掌未已,继以二掌;二掌未已,继以三掌四掌五

---

① 胡怀琛:《乙卯杂诗》六首之三,《南社》,第15集,1916年1月。

② 《汴梁旅游记·沈佩贞又出风头》,《晨报》,1920年5月26日,第6版。

③ 事实上,民初关注沈佩贞的文学文类还包括鼓词《怒雌缘》、竹枝词以及大量谐文,此处仅分析小说中的沈佩贞形象。

掌六掌以至无数掌。掌声清以脆,虽檀板不能及"[①],极夸张、诙谐之能事。

林纾1913年成书、1914年4月出版的《金陵秋》,以辛亥光复南京为背景,具有强烈的补史意识。小说以王仲英与女学生胡秋光的爱情故事为贯串全书的线索。女主人公胡秋光,是林纾心目中理想的新女性,此外书中还出现了数位雄姿勃发的"英雌",如组织"女子经武练习队"的卢眉峰、顾月城[②],"傲放无礼"的女子北伐队员李一雄、黄克家、贝清澄。此"贝清澄"影射的即是沈佩贞。借用胡秋光之介绍,贝在"江南负盛名",其出场表现,是与王仲英的初次晤谈,大谈女子从军北伐之事,同时向王仲英眉目传情。

"贝清澄"热衷于从军与参政,与现实中沈佩贞的形象吻和,但她对王仲英的一见钟情,则完全是无中生有,是林纾男性中心主义的流露。设计这一细节的目的,在于突出王仲英的英武形象和对胡秋光之情笃,同时还可以反衬出贝清澄辈的佻达狂放。为了使读者加深此印象,作者又交待她的来历和行径:

> 贝氏风貌亦佳,特荡而无检,好名而广交,将推扩其声望,被于天下。家有微蓄,则尽出以结客。并提倡女子北伐队,枵声狂态,群少年咸追逐其后。然闻仲英文武兼资,且好谋能战,故时时注意。[③]

作为反面形象的贝清澄,处处与胡秋光形成鲜明对照。颇具讽

---

① 钝根(王钝根):《(滑稽短篇)英雄类》,《申报》,1912年9月3日,第9版。

② 小说言"女士二人,一为旌德卢眉峰,一为无锡顾月城。月城伫弱妩媚,眉峰则秀挺健谈"。冷红生(林纾):《金陵秋》,上海:商务印书馆,1916年第2版,第8页。此处或影射女界名人吕碧城、吴芝瑛,但历史上的"同盟女子经武练习队"由江西女子吴木兰组织,与二人无涉。

③ 冷红生(林纾):《金陵秋》,上海:商务印书馆,1916年第2版,第93页。

刺意味的是，王、胡结婚时，特邀贝清澄作为伴娘盛装出席。这一情节设置实不符胡秋光之温柔宽厚的内在性格，因而只能从作者林纾的意图来理解：贝清澄在情场上的完败，连带此前的丑态，都是小说家的嘲笑。

至于沈佩贞在女子参政运动大闹国民党会场、掌掴宋教仁的事件，《小说大观》上连载的政治小说《铙吹》也有讥刺。文本中妓女出身的殷梦秋和真又兰心血来潮，组建了“女子北伐队”，在行军途中大出洋相，半途而废。革命成功后，两人认为，“我们这回跟了大军北征，凡是男子立的功，就有我们女子一半在内”，因而决定奋起争取选举权。在往北京之前，她们想先找个男子商量，于是找到了“共德社”的熟人周继殷：

> 寒暄才了，便提起这节事来。周继殷仰着头，一味沉吟。真又兰见了这副面目，胸中那把无明火，已自窜上窜下，要打喉管里冒出来，硬自咽下。那里料到周继殷听他们讲完，冷笑了几声，连连摇头，道：“我不……”底下是句什么话，还没讲出，只觉软棉棉[绵绵]一只手已到脸上，“拍搭”一声，竟是俗语说的五分头直送过来，手指带了指甲，顺便抓了一把，周继殷脸上顿时起了几道红瘢，又躺[淌]出血来，真正是：“闭门家里坐，祸从天上来。”①

此处影射的是1912年8月25日唐群英、沈佩贞等人在北京湖广会馆殴打宋教仁的场面，但作者将地点移到了周继殷宅，二人是硬闯进入，更凸显出其粗暴蛮横，不仅无理，更是失礼之举。陶寒碧1928年出版的《民国艳史》亦对这一场面加以点染。小说中的“孙贝珍”为了争取女子参政权，不择手段，而高潮部分便出现在议场上，她雌威大发，掌掴宋教仁。②

---

① 髯：《（政治小说）铙吹》，《小说大观》，第10集，1917年6月。

② 陶寒翠著，汤哲生点校：《民国艳史》，郑州：中原农民出版社，1993年，第98页。

在沈佩贞的人生经历中，她投靠袁氏凯却以入狱收场的这一段，是极富戏剧性的故事，然而小说家对此却少有关注。我读到的作品，仅有杨尘因的时事小说《新华春梦记》略有提及：第22回，易顺鼎等人组织"风月会"，邀请蔡锷参加，阮忠枢和顾鳌插科打诨，易顺鼎于是说："待咱们'风月会'成立之后，再派娘子军去逮捕他俩。"阮忠枢则道："只要你不把沈佩贞调来，咱们总是不怕的。"[①]第28回，安静生等人发起"妇女请愿会"，在大街小巷散发传单，路人议论纷纷，便不忘提及沈佩贞："沈佩贞才出了大狱，她们又来高兴了。"[②]第33回，安静生赴松筠庵宴会，主人名义上是薛大可，实则背后还有三位冤大头，其一便是"大名鼎鼎，曾经扑到沈佩贞裙边，一嗅莲钩滋味的良三爷"[③]。这三处提起她，背后都有典故，但当时早已尽人皆知，作者也无需再用笔墨解释了。因而沈佩贞始终没有正面出场，只是作为隐伏的存在，映衬着其他人物的活动。

最吸引小说家的，莫过于沈佩贞的情事。《金陵秋》和《民国艳史》对沈佩贞的书写，便不无香艳笔墨，至于她的感情经历，自然更加引人瞩目。沈佩贞为人豪放，不拘小节，在男女问题上也较一般女性开放，因而时有桃色故事传出。1913年初《申报》有游戏文章总结民元滑稽史，沈佩贞与随从熊再扬在武汉的情感纠葛便居其中[④]；喻血轮和刘成禺都称沈佩贞与黎元洪有暧昧情事[⑤]；仇鳌则有板有眼地回忆沈佩贞追求唐

---

① 杨尘因：《新华春梦记》（第3卷），上海：泰东图书局，1920年第3版，第21页。

② 同上书，第103页。

③ 杨尘因：《新华春梦记》（第4卷），上海：泰东图书局，1920年第3版，第32页。

④ 率：《戏拟民国新纪元史·沈佩贞鞭熊再扬于鄂州》，《申报》，1913年1月6日，第10版。

⑤ 喻血轮：《黎本危之醋劲》，见《绮情楼杂记》，台北：文海出版社，1974年，第63页；刘成禺：《鸳鸯绣枕：沈佩贞情赚黎元洪》，《新闻报》，1947年，此引自傅德元：《刘成禺主要著述史实考订》，《历史研究》，2006年第3期。

绍仪①。平襟亚1926年出版的小说《人海潮》曾翻出了沈佩贞成名之前与杨晟的陈案②。而叙述最详细的,当属《春明外史》中“甄佩绅”与“文兆微”的感情纠葛。

《春明外史》连载于1924年至1929年的《世界日报》,有关沈佩贞的部分写于1924年。小说中沈佩贞化名“甄佩绅”,“文兆微”则影射议员魏肇文。甄因已失身于文,且已生下小孩,时常逼迫文兆微与自己成婚。文死不认账,甄则穷追不舍。文兆微被两次三番骚扰,十分烦恼,于是对友人杨杏园大倒苦水,诉说事件的原委。③ 文兆微把责任推得一干二净,但小说家却用春秋笔法,点出两人实有暧昧之事,且甄佩绅之子也与文兆微脱不了干系。至于文死活不认甄氏为妾,只因此时她已经年老色衰。

现实中沈佩贞与魏肇文的婚姻纠葛,发生在1918年,此事在当时影响极大,报刊多有记载,或称魏诱奸沈,或传沈勾引魏。两人于1918年4月18日在粤结婚④,此后分分合合,终于闹上广东法院。开庭时,魏肇文缺席,而派代表黎庆恩与沈佩贞论辩。沈受尽黎之揶揄,并被讽为妓女。沈氏初则旁若无人,继而涕泪交流,甚至以死相逼,但还是败诉。⑤ 此后沈氏委曲求全,

---

① 仇鳌《辛亥革命前后杂忆》记:“我原对沈(沈佩贞)的谈吐言论,认为非同凡响。可是她竟追求唐绍仪,多方拉拢。一天我问她:‘人说你要嫁唐,难道真有这样的事吗?’她居然笑着回答说:‘我不过想利用他一下罢了。’我为之叹惜,以后就不敢领教了。”见中国人民政治协商会议全国委员会文史资料研究委员会编:《辛亥革命回忆录》(第1集),北京:中华书局,1961年,第450页。

② 网蛛生(平襟亚)著,王锳标点:《人海潮》,上海:上海古籍出版社,1991年,第675页。此小说中,沈佩贞化名为“秦爱心”,是极淫荡的女子。杨晟则以“姓柳的官员”代之。沈佩贞与杨晟事见《评事·杨晟》(《申报》1909年3月10日,第2张第4版)、《京师近信》(《申报》1909年3月21日,第1张第4版)。

③ 张恨水:《春明外史》(第3集),上海:世界书局,1931年,第460—463页。

④ 《沈佩贞离异魏肇文致全国通电》,http://pmgs.kongfz.com/item_pic_339005/。

⑤ 《沈佩贞婚姻诉讼之趣闻》,《晨报》,1918年12月12日,第6版。

一直以“魏沈佩贞”自称。至1919年,她在香港产下一子,命名为“魏法明”,“窃思辛苦半生,只此骨肉,为邦家添一爱国份子,喜慰万分”,并希望原国会议员“见肇文时,劝其勿受人愚”,当及早回头。① 今天看来,沈佩贞依附魏肇文,或许有寻求家庭归宿及经济方面的考量,但确实用情至真,令人同情。

值得思考的是,张恨水对“甄佩绅”之态度,与报刊的笑谑并无两样,同样是不遗余力的讽刺,而没有反省婚姻制度、道德规范对女性的不公。另外,就小说与史实的关系来看,尽管并无大的偏离,但细微之处也能见出张恨水的意图。如小说中“甄佩绅”以孩子作为证据控告“文兆微”,但现实中是两人官司在前,沈佩贞产子在后。至于小孩与文兆微身体特征的重合(在相同的地方长了一颗痣),则属于作者的发挥,明显是受到了《醒华报》花边新闻的影响。② 张恨水此处的移花接木,目的自然是为了增加小说的趣味性,尽可能地愉悦读者。

小说作品对有关沈佩贞的社会新闻的应合含纳,有自己的关注重心,这既有其内在的写作逻辑,也受商业文化所支配,并因此而呈现出泛道德化的倾向。于是,在新闻批评与小说书写的合围下,沈佩贞不仅成为读者假想中的道德公敌③,也被擎举为娱乐大众的文化英雄。

---

① 《沈佩贞致旧国会书》,《大公报》,1919年6月4日,第3张第3版。

② “(沈佩贞)从杨晟为妾,生子三人。杨晟有妾五六人,慕贞其末也,嗣因杨又娶一妾,以争风故,杨逐之。慕贞入京控之地方审判厅,杨坚不认为妾,沈则谓:‘杨下身有暗痣一,我能言明之,非曾荐枕席者乌知之?’法庭验杨之下身,果不谬。沈得直,罚杨四千金离异。”转引自饭郎编辑:《沈佩贞》,北京:新华书社印刷,1915年,第35—36页。

③ 胡朴安《南社诗话》曾记:“佩忍(陈去病)醉后,极好骂人。一日酒后,我辈数人同行,道遇沈佩珍,佩忍破口而骂,语极粗鄙,但不是乱骂。”可见众人对沈佩贞之敌意。曼昭、胡朴安著,杨玉峰、牛仰山校点:《南社诗话两种》,北京:中国人民大学出版社,1996年,第119页。

第四节 “贤母良妻”与“女豪杰”

“贤母良妻”的游移与归位

既然女学堂与“英雌”关系紧密,则考察“英雌”的现实处境,追根溯源,也须从女子教育的宗旨谈起。在《女学堂章程》中,女学宗旨被表述“启发知识、保存礼教两不相妨”。两年之后,学部重提女子教育要旨,将其概括为更加凝练的“良母贤妻”:

> 学部议厘订女学规则,以良母贤妻派,为全国女学教育宗旨。[①]

此宗旨直至清朝灭亡前夕,一直未易[②],对民国的女子教育也影响深远。至于女学章程中所言的“启发知识、保存礼教两不相妨”,与良母贤妻之提倡互为表里,并行不悖:前者是抽象的指导原则,后者则可视为具体化的教育目标。

从舆论看,贤母良妻派也是章程颁布前后讨论兴学宗旨时最占上风的主张。《论女学宜先定教科宗旨》乃是因此前公布的女学章程而作,论者认为在当前中国,最适于风俗政教的莫过于贤母良妻主义。[③] 而《女子教育平议》则断言:“贤母良妻者,为女子唯一之天职。”[④]《时报》夸奖南浔籍留英女学生,称其“举止端谨,无女豪杰习气”[⑤]。该报在登载端方委派湖北女学

---

① 《学部之女学教育宗旨》,《教育杂志》,第1年第4期,1909年5月。

② 1911年8月学部召开第一次中央教育会议,会员侯鸿鉴在议案中再次重申:“女学宗旨,以养成贤母良妻为的,不必好高务远,无裨实用。”《中央教育会议案汇录》,《大公报》,1911年8月9日,第3张第3版。

③ 《论女学宜先定教科宗旨》,《南方报》,1907年5月10日、12日,第1版。

④ 《女子教育平议》,《大公报》,1907年7月8日,第3版。

⑤ 《女公子英京留学》,《时报》,1904年11月4日,第2张第6版。

生留日的消息时，也特加按语，实可代表晚清一般社会对女子教育的意见：

> 中国今日竞言女学，以鄙人所见，则以养成贤妻良母为主。欲提倡女学，慎毋震慑于近日一般之女豪杰，而先坏其秩序也。①

与“贤母良妻”相对的是“非贤母良妻”②。两相对比，非贤母良妻派“看重的是女子作为国民的身份以及对于国家的责任，以造就女性国民（其时称‘女国民’或‘女子国民’）为女学的最高目标，因而要求教育上男女应授以同样的课程，社会中男女应具有同等的权利（包括参政权）”③。将此主义进一步发挥，便是对女权的无限向往和对“女豪杰”的憧憬。激进者如陈以益，便敏锐地发现贤母良妻主义与“男尊女卑之谬说二而一、一而二”，因而谨告女学界“勿以贤母良妻为主义，当以女英雄女豪杰为目的”。④ 而在早期女学堂中，颇有以女权、女豪杰相期许者，如苏苏女校开学典礼上，演说者便痛斥贤母良妻“只是男子的高衙奴隶，异族的双料奴隶”，“期望我们校中的姊妹，总要握定一个坚贞激烈的宗旨，做他日女军人的预备工夫”。⑤ 蒋智由1902年在务本女学的开校式上，也言“今开学堂，则将使女子为英雄豪杰之女子”⑥。而在1909年，柳亚子更是宣言：“良妻贤母真龌龊，英雌女杰勤揣摩。”⑦这种与贤母良妻思想截然相反的女豪杰主义，直接刺激了辛亥前后女学生的革命、参政热

---

① 《端大臣派女学生出洋》，《时报》，1906年8月16日，第3版。

② 《论女子教育宗旨》，《申报》，1905年5月18日，第1张第2版。

③ 夏晓虹：《晚清文人妇女观》，北京：作家出版社，1995年，第81页。

④ 陈以益：《男尊女卑与贤母良妻》，《女报》，第1卷第2号，1909年3月。

⑤ 苏英：《苏苏女校开学演说》，《女子世界》，第12期，1905年5月。

⑥ 观云蒋智由：爱国女学校开校演说，《女报》，第9期，1902年12月30日。

⑦ 柳亚子：《题留溪钦明女校写真，为天梅作》，柳亚子著，中国革命博物馆编：《磨剑室诗词集》，上海：上海人民出版社，1985年，第62—63页。

情,且与晚清小说中对女英雄的描画息息相关。

当然,也有人试图调和二者冲突,如宋恕一方面认为“于法律、哲学上,男女等愈平、权愈平,则贤母良妻心愈多”,另一方面则言“女英女杰者,颂赏之名词,而决不能立以为主义者也”,所以两种主义不是相反而是共生。① 晚清女学另有一种比较流行的社会定位,则是“国民之母”,可算介于贤母良妻主义与女豪杰主义的中间状态。②

考察晚清的女子教育实践,我们发现:不管是教育官员,还是女学主事者,大多对女学生标新立异的言行严加防范,而倡导贤母良妻思想。端方认为:“豪侠事迹,最足扰少年之心。”③ 1909 年 10 月 14 日,苏州振华女学简易师范科行毕业礼,江苏提学使樊恭煦委托王鹤琴代布训辞,大谈古时妇德,夸奖学生“日孳孳循循礼范之中,以矫方今学弊”,奖给《教女遗规》一册,并以四语相赠:“淑慎尔止,柔嘉维则,尚慎旃哉,古训是式。”④ 杭州惠兴女学堂总理贵林防堵女学之弊,认为宜将“好异炫奇,鼓簧家族革命,不字人,不守秩序名教之女子,一律屏除”⑤。1910 年北洋女子师范学堂有教习因事南旋,留别师生,念念不忘的也是传统女教:“勗君记取临歧语,孟诫班箴字字珍。”⑥

与此相关的是对女学教科用书的高度重视。晚清学部曾规

---

① 宋衡平子(宋恕):《论女子教育之贤母良妻主义原与男女平等平权主义不相反而相成》,《神州日报》,1909 年 5 月 9 日,第 1 版。

② 参阅夏晓虹:《贤母良妻与国民之母》,见《晚清文人妇女观》,北京:作家出版社,1995 年,第 79—101 页。

③ 《端午帅莅江南女子公学行开学礼演说文》,《大公报》,1908 年 5 月 27 日,第 2 张第 2 版。

④ 《以古训为女学矜式》,《神州日报》,1909 年 10 月 20 日,第 2 版;《振华女校毕业》,《教育杂志》,第 1 卷第 10 期,1909 年 11 月。

⑤ 贵林:《上学部条陈为普及女学校事(附呈普及女校办法说帖)》,《惠兴女学报》,第 4 期,1908 年 8 月 11 日。

⑥ 倚剑:《庚戌岁暮南旋,留别北洋女师范诸校同砚,骊歌在道,黯然赋此》,《大公报》,1911 年 5 月 3 日,第 1 张第 6 版。

定:“所有女学应用书籍,非由本部审定,不准擅用。其有续出之书,亦须呈部鉴核。所有坊间刻本及私家著作,无论完善与否,凡未经本部核准通行,概不得用,以杜流弊。”[①]在各地编写的女学课本中,戴圣仪所编的《女小学》,备受翰林院检讨章梫好评,因而向学部代呈立案,其原因即是该书“于女学、女行、妇德、母仪切实发挥”,“一切自由平等之谬说,屏除俱尽,颇足以防流弊而挽世风”。[②] 此前杭州何琪所编的《女子修身教科书》,因为其书“大略以平权自由为主义”,“竟以妹喜、妲己为女豪杰”,则被视为反面教材而被“一律查禁”。[③] 何琪此前在上海与柳亚子、刘师培等曾有往还,颇具平权思想[④],在修身教科书中贯注己意,彰扬女豪杰,正是他对当世女学生的殷切期盼。不过,就此消息来看,何琪所编《女子修身教科书》发行在前,查禁在后,其影响肯定早已产生。事实上,该书最早于1906年2月由上海会文书局初版,至10月已印至三版。1907年,广东女子师范使用的修身教科书,正是何琪所编的这种。[⑤] 此时女学堂章程刚刚颁行,学部还未顾及对女子教科书的审查。而且,由于晚清学务部门管制事实上的无力,此书被查禁后,在一定范围内还会流通。可见晚清女子教育的具体实践,并非“贤母良妻”宗旨所能笼罩。

耐人寻味的是,尽管贤母良妻主义在舆论中占得上风,却鲜有女学堂将其直接标明于学校章程之中。如爱国女学“以增进女子之智德体力,使有以副其爱国心为宗旨”(1904),常熟竞化

---

① 《女学用书须由部定》,《大公报》,1909年12月2日,第2张第1版。

② 《核准审定〈女小学〉》,《大公报》,1909年4月20日,第2张第1版。

③ 《严禁女学教科书》,《大公报》,1908年9月19日,第4版。

④ 他曾在《水调歌头》词中勉励同乡女学生:“爱祖国,倡女教,猛回头。平权男女,匹夫匹妇傲王侯。”山阴何孟广(何琪):《赠韩、袁二女学生拍韩君原韵》,《警钟日报》,1905年1月8日,第4版。

⑤ 《女教习之特识》,《神州日报》,1907年5月12日,第4版。

女学校“以开通女子学识，普及女子教育为目的”（1904），北洋女子师范“以养成高等小学、初等小学教员，期于女学普及为宗旨”（1906），可能正是认识到“贤母良妻”这一要求所蕴含的男女不平等之语义及其潜在的抵抗声音。[①] 若再考察晚清女学的推行，校内女学生固不乏“质朴温良”气象[②]，但在时人眼中，亦多有“虚憍之气”：“语以良妻贤母之所宜然，则掩耳而不欲闻矣；语以井臼炊爨之事、酒食衣服之礼，更未有不诧且怪者。”[③] 1906年曾有学堂主事者甄别女生，试以“三从四德论”，“内有一卷，只五六句云：‘吾女界之发达，纯以自由为组织，以平权为革命，否则，不能立于大东西之舞台。’”[④]此中体现出来的崭新气象，与“贤母良妻”之期待显然相去甚远，令早年倡办女学者萌生悔意。[⑤]

民初女学学制多承晚清的《女学堂章程》，官员也大多站在保守行列，如1914年教育总长汤化龙称：“余对于女子教育之方针，则务在使其将来足为良妻贤母，可以维持家庭而已。”[⑥]浙江巡按使屈映光1914年3月27日视察平湖淑英女子两等小学校，召集全体学生训词，所讲的也是“妇德、妇功之大要”[⑦]。

---

① 《爱国女学校甲辰秋季补订章程》，《警钟日报》，1904年8月1日，第2版；《常熟竞化女学校章程》，《警钟日报》，1904年10月19日，第4版；《北洋女子师范学堂章程》，《大公报》，1906年7月15日，第5—6版。

② 1911年旧历新年，《申报》曾有文言：“吾愿今年女学堂之学生，有质朴而兼温良之气象。”《海上闲谈》，《申报》，1911年2月12日，第2张第4版。

③ 沈颐：《论女子之普通教育》，《教育杂志》，第1年第6期，1909年7月。

④ 《自述办理女学堂之经历》，《时报》，1907年5月1日，第5版。

⑤ 如陈庆年1909年4月14日曾记：“夜陈睎瞰来谈女学生为祸之烈。自言向时专提唱女学，应受其祸。言之感喟而已。”陈庆年著，明光摘编并注：《〈横山乡人日记〉的部分摘编》，政协丹徒县文史资料研究委员会：《丹徒文史资料》（第4辑），1987年，第56页。

⑥ 《汤总长之教育意见》，《教育杂志》，第6卷第4号，1914年7月。

⑦ 屈映光：《屈巡按使巡视两浙文告》卷5，北京：亚东制版印刷局，1915年，第5页。

1915年河南教育司长史宝安在河南女子师范发表演讲，同样标举妇道、母仪和礼法，认为“我国文明，事事远逊泰西”，唯有传统妇道“乃适过之”，因此需倍加珍惜。[①] 湖南巡按使建议将曾国荃儿媳刘鉴所编的家塾课本《曾氏女训》编入女学教科书在全国发行，其原因即是该书“理解详明，措词纯正，足以造就贤母良妻，可与曹大家之《女诫》相为表里，而尤切近今世道用”[②]。

发表于《妇女杂志》上的文章《理想之女学生》，可以看成读者对女学生的期待。作者理想中的女学生，乃是一“德慧双修、中西一贯将来之贤妻良母矣”[③]。这种愿景，亦是当时许多女界名人对女学生的社会角色的定位。如梁启超之女梁令娴应《中华妇女界》发刊之请，为文表达她对全国女子的期盼，认为“能相夫斯为良妻，能教子斯为贤母。妇人天职，尽于此矣”，女子教育的宗旨，也即在此。[④]

民初的女学界，经过1912年昙花一现的参政热潮之后，很快平复下来。1915年2月京师学务局派员查视公立第一女子中学，发现“教员均皆热心教授，学生亦皆沉静向学”，“现在学生俱皆安静求学，不似从前浮躁”。[⑤] 其中体现出来的，便是女豪杰主义的隐退。这时的女学宗旨，已是良妻贤母主义一枝独大，即如黑龙江女子教养院院长刘王盛所总结：“彼争参政权者，虽无甚效果，而主持贤母良妻、淑女之化者，则根柢椠深，学

---

① 教育司长史宝安：《河南女子师范学校毕业训词》，《妇女杂志》，第2卷第1号，1916年1月。

② 《女训编入教科之奏请》，《大公报》，1916年1月21日，第3张第9版。

③ 飘萍女史：《理想之女学生》，《妇女杂志》，第1卷第3号，1915年3月。

④ 梁令娴女士：《所望于吾国女子者》，《中华妇女界》，第1卷第1期，1915年1月。

⑤ 李启元：《查视公立第一女子中学报告》，《京师教育报》，第15期，1915年4月。

说日盛,非撼树蜉蝣所能摇。”①

我们看到,女子教育思潮在民初经过整合和过滤,保留下来的是工具性十足、充满男权色彩的“贤母良妻”主义。被抽离的“女豪杰”主义,原本就是救亡图存时的权宜之计,如今革命成功,则立即显得不合时宜。曾有男学生以“经”与“权”的关系来论述女性在平日与革命中的表现,认为“季清之世,提倡女学,亦明定宗旨,以养成良母贤妻为要义,何尝教女子以从军乎”,如吴淑卿辈仗义从戎,只是“权也,暂也”,民国成立,自当重归旧职:

> 幸生承平无事之时,其操井臼,事翁姑,理家务,作闺范,自当绍太姒之休风,传孟母之衣钵,又乌能舍妇德妇工而专事枪林弹雨间乎?②

这篇小学生的习作,颇能代表民初社会对于女学生的普遍心理。《教育周报》亦有文称:“使女子欲为军人者,吾非所望于今日之女子也”,“使女子尽为侠客者,吾亦非所望于今日之女子也。吾之所望者,即数千年相传之妇德”。③ 这时再反观晚清时的“英雌”,已经多有变形;现实中不甘寂寞、爱出风头的“英雌”,已几近众矢之的。她们在文学中的沦陷,已在所不免。

女学与女权

在辛亥革命结束后,报界对从军女性的举动,已不乏批评意见。《民立报》的评论《女子从军究有益乎》,实可代表舆论的转向。该文认为,女子仅具好名之心,而无实际作战能力,“月糜

---

① 黑龙江女子教养院院长巴陵刘王盛女士:《中国女学师范论》,《中华妇女界》,第1卷第6期,1915年6月。

② 奉天柳河县二区第一高等小学三年级生曲文岩:《论从军女士》,《中华学生界》,第1卷第3期,1915年3月。

③ 孙增大:《中国女子教育之主张》,《教育周报》,第32期,1914年2月15日。

无数金钱，于国事终无一补”，其结论是：“女子从军，有百害而无一利。”[①]此种批评，较此前的热望，已相去万里，由此显示出时代思潮的翻云覆雨。而从民初女权问题的走向看，报刊舆论的转折，不仅基于大革命中女性从军的实际贡献所做的评价，而且清楚地显示出大部分媒体的男性立场，即对于女子争取参政权之动向的敏感与警惕。

平心而论，女性在战场上的作用，今天也不宜夸大。除了少数具有革命经验的女性（如尹锐志、尹维俊姐妹）英勇善战外，多数人表现得并不抢眼。沈警音认为，“我们一班人热血有余，贡献极少”[②]；赵连城回忆辛亥革命中，香港同盟会派出队伍赴广州配合起义军，港、澳有数名女学生参加，行军途中，“队里曾雇了三乘山轿，说要照顾我们三个女同志”，广东女子北伐队“真正上前线也是作用不大”[③]。江阴女教师张浣英早年在吴江丽则女学就读，武昌起义后，随陈婉衍“女子北伐光复军”由沪赴宁，途中饱受苦楚，抵南京后，全城已经光复，全队劳而无功。[④] 陆军总长黄兴在1912年1月和2月相继下令解散“女子国民军”和“女子北伐队”[⑤]，女子从军热潮由此宣告终结。

女子军解散之后，这些从军女子又面临着新的人生选择。部分女性回归到先前的位置，另一部分成员则很快投入政治活动，成为女子参政运动的中坚力量，如沈佩贞、吴木兰、唐群英、王昌国等。徐天啸认为：“自女子参政问题发生后，全国舆论，

---

① 血儿：《女子从军究有益乎》，《民立报》，1912年2月7日，第6版。

② 沈亦云：《亦云回忆》，台北：传记文学出版社，1980年，第62页。

③ 赵连城：《同盟会在港澳的活动和广东妇女参加革命的回忆》，中国人民政治协商会议广东委员会文史资料研究委员会编：《广东辛亥革命史料》，广州：广东人民出版社，1981年，第99、102页。

④ 张浣英：《辛亥从军回忆点滴》，中国人民政治协商会议江苏省常熟县委员会文史资料研究会编辑：《文史资料辑存》，第6辑，1966年，第57—60页。

⑤ 《女子军暂缓北伐》，《民立报》，1912年1月29日，第4版；《取消女子北伐队》，《大公报》，1912年3月2日，第2张第2版。

赞成者半,而反对者亦半。”[①]从当时的情形看,此言过于乐观。民初从政府到社会舆论,大部分意见都在反对女子参政。以孙中山为代表的革命党人,表面上同意女子有参政权,但只是虚与委蛇的应付[②],而袁世凯上台后,对女子参政更是严加防范,曾经致电参议院,提醒议员否决相关议案[③],尽管女子参政同盟会员数次大闹会场,但各议员在投票时对这一问题毫不手软,她们不仅在参政权上未有丝毫进展,原同盟会政纲上的“主张男女平权”在改组为国民党之后也被删除,引起女党员的极大愤慨。

陶菊隐曾回忆道:“总的说来,辛亥革命后,妇女并未获得解放,社会人士还是用开玩笑的态度来对待女权运动。”[④]这种“开玩笑的态度”,是我们理解当时舆论的关键。《民立报》亦曾刊载评论,认为对女子参政问题“不可徒以冷笑置之”[⑤]。但纵观民初舆论,在此问题上少有“理解之同情”。

舆论对争参政权女性的批评,大多略过了其要求的合理性,而聚焦于她们在会场争吵甚至用武的行为,因而呈现出明显的泛道德化的策略。如《大公报》的批评文章:

> 今该女子等无理取闹,观其直入议事厅,咆哮争论,是不知法律也;击破玻璃窗,足踢警兵仆地,是不知道德也;与议员杂坐,坚执议员衣袂,不令出席,卒为守卫兵阻拦,是不知名誉也。[⑥]

---

① 徐天啸编撰:《神州女子新史续编》,上海:神州图书局,1913年,第99页。

② 参李细珠:《性别冲突与民初政治民主化的限度——以民初女子参政权案为例》,《历史研究》,2005年第4期。

③ 《大总统慎重女子参政问题》,《大公报》,1912年4月6日,第4版。

④ 陶菊隐:《长沙响应起义见闻》,中国人民政治协商会议全国委员会文史资料研究委员会编:《辛亥革命回忆录》(第2集),北京:中华书局,1962年,第195页。

⑤ 《女子参政问题》,《民立报》,1912年3月15日,第7版。

⑥ 梦幻:《论女子要求参政权之怪象》,《大公报》,1912年3月20日,第2版。

然而置诸当时情境,女子参政同盟会员的“无礼”甚至于失态的表现,乃是目的无法达到时孤注一掷的绝望举动,有其不得已的苦衷。媒体的夸大,更强化了她们行为之不道德和不可取,即日人宗方小太郎所言,诸女子“在搅乱该国之风教上亦有几分势力”①,于是罕能博得读者同情。

众位女子既然“失德”如此,自然不能予以参政权,否则会“贻民国之污玷,而招外人之讪笑”。② 而挽救之法,唯有全部要求她们重回校园,积累学识,砥砺品行,如1913年《大公报》之议论:

> 女子乎！苟欲言女权,请先修女德。女德而不张也,女权适足以亡国。吾非仅谓唐(唐群英)沈(沈佩贞)诸人之女德有缺,吾特恐继唐沈之芳躅,而继起以滥用女权者,尚复大有人也。所谓女德者,无他,请以简单出之,盖亦德言容工而已。如欲得其详,请返而从事女学。女学者,为女权之根本问题也。苟能孳孳于女学,而勿急急于女权,是非惟女界前途之大计,盖亦中国今日之幸福。③

也就是说,争女权必须以兴女学为前提,只有相当部分的女性具有较高的文化修养和参政知识,女权在全国范围内才有实现的可能。

这一认识,在当时女界也十分普遍,并曾付诸具体行动。“女子军事团”发起人之一沈警音回忆:“我们看和议告成,不宜再虚掷时光”,“有人提倡女子参政,我们几个人因受旧书影响,看得从政不是清高的事,又以如果参政,须先具备足以参政的条件,故均无意于此。民国元年暑假以前,我们已各归本

---

① 〔日〕宗方小太郎著,冯正宝译:《一九一二年中国之政党结社》,见《辛壬日记·一九一二年中国之政党结社》,北京:中华书局,2007年,第182页。

② 梦幻:《论女子要求参政权之怪象》,《大公报》,1912年3月20日,第2版。

③ 《论女权》,《大公报》,1913年3月22日,第2版。

位,教者归教,读者归读”。[①]“女子军事团”成员纪国振在1912年续办中国女子体操学校,也认为“今南北统一,大局既定,此后凡吾女子之职务正多,如讲求教育,研究家政”[②]。柏文蔚则在南京设立崇实女学校,请杨步伟担任校长,安置女子北伐队员,分刺绣、染织两班,既学文化知识,又学职业技能。[③]陈婉衍等人的“女子北伐光复军”附于李燮和部,黄兴下令解散,“陈婉衍乃呈请改办女学,燮和从之”[④],于是有南京复心女学校之组织。

与女性参政权联系最为紧密的女学是女子法政学堂。1912年1月5日,“女子参政同志会”代表林宗素赴南京面见临时总统孙中山,要求参政权,孙氏提醒她“惟女子须急求法政学知识,了解自由平等之真理”,林宗素则答道:“本会现正办理法政讲习所,拟为将来要求地步。”[⑤]可见法政学校作为女子参政的预备步骤,此道理女子参政同仁从一开始即很清楚。不久“女子法政学校”即在上海宗孟女学校开办,“为力求速效兼便普及起见,先设速成科,附设预科及选科”,“择要讲授政法各学科,以与参政权有直接关系者为断”。[⑥]在天津、北京、武汉、南京等地,也有女子法政专门学堂之设,部分其他女子学校也开设过相关法政课程,如苏州崇文女校、镇江润秀女校。南京复心女学校以养成女子高等普通学问为宗旨,下设法政科,“以灌输女子法政常识,养成政治能力,以期取得参政权为目的”[⑦]。

---

① 沈亦云:《亦云回忆》,台北:传记文学出版社,1980年,第61—62页。

② 《中国女子体操学校续办广告》,《民立报》,1912年2月25日,第1版。

③ 柏文蔚:《五十年经历》,《近代史资料》,总第40号,北京:中华书局,1979年,第29页。

④ 龚翼星:《光复军志》,浙江省辛亥革命史研究会、浙江省图书馆编:《辛亥革命浙江史料选辑》,杭州:浙江人民出版社,1981年,第322页。

⑤ 《女子将有完全参政权》,《申报》,1912年1月8日,第1张第7版。

⑥ 《女子法政学校招生广告》,《天铎报》,1912年2月21日,第1版。

⑦ 《南京复心女学校开学广告》,《民立报》,1912年3月16日,第1版。

法政知识进入女学堂，确实体现了女界平稳渐进的主张，但值得考量的是这些学校的生存处境。可以得知的是，舆论对此并无好感，如湖北女子法政学校被认为是“专骛虚名，不求实际”[①]。而至1913年，教育部饬令各省民政司和教育司，取缔“女子参政同盟会”，各地女子法政学校亦被同时勒令停办。[②]教育部之所以视女子参政同盟和女子法政学堂为非法，据教育总长汤化龙的解释，其原因即是它们的活动与“贤母良妻之规则”相去甚远[③]。由此看来，民初政府对女子法政学堂的宽容，其实只是表面的暂时安抚之计，一旦政府组织机构健全，女权主义者的活动空间便被大幅压缩。

颇具深意的是，教育部取缔女子参政同盟和女子法政学堂，并未遭遇多大阻力，舆论普遍认可教育部的该项命令，且有人对其消亡抱幸灾乐祸的态度。有文章称：“各省法政学校，盛极一时，如一团茅草，蓦地腾光，转瞬即灭。”[④]此位作者本是女学界元老，她对女子法政学校的冷漠，从另一侧面反映出女子参政运动缺少群众基础，而只是少数先行者（主要是社会党女党员）的抗争。在女子法政学堂解散后，女子教育的宗旨便只剩“贤母良妻”一途。昔日的女权干将，也多风流云散，少数不甘放弃的成员，只能活动于教育界。如女权运动的重要成员王昌国，“在女子参政派中最为稳健者，作事亦有秩序。女子法政不成，则退为女子中学；又不成，则退而为高等小学；又不成，则专办国民学校”[⑤]。在

---

① 《湖北教育之曙光》，《都市教育》，第1期，1915年4月。

② 《令饬解散女子参政团》，《大公报》，1913年11月26日，第2张第2版；《教育部之取缔女学》，《湖南教育杂志》，第2年第16期，1913年10月；《干涉女子参政》，《教育周报》，第7期，1913年5月25日。

③ 《汤总长之教育意见》，《教育杂志》，第6卷第4号，1914年7月。

④ 黑龙江女子教养院院长巴陵刘王盛女士：《中国女学师范论》，《中华妇女界》，第1卷第6期，1915年6月。

⑤ 固始祝宗梁：《与龙江女弟子论北京女学书》，《妇女杂志》，第2卷第1号，1916年1月。

王昌国节节败退的经历之外,是日趋整齐划一的女学界。

在“英雌”坠落的过程中,她们与男性革命者的关系,很快由革命同志走向政治对立,女权问题与民族国家的矛盾也日益尖锐,沈佩贞即认为:“女子亦国民之一分子。女子无权,不特为文明国之缺点,即揆诸民权二字,亦有不完全之处。”[1]女权追求与民族国家的裂痕,其实早在晚清的“英雌”话语中已埋下伏笔。杨联芬认为,晚清女英雄的生成,是女性主义与民族主义的合流。[2] 也就是说,“英雌”的成长过程中,既有她们追寻自我价值、争取自我权益的努力,也有特定历史环境下民族国家话语的感召。需要注意的是,二者的地位并不对等,“英雌”们能量的增长和权利的诉求,需要绝对服从于救国救民的大业。今天我们重读文本,看到的是国家权势对女性个人权益的排斥与压抑,政治小说中的“英雌”,往往只是感情空白、无欲无求的行动模范。在当时的历史语境中,“英雌”们大多服膺这种安排,二者并无大的裂痕。如蒋智由悼念吴孟班:“女权撒手心犹热,一样销魂是国殇”[3],刘韵琴吊怀秋瑾:“女权未许庸奴占,种界空嗟异类团”[4],都可以看出女权话语对国家命运的自觉依附。而在革命成功之后,救亡的任务已经完成,昔日的启蒙者摇身一变为国家权力的占有者,这时候,那种尚武的、不守规矩的、反抗既定秩序的“英雌”便不再受欢迎,等待她们的位置是家庭与学校,她们的职能是做贤母良妻或为国家培养贤母良妻。而当“英雌”们心有不甘并起而追求个人权利时,“英雌”与国家的关系急剧紧张,女权问题也终于从国族主义的笼罩下脱颖而出。

---

① 沈佩贞稿:《男女平权维持会缘起》,《大铎报》,1912 年 2 月 29 日,第 1 版。

② 杨联芬:《晚清女权话语与民族主义》,《励耘学刊》(第 5 辑),北京:学苑出版社,2007 年,第 182—185 页。

③ 观云(蒋智由):《吊吴孟班女学士》,《新民丛报》,第 3 号,1902 年 3 月。

④ 刘韵琴:《吊秋瑾》,见《韵琴杂著》之《诗词》,上海:泰东图书局,1916 年,第 10 页。

小 结

1918年,曾有小报文章为“英雌”释义,可看成是“英雌”的画像:

> 强有力者谓之“雄”,柔弱者谓之“雌”,是则雌不敌雄。
>
> 才智过人之谓“英”,有“英雄”焉,故为世人所崇拜;雌固不能敌雄,有“英雌”焉,遂与“英雄”相对峙。
>
> 然而“英雄”二字为固有之名词,而“英雌”乃名词中之新产出者也。
>
> 力拔山兮气盖世,荆蔓除兮时艰济,睥睨天下而威稜挺抗于全球者,固一世之雄也。
>
> 自由平等,习为口头之禅;共和民权,冒充新学之派。玩男儿于股掌,狮吼河东;摹装束于西洋,醉心欧化,又岂非一世之雌乎?[①]

此时的“英雌”已完全成为负面的称号,但它在晚清开始流行时,寄寓着沉甸甸的报国责任和女性英姿勃发的自我期待。

清理晚清至民初的“英雌”谱系,秋瑾、吴淑卿、沈佩贞是三位最有代表性的人物,她们虽然都有在校求学的经历,都曾为国是积极奔走,遭遇却迥然不同:秋瑾于1907年英勇就义而英名长存;吴淑卿因辛亥革命中首倡女子从军而被定格为女英雄,光复后从事女子教育工作,现实中的形象略显寂寥、黯淡,但并不妨碍其在小说作品中的形象演进;沈佩贞的形象则在辛亥革命之后发生了天翻地覆的转折,最终以其在政治舞台上的滑稽表现和情感闹剧,被视为狂傲、失德的女子,本人也于1932年初在

---

① 潜厂:《英雄与英雌》,《新世界》,1918年8月13日,第2版。

上海因病凄凉谢世。[1]

“英雌”话语是在晚清救亡与启蒙的历史语境下生成的,女学堂是其诞生的温床,女学生则是“英雌”队伍的先锋与主体。“英雌”的主要表现是革命与参政,并不断有泛化的倾向。这一词语的感情色彩与革命、女学、女权诸种社会思潮联系密切,并受民族主义、道德评价和商业文化的制约,在清末民初发生了巨大的变化。此种演变,大体可以辛亥为界:革命之前,“英雌”为启蒙者期盼和鼓励;民元之后,则多被舆论嘲弄和唾弃,并在文学作品中全面沦陷。这一过程,体现了女子教育宗旨在“女豪杰”与“贤母良妻”间的游移与复归,以及新女性在“贤母良妻”的安排下由家庭人、学校人走向社会人的惶惑和对男性由依附走向独立的难局。

---

① 据《申报》记载:“老民党沈佩贞女士,前因乳痛来沪,经济困难,无法就医。幸由粤南冯君担任医费,在杨树浦宁国路圣心医院医治数月,所费甚巨,复经郑毓秀律师资助款项。卒以病入膏肓,于一月五日在院去世。无以为殓,经沪绅王一亭君购材成殓,暂厝闸北湖州会馆。连日由其内侄沈世雄向各方泣求资助,以便运柩回里。沈为革命巨子,如此收场,甚可慨也!”荣:《小消息》,《申报》,1932 年 1 月 12 日,第 11 版。

第三章 爱情的神圣、罪恶与难局

——清末民初女学生的“自由结婚”叙事

所谓“自由结婚”，是指青年男女在恋爱过程与婚姻生活中遵照当事双方的意愿结合或分离，拒绝“父母之命、媒妁之言”的他者安排。这种婚恋方式，放在今天再正常不过，但在清末民初婚姻习俗嬗变的背景下，“自由结婚”成为极富时代性的专有名词。它在报章新闻和文学文本中高频率出现，不仅可视为晚清以来婚姻变革中“最高亢的声音”[①]，也是清末民初小说中最引人注目的主题和情节生发点之一。

晚清的《自由结婚》歌曾唱：“美雨欧云，剑胆琴心，婚姻革命。而今指环交换，文明结婚，果然自由国魂。罗马少年，罗兰夫人，一般独立精神。皇汉国民，河岳精英，风流快意前程。”[②]在时人的印象中，“自由结婚”往往与文明开通相联系，不仅象征着“少年中国”的清新气象，而且代表了彼此的关爱与忠贞，预示出婚后的幸福生活。而从女性角度来看，同时也意味着精神独立和双方地位的平等，较之旧时女性“既嫁从夫”“从一而终”的婚后生活，是一种新型的夫妻关系，因而对即将进入婚恋阶段的女性有巨大的吸引力。而考察清末民初社会与文学中女性“自由结婚”观念的发生，又得从当时的女学界谈起。

---

① 夏晓虹：《晚清社会与文化》，武汉：湖北教育出版社，2001年，第296页。

② 复哉：《自由结婚》，《复报》，第6号，1905年9月。此处转引自桑兵：《晚清学堂学生与社会变迁》，桂林：广西师范大学出版社，2007年，第406页。

第一节 女学生“自由结婚”的观念生成及行为表现

女学生:“自由结婚”的主角

1908年5月,在北京振懦女学堂教习杜成玉的婚礼上,“女学生数人,由葵教习带着,前去贺喜,抚琴唱歌。又由杜君二女公子代表,抚琴答谢。唱完之后,各行三鞠躬礼。新人下阶,各颁赠品”①。较之旧式婚礼的繁文缛节,此次仪式确实别开生面,简便易行。而女学生和学堂乐歌的加入,则更显示出文明趋新的特质。女学生所唱之词曰:

四月清和樱桃熟,兰芷搴芳杜。梅摽桃夭正及时,雀屏选得郎才中。琴歌好代催妆诗,先生喜无数。

珊瑚新长交枝树,今卜双成玉。繁李千桃树树红,先生许嫁东床去。琴歌好代催妆诗,先生喜无数。

歌词中“雀屏选得郎才中”“先生喜无数”等词句,暗示出该女教员某种程度上的主动,是经过了本人挑选、同意之后的缔姻,因此二人的婚礼不仅形式上大异从前,而且内在精神也不同于传统的父母专婚。

根据《北京女报》的前次报导②,新郎为欧阳易之子,新娘是杜药洲(杜德舆)长女杜成玉,为北京“四川女学堂”的首届学生,毕业后即留校任教。而婚礼上抚琴答谢的“杜君二女公子”,是杜成玉的妹妹杜成淑,亦为四川女学堂的学生。一年以前,正是她将译学馆学生屈彊含有悦慕之意的函件公之于众,在京城激起轩然大波。但在此次婚礼上,当喜庆悠扬的乐歌唱响时,想必不仅是新娘杜成玉、担任伴娘的杜成淑,齐声合唱的女

---

① 《详志女学生贺教员结婚》,《北京女报》,1908年5月21日。

② 《文明结婚》,《北京女报》,1908年5月18日。

学生们也都会沉浸在对自由婚姻的向往之中。这似乎也提醒着婚礼场上的观众：新式婚姻与新式女子教育之间有着天然的联系。

晚清以来见于报刊的征婚启事，开明士人大多要求对方接受过教育，因而女学生成为首选的婚娶对象。现今看到最早的征婚广告，是"南清志士"在1902年6月26日的《大公报》上登载的启事，要求女子"通晓中西学术门径"[①]。恽代英1919年有意在胞弟毕业之前，"设法替他寻个最合当的配偶"，他理想中的弟媳标准，第一条便是"为女学生"。[②] 短篇小说《鸾笺》中，陈秋士之母物色儿媳，"第一件是要天足，第二件是要能看报纸，第三件是要能做短篇文字，第四是要性情好，第五是要姿色好"，旁人问道："秋士公子既是这样苛求，何不在女学生里面选择？"[③]可见在他人看来，只有女学生才能满足这些条件，是男子的理想伴侣。

翻阅晚清以来报刊关于"文明缔姻""自由结婚"的消息，十有八九能找到女学界中人的身影。即以《大公报》为例，1902年报导杭州女学生陈彦庵随吴稚晖赴日本华族女学校留学时，记者特意点出她是乌程章宗祥的未婚妻："闻章君与陈女士尚未结缡。女士之至横滨也，章君迎之于火车站。文明结姻，令人忻羡不置。"[④]1910年南开私立第一中学学生马仁声结婚，妻子是普育女学堂教习张祝春，婚礼即设于普育女学堂。[⑤] 同年，湖南名士徐佛苏在天津李公祠行结婚礼，英敛之作伐，佳偶即是北洋

① 《求偶》，《大公报》，1902年6月26日，第7版。

② 恽代英著，中央档案馆等编：《恽代英日记》，北京：中共中央党校出版社，1981年，第628页。

③ 汪剑虹：《鸾笺》，《小说月报》，第9卷第12号，1918年12月。

④ 《女士游学》，《大公报》，1902年9月22日，第4版。

⑤ 《文明结婚》，《大公报》，1910年10月3日，第5版。

高等女学堂教员黄剑秋。[1] 1911年天津李公祠举行的一次文明婚礼，由南开中学校长张伯苓主婚，新娘则是北洋女子师范学生潘佩秋。[2] 在这些场合中，女学生或是婚姻中的新娘，或是文明婚礼的参与者，或是旁观者。她们今天也许只是这一仪式的见证人，但日后很可能便成为结婚典礼上的主角。以此而论，文明结婚亦成为女学场域的重要组成部分。

不同于今日男女于幼年入学，学业有成后再成家立业，清末民初在校的女学生，年龄普遍偏大。在女子教育开化越晚的地区，这种倾向越是明显。即便是上海著名的务本女学，1907年的报告称："本校学生年岁最小者九岁或十岁，大者二十余岁，平均十七八岁。"[3]1906年，包天笑担任上海城东女学堂教习，该班学生30多人，"年龄小的不过十三四岁，年龄大的已有三十余岁"[4]。职业女学校学生的年龄可能更长，如1910年北洋女医学堂简易科首届9名毕业生，年龄从21岁到29岁不等，平均年龄为24.1岁。[5] 这个数字显然已经超过了当时女性结婚的黄金年龄。据学者研究，清代女子的实际婚龄，大约在17岁到18岁。[6] 1917年昆山的某女学校，"已婚嫁之学生居十分之六"，校长特意将已婚与未婚之学生分为"娘娘班"与"小姐班"。[7] 许多女学生在入校之初，便需面对婚姻大事。她们的求学生涯，也是"女子待婚时期"[8]。为女性个人幸福和女学前途

---

① 《文明结婚》，《大公报》，1910年10月17日，第5版。

② 《文明结婚》，《大公报》，1911年7月21日，第6版。

③ 《务本女学校家庭恳亲会记》，《时报》，1907年6月9日，第2版。

④ 包天笑：《钏影楼回忆录》，香港：大华出版社，1971年，第336—337页。

⑤ 金韵梅：《女医学堂头班简易科毕业学生情况清册》（宣统二年11月13日），见中国第一历史档案馆：《清末金韵梅任教北洋女医学堂史料》，《历史档案》，1999年第4期。

⑥ 郭松义：《清代人口问题与婚姻状况的考察》，《中国史研究》，1987年第3期。

⑦ 客萍：《国内无线电·昆山无线电》，《余兴》，第29期，1917年7月。

⑧ 《求学是女子待婚时期》，见《常识大全》，上海：常识报馆，1928年，第35页。

计,如何破除旧习,实现婚姻自由,于是也成为女学话题中的应有之义。

在城市观风者眼里,女学生不时和“自由结婚”联系在一起。如1918年《大公报》咏上海女学生云:“争羡文明属女流,大家程度果谁优?曳来革履宜天足,架到金丝豁远眸。英语分明香口捷,体操活泼细腰柔。算他第一开心事,从此婚姻听自由。”[①]金镜革履是女学生的外在装扮,英语体操是她们的学堂功课,“婚姻听自由”是女学生的行动能力,三者是女学生形象的主要特点。而后者不仅在诗中最得女学生的欢心,也是作者关注的重点。

虽然实行“自由结婚”的女学生很可能只是这一群体中的部分,但此种极具冲击力的举动,却很容易使人对女学生乃至女学界全体的印象模式化,对女学生群体的褒贬很可能因此而生。清末民初社会和小说中,“自由结婚”已成为女学生形象的闪亮标签,以致《民立报》上有人言及女学生时,不无讥讽:

> 今之关心时事者,每不满意于上海之女学生。不知上海之女学生,不过上海平常之女子,加一“自由结婚”之观念而已。何容深责哉![②]

既然局外人投向女学生的目光,多半聚焦于“自由结婚”,今天我们也不难理解,何以民初小说作品对女学生的书写,大多注目于她们的情爱和婚姻。

“买丝欲绣罗夫人”

1903年,绍兴府会稽县举行文明婚礼,新人分别是该县陶姓县令与周演巽女士。周氏为新学界中人,“淹通中学,常讲求

---

① 《咏沪上各界妇女》,《大公报》,1918年10月3日,第3张第3版。

② 芝芬:《东西南北》,《民立报》,1911年10月23日,第6版。

平权自由”。当日贺词丛集,而以诸贞壮之诗为最佳:

> 报[投]身学界阐新理,发愿人天倡女权。
> 心里温馨[馨]供意影,眼中突兀见婵娟。
> 自由未许罗兰殉,天赋何输道韫贤?
> 蹄水晚霞邱好在,似柴东海遇红莲。[1]

“婵娟”“道韫”是赞美女性相貌和才气常用的典故。尾联用的是日本政治小说《佳人奇遇》的新典——此书第一卷提到东海散士(即诗中的“柴东海”)来到美国费城的独立阁眺望景色,眼底收罗有“蹄水”之河(“蹄水”是河名デラウエーア的汉字音写)与“晚霞丘”(バンカヒル的汉字音写)之山,又偶遇名为“红莲”“幽兰”之异国佳人。[2]《佳人奇遇》由梁启超译出,1898年至1899年在《清议报》上连载,在晚清甚为流行。至于“女权”和“自由”,则是元气淋漓的新名词,尤其是“自由未许罗兰殉”一句,使全诗境界全出。从时间上看,这首诗正是应和“诗界革命”的典型作品。尾联词句虽显生硬,但很契合夫妇二人遇合的场景。在祝贺两人幸福结合的同时,还寄托着作者对自由结婚、男女平权乃至西方文明的礼赞。因而这首诗也大异于寻常的应景之作。此则消息后来又为上海《女学报》转载[3],想必正是这次“文明婚姻”和诸贞壮贺诗体现出来的女界全新气象,深合主编陈撷芬心意。

在我看来,诸贞壮之诗最令人惊绝处,不在于他放言提倡女权和自由,而是他对“罗兰”典故的活学活用。作为清末民初中国女界中最具影响力的外国女性典范之一,罗兰夫人(Jeanne Marie de la Platiere,一般称 Mme Roland)的英雄形象被译介入中国,仅在几个月之前——1902年10月出版的《新民丛报》上,

---

① 《文明婚姻》,《大公报》,1903年2月17日,第5版。

② 此处典故承陆胤博士提醒。特致谢意!

③ 《女界近史·文明婚姻》,《女学报》,第2期,1903年4月。

梁启超发表了《(近世第一女杰)罗兰夫人传》,将传主的英雄事迹娓娓道出。由于评传体的写法,再加上他“笔锋常带情感”的行文风格,使得这篇传记具有强烈的感染力,激励了无数中国女性。文章开篇便有一段排比文字劈空而来,气势磅礴,对读者形成巨大压迫:

> 罗兰夫人何人也?彼生于自由,死于自由。罗兰夫人何人也?自由由彼而生,彼由自由而死……①

仅以此处而论,罗兰夫人形象最核心的内蕴就是追求自由。清末民初国人将她作为自由神顶礼膜拜,即多因受到梁启超此文的影响。诸贞壮“自由未许罗兰殉”一句,可谓深得《罗兰夫人传》之神髓。

在今人眼中,罗兰夫人已经凝聚成一个意蕴丰富的形象符号,“可以在众多场合作为权威与榜样出现”,她或是“革命党女杰”的激进代表,或是爱国者的楷模,有时又昭示着女性的自立与解放。② 而清末民初的女性,却多半看中了她对自由的尊崇,并以此来勉励国内女性追求个人幸福,挣脱家庭与礼教的约束:

> 罗兰夫人云:“不自由,毋宁死!”吾同胞诸姊妹,奈之何不思罗兰何人?予何人?罗兰爱自由,予何以不爱自由乎?③
>
> 吾梦见罗兰夫人,教我自由之道,而家庭竟许我自由。④

对自由的热切向往,使得晚清诗歌中频繁出现“自由花”的

---

① 中国之新民:《(近世第一女杰)罗兰夫人传》,《新民丛报》,第17号,1902年10月。

② 夏晓虹:《接受过程中的演绎——罗兰夫人在中国》,《晚清女性与近代中国》,北京:北京大学出版社,2004年,第204页。

③ 《东西南北》,《民立报》,1911年3月25日,第6版。

④ 《东西南北》,《民立报》,1911年4月17日,第6版。

意象,如“锄得阶前干净土,满园遍种自由花”[1],“义表同情心更痛,儗将丝绣自由花”[2],“纤手翻成新世界,香闺普种自由花”[3]。“自由花”娇艳无比,炫人眼目,象征着女性的自由和幸福。罗兰夫人及时降临中国,既应合了女学界的自由大潮,又为女性追寻“自由花”提供了动力。正因为有了罗兰夫人这一“西方美人”的激励,国内女子为了来之不易的娇嫩的自由之花,即便付出流血甚至是死亡的代价也在所不惜,如《河南》杂志所载之《女界警词》:

> 自由自由,生死将汝求。马利侬氏亦女流,法国未革命以前,彼独何缘横啁啾?红髻碧鬌,弱者才一寸,眉峰郁千愁。元魂招自笔底来,电花闪烁光连遱。生撒自由花,死成自由神。万花丛里气森森,独立云表排风云,砰�一声菩提春。[4]

诗中的“马利侬”即罗兰夫人的另一译名。“自由花”和“自由神”既是她供人景仰的高大形象,也是中国女学界追步其后的坚定誓言。

清末民初女性的自由精神当然可以体现在各个方面,如沪江大学有学生曾撰文,认为女子应享有求学、婚配、择业、社交、生育等各种自由。[5] 在这当中,结婚自由可能最为关键,即如小说《自由结婚》中犹太老人演讲时所言:“天下有那一事不要自由?为何许多男女都放着别的自由不管,独独于这嫁娶自由死命不肯舍呢?岂不是因为结婚为男女一生大事,结婚失了自由,

---

① 竞群:《春闺杂咏五首》之4,《中国新女界杂志》,第2期,1907年3月。

② 黄天:《题〈自由结婚〉第一编》,《警钟日报》,1904年7月13日,第4版。

③ 王妙如:《女狱花》,《中国近代小说大系:女子权·侠义佳人·女狱花》,南昌:百花洲文艺出版社,1993年,第730页。

④ 大谩:《女界警词·自由》,《河南》,第8期,1908年12月。

⑤ 沪江大学胡尹民:《女子自由之真谛》,《女铎报》,第81期,1918年12月。

就要终身受累吗?”[1]柳亚子在阐释家族革命的论点时,认为:“今日女子所当与父母争者有二:一曰入学自由之权;一曰结婚自由之权”,“女子既及学龄,宜有入学之权;达乎婚嫁之年,则择偶听其自主”。[2] 婚姻是她们年岁增长时必然面对的人生选择,求学可随时随地进行,但多数女子的婚姻只有一次,如所适非偶,很可能毕生幸福就毁之于此。因而新女性在追求自由时,实行婚姻自由便成首要任务。这时候,罗兰夫人便水到渠成地化为“自由结婚”的引路人,前引诸贞壮之诗便是这种指引的体现,再如高旭对友人婚姻的祝愿:

> 平生意气羞黄金,买丝欲绣罗夫人。儿女英雄一时遇,自由花烂八千春。……[3]

诗中罗兰夫人、儿女英雄、自由花的三重意象,建构了“自由结婚”的美好主题。几年前刚从西方译介的女英雄,完美地融入了近代中国的新礼俗,寄寓着时人对自由爱情的向往与祝福。

被启悟的权利

婚姻自由引人欣羡,但对于女子来说,挣脱旧式婚姻的枷锁,并非易事。旧礼俗的压制、父母的权威都是“自由结婚”的阻力。1909 年从日本留学归来的女学生张维英,在江西南昌创设“自由结婚演说会”,遭学部通令禁止,原因是“实与学务、风化大有关系”。不仅如此,学部还通电各省:“如有不守范围女生,创此种演说会者,务须严行查禁,以维风化而重人伦。”[4]

晚清女子对专制婚姻的反抗、对“自由结婚”的向往,在我

---

① 张肇桐:《自由结婚》,《中国近代小说大系:东欧女豪杰·自由结婚·女娲石等》,南昌:百花洲文艺出版社,1991 年,第 114—115 页。

② 亚庐(柳亚子):《女子家庭革命论》,《神州女报》,第 2 号,1907 年 12 月。

③ 哀蝉(高旭):《贺某某两君结婚》,《须弥日报》,1908 年 10 月 7 日。

④ 《严禁女生创自由演说会》,《民呼日报》,1909 年 5 月 31 日,第 3 版。

见到的材料中，以贵州任氏女子最为执着、悲壮。其事见于1911年8月25日《民立报》的报导：

> 黔省女界，思想甚形发达。近来女生中，颇有提倡自由结婚，与男子受同等教育，欲如美洲男女合堂受课者。然无如兴学者颇不谓然，尚拘执古礼，不甚开通，一闻此耗，辄大惊怪异。省垣悦来巷有任女士者，自得读《留日女学会杂志》，即醉心男女平权、结婚自由之真理，遂被父母驱逐，官长拘押，以为家庭有此不幸，社会有此不幸，故摧抑不遗余力。而任女士竟不屈不挠，当众声明男女平权、自由结婚之真理，言誓不受男子压制、媒妁结婚之野蛮拘束云云。于是黔省社会为之震动，各堂管理遂严禁女生结会云。呜呼！若任女士者，其贵州首创自由之健志[将]也！①

此位任女士关于结婚自由的言论，都是与男女平权并列出现的。在女性眼中，“自由结婚”之最具魅力处，并非婚礼现场上片刻的璀璨光华，而是婚后漫长岁月中夫妻的平等和关爱。况且，女子的婚姻自主权，本属于女性个体的权利之一，因此追根溯源，“自由结婚”的实现，实与女权的扩张血脉相通。

新闻中任女士的思想资源，乃是《留日女学会杂志》。这份杂志由中国留日女学会1911年5月在东京创办，编辑兼发行人为唐群英。该刊“以注重道德、普及教育、提倡实业、尊重人权为宗旨”，现仅见一期。② 该杂志第一期有《婚姻改良论》《女权正说》和《女子复权说》，当是任女士勇气和行动力的源泉。《婚姻改良论》认为：“非改良现在婚姻之制，微特夫妇之道苦，而其弊害之于国家社会者，亦非浅少也。”旧时婚姻，有早婚、卖婚以

---

① 《淑女遭冤》，《民立报》，1911年8月25日，第4版。

② 《留日女学会杂志》，丁守和主编：《辛亥革命时期期刊介绍》（第3集），北京：人民出版社，1983年，第682页。

及父母专制之弊，后者乃是作者陈说的重点。[1]《女权正说》则驳斥“三纲之说”，言其“阻女子之精进，扰家庭之平和，纷社会之秩序，耗国力之命脉。故非一扫以前锢说，则女权不振；非男女悉立于平等，则国权不复”[2]。《女子复权论》较前两篇更为激进，从天赋人权的角度立论，认为：“夫男子既欲脱政体上之压制，以恢复天赋之人权，则女子应脱政体上、社会上两重压制，以恢复天赋之人权，较男子尤宜急。”而女子脱离压制、实现人格独立的方法之一，即是婚姻自由：

> 婚不自择，人格不能独立。父母专命，媒妁甘言，以公理论，既为剥夺我女界之自由权，则结婚非自由不可。[3]

作为读者的任女士，将《留日女学会杂志》上男女平权和婚姻自由的言说化为行动，可见启蒙者的宣传几有立竿见影之效。这正是晚清女界“启蒙—响应”模式的典型体现。

一如罗兰夫人的形象是由西方舶来，东京出版的《留日女学会杂志》，其女权思想的渊源亦可上溯至国人稍早时对欧美女权理论的译介。“亚特”1904年曾热烈期盼：“弥勒约翰、斯宾塞尔‘天赋人权’、‘男女平等’之学说，既风驰云涌于欧西，今乃挟其潮流，经太平洋汩汩而来。西方新空气，行将渗漏于我女子世界，灌溉自由苗，培泽爱之花。”[4]从文中提到的西方思想者的姓名，大体可推测出其表彰的是马君武对欧美女权理论的集中译介。早在1902年11月，马君武便译出《斯宾塞女权篇》，与《达尔文物竞篇》合为一册，由少年中国学会发行；1903年4月起，他又在《新民丛报》上介绍《弥勒约翰之学说》，第二节为“女权说”，摘

---

① 履夷：《婚姻改良论》，《留日女学会杂志》，第1期，1911年5月。

② 晋昌：《女权正说》，《留日女学会杂志》，第1期，1911年5月。此篇文献及《女子复权论》由华东师范大学房莹博士提供，特致谢忱。

③ 定原：《女子复权论》，《留日女学会杂志》，第1期，1911年5月。

④ 亚特：《论铸造国民母》，《女子世界》，第7期，1904年7月。

录的便是弥勒的《女权压制论》和社会党人的《女权宣言书》。夏晓虹先生认为："自从马君武的译文、介绍面世以后，晚清思想界对于西方妇女解放理论的溯源，便由过去的道听途说、众口异词而渐趋一致。"[1]在《女权说》中，马君武总结社会党人的女权主张，指出其具体表现有五点，即教育权、经济权、政治权、婚姻权、人民权。彼时女性读者当最看重其关于婚姻权的介绍：

> 专制婚姻，不由男女自自选合之婚姻也。此为世界极野蛮之俗，稍进文明之国民，断不如是。[2]

此种论断，自然深合中国青年之心意，成为他们追求婚姻自由时反复引用或化用的权威依据。《斯宾塞女权篇》共十节，开篇便言："人莫不有平等之自由(Equal freedom)，男人固然，女人何独不然？"第六至八节论夫妇平权之说，驳斥"夫唱妇随之格言"，称"夫妻不平权，遂变本极自由平等之好关系，一为主，一为属，是诚极野蛮风俗，不可不改良也。此风不变，则夫妻之间，必无真爱情。必奴主之势尽革，则夫妇之真爱情，乃充满而无极"。[3]较之旧时中国婚姻生活中夫妇的主从关系，其所主张的女性地位大幅提升，当然也会受到女读者的欢迎，而她们在生活中践行此种理论，也是顺理成章。

晚清以来，小说中的女主人公对于婚姻问题的觉醒和抗争，亦取法于现实社会对西方女权思想的译介。女权理论不仅激励着现实中的女读者，亦感染了小说中的女性人物；来自西方的启蒙者，也成为小说中女性追求男女平等、婚姻自由时的精神导师。与此相关，作品中的女主人公绝大部分是接受过新式教育的学界中人。

---

① 夏晓虹：《晚清文人妇女观》，北京：作家出版社，1995年，第71页。

② 君武：《弥勒约翰之学说》，《新民丛报》，第30期，1903年4月。

③ 《斯宾塞女权篇》，见马君武著、莫世祥编：《马君武集》，武汉：华中师范大学出版社，1991年，第24页。

《娘子军》开篇叙女主人公赵爱云,生性聪明,喜好读书,中国的经史子集之外,最喜"新译出的西书西报","她看到新学书籍的时候,觉得精神焕发,闭目点头的格外有滋味,真是看得她爱不忍释"。[①] 至于所看何书,作者并未明言。至第三回,终于交待她所阅新书中便有斯宾塞的《女权篇》:"爱云正靠窗儿坐着,拿了一本斯宾塞尔的《女权篇》在那里看。"[②]爱云虽慕"自由结婚",担心自己如胡仿兰一般遇人不淑,然而最终还是听从父母之命,嫁与酸腐迂阔的商人李固斋。婚后固斋得知爱云是天足,十分恼火,夫妻二人感情也冷淡不少。平日更是处处压制,要爱云遵照三从四德。后来固斋见爱云暇时浏览《女权篇》,顿时发作,二人爆发冲突,爱云据理力争的,正是《女权篇》上的理论:

> 爱云不待他讲完,便把那《女权篇》一指,且说道:"你请看,请看看这书上的'平权'二字也不独是一二处,随你翻到哪一页,恐怕都有的。"……爱云接着说道:"嗄,嗄,这是外国书不能作数的,既然如此,这平权二字我且搁过一边不讲,只当它是外国的风俗。但是这'夫妇敌体'的四个字是中国书上的说话呢,还是外国的邪说?还有什么'妻者,齐也',什么'夫妇和而家道成'。试问'敌体'二字的意思同'齐'字的释义不是平权是什么?夫妇如果不平等,那时一个儿专讲压制,一个儿心中抑郁,怎能够教它会和睦呢?既然不和睦了,家道自然也不成个样子,岂非就是不平权的害处么?这些出典不都是圣贤的古训么?"[③]

赵爱云熟读马君武译介的《斯宾塞女权篇》的学说,进而重新发

---

① 《娘子军》,第1回,见《中国近代孤本小说集成》第1卷,北京:大众文艺出版社,1999年,第572页。

② 同上书,第582页。

③ 同上书,第582—583页。

现中国古典著作中关于夫妻关系的论述,从中演绎出"平权"的新义。她对西方女权知识活学活用,并很快以之为理论武器,反抗"三从四德"对女性家庭、社会地位的规范,追求夫妻平等,足以说明她是接受启蒙之后正在觉醒的女子。接下来正式进入女学堂,继而把《女权篇》上的学识变成婚姻生活中的行动,则是新式女子教育催化后的结果。

1907 年出版的《女子权》是一部提倡女权、赞美"自由结婚"的作品。女学生袁贞娘与邓述禹的爱情被父亲阻挠,贞娘投水后为人所救,遂下定决心:"我今生今世若不嫁邓郎,断断不能嫁他人的了。"[①]后来她赴北京女子师范入学,假期中与同学谈论"自由结婚"之理,众人击节赞叹:"这话真说得透辟!好一似斯宾塞《女权论》的缩本!"不仅如此,贞娘还自撰《女权篇》发表于《津报》,在全国产生轰动效应:

> 一日之间,贞娘便名满天下。到第二日上,各报又转相抄录。于是凡是各处学堂里的女学生,没有一个不说贞娘是中国提倡女权的女豪杰。久之,学界上便替贞娘起个美名,叫作"女界斯宾塞"。[②]

小说结尾,不仅贞娘与邓述禹得偿所愿结为连理,采用文明结婚的礼仪,而且中国的法律也规定全国女子有"自由结婚"的权利。由于贞娘功高至伟,湖北女学界特为她塑造铜像,从此"中国'女界斯宾塞'的大名,竟与巍巍铜像永垂千古"[③]。袁贞娘的女权知识,自然是由新书新报上获得,"女界斯宾塞"的绰号,也暗示出她新思想的渊源。但作者对袁贞娘形象的塑造,主要是以女界启蒙者来定位。她那巍峨的铜像,供万人景仰,正象征着

---

① 思绮斋(詹垲):《女子权》,第 3 回,见《中国近代小说大系:女子权 · 侠义佳人 · 女狱花》,南昌:百花洲文艺出版社,1993 年,第 20 页。

② 同上书,第 23 页。

③ 同上书,第 76 页。

国内女子进入女学堂、被西方理论发蒙之后，走向成熟独立的过程。

考察清末民初的言情和社会小说，女性“自由结婚”理想的萌生，入校求学亦是关键环节。她们在学堂中为书报上的新学说所吸引，于是向往不已，立定主意要“自由结婚”，如：

> 渠（崔筠倩）自入学以来，醉心于结婚自由之说。①
>
> 荏苒三年，（琬君）更升学而入女子师范。时女年渐长，宗泽亦欲为之择婿，顾苛甚，而女以入校，稍染欧风，不能不畀以自由选择之权。②
>
> （师兰）毕业后，年十七矣，应自由择婿。③
>
> （秋棠）曾在苏之女子小学肄业，后递升至上海女学校，心慕自由，遂与一上海中学校学生魏翥虚订婚约。④
>
> （女郎）受新学之陶冶，溉成出群华贵之资。静穆幽婉之外，复饶倜傥不羁之致。常谓女子之神圣，惟寄婚姻于自由之中。⑤

小说《情之蠹》中，女主人公不仅自己“醉心欧化，乃慕自由，思特立独行，矫往昔强制结婚之弊”，而且暇时汇聚同学好友，经常在一起探讨自由要义，商谈婚姻之计，并不时有人付诸实践。女校中习气为之一变，竟“以自由结婚鸣”。⑥ 可见对于小说家来说，女学堂是自由结婚理念的温床，也是自由结婚故事最理想的发生地。

---

① 徐枕亚：《玉梨魂》，见吴组缃、端木蕻良、时萌主编：《中国近代文学大系·小说集6》，上海：上海书店，1991年，第547页。

② 民畏：《（言情小说）郎之血》，《小说新报》，第3卷第11期，1917年11月。

③ 中泠：《（诙谐小说）酒徒别传》，《礼拜六》，第52期，1915年5月29日。

④ 宣樊：《（社会小说）离鸾》，第1章，《小说月报》，第4卷第9号，1913年12月。

⑤ 梁溪阿骥：《恨海波澜》，《妇女时报》，第14期，1914年7月。

⑥ 壮悔：《（警世小说）情之蠹》，《娱闲录》，第11期，1914年12月。

需要说明的是，文学作品中的女学生与“自由结婚”的关联，既源自小说家对现实生活的观察，也是作者为了情节展开的便利而有意设置的结果：女学生因为对自由平权学说天然的亲近，最适宜担任践行“自由结婚”的人选。但小说家几乎众口一词地将女学界中的“自由结婚”故事与女子教育相连，则可说明至少在社会心态上，二者被视为有直接的因果关系。再证之以清末民初众多的新闻报导，以下结论当可成立：晚清以来，约翰弥勒、斯宾塞的女权理论和罗兰夫人等女性楷模的引入，成为中国女学界追求婚姻自由的历史语境；而女学生们对西方自由精神和女权理论的汲取，乃至在学堂内对时下新知的全面接受，使得她们在各种启蒙因素的合成下，就“自由结婚”这一时代潮流、小说主题完成了启悟与觉醒的成长历程。

“自由结婚”的表现

在清末民初社会和小说中，受过新式教育的新女性在“自由结婚”中的自主权，主要表现在征婚、择婚、拒婚、离婚几个方面。

主动征婚　近代以来揭载于报刊上的征婚广告，最能显示出男女在婚姻中的主动性。出于女方的征婚，我所找到的最早的文字是1907年刊载于《笑林报》上的告白：

> 今有奉天卒业学生艾兰芳，年十九岁，家道清白，有一残废老母与女相依。生养死葬费，自有五千金，并不须赘婿供养。现该女拟结文明婚礼，男子须年在三十以内，得有中学堂卒业文凭，无暗疾，无嗜好，方为合格。尤须江浙皖湘鄂五省人。如愿结此婚者，请书明住址、姓名，凭《笑林》告白，以便予前往接洽可也。江宁周叔冈代白。①

---

① 《结文明婚看者》，《笑林报》，1907年11月20日。

此则广告虽然是由他人代为刊登，但很可能是为了避免过于招摇而采取的办法。周叔冈本为《笑林报》报馆职员[①]，由他出面接洽应征者、转达双方意愿，即具地利之便。不过，广告中的“该女拟结文明婚礼”一语即表明此征婚之举乃女子的主张，而对应征者年龄、学业、身体、籍贯等方面的要求，也是艾兰芳个人意愿的体现。周叔冈的作用，充其量只是一位代言人。

艾兰芳的征婚，在清末民初并非单例。台湾清华大学硕士生陈湘涵在学位论文中钩沉出民初两位女学生的征婚广告：北京有毕业于某校的女学生李云芬，“年少貌美，工诗词，善女红”；山东则有毕业于北京女子师范的 17 岁女学生，都借报刊来寻觅良伴。[②] 她们的举动表明，女学生在接受教育之后，眼界日高，在周围已很难找到理想的人生伴侣，因而只能从更广的范围来挑选。[③] 对比以往姊妹们消极听从“父母之命、媒妁之言”，这种择配方式无疑更显示女学生的自主性。

前文已经述及，1909 年有浙江留日女学生张维英，毕业归国后在南昌创设“自由结婚会”，遭到学部禁止。其实她创设该会，目的之一即是解决自己的婚姻问题。据《大公报》消息：

张女士闻信，旋将该会解散。□该女士年仅二十一岁，

---

① 1907 年 9 月 8 日《笑林报》登载梦坡馆主的书法润例《梦坡馆八分换酒例》，末尾即注“如欲书者，请至《笑林报》与周叔冈、吴隽伯接洽可也”。又当日《笑林报》所刊《周叔冈润例》，言：“叔冈周君，秣陵名士，气质英隽，学门渊懿，莅沪者已十余年。素善六法，又有逸才，海内外人士得其一书一文者，珍惜倍至。近因养疴《笑林报》馆，以黄鲁直书能散意，兼可炼气神怡[怡神]，昕夕临池。爱君书者，日持缣素，户限为穿。”

② 岑：《严格招赘》，《盛京时报》，1916 年 8 月 6 日，第 5 版；《特别招亲广告》，《大公报》，1917 年 3 月 28 日，第 3 张第 1 版。引自陈湘涵《寻觅良伴：近代中国的征婚广告(1912—1949)》，台湾清华大学历史研究所硕士论文，2009 年，第 42 页。

③ 《大公报》曾刊载一则“新趣闻”，言湖南浏阳某女校校长，“系北京女子师范毕业，游历长江一带，曾充浙江、湖北各女校教员。丽质多才，目空一切，但择婿过酷，以故年逾花信，尚赋摽梅”。其所悬择配标准为：“其人财产在十万元以上、官在荐任以上。”《女校长择配之条件》，《大公报》，1917 年 3 月 22 日，第 3 张第 1 版。

> 尚未出阁，仍拟立志自由。一时慕该女士之才貌者，均纷往求婚，络绎不绝。女士遂定一试格，先验身体，后验学科。如有中式者，即与举行新式结婚云。[1]

较之将诸种征婚条件登载在报刊上，张维英亲自考选应征男子，显然更加痛快直接，影响也自然更加深远，对传统婚姻道德的冲击也更为猛烈。当然，此举也更可能遭遇守旧者的抨击。

饶有趣味的是，张维英创办"自由结婚会"及自己挑选夫婿的新闻，当年即被写入小说中。"新阳蹉跎子"的《最新女界鬼蜮记》第10回中，"昌中女学"男教习徐鹏飞对学生谢沉鱼等讲说报纸上的新闻[2]，手上拿的应该就是当日的《大公报》，小说甚至连当事人的名姓都没有更改。徐鹏飞的介绍触动谢沉鱼心事，她也打算"学步张女士，开个自由结婚的选婿分会"，但又认为张维英的条件太宽，自己征婚，"选格须加严些儿，方能选得真才"。至于具体条文，徐鹏飞则义不容辞："我愿给你效一臂助，代拟几条严厉选章。"次日便拟就"选婿规章"五条，自印千份，分送本埠各团体，但仍未征到如意郎君。[3]

自由择婚　进入民国之后，随着小说题材的侧重点由官场转移到情场[4]，作品中女学生在婚姻问题上的表现，也更为大胆和主动。读者经常可以看到对男子一见钟情并主动追求的女学生形象，甚至可以背叛父母、与情人私奔。虽然小说中这类女学生主要以反面形象出现，且大多以悲剧收场，但排除作者的情感

---

① 《电阻张女士自由结婚》，《大公报》，1909年6月28日，第2张第2—3版。

② 小说中谢沉鱼名为学生，但不识字，所以徐鹏飞只得把报纸上的新闻再演说一遍。

③ 蹉跎子：《最新女界鬼蜮记》，见《中国近代孤本小说集成》（第1卷），北京：大众文艺出版社，1999年，第335—336页。

④ 陈平原先生总结清末民初小说的题材模式，认为："清末民初小说的题材相对集中，前期主要为官场，后期主要为情场。"《二十世纪中国小说史》（第1卷），北京：北京大学出版社，1989年，第191页。

因素，显露在读者面前的乃是这样一个基本事实：围绕在女学生周围的道德枷锁逐渐松缓，自由结婚已成女学界流行的婚姻方式。

以我的阅读经验，民初女学生对爱情的主动追求，以谈善吾的《误解结婚》的描写最为自然、细致，也没有空洞刻板的道德批判，女主人公吴文珠实是难得一见的正面形象。

"言情小说"《误解结婚》连载于《繁华杂志》第一至五期，今见18章，未完，但后文的情节已能预见，人物形象也已经定型。小说开篇总结爱情产生的各种模式，其中便有因误解而生的浓烈爱情。它既可看成是作品的解题，也是全篇的内容提要和女主人公行为、性格的概括：

> 且有初无感触与爱情，而偶因一事一言之误会，而发生情愫，无论如何困难，如何灭裂，终不可以解脱，而必达其情之最终之目的者。①

此处所言的"一事一言之误会"，即指女学生吴文珠收到表弟邹纤人之信而产生的联想。邹纤人为吴文珠姨母之子，居于苏州，吴住上海，二人幼年即十分要好，长大后又不时信函往还，颇为亲密。一日邹寄吴文珠信件，称："近母氏为弟谋婚事，其人既属姻娅，又与弟性情素契。弟固深愿，彼人之愿否，未可知耳。以姊非他人，故用直告。彼人姊当可猜得，亦为弟欣喜否？"文珠以为纤人对自己有情，此信是故意试探，一时惊喜交集。她本属意于邻居高氏之子，但比较之后，决定舍高而取邹，便央请邻家才女高国雄写了一封回信，委婉表达自己的赞同、期盼之意。实则纤人之母相中的儿媳，不是吴文珠，而是纤人舅母之女。纤人收信之后，方知文珠误会了自己的意思，但细读复函，见其

① 老谈（谈善吾）：《（言情小说）误解结婚》，第1章，《繁华杂志》，第1期，1914年9月。

“情词殷恳，绝少虚伪，不觉感情为之大动”[1]。但自己已有婚约，在信中一时难以说清，决定前往上海当面解释。可一旦见到吴文珠，即为其妩媚温柔的魔力所征服，感情天平很快倾向于她，不仅拒绝之词无从出口，反而决心与文珠终老。邹纤人回到苏州，舅家很快即来提亲，纤人不能反抗父亲权威，焦急成病。而父母反请未婚媳来家侍纤人之疾，舅家表妹与纤人幼年时亦耳鬓厮磨，此时对他愈加体贴，纤人对文珠之情，不觉又转移到表妹身上。吴文珠在沪久候信函不得，知事情有变，决定亲赴苏州扭转乾坤。

小说连载至此结束，但第 12 章叙述吴文珠与叔父吴二的冲突，便已提到“后日文珠濒婚时，小受折挫，未尝非种因于此时也”[2]。品其词意，则她与邹纤人的婚事虽有阻挠，但究竟还是梦想成真。因而在接下来的情节中，吴文珠的苏州之行，当有挽狂澜于既倒之效，也是小说的高潮部分。

纵观整篇小说，男女主人公的性格反差极大。男主人公邹纤人不仅言辞木讷，而且心中毫无定见，极易为外力所转移；遇事软弱犹疑，事不如意时，常卧床掩面哭泣。反观吴文珠，她虽有寡母，但对文珠的内心世界毫无所知，因而只能事事自己做主，处处主动坚决。作者不止一处用“灵慧”来形容吴文珠，这种品质不是表现在学业之上，而是在这场爱情争夺战中，她在关键时刻恰到好处的表演与坚定不移的决心，使得所有事态尽在掌控之中。

稍需留意的是，吴文珠的诸种表现，并非纯为女性在爱情中的自然流露，而是夹杂着相当多的表演成分。这种略显老练的举止，实是至为重要的先入为主的爱情策略。纤人回吴之后，她

---

① 老谈(谈善吾):《(言情小说)误解结婚》,第 3 章,《繁华杂志》,第 1 期,1914 年 9 月。

② 老谈(谈善吾):《(言情小说)误解结婚》,第 12 章,《繁华杂志》,第 4 期,1914 年 12 月。

期盼中的复函迟迟未至。吴文珠想起先前纤人与表妹的婚约，自己的种种努力很可能付之东流，实在心有不甘。自负如吴文珠，怎么也不允许他人的横刀夺爱："以我吴文珠所眷之人，而能任其为他人所转移，尤足称世界之异事。"便毅然决定亲自往苏州一探究竟。在出发之前，她已经做好了破釜沉舟的打算，"至万无挽回之时，亦当有破坏之术，在终不得任其与他人成眷属也"。行文至此，作者也不禁感叹道："世之为男子者危矣！可不惧哉！"[①]确实，吴文珠对爱情的排他性的认定和"宁为玉碎，不为瓦全"的气概，使得她具备了能量极大的主动性或破坏性，大异于传统女子的委曲求全，也区别于同时代小说中"自由女"的自暴自弃。更为难得的是，纵观全篇，小说家对这一形象的刻画，基本脱离了当时流行的道德谴责的书写模式，反而流露出些许的偏爱，使得吴文珠成为民初小说中女学生主动追求爱情的杰出者。

主动退婚 清末《妇女时报》曾载文称近年女学发达，不少人反而误解自由，"自欧风渐染，我国女子固有弃夫他适者矣，更有已经文定，自修尺素，邮递退婚者"[②]，即是指女子随着学识的增进，不满意父母的婚姻安排，而主动提出退婚。1917 年，《余兴》杂志登载了一件发生在苏州的趣事："某君聘女子高等小学毕业生某女士为妇。定婚之日，女士手书'富贵不能淫'一句为题，命某君作之。孰知沉思终日，一字无成。某女士遂解婚约而去。"[③]《大公报》也曾刊载赵增瑀诗《感婚辞》，前有长序，描绘了同样的拒婚故事，十分精彩，值得一读：

锦城某女士者，姿容美丽，娴词翰，所谓神仙中人也。

---

① 老谈(谈善吾)：《(言情小说)误解结婚》，第 18 章，《繁华杂志》，第 5 期，1915 年 1 月。

② 江纫兰：《论妇女醉心西法宜有节制》，《妇女时报》，第 3 期，1911 年 9 月。

③ 《国内无线电 · 苏州无线电》，《余兴》，第 29 期，1917 年 7 月。

顾女士自沉酣载籍,外兼醉心欧化,于婚姻自由、男女平权之新论,倡导颇力。落落然顾影无俦,位置殊高尚。女士之父,以宿儒称于时,板板守头巾戒。自女士垂髫时,已为缔姻某家郎。女渐长,知之,心弗善也,然沉沉寂嘿,亦未有以云。民国某年,女颀然玉立,年及笄矣,郎家援合卺成例,蠲吉请期,父颔之,部署悉定如常式。结褵前一日,朝曦初丹,父他出,女郎装饰竟,阳阳如平时,突驾肩舆,径赴某郎家,躬叩户入门,历阶级、升高堂。当是时,某郎家男女宾客已大集,闻女来,争出,鱼鳞夹左右侍。女郎容色不愧赧,手指麾呼□力,目炯炯环睇曰:"彩帏幔未具乎?席也胡勿衣乎?"主人至,迭唯诺。仪既具,女郎前席,南面立,纵论平权自由新世界学说,洒洒千百言。语毕,复探手襟衽间,取赫蹏纸所自构,棻授众宾,乞正削。众宾浏览已,女郎请曰:"诸先生以为可乎否也?"众宾同辞对曰:"佳乎哉!女公子之文。"女郎又诎于众曰:"今日也,新贵人某郎君独未前耶?"时新郎方匿影众宾肘臂后,闻女郎讯及之,羞惧惶惑,疾欲遁。众强挽推引之出,俯首却立女郎前,赪霞彻颧额。女郎轩然微笑,曰:"顷所谈,君闻之否欤?"某郎下其首,若谓"然"。女郎曰:"君谓之何也?"某郎又迭颠其首,若表意。女顿前就众宾,手撷前稿,畀之郎,飏声曰:"君视我此文,请援笔,以珠玉光我颜。郎如曰未暇也,则于文之瑜者别异之,瑕者勒之,幸教我!"新郎某固未尝学问者,猝闻女郎言,瑟缩万状,汗沛下地如滴雨,嗫嚅者久之,不能吐一辞,头颊间气腾热勃勃起,疑淅米在甑中浅箪上,煁火烈焰熏灼时。女良久指示众宾曰:"学也者,今世界无男女共琛,为生人之命者也。[①] 郎与某为婚,此堂上老人指,非心相与也。今观郎肺腑,纵横无滴墨。诸宾共见之,岂可偶

① 此句不通,疑有漏字。

> 耶？虽然，此犹系也，一掇而遽绝之，人必曰我为忍。今请为郎期，重入董帷，三年而后晤，届其时，妾自至课试君。郎果能为妾也友，妾请仍为君也妇；郎苟不免为众也隶，妾当与君为涂也人。"既以语于众，呼筝舆前来，拱手谢诸宾客，昂藏入舆中，遂长往。是日观某女郎风采吐茹进退者，无不洒然易容，啧啧叹诧新人物。①

在众人面前，此位女子不仅落落大方，而且咄咄逼人，毫不掩饰她内心的优越感和对未婚夫的鄙薄之态。她的这种傲气，显然是来自对自己才学和外貌的自信。而她那不学无术的未婚夫，识见卑下，形容猥琐，对她也是俯首帖耳，毫无反抗能力。二人才貌相距如此之远，显然难成佳偶。该女子虽以三年为限，如未婚夫学问不称心意，则二人便成分途之人，而在诗人看来，两人好合的几率极小。如此，这位向往婚姻自由、男女平权的女性，便以大胆出格的方式，宣告此前父命的无效。诗末"红颜薄命今非昔，为劝痴儿好读书"②的感叹，正表明作者已经意识到了婚姻中知识女性权力的崛起。

新女性寻求到了意中人，自然也会反抗家长原有的婚姻安排。如泰兴女学生朱竹生，原与同乡封瞻乎有婚约，后来游学上海，"素以自由为主义"，与某男学生恋爱，并怀有身孕。暑假回乡后，"竟侈言自由，必欲退婚"。③ 而这种抵抗发展到极端，便是女子以自尽的方式来争取婚姻自由。早在1903年，无锡有宣氏女子在上海某女学堂担任教习，被兄长配与同邑裘孝廉为继室。迎娶之日临近，她致函未婚夫，表明自己心迹。其信大意为：

---

① 赵增瑀：《感婚辞（并序）》，《大公报》，1919年8月6日，第3张第3版。

② 同上。

③ 《自由结婚之变相》《自由结婚变相再志》，《神州日报》，1910年9月22日、25日，第3版。

> 婚配之事,我国旧例,必有父母之命,欧律则听本人之意见。前者行聘之事,乃家兄一人之意见,至今始知,万难为凭。若必欲践约,某当死入裘氏之墓,不能生进裘氏之门!

这种誓言,正是当时刚刚流行的"不自由,毋宁死"之格言的本土表达。这位裘孝廉最终同意了她解除婚约的要求。《大公报》的记者十分欣喜,认为此举乃是"女权发达之嚆矢,婚嫁文明之滥觞"①。苏州女子潘承立,曾为苏苏女学学生,后充上海女子体操学校教员,在光复时组织过女子军事团,颇负时誉。母亲陈氏未经潘承立同意,将她许与他人为继室,并迫其"立时出嫁"。《民立报》在报导此事时,还补充说:"闻女士将图自尽。"②

在清末民初小说中,以自尽来反抗父母包办婚姻的情节屡见不鲜。史湘纹继母吴氏将她许配内侄,但湘纹与余光中私订婚约在先,只得在苏州万年桥上投河自尽。③ 爱华女校学生王秀珍与男学生冯培之在运动会上一见钟情,后来在公园订白头之约,秀珍之父却不允二人之恋情,反而将她许与富绅张某之子。秀珍以父命难违,"惟有一死以报知己"。④ 这种极端激烈的行为,自然可看成是女性为了追求自由爱情甘愿付出一切的坚定决心,然而另一面,她们的自杀往往是因为在"父母之命"与"知己之爱"之间无从选择,于是只有一死了之。因此,这种貌似勇敢的行为,却同时又是无力直面惨淡人生的无奈逃避。

离婚自由 理论上说,离婚和结婚的自主权同样重要,"既

---

① 《婚嫁自由》,《大公报》,1903年9月26日,第4版。

② 《不自由毋宁死》,《民立报》,1912年8月24日,第8版。

③ 东亚寄生:《情天劫》(《自由结婚》),上海:蒋春记书庄石印,1909年。

④ 镜芙:《(哀情小说)不自由》,《沪报》,1917年6月16日。

然要自由结婚，就该要求自由离婚！不然，岂不是未结婚时要自由，结婚了便不要自由了吗？"[①]但二者对传统礼教的冲击有轻有重，所遭遇的阻力也有大小，"自由结婚是两性青年对于父母专制的反抗，自由离婚却是对社会专制的反抗"[②]。脱离一家的专制自然比反抗整个社会的专制容易，因而在具体的婚姻实践中，当自由结婚的普及尚需时日，离婚自由便只能缓图。到1921年，陈望道还感叹道："现在人谈起自由结婚的很多，主张鼓吹自由离婚的，却很少。"[③]

离婚自由少有人提倡，但并不等于无女子实行。杨步伟就曾回忆，在辛亥革命之后，"多少男女自由结婚离婚"[④]。传统女子多以贞节和隐忍为文人称赏，甚至有被丈夫抛弃还为其守节者，而至晚清以来，女界日见其多的离婚事件，当然与她们接受教育、行动能力增强大有关系。这种因果关系，不时可见之于报刊的评论，如1919年上海小报《劝业场》有作者在论证不应重视女学的观点时即称：

> 多立一女学校，社会上多几种笑话，报纸上多几段离婚之新闻而已。女学奚必重哉？[⑤]

晚清实行离婚自由的女性，可举出无锡杨家为代表。据杨绛追忆，她的二姑母杨荫枌同丈夫裘剑岑"无声无息"地离了婚[⑥]，而三姑母杨荫榆脱离婚姻则闹出了很大动静。她与蒋家的婚约是由祖母命定的，"看重蒋家门户相当"，但蒋家少年却

---

① 陈望道：《我想》，陈望道著，复旦大学语言研究室编辑：《陈望道文集》（第1卷），上海：上海人民出版社，1979年，第28页。

② 《妇女评论创刊宣言》，《陈望道文集》（第1卷），第73页。

③ 同上。

④ 杨步伟：《一个女人的自传》，长沙：岳麓书社，1987年，第111页。

⑤ 野人：《绿队第一声·主张女学不当重》，《劝业场》，1919年2月23日，第2版。

⑥ 杨绛：《回忆我的姑母》，《将饮茶》，北京：三联书店，1987年，第75页。

是又丑又痴的低能儿。婚后二人感情自然难谐,“听说她把那位傻爷的脸皮都抓破了,想必是为自卫”,与婆母关系也很快决裂。[1] 可这段噩梦般的婚姻,名义上亦维持了数年:直到1906年,《女子世界》才有她与蒋氏离婚的消息:

> 无锡杨女士荫榆,曾在上海务本女学,及苏州景海女塾肄业,自嫁于蒋某后,即不得自由入校。女士深衔翁姑及其夫之专制,即行离婚,复入务本肄业云。[2]

在杂志编辑眼里,杨荫榆此“离婚创举”大快人心。陈志群特加按语,认为此乃女子自立之先声,“此等事能多见,则婚姻自然改良”。而男编辑丁初我则认为:“此事闻之恶浊社会,鲜不骇且怪者,然专制之家庭不破坏,自由之家庭必不克建设。”[3] 丁初我十分明白此举在不同人心里的影响与意义,在守旧者自然是石破天惊的大胆无礼,开明者则会嘉许其不破不立的勇气。不管如何评论,她的举动首先即是婚姻自由的重要表现。

晚清小说中女学生在离婚问题上的主动,以《未来世界》中的赵素华最为特出。她自15岁便往美国大学堂留学三年,“又到伦敦、巴黎、长崎、东京各处游历一周,方才回来”[4],可谓见多识广。国外风俗熏染,使得她在男女问题上十分开放。一日,她在实业学堂演说会上,与台下听众黄陆生目挑眉语。二人心心相印,很快自由结婚,孰料黄陆生虽貌比潘安,却有性功能障碍,再加上他胸无点墨,赵素华一气之下,骂道:

---

① 据杨绛追述,有次杨荫榆在娘家不肯再回夫家,婆婆找上门来,“三姑母对婆婆有几分怕惧,就躲在我母亲的大床帐子后面。那位婆婆不客气,竟闯入我母亲的卧房,把三姑母揪出来。逼到这个地步,三姑母不再示弱,索性拍破了脸,声明她怎么也不再回蒋家”。《将饮茶》,北京:三联书店,1987年,第77页。

② 《离婚创举》,《女子世界》,第2年第3期,1906年1月。

③ 《离婚创举》“志群”“初我”按。

④ 春帆:《未来世界》,《晚清小说大系:新中国未来记·未来世界·大马扁·轰天雷》,台北:广雅出版有限公司,1984年,第54页。

> 像你这样的人，怎么配做我的夫婿，从此之后，你也不要认我，我也不来认你，只算是个路人一般。老实说，我今天却要少陪了。[1]

于是招呼仆妇将自己妆奁挑回娘家，不久后即主动结识英俊军官毕长康。一日在戏院被黄陆生撞见，黄骂她不知羞耻、太过文明，赵素华则干脆挑明："本来早就想要和你离婚，也不过是留着你的面子，没有明说出来，叫你自家晓得罢了！"[2]他们终于闹上法庭，赵素华发挥她善于演说的特长，在众人面前舌灿莲花，黄陆生则无言以对，二人被"当堂判离"。[3]

赵素华在婚姻问题上的开放和张扬，着实让人耳目一新。但这种放诞风流，放在晚清，显然不符当时女性真实的精神风貌，而主要是小说家遐想出来的脸谱，因此对其行为和语言的塑造，多有漫画化的倾向。或许作者也意识到此形象过于超前，他在小说开篇即已交代，故事的时空背景一如小说标题所示，乃是一"未来世界"。

最值得揣摩的是作者的立场。由于无处不在的反讽，赵素华的开放大胆在读者心里即等同于轻率任性，她朝三暮四、视婚姻如儿戏的态度更易招致读者的反感。特立独行的赵素华实是作者为了承载他对婚姻的看法而设置的人物形象。[4] 相对而言，出自女作家手笔的晚清小说《侠义佳人》，对其时女学界的

---

① 春帆：《未来世界》，《晚清小说大系：新中国未来记 · 未来世界 · 大马扁 · 轰天雷》，台北：广雅出版有限公司，1984 年，第 65 页。

② 同上书，第 80 页。

③ 同上书，第 91 页。

④ 《未来世界》为了引出作者的婚姻理想，有意安排了赵素华和符碧芙两位性格迥异的女子的婚恋故事：赵事事遂心，符虽有钟情之人，却被母亲包办，所适非人，最后郁郁而死。于是作者的议论也顺理成章："所以在下把他们两个的事情，并在一处演说一番，作一个正反的比例。新的太新，旧的太旧，都不能做那开通风气的模型。"春帆：《未来世界》，《晚清小说大系：新中国未来记 · 未来世界 · 大马扁 · 轰天雷》，台北：广雅出版有限公司，1984 年，第 92 页。

摹写更符合当时的实际情形。其中女学生柳飞琼对不如意婚姻的缱绻与抉择,可能更契合新女性在离婚问题上的依违取舍;妇女团体“晓光会”对其遭遇的义愤和兴师动众、最终使她脱离婚姻火坑的过程,也是晚清女性离婚时可资借力的生动写照。①

考察清末民初报刊舆论和小说作品中的女学生的离婚行为,一个始终不能绕开的问题是作者、读者的道德立场。离婚不仅关乎男女两性的隐秘情事,还与女性的品德有因果联系。新闻记者和小说家对这类故事的书写,很少只停留于对事件的再现,而往往掺杂着强烈的对当事人品性的质疑。舆论中自由离婚的女性,她们的心理承受能力必须经历巨大的考验。1905年,年仅21岁的女学生杨荫榆与蒋氏离婚,受到《女子世界》的称扬,虽然很快重返女学校,在女学界声誉渐隆,但她在此后的岁月中始终没有再婚。她性格中的孤介、偏执、苛刻发展为被鲁迅批评的“寡妇主义”,当与早年不成功的婚姻经历及社会舆论的批评有关。

即便是某些自诩开明的官吏,在处理新女性的离婚诉讼时,对她们也往往多有规讽,更谈不上维护离异女性的正当权益(如财产权、子女抚养权)。京口女子陈樨芝,不堪丈夫潘步曾虐待,入女学堂求学三年,毕业后又担任八旗女学堂教习两年,此时向地方官呈请断离,并欲判分家产和子女的抚养权,“呈控县庭,又控府控司”,而“县府原批,皆令亲族调处”,因而此案讼至两年,都未能了结,直诉至江宁布政使樊增祥处。樊的判词,颇值玩味:

---

① 柳飞琼被楚孟实诱骗结婚,并遭虐待,萧芷芬等人带领晓光会诸成员到楚家救出柳飞琼,并带她与楚孟实交涉,要求离婚。二人相见,飞琼“想从此以后,离了婚,两情如水,各自东西。自此晨昏朝夕,还有哪个再款语温存?”(问渔女史(邵振华):《侠义佳人》,《中国近代小说大系:女子权·侠义佳人·女狱花》,南昌:百花洲文艺出版社,1993年,第454页)可见她此时对楚孟实依然心怀幻想,情丝未断。

> 夫儿女皆潘姓也,财产皆潘氏之祖业也。尔如为潘氏妇,则子女财产为步曾所有者,无一不为尔有也。若不为潘氏妇,有夫不相容,有姑不相见,而又欲夺还子女,并欲分取资财,果如所求,是尔有子而潘母无孙也;步曾果肯分给财产,是割其祖父之血产以奉一情断义绝之妇人。为尔计则得矣,步曾尚得齿于人类乎?[①]

《大公报》在刊载此判文时以"无准无驳之妙批"作为标题。也就是说,编辑和读者很可能更叹赏这一批文中的文采风流和连珠妙语,而忽视这对离异夫妇的权益争夺和陈樨芝的苦痛。今天读来,这一几近游戏之作的判词,隐含着明白无误的轻薄之态和男权立场。

所谓"无准无驳",指的是不允陈樨芝对财产、子女抚养权的请求,同时又默认了她脱离夫家长达五六年、二人已不存在夫妻关系这一事实。尽管如此,樊增祥对她离家就学和要求离婚的举动流露出明显的鄙薄:"自平权自由之说行于中国,寖及女界,父母兄弟之间,往往无伦理之可言,而夫妇不须论矣!"[②]而这种态度再往前一步,便是清末民初十分流行的对自由之毒和女学之罪的谴责。

第二节 晚清国族语境下的情爱取向

"娶妻须娶"与"嫁夫当嫁"

在民初的社会舆论中,新女性的"自由结婚"遭遇到普遍的敌意。1918 年,《大公报》有文章为"自由结婚"的正当性辩解,作者理想中的真正的"自由结婚"是:

---

① 《无准无驳之妙批》,《大公报》,1911 年 1 月 19 日,第 2 张第 2 版。

② 同上。

> 昔意国有罗兰夫人者，终身不嫁。人问之，曰："已嫁得意大利矣！"噫，意大利曷尝娶之？举意大利之众，曷尝有一人娶之？彼以为我欲嫁之，则彼虽不娶我，我直作为嫁之可矣。若罗兰夫人，是真能自由结婚者！近今之人，能效之者，果何人耶？[①]

有趣的是，罗兰夫人虽是作者进行说教时所标榜的楷模，然而这里貌似高大磊落的女性形象，其实乃一似是而非的道具。罗兰夫人为法国女英雄，且罗敷有夫[②]，真正将意大利认作配偶的，是其国中著名的首相加富尔。此典故在中国的发明，可追溯至1902年5月的《新民从报》。[③] 虽然《大公报》的作者如此张冠李戴地误读，却并不妨碍他对"自由结婚"的认识，即：青年男女当以国事为大，抛弃私情，以全部精力投身于国家、民族的独立富强。

这种张扬爱国公义、抑制个人私情的言说，放在1918年已略显落后，但它在20世纪初的中国却是相当流行的话语。如署名"一尘"的诗人便揣摩女豪杰的人生理想："磊磊此身惟嫁国，曼歌清状欲何如？"[④]《新民丛报》在刊出《史界兔尘录》杂记后，柳亚子大受感染，作诗言志："嫁夫嫁得英吉利，娶妇娶得意大利。人生有情当如此，岂独温柔乡里死？"原来极为向往的"儿女同衾情"，这时也不免让位"英雄殉国体"。[⑤] 是年仅17岁的柳亚子，诗中的英勃之气激励了同时代更多的青年男女，出现了

① 《自由结婚辩》，《大公报》，1918年10月31日，第3张第3版。

② 她的丈夫罗兰(Jean Marie Roland de la Platiere)，是法国吉伦特派的领导人之一。罗兰夫人就义之后，丈夫即在里昂郊外自杀。

③ "英皇额里查白(伊丽莎白)终身不嫁。群臣或劝之嫁，答曰：'吾已嫁得一夫，名曰英吉利。'意相嘉富儿终身不娶。意皇尝劝之娶，对曰：'臣已娶得一妇，名曰意大利。'善哉爱国之言！"《史界兔尘录》，《新民丛报》，第7号，1902年5月8日。

④ 一尘：《理想的女豪杰》，《国民日日报汇编》，台北："中央"文物供应社，1983年，第821页。

⑤ 亚卢(柳亚子)：《读〈史界兔尘录〉感赋》，《江苏》，第8期，1904年1月。

为数不少借男女关系阐释爱国热情的作品。而这些诗歌中,将"娶妻须娶"和"嫁夫当嫁"对举成为常见的表达方式,凝结成为独具特色的景观。[①]

晚清士人提倡婚姻自由时,也多从民族国家的角度寻求合法性。"陈王"在谈及盲婚之弊时说:"情意不洽则气脉不融,气脉不融则种裔不良,种裔不良则国脉之盛衰系之矣。"[②]"蓉君女史"则从正面立说,将欧美文明归因于国中男女婚姻自由:"近观之欧美诸国,男女自择,阴阳和协,内无怨女,外无怨夫,群治之隆,蒸蒸日上。"[③]直至民初,这种观点依然大有市场,"苕溪生"在编辑闺秀诗话时,也顺便感叹道:"婚姻良否,不特关系一人之幸福,种类之消长,国家之盛衰,胥有预焉。"[④]因而在提倡"自由结婚"的初始阶段,舆论对婚姻自主权的看重,最关注的其实不是当事人的情感体验,而是在婚姻家庭背后的国族命运。

明白这一历史语境后,我们再反观晚清的"女学小说",就不难理解其题材格局。阿英发现:"两性私生活描写的小说,在此时期不为社会所重,甚至出版商人,也不肯印行。杂志《新小说》《绣像小说》所刊载之作品,几无不与社会有关。"[⑤]虽然《新小说》对言情小说也持欢迎态度,但杂志的征文启事又告诉此类小说家,"惟必须写儿女之情而寓爱国之意者,乃为有益时局"[⑥]。而就"女学小说"看来,阿英的观察是比较符合实情的。在前面的统计中,单行的写情小说只有6部,仅占晚清全部单行

---

① 夏晓虹:《"娶妻须娶……,嫁夫当嫁……"——近代诗歌中的男人与女人》,《诗界十记》,杭州:浙江文艺出版社,1991年。

② 陈王:《论婚礼之弊》,《觉民》,第1—5期合本,1904年7月。

③ 凤城蓉君女史来稿:《男女婚姻自由论》,《清议报》,第76册,1901年4月。

④ 苕溪生:《闺秀诗话》,卷2。该书最早于1915年由广益书局排印,此引自上海新民书局1934年排印本,第20页。

⑤ 阿英:《晚清小说史》,上海:商务印书馆,1937年,第7页。

⑥ 《本社征文启》,《新小说》,第1号,1902年11月。

“女学小说”的1/13；而社会小说为40部，占所有“女学小说”的一半有余。许多重要的、在婚恋问题上表现特出的女性人物，都是在社会小说和政治小说中呈现的。可以说，在救亡、启蒙任务压倒一切的氛围中，这是一个耻于或羞于言情的小说时代。

“国妻”与“国女”

与“鸳鸯蝴蝶派”小说中追求个人婚姻自由的女学生相比，晚清小说里为国为民而“自由结婚”的女主人公更容易获得小说家和读者的认同。黄锦珠考察晚清小说后发现：“只有当拯救国族或振兴女界这类大题目成为‘防护罩’时，青年男女的自由交往，才能获得无窒碍、无疑虑的发展空间。”[①]在这一模式下，“自由结婚”故事中的女学生往往被赋予了重大的责任，传统的女性形象和故事架设被颠覆——她不单是学堂中的女学生，也不仅是有志男青年的追求对象，她的理想也不只是为了组建美好的二人世界。我们看到的是，她奋斗的终极目标被置换为国家的强盛或全体女界的解放；故事发生的场景既不同于才子佳人故事的闺房、花园或寺庙，也不限于女学堂这一略显狭小的活动空间。类似柳亚子“嫁夫嫁得英吉利，娶妇娶得意大利”和马君武“娶妻当娶意大里，嫁夫当嫁英吉利”[②]的诗句，小说对女主人公的身份定位，早已溢出了女学生或未婚妻的称号，而可以放大到“国妻”的极致。

“国妻”的称号，出自政治小说《自由结婚》。第14回中，光复党首领“一飞公主”对新党员的长篇演说，将国家比作党内女同志的丈夫。“爱国”被异族占领已久，“到如今已经几百年，绝不闻有守节的国妻”，因而她号召姊妹们不仅要为一人守节，更

① 黄锦珠：《晚清小说中的“新女性”研究》，台北：文津出版社，2005年，第136页。

② 君武（马君武）：《祝高剑公与何亚希之结婚》，《复报》，第8期，1907年1月。

应当“替国守节，替种守节”。[①] 第15回中女主人公关关的未婚夫黄祸赞美“公主天天讲守节，天天讲爱情”[②]，指的便是“一飞公主”摒弃男女之爱，转而启引民众、献身于民族革命的宏大抱负。高燮在读后感中特意将“国妻”拈出称扬，也是对一飞公主的形象和“国妻”称呼的肯定：

已分将身嫁国妻，莫教失节玷金闺。
琅琅演说君听我，愿与同胞一指迷。[③]

而新入党的同志，也每每被一飞公主的演讲所感染——“听得公主这番议论，个个咬牙切齿，把亡国之痛当作杀夫之仇，大叫誓灭蛮狗。因此光复党中人，尽是女中铁汉，痛心疾首，一副寡妇面孔，日夜只要报仇”[④]。以一飞公主为代表，光复党党员成功地将民族仇恨代替了心底的男女私情。她们既会打枪，又能放炮，且知兵法，这自然是光复党党员为了“爱国”而必做的功课。她们的作为，使得光复党员都成了终年挂着“寡妇面孔”的“女中铁汉”，却也泯灭了作为女性应有的情感体验，甚至迷失了自己的生理特征。

女主人公关关与男主人公黄祸两人年岁相仿，经常同路上学，日久心生敬爱之情。但碍于嫌疑，“虽然相见了二三年，从没有通过姓名”。[⑤] 两人后来成为知己，黄娲之母催促他们缔姻，关关答道：“侄女从前曾经发过一誓，说一生不愿嫁人，只愿把此身嫁与爱国”，“缔姻之事，请自今始，完婚之期，必待那爱

---

① 张肇桐：《自由结婚》，《中国近代小说大系：东欧女豪杰·自由结婚·女娲石等》，南昌：百花洲文艺出版社，1991年，第230页。

② 同上书，第233页。

③ 黄天（高燮）：《题〈自由结婚〉第二编》10首之5，《警钟日报》，1904年7月14日，第4版。此组诗又发表于《女子世界》第9期，1904年9月，署“吹万”。

④ 张肇桐：《自由结婚》，《中国近代小说大系：东欧女豪杰·自由结婚·女娲石等》，南昌：百花洲文艺出版社，1991年，第232页。

⑤ 同上书，第122页。

国驱除异族,光复旧物的日子"。[1] 后来两人共同走上革命之路,颠沛流离,小说却再无一笔提及他们的相思之苦。对关关着墨最多的,是她出生入死的经历和永不言弃的爱国热情。因为小说未完,所以他日两人完婚的场景也没有出现。以小说标题而论,读者最为期待的显然是关关与黄祸的婚恋情节,然而小说展开的,一如李奇志所言:"关关的少女情窦因黄祸的爱国热情而盛开,并随着两人的共同奋斗与日俱增,但个体的男欢女爱究竟不敌民族革命之爱的风起云涌,于是抑'私情'扬'爱国'成为他们的更高追求。这样,两人起于私性化爱情的'自由结婚'就终结于与中国的'自由结婚'。"[2]正因为《自由结婚》中显而易见的政治色彩和民族主义思想,时人曾建议清廷将其列为禁书[3],这是以往描写婚恋故事的小说难有的"殊荣"。

与"国妻"相近的名词还有"国女"。此词源出政治小说《女娲石》,实指奇伟女子、曾留学美洲的女学生金瑶瑟。[4] 要想成为"国女",依照天香院"花血党"的规定,须"灭四贼",即内外上下四贼,既不能尊上媚外,又要"绝夫妇之爱,割儿女之情",且须"绝情遏欲,不近浊秽雄物"。[5] 金瑶瑟听完首领秦夫人的介绍,心有不解,问道:"自古道,男女搆[媾]精,万物化生。便

---

① 张肇桐:《自由结婚》,《中国近代小说大系:东欧女豪杰 · 自由结婚 · 女娲石等》,南昌:百花洲文艺出版社,1991 年,第 155—156 页。

② 李奇志:《清末民初思想和文学中的"英雌"话语》,武汉:湖北教育出版社,2006 年,第 272 页。

③ 《时评;外行禁书》,《觉民》,第 9—10 期合本,1904 年 8 月。

④ 第 10 回中,"白十字社"会员楚湘云向金瑶瑟请罪道:"有眼不识国女,死罪,死罪。"第 12 回中,白十字社社长汤翠仙也赞誉金瑶瑟:"可知英雄国女,必有过人,名下果无虚传也。"海天独啸子:《女娲石》,《中国近代小说大系:东欧女豪杰 · 自由结婚 · 女娲石等》,南昌:百花洲文艺出版社,1991 年,第 495、506 页。

⑤ 海天独啸子:《女娲石》,《中国近代小说大系:东欧女豪杰 · 自由结婚 · 女娲石等》,南昌:百花洲文艺出版社,1991 年,第 477、478 页。

是文明国也要结婚自由，若照夫人说来，百年以后，地球上还有人么？"[1]秦夫人则以人工授精来对答，不通过男女交合，也能生育。这一方法的好处，如同她向莽撞党员凤葵的解释："生殖自由，永断情痴，毋守床笫，而误国事。"[2]

作为一种特殊的社会期待，"国妻"和"国女"的称号在小说中具有普遍的适用性，不仅可以用来指称会党女首领一飞公主、秦夫人或孔武有力的凤葵，也同样可以放之于女学生出身的关关和金瑶瑟，并且可以放大到全部舍身报国的女豪杰。但女性在拥有这重身份的同时，却必须以放弃个人情欲为代价，甚至个人身体的所有权也被国家征召。[3] 这时候再反观"自由结婚"，实是无足轻重：《自由结婚》中男女的婚姻依附于革命风云而取得合法性，但在《女娲石》中，婚姻中两性的情感和欲望被完全剥离，而只留下工具性十足的"生殖自由"。

一如《自由结婚》弁言所称，此小说"一贯之以佳人才子之情"，写爱国、革命的大主题，此方法堪称创举，算得上五四之后流行的"革命加恋爱"小说的先声。但是必须注意到，《自由结婚》中的男女之情与国家之爱，由于艺术上的粗糙，读上去更像是简单的杂糅，而且比例严重失衡，个人情爱完全处于劣势，人物形象也显单薄苍白。小说中被作者称扬的女主人公成为女革命者的标本，她们拥有男性能量，内心感情却几近空白，这显然是对她们形象的异化。[4]

---

① 海天独啸子：《女娲石》，《中国近代小说大系：东欧女豪杰·自由结婚·女娲石等》，南昌：百花洲文艺出版社，1991年，第478页。

② 同上书，第480页。

③ 《女娲石》第7回中，凤葵初入"花血党"，秦夫人问她："凤葵，你这身体是谁的？"凤葵大声答道："我这身体，天生的，娘养的，自己受用的，问他则甚？"秦夫人却说："凤葵，你说错了。你须知道你的身体，先前是你自己的，到了今日，便是党中的，国家的，自己没有权柄了。"同上书，第479页。

④ 杨联芬称之为"非女性之理性化与非个人性之民族—国家化"，见其《20世纪初中国的女权话语与文学中的女性想象》，《海南师范学院学报》，2004年第2期。

彼时叙写“自由结婚”的小说中,描写详尽且最令今日女性读者扬眉吐气的当属1907年出版的《女子权》。女学生袁贞娘在中秋运动会上与观众邓述禹一见钟情,遭父亲阻挠后发愿“便是我的父亲不许我自由结婚,我也要拼着九死一生,达了这目的才是”[①]。其后贞娘在京津担任报馆主笔,周游列国发表演说,为中国争女权,其主张最终为皇上采纳。议院通过章程,称“女子年十六以上,曾受普通教育及自能谋食者,准予以自由结婚权”,并规定婚后夫妻平等、寡妇有再嫁自由、废除一夫多妻制度。[②] 贞娘被聘为宫内顾问官,受皇后召见,问及婚姻情况,贞娘言非邓述禹不嫁,“皇后闻言,点头称是”。父亲知情后“才恍然大悟,晓得女儿这两年来的作用,都是为着邓述禹。待要嗔责两句,又因为自由一语,已见明诏,不便嗔责”[③],并出面主持了二人的文明婚礼。袁贞娘与邓述禹的婚姻须在皇帝颁布明诏后才得以实现,袁仲渔见到诏书、获知皇后旨意才不加“嗔责”,这本身就象征着女权话语、家庭伦理对国族话语的臣服,因而袁贞娘“自由结婚”之举对社会道德、家长制度的破坏性也需打一折扣了。

必须说明的是,政治小说《自由结婚》和《女娲石》中关于女性革命的神话,只是两个极端的例子,作品中个人情爱与国族话语的紧张关系,不同于晚清其他类型(如社会、写情)“女学小说”。在现实生活中最为普遍的情形是,青年男女在爱国、正俗、强种、新民诸种名义或策略下争得婚姻自主权,并因此而获取人们的认可。如1907年广东澄海黄某留日归国,举行文明婚礼,大厅上张贴的对联是:“为青年学会完全国民,既海外壮游,定遵守文明结婚通例;是黄种女权萌芽时代,得闺中畏友,可商

① 思绮斋(詹垲):《女子权》,见《中国近代小说大系:女子权·侠义佳人·女狱花》,南昌:百花洲文艺出版社,1993年,第20页。

② 同上书,第72—73页。

③ 同上书,第75页。

権家庭教育新书。”[①]同样是基于“自由结婚”对民族国家至为关键的作用,《觉民》杂志有作者“欲发大愿,出大力,振大笔”,在呼唤新中国诞生之前,更愿意为全体同胞争取婚姻自主权:

> 扫荡社会上种种风云,打破家庭间重重魔障,使全国婚界放一层异彩,为同胞男女辟一片新土,破坏男女之依赖,推倒专制之恶风,遏绝媒妁之干涉,斩芟仪文之琐屑。咄!我务将此极名誉、极完全、极灿烂、极庄严之一个至高无上、花团锦簇之婚姻自由权,攫而献之于我同胞四万万自由结婚之主人翁![②]

这种美好的设想,也可以用1911年《民立报》上读者之语来概括——“我愿从今以后,我同胞人人皆自由结婚!”[③]

民国肇兴,国家的中兴之路似已迈出一大步。经过多年的提倡,“自由结婚”理念被学界男女所熟知,此时付诸实践,也在情理之中。《民立报》的杭州通信即认为:“民国建设以来,百度一新,而自由结婚,亦得发现于社会。”[④]吴光鼎与杭州蚕桑女学校学生王青云于1912年5月18日的文明结婚典礼,来宾竟达3000余人,但宾客的颂词,依然不出“小我”与“大我”关系的旧套:“豪杰之铸造时势,肇端近在家庭。”[⑤]说明晚清极为醒目的国族话语,在此时仍具有相当大的号召力。

泛化的“道德爱情”

国族话语在晚清政治小说中一枝独大。值得留意的是道德

---

① 寅半生(钟骏文):《海上调笑集·结婚新联》,《游戏世界》,第3期,1907年。此材料我最早见于杨联芬《20世纪初中国的女权话语与文学中的女性想象》一文。

② 陈王:《论婚礼之弊》,《觉民》,第1—5期合本,1904年7月。

③ 竹里闲人:《东西南北》,《民立报》,1911年8月6日,第6版。

④ 《参观自由结婚记》,《民立报》,1912年5月20日,第8版。

⑤ 《参观自由结婚记》,《民立报》,1912年5月20日,第8版。

话语在小说中的位置及其与国族话语的关系。国族话语要求作者和读者聚焦国家命运，小说人物往往举止豪迈，不拘小节，其对传统礼教的冒犯常为作者忽略甚至激赏，因而现实中的道德准则在小说中往往处于被国族话语压抑、异化的位置。但在有些小说中，作家所依恃的道德标准会主动变形，去迎合国族话语的需求，使得二者的关系出现新变，由彼此对立走向联袂而行。

道德教化是中国小说的重要功用之一，但小说对道德问题的思考，不同于一般的说教，它主要是通过饶有趣味的故事和小说人物的结局来完成的，从而容易为下层读者接受，产生潜移默化的影响。而作者的教育意图能否成功实现，很大程度上取决于作品文学价值的高下，如果小说的道德思想与情节、人物水乳交融，则容易在读者间产生共鸣；反之，如果小说的艺术水平不高，作者的意图很可能无所依傍，甚至会与小说故事相互冲突，这时小说家的道德批评便会流于空洞说教，从而为读者厌弃。而国族话语的强势介入，对小说家的创作提出了更高的要求，他要在道德批评、文学价值、国族取向之间找到一个平衡点，并非易事。

从标题上看，晚清小说《道德爱情》即喻示着“爱情”与“道德”的紧密联系，但作者对它们之间关系的思考，是以主人公的演说来完成的。小说叙苏州少年山秀自命文明开通，其实胸无点墨。一日与一班浮滑之辈在留园游玩，瞧见一位“文秀风流”的女学生，于是有意调戏，被众人怂恿，近前“和他表一表爱情，讲一讲自由结婚的道理”。待见到该女学生，却一句话也说不出来。倒是对方落落大方，环视众人，发表学说，讲了一通爱情与自由的大道理：

> 列位，在下姓韩，字爱同，今天演说的原因，是适才那位先生，和我表爱情，说自由。他固未说明白，我也未及解判，所以此刻来将“爱情”和“自由”四字，大家研究研究。自由不是由得自己，其中的权限，候［侯］官严几道先生那本《群己权界论》，可也说得差不多了，我又何必再说咧。至于爱情，我却有个宗旨，和列位提议提议：“爱情”这两字，不可

> 混说,须要分开。“爱”就是“仁民爱物,无所不爱”的“爱”字,“情”就是“太上不能忘情”的“情”字。万物生于天地间,总是有情的。有情便知爱,此是自然的公理。如其无情,则世界早已寂灭了。世界繁〈华〉,都是这个“情”字的爱力,如其不是情字,则觉得万事都没甚兴味。所以善于为人的便是善用爱情的。天地间一草一木,无不爱惜如生命,此是爱情的细处。至于爱山河,爱风景,爱国家,爱社会,此是从大处落墨的爱情。爱情的范围,是狠大的,但必要从道德上着想,只才不错,不然,则念头一差,便为害不浅。中国历史所以腐败的,半由于古代的端人正士,有道德而无爱情;半由于现世的佳人才子,有爱情而无道德。古人不必提,最伤心的是现在维新党和那些留学生,忍心害理的,惯使强硬手段,和人家自由结婚。他别说伤风败俗,罪不容诛,反自鸣得意,说是开通风气。唉,怪不得常听人说,学堂里没有好人,学生不做好事咧。①

女学生韩爱同对“爱情”的理解,与吴趼人1906年出版的《恨海》有异曲同工之妙,同样是对“情”字的泛化,将一己之爱放大到国家民众之上。就表现方法而言,吴趼人是在小说开篇发表议论,而《道德爱情》是借女主人公之口发表演说。毫无疑问,韩爱同充当了作者在“道德”与“爱情”问题上的代言人,演讲者的观点即等同于作者的态度。《道德爱情》未完篇,在《宁波小说七日报》中仅刊载一期,未知后文故事如何。在已有的文字中,此处演说占了相当部分的篇幅,也是此回小说的中心情节,相当醒目。以小说人物演说代替故事情节的写作方式,远接“才学小说”《镜花缘》,近承政治小说的流行手法。但政治小说一般不涉及个人情爱,而《道德爱情》将青年男女的爱情摆上演

---

① 丹徒李正学:《(社会小说)道德爱情》,《宁波小说七日报》,第10期,1909年。

说台，颠覆了中国文学传统中情爱、婚姻问题的私密性质。也许是因为此，作者才将《道德爱情》标示为“社会小说”，从而赋予了爱情话题以公共意义。

韩爱同说完这段高论后，作者写道：“说到这里，忽听满厅击掌之声，如放爆竹。”也即是通过此段演说，原来心存轻薄的浮滑子弟抛弃了猎艳之心，完全服膺了作者对爱情的理解，获得了道德上的升华。小说家如此刻画，自然是为了突出这种正大光明的情爱的合理性。今天看来，这种突然转折显然不合情理，更多是作者一厢情愿的设想。而杂志编辑的按语，也证实了这种推断：

> 是篇为李君有感之作。以如山如渊之学识，写惟妙惟肖之爱情，题其名曰“道德爱情”，深意存焉。读者慎勿作寻常小说观。

这样看来，《道德爱情》与作者李正学热心公益，倡办阅报社等活动一样，都从属于“新民”大主题下改良风俗的举动。他对爱情与自由、道德关系的理解，放在当时，颇为新奇，诚或是“如山如渊之学识”的文学表露，但就小说本身而论，并未见得高明。作为表现对象的“爱情”，离“惟妙惟肖”之效还很远。编者希望读者“勿作寻常小说观”，实则整篇小说更像是政论，不具备通常小说的故事性和感染力。只因作者欲吐露对爱情的正解，才有了这篇非比寻常的小说。我们不妨推论它的写作过程：先是作者通过某些途径学习到国家之爱与个人之爱的关系，然后才借小说的外壳来表现他的心得。即使是女主人公“韩爱同”之名的设置，也是服从作者摒弃一己之爱、倡导同胞之爱的意图。国族主义对道德话语、小说情节的改造不可谓不深刻，然而也使得这一短篇小说的文本发生了严重的扭曲。韩爱同的思想大于行动，言语超于个性。从小说的文学性来看，不得不说，这是一篇失败的作品。

第三节　“自由误我”与“我误自由”

男女之防与“误解自由”

民初小说的写情大潮中，《自由误》里的女学生初入学堂时，未解结婚之自由，自认“可告无罪于道德”[①]，但《觉悟日记》中的主人公“觉悟回头，已是名教之罪人”[②]，女学生陈润玉之情场失意，“不能不咎自由之误人”，然“女郎之不幸，亦道德之不幸也”[③]……因此，当“自由结婚”外表附丽的革命激情退却后，女学生的婚姻大事最终还是要归结到道德问题上来。今天考察清末民初社会舆论和小说作品对女学生“自由结婚”的态度，也不妨从人们对女学堂内的男女关系的看法入手。

晚清以来，各级官员在倡兴、管理女学堂时，对男女关系的防范也不遗余力。《蒙养院章程》视女学堂为非法，原因即是“中国男女之辨甚谨，少年女子，断不宜令其结队入学”[④]。《女学堂章程》虽认可女子教育，但要求女学堂内首先须杜绝“不谨男女之辨”之情形。[⑤] 1907 年 3、4 月间，江亢虎等人联合北京各女学堂开办“女学慈善会”，募款赈济江北灾民，学部却认为女学生“赴会唱歌舞蹈，于礼俗尤属非宜”，而发文予以禁止。[⑥] 无独有偶，1910 年 3 月 14 日广东提学司通饬全省，禁止女学生在

---

① 汪剑虹：《自由误》，《小说月报》，第 7 卷第 10 号，1916 年 10 月。

② 庆霖：《(哀情小说)觉悟日记》，《小说新报》，第 3 年第 11 期，1917 年 11 月。

③ 松影：《(哀情小说)依是情场失意人》，《小说新报》，第 3 年第 1 期，1917 年 1 月。

④ 《奏定蒙养院章程及家庭教育法章程》，璩鑫圭、唐良炎编：《中国近代教育史资料汇编 · 学制演变》，上海：上海教育出版社，2007 年，第 400 页。

⑤ 《奏定女子师范学堂章程》，璩鑫圭、唐良炎编：《中国近代教育史资料汇编 · 学制演变》，第 584 页。

⑥ 《通饬京内各女学堂遵守奏章札文》(光绪三十三年二月二十三日)，《学部官报》，第 17 期，1907 年 4 月。

慈善会、展览会上售物，也是因为此等场所男女"憧憧往来，肩相摩，趾相错，甚于杂坐，则又与'由左由右'之礼背道而驰。败俗伤风，莫此为甚"[①]。更有甚者，江宁提学使劳乃宣为避男女之嫌，特意将男女学校错开放假：男学校周日休息，南京女学堂则在周六放假，一时引起报界喧笑。[②]

清末民初绝大部分地区都是实行男女分校，《奏定女子小学堂章程》规定："女子小学堂与男子小学分别设立，不得混合。"[③]也是因为有男女之别。1907 年广州曾有学堂男女共学，广东提学使立时查处，并称"嗣后无论官立、民立之男女各学堂，皆当严分界限，倘复前混乱，一经查觉，定将该校管理员等，分别惩处"[④]。值得注意的是，在晚清的最后几年，初等小学实行男女同校的合理性与必要性，已经渐成共识。1911 年 8 月 8 日的《大公报》透露，"学部对于男女合校一事，前曾提议试办，惟一再研究，迄无妥善之法"[⑤]。而几天后在中央教育会议上，沈棨亮、吴鼎昌、胡家祺等人建议男女同校教育，以矫重男轻女之弊，又能节省经费，得到大多数议员的响应，此项议案得以通过。[⑥] 民国成立后，"壬子癸丑学制"规定"初等小学校可以男女同校"[⑦]，当是

---

① 《本司通饬严禁女学堂学生担任会场卖文》(宣统二年二月初四)，《广东教育官报》，第 2 册，1910 年。

② 《劳学使之异想天开》，《大公报》，1911 年 8 月 30 日，第 2 张第 2 版；养涵：《东西南北》，《民立报》，1911 年 9 月 4 日，第 6 版；苦雨孤坐客：《江宁学使规定女生星期六放假，意在别男女之嫌也，爰以此为题，作小讲二》，《申报》，1911 年 9 月 10 日，第 2 张第 2 版后幅。

③ 《奏定女子小学堂章程》，璩鑫圭、唐良炎编：《中国近代教育史资料汇编·学制演变》，第 591 页。

④ 《南武男女学堂》，《北京女报》，第 713 号，1907 年 8 月 19 日。

⑤ 《学部饬禁男女合校》，《大公报》，1911 年 8 月 8 日，第 2 张第 1 版。

⑥ 《中央教育会纪事》，《大公报》，1911 年 8 月 17 日，第 2 张第 3—4 版；《中央教育会纪事》，《民立报》，1911 年 8 月 19 日，第 3 版。

⑦ 《普通教育暂行办法》，璩鑫圭、唐炎良编：《中国近代教育史资料汇编·学制演变》，第 606 页。

贯彻了前次会议的精神，但进入高小，还是分校教学。

可见男女大防的松弛，是“女学流弊”的重要表现，而男女“自由结婚”，更是男女之防的重中之重。《女学堂章程》即严禁女学生“自行择配”[1]，章程颁行后不久查禁文明书局出版的《女学唱歌集》，即因其中的《自由结婚》歌词中有“记当初指环交换，拣着平生最敬最爱的学堂知己”，“可笑那旧社会，全凭媒妁通情”等句，学部官员认为其“与中国之千年相传礼教及本部《奏定女学堂章程》，均属违悖”。[2] 不久后学部又订立条章，规定“男女学生，不准交友”，“男学开会，女学生禁到；女学开会，男学生禁到”，“不准创自由结婚之说”。[3] 民初教育当局对女学生的“自由结婚”，也基本持反对态度。1915 年，教育司长史宝安在河南女子师范学校毕业典礼上演说，称“今之所谓自由结婚者，非果能自由也。我国旧日婚礼，乃真正之自由”[4]。1916 年，教育部针对各省女学生“任意自由”的风气，特定惩戒规则，其中便有“不准自由结婚，违者斥退，罪及校长”之条。[5]

必须提及的是，这种对男女两性往来的防范和对“自由结婚”的厌弃，不仅仅是学务官员或社会舆论聚焦女学生时的态度，更是大部分女学堂自身相当自觉的道德守则。民初苏州正本女学校校歌云：“而今女子读书多，又被聪明误。自由自由登高呼，礼防悲尽破。”[6]《妇女杂志》曾有男学校校长引用日本女子教育家对青年女性的建议 15 条，“以为我国主持女学者及一

---

① 《奏定女子师范学堂章程》，璩鑫圭、唐良炎编：《中国近代教育史资料汇编·学制演变》，第 584 页。

② 《提学司示谕》，《大公报》，1907 年 4 月 19 日，第 5 版。

③ 《限制学生》，《北京女报》，1908 年 11 月 25 日。

④ 教育司长史宝安：《河南女子师范学校毕业训词》，《妇女杂志》，第 2 卷第 1 号，1916 年 1 月。

⑤ 《教育部之近闻》，《教育杂志》，第 8 卷第 10 号，1916 年 10 月。

⑥ 《苏州正本女学校校歌》，《妇女杂志》，第 1 卷第 1 号，1915 年 1 月。

般青年女生借镜”[1]，其在在注目的便是男女间的礼防，可堪代表时人对女学生行为的规范。[2] 因为全社会对女性道德的苛刻要求，女子“稍一自由行动，即为众矢之的，不曰‘闺范有缺’，即曰‘家庭不良’”[3]，“猥薄之辈，伺短为能；顽固者流，肆口为快。我女生处四面楚歌之内，宜如何护惜名誉？”[4]唯有尽量谨慎低调，消除旁观者的疑忌，为女学校的生存和发展争取空间。

清末民初的报刊新闻和小说文本中，“自由结婚”的新女性结局如何，很大程度取决于她们对“自由”的理解。广东女学生周怀霜认为：“所谓自由者，非荡检逾闲，纵欲败度，绝无所缚束之谓也。”自由并不意味着随心所欲，而当以法律为保障，以“礼义廉耻”为标准，“守四维而遵法律，是之谓真自由”。诸般“佻挞成风，不遵轨度”之行，都是“误解自由”的表现，往往是借自由之名，行不义之实，自然难得善终：

---

① 无锡德馨学校校长瑞华：《敬告女学生》，《妇女杂志》，第1卷第7号，1915年7月。

② 此规条原载1909年《教育杂志》（《青年女子对于男子之心得》，《教育杂志》，第1年第6期，1909年7月），颇有代表性，现全录如下：

一、青年男女不可在密室内对谈。必不得已之时，须有第三人在坐。

二、不可造访青年男子。

三、除父兄外，不问何人，无适当之保护者，不得访独居之男子。

四、不得与青年男子往来，在必须通信之时，须由适当之人阅过。如有素不相识之人寄书来，亦不可自行开封。

五、不可以小影或他物品，赠与青年男子。

六、不可在自己卧室或病房中接见男子。

七、日没后不可外出。不得已而外出，须有年长之保护者同行。

八、非有责任之保护者，不可旅行外宿。

九、除有确实女保护者之亲戚或友人之家外，不可单身寄宿。

十、对男子言语之间须谨慎，不可有野鄙轻佻举动。

十一、无确实之介绍，不可与男子对话，亦不可与之周旋。

十二、不可近能招物议之人及地方。

十三、无年长之保护者，则青年男女，不可一同散步游戏。

十四、不可迎送青年男子之旅行。

十五、不可于人前着衣脱衣。

③ 江阴李情贞女史：《女界箴言》，《青声周刊》，第4期，1917年12月。

④ 当阳许清女士：《敬告女学生》，《中华妇女界》，第1卷第7号，1915年7月。

> 匪特不能得自由之真,恐身名亦不保,为世所笑。悲夫!罗兰夫人有言:“自由自由,天下之多少罪恶,皆假汝之名以行!”善哉言乎!吾愿世之伪自由者,其三复之。[1]

周怀霜此处引用的罗兰夫人的名言,在清末民初社会人尽皆知,其源头出自梁启超撰写的《(近世第一女杰)罗兰夫人传》。早在1902年,梁氏就意识到了不加约束的自由可能带来的巨大破坏力。虽然后来众多女性读者将罗兰夫人奉为自由神,然梁氏在文章开篇即已借罗兰夫人之口道出:“自由自由,天下古今几多之罪恶,假汝之名以行!”她以追求自由始,最终却被自由送上了断头台,这一悲剧足以给人启示。自由的力量,可以打破旧制度的牢笼,将人引向全新的世界,也很有可能变成不可抵挡、横扫一切的洪水猛兽,“河出伏流,一泻千里,宁复人力所能捍御?”[2]《罗兰夫人传》的写作,恰处于梁启超人生的重要关口。[3]而在清末民初的“女学小说”中,罗兰夫人临死前这一著名的警示也与“不自由,毋宁死”的宣言交相出现,幻化出罗兰夫人不同的面孔。

另外可作为象征的是李定夷的小说《自由花》,后来又更名为《自由毒》。这种改动提醒读者:看似娇艳的自由之花,却可能是致人死命的毒药,“自由结婚”于婚恋主体是一柄既可披荆斩棘,又会伤及自身的双刃剑。

既然“自由”有正解与误解、真与伪之分,则小说对“自由结婚”故事的书写,也当分别论之。主人公抱定自由信念,而又不越道德准绳,能排除艰难险阻,最后终成美满眷属的情节,这种

---

① 广州立本女子师范学校学生周怀霜:《真自由论》,《中华妇女界》,第2卷第4期,1916年4月。

② 中国之新民(梁启超):《(近世第一女杰)罗兰夫人传》,《新民丛报》,第17号,1902年10月。

③ 夏晓虹:《晚清女性与近代中国》,北京:北京大学出版社,2004年,第192页。

对婚姻自由的赞颂,在小说中偶有露面。然而环观当时文坛,占统治地位的写作方式是对“自由结婚”的批判,女学生们误解自由,无视父母之意,率性而行,往往落得身败名裂之下场。在对这类自由女子的嘲笑与谴责中,作者大多也完成了作为道德审判者的自我形象的塑造。

爱情、婚姻中男女误解自由之害,可以借用上海小报《劝业场》的说法:

> 始以目成,继订啮臂盟,竟至桑间濮上,双宿双飞。及家族知其隐,急严加约束,而春风一度,名节难回。此误解自由之害也。
>
> 今日恋汝,明日恋彼,水性杨花,妄称文明。此误解自由之害也。
>
> 郎本使君,妾实罗敷。谐百年之好,先圆巫山之梦。此误解自由之害也。
>
> 呜呼!若辈之自诩为自由者,非自由之蟊贼而何?自由名义,受此污辱,何自由之不幸也![1]

而如果以女性为主体来考察“女学小说”中的“自由结婚”故事,作者的批判主要从以下两大情节类型来落实:“自由误我”与“我误自由”。[2] 小说的结局,大多安排为女子的悲惨下场(被逼为妾、沦落为妓、死亡等)或幡然悔悟。自然,因“误会自由”而组合的婚姻,命定难以长久。

“自由误我”

“自由误我”,是指女子品性单纯,心无定见,入学之后,误

---

① 企白:《结婚(七)·自由之害》,《劝业场》,1918年9月13日,第2版。

② 《觉悟日记》中主人公沦落后追问自己:“我虽觉悟,到底是自由误我,还是我误自由呢?”庆霖:《(哀情小说)觉悟日记》,《小说新报》,第3年第11期,1917年11月。

于自由平权诸学说,追求婚恋自由,反被负心男子所骗。这种模式可举吴绮缘《自由毒》为代表。作品的悲愤基调和写法,在其时都颇具典型性。顾名思义,小说意在表现“自由”对女子的戕害。作品采用倒叙修辞,开篇即描绘了女子控诉“自由”的场景:

> 烟景空濛,月色黯淡,孤灯闪闪,残漏沉沉。四壁虫声凄然如泣,与西风雁唳相酬答。绿窗半启,遥闻幽音一缕,抑扬婉转,如泣如诉,曰:“自由自由,侬受若毒深矣。今宵将解脱归天,返我本真。人之将死,其言也善。愿世间姊妹行,静聆侬言,勿再为自由所毒。侬因恋自由故,致失家庭之欢,蒙不白之冤,而彼薄幸郎曾不稍加一援手,反落井而下石焉。人之无良,一至于此。虽然,皆自由有以误我也。呜呼!自由自由,天下许多之罪恶皆假汝以行!诚哉斯言……”语至此,声细弱渐不可闻,惟“自由毒”之声,尚隐约可辨也。①

女主人公谢雪影为杭州人,在晚清时入当地女学,“而文明自由诸名词,遂永志勿忘”。一日,英俊少年张啸侬路遇雪影,张涎其颜色,多方取悦雪影,“女未历世故,竟坠玄中”。虽然父亲极力反对,雪影坚持认为是个人自由,终于与啸侬在七夕夜定情。岂料张本是一登徒子,早已婚娶,且“所私妇以数十计”,只愿与雪影结露水姻缘,反当雪影之父面诬蔑她“几人尽可夫,面首不下数十人”。谢父一气之下,与她断绝父女关系。雪影百口莫辩,“毕命于白罗三尺上矣”。

小说中比西方罗兰夫人的警语更为频繁出现的,是“一失足成千古恨,再回首已百年身”的古老俗语,其中包含着更多的对自由女子身世的感叹。北京南城的方慧兰,民元入正谊女校

---

① 绮缘(吴绮缘):《自由毒》,《文星杂志》,第3期,1916年1月。

就读,聪颖秀慧,被轻薄少年章雨倩所迷。其母即为女校校长,厌恶雨倩为人,慧兰不从母命,于深夜往旅馆赴章之约,并以身相许。岂知章氏"仅存渔色之心,并无一毫真情",事发之后反议婚他姓女。慧兰闻信,一恸而绝。[①] "浔阳女子"聪明伶俐,艳丽非常,"幼即入校就读,长更精通",1913 年因避"二次革命"战乱,从城中迁往乡间,结识同来避难之陈氏子,生出浓情蜜爱,"西厢韵事,再见荒村"。战事结束后,两人各回城中,不久后女子发现已怀身孕,陈生本有婚约,以父命难违,迟迟未能露面。后来该女产下一子,不久夭亡,女子亦吐血而逝。[②] 小说《自由果》中,"我"在沪上女校求学,受自由平等新学说冲击,与尤生结啮臂之盟。父母本为"我"订有婚约,"余以为婚姻自由,世所公认",不认父母之命。岂料尤生也本有婚约,难抗父命,一日突然不告而别。后又有阳湖李生向"我"求婚,结婚之后才知李生也有奇悍妻子,只得离他而去。不久"我"又归新鳏之维扬吴生为妻,但也好梦不长,吴生自往奉天任教后也不再理睬。"我"生计艰难,只得依马夫阿三为活,而竟被其买入妓院,身染梅毒,此时已距死不远矣。[③] 吴门闺秀啼鹃在某校肄业,"资力俱臻绝顶",父亲在京为官,不许其入校,而啼鹃"心醉文明,抵死不肯废学"。同学有弟曰楚生,英俊聪颖,二人颇为相得。且啼鹃之母,为楚生表姑,有意促二人联为婚姻,并资助他们赴日留学。不知楚生乃一道德堕落之人,与啼鹃周旋,只因贪图色欲

---

① 枕亚(徐枕亚):《(孽情短篇)燕市断云(宪民原稿)》,《民权素》,第 3 集,1914 年 9 月 10 日。此文收《枕亚浪墨》时更名为《自由鉴》,则更见出徐枕亚对自由的谴责。他认为方慧兰故事类如《警世通言》中"王娇鸾百年长恨","愿吾无数之女界同胞,远鉴王娇鸾之前车,近以方慧兰为借镜,莫徒崇文明、自由之虚名,而受身死名隳之实祸。姻缘大好,回头须念身家;欢爱无多,失足难偿名誉"。

② 沦落女子:《(哀情小说)落花怨》,《游戏杂志》,第 19 期,1917 年 5 月之后。本书所引《游戏杂志》刊期据马勤勤:《〈香艳杂志〉出版时间考述》,《汉语言文学研究》,2013 年第 3 期。

③ 是龙:《(哀情小说)自由果》,《游戏杂志》,第 6 期,1914 年 8 月。

与金钱。待啼鹃发觉楚生隐情,资财早已被他挥霍一空;正是途穷之时,母丧之耗突至,不久父亲又卒于京邸。如此迭遭变故,啼鹃不久即因肺病亡故,临死前嘱同学友人题其碣曰"不幸女子啼鹃之墓"。[①] 在这些作品中,不管是女主人公现身说法,还是第三人称的全知叙事,"一失足成千古恨"的感叹都是必定出现的套语。

罗兰夫人对"自由自由"的警醒和"一失足成千古恨,再回首已百年身"的本土俗语在民初"女学小说"中高密度的出现,是民初言情类小说情节模式化的最明显表征。自然,这些描写也有一定的生活基础。上引故事中的主人公,很多都是最初追逐自由爱情,却往往陷入"薄命怜侬甘作妾"[②]的境地,在民初也有真实事例。四川籍湖北候补道赵鸿图,1910 年谎称丧妻,在上海结识女学生许珊。"许见赵翩翩少年,又系道员,遂自由结婚,尽出其所蓄约三千余金,从赵至湖北",讵料赵已有一妻一妾,她"自悔孟浪,已委身于人,无可奈何,遂为赵之三妾"。赵日久生厌,且"大妇威制,渐至苛待",最后竟将其逐出家门。许珊赴地方审判厅呈控,检察长系赵同乡,将此案搁置半年不送审判厅。许珊"无如何,自往赵公馆拼命,赵嗾仆多人毒殴"。《民立报》报导此案时,既悲其遭遇,也不无讽刺:"似此一场活剧,始乱终弃,可为自由结婚之女生鉴。"[③]

在舆论看来,行"自由结婚"的女学生们的惨痛遭际往往是咎由自取,一切都是"误解自由"所致。乍一看来,这种批评似有其正当性。对自由婚姻的向往,当然会与批评者们所秉持的传统道德发生冲突,站到旧时婚制的对立面。然而他们罕能反思婚姻陋俗下大部分女性不能自主的遭际,未能意识到婚姻制

---

① 指严(许指严):《(哀情小说)墓门鹃》,《小说新报》,第 3 卷第 4 期,1917 年 4 月。

② 一厂(许廑父):《薄命怜侬甘作妾》,《眉语》,第 1 卷第 9 号,1915 年 6 月。

③ 《宦海中之大活剧》,《民立报》,1911 年 10 月 5 日,第 4 版。

度的改革势在必行。彼时的女学生，虽然在婚姻问题上打开了一个缺口，但整个社会对女性的道德要求并没有相应地调整，“父母之命”“从一而终”依然是女性婚姻问题上不成文的社会规范，对女子单方面苛严的贞操观念也未有松动迹象，因而她们的“自由结婚”才分外引人注目。再加上生活经验的匮乏，使得情场上的女学生们往往比男性更容易受到诱惑与伤害。一如杨联芬所言：“表面看，社交公开中的男女两方，在‘自由’一点上是对等的，但实际上，刚刚从闺阁教育进入社会（男性世界）的女学生们，缺乏与异性相处的经验，在社交中，她们往往居于客体的地位，被动而易受到伤害；无论精神还是身体，她们都是不自由的。”[①]“自由结婚”中的男性，很可能较之以往“父母之命”时更加不受约束，“男子之权力益肆，停妻再娶之事，竟视为当然；其甚者，且休弃结发，别缔新缘”[②]。这时候的女性，“所受之损失，所处之困难，百倍于男子”，因而所谓的“自由结婚”，很可能只是“徒开男子方便之门，竟成女子无涯之戚”。[③]

小说中追求婚姻自由的女子之“失足”，主要原因自然是男子无德，视女性为玩物，他们更应该成为批判的对象。然而在这些作品中，大部分作者都将女主人公的悲剧归因于其误解自由，察人不明，所托非人。如《墓门鸮》中啼鹃哀叹自己“看朱成碧”，“乃为彼人颠倒，至于失身亡命而不悔”。《不堪回首》中女子沦落为妓，也只能感叹“自作之孽，夫复谁怨”[④]。《燕市断云》结尾，作者徐枕亚的断语有云：“自作之孽，休言薄命红颜。”《呜呼误矣》中女学生兰芬被教员顾静庵诱骗为妾，产后服红磷自尽。叙述人惜兰芬“误用情爱，认荡子作爱神”，而兰芬之母

① 杨联芬：《五四社交公开运动中的性别矛盾与恋爱思潮》，陈平原主编：《现代中国》（第10辑），北京：北京大学出版社，2008年，第43页。

② 《清谈·自由结婚》，《申报》，1910年5月13日，第1张第4版后幅。

③ 聿修：《女界平议》，《香艳杂志》，第4期，1915年1月前后。

④ 幻影：《（警世小说）不堪回首》，《礼拜六》，第67期，1915年9月11日。

长叹“吾女之自误也”。[①]《落花怨》中女子也认为“孽由自造，良无足悔”。顾明道《某女士之自述》中现身说法的女子也责备自己“心无主宰，贪慕虚荣，无知人之明”[②]。张毅汉小说中女主人公的“失足”，也是因“误解了自由恋爱，没有眼光，没有定力”所致。[③]

在情场往来中，女主人公因为接受教育，往往比传统女子要更为主动，因而选择婚姻对象时多有取舍余地。为了印证女学生“眼光”和“定力”的不可恃，小说《雨消云散》中男子跟女主人公开了一场爱情玩笑。武林某女士，曾在女学校肄业六七年，“天资既美，学力又充”，眼界甚高，一般男子都不入其眼。一日在西湖断桥亭避雨时，偶见一少年“当风而立，风裁俊秀”，不禁暗生眷恋，与之缔交。二人熟稔后，少年向她求婚，女士认为他“学问心术，两俱可信”，因而一口应允。次日，男子突然离去，仅留一函，称：“数月以来，深蒙眷爱，客居无聊，颇足遣此岑寂。”并言自己早有妻室，与她的周旋只是“聊以相戏”，并劝世道险恶，他日当“另具只眼，万不可重蹈故辙”。女子得信后如遭雷击，一病数月。正是在这一恶作剧中，作者完成了对女学生“自由结婚”的规谏：

> 论曰：自男女平权、婚姻自由之说昌，说者以为中国女界，从此大放光明。岂知受人簸弄，其黑暗殆有甚焉者耶？此少年尚有天良，此世界中恐已不多得。女士略涉诗书，便足以相天下士？夫孰知人固不易知，知人亦未易乎！[④]

---

① 月侣女士口述，懵懂书生笔录：《（哀情小说）呜呼误矣》，《小说新报》，第4卷第11期，1918年11月。

② 明道（顾明道）：《（哀情小说）某女士之自述》，《小说新报》，第3卷第12期，1917年12月。

③ 张毅汉：《失足》，《小说月报》，第11卷第10号，1920年10月。

④ 来稿：《（恶感小说）雨消云散》，《香艳杂志》，第1期，1914年6月前后。

更有甚者，部分作品中，作者会安排女主人公在潦倒失意时再次与以往被她弃绝的男子发生牵连，使得小说呈现出强烈的批判意味。前任们的心地至诚或事业成功，更证明自由女子的失察。《自由果》中，女子早年入学后，反抗父母包办婚姻，待历尽情劫，已沦落为妓。一日纳一吴江客人，两人互诉往事，不料此人即是父母指婚对象的仆人。客言“公子乃不及仆，竟无一夕缘”，面对此冷嘲热讽，女子“恨不得立时即死”，一时心酸泪流。又如《离鸾》中的苏州籍上海女学生秋棠心慕自由，先与中学生魏翥生私订婚约，后来父母欲将她许与薛涣生。比起魏翥生之清贫，薛氏为江南望族，家产雄厚，秋棠不禁为之心动，便与魏翥生取消先前婚约。然薛涣生乃一浮荡公子，日日征逐酒色，无所不为，秋棠委曲求全，心中异常空虚。而翥生则穷愁著书，写成巨著《理想乡》，在文坛引起轰动，三周内售出两万余部。小说结尾，薛涣生流连妓院三日未归，秋棠在报上读到《理想乡》广告，托仆人前往书店购买。此时该书已售罄，仆人幸巧遇魏翥生，并获赠著作，“仆携书归，具以语秋棠。秋棠心疑之，询此人之面貌，不禁大恸”。[①]

因此，表面上看是女学中人遵照“自由结婚”精神的指引，抗拒父母包办婚姻，自主选择婚配对象，反倒落得悲惨结局，即所谓“自由误我”。但在小说的叙述逻辑中，是她们误解了自由的真义，做出了不符合道德的行为，才导致了失败的婚姻和凄惨的命运，一如刘民畏在《自由误》中所称：“自由本不误人，人乃自误。”[②]她们的下场也与“我误自由”的诸般“自由女”殊途同归。

---

① 宣樊：《（社会小说）离鸾》，《小说月报》，第4卷第10号，1914年1月。

② 詹公（刘民畏）：《（醒世小说）自由误》，《小说新报》，第3年第5期，1917年5月。

走上歧途的"自由女"

所谓"我误自由",是指婚恋中的女学生追求单方面的、随心所欲的"自由",往往不顾廉耻,玩弄男子,视婚姻如儿戏,不仅让旁观者极为鄙视,"自由"这一名词也连带被蒙上了不洁之冤。清末民初"女学小说"中"我误自由"的女子之言行,可举出许啸天的《桃花娘》为代表。作品开篇即引用女子的"自由"宣言:

> 好呀!我们女学生,是不服从男子的。男子是个奴隶,女子是个主人。今天我爱上了你,你做男子的应该服从我,和奴隶服从主人一样。我唤你来,你便不许去;我唤你朝东,你便不许朝西,这样子才能讨我们女子的欢喜啊!可是我们女子欢喜男子,是狠自由的。譬如我今天欢喜你了,由我;明天不欢喜你了,也由我。我欢喜一个男子,由我;我欢喜两个男子,也由我。我欢喜谁便是谁。我欢喜两个男子,我便有了两个奴隶;我欢喜四个五个男子,我便有了四五个奴隶;推而至于欢喜十个八个几十个男子,都可以,都是我们女子应享的幸福、应有的权力,不是你们男子可以干预、可以管束的:这便是鼎鼎大名的学说,叫作"恋爱自由"![1]

发表此名论的桃花娘,虽是女学生声口,但作者只用"一个娇小玲珑,装束和女学生相像的女子"来形容,且在括号中自注:"他自己称女学生,著书的可不敢乱说,只好称他装束和女学生相像的罢了。"说明许啸天对此彻底颠覆男女关系的自由女子是多么的不齿。桃花娘曾在初等女子小学堂里读过半年书,终日往来于交际场,深悉男女平权、恋爱自由之道。和她往来的男子,或名"魏文明"(伪文明),或称"贾俊子"("假君子")。后来珠

---

① 许啸天:《桃花娘》,《眉语》,第1卷第1号,1914年10月。

胎暗结,只得嫁与寿头"胡图"(糊涂),当人面称之为"我家里的奴隶",而胡图则尊此桃花娘为"我的母亲"。辛亥革命事起,桃花娘加入娘子军,又在革命成功后争夺过女子参政权。诸般闹剧上演之后,又嫁给某都督为第九房小妾。可都督不久被枪毙,她被卖到上海"野鸡堂子"为妓女。后来偶遇胡图,才被他救出,过上平静日子。

许啸天对"桃花娘"的女学生身份的质疑和鄙薄,清末小说《未来世界》的作者也有同样的观点。小说中的韩京兆是作者的理想人物,他对新女性的看法可代表作者的意见:"现在的一班女学生,表面上看起来虽然甚是文明,那实在的内容却是十分臭败。竟没有一个女子,可以当得'女学生'三个字儿的人。"[①] 他的这种批判,在小说中便由赵素华的形象来承载。在小说家看来,这类大言不惭的女子,虽然披着"恋爱自由"的外衣,追求的却只是肉欲与金钱,其行径实与娼妓区别不大。

清末民初报刊和小说中的"自由女"称号,最能承载这类在婚恋问题上肆无忌惮的负面女学生形象。但"自由女"这一名词,最早仅在港粤一带使用,并未与女学生发生直接联系,语词色彩也并非全为贬义。现今所见,"自由女"最早出现于1906年的《祖国文明报》,该刊创刊号上即有《看看看! 自由女害及亚扎仔》的评论文章,此处的"自由女"指接受新学之后"倡女权、唱自由之说"的"救世之女志士"。她们"放佚不拘",所行之"自由"实是伪自由、野蛮自由[②],在其语境中带有较明显的负面意义。同年广州《赏奇画报》刊载的图画《冒充女学生败露》中,所配文字即将妓女梁亚玲假冒女学生的举动称为"作时世妆,

---

① 春帆:《未来世界》,见《晚清小说大系:新中国未来记 · 未来世界 · 大马扁 · 轰天雷》,台北:广雅出版有限公司,1984年,第74页。

② 汉铎:《看看看! 自由女害及亚扎仔》,《祖国文明报》,1906年2月8日。"亚札仔"为粤语词汇,意为缠足女。

冒充自由女以投俗好"①。此处"自由女"即为女学生之代称。1908年《中外小说林》载有"音南"《严苏忆别》和"板眼"《自由女游花地》，搬演的都是现实中严苏主动追求巡目梁海的故事。严苏年华二九，"立心自要寻佳偶"，严苏约梁海到泮塘谈情，而巡警则认为梁海不守警规，将其抓进监狱。②《自由女游花地》中，则以生动风趣的笔墨叙说严、梁游览"花地"的经过，在文末发出"但系人想自由，须要自便。首先要跳出，个个专制圈"的呼喊。③"自由女"严苏的精神内核即是"自由结婚"。是年在广东出版的社会小说《片帆影》中，胡理图邀请贾眉仙上菜馆小酌，贾以茶花女为例，怂恿胡理图退拒已定之婚姻，而同"自由女"结婚，并带领他到"自由女"七姑寓所过夜。④可见在晚清广东地域文化中，诸种"自由女"虽然有共同的"自由"的内核，但其指称是多面的：既能用来形容正面的时新女性，也可以是以负面形象出现的时髦女学生，又可以用来指妓女。

而至民初，失德女学生被称为"自由女"，其形象已经接近妓女。1913年2月，陆费逵乘船从广东返上海，途经香港，"闲居无聊，手日报读之，见某报载有'自由女现形记'，某某报屡载有'自由男''自由女'纪事"，因而感叹当地女校风化之坏：

> 华服敷粉，竞尚修饰，主其事者不惟不加禁抑，或更以身作则。此风女校极盛，男校亦不免焉。商埠都会，女学生与妓女实难判别，无怪人之指摘。

---

① 广东省立中山图书馆编：《旧粤百态：广东省立中山图书馆藏晚清画报选辑》，北京：中国人民大学出版社，2008年，第211页。原图载《赏奇画报》，1906年第5期。

② 《严苏忆别》，《中外小说林》，第2年第5期，1908年3月22日。题下有注："事见省港各报纪严苏欲与巡目梁海自由结婚事。"

③ 一笑：《自由女游花地》，《中外小说林》，第2年第5期，1908年3月22日。

④ 荔浣：《片帆影》。此书我暂时未见，此据《中国通俗小说总目提要》介绍，江苏省社会科学院明清小说研究中心、江苏省社会科学院文学研究所编，北京：中国文联出版公司，1990年，第1107页。

在陆费逵看来,此类女校专为导淫而建,“迩来自由之说,以讹传讹,于是桑间濮上之行,行于稠人广众之中”①,因而其中的女学生也与倚门卖笑的妓女形象重合。清末民初的粤语作家廖恩焘,也曾作诗讽刺“自由女”:

> 姑娘呷饱自由风,想话文明栋[拣]老公。
> 唔去学堂销暑假,专嚟旅馆睇春宫。②

可见“自由女”虽是女学生身份,但其最重要的特征却是放荡自由,专行不道德的男女之事。短篇小说《隐恨》中,香港大学学生张锡新遵祖父之命,与女子中学学生李敏贞成婚。二人情笃,但锡新之母却不以为意:“吾夫妇欲娶刘氏女,奁资更富,世阀名姝,礼教当胜彼自由女。”敏贞听闻婆母将其与“自由女”比拟,悲愤填胸:

> 念当日婚姻主之父母,己未前闻。姑乃目以“自由女”,显有鄙贱意,不如离此,投身教育界,或专心医学,为社会服务,尚可省却几许烦恼。③

女学生敏贞一听“自由女”,即觉其有鄙贱之意,也正是联想到这一称号与风尘女子之间千丝万缕的关系。

而在广东一带的江湖隐语中,清末民初的青楼女子又将这一名号赐予女学生,《切口·娼妓·粤妓》曰:“自由女,女学生也。”④因而在广东,“自由女”这一名词大多兼有妓女与放浪女学生的双重涵义,旁人对这一称号的鄙薄也是不言而喻的了。

---

① 陆费逵:《论近日风化之坏及其挽救之法》,《中华教育界》,第2卷第4期,1913年4月。

② 忏绮盦主人(廖恩焘):《录旧十四首·自由女》,《嬉笑集》,1924年刻本,第13页。“嚟”,其意为“来”。此材料由李婉薇博士提供,特致谢意。

③ 幻影女士:《(家庭小说)隐恨》,《游戏杂志》,第18期,1916年12月前后。

④ 曲彦斌、徐素娥编著:《中国秘语行话词典》,北京:书目文献出版社,1994年,第957页。

广东之外,“自由女”在其他地域也偶有出现。1911 年出版的小说《六月霜》,叙秋瑾之事。秋瑾执意赴日留学,不惜与丈夫决裂,被其休弃。往东京之前,她在陶然亭辞别京中女友,第 9 回回目便云“自由女陶然初惜别”[①],可见作者对“自由女”实寓称赏之意。有趣的是,1935 年秋瑾之弟秋宗章在将阿英介绍的小说梗概[②]与史实比堪时,却将此回目悄然更改为“自由女士陶然初惜别”[③],可能正是顾忌到“自由女”这一头衔显而易见的贬义。随着“自由女”在报章和小说中的频繁出现,作为狂荡女性的指称,它的这一意蕴已渐固定,且多半会与女学生勾连。如 1920 年《大公报》报导南京一在婚姻上极度自由的女学生余丽芬之事迹时,便以“自由女三嫁少年郎”为题。[④]《游戏世界》1921 年刊载的托名李伯元的游戏文章《为女学生讨自由女檄》中的“自由女”,衣饰形同女学生,“阴窃学堂之誉,足拖革履,文明不肯让人”,实际却是“啸聚私窝,暗营丑业”的妓女。[⑤]

以“自由女”为书写对象的小说,我最早见于 1909 年 7 月 29、31 日《神州日报》。在该报“谈乘”栏下,刊载了小说《自由毒》。某闽籍官员与当地一“自由女”有旧情,后来就职京师,自由女又尾之北上。为免过于招摇,该员采纳友人建议,谎称女乃自己表亲,并令自由女入师范学堂,不时携之出入某巨公之邸。该女貌美性敏,颇得邸眷欢心,“太夫人尤爱好,命之常至,又欲为择婿”,女辞曰:“学业未成,未敢议也。”闻者赞叹,作者却揭露此处正是其工于心计的表现。不久女子得金,即与“某宦”决

---

① 静观子(许俊铨):《六月霜》,见《中国近代小说大系:仇史·狮子吼·如此京华·六月霜等》,南昌:百花洲文艺出版社,1991 年,第 162 页。

② 阿英:《关于秋瑾的一部小说〈六月霜〉》,《人间世》,第 27 期,1935 年 5 月 5 日。阿英此文附有小说的详细回目。

③ 秋宗章:《关于秋瑾与〈六月霜〉》,《人间世》,第 33 期,1935 年 8 月 5 日。

④ 《自由女三嫁少年郎》,《大公报》,1920 年 10 月 30 日,第 3 张第 2 版。

⑤ 《为女学生讨自由女檄》,《游戏世界》,第 5 期,1921 年 10 月。

裂，且破坏了他的外放优缺。小说以议论开篇："自由二字，为文明女界所必争之名词，尚矣，然无法律以范围之，则跳荡泛滥，无所归宿，其弊较娼妓而愈甚。"结尾感叹道："呜呼！自由女之能为人祸，固不徒自祸也。昵自由女者细察诸！"[①]在此小说中，"自由女"已经与女学生、妓女发生联系，具备了"自由误我"与"我误自由"两大主题的叙述潜质。

张氏女16岁时，由父亲之命，订婚于同村费生。后该女求学于上海，暑假回乡后，"时装眩目，前后已判若两人"。不数日，张氏女即递交禀呈要求离婚。公堂之上，"女殊倜傥，无羞缩态，侃侃谈自由神圣"。官不准其请，而女又上诉，且曰："婚姻自由，父母亦无禁止权。必欲余与龌龊儿结婚姻，余愿以颈血溅地。"[②]张女如此藐视费生，称其为"龌龊儿"，实则是因为她早与表兄有染，并私生一子。而小说即题为《自由女乎？龌龊儿乎？》，读者显然更会将此放荡不羁的女学生（"自由女"）与"龌龊儿"画上等号。

张春帆的社会小说更是将"自由女"等同于妓女。在广州"珠江第一楼"饭厅四面围壁上，挂着许多青年女子的小影，其中不少是女学生装束。这些出卖色相的女子，"简直就是个变法改良的妓女。贫苦人家的女儿，进过半年三个月的女学堂，犯了例规，斥革出来，就把自己的小影，交给'珠江第一楼'的侍者，叫他挂在壁上"；还有一种女学生是大家闺秀，误解"自由结婚"学说的真义，借饭店渔猎男色，行苟且之事。[③] 张春帆书中的"自由女"较之"自由误我"的女学生，其行止更为狂放，道德也更为败坏，甚至对男女之事也口无遮拦。女学生伍闺英与嫖客许星彩从"珠江第一楼"小房间里出来，两人正情话绵绵，突

---

① 《自由毒》，《神州日报》，1909年7月29日、31日，第5版。

② 笑梅：《（社会小说）自由女乎？龌龊儿乎？》，《礼拜六》，第48期，1915年5月1日。

③ 漱六山房（张春帆）：《自由女》，上海：三省轩发行，1914年，第105—106页。

然碰见她的丈夫。面对“忘廉丧耻”的指斥,伍闺英洋洋得意,毫无愧色,反倒责怪丈夫的无能。①

在上面的小说中,“自由女”成为极富概括性的名词,它具有“我误自由”之女子的诸般特征:学问肤浅,仅知新学皮毛;道德败坏,毫无廉耻之心;胆大妄为,不受任何拘束;纵欲放荡,贪慕金钱,最后多是害人害己。正是类似的穷形尽相的描写,使得“自由女”的丑状被放大到极点,读者的鄙视想必也会无以复加,其人所谓的“自由结婚”也就成了笑柄。

“自由毒”的经营

任何一种文学创作,都是作者精神活动的产物。小说中人物的言行举止,不仅受制于题材的本来面貌和情节发展的内在逻辑,同样也是作者心中道德准则的体现。包天笑曾在上海多所女学校担任教职,他曾坦言:“大约我所持的宗旨,是提倡新政制,保守旧道德。”②因而在他小说中被褒扬的女性,往往不是时髦的女学生,而是“保守旧道德”的女子。包天笑这种对旧道德的眷恋,其实也是彼时大部分作家难以超越的立场:“老实说,在那个时代,也不许我不作此思想。”③因而在“自由结婚”问题上的保守心态,是清末民初相当一部分言情小说家的道德认识。明白这一点之后,再反观清末民初小说中女学生的“自由结婚”故事,我们便会有新的发现。

整体而论,清末民初女学教员和女学生都行事低调,避免成为阻挠女学之人的口实。但不管怎样,女学生的清新气象,都大异于传统女性的内敛气质。而随着她们对新知识的获取,行动能力不断加强,自信心与日俱增,掌握自己命运的渴望也日趋强

---

① 漱六山房(张春帆):《自由女》,上海:三省轩发行,1914 年,第 46 页。

② 包天笑:《钏影楼回忆录》,香港:大华出版社,1971 年,第 391 页。

③ 同上书,第 391 页。

烈。随着活动空间的扩大,她们会渐渐侵入原来仅属于男性的领地,两性间的冲突便不能避免。与此相关,她们不再安于父母的安排,也不会苟同社会对她们的性别定位,这时候,“自由结婚”便成为相当一部分女学生的正当诉求。由此而来的出格表现,难免为时人侧目。而从道德方面加以讽谏或批判,无疑是小说家表达对女学生行为之不满时最为方便易行的入口。清末民初表现女学生婚恋情爱的小说,于是呈现出非常明显的说教色彩。

一般来说,小说的道德批判功能是通过情节走向和人物举止来完成的,作者的面孔则潜藏于文本背后,但在有些小说中,作者的姿态并没有很好地掩藏,反而表现得十分醒目。如前曾引用的写于1907年的《未来世界》,小说家为了表达对女学生赵素华的厌恶,在第14回非常突兀地以对仗收尾:

> 女如无德,直同挟瑟之娼;
> 人尽可夫,亦是文明之化。①

李定夷的“警世小说”《自由毒》中,为了印证女学生“自由结婚”之害,女主人公潘兰秀也形同娼妓,最后“一命呜呼”,脱离尘世。把全篇1—9回的收束集中起来,我们看到的是:

> 晨钟暮鼓醒痴梦,莫作文人嚼舌看。
> 沉沉女界,花样翻新;矫枉过正,厥罪维均。
> 回头猛省待何日,平等自由误煞人。
> 男也无行女也荡,自由毕竟误苍生。
> 女荡男狂,妖形怪状;自由自由,廉耻道丧。
> 反手为云覆手雨,人家不是好东西。
> 如此儿女真罕见,雌威不让河东狮。

---

① 春帆:《未来世界》,见《晚清小说大系:新中国未来记·未来世界·大马扁·轰天雷》,台北:广雅出版有限公司,1984年,第71页。

三月春光轻掷去,吨江滋味果如何?
祸福分明得失定,及今还不快回头?

更有甚者,作者在第10回编了一曲《自由歌》[①]作为全书结尾,以警醒读者,再度强调了小说的道德教化指向。正是因为有较为充实的故事情节和较丰满的人物形象的支撑,作者这种卫道士的面孔才可以较好地隐藏起来。若光看各回的结尾文字,作者的嘲弄谩骂之态会十分明晰。

作者对小说人物生杀予夺的大权,大多数时候是通过第三人称叙事完成的,为了使文本的道德指向更加明显,一些作品往往会在结尾附有议论。而随着西方叙事手法的引进,第一人称叙事渐为清末民初作者了解和模仿,出现了一批自述体(包括书信体和日记体)的"女学小说",即作为主人公的女学生往往以回忆的口吻向隐含读者现身说法,这时候的主人公既是叙事人,也是隐藏的作者,她的声音同样也是作者的立场所在。如小说《今是昨非》中女主人公自诉:"妾惟有借管城子自画供状,作大梦后之忏悔而已。"由此展开小说的故事。而作者也正是借她"实迷途其未远,觉今是而昨非"[②]的人生总结,完成对主人公"自由结婚"的谴责和宽恕。又如小说《自由误》以女学教员李畹香的追悔,道出她所适非人的惨痛经历,并在最后谆谆告诫聆听者:"余畸零人也,诸生春秋富盛,后福正长,幸勿为自由误也。"[③]这些不失为高明的说教。就文学效果而言,这种方法较之传统的全知叙事更具真实性,也更有说服力。

---

① 《自由歌》词曰:"自由梦,何日醒?两字误人真可怜。你看那,潘兰秀,崇拜自由害自家。到春申,自由去,也不读书也不归。太放荡,结浪子,桑间濮上说钟情。闹妓院,上公厅,维新女子真希奇。返故里,嫁夫婿,今朝还不快回头?奸情破,真丢脸,自由二字送残生。自由梦,快快醒,大家听我唱歌儿。"李定夷:《(警世小说)自由毒》,见《定夷丛刊》(第2集),上海:国华书局,1915年。

② 竞存:《(觉情小说)今是昨非》,《小说新报》,第1卷第2期,1915年4月。

③ 汪剑虹:《自由误》,《小说月报》,第7卷第10号,1916年10月。

与此相反,有些作者则毫不隐讳小说的虚构性,但由于作者介入现实的激情,作品也不乏感染力。如吴绮缘《自由毒》结尾特加按语:“记者非冬烘,亦敬爱自由。然若近世之所谓自由者,实不敢赞同,特草是篇,藉以讽世。孽海无边,回头是岸。世之览者,勿负苦心。”①“忏情小说”《情海燃犀》同样是“有为而作”,“盖鉴于今之痴男騃女,日谈情爱,堕落恨海而不自觉者,不知凡几”,而作者认为,这些情爱“多系肉欲与金钱之结合而发生”,因此特意讲了一个“利尽交疏”的故事。浙江少年何白天,在湖北襄阳任铁路工程师,收入颇丰,与女师范学生陈爱霞相识。爱霞毕业之后,有意赴日本留学,但困于经费,何白天慷慨解囊,促其成行。爱霞初有鱼雁传书,后来音信渐稀,何白天相思成疾,大病一场。岂知她在日本早已移情别恋于韩剑蠡,“假求学为名,而燕游是适”。爱霞与剑蠡学成归国,在上海时又遇何白天,原来这一切都是韩剑蠡的安排,他偶阅爱霞家书,后又私与何白天通信,了解陈、何往日情状,此时有意将爱霞让与何白天,认为此举“俾破镜重圆,珠还合浦,自问无愧”。陈爱霞却认为自己被剑蠡所卖,如遭雷击,与他大吵一番。这次争论,可堪关于“自由结婚”两大主题的针锋相对:

> 爱霞咆哮曰:“结婚,余个人之自由,干君底事?余不能任汝搬弄如小儿。汝不闻‘不自由,毋宁死’一语乎?”剑蠡至此,仰首大声曰:“自由自由,天下罪恶,皆假汝之名而行!”语时,声色俱厉,然爱霞仍倔强如故,剑蠡续言曰:“恨无三尺横磨,斩尽世上忘恩负义之徒,蒙自由假面具辈!”②

接下来的故事,是陈爱霞化身为妓,成为“青楼中不可多得之解语花”,一日与何、韩在风月场重逢,遂无言而退。次日,爱霞赴

① 绮缘(吴绮缘):《自由毒》,《文星杂志》,第3期,1916年1月。

② 剑湖:《(忏情小说)情海燃犀》,《小说新报》,第5卷第10期,1919年10月。

水而亡。白天与剑蠡同时收到一笺,内书“失足便成千古恨”七字,署名为“罪恶人陈爱霞”。小说结尾,作者又照应开篇的小序,再次阐明写作目的,因为有故事、人物的铺垫,文本不会给人突兀之感。但我们如聚焦小说家的道德批评,再反观小说的情节,会发现所有的安排都是作者的精心结撰。女主人公陈爱霞的存在,完全是为了服从作者道德理想的需要。不仅其“一失足便成千古恨”的人生经历是有意为之,她与韩剑蠡(此名字同样富有深意)的争论,也是小说家为了向读者展现两种自由观的高下而刻意呈现的。

鲁迅先生 1925 年说:“自从我涉足社会,中国也有了女校,却常听到读书人谈论女学生的事,并且照例是坏事。有时实在太谬妄了,但倘若指出它的矛盾,则说的听的都大不悦,仇恨简直是‘若杀其父兄’。”[1]就女学生之行为的价值判断而言,我们必须要追问的是:这种对女学生的敌意,就一定是对的吗?“光绪季年,京师男女之别已溷。女子渐渐不以面生客而腼覥;其短衣小裤,偃卧于小车之上而过市,固不如今之甚,然尚有曳长裙者。”[2]今天看来,林纾对晚清北京社会风俗败坏和女子不守闺范的不满,其实正是社会进步和女性朝气蓬勃的表现。“樵仲”笔下“嚣张之气,咄咄逼人”的“女学生习气”[3],放在今天或许是女性“腹有诗书气自华”的自信。《二十世纪之新审判》将争取婚姻自由、抗争父母之命、毁弃婚约的女学生高慧姑押上道德审判席,作者认为此乃“丧心病狂之少女”,因而“握管直书,为当世告”。[4] 这份正义感和使命感,如今看来,未免可笑。而《新

---

① 鲁迅:《寡妇主义》,《鲁迅全集》(第 1 卷),北京:人民文学出版社,2005 年,第 279 页。

② 畏庐(林纾):《洪石英》,《大公报》,1918 年 1 月 30 日,第 3 张第 1 版。

③ 樵仲(黄式渔):《陈丽霞》,《大公报》,1917 年 2 月 25 日,第 3 张第 1 版。

④ 水心:《(社会小说)二十世纪之新审判》,《小说月报》,第 2 年第 5 期,1911 年 6 月。

旧道德》中,身为女学生的主人公陆凌霄挣脱家庭束缚,舍弃愚呆丈夫阿赣,转身投往情人李裁缝之怀抱,“凌霄之丑声,从此洋溢,稍持气节之家人,咸屏凌霄于不齿”。[①] 一如小说标题所揭示,陆凌霄身上凝结着不同时代的道德标准,彼时读者很可能反感她的行径,但今人大多会称道她追求个人幸福的大胆举动。后一种评价尺度,也是女主人公的自我认同。[②] 考虑到作品的写作时代,陆凌霄的形象恰是“五四”时女性解放大潮中的弄潮儿,作者则更像封建道德的守夜人。

韦恩·布斯认为:“任何阅读体验中都具有作者、叙述者、其他人物、读者四者之间含蓄的对话。”[③]揆以情理,清末民初读者对“女学小说”的接受,当有盲从与省视之别,但这种反应,少有人形诸笔墨,因而我们今天也难以考究他们捧读这些作品时,是怎样的心态。幸好在上海图书馆所藏的《女学生旅行记》上,存有读者“不平子”的评点,为我们保留了难得的第一手资料,可以一窥彼时某些读者对“女学小说”的态度。

1907 年 6 月《时报》馆印行的《女学生旅行记》[④]是曼陀(杨增嫈)的译著,该书“以日本五峰仙史所著之《女学生旅行》为蓝本,更杂译东京各新闻杂志,及《女学生气质》《稽滑学生生活》等书,复参以平日之闻见杂揉而成”。译者认为,“是书所纪,均系实事”,可“作日本女学生小史观”。[⑤] 小说的主要内容,即是叙述东京美术学校女学生岛田阿松和田中玉枝在旅途中的丑态

---

① 民哀:《(社会小说)新旧道德》,《小说新报》,第 5 年第 5 期,1919 年 5 月。

② 小说结尾叙陆凌霄的心态:“凌霄坦然不以为介,安寓沪上,一方面从事教育,俨然为人师,一方则赁屋某里,与李裁缝相依若夫妇然。”

③ 〔美〕布斯(Booth,W. C.)著,华明等译:《小说修辞学》,北京:北京大学出版社,1987 年,第 175 页。

④ 此据〔日〕樽本照雄:《(新编增补)清末民初小说目录》,济南:齐鲁书社,2002 年,第 522 页。我所见的上海图书馆藏本为 1909 年有正书局出版。

⑤ 《〈女学生旅行记〉例言》,曼陀(杨增嫈)译述:《女学生旅行记》,上海:有正书局,1909 年。

及可悲下场。玉枝先是卖弄风情与小偷谈情说爱,结果丢失了钱包,后又与清朝官员调情,到手一枚钻石,却是假的。小说出语滑稽,对两位女学生的描写穷形尽相。但读者“不平子”在书末的识语,显然对该书不以为意:

> 学生者,人人幼时第一层必经之阶级也。在西方文明各国,人人皆为学生,则以学生之作为,人皆不注意。惟文化初胎之国,重视学生之举动,以为一为学生,即应有完全人格,稍有不慎,而恶皆归之。不知为学生之时代,乃学人格之时代,非其人品格,即可为诸大夫国人之矜式也。著作者虽借学生以写社会之情状,以逞其滑稽之笔,究之未免太过,殊失小说之旨,不无有阻学术之进化,而欲自附小说之林,难矣!

正因为有此“不平子”的识语,我们今天才能发现彼时读者的接受与作者(译者)在道德批评标准上的巨大缝隙。“不平子”不仅质疑了小说家的趣味、立场,并因此对作品的艺术成就加以否定。他对小说的不满,同时也是在为作品中的女学生鸣不平。更难能可贵的是,他透过作品的文字迷障,发现了小说背后整个社会的文化心态之局限,可谓目光如炬。

这种阅读经历提醒我们,尽管彼时小说作品中对“女学生习气”多持否定态度,但在现实生活中,小说的受众并非完全服膺作者的立场,对女学生持平正心态者当大有人在,能宽容甚至是偏爱女学生言行的读者,想必也不无其人。如江亢虎 1916 年认为世间男女众多的爱情悲剧,其根源在“礼教、法律之箝束,风俗习惯之拘牵”,要解决这一问题,应从外部环境对症下药,“于此正当改良礼教、法律,矫正风俗习惯,以求其无害于恋爱;

不当反扬礼教、法律、风俗习惯之淫威，而嫁祸于恋爱也”[①]。显示出他在此问题上异于流俗的先见之明。然而在多数道德批评家和小说家的笔下，类似恋爱自由、社交公开的进步思潮成为爱情悲剧的替罪羊。

翻阅自晚清至“五四”二十余年里报刊上关于女学生的各色文字，我们会发现一个有趣的现象：一方面，女学校内部绝大多数时候都硁硁自守传统的女性道德规范，小心翼翼地避免外界的指摘；另一方面，对女学生的批评从来就未曾断绝，民元之后更是占据着舆论的主导倾向。这种混乱的声音，阻挠了我们考察女学生的历史真相。应该看到，上面两种论调是由于发言者不同的身份而采用的言说策略，都对女学界的思想、言行现状有所夸张。我们在分析这些材料时，要留意文字内容与作者立场间的联系与间隔。

第四节　“情之正”：“自由结婚”的真义与限度

走向哀情的“自由结婚”叙事

前文我已经分析了民初小说中女学生“自由结婚”时所遭遇的“自由误我”和“我误自由”两大模式。当反思这种小说叙述的发生过程时，我们发现，作为小说人物的女学生，天然地具有某种叙述功能。也就是说，在这些言情小说中，当作者把女主人公设定为女学生或接受过现代教育的新女性时，其叙事前景多半已被预设好了：女学生因为其喜新好异的特质，在高悬的道德话语下，作者和读者其实都很明了她接下来的遭遇。具体故事或许有或大或小的差异，但结局多是“自由误我”“我误自由”模式下相近的数种，读者的感慨也会小异而大同。

---

① 江亢虎：《致某某两君书》（1916 年 8 月），《江亢虎文存初编》，上海：现代印书馆，1944 年，第 150 页。

不过，这种模式并不能涵括全体言情类的“女学小说”。清末民初的言情故事中，女学生的人生走向并非全部如此，还存在着其他例外的可能。至少，在哀情小说的黄金时代里，她们的经历也会部分地与其他哀情类小说中的女性相重合。

民初小说家张枕绿曾总结彼时哀情小说的四大公式，其四为：

> 某男某女，幼相同学，（或系中表亲，或系邻居。）两小无猜。年事稍长，情窦渐开，而好事多磨，遽作分飞之燕。素愿难偿，懊丧无已。（或者男不娶，或女不嫁，或同遁迹空门，便死也不妨。）①

若把无小无猜的同学男女改为女学生无意中与男子相遇而两情相悦，或者两人经过长时间通信而相识相知，或经过他人介绍而彼此有心，这便是“女学小说”中亦曾出现的故事开端。但两人的恋爱关系遭到各种阻挠，“有时因为严亲，或者因为薄命”②，经过一番抗争之后，男女主人公无奈分离，甚至生死两隔：这也是“女学小说”的言情模式之一。它出现的频率虽远赶不上女学生的“误解自由”，但亦值得留意。

“情”的名目五花八门，但就言情小说的结局来说，不外哀乐两道。何谓哀情小说？作为“鸳鸯蝴蝶派”小说的正宗，它“是专指言情小说中，男女两方不能圆满完聚者而言。内中的情节，要以能彀使人读而下泪的，算是此中圣手”③。按照作品中具体冲突的差异，汤哲声又把哀情小说细分为三种模式：一是

---

① 张枕绿：《普通哀情小说摘略》，见《绿窗泼墨》，上海：枕华出版部，1919年，第5页。

② 鲁迅：《上海文艺之一瞥》，《鲁迅全集》（第4卷），北京：人民文学出版社，2005年，第301页。

③ 许廑父：《言情小说谈》，《小说日报》，1923年2月16日，转引自芮和师等编：《鸳鸯蝴蝶派文学资料》（上），福州：福建人民出版社，1984年，第39页。

以徐枕亚的《玉梨魂》为代表的“文化模式”；二是以吴双热的《孽冤镜》为代表的“请命模式”；三是以周瘦鹃的言情小说为代表的“离别模式”。所谓“文化模式”是指中国传统文化与人物感情的冲突，小说包蕴着较深刻的文化思考；所谓“请命模式”是指中国传统的婚姻制度与人物感情的冲突，小说向父母“请命”；所谓“离别模式”是指现实生活中的离别与人物感情的冲突，小说将感情揉碎了写。[①] 这三种模式的划分只是就冲突表现形态的侧重点而言，并非十分严谨的分类，但也不失为考察哀情小说的一种有效的途径。哀情类的“女学小说”，于这三种模式也各有体现。

“文化模式”的代表作品是“南梦”的“写情小说”《双泪碑》。此作原是《时报》小说征文的第二等，初载于 1907 年 6 月 2 日至 11 日的《时报》，1908 年由时报馆单行出版。作品叙述一男二女的爱情悲剧。上海青年王秋塘与闺秀李碧娘原有婚约，计划冬日成礼。但前一年夏天秋塘赴苏州任某校教习，遇当地女教师汪柳侬。柳侬“十岁入某教会女学，精英文、理、化、算数等学，长于诗词，才名掩吴下”[②]。两人在苏沪联合运动会上相识，此时过从日密，遂至自由结婚。秋塘另致函李家，言此前的婚约乃“但凭媒妁之一言，非出于两情之愿”[③]，于是与李家解决婚约。碧娘得信之后，伤心至极，致函柳侬，告知前事。柳侬既愤秋塘隐瞒订婚事实，亦难舍秋塘柔情蜜意。思之再三，复信给碧娘后，一死了之。碧娘闻讯，内疚难释，亦一病而亡。秋塘深感愧负二女，也自刎而死。

读者在对三人的死亡结局掬一捧同情之泪的同时，想必亦会追究悲剧的起因。值得注意的是，三人的婚恋关系，其阻力并

---

① 朱寿桐主编：《汉语新文学通史》（上），广州：广东人民出版社，2010 年，第 50 页。

② 南梦（陆秋心）：《双泪碑》，上海：时报馆，1908 年，第 7 页。

③ 同上书，第 5 页。

非来自诸人的父母：王秋塘早已“失怙”，李氏父母对李、王婚约也无异辞，柳侬之母更是喜见王、汪二人结成连理。因此，悲剧的源头决定于王秋塘一人的取舍。小说借情爱中的三角恋爱关系，切近地展现了传统与现代、包办婚姻与自由结婚之间的文化冲突。小说中汪柳侬认为“王生未有聘妻”，才与之成婚，因而作者对她并无怨词，而是把批判的矛头指向王秋塘。此外，小说家还借汪柳侬写给碧娘的信件，批评“嚣嚣于学界”的“自由结婚之声”。最后，小说家以“著者曰”“著者又曰”的方式，展现了他在婚俗取向问题上的迷惘，他既批判传统的专制婚姻“使但媒妁之言，遽缔丝萝，男女各不相知，性情才貌，又复不类，欲其诉合无间，难矣”，又再次引用罗兰夫人的名言，表达他对“自由结婚”之矫枉过正的不满，“吾馨香祝天，愿吾最敬爱之男女学界兄弟姊妹，毋浮慕自由结婚之美名，漫不加察其生平，而一朝误用其情，致饮恨毕生，而为汪柳侬之第二也”。①

“请命模式”的代表是“东亚寄生”的《情天劫》。此书主旨在提倡自由结婚。第1回即言欲矫旧式婚姻之弊，“舍自由结婚别无他法”。书叙苏州的江苏师范游学预备科优等生余光中幼年父母双亡，赖叔父抚养，平生“立志要自由结婚，所以耽延至十九岁，尚未成就亲事”。② 于是在《新闻报》上刊登自由结婚启事，孰料一直无人应征。苏州大同女学历史教员（原为苏苏女学学生）史湘纹为家中独女，也发愿自由结婚。惜母亲早亡，父亲在外地任职，性情迂拘，继母吴氏暴戾，一心要将湘纹配与内侄吴天佑，湘纹担心难遂自由心愿。校长汪畹兰则劝她要有坚忍不拔之志。她们偶然在《新闻报》上看到余光中的征婚启事，叹道男界也有史湘纹。后来苏州开天足分会，汪畹兰和史湘

① 南梦（陆秋心）：《双泪碑》，上海：时报馆，1908年，第25—25页

② 东亚寄生：《情天劫》（《自由结婚》），上海：蒋春记书庄石印，1909年，第5页。

纹皆为发起人，游学预备科派余光中出席并发表演说，余光中始见湘纹，为其美貌所吸引。两人经过多次接触，明白对方学问性情，互相爱慕，但未曾明言。后来湘纹父亲病重，即将回苏，光中大惊，始向湘纹表白，二人互换婚书：

> 余子光中，史氏湘纹，爱情深挚，结自由婚。生则同室，死愿同坟。地老天荒，此盟不移。①

余光中毕业之后，赴上海龙门师范任教，二人依依惜别。不久湘纹父亲归里，继而病亡，继母逼迫她与吴天佑结婚。湘纹不敢违拗，含泪写信向光中告别，将平日诗稿和所作讲义焚烧，次日与畹兰道别后在万年桥上赴水而亡。吴氏追悔莫及。光中阅完遗书，痛至昏厥，虽经叔父苦劝，依然无法释怀，执意回苏祭奠。他面对青坟黄土，断肠而亡。光中叔父与吴氏商议，将两棺合葬。下葬之日，众多学生和闺秀都赶到送葬。江苏全省的婚俗，也为之一变。

其实，"请命模式"与"误解自由"的"自由结婚"之表现情形颇为相同。男女的结识、定情步骤十分接近。不同之处在于遇到阻挠之后的抉择。"误解自由"的男女因为私自结婚或私奔他方而被作者唾骂，"请命模式"中的主人公则以生命的代价换得读者的满腔同情。《情天劫》中史湘纹即在给余光中的遗书中说："当此之时，不难略施小计，竟至沪江，再见郎君，重申旧约。"她之所以选择舍弃生命，意在为情海中的痴男怨女请命，以一己之躯打动举世家长，"庶使世之为父母者，废然知返，革故鼎新，自由结婚之风，或可自我而启也"。② 因此，湘纹的投水自尽，某种程度上与秋瑾、苏菲亚的舍生取义有相同的感人效果。

---

① 东亚寄生：《情天劫》（《自由结婚》），上海：蒋春记书庄石印，1909 年，第 35 页。

② 同上书，第 40 页。

“离别模式”的代表作品是李定夷的哀情小说《賈玉怨》。此书叙兰陵青年刘绮斋在上海求学，某日在沪西名胜李公祠无意中听到一女子关于自由与法律的议论，大为心折。女子史霞卿，浙江禾郡（嘉兴）人，乃上海思炎女校学生。通过绮斋同学介绍，二人得以结识，数次往来之后，互生爱慕。绮斋认为，男女婚姻“在理应父母之言是听，然亦可参以己意也”①，于是他们在暑假前订下婚约。绮斋将祖传汉玉作为信物赠与霞卿。不久后霞卿之父史禅叟职务调动，举家迁往苏州，霞卿生母陆氏感染时疫，一病不起。禅叟本来鄙薄女学，陆氏逝后，霞卿护送灵柩回禾郡，从此株守于家。绮斋以第一名成绩毕业之后，远赴云南蒙自，投奔世交徐某，担任关道洋务之职，结识陈毅庵、陈庐侠兄妹。霞卿庶母钱氏视她为眼中钉，屡次陷害霞卿，后又欲将她就婚于纨绔子弟杨氏，霞卿寄绝命书与绮斋后悬梁自尽，幸为婢仆所救。史祥叟担心再出人命，以李代桃僵之计，将钱氏生女彤云嫁给杨氏。绮斋接信后急忙赶回，见到霞卿后，方知是虚惊一场。刘母请媒人求婚于史家，被一口拒绝。后钱氏与奴仆淫乱，横死在床，禅叟翻然醒悟，不仅承认了绮斋与霞卿的关系，还答应将小女碧箫许给绮卿之弟绚卿。霞卿兴奋不已，失眠而受寒。时绚卿留学日本，因用脑过度，患上重病。绮斋接电报后乘船东渡，不料船翻落水，虽被渔人所救，但在宁波卧病数旬，以致被误传落水而死。霞卿心如死灰，“当绮斋卧病甬江之日，霞卿病于禾，绚卿病于东”，“绮斋幸有转机，霞卿竟以此终古。霞卿死于十二月初六日。前此十日，绚斋没于东瀛”。② 史禅卿欲以碧箫嫁给绮斋，二人激烈反对，碧箫断发明志，绮斋也留给老仆“青丝一缕”，从此离乡去国，不知所踪。

小说男主人公刘绮斋家本兰陵，但在他与史霞卿发生情感

---

① 李定夷：《賈玉怨》，上海：国华书局，1914 年，第 12 页。

② 同上书，第 118 页。

纠葛的三年里，行踪不定，“东驰西驱，栗六风尘”[①]，忽而上海，忽而苏州，忽而禾郡，忽而风尘仆仆奔往蒙自，忽而远赴东瀛。二人聚少离多，无疑会为小说的哀情效果增色不少；结局的生死两隔，更是永久的离别，这令善感的读者柔肠百结：“关山万里，两地飘零，红豆春肥，青苔秋老，望美人兮，梦魂萦绕：则其怨也，以生离。绝悭命薄，人随秋萎，玉陨珠沉，形向梦寻；歌成黄鹄，莫招夫婿之魂；镜掩青鸾，空怀倩女之影：则其怨也，以死别。”[②]

由于刘绮斋客游万里，行踪不定，某种程度上，他具有类同于旅行者的功能。伴随着他的足迹，各地风物一一展现于读者面前。如在他从上海南下，道经香港，由越南再进入蒙自的旅程里，小说便带入了各地的风光与市声。而且，与小说的言情氛围相关，随着他在各地与不同的友人交游，作家便奉上更多的情爱故事。小说在刘、史二人的主线之外，还插入了陈侠庐与武立三的爱情故事，便属这类情况。另外，可以看成言情的副产品的是，即使作者对革命运动并不熟悉，但因为刘绮斋在云南结识了后来为革命献身的党人陈毅庵，客观上多少给读者带来了那个时代的更多的消息，扩大了作品表现的社会容量。

发乎情，止乎礼义

在小说书写和人们印象中，“误解自由”的女学生，其追求“自由结婚”往往落得个身败名裂的下场；而哀情小说里的女子，其结局只是博得“普天下有情人同声一哭”。这种情形，即如小说家所批评：“为自由所误者，什恒八九；其克享幸福者，特侥幸于万一耳。”[③]旧时专制婚姻既已非变不可，那么，有没有一

---

① 李定夷：《霣玉怨》，上海：国华书局，1914 年，第 122 页。

② 海绮楼主人：《序一》，见《霣玉怨》。

③ 娄东郘拙庵：《薄命花》自序一，《薄命花》，上海：百新公司，1917 年。

种方法或规则，能保证爱情中的男女获得幸福的归宿，或者能在爱情里少受到伤害？时人开出了各式答案，或提倡法律上之“真自由”，反对不受限制的“伪自由”；或者建议男女公开交际之后，再行“自由结婚”；或者认为应从提升男女道德入手……在这些药方中，比较醒目的一种是提倡“情之正”。

对“情之正”的呼吁，正是基于这种性质的“情”的缺失。小说家“烂柯山樵”借《好女儿》中的男主人公黄鹤之口对当时的小说界予以批评：“盖情者贵乎真，尤贵乎正，而坊间小说之写情不真者占十分之二三，不正者尤占十之六七也。”[①]那么，怎样才能算得上是“情之正”呢？

所谓“情之正”，最主要的表现即是《诗》大序中古老的“发乎情，止乎礼义”。林纾在小说《鬈云》中言：“小说一道，不述男女之情，人亦弃置不观。今亦仅能于叙情处，得情之正，稍稍涉于自由，徇时尚也。然其间动有礼防，虽微近秾纤，或且非异淫之具。”[②]而《自由婚》的作者称：“自由何害？顾其举动，一轨于正，要非越礼逾纪者之所能藉口耳。”[③]“一轨于正”的自由与“动有礼防”的规范从正反两面指向平和中正的“情”，即世人不要因为放纵自由或感情冲动而毁弃礼教、理义的约束。在男女爱情发展的不同阶段，“发乎情，止乎礼义”亦各有不同表现。

男女初次接触之后，互有好感，但一方或由于潜在的外力干涉和道德谴责，或出于内心对爱情的畏惧，拒绝感情的进一步发展，而仅仅是维持好友或者知己的关系，甚至决定不再往来，主动结束这段情感。《泥中玉》中，“豪迈而守礼，风流而自重”男主人公“冷观先生”对待情感的方式极为暧昧。他于女学生装

① 烂柯山樵：《（写情小说）好女儿》，第7章，《小说新报》，第4卷第4期，1918年4月。

② 林纾：《鬈云》，见林纾著，林薇选注：《林纾选集（小说卷上）》，成都：四川人民出版社，1985年，第148页。

③ 《自由婚》，剑公编：《精选短篇小说》，上海：中华图书馆，1916年，第216页。

的女郎爱慕非常,见面之后却极避瓜李之嫌。两人定下后约。后知女子有夫,冷观大惊失色,不敢赴约。小说家对于两人的交往,显现出非常矛盾的态度。男主人公虽是守礼自重,但他对女子的惊艳与尾随,乃纯出于猎艳的考虑。女主人公一再强调要以礼自持,不愿效"自由结婚"之举,可她在相会时处处主动,且称冷观为"意中人""负情郎",这显然超越了一般的朋友之交。冷观深感女郎厚意,然自有"山荆",再进一步深交,定会逾越礼法的界限,因此,选择了主动退缩,而小说家也匆匆结束笔墨,且在篇尾以"新史氏曰"的形式,引导读者将关注的视点由两人的情感转移到对世间极普遍的人生不得志的感慨上来:"白香山诗云:'同是天涯沦落人,相逢何必曾相识。'诚哉斯言! 此劳人与思妇,所以有一见之缘欤!"①

在三角恋爱的关系中,一方"动有礼防"的情形更为多见。为了维护既有的婚约,在面对第三人的表白时,被表白者往往以理智、礼教的约束,战胜暂时的冲动,委婉地拒绝对方的爱意。《賈玉怨》中,刘绮斋在云南蒙自结识英武的陈庐侠,且病中得其悉心照料。庐侠不知他与霞卿已有婚约,相处日久,深怀爱慕,一夜主动向他表白,绮斋颇为心动,却婉言拒绝:

> (庐侠)语次,红晕两颊,与皓光相映射,倍增娇艳。玉容低垂,频频弄其裙上绣带。绮斋斯时,如临万丈情坑,偶一失足,立即坠入。顾用情素专,急正颜答庐侠曰:"……"②

后来见庐侠对自己仍一往情深,绮斋认为她并未能明白爱情的真义,应该放弃无望的用情:"若枉用其情,独钟于形格势禁万难如

---

① 治世之逸:《泥中玉》,《新聊斋》卷2。据萧相恺《未见著录的三部新〈聊斋志异〉考》,本书最早为上海改良小说社1909年刊行,见中国社会科学院文学研究所中国古代小说研究中心编:《中国古代小说研究》(第2辑),北京:人民文学出版社,2006年,第226页。我所见《新聊斋》为上海亚华书局1928年版,第105页。

② 李定夷:《賈玉怨》,上海:国华书局,1914年,第48页。

愿者，虽至魂销蓬颗、墓瘗玉箫，毕其身以殉之，亦徒呼负负耳。”[①]后来，庐侠终于将对绮斋的用情转移到武立三的身上，两人缔结良缘。庐侠获得醇美的爱情，从而避免了单恋的伤害。绮斋也因此被塑造成深情、专情者的形象。

在大多数小说家看来，恋爱中的男女也应以礼教约束双方，将爱情与欲望分离。在结婚之前，要保持身体的纯洁，两人仅能在精神、学问上进行交流，不能逾越道德的界限，甚至也不能有秽亵的念头。《申报》所载小说《自由女之新婚谈》中，借女子之口，道出作者认可的婚恋过程是：“始而相识，继以礼交，后以情合。”[②]这种“礼交”“情合”的关系，即《家庭现形记》中卜仁所说的东西洋“自由结婚”的男女，“两人虽订定了终身，同在一处，却断没有丝毫苟且的事体”。[③] 而《賈玉怨》中刘绮斋对舅父陈叔谟解释得更加具体：

> 情为精神上之相爱，而欲乃形体上之相狎，迥不同也。甥生平于情之一字，视之至重，用之至慎，人遂视我为寡情忘情之人，而不知我之多情，正在此也。且予与霞卿以学问相倾慕，道义相砥砺，尤非儿女痴情可比。[④]

至专至真的“情”到了深处，因为这份克制，反而近于寡情、忘情。事实上，这种“高尚纯洁之情”[⑤]，在清末民初的言情小说中比比皆是，“几个主要的鸳蝴作家，其言情小说的毛病不是太淫荡，而是太圣洁了——不但没有性挑逗的场面，连稍为肉欲一点的镜头都没有，至多只是男女主人公的一点‘非分之想’”[⑥]。

---

① 李定夷：《賈玉怨》，上海：国华书局，1914年，第94页。

② 是龙：《自由女之新婚谈》，《申报》，1912年9月19日，第3张第3版。

③ 仙源苍园：《家庭现形记》，上海：文振学社，1907年，第34页。

④ 李定夷：《賈玉怨》，上海：国华书局，1914年，第22—23页。

⑤ 吴绮缘：《〈双鬟记〉吴序》，徐枕亚：《双鬟记》，上海：小说丛报社，1916年。

⑥ 陈平原：《二十世纪中国小说史》（第1卷），北京：北京大学出版社，1989年，第214页。

短篇小说《我之家庭》记述的是一个听来的故事。番禺人王泽民在上海圣约翰大学附属中学求学。一日圣玛利亚女校(与圣约翰为同一教会所设,校舍即在圣约翰之后)开演说大会,圣约翰学生自由往听。女学生邵李梨演说缠足之害,十分精彩。王泽民后与邵李梨因教会筹款事相识,王泽民请求进一步交往,得其首肯,两人数次相聚,"语益投机,竟互相引为知己矣"。邵李梨毕业之后,任圣玛利亚教习。一日,王泽民向其求婚,"彼亦不却",唯言当以学业为重,"俟我毕业中学后始可结婚"。王泽民遂于功课上更加努力。毕业后,两人在张园举行文明婚礼,一时观者如堵。①

《我之家庭》很可能是叙事者王泽民真实发生的爱情经历。但作为小说来看,对生活素材缺少必要的艺术加工,情节简单又多枝蔓,语言平淡,叙述毫无波澜,实在了无足观。其意义只是为读者提供了一种可行的通往幸福婚姻的"自由结婚"之路径。然而,这类甜蜜而简单的故事,在清末民初的言情小说中甚为罕见。此种情形提醒我们,"欢愉之辞难工,而穷苦之言易好"(韩愈《荆潭唱和诗序》),尽管生活中肯定有不少类似的婚恋经历,但因为小说本身对曲折情节的规定性,此种平实的故事并不宜直接写进作品。

在清末民初的哀情氛围中,"发乎情,止乎礼义"的高洁的爱情,并不能保证小说主人公如愿以偿。相反,大多数男女最终换来的只是"卅六鸳鸯同命鸟,一双蝴蝶可怜虫"的人生。究其原因,自然主要是他们性格软弱,缺少抗争到底的勇气。另一方面,也因为他们在失去爱情之后,过于沉溺在自己的悲伤中。"自由结婚,希望最富,惟其太富,亦易失望,一至失望,苦乃莫状"②,

① 商铭:《(写情短篇)我之家庭》,《小说丛报》,第3年第7期,1917年2月。

② 烂柯山人(章士钊):《双枰记》,见吴组缃、端木蕻良、时萌主编:《中国近代文学大系·小说集7》,上海:上海书店,1992年,第869页。

主人公难以自拔,无法超脱于悲痛,只能消极面对,甚至选择结束自己的生命。因此,爱情无望之后该如何节制自己的哀伤,怎样解脱痛苦?这也是部分作家思考的问题。此时,宿命论、老庄之道、佛家法理便是常见的选择。

在《还我欢容》中的小说家秦宗胜看来,爱慕一个人,是最高尚最正当的情,但并不一定要发生精神上的爱情,更不能拼命地想做夫妻——这是最下乘的情了。他推崇的是单方面的爱恋,宁愿向墙上的画中女郎馨香祷祝,也不愿与现实中的女子交际,"世界上人,能照吾同画里美人的样儿用情,可以完全没个恨字,那还有颦眉泪眼的美人么?"[①]秦宗胜以他的爱情观,成功地解脱了友人刘湄生与女中学生周佩玉一对痴情人,使其不再因难遂自由结婚心愿而久困于愁城。文本中的秦宗胜作为小说家,对情爱旨归的理解完全可以与《还我欢容》作者的主张相重合,因而秦宗胜对刘湄生的说教,也可以视为作者在向读者传达他的爱情观。然而,究其实际,这种爱情观是极虚无的,单向的爱情只能是望梅止渴,而对爱情另一方感受的忽视其实是对情的畏惧和逃避,这样的情也就不成其为爱情了。

"悟情短篇"《禅花梦影》流露出浓厚的禅意。小说开篇即是"集定公句六绝",接着记叙了男主人公"拈花微笑"的梦境。作品写的是才子"泣珠生"与醇娘自幼青梅竹马,但因父母之命,学冠群侪的醇娘被嫁给一"菽麦不辨之伧楚"。这本来是一个让人悲伤的故事,但"悟珠生"因与月印禅师交游,至于明心悟性的境界,"渐觉色相俱空,人世百态,似已遗忘殆尽"。而醇娘因长时期与经卷贝叶相伴,也早怀出世之想。男女主人公皆勘透了此种因果,因而幼时的耳鬓厮磨被认为是"孽根",两人的情感波折被看成"华鬘小劫"。面对惨境,醇娘安之若素,自愿"长斋绣佛,了此余生",而泣珠生此后想必更是佛法精进。

---

① 王大觉:《还我欢容》,《小说月报》,第10卷第10号,1919年10月。

与在爱河中随波起伏的男女相比,《禅花梦影》的主人公追求的是另一种文化选择,借用《賈玉怨》中的语句,乃“挥彼慧剑,返登佛国”①。不过,作为旁观者的小说家之心境,与主人公的感受显然存在着不小的间隔。男女主人公“太上忘情”,而作家却泪水难禁——小说行文至收束,叙事者直言道:“绮缘曰:哀莫大于心死。泣珠生与醇娘之心,恐已死且过半矣。吾著哀情已夥,然未尝有用情纯洁若此、而处境惨痛若此者。校读一过,泪痕且尽透纸背矣!”②

在爱情发展的诸阶段中,“发乎情,止乎礼义”的取向确实使得小说中的感情比较含蓄收敛,趋于温柔敦厚。但是,它并不能决定小说的叙述效果,像《禅花梦影》这种作品,无言的结局有时比悲凄的故事更让读者心情沉重。自然,也不能真正改变爱情的命运,当然更不能保证爱情中人美满幸福的结局或者在爱情失败后全身而退。

“自由结婚”与“父母之命”

在常人看来,既名“自由结婚”,就意味着“男女两相爱悦,不俟父母之命,不藉媒妁之言,遽尔私订终身”③。这显然与此前的婚俗相抵触,《诗经》即曰:“取妻如之何?必告父母。”(《齐风·南山》)千百年来男女的和合,主要决定于父母之命,因此,晚清以降士人在进行婚俗改良、提倡“自由结婚”时,首先遇到的难题就是如何处理“父母之命”。清末民初的言情小说在叙述男女婚恋时,对于“父母之命”的取舍,也是评判所言之“情”是否为“情之正”的重要标准。

在清末民初报刊上文明结婚的事例,几乎无一例外都有父

① 李定夷:《賈玉怨》,上海:国华书局,1914年,第51页。

② 绮缘(吴绮缘):《(悟情短篇)禅花梦影》,《小说季报》,第1期,1918年8月。

③ 悟非:《自由结婚》,《小说新报》,第2年第2期,1916年2月。

母出现在仪式现场,接受鞠躬、跪拜,或向来宾致词,而且大多担任主婚者,这本身就意味着男女婚恋中父母权威的存在。而作为主婚者的父母,他们的婚姻多半是由彼辈的"父母之命"结合而成,因而对子女婚姻的态度,取决于多年来婚姻生活的感受,以及在新思潮的鼓动之下是否变得开明。1913 年,小说家陈蝶仙收到友人唐法思的书信,愿为陈蝶仙 16 岁的儿子、时为浙江法政大学学生的陈小蝶执柯。陈蝶仙在复信中坦陈了自己的意见:"愚意颇以自由结婚为然,惟自由结婚,亦必具有后列三项之条件:1. 媒妁之言,2. 父母之命,3. 结婚者双方之同意。此三项在礼则以一二两件为重,在情则以第三项为重也。"陈蝶仙自己在 10 岁时即由父母订婚,18 岁结婚时方与妻子相见,"以己度人,而于小儿女婚姻事,不得不慎重出之"。[①] 陈蝶仙的主张,在清末民初的开明父母中颇具有代表性。形式上的父母之命并不可废,但必须体谅、尊重儿女的感受。

问题是,儿女的选择往往与父母的喜好相左,冲突不可避免,这时候该如何定夺?清末民初的报刊文章提供了各式参考意见。或以孝顺为上,苦求父母,"为子女者,总当号泣以谏之,切勿暂时小不忍以致终身大不孝也"[②];作为女性,卞繐昌一方面主张"男女结婚,许其自由爱悦,自由遴择",同时认为"须告本生父母,得父母之许,然后定婚。如有大不合宜之理由,父母应劝止之","劝止后,仍听自定"[③];老成者则称:"择偶自由,而得父母兄长之同意者,其事万全而无一失"[④]。吕碧城 1908 年与严复谈及"自由结婚"时认为:"今日此种社会,尚是由父母主

---

① 蝶仙(陈蝶仙):《复唐法思先生书》,《申报》,1913 年 5 月 24 日,第 13 版。

② 《东西南北》,《民立报》,1911 年 2 月 27 日,第 6 版。此条材料我初见于夏晓虹《从父母专婚到父母主婚——晚清的婚姻自由》,《读书》,1999 年第 1 期。

③ 女士卞繐昌:《答寰球学生会中国应否采用自由结婚制》,《申报》,1912 年 10 月 3 日,第 9 版。

④ 陈麒:《择偶自由论》,《中华妇女界》,第 1 卷第 2 期,1915 年 2 月。

婚为佳,何以言之?父母主婚虽有错时,然而毕竟尚少。”[①]而民初教育行政者则强调“父母之命”的权威不可动摇:“我国男女婚媾,绝不可不由家长主之。”[②]大体而论,主张遵循父母意旨的观点占据了上风。论者普遍认为,父母的识见和经验远在儿女之上,且都为儿女的幸福着想,因此对人与事都比儿女看得要透彻,也更能保证婚姻的美满。

与此相关的是,在言情类的“女学小说”中,“情之正”亦体现于对“父母之命”的认同与尊重。它既是一把道德标尺,在某种意义上也是一种叙事法则。“误解自由”的女学生往往会无视父母的好恶,私自与男子结合,却总是遭到无情的抛弃。而哀情小说中的男女,在个人婚姻问题上,往往首先会考虑父母的意愿;在追求自由爱情时,若碰上父母的权威,多半是抑制“情”,使其让位于父母的意见:

> 侬虽赞成自由,然不可不先请母命,否则私相订约,类于淫奔,能免人之谤议乎?[③]
>
> 我虽是学堂里出身,现在又在学界上做事,那种假文明(自由结婚)的恶习,我却极端反对。还请你另外托出人来,正式向我父母去说。[④]
>
> 他(大妹)是痛恨现在自由结婚之流弊,自己立意不步他们的后尘,一概由父母作主。[⑤]

---

① 严复:《与甥女何纫兰书》(17),见王栻主编:《严复集》(第3册),北京:中华书局,1986年,第839页。

② 教育司长史宝安:《河南女子师范学校毕业训词》,《妇女杂志》,第2卷第1号,1916年1月。

③ 明道(顾明道):《(哀情小说)某女士之自述》,《小说新报》,第3年第12期,1917年12月。

④ 乃丰:《(爱情小说)第一路电车》,《小说新报》,第5年第10期,1919年10月。

⑤ 廑父(许廑父):《(哀情小说)恨之胎》)第6回,《小说季报》,第1集,1918年8月。

孝顺的儿女因为对父母权威的尊崇,虽然往往是“两全难”,但最后多半会选择放弃个人的追求,去迎合父母的意志。他们除了深深感慨“母(父)也天只,不谅人只”外,只能悲伤地了却余生,或早早结束自己的生命。

但小说中不愿认命的儿女还有一种可能的选择:他们既不用放弃自己的爱情,也不想过分违拗父母心意,而是设法改变父母的看法,使其认同自己的追求,最终与所爱的人结合在一起。这种情形,使得“情之正”也可以指向美满的结局。

《第一路电车》中的吴文哉与女学生伍薇贞在上海的电车上相逢,二人经过一段交往后,互许为知己。但吴文哉托人提亲时,遭到了薇贞父母的阻挠。他们一直想要“寻个富贵的女婿”,而文哉只是一个“没钱没势”的办事员。事情的转机出现在薇贞生病之后。她因发寒热而不省人事,却在昏迷中把对文哉人品学问的敬佩、痴迷一古脑儿倾吐出来。薇贞父母因为爱女心切,“深怕他因这件事闹出个三长两短,倒是个笑话,于是百端劝慰他,教他安心养病,再慢慢斟酌。如果那人真个品学俱优,就是清贫些,也一定答应”①。同样,《劫后花》中的男主人公朱幼青的父亲之所以认可他与女学生陆诵芬的情爱关系,乃是出于父子之情,“父虽固执,而爱子之情,未尝与人少异”,再加上原来播弄是非的王观海(幼青同学)被幼青感召,将功补过,转而为二人作伐,且朱母在旁劝说:“爱情既生,抑遏之,恐生他变。”终于成就了美满姻缘。② 父母的慈爱化解了成见,横亘在男女主人公间的爱情阻碍被比较容易地去除了。

就“自由结婚”与“父母之命”之冲突的消失过程来看,小说《孝感记》的处理方式值得关注。书叙23岁的南京青年高子纯

---

① 乃丰:《(爱情小说)第一路电车》,《小说新报》,第5年第10期,1919年10月。

② 冀路:《(言情短篇)劫后花》,《小说丛报》,第3年第9期,1917年4月。

在沪上担任教职，女友秦孟敏为苏州人，在上海求学。高子纯在信中向父母坦陈二人关系，高父纯甫拟亲自来沪考察孟敏的为人。一日孟敏与女友在游乐场“楼外楼”游玩时，正好碰到高子纯父子，孟敏主动大方地向他们打招呼，却遭到子纯同行人吴裳石、吴芝石兄弟的非议。三天之后，纯甫向子纯宣布：“汝所最爱之秦孟敏，以我衡之，不可偶也。”①原因是孟敏在婚姻问题上全凭己意，不商之于父母，且视之如无物，以后夫妇关系也很可能轻易决裂。子纯将老父所言，悉数转告给孟美，并奉劝孟美应对双亲尽孝。孟美如梦初醒，当天即返苏州看望阔别一年余的父母。时秦母正为目疾所苦，见孟美归来，“喜极而痛”，孟美也“快极而悲”，“方知人类亲爱，无有过于父母者”。子纯将孟美从苏州的来信告诉父亲，高纯甫深为赞许。此时纯甫在上海也患上疟疾，“孟美来书问疾者成叠”。纯甫痊愈后返回南京，子纯则赴苏州探望孟美父母，见平素极为讲究卫生的孟美竟然以嘴吮吸母亲眼角脓泪。纯甫对孟美的变化十分高兴，首肯二人婚事。

子纯、孟美二人的婚事，除当事双方外，还涉及两边的家人，但子纯为一纯孝之人，对父亲意见无不顺从，孟美父母的态度书中一字未提，因而冲突的实质只是秦孟美与高纯甫两人。高纯甫“颇解新学”，并非顽固守旧之人，对女学生的看法也颇为通达，如认为“女学校原不能一概抹煞。惟今之误解自由，因而于旧有之礼教，竭力推翻，未免与人以口实耳”②。他之所以来沪“详晰审查”秦孟美，并非有意作梗，而是为儿子的幸福把关，减轻“自由结婚”可能带来的后果。因此，矛盾的最终消除，决定于秦孟美今是昨非的心路历程和近乎洗心革面的举动。

秦孟美在小说中出场时是一极新式的女学生，性情果决坚

---

① 老谈（谈善吾）：《孝感记》，上海：甲寅杂志社，1916年，第32页。

② 同上书，第18页。

定,极有主见。她素抱婚姻自由之念,因家中二老甚为守旧,久已决定婚事不让父母干涉。对于子纯的“柔懦”,她颇为不解:“婚姻结合,个人自有主权,何得听命于父母!”[1]这样的女子,自然会让纯甫不满。而孟美的转变之迅速之彻底,令今天的读者大跌眼镜,当然也使子纯父子惊喜不已。在子纯与孟美一番深谈之后,小说家特意安排了旁观者吴裳石、吴芝石兄弟对孟美“放下屠刀,立地成佛”的夸张感叹,来印证孟美迁善改过的决心之坚定,并指引读者,孟美即将引向新的人生。而让孟美洗肠涤胃的源动力,即是子纯的一番发自肺腑的“药石之言”:

> 孟敏忽猝然问曰:“中国伦理上所谓‘孝’者,果何所取义?吾至今不甚了解。得无涉于专制乎?”子纯闻言,乃庄其色以对曰:“是未尽然。经史上所谓‘孝’者,原每有一种专制气象,反对者遂有所谓‘父母者,不过淫欲而已’之论。以我意见,是宜分晰言之。专以生我,即当尽孝,理论上原不甚圆满。然自生我而后,提携怀抱,饮食寒暖,保卫教诲,惟恐或有未当,而父母之心力交瘁矣。倘遇疾病,其急迫痛切之情,尤非他人所可比拟。举凡人类用情之厚,无有过于父母之于子女……”

这番话,使得孟美反思自己与父母乖离的关系,突然哽咽道:“吾误矣!吾误矣!”[2]由此完成了由不孝到至孝的关键转折。这种效果,想必也是小说标题的旨意所在。

《孝感记》表面上叙述的是一个“自由结婚”怎样得到父亲首肯的故事,但内里是借言情来谈孝,因而这部文本可以视为伦理小说与言情小说的奇特糅合。与此同时,文中随处可见的辩论与说教,与晚清“专欲发表区区政见”的政治小说颇为类似,

---

① 老谈(谈善吾):《孝感记》,上海:甲寅杂志社,1916年,第24页。

② 同上书,第39—41页。

这使得小说情节简单，人物形象苍白，性格转变既离奇又生硬，更接近于古代训女书的通俗演义，而非成熟的小说作品。此外，小说的欢快结局在明清才子佳人小说中甚为常见，但在清末民初的言情小说里只能说是个例。“自由结婚”与“父母之命”的矛盾，很难以如此简单而奇特的方式来解决。

在清末民初的哀情氛围下，我们亦看到了女学生和她们的恋人们因为实行“自由结婚”受阻而流下的痛苦泪水。借由为数不少的哀情故事，小说家或传达了传统与现代婚姻观的激烈冲突，或展现了主人公以生命为代价向父母、社会“请命”的悲壮举动，或叙述了男女聚少离多甚至是生死两隔的悲情经历：这既令读者动容，又会让他们对“自由结婚”望而却步。部分小说家为了消解围绕婚姻自由的文化冲突，提出了“情之正”的解决之道，将其视为“自由结婚”的要义。不过，在婚恋过程中遵循“发乎情，止乎礼义”的守则以及服从“父母之命”的权威，期待爱情在礼教、理义的规范下徐徐而行，盼望开明的父母理解、支持儿女的意志，正显示了此种“自由结婚”的历史局限。“情之正”下的纤细情爱只存在于数种外力的夹缝中，丧失了其感性、炽热的特征，男女的结合也仰赖于其他条件的许可，远未成为一种强大、独大的价值取向，因此，它不仅没有从根本上与此前的专制婚姻划清界线，实行起来也是困难重重。在小说中，即便有《孝感记》这种极为离奇的道德、爱情神话，但是在更多的作品里，我们读到的是苦痛的主人公和彷徨的小说家。“情之正”的文学实践，并不能给大多数人指出一条通往幸福婚姻的光明大道，也远未完成由专制婚姻向现代婚姻的转变。

小　结

行文至此，我们不难发现，从晚清到民初的政治小说和言情小说中，作者对“自由结婚”的评价之所以出现较大的差异，起决定作用的是不同时代背景下的话语情境(国族、女权、道德、情爱)的歧异。晚清与民初文学作品中关于女学生"自由结婚"的叙述,主要由政治小说与言情小说来完成。政治类的"女学小说"中男女主人公之"自由结婚"大多数时候变成一种面向未来的政治隐喻,且往往与强国强种、仁民爱物的宏大叙述相随,而对"自由结婚"的标举实际上是对他们一意启蒙、勇纾国难之壮举的提奖。"自由结婚"的合法性与主人公的行动能力被张扬,但小说中的私情反而表现得极为微弱。

在言情小说中,国族话语逐渐消退,道德话语成为主导语境,女学生"自然结婚"的举动陷入"误解自由"与哀情小说两大模式。由于通俗小说家对读者道德的迎合,使得小说作品的婚恋观与社会上逐渐蔓延的新思潮保持疏离,因而小说中的道德批评与时代潮流相比显得相对滞后。而对于新女性追求爱情的新异姿态,小说家整体上呈现出严厉批评的态度,使得女学生处于被污名化的尴尬位置。她们对爱情的追逐往往是误人自误,爱情的力量总敌不过金钱的诱惑和男子的负心。而被小说家尊为典范的"情之正",故事里的女主人公虽有对爱情的觉醒与朦胧追求,但绝大多数无法抗拒礼教的束缚和父母的安排,其"发乎情、止乎礼义"的心路历程既是对情爱的压抑,也往往导致悲惨(甚至是死亡)的结局。主人公对爱情的逃避于是变为民初"鸳鸯蝴蝶派"小说感伤氛围的重要成因。

另外值得注意的是,"话语情境"并不完全等同于"社会思潮",更不能与"历史事实"画上等号。根据学者的研究,晚清部分婚姻已由"父母专婚"演进为"父母主婚",且受到媒体的称扬。[①] 专制婚姻虽然势力强大,但至民初,新式婚姻愈见其多,

① 夏晓虹:《从父母专婚到父母主婚——晚清的婚姻自由》,《读书》,1999 年第 1 期。

婚俗总体上呈现出由保守走向改良的势态。[1] 以我考察清末民初女学生"自由结婚"故事的经验来看,我们不宜将小说书写与历史现实混为一谈,小说作品诚然会反映部分社会意识,但亦有自己的运行机制:它既受到处于变迁中的文学话语的规约,也有文本内部的自我规定。

① 如1917年北京行文明结婚者日见其多,但无适合举行婚礼的礼堂,津商孙月桥于是在阜成门内锦什坊建筑房屋,"另设宽大之礼堂,以便都中人士举行婚礼"。从中可窥见其时北京婚俗风气。《建筑结婚礼堂》,《女铎报》,第68期,1917年11月。

第四章　暧昧的夜花园
——黑幕、小报与女学

随着中国女子教育的行进,女学界气象与国人的期待时有背离,尤其是民国以后,对女学生的批评日见其多。1914 年成都的吴虞与同事闲聊,便对女学界风气十分不满:“据云,今日女校异常放荡,凡在外搭台基陪酒者,各校女生源源不绝。每游监视户,则多女生之学校课本在焉。纳妾者亦多女生。风气之坏,去重庆不远。”①民初成都和重庆两地的女子教育,并不是特别发达,传言中的女学生已沦为妓女和妾媵。若事果属实,其他大城市(如上海)的女学现状更可想而知,则中国女学之前途,着实令人担忧。

本章主要讨论的是有关女学的“黑幕”。事实上,民初女学生地位的迅速下降,“黑幕”报导及“黑幕小说”发挥了至关重要的作用。在下文中,我将从黑幕故事发生的经典场景“夜花园”以及读者世俗趣味的载体小报入手,探讨女学黑幕与社会心态、流行文化的关系,由此凸显女学生的生存处境和女子教育社会化初期所面临的困境。这一策略的合理性在于:“夜花园”和小报贯串黑幕的始终,三者在上海的繁盛大约处于同一时期。“夜花园”是现实和文本中黑幕典型的发生地,小报则是黑幕生成、传播的重要媒介。对有代表性小报的考察,正是对女学黑幕

---

①　吴虞著,中国革命博物馆整理:《吴虞日记》,1914 年 11 月 11 日,成都:四川人民出版社,1984 年,第 153 页。

发生的历史语境的重视。

除了考察某一时代内小报上的女学话题外，我还将分析作为小说场景的“夜花园”的隐喻功能。这一经典场景可以看成是社会黑幕的横切面，对小说故事的走向和人物形象的形成有象征性的意义。通过这种交叉分析，既能避免蹈空之弊，赋予这种研究以真切的现场感，也能窥见小说中女学生的风貌和小说背后的社会成因——这即是本书的题中应有之义。

第一节　夜花园：休闲场所与隐喻空间

海上乐园

“夜花园”的诞生，是上海休闲文化的产物，是经营性私家园林发展到一定程度出现的。以营利为目的的私园，著名的有张园（又称“味莼园”，1885 年开放）、愚园（1890 年开放）、徐园等。限于照明条件，传统中国社会多是晨兴暮歇，但私园的开放，适逢电灯引入中国[①]，这为“夜花园”的兴起提供了至为关键的便利。与此同时，上海城市建设步伐加速，各色人等纷纷涌入，民众的休闲需求与日俱增。此外，更有一直接原因，沪地滨江临海，每至夏日，酷热难耐，夜幕低垂时方凉意渐生。“夜花园”即为消暑而设，从初夏一直营业到入秋，因此又被称为“避暑花园”。

沪上夜花园最早何时登场，如今已难考究。《上海文化源流辞典》称，1903 年建成的凡乐登花园“首开上海夏季夜花园先例，曾名闻上海”[②]。小说《夜花园之历史》（又名《夜花园奇事》）言 1906 年闰四月开门纳客的明园，“上海之有夜花园，其

---

① 《重九试灯记》，《申报》，1886 年 10 月 8 日，第 1 版。

② 马学新等主编：《上海文化源流辞典》，上海：上海社会科学院出版社，1992 年，第 85 页。

始作俑也”①。但根据《重修沪游杂记》的记载，在1888年之前，申园已开夏日夜游之例：“若炎暑之日，则彻夜灯火，游人不断，须日上三竿，乃整归鞭焉。”②而在1899年，《游戏报》亦登载士商妓女晚间在花园中消暑的情状：

本埠僻处海隅，通商而后，中西人士，接踵偕来，无不愿受一廛。于是人满为患，环郭而处，更无隙地。然每届盛夏，康庄孔道间，骄阳蒸烁，几不可向迩。于是搢绅贵介，富商大贾，以及书楼妙选，向之香车宝马，邻邻[辚辚]萧萧驰骋于十丈软红中者，至是咸不卜昼而卜夜。当夫夕阳西坠，灯火万家，凉月既升，清风飒至，命俦啸侣，共驾骕骦，相率至泥城外之味莼园及静安寺旁之愚园，瀹茗清诂，溽暑全消，初不知人世间有苦热事。夫亦人生之乐境，海国之韵事也。③

可知早期夜花园仅有申园、张园和愚园等少数花园，游客身份有“搢绅贵介”“富商大贾”“书楼妙选”三类。此处文字也并未提及园内的游乐设施和节目演出，人们出资夜游的主要活动是品茶清谈，乘凉消暑，尚不失雅趣。

随着上海休闲文化的发达，越来越多的游客进入夜花园，此中商机也被更多园主发现。1905年《南方报》记上海士女坐“夜马车”之习，“通宵彻夜，举国如狂”。只是当时张园、愚园尚于晚上零点打烊，未尽游兴者则“只好在王家库、静安寺、曹家渡一带草地上，或行或止，兜来兜去，不到不明不休”④。至1908年，上海夜花园已经四处开花，开放时间更长，园内活动花样繁

---

① 诸夏三郎编辑：《夜花园之历史》，上海：最新小说社，1909年，第1页。

② 葛元煦纂，仓山旧主（袁祖志）重修：《重修沪游杂记》，光绪十四年（1888）铅印，第1卷第15页。

③ 《论坐夜马车之盛》，《游戏报》，1899年7月9日。

④ 《论上海风俗之坏》，《南方报》，1905年9月10日，第4版。

多,不仅提供饮食服务,而且引入多种娱乐设施,安排各色文艺活动。当年的《笑林报》上,曾有游人记录了夜花园之盛况:

> 闸北有纳凉处,曰新园,曰寄园。园中设有电戏、滩簧等类,茶点酒菜悉备。近为上官禁令所限制,每夜售票以二句钟为度。二园各有所长,新园戏法、寄园电戏,其尤著者。
>
> 礼查花园,设大白渡桥之侧,与礼查旅馆对门居也。园中有电光戏、幻术戏,皆神奇入妙,可谓高等纳凉所。游者西人居大多数,华人则寥寥无几。
>
> 张氏味莼园,近日举行赛灯会。灯为湖州某君所制,以云母石雕刊为之,玲珑可爱。使欧人观之,当知我中国美术科大有人在也。①

可知此时的夜花园,其休闲内容已经十分丰富,经常性节目有在当时还十分新奇的电影("电戏""电光戏")放映、魔术("幻戏")表演,还有本地人十分熟悉的沪剧("滩簧")演出,并时有民俗展览(如"赛灯会")。在张园、愚园等著名私园,还设有弹子房、舞厅等场所,游客入园,可各取所需,尽情游玩。试观1909年留园的夜花园广告:

> 每晚**十点**开演,**天明止**。一,活动电光**影戏**;二,林步青及各名家**滩簧**;三,美洲**武技**、角力;四,空中自行**脚踏车**;五,中国各式奇巧**戏法**;六,欧洲著名女伶多人**跳舞**;七,**焰火**,殿以各种引人发剧[噱]之戏。园中备有**避雨厂房**,即天气阴雨,亦供人游览,并备英法著名**番菜**,洋酒,洋点及淮扬京苏**筵席**,应时**小酌**,远年花雕,各式名酒,诚**避暑**之佳景,沪滨杰出之**俱乐部**也。②

---

① 《夜游志略》,《笑林报》,1908年7月24日。

② 《留园开演》,《申报》,1909年6月29日,第3张第6版。黑板大号字保留当日广告原貌。

为了在商业竞争中取胜，一些花园还有自己的特色项目，如张园的焰火燃放，其精品有“火烧葡萄架”“炮打平阳城”等，宣统年间又不惜巨资特聘南洋名匠设计新花样，楼台、鸟兽、花卉等造型都能升腾而起。观赏焰火的头等座位需大洋三元，但观者依然众多。[①] 为了扩大影响，招揽游客，夜花园采取多种广告手段，除了在报刊登载广告外，甚至有园主“大张旗鼓，在街上用灯牌周游”[②]。

清末民初上海的夜花园十分繁盛，逐渐成为民众夏季休闲必选的去处之一，但自始至终，夜花园都受人非议。原因之一，即是它对妓女的迎纳。上引1899年《游戏报》所刊之文，记早期夜花园游客中有“书楼妙选”一类，指的便是妓女。陈伯熙叙当时行动自由之妓女，“不受院家管束，是故身罗绮、口膏粱，出风头者每于夕阳西下，高车快马，徜徉于张园、愚园等处，夏令之夜花园尤为若辈显艳地”[③]。本为消暑而设的夜花园，也成了妓女们的行乐、营业场所[④]，使得这一名词从一开始便染上了浓重的暧昧色彩。

青楼女子不时出没于夜花园，嫖客们自然也趋之若鹜，“于是藉金谷之园林，演唐宫之秘戏，丑行秽迹，时有所闻”[⑤]，因此报纸又将夜花园戏称为“夜合园”[⑥]。对于青年男女，夜花园的便利在于，它提供了一个介于公共与私密之间的场所，游人在此

① 程绪珂、王焘主编：《上海园林志》，上海：上海社会科学院出版社，2000年，第76页。

② 无：《书所见》，《民立报》，1911年7月11日，第5版。

③ 陈伯熙：《妓女习尚之今昔观》，见陈伯熙编著：《上海轶事大观》，上海：上海书店出版社，2000年，第401页。

④ 《世界繁华报》曾有作者“夜半微醺，乘兴驱车到味莼园小坐，已是更阑人散，缓缓言归”，而园中尚有名妓胡翡云、孙金宝、沈玉卿、花四宝、花黛云、花文卿、李筱卿、袁云仙诸人。《沪游小记》，《世界繁华报》，1901年6月24日。

⑤ 南园词客澄莽氏呈稿：《论坐夜马车之患》，《游戏报》，1899年8月23日。

⑥ 《夜合园广告》，《民呼日报》，1909年6月21日，第4版。

与异性的往来被默许。而比起在公开场合表露情意，夜花园因有夜幕的掩护和围墙的阻隔，被人察觉的概率也大大降低。夜花园虽为人诟病，但也有无穷的诱惑，游人可以在此暂时释放自己的情感需求。因而此等场所除了有妓女、嫖客们出没外，也时有良家女子的足迹。

更有甚者，一些夜花园经营者往往主动吸纳女性入园，借以招徕其他游客。1908 年群园新开夜花园，连日在报上大登广告，“不取妇女幼童游资”，可谓用意良深。《申报》特发评论，揭露园主不可告人的目的：“夫幼童不收游资，固自有说，至妇女不取游资，则其用意不堪设想。该园欲以妇女为游客之饵，故不惜捐此游资以广招徕，而沪上游园之妇女，将尽为该园之商标。”[1]在园主和批评者眼中，游园妇女确实有广告功能，并对男性游客产生巨大的吸引力。

夜花园既是卑污之地，何以能在上海盛行？上海当局并非没有意识到其危害性，曾数次行文查禁。如 1909 年上海道台蔡乃煌因北市有奸商开设夜花园，“通宵达旦，容留妇女，藏垢纳污”，特请领事禁阻。[2] 1911 年道台刘燕翼认为徐家汇华界和租界之夜花园“既有伤风化，复无益卫生”，“特备文照会租界领事，预先查禁”。[3] 1913 年上海知事吴馨斥责夜花园“男女杂众，廉耻荡然”，特重申禁令，并商请英、法工部局协助查禁。[4]但夜花园大多地处租界，地方政府往往鞭长莫及，以上三次查禁都需与租界领事协商，联手进行。这时领事的态度有决定性作用。即便是华界夜花园，也多有洋商背景，地方官不敢贸然行事。如 1909 年蔡乃煌曾请法总领事禁闭“余村园”和“避暑园”，对方“坚执不允”，蔡“复饬上海县令明查，以上两园基址，

---

① 《游花园之拉杂谈》，《申报》，1908 年 8 月 5 日，第 2 张第 4 版。

② 《查禁夜花园》，《民呼日报》，1909 年 8 月 1 日，第 4 版。

③ 《沪道预禁夜花园》，《民立报》，1911 年 6 月 3 日，第 5 版。

④ 《华界请禁夜花园》，《民立报》，1913 年 7 月 12 日，第 11 版。

究竟是否华界”,以便采取下一步行动。[1] 结果两园虽都在华界,“余村园”是华商汪耀山所设,但他“贿串洋商乔纳出面,领有法工部局执照”,“避暑园”园主顾心堂亦系华人,同样“串出洋人嘉德塞托名开设,亦有法工部局执照,两园均有安南巡捕守门,以致未便查禁”。[2] 再加上清末民初政府各级办事人敷衍应付,数次禁令多流于表面文章,“当道虽有咨照捕房一体严禁之文,然中国官场作事每如儿戏,禁者自禁,设者自设,且有禁令于秋季始出,而夜花园已成尾声者,尤为可哂”[3]。

一般而言,夜花园兼有娱乐和社交功能,它既有亭台楼阁和娱乐设施,又提供比较隐秘的场所,游客们既可在此独自游玩观赏,又能群聚欢宴,传播信息,交流感情。但在某一时段,人们的社交需求大过娱乐目的,夜花园有供不应求之势,于是又出现了一大批“临时夜花园”。此类场所本无园林之胜,只是择一片荒地,提供一些简单的食品和设施,便能吸引顾客出资入“园”。[4] 郁慕侠记在徐家汇路、康脑脱路(今康定路)的荒凉区域,向无花园建筑,逢夏季也“必有夜花园之产生”,“园里面的组织极简陋,不过架木作柱,支席作顶罢了”。在旁人看来,游人光顾这些夜花园,可谓醉翁之意不在酒,其目的并非流连光景,而是借这一幌子谈情说爱,“一般时髦的男女朋友,居然相与偕来,情话连绵,快乐陶陶。更有狎客荡妇、旷夫怨女,借避暑为名义,实行其桑间濮上的勾当”。[5] 因而报章的批评,大多略过了夜花园顺应上海休闲文化潮流的正当性,而把锋芒聚焦于其对道德礼法的冲击,如《申报》之感叹:“一般奸商市侩,欲藉荡妇少年,以

---

① 《沪道注意严禁夜花园》,《申报》,1909 年 8 月 13 日,第 3 张第 2 版。

② 《查禁夜花园》,《民呼日报》,1909 年 8 月 1 日,第 4 版。

③ 陈伯熙:《夜花园》,见《上海轶事大观》,上海:上海书店出版社,2000 年,第 131 页。

④ 《夜合园广告》,《民呼日报》,1909 年 6 月 21 日,第 4 版。

⑤ 郁慕侠:《夜花园》,见《上海鳞爪》,上海:上海书店出版社,1998 年,第 90 页。

遂其谋利之欲”,“避暑花园者,滑少浪子之膀子场也,荡妇淫妓之消魂窟也”。[①] 曾在报上大作广告的留园,也被直指为“上海之桑中濮上也”[②]。

休闲空间的暧昧隐喻

文学作品对夜花园的印象,也多停留于男女之事,如蒋箸超所作十六字令:“园,夜里风流辟洞门。荷花恼,多半是淫奔。”[③]竹枝词描摹夜花园中的暧昧之事:“最是月斜风静后,有人此际尽消魂。”[④]游戏文章或仿《桃花源记》,称“小花园中,夜游神渔色为业”[⑤];或拟《讨武曌檄》,言游园之人尽是“淫荡为心,风骚成性”[⑥]。来沪的台湾文人连横,亦称夜花园名不副实,“而狡童荡妇,趋之如骛,赠芍采兰,竟成榛洧之风,中篝之言,不可道也”[⑦]。时事小说《金氏》视夜花园如“魔窟”,“实为伤风败俗之源头,荡产亡身之灵剂”。[⑧]

所谓“亡身之灵剂”,指的即是夜花园对男女身体的危害。较之在妓院、茶楼、酒馆、旅店等屋宇内行乐,夜花园是露天场所,往往在宵深漏静中,不经意间使人染上病根,“风露侵肌,凉尖砭骨,疾疠之生,由是而召”[⑨],“或立时发生消化不良、腹痛、泄泄、恶寒、狂热诸症,或于秋后酿成疟疾、赤白痢、伤寒诸症,轻

---

① 《避暑花园》,《申报》,1909年7月7日,第2张第4版。

② 大悲尊者来稿:《游留园有感(并叙)》,《民立报》,1911年8月27日,第5版。

③ 箸超:《海上即事》,《民权素》,第2集,1914年7月。

④ 《沪上竹枝词》,《民立报》,1911年4月29日,第6版。

⑤ 是耶非:《夜花园记》,《小说丛报》,第4期,1914年9月。

⑥ 诗隐(朱诗隐):《夜花园辞》,《小说新报》,第3年第6期,1917年6月。

⑦ 连横:《大陆游记》,《雅堂先生文集·余集》,第2册,台北:文海出版社,1974年,第21页。

⑧ 悯人:《(最新小说)金氏》,《神州日报》,1910年11月16日,第5版。

⑨ 南园词客澄莽氏呈稿:《论坐夜马车之患》,《游戏报》,1899年8月23日。

者缠绵床蓐,重者丧厥生命"[1]。类似警告,当时报刊触目皆是。

园内既然危机四伏,则女学生理应绕行,"嫌疑之地,不可不避。渴不饮盗泉水,卧不息恶木阴"[2],如此方符合她们的身份。但随着女子教育的发展和女学生活动能力的不断增强,她们在节假日游园已是极平常之事。如汪芸馨曾在诗中叙说学堂姊妹们畅游愚园、张园的情景:"落花如雨断人魂,喜听同侪骑到门。记得薄游逢日曜,被姨相约到愚园","手工家政各分班,六日匆忙一日闲。记得星期今日是,张园去看菊花山"。[3] 看似封闭然而又别有洞天的花园,对女学生已有莫大的吸引力,那些仅在夜间开放的夜花园,更是散发着神秘的气息,女学生们很难视而不见。另外不可忽略的是,一些夜花园即开在女校附近,并对女学生实行优惠,其目的在吸引女学生入园,并由此带动更多的游客。如上海西区本是僻静之地,"女学校尤多,而西园自设夜游,乃将游券遍赠邻近之学校(持赠券入园仅费二角二十文之茶资),以致一班滑少为之语曰:'余园看先生,西园看学生。'"[4]西园主人的策略几有立竿见影之效,几乎在同时,《申报》即发现该夜花园中,"少年美女子为学生装束而杂厕其间者,颇不乏人,于是轻浮荡子,三五成群,遂接迹于其后。谑浪笑傲,无所顾忌"[5]。

更有甚者,女学生群体竟曾受邀参加夜花园内的表演,毫无羞涩之态,公然面对各色观众的品评。此事发生于上海闸北某花园七巧之夜:

有顷弦管合奏,则林步青之摊簧也;变幻离奇,则周技

---

① 无锡张蔚森、顾叔忠稿:《警告游夜花园者》,《民立报》,1912 年 7 月 22 日,第 12 版。

② 兰贞女士:《忠告游夜花园之女同胞》,《申报》,1912 年 7 月 6 日,第 7 版。

③ 汪芸馨女士:《记得词》,《妇女杂志》,第 2 卷第 1、2 号,1916 年 1、2 月。

④ 《吾欲闻西园之经理者》,《民呼日报》,1909 年 8 月 4 日,第 4 版。

⑤ 来稿:《游西园记》,《申报》,1909 年 8 月 1 日,第 2 张第 4 版。

> 士之水火戏法也。未几，而校歌抑扬，琴声继起，则某某女校学生之唱歌也。噫！女学生也，而竟与周技士、林步青为伍。噫！女学生也，而竟甘献技于众客之前。
>
> 俄而拍掌声、喝采声、听客赞美声，且从而四起，众女学生乃更高转歌喉，自鸣得意，曰："今夜方足以显扬我女学生之绝技。"①

虽然编辑将该文刊发于"短篇小说"栏下，但从文字本身来看，显然是实录笔墨。作者开篇即将时间、地点交待得十分清楚②，且文中林步青、周技士俱是真实人物，则女学生的出场也非虚构。

这则文字以"短篇小说"的名义见报，可能是与其生动描绘有关，从而区别于一般平实的新闻报道。不过，《申报》的版面编排无意中提醒我们：有关夜花园的故事，大多具有小说的潜质，是小说家的上佳材料。而《神州日报》1910 年 8 月 8 日的报导《夜花园之煞风景》③，便与后来大盛的"黑幕书"相差无几，稍加改易后即被收入《孽海丛话》中。④

夜花园是一个颇为特殊的空间，它虽是露天场所，但有高墙和园门，需要购票才能进入；园内虽有灯光，但只是为了必要的照明，多数并不十分耀眼，再加上亭台楼阁的遮挡，那些在花丛

---

① 泖浦四太郎（张叔通）：《女学生》，《申报》，1908 年 8 月 8 日，第 2 张第 4 版。

② "前日之夕，新月一湾，明星数点，香风飘忽，游园车络绎于道。此何时欤？曰：新闸夜半二三下钟之景象也。"

③ "自上海南北市之夜花园风行一时，苏州留园亦起而赓续之。痴男怨女，辄于夜深人静，共驾马车，洋洋而往，倚阑私语，未免有情，而雪藕调冰，犹其事之表面者也。现已由警局禁止。而城内相去较远，尚未周知。昨夕有某贵公子，与某女学生，于鱼更三跃时，携手于园门之外，双扉静掩，屡扣不开，久之，始怅然欲返，曰：'今夕风月，无可再谈，其破工夫，明日早些来乎？'遂相与就宿于苏台旅馆。遇友人而询之，乃知武陵路阻，无可问津，是亦所谓好事多磨者也。"

④ 《贵公子》，伧楚：《孽海丛话》（第 3 编），上海：小说进步社，1911 年，第 79—80 页。

树影中活动的游人,可以处于相对隐密的状态。[1] 于是,夜幕低垂,新月一弯,明星数点,游人影影幢幢。夜花园虽在人们的视野之内,但暴露的只是外形,园中进行的事件无法进一步窥探。即使园中人有心查视,夜色却令一切暧昧不明,你可以听到喁喁私语,却难以走近一览究竟,更无法侦知其具体内幕。

夜花园中,故事每天都在上演,人物均有不同,虽然报纸并不缺少有关的报导,但公之于众的信息与发生着的故事,实在相差得太多,如小说《夜花园之历史》所言:

> 一园有一园之奇形,一日有一日之怪状,而一男一女有一男一女之活剧,如是我闻,一切种种,乌可胜记哉?[2]

耸立在读者视线中的夜花园,一直介于可知与未知之间,给人无限遐想。这种诡异的氛围、故事的空白与想象的期待,却给小说家提供了大显身手的好机会。

专写夜花园的单行小说,目前所知仅有诸夏三郎编辑的《夜花园之历史》(一名《夜花园奇事》),1909 年由最新小说社刊行。[3] 小说所叙三事,分别是妓女与戏子、妓女与贵公子、良家闺秀与戏子在夜花园中的私情,而以夜花园为故事中心地点,穿插成一长篇。从题材上看,它可看成一部狭邪小说,但从叙事风格上说,作者时时流露出窥私探隐的趣味,是一部典型的黑幕小说。夜花园既是故事的全部场景,也是结构的线索和中心,在小说中有极端重要的地位。另外,《申报》1909 年 7 月 28 日至 8

---

① 翻新小说《新水浒》,有张青、孙二娘开夜花园的情节。张青之意,"灯要少装,亭要多搭","正要他黑越越,愈是黑越,游的人愈加欢喜。你想幽期密约,光明的所在可以行的么?"可代表夜花园建筑和照明的布局特点,以及一般人对夜花园的看法。陆士谔著,欧阳健校点:《新水浒》,哈尔滨:黑龙江人民出版社,1997 年,第 156—157 页。

② 诸夏三郎编辑:《夜花园之历史》,上海:最新小说社,1909 年,第 24 页。

③ 但《申报》1909 年 9 月 22 日第 2 张第 6 版亦载有"《夜花园奇事》出书广告",署鸿文书局,不知与最新小说社所印是否为同一作品?

月11日亦连载小说《夜花园》(又名《极乐世界》,未完),主要叙述滑头吴二、“猪头三”老三、雀头李四在夜花园内的见闻,所涉人物有妓女、专事吊膀的拆白党、包养少年的良家女子和戏园主女儿。而反观清末民初的其他以夜花园为场景的小说,其内容也不出男女情事,作者趣味亦多是窥探隐私,这不禁让我们思考:作为小说场景的夜花园与小说的题材、风格之间,是否存在着某种必然联系?

一般而言,小说场景只是作品叙事的要素之一,对小说内容并无直接的、规定性的作用,同一场景可能发生无数的、无法归类的小说故事,活动的人物可以拥有各种各样的身份和性格。但有些特殊的场景,由于沉积了深厚的文化含义,本身拥有稳定的内涵和独立的价值,只适合于展示某一类或数类故事情节和人物形象。这时候,它便具有了某种原型效应,成为富有深意的、内容化了的要素,从而对小说题材、小说人物产生规律性、必然性、实证性的制约。

李萌昀曾以古代小说中的客店场景为例,来说明小说场景与小说故事之间契合关系的产生过程:

> 在叙述传统当中,某些故事可能频繁地发生于某个特定的场景中,当这种复现达到一定频率并持续了一段时间以后,特定的场景与特定的故事之间便形成了一种对应关系。在叙事传统的影响下,后出的作品会下意识地遵循这种对应关系。而当读者习惯了这种对应关系的时候,他们在阅读过程中也会产生出一种期待视野,这种期待视野同样会对新的创作产生影响。最终,当这个场景脱离了故事而能直接引起某种情绪的时候,场景的文化含义便形成了。[1]

---

① 李萌昀:《论古代小说中故事场景的文化含义——以“客店场景”为例》,《明清小说研究》,2009年第3期。

换言之，在小说场景文化含义的生成中，起作用的先后有场景的空间结构、既有的写作传统和读者的期待视野。就夜花园而论，所有的故事都在夜色下进行，暮色四合，星光微稀，它是一个天然的大“黑幕”。花园中又由各样建筑、花木、小径分隔成小的“黑幕”，是诸般隐秘故事最适宜的发生场所。而报纸对夜花园的披露，几乎全都聚焦于它的“伤风败俗”和“藏污纳垢”。读者的印象，也难以从不道德的男女关系中脱离出来。当这种经验重叠到一定程度之后，会引导他接下来的阅读。后出的以夜花园为场景的小说，不自觉地遵循这一叙事传统，尽量满足读者的期待，其细节虽可能花样翻新，但大的题材框架和叙事趣味、立场肯定不会逾越。借用孙玉声的小说《海上十姊妹》（又名《十姊妹》）中人物的对白，作者和读者对夜花园最普遍的看法是：

> 絮春道：“夜花园向来名誉很坏，你瞧到底怎样？”梦云微笑道：“灯昏月黑的所在，更深夜静的时间，这内幕可不问而知。”①

人们对夜花园的印象之坏既然已是共识，则以此为场景的小说的叙事前景也已基本框定：属于夜花园的，只是非奸即盗的黑幕小说，其情节必然与“内幕”有关，小说人物必然是反面形象。小说中的女学生，一进入夜花园，便走进了坚固的叙事传统，她的举动便烙上了负面的道德评判，与罪恶、黑幕脱不了干系。在接下来的故事中，作为故事发生场景的夜花园将会见证她们是怎样一步步被卷入黑幕中。圈套慢慢收紧，女学生虽挣扎呼喊，但最后总是以悲剧收场。当读者为之欷歔感叹时，他们的阅读期待也得到了满足。

《香艳杂志》所载《夜花园纪事》，作者在小序中声称，乃是

---

① 海上警梦痴仙（孙玉声）：《海上十姊妹》（第1册），上海：文明书局，1917年，第105页。

“就夜游人之报告，择其言近雅驯者录之，详其事而讳其名，亦犹宣圣删诗，不废郑卫野史之记载”，这正是一般黑幕写作的典型策略。该文由七则短篇故事组成，每篇都可以看作独立的小说。其中女子，或貌美少妇，或高官之如夫人，或买办之妾，或年轻少女，亦有女学生：

> 某女学生，西装革履，身极纤弱，或谓其夙有肺疾，与偕者亦一西装之美少年，入茶座后，即狂吸冰冻荷兰水七八瓶。自五月中旬起，每晚必至，六月下浣，踪迹始绝。客有稔其事者，谓其病痢数日，兼触宿疾，病革时，自怨自艾，一恸而逝，年才十六岁。至西装之美少年，则又另抉所欢，仍驰逐于某园中。男儿薄幸，信哉！[1]

故事中的女学生早有夙疾在身，却又经常光顾夜花园，夏季还未过完，便含恨而逝。对于她来说，夜花园即是鬼门关，游园时痛饮的冰冻荷兰水无异于催命符。她在病亡前的哀怨，是对生命的眷恋，但“西装美少年”的薄情，让她的死亡毫无意义。

夜花园是一个绝佳的谈情说爱的场所，其对女学生的诱惑与危险，便经常潜藏于荡子的挑逗与追逐中。黑幕小说《海上十姊妹》里的叶题红，父母双亡，幸有叔父疼爱，十岁入女校就读，不失为聪明伶俐之好女子，可惜“天机过于活泼，殊与女子欠宜”[2]。暑假里叶题红与许梦云、柳絮春、胡媚如、华惜春、朱紫娟、尤婷婷、白玉娇、叶吟红、白玉香在虹庙捏香结拜为十姊妹，又换了盟帖。诸事已毕，便偕同前往共和春聚餐。黄昏时分，絮春、梦云与吟红、题红又相约去愚园游览。当众人在共和春时，已有浮浪少年蔡伯当（“拆白党”）在楼上窥探，此时又跟踪到愚园。四人在愚园晚餐时，他又选在邻桌坐下，“目光暗暗

---

① 《夜花园纪事·昙华一现》，《香艳杂志》，第3期，1914年12月前后。

② 海上瞀梦痴仙（孙玉声）：《海上十姊妹》（第1册），上海：文明书局，1917年，第91页。

射着题红”。经絮春提醒，叶题红方才发觉，“暗诧这人生得真好俊俏，若使也是女子，竟是个粉嫩的瓜子脸儿，那身段也飘逸到个绝顶。不免心头略动，身子便有些不克自持，失手误翻了一只酒杯，溅了衣上一襟的酒”①。四人酒后再去草地上看“电光影戏”。放映后不久，叶吟红突然发现蔡伯当坐在题红旁边，一时大怒，拉起题红要走，岂知叶题红早已心动。当夜，题红回想起白日遭遇，辗转难眠：“何妨设法接洽，问问他现在那个学校读书，或已在社会办事，并看看他性情若何，却是个绝好机缘，何可轻易错过？”②可见在夜花园两次相遇，蔡伯当再三挑逗，因为他容貌的清俊，叶题红颇有好感，不觉之间，为之俯首降心，将他视为理想的意中人。对蔡伯当的追逐，她开始是惊讶，此时则转变成渴望。

次日晚上，柳絮春又在一枝香宴请诸人，来客中且有蔡伯当，叶题红一见，“又惊又喜，又怯又羞”③。众人饭后，已近十点，又前往愚园看电影。絮春、梦云等皆知蔡伯当之意，有意撮合，只留两个座位，让叶题红与蔡伯当紧挨坐下。蔡本是情场老手，趁机试探她的反应，题红此时也放下身段，半推半就地接受调戏。原来蔡伯当乃“拆白党领袖”，“絮春本是荡妇”，妓女出身的梦云“是一个女拆白党”。他们合伙欺骗叶题红，皆是看中了她的家产，“伯当一毛不拔，题红却颇有些家计，可以转着念头，因也极力帮忙”④。电影散场后，众人还在夜花园内游乐。蔡伯当与叶题红相谈甚欢，蔡开口求婚，他人皆劝题红答应，怂恿她挣脱叔父叶耐冬的监护，并分割家产。叶题红于是先和叔父决裂，继而取消与韩氏的婚约，再与荡子蔡伯当结婚，一步步

① 海上警梦痴仙（孙玉声）：《海上十姊妹》（第2册），上海：文明书局，1917年，第108—109页。

② 同上书，第7页。

③ 同上书，第22页。

④ 同上书，第29—30页。

迈进他们设下的圈套，弄得财产倾尽，最后走投无路，只能悬梁自尽。作者感叹："可怜一个知书识字的女郎，只因当初一念之差，今日竟致这般结局，一半死于蔡伯当之手，一半误交柳絮春、许梦云、如锦诸人，自己又年轻无识之误，正合了两句古语道：'一失足成千古恨，再回头已百年身。'"①

我们看到，在叶题红由循规蹈矩的女学生走向末路的过程中，夜花园充当了极为重要的角色。夜花园提供了她与蔡伯当会面的场所，这是她堕落的起点，也见证了她人生有去无回的转向。夜色之下，当她被无德男子的外表迷惑而芳心暗动时，她的结局已经注定。纵观前后因果，当初无意的游园，酿成了生命中的大错，花园中有限的时间内，每一秒都是惊心动魄。在夜花园中如鱼得水的，只是男女拆白党、猎艳者、妓女等不法之人，女学生一旦步入其间，便几乎毫无例外地陷入黑幕之中，其结局不是死亡，即是堕落。②

进退失据的女学生？

《海上十姊妹》中，女学生叶题红在众人的劝说之下，乘车从一枝香前往愚园的夜花园，怀着兴奋的心情，期待与蔡伯当的会面。而读者身处局外，对事态的发展洞若观火，已经明了接下来她的遭遇和结局。作者孙玉声顺应着这种叙事传统，以复杂的心情，痛心疾首地写道：

> 题红坐在中间，梦云在左，絮春在右，车上边说说笑笑，

---

① 海上警梦痴仙（孙玉声）：《海上十姊妹》（第6册），上海：文明书局，1917年，第5页。

② 小说中出入夜花园而又淫荡成性的女学生，有《续海上繁华梦》中的邢蕙春，"与着一班少年浪子，并几个一条路上要好姊妹，叉叉麻雀，坐坐马车，吃吃大菜，看看夜戏，游游夜花园，真是神仙不啻。所以虽说是良家之女，并不为娼，那举止却比娼妓更要轻浮，心思比娼妓更是狂荡。"海上漱石生（孙玉声）著，奭石等标点：《海上繁华梦（附续梦）》，上海：上海古籍出版社，1991年，第1222页。

> 把个循规蹈矩的闺女，已调得放浪形骸，渐改却本来面目。[1]

小说家将女学生叶题红的堕落归咎于许梦云和柳絮春的引诱调教，但我们看到，是夜花园这一故事场景决定了她的性格和命运。梦云和絮春经常出入夜花园，已经被熏染成女流氓和拆白党，对园中的一草一木了如指掌，很清楚在夜幕和树影下将会发生什么，因此才劝叶题红驱车前往，落入圈套。而叶题红从旁人口中已经约略了解夜花园的性质，且她心中本来隐伏着好奇和欲望，黑洞一般的夜花园，正是欲望的释放之地。只有这样，叶题红和蔡伯当才会一拍即合。

在中国古代叙事文学的传统中，"后花园"本来就有暧昧的隐喻意义。它是幽情密约的理想场所，又是狐魅花妖的出没之地，"象征着女性角色受压抑的情欲与不合法的欢愉"。对于后花园的这一文化功能，台湾学者胡晓真有精彩的阐释：

> 花园本是熟悉不过的家居的一部分，但在文学及文化传统中，演变为欲望压抑的隐喻以及欲望回归的出口，于是，花园在小说中往往就成了奇诡经验的发生地。所以，表面上春意盎然的庭园，其实隐藏着花妖树怪，随时等着引诱少不更事的游园幼女。春色、春情、欲望、危机与非人的引诱，这些特质与联想与庭园的意象总是亦步亦趋。[2]

在她看来，"庭园在空间上虽与房舍相连，却又独立于外（self-sustained），所以可以被女性当做障蔽隐私（幽闭），同时发展隐私（解放）的场所，成为所谓'私场'（the locus of privacy）"[3]。夜

---

① 海上警梦痴仙（孙玉声）：《海上十姊妹》（第2册），上海：文明书局，1917年，第26页。

② 胡晓真：《才女彻夜未眠——近代中国女性叙事文学的兴起》，北京：北京大学出版社，2008年，第156—157页。

③ 同上书，第160页。

花园既保留了私家后花园的暧昧隐喻，又脱离了与房舍庭宇的主从联系，褪却了私人领域的属性。相反，它对窥私之人来者不拒，因而内中隐私更有可能流泄于外。黑幕小说的写作，无疑是夜花园这种文化功能最好的体现。

夜花园既然是这个城市最隐秘的去处，则女学生走进夜花园的举动，可看成她们由闺阁、学校走进社会领域的象征；如果女学生们能在夜花园中安然无恙，那么，她们对任何场所都将面不改色。而女学生对夜花园的好奇，实质上是她们日益社会化过程中参与公共空间的诉求和更多人际交往的欲望。面对闺房、学堂之外的广阔社会，女学生确实跃跃欲试。报章在批评女学生涉足夜花园的同时，亦透露出更多的女学生尝试进入社会空间的消息，如：

> 为女生者，如久困之鸟，骤脱樊笼，久拘之囚，遽离犴狴，意外之遭，尽情之喜，其志气飞扬，性情发畅，自有一种天际飞鸿不可方物之概。[①]

> 值假期一至，往往有青年士女，三五成群，徜徉于公园、戏馆间，以有用之时光，作无益之嬉戏。[②]

而小说中时髦女子的足迹，也在试探着进入各种公开的场所。朱少屏称时下风行之小说，“求其书中之主人翁，不过一青年也，一少女也，一姨太太也；而求其书中之事实，不过密约也，结婚也；而求其书中之地点，不过为某游戏场也，某影戏馆也，舞台也，旅馆也”[③]，其中相当部分作品的主人公即是女学生。小说集《女学生之百面观》中，上海某女学生“竟日乘油壁车，遨游

---

① 魏宏珠：《对于女学生之卮言》，《妇女时报》，第4期，1911年11月。

② 卢寿笺：《女学生与星期日》，《中华妇女界》，第1卷第2期，1915年2月。

③ 朱少屏：《有益之小说》，《环球》，第2卷第1期，1917年3月。

于灯红酒绿之场，举凡剧场、夜花园以及茶楼酒肆，莫不有其香踪”[①]，苏州教会女学某李姓女生竟成为当地之交际花，凡有宴会，“无不盛妆往，而跳舞暨音乐会等，尤为所喜”[②]。《申报》连载的翻新小说《新水浒》中，朱三和李四在夜花园中寻欢，看到一位独坐的女学生，不禁感叹道：“现在的时代，不比从前。大户人家闺阁，从前连闺门也一步不出的，现在的小姐，胆子也大了，出来不同女仆的甚多。”[③]如果抛开价值判断，我们看到的是女学生在获取知识之后，日益跻入此前女性少有涉足的公共场所的努力和事实。

遗憾的是，此时心怀好奇的女学生，面对的是相当苛严而又险恶的环境。夜花园已经被目为不洁之地，然而它只是上海社会的一个缩影。女学生谢筱韫认为上海为“至险之地”，“其地五方杂处，人心不古，居之者偶有不慎时，蹈失足之险”。[④] 因而整个上海都可以看成一个黑暗的大幕，无论公园、戏馆，还是宴会，随时都会上演黑幕故事。在这些场合奔走的女学生，多被认为是不守闺范的女子，随之而来的多是苛刻的道德批评，而且每时每刻都可能有危险发生。她们的遭遇，很可能使得更多的女学生望而却步，或者刚迈出第一脚又赶忙缩回门内。

那么，何处才是安全的所在？我们在那些“燃犀铸鼎”的黑幕作品中看到，小说家一面谴责世风日下、人心不古，一面又埋怨女学生不守闺门。朱瘦菊的《此中人语》在叙述故事时，突然插入自己的议论，批评“近日一班女学堂中出来的女子”，摒弃“男女授受不亲”之古训，反而追摹欧美妇女风气，与男子高谈

---

① 忆红生：《浑不解羞耻》，饭牛亭长（史太昭）编：《女学生之百面观》，第4卷，上海：南华书局，1918年，第2—3页。

② 仲子：《社会交际花》，饭牛亭长（史太昭）编：《女学生之百面观》，第5卷，第21页。

③ 《新水浒》，《申报》，1908年8月7日，第2张第4版。

④ 谢筱韫（爱国女校高小生）：《说上海》，《香艳杂志》，第6期，1915年4月。

阔论。[1]《帘外桃花记》则干脆总结道:“凡是这一类爱出风头的女子,全是品性恶劣不堪。”[2]在这部被查禁的小说[3]中,作者开篇即借女拆白党领袖、妓女史云兰早期闺友之口,诉说自己揭露时髦女子的秘密龌龊之事的本意,乃在劝诫“亲爱的姊妹们”不要出入是非之地,而应在家享受清福:“凭你聪明的质地,清雅的思想,在家里诗书陶情,香花供养,也不失为一个女名士;不然,安安静静的在家里,做些女工,主持中馈,教育儿女,也是一位贤母良妻。”[4]苦口婆心的“周湘笙女史”之论证逻辑在于:外面世界既然黑幕重重,危机四伏,与其在漩涡中挣扎,还不如回归宁静的闺房,或流连诗书,或安于妇职。这时候,我们发现小说家批评新女性的真正意图:他们想把这些已经初步社会化的、朝气蓬勃的女子,从各种公共场所,甚至从学校再次驱赶回闺室之内。这无疑是近代以来女子教育思想的倒退。

“虽不平权能越古,岂徒中馈渡余春”[5],女子求学的目的之一,便是要从传统“三从四德”的位置中解放出来。也唯有求学,才能除却旧时家庭制度对女性的束缚。对女性来说,女学堂的生活比起闺中时光,有无穷的吸引力。富有意味的是,近代以降,热心女学之人为了渲染学堂生活之愉快,往往用“黑幕”一

---

① 朱瘦菊:《(警世小说)此中人语》,上海:游戏书社,1917 年,第 67 页。

② 蝶影楼主周湘笙女史:《(社会小说)帘外桃花记》第 48 回,第 12 页。此书作者可能为鸳鸯蝴蝶派小说家朱鸳雏,见郑逸梅:《短命诗人朱鸳雏》,《清末民初文坛轶事》,北京:中华书局,2005 年,第 275 页。该书于 1918 年被查禁,此处所引为“香港正义书社”(当是伪托)1928 年发行的石印本。据《吉林省志》,《帘外桃花记》1917 年由上海泰东图书局出版。吉林省地方志编纂委员会编纂:《吉林省志》,第 39 卷《文化艺术志·出版》,第 5 章第 1 节“社会书刊管理”,长春:吉林人民出版社,1993 年,第 123 页。

③ 张克明:《民国时期北京地区禁书览要》,《北京出版志》(第 4 辑),北京:北京出版社,1994 年,第 197 页。

④ 蝶影楼主周湘笙女史:《(社会小说)帘外桃花记》第 1 回,第 1 页。

⑤ 寄渔渔妇袁珮环:《阅续办女报事例,有感而赋,录请薄海女士政和》,《女报》,第 3 期,1902 年 7 月。

词来形容传统女性的家庭生活，如：

> 我国从前女子，以纤纤弱质，学步莲花，静锁深闺，毫无生气。无才是德四字，断送我二万万同胞于黑幕中，此今日女校之急宜多设也。①

> 欲救二万万女子于沉沉黑幕之中，而提携焉，以共登二十世纪生存物竞之舞台，能自立而不为男子累，能自存而不受男子侵，则惟施以教育，而养成其独立生活之资格是已。②

> 自二十世纪欧风东渐，而吾国女学之兴，亦如草之从风，勃然蔚起，盖数千年之黑幕，于此而一揭焉。③

此处的"黑幕"有两层意思，一是指旧时女子受"无才是德"观念和缠足之累，无知无识，不能自立，受男子欺压，过着暗无天日的生活；二是整个封建家庭制度十分腐朽，黑暗重重。不管哪种情形，女子如要改变数千年以来困守闺中的命运，实现自己的人生价值，必须首先从闺房中走出，步入女学，再走进更广阔的、五光十色的空间。而类似夜花园的这种都市空间的存在，成为横亘于家庭、校园与社会之间的拦路虎。

现实生活中的夜花园由于其特殊的文化含义，是充满诱惑而又杀机四伏的淫邪之窟。同样，黑幕小说特定的文体和趣味，从根本上决定了它与女子教育的分途，导致了女学生形象的变形甚至是丑化。如果仅是阅读这些作品，我们只会感到那是一个荆天棘地的年代，只会看到小说中的女学生，在走出闺阁、校

---

① 启明分校二年级学生李华速记：《湖南平江启明分校旅行纪盛》，《妇女杂志》，第1卷第8号，1915年8月。

② 孙增大：《中国女子教育之主张》，《教育周报》，第34期，1914年3月1日。

③ 《毕业志盛·师长颂词》，《女铎报》，第61期，1917年4月。

园之后,面对内心的欲望和公共场所的陷阱时,难以自持而又无从选择。然而,通过更广阔的考察,我们将会看到,她们的进退失据,映照的不仅是这个尴尬的时代中初步社会化的女学生的困境,更反衬着窥视者面对“女学生诱惑”时的张皇失措。

第二节 《劝业场》中的女学话题

上海夜花园的衰微,原因并不是当道的禁令,而是出现了更为专业、高级的娱乐场所。1912 年,上海巨商黄楚九在南京路“新新舞台”五层屋顶创办沪上首家正式游乐园“楼外楼”。1915 年,上海最大的游乐园“新世界”建成,向游人开放。在这类真正的综合性游乐场的对比下,原来充任娱乐功能的私家夜花园未免显得简陋寒碜。楼外楼、新世界之后,又有更多游乐场开设,“天外天、云外楼、绣云天、劝业场、大世界、天韵楼、先施乐园、花世界、小世界等,相继出现,夜花园遭了淘汰”[①],虽并未完全退出休闲市场,但已风光不再了。

随着游乐场在上海的蔚然成风,游乐场小报亦开始兴盛。商家为了在竞争中胜出,在不断丰富游乐节目的同时,还创办小报,聘请洋场才子担任主笔,由此形成小报史上别有特色的“游戏场小报”时代。[②]《劝业场》即为同名游乐场(1917 年 1 月 23 日开始营业)发行的小报,创刊于 1918 年 8 月 1 日。初由童爱楼主持。此后王尘影、瞿爱棠又担任主笔。[③] 今上海图书馆所

---

① 王无为:《上海淫业问题》,见李文海主编:《民国时期社会调查丛编·底边社会》,福州:福建教育出版社,2005 年,第 430 页。

② “自《新世界》日报聘孙玉声主编,加入游戏小品,很能风行一时,各游戏场竞相仿效,《大世界》报聘孙玉声主编,而《新世界》日报则由郑正秋继之,《劝业场》日报聘苦海余生主编,《新舞台》日报聘郁慕侠主编,于是造成‘戏报’式之小报时代。”见胡道静:《上海新闻事业之史的发展》,上海:上海通志馆,1935 年,第 60 页。

③ 见该报 1919 年 4 月 26 日启事:“敬启者:本报总纂王尘影先生因事赴□,故自今日起仍请瞿爱棠先生主持笔政,王守梅、醉痴生二君副之。”

藏该报胶卷讫于1919年5月2日,内中偶有缺期。

根据《劝业场》之发刊辞,该报宗旨“除研究实业、贡献社会外,其余为文则庄谐并列,雅俗咸宜,说月谈风,搜奇剔异,既载实事,亦录趣谈,以之作华商参考品观可,以之作文字杂货店观,亦无不可”①。所谓“研究实业、贡献社会”,指的即是第一、四版内对于劝业场中节目的介绍和商场广告。最能发挥作者才情、最见市民趣味和世俗情调的,则是二、三版中的各色文字。《劝业场》的题材五花八门,而上海的女子教育自晚清即在全国领风气之先,此时更是女学林立,则可作“文字杂货店”观的《劝业场》,自然少不了女学生的话题。

流言中的养性女学

1918年9月,署名“一尘”的作者在“影戏场”栏目下以《学界现形记》为题,连续揭露教育界黑幕,第四篇即是“女学校黑暗史”,叙派克路某女学校之丑史。此文对该女校的攻击,主要集中于创办人周某品行恶劣这一点上。女学堂是他的敛财之具,更是渔猎女色的场所,“学生中稍具姿色者,莫不被染”。为了解释他何以能屡屡得手,“一尘”又指认周某之女为帮凶,校长周女士(“为周某之嫂,今则已变为其妻矣”)也“生性卑鄙,隐善扬恶是其惯技。喜人谄谀,有同声附和者,则欣欣然乐”。师生关系既如此混乱,加上男女学生兼招,于是学校便成为藏污纳垢之地。有女生浦某者,与男生陈某“陈仓暗度,怜卿怜我,俨然结露水夫妇矣”。文章结尾,作者则义正词严地声明,其揭露黑幕,乃是出于不平之鸣,以“促其忏悔”。②

作者虽将该学校隐名,却清楚地标明学校所在地和创办者、

---

① 爱楼(童爱楼):《本报发刊辞》,《劝业场》,1918年8月1日,第2版。

② 一尘:《(教育界之黑幕)学界现形记(四)·女学校黑暗史》,《劝业场》,1918年9月11日、12日,第3版。

校长之姓氏,当时读者一望可知即是养性女学。根据《女子杂志》1915年初的调查,私立养性女学地处上海派克路,男女兼招,有女生65人,男生60人,当时主持者为校长谢允燮,教员有周听天、周学孟等11位。[1]《劝业场》所载《女学校黑暗史》中的创办人"周某"当指周听天,校长"周女士"即为周学孟。

《女学校黑暗史》所揭该校黑幕,令署名"天媛"的作者"疑惧交加","爰于暇中参观该校",却见"秩序井然,教员讲解亦颇明晰",并由周学孟女士详细介绍了该校历史,了解"一尘"对养性女校大泼污水乃出于其私人目的,原来作者即是被养性女校除名的"举动佻达,教务疏怠"之教员。[2] 因"天媛"在文中称养性女学为"本校",被"一尘"视为把柄,认为他在为该校曲意辩护。该校之秽迹,不唯《劝业场》一家披露。对于教员身份的指责,"一尘"并不承认。他之所以知情,是因为居住于女校附近,如果"天媛"依然"淆乱黑白,为虎作伥",他将继续揭露该校之黑幕。[3]

9月30日,"忧患余生"在《劝业场》发表《质天媛君》,声援"一尘",披露养性女校更多的黑幕。[4] 对此挑衅,"天媛"毫不畏惧,再次撰文回击。他认为,近日报章黑幕流行,正是言论界堕落的体现。该女校"光明正大,无丝毫黑幕之可言",倒是"一尘""忧患余生"两人造谣生事,居心叵测。[5]

关于养性女学的"黑幕"的争论,眼看有扩大化的趋势。此时的《劝业场》编辑王尘影在"演讲场"栏目下刊出《揭黑幕》一文,其用意颇堪玩味。他认为小报上的揭黑举动确实存在着"借此为报复之计,无中生有,室[空]中楼阁,各造浮言,互相毁

---

① 《调查:私立养性女学》,《女子杂志》,第1期,1915年1月。
② 天媛:《派克路某女学黑幕之真情》,《劝业场》,1918年9月23日,第3版。
③ 一尘:《天媛尔欲淆乱黑白耶》,《劝业场》,1918年9月28日,第3版。
④ 忧患余生:《质天媛君》,《劝业场》,1918年9月30日,第3版。
⑤ 天媛:《答忧患余生》,《劝业场》,1918年10月5日,第3版。

骂”的现象,但也无妨进一步互揭过错:

> 夫人非圣人,孰能无过。人有过而吾揭之,吾有过则人亦必揭之,此反动之势也。往往有止知人之过而不知己之过,止可揭人之过而不许人揭吾过,天下宁有是理?[①]

表面上王尘影是将“一尘”“忧患余生”和“天媛”各打五十大板,但实际上肯定了前者的攻击,对此“黑幕”流言无异于煽风点火。同样,“笑痴”之文看似调停“一尘”和“天媛”的纷争,但他又对二人冷嘲热讽,不仅是对两人争论的推波助澜,也很可能将自己卷入文字战斗中。[②]

10月16日,“忧患余生”再次披挂上阵,回应“天媛”的质询。他披露对方与养性女学关系十分亲近,“近耳君为某君介绍,入该校担任教务”。既然“天媛”貌似平允的立场十分可疑,其竭力为该校辩护的姿态也很容易招致旁人的反感。正因为有此证据,他认为胜券在握,即引汪退庐之《咏蟹》诗嘲弄“天媛”。[③] 编辑沈石天发文为交战双方打圆场。他一面认为当前对女学应取“宽大主义”,一面又认为“真金不怕火来烧”,如养性女学光明正大,“彼之笔墨,固无损于我毫末也”,因而劝双方“息战停笔,南北共和”。[④]

当日《劝业场》的同一版面,即有“天媛”的告白,声明“忧患余生”所言他在养性女学担任教务之事乃无中生有,同时再次批评对方“借黑幕之名,行黑幕之实”,并称今后自己将爱惜“大好之光阴,神圣之笔墨”,不再参与此等“无价值之辨语”。[⑤]

---

① 尘影(王尘影):《揭黑幕》,《劝业场》,1918年10月8日,第2版。

② 笑痴:《敬告天媛、一尘二先生》,《劝业场》,1918年10月10日,第2版。

③ 忧患余生:《呜呼!天媛可以休矣》,《劝业场》,1918年10月16日,第3版。

④ 石天(沈石天):《为养性女校黑幕敬告与战诸君》,《劝业场》,1918年10月22日、23日,第3版。

⑤ 天媛:《投稿家之黑幕》,《劝业场》,1918年10月23日,第3版。

"天媛"既无心恋战,"忧患余生"也响应沈石天的调停,同时又声明在当日黑暗中国,他的揭黑之举可比《诗经》之美刺和《春秋》之褒贬,是绞脑沥血的"禹鼎温犀之笔",而不得与其他黑幕等量齐观。[①] 对于"天媛"前日之告白,他又顺手予以最后一击。[②]

关于养性女学的流言和争辩,从 1918 年 9 月中旬持续至 10 月底,在沈石天的调解下歇息。次年 3 月,"尘飞"在《劝业场》又揭"教员黑幕",养性女学再次被批评:

> 论其内容,则男女兼收,且年皆成人者多,以故珠胎暗结者有之,吃错[醋]争风者有之;论其成绩,高等科二三年级生乘除算术,犹不能为,他若国文,可想而知。

作者声称,该校职员俸酬极低,教员甘愿就职,其意本不在教育,"实乎为求凰之目的耳"。被点名批评的教师有英文教员丁梦觉,原是"某英文夜校劣等生","意中人"为女学生张桂丽;图画兼手工教员李煜熙,原是南洋公学斥退生,意中人浦秀芳。还有国文教员丁志明,苦求女生不得,在黑板上大书《求凰诗》,可谓丑态毕现。编辑瞿爱棠则加长篇按语,忠告当事人,请其尽快回应,"丁君等设无卑鄙龌龊之行为,请赐文更正可也"[③]。

前回处于流言漩涡中心的养性女学始终未置一辞,但此次很快即做出反应:4 月 4 日,《劝业场》刊登了该校校长周学孟启事,称"养性女校系鄙人独力创办,迄今已八载,蒙远近子女家长不弃,学生颇称发达。扪心自问,差告无罪"。启事末有编辑识语,透露该校曾经来函交涉,"勒限三日内将投稿人姓氏住址详确宣布,且以损坏名誉、妨害校务,涉及刑事范围,拟向法庭起诉"。[④] 在此要求之下,次日该报又发表声明,一改原来的警告

---

① 忧患余生:《敬答天石先生》,《劝业场》,1918 年 10 月 26 日、27 日,第 3 版。

② 忧患余生:《最后之五分钟》,《劝业场》,1918 年 10 月 27 日,第 3 版。

③ 尘飞:《教员之黑幕》,《劝业场》,1919 年 3 月 30 日,第 3 版。

④ 《周学孟启事》,《劝业场》,1919 年 4 月 4 日,第 3 版。

姿态,宣称有关养性女学的一切黑幕都是他人的恶意中伤,并向养性女校各当事人致歉:

> 前日本报所载《教员之黑幕》一则,当时失于检察,忽略登载,后知事实均系捏造。且丁志明君与小子相交数载,颇为莫逆,性情敦厚,志趣高尚。李煜熙、丁梦觉二君,亦所相识,皆品学俱优之士,而投稿者竟挟嫌诬蔑,至使小子开罪于知好,良搩歉然。最异者,投稿之名"尘飞","尘飞"即丁志明君之别篆也,天下岂有自毁其名姓者耶?兹为养性女校诸君暨丁、李三君名誉起见,为特声明如右。务祈阅报诸君谅之,并寄语投稿者:损人名誉,律有专条,以后勿再尝试为要。[1]

关于养性女学的黑幕于是仓促收尾。从此文中可以看出,貌似证据确凿、义正辞严的揭黑之举,往往是滑稽荒谬、不足为信的。而声明中所谓"失于检察"云云,只是报纸推卸责任时的借口而已。

《劝业场》中的养性女学,在其刊出周学孟启事之前一直是人欲横流、肮脏龌龊之地。然而现实中的养性女学,到底是什么模样?

流言中有关养性女学的一些基本信息自然是实情,如该校校长和教员姓名,招生对象兼顾男女等等,甚至教员收入微薄,也去事实不远。[2] 但亦不乏捕风捉影之处,如《教员之黑幕》称图画兼手工教员李煜熙是南洋公学斥退生,而事实上,他于

---

① 编者:《声明》,《劝业场》,1919年4月5日,第3版。

② 作家胡山源回忆他1916年秋进入养性女学任教,"不料上海的养性女塾,是一爿'学店',创办人和校长夫妇二人,唯利是图,剥削搜括,无所不用其极。我的薪水是每月七元。我这个初入社会的乡下小子,实是看不惯,不到一个月,我就愤然对他们说:'我不干了!'当我走出办公室时,校长给了我五元钱"。胡山源:《我在江阴励实学堂》,中国人民政治协商会议江苏省暨南京市委员会文史资料研究委员会:《江苏文史资料选辑》(第18辑),南京:江苏古籍出版社,1986年,第189页。

1915 年 5 月在南洋公学小学科顺利毕业。[①]

而若反观其他媒体关于养性女学的报导，可能会让人立时质疑《劝业场》这一载体本身的趣味。在出版略早的妇女杂志《女铎报》中，我们看到的是几乎完全相反的养性女学。《女铎报》对养性女学的校务和校外活动报导较多，全部都是正面的消息，试举两例：

> 上海派克路养性女塾，开办以来，成绩卓著。五月间不戒于火，全校被毁，闻者惜之。事后各生家庭以该校管理周密，教法完善，各生亦不愿改入他校，均以续办为请。校长谢强公素重教育，虽经此阻力，亦不愿因此中止，遂商诸该校经理周学孟女士，假青岛路某屋为临时课堂，招集原有学生，照常授课。[②]
>
> 本埠英界养性女学校，于四月二十九号，教职员等带同全体学生二百数十人，作踏青之举。一路步伐整齐，精神焕发，见者咸称道不置。复于五月五[九]日，在校开国耻纪念会，首由校长陈述开会宗旨，并纪念会之原因，略谓今日系纪念前年应许日本要求"二十一条"条款之期，此项条件，损失国耻不浅，实为我国莫大之耻辱，望我同人深印脑海，毋忘此五月九日为要云云。次经理周学孟女士，与名誉校长胡德贞女士相继演说，颇恳切动情云。[③]

除此之外，《女铎报》上时有该校女生习作刊出，形式优美，气象温良。在五四运动中，养性女学也有上佳表现。该校创办人之一的周听天曾经列名致电巴黎和会中国代表，恳请其勿在条约

① 霍有光、顾利民编：《南洋公学—交通大学年谱》，西安：陕西人民出版社，2002 年，第 55 页。

② 《女校纪事：养性女塾休业式》，《女铎报》，第 43 期，1915 年 10 月。

③ 《女校纪事：踏青与国耻纪念》，《女铎报》，第 63 期，1917 年 6 月。

上签字。[1] 学生经过讨论,拟定了五条办法:“(一)国民誓与青岛共存亡;(二)群起为北京学生之后盾;(三)声讨卖国贼;(四)电巴黎陆征祥、顾维钧、王正廷等代表,对此次交涉勿草率签字;(五)预备外交决裂之对付实力。”并将这五条通电全国。[2] 养性女学给人的印象,是一所朝气蓬勃、自强不息而又关注国家命运的优良女校,与黑幕扯不上丝毫联系。因此,1919 年出版的《老上海》中对养性女学的好评,大体上能代表彼时养性女学在上海民众心中的地位:

> 以新闸路一带而论,资格最老者如白克之竞雄女学校、静安寺路之寰球学生会附属学校、大王庙之和安学校以及派克路之养性女校,皆开办多年,成绩亦多可称。[3]

而《劝业场》中的养性女学,却是污浊不堪之地。在如此强烈的对比下,可以看出,《劝业场》中关于该校的流言,确实如“天媛”所说,乃“忧患余生”和“一尘”二人“借黑幕之名,行黑幕之实”。女学本无黑幕,而是《劝业场》小报在制造黑幕。

女学当重不当重?

1918 年 9、10 月间《劝业场》对养性女学“黑幕”的揭发和纷争,持续时间虽然不短,但出面的作者并不多,“揭黑”之人只“一尘”和“忧患余生”,而为养性女学辩护的仅“天媛”孤军奋战。但至 1919 年 2 月,瞿爱棠出任该报编辑后不久,在第二版特辟“辩论场”栏目,发起“文字辩论会”,广邀上海“好辩诸君”

---

① 《国民力争山东问题之电函 · 周埜公等电》,见寒灰编纂:《金刚卖国记》,第 4 章,北京:国民社,1919 年 7 月,第 56 页。

② 全国妇联妇运史研究室:《五四运动与上海妇女》,中国人民政治协商会议上海市委员会文史资料工作委员会编:《文史资料选辑》(总第 27 辑),上海:上海人民出版社,1979 年,第 11 页。

③ 《学界燃犀录》,陈伯熙编著:《上海轶事大观》,上海:上海书店出版社,2000 年,第 262 页。该书初版本名为《老上海》,1919 年由泰东图书局印行。

参战。首次论辩会的话题,即是“女学当重不当重”。红队为正方,主张女学当重;绿队为反方,主张女学不当重。

《文字辩论会征求会员启》从2月15日至18日连续在报上重复登载,此后据说“入会者连络不绝,然皆深沟高叠,按兵不动,意存观望”,至2月23日,绿队终于出兵,放出“第一声”①,从此开始了旷日持久的论辩。此日公布的会员名单中,双方各有三人。② 至3月18日,“会员录”下红队共有10人,绿队有9人,阵容可谓庞大。③

如今所能见到的《劝业场》止于1919年5月2日,此时辩论会还未宣布胜负。从2月23日至5月2日(其中3月14日、4月6—14日之报已佚),该报共刊载正方8位作者25篇文章,反方7位作者19篇文章。交战双方起初难解难分,但至4月后,正方已占得上风。以下试就双方论争之要点略作陈述。

女学与国势 红队重申近代以来的“女子为国民之母”的观点,认为“女学者,制造贤母之唯一法则也,亦即强固国家之唯一法则也”,“女学者,制造良好家庭之第一步,亦即强固国家之第一步也”④,“洵改良家庭、改良社会,救国救家、强民强种之不二法门”⑤。反方却根据古今国力消长之事实,证明女学与国势之间并无直接联系。汉唐之世,不重女学,“而国威振四方,诸夷并服。今女学之兴二十年矣,于社会于国家毫无利益之可言”⑥。红方对女学的重视,即是看中了女性对民族国家的潜在贡献,但这种思维,却忽视了女性主体的欲求。反方“野人”的

① 野人:《绿队第一声(主张女学不当重)》,《劝业场》,1919年2月23日,第2版。

② 《文字辩论会会员录》,《劝业场》,1919年2月23日,第2版。

③ 《文字辩论会会员录》,《劝业场》,1919年3月18日,第2版。

④ 惜渠:《我之女学观》,《劝业场》,1919年3月6日,第2版。

⑤ 石天(沈石天):《红队战线又进逼矣》,《劝业场》,1919年4月18日,第2版。

⑥ 野人:《绿队第二声(再论女学不当重)》,《劝业场》,1919年2月28日,第2版。

观点，说明了“女学救国”神话在民初的失效。

女学与家政　交战双方大多默认了“男主外，女主内”的社会角色安排，对女学生应尽之“妇职”并无异议，但至于女子教育对女学生操持家政的影响，则说法不一。正方认为，女子接受有关数学、卫生、育儿方面的知识后，会提高管理家务的能力，如沈石天之反诘绿队：“若计算不明，当为人欺；卫生不明，易致疾病；夫妇来往信札不能自诵，即或略识一二，往往易致误会，然则女学固不当重耶？”[①]反方却认为，女子教育的施行，会助长女性的“出位之思”，会让许多女性不安于家庭，如“癯仙”所担忧：“试问以烹饪、纺织之学，三从四德之仪，彼必瞠目不知所答”，“家庭教育之良好，反不若未入女校之女子克守家训、井处内政也”。[②] 二人关于女学与家政的争论，其深层问题是晚清以来女子教育在实施过程中应当贯彻实用主义还是科学主义的分歧。

女学与道德　绿队反对女学的重要理由之一，即是女学只会令女性沾染时下不良风气，败坏中国传统女德。“野人”以“英雌”沈佩贞等人的怪诞举动为例，“假诸英雌而不入女学，绝无此种种怪象”[③]。半梅甚至认为，重女学“为启妇女淫秽之一端”，“为无端离婚之媒介”，“为败坏社会风化之源由”。[④] 但红队的石天引荀子之“人性本恶”的观点，认为女学之可贵，即因为女性能求以学识而去其恶。女子接受教育，“周旋乎节俭之风，含咀乎慈爱之性，从容乎幽娴贞静之善，优游乎三从四德之域。母教既良，子女自能取法，由是夫唱妇随，合家和睦，家齐国治而天下平矣，孰谓女学不当重哉？”[⑤]可以看出，虽然时

---

①　石天（沈石天）：《红队战线亦进逼矣》，《劝业场》，1919年3月1日，第2版。

②　癯仙：《我之女学观》，《劝业场》，1919年3月18日，第2版。

③　野人：《绿队第一声（主张女学不当重）》，《劝业场》，1919年2月23日，第2版。

④　半梅（罗半梅）：《女学不当重》，《劝业场》，1919年3月4日，第2版。

⑤　石天（沈石天）：《诚有不能已于言者》，《劝业场》，1919年3月2日，第2版。

间已近“五四”，但论辩中的双方，他们理想的女性道德，还是“三从四德”。

女学与学问 女学堂为女子求学之地，她们在校可以猎取知识，增强个人行动能力，开通一地风气，如“惜渠”所言：“以上海而论，如爱国、神州、勤业等诸女校，其毕业者或远涉重洋，学习新智识，返国后可以启此顽固之风俗。”①而绿队却质问女学校与女子学问之间的必然联系，认为女性可以通过其他途径获取学问。“野人”举诗妓李苹香为例，她从未入学，但“能诗善赋，学问未尝不优”②。周怆怆则以为当前学校所授，大多非纯粹之国粹，建议取消女学，女子同样可以在家庭自修，或延请西宾，或可由父兄讲授。③ 另外，女子在校执着于学问，必然耗费脑力，损害健康，对女学生本人和她们将来的子女都十分不利，“心思过劳，则精神苦耗；精神苦耗，则所育子女必羸弱”④。

绿队在申明女学不当重的立场以及与正方的笔战中，最有效的进攻即是对彼时女学界怪象的批评。周怆怆指出，上海女子教育可谓发达，实际上却是一个大染缸：“彼洁身自爱者，一入漩涡，即咏‘染于苍则苍，染于黄则黄’之句，欲求不染恶病者，诚寥若晨星，则不若不重女学之为悫也。”⑤而“野人”在辩论之始即举出沈佩贞等“英雌”的怪诞举动，让红队陷入十分不利的境地。在“绿队第二声”中，他又提及上一年《劝业场》对养性女学“黑幕”的揭发，以此说明倡办女学很可能带来的严重后果：

---

① 惜渠：《我之女学观》，《劝业场》，1909年3月7日，第2版。

② 野人：《主张女学不当重（野人第四次之进攻）》，《劝业场》，1919年3月23日，第2版。

③ 怆怆（周怆怆）：《再申余之宗旨》，《劝业场》，1919年5月2日，第2版。

④ 半梅（罗半梅）：《断无女学当重之理（驳瘦鹤君）》，《劝业场》，1919年4月1日，第2版。

⑤ 怆怆（周怆怆）：《再申余之宗旨》，《劝业场》，1919年5月2日，第2版。

不观本报去载之“影戏场”乎？时有《女学校之黑幕》揭出，或珠胎暗结，或吃醋争风，演出种种无耻之事。事实昭昭，固无可讳。红队诸君主张重女学，其能去以上诸弊乎？[①]

更为可怕的是，在这种黑幕中求学的女生，除了成为主事人敛财渔色的牺牲品外，毕业以后，很可能为社会带来更多的黑幕，成为“败坏社会风化之源由”。罗半梅举出的例子，即是此前风行一时的禁书《帘外桃花记》，作者署“周湘笙女史”，被他坐实为女学生：

今世上所发行之《帘外桃花记》，非北京著名之女学生所著乎？诸君亦一见其内容乎？诲淫诲盗，孰甚于此？[②]

实则此书作者，很可能是鸳鸯蝴蝶派小说家朱鸳雏。罗半梅也并非不知“周湘笙女史”极可能为假托，他之所以乐得望文生义，自然是因为此证据对他这一方极为有利。

对于当前女学界的“怪现状”，红队诸人表现得十分矛盾。有人认为，女学生败类，仅是女学界全体中的极少数，如“灼如”称当今女学之流弊，“亦不过女界中千万分之一耳”[③]。沈石天则坦承女学生喜好打扮，偏离本职，是十分普遍的现象。[④] 至于回应绿队引为把柄的女学黑幕，他们则最大限度地发挥论辩技巧。红队诸君，或小心翼翼地把涉及黑幕的女学校、女学生从他们所提倡的“女学”中剔除出去，如沈石天认为红队理想中女子的“真实之学问”，限定为“纯粹而不杂”之学，此外则不在他们议论之范围：“吾红队之主张女学当重者，当重真实之学，非主

① 野人：《绿队第二声》，《劝业场》，1919年2月28日，第2版。

② 半梅：《女学不当重》，《劝业场》，1919年3月4日，第2版。

③ 灼如：《此女学之所以当重者也》，《劝业场》，1919年3月29日，第2版。

④ 石天（沈石天）：《红队战线又进逼矣》，《劝业场》，1919年4月16日，第2版。

张仅尚皮毛之学者”①,“绿队所指之弊害,乃假女学之为患,而非真女学之足病”②。或转而质询反方死揪“黑幕”不放的不良居心,如“惜渠”之讽刺“野人”:“女学界中学问深邃、道德高尚者,何可胜数?野人君殆未知未闻耶?呜呼!以此而欲湮没女学,野人君之心肝何在?”③或虚晃一枪,认为女学界存在一二黑幕,正是由于女学未获重视,未臻完善,“此时女学所以生种种污点者,亦正不重女学之故也”④。具体到养性女学“黑幕”和“诲淫诲盗”之小说《帘外桃花记》,仅是女学之“小疵”,或称“其责任固在于教者之不善耳,更兼近世社会风俗之恶陋,于是女学生一出校门,即染恶习”⑤,“岂可以尽罪女学乎”⑥?或认为“女学中间有一二败坏风化之女学生,然割鼻告诫、毁耳守节、截发长号、刎颈自绝者当亦不少”⑦。

不管红队如何自我纯洁,或竭力自我排解,他们对女学“黑幕”的顾虑,反而在在表明,这是他们挥之不去而又无法面对的梦魇。

“黑幕”双簧与女学生的去神圣化

面对围绕女学的45篇文章,我们必须首先意识到,它们是“文字辩论会”的产物。《劝业场》编辑瞿爱棠发起这次活动,未见得是对女学真正的关注,而很可能是出于报纸经营的考虑。因为《飞艇》和《新世界》的先例在前,可以预料的是,这种“笔战”将会吸引众多争强好胜的文士们的参与,即如“绿天”所言:

① 石天(沈石天):《余不得已也》,《劝业场》,1919年3月17日,第2版。
② 石天(沈石天):《红队战线又进逼矣》,《劝业场》,1919年4月19日,第2版。
③ 惜渠:《我之女学观》,《劝业场》,1919年3月7日,第2版。
④ 灼如:《此女学之所以当重者也》,《劝业场》,1919年3月30日,第2版。
⑤ 惜渠:《我之女学观》,《劝业场》,1919年3月6日,第2版。
⑥ 何瘦鹤:《谁谓女学不当重》,《劝业场》,1919年3月21日,第2版。
⑦ 石天(沈石天):《诚有不能已于言者》,《劝业场》,1919年3月10日,第2版。

> 沪上之有辩论团，□自《飞艇》报之“文章交战会”始，厥后复有《新世界》之“辩论会”，均极一时之盛。惜也“辩论会”以异缘中辍，迄于今兹，寒燠一周，阒无继者，言论界盖无憀极矣。乃者爱棠先生主持《劝业场》报，重树“文字辩论会”之幢帜，从此一般文坛健将，又可得一驰骋雄谭、发挥闳辩之缘会。逆亿此后，磨砺须而擐甲俟者，必将接踵而起。[①]

瞿爱棠发起关于女学之“文字辩论会”，意图即是聚拢作者，酿造声势，并最终达到吸引读者眼球的目的，在文章的标题上也不时可见编辑的苦心[②]。以女学为话题，可能看中了其中的性别因素。对于作者而言，它只是一次文字游戏，其首要目的即是如何压倒对方并在论争中取胜，字面上的主张并非全部出自本意，如红队中表现抢眼的“惜渠”和“石天”，前者原拟入绿队，反复权衡后，又改入红队[③]，沈石天之发言，也是因“小子既列名红队，不得不握管以申吾说”[④]。在具体的论辩中，双方的讨论往往陷入诡辩和循环论证的怪圈，很可能一直都不会达成共识，更不会将是非曲直“愈辩愈明，愈论愈精”[⑤]。文字里的主张连同他们的挑衅、激将、嘲弄、曲解、武断之作风一样，都只是在游戏规则许可下论辩技巧的一部分。红队在竞争中占得优胜，只能看成他们的文思压倒对方，而不是“女学当重”的主张在现实中的胜利。

尽管如此，此次辩论对我们考察“五四”前女子教育思想和

---

① 绿天：《绿队之真谛》，《劝业场》，1919 年 3 月 12 日，第 2 版。

② 如“绿队第一声”“绿队第二声”“红队战线亦进逼矣”“绿队后备军”“野人第四次之进攻”之标题显然出自编辑的手笔。

③ 惜渠：《我之女学观》，《劝业场》，1919 年 3 月 5 日，第 2 版。

④ 石天（沈石天）：《红队战线亦进逼矣》，《劝业场》，1919 年 3 月 1 日，第 2 版。

⑤ 爱棠（瞿爱棠）：《文字辩论会征求会员启》，《劝业场》，1919 年 2 月 15 日，第 2 版。

出版界的状况还是有一定意义。双方笔战中所使用的每一种理由，都是部分人的共识。尤其需要留意的是小报上女学"黑幕"的存在，这是绿队反对女学时使用的最有效的攻周手段，而又是正方无法回避的短处，在现实生活中，它也是女学堂和女学生地位尴尬的原因之一。同样，女学黑幕的存在，也是最让小报编辑兴奋的卖点之一。主持小报者，不仅对这类消息来者不拒，更不惜颠倒黑白，制造黑幕。

回顾1918年和1919年《劝业场》对养性女学"黑幕"的揭发，可疑之处极多。首先，该校"黑幕"的出现，是为了响应"影戏场"的栏目设置。[①]"影戏场"于1918年9月设立，首刊"学界现形记"，养性女学是最早露面的女校。也就是说，该校"黑幕"很可能是编辑经营下的结果。其次，为养性女学辩护的"天媛"之身份也十分可疑。他一再表明该校"光明正大，无丝毫黑幕之可言"，但仅是虚张声势，对于"一尘"和"忧患余生"据为把柄的事实，如师生关系暧昧，周听天"占嫂为妻"，该校攻击其他女学，从未正面回应。稍有力的《派克路某女学黑幕之真情》，援引的也是该校主事者的一面之词，缺乏可信度。就此次论争看，他的表现十分软弱，阅报之人可能更会相信"一尘"和"忧患余生"言之凿凿的证据。另外，"天媛"在《派克路某女学黑幕之真情》中提及周学孟已悉报章关于该校的"黑幕"报导，而次年的《周学孟启事》却说在事后一月才听闻消息[②]，因此"天媛"和"一尘""忧患余生"很可能并非你死我活的论敌，反而更像是小报圈同人在唱双簧。再次，"忧患余生"所言之事不实，他曾揭

① 该栏开设缘由，如编辑王尘影所言："海上五方杂处，良莠不齐，黑幕重重，揭不胜揭，是以本报特辟'影戏场'一栏，作暗室之明灯。"尘影：《揭黑幕》，《劝业场》，1918年10月8日，第2版。

② 此启事称："迨仆闻知，已逾月余，当觅报纸未得，故置不问。"《周学孟启事》，《劝业场》，1919年4月4日，第3版。

露养性女校在《大舞台》报“著文大骂涵德(女校)”[①],但核查《大舞台》[②]全部存报,并未见相关文章。

而最为关键的是,1919年4月4日刊出的《周学孟启事》,很可能也是伪造。之所以作此推测,原因有二:一是启事中言周学孟曾在“六年七月六日、八日《申》《新》两报告白,早经声明”,但核查公历及农历此日的《申报》《新闻报》和《新申报》,均未见有关告示;二是以下这段文字颇为奇特,与一般辩诬之文大不相同:

> 古人有言:吾人在世,不能流芳百世,亦当遗臭万年。诸君之毁谤,正鄙人之荣幸,所恐诸君无言论之价值耳。呜呼!敝人以可贵之时间,与汝等作无谓之争辩,自问亦殊不值也,夫复何言![③]

这段略显油滑的文字,实在令人哭笑不得:很难想象,一位女学的主事者会希望学校“遗臭万年”,会声称遭人诽谤乃自己之荣幸?更为直接的证据,上文中“可贵之时间”和“无谓之争辩”两语,明显脱胎于沈石天的调停“一尘”“忧患余生”和“天媛”笔战之《为养性女校黑幕敬告与战诸君》一文[④],因此不妨大胆假设:《周学孟启事》背后的真正作者,即是《劝业场》编辑沈石天。

出现在报纸杂志上的文章,其背后往往隐藏着报刊的策略和立场,纠结着复杂的人事因素,不可简单视之。懂得这层关系之后,我们就会发现,《劝业场》上关于养性女学的“黑幕”传言,

---

① 忧患余生:《质天媛君》,《劝业场》,1918年9月30日,第3版。

② 《大舞台》为日报,刘束轩主编,1917年11月15日创刊,1918年1月12日停刊。据李楠:《晚清、民国时期上海小报研究》,北京:人民文学出版社,2006年,第386页。

③ 《周学孟启事》,《劝业场》,1919年4月4日,第3版。

④ 该文称:“劝诸君与其费可宝之光阴,而为无谓之战争,孰若息战停笔,南北共和之为愈。”石天:《为养性女校黑幕敬告与战诸君》,《劝业场》,1918年10月23日,第3版。

与瞿爱棠发起的"文字辩论会"性质一样，自始至终都在《劝业场》一手操控中，只是报社自编自演的文字游戏，娱乐的是读者，受益的是报社，伤害的是女学。而该报在1919年4月之所以仓促结束此次"黑幕"之揭发，很可能是迫于外界压力的无奈之举。在发表声明、宣布有关女学之黑幕纯为"投稿者挟嫌诬蔑"的同一日，《劝业场》主笔瞿爱棠又刊发《我之感言》，宣泄内心的不满："所可惜者，明明自知黑幕中人，犹遮遮盖盖，不知猛然省悟。噫嘻！奈何！"[①]4月15日，该报前任主笔王尘影亦发文，声称"小子宗旨，对于善则宜扬，对于恶当揭"[②]。

他们的遗憾或坚持，在在说明了彼时小报对"黑幕"的缱绻难舍。事实上，在此以前，《劝业场》上充斥着大量各类"黑幕"，如"送信之黑幕""保险党之黑幕""免费学校之黑幕""卖膏药之黑幕""小贩之黑幕""寺僧惑人之黑幕""托名施药实行骗钱之黑幕""尼庵之黑幕"，不一而足。关于女学之黑幕，除了养性女学外，还有所谓的"蝴蝶党"，其党员多为女校学生，在寒暑假混迹于游戏场中，引诱富家子弟入彀，最终卷逃财物。[③] 还有梅白格路"黑幕幢幢"的某女子中学，"污秽之行，虽尽南山之竹，亦难尽述"[④]。

在这种氛围中，《劝业场》上有关女学的文学作品也多沾"黑幕"之气。试观"淑娟女士"之《咏女学生游夜花园记》：

> 女界文明尚自由，纱裙高束逞风流。
> 金丝眼架遮双目，时式双螺扑满油。

---

① 爱棠（瞿爱棠）：《我之感言》，《劝业场》，1919年4月5日，第2版。

② 尘影（王尘影）：《隐恶扬善》，《劝业场》，1919年4月15日，第2版。

③ 天媛：《蝴蝶党》，《劝业场》，1918年9月20日，第3版。

④ 悟一：《某女中学之黑幕（赠绣鞋颠倒学生）》，《劝业场》，1918年10月2日，第3版。根据其所在路段，影射的可能是坤范女子中学。该校1918年由俞传鼎创办，址在新闸路梅白格路。见马学新等主编：《上海文化源流辞典》，上海：上海社会科学院出版社，1992年，第417页。

假作避暑寻知己，夜花园内去遨游。
春风一度凉亭下，临别还将小影留。[①]

“淑娟女士”自称女学教员，对女学生品行十分了解。虽然这种性别指认非常可疑，但很显然，诗歌对夜花园里女学生的书写，非常吻合《劝业场》的口味。除此以外，她（他？）还在该报上发表《女学生之黑幕》，有完整曲折的故事情节，虽然作者自称“确有其事”，但描画细腻，溢出了对事件的客观平实叙述，而且内容荒诞，实可作小说读。该文叙富家子弟张生，戊午（1918年）春间来上海某中学求学，后于一星期天在“大世界”观京剧，与女学生杨宝娟相识，“各叙寒暄，恍如旧识”。演出结束后，杨约张生赴家小坐，同至宝昌路某洋房，岂知此处即张生葬身之地。原来杨宝娟与同学设一极严之情网，在各游戏场中，引诱美貌少年至洋房内，“日则进以美味，夜则陪以数女”。数日后命人往保险公司为少年投高额寿险，“日夜畀以酒色，使其精力日衰”，以至毙命。于是众女子知照保险公司，获取赔偿金。[②] 此等女学生，蛇蝎其心，手段较“蝴蝶党”有过之而无不及。

纵览《劝业场》上的各式文字，我们看到，小报这种特殊的媒体，某种程度上也具有了类似夜花园的文化隐喻功能。由小报呈现的女学生，鲜有清新健康的形象，绝大多数时候都与黑幕联系在一起，是肮脏的、危险的、病态的。这种书写的结果，便是女学生完完全全的去神圣化。女学堂诞生之初围绕在她们身边的高贵光环和“救国神话”，已经消散殆尽。此时旁人对女学生的印象，也大异从前。

---

① 淑娟：《咏女学生游夜花园记》，《劝业场》，1919年1月15日，第3版。诗尾附作者跋语，言：“侬亦一小女儿也，不宜作此，因见今之女学界中，品行愈趋愈下。侬在某校执教鞭，时有所闻，故今将学生之丑态表出，乃使彼等悔悟耳。岂有他者？”“淑娟女士”是《劝业场》的重要作者之一，曾在“文字辩论会”中加入红队。

② 淑娟女士：《女学生之黑幕》，《劝业场》，1919年3月4、5日，第3版。

1908年《申报》连载的翻新小说《新水浒》中，朱三和王英在夜花园内，看到一位滑头少年，朱三深知其底细，“这个人姓圆，名三，他家开了一爿银楼，家产也算不少，专在外头吊挪[膀]子，女学界上被他败坏名誉者不少”。王英深为不满，驳斥道：

> 你休得胡说，女学生是神圣不可侵犯的。你看沪上出来的女学生，那一个不是正辞厉色，那有被他破坏之理？①

作者在此处自然是反讽之笔，因为接下来即叙述一位不知廉耻的女学生与圆三的私情。但他对女学生“正辞厉色”和“神圣不可侵犯”之神情的描述，应当是彼时一般民众对女学生的印象。晚清女学尚未大范围普及，女学生对外界环境常怀戒备和排斥，而旁观者则对女学生心有好奇，才会得出女学生高不可攀的评论。而至“五四”前夕，女学生日益社会化，成为都市中的常见风景，大有“旧时王谢堂前燕，飞入寻常百姓家”之景象。

在夜花园和小报这类社会空间和文本空间中，女学生完全处于被窥视、被书写的位置，是被游戏、被嘲弄的对象。由此而展现的女学生，与旁人一样，有日常的生死爱欲。女学堂内很可能鱼龙混杂，学生们品格也有高下之分，甚至较一般人都等而下之，因而成为口诛笔伐的危险人物，如“淑娟女士”揭“女学生之黑幕”时，“苦无三尺剑，戮此败类”，并奉劝“今日之少年，幸弗以女学生全为可贵者也”。② 而“天忏生”序《女学生之百面观》时，更是将女学生一概骂倒：

> 今日之女学生，其道德、其人格败坏极矣。略读新书，误解自由，鄙伦常为迂阔，视名节如弁髦，甚至花前月下，密字低声；濮上桑间，幽欢潜会，罔恤廉耻，不顾嫌疑，而所谓

① 《新水浒》，《申报》，1908年8月13日，第2张第4版。

② 淑娟女士：《女学生之黑幕》，《劝业场》，1919年3月4日、5日，第3版。

巍然"国民之母"神圣不可侵犯之人格，已荡然无存。①

必须指出，不管是关于养性女学之流言，或是辩论中的女学黑幕，或是小说中的不法女学生，由于文本主角事实上的缺席，小报对女学生的书写，大多只是停留在女学生生活圈外围的窥视与想象，真实的女学校生活对于作者和读者仍是相对陌生。尽管如此，在流行的文本中，借由文字的力量，女学生已经彻底走下了神坛，人们对她们的印象变得微妙暧昧，那种高高在上的、可远观而不可亵玩的社会地位，已经一去不返。

第三节　"女学生诱惑"与欲望呈现

杂闻、隐私与文学

上海的黑幕书写，在晚清已启其端，民初很快蔚然成形。1915 年初教育部"社会教育司"即批评为数不少的"猥鄙乖离、有伤风俗之小说杂志"和不良单行小说②，而《时事新报》于次年开始、持续两年多的"黑幕征答"活动，引起巨大的轰动效应，极大地刺激了其他出版商的热情，"最近各小书肆之投机出版物接踵并起，亦无不各有其黑幕。试就各报广告栏而一计之下，不下百十种之多"③，"报章杂志中，黑幕文字几如满坑满谷"④。

面对愈演愈烈的黑幕出版热潮，教育部门也并非完全坐视

① 天忏生：《〈女学生之百面观〉序（其三）》，饭牛亭长（史太昭）编：《女学生之百面观》，上海：南华书局，1918 年。

② 《劝告著作出版界宜注意文化》，此文批评当时下等书籍，"累帙所纪，无非劫杀淫乱之恶、男女帷薄之私。猥媟之辞、淫肆之状，几于满纸，且多显背人道之常，公为放泆之论"。《大事记》，《教育杂志》，第 7 卷第 3 号，1915 年 3 月。

③ 《本报裁撤黑幕栏通告》，《时事新报》，1918 年 11 月 7 日，第 1 版。转引自范伯群：《中国现代通俗文学史（插图本）》，北京：北京大学出版社，2007 年，第 224 页。

④ 爱棠（瞿爱棠）：《我之感言》，《劝业场》，1919 年 4 月 5 日，第 2 版。

不理。1915 年教育部查禁“荒唐小说”32 种。[1] 同年 9 月，教育部下设通俗教育研究会成立，开始审查各年行销的小说。1918 年夏，通俗教育研究会又通告全国，奉劝小说家勿再编黑幕小说，针对的即是“此行彼效，日盛月增”的黑幕文学出版现状。[2] 在此通告的威慑下，再加上《新青年》同人对“黑幕小说”和“黑幕书”的集中批判，同时新文学创作实绩渐显，出版界对“黑幕”的热情逐渐消退。

但如果考察《劝业场》上的黑幕小说和有关养性女学的“黑幕”传言，其发生时间恰在通俗教育研究会颁文之后。直至“五四”前夕，《劝业场》的主笔者还对黑幕恋恋不舍。而就“黑幕书”的行销情况看，它们在“五四”之后也有不衰的生命力，钱生可编的《上海黑幕汇编》，到 1920 年已出了 3 版，1933 年更出至 7 版。上海开明书店 1930 年编的《上海黑幕一千种》，到 1939 年已出 6 版。[3] 这不禁让今人迷惑：这些文学价值并不高的黑幕作品，何以如此受读者欢迎？显然，这与它以各类隐私为表露对象有直接原因。

事实上，几乎所有的文学作品都与隐私相关。文学是作者对社会现象、人物情感的形象表达，它始终与科学、理性相对，“文学不断在挖掘、描写先于理性秩序、不是理性秩序所能包纳的内容，既然这些不属于公领域的理性秩序，那么从‘公/私’二元化的架构来看，当然就该是属于‘隐私’范围的了”[4]。杨照在阐释隐私与文学的亲近关系后，又进一步说明隐私的存在，正是文学作品魅力的来源之一：

> 文学的特质之一，文学之所以迷人的原因之一，就在它

---

① 《教育部咨内务部查禁荒唐小说文》，《京师教育报》，第 18 期，1915 年 7 月。

② 教育部通俗教育研究会劝告小说家勿再编黑幕一类小说函稿》，《中华教育界》，第 7 卷第 6 期，1918 年 6 月。

③ 黄森学：《“黑幕小说”研究（之一）》，《黄石教育学院学报》，2003 年第 4 期。

④ 杨照：《隐私与文学》，《联合文学》，第 15 卷第 11 期，1999 年 9 月。

> 对于"公/私"的翻云弄雨。有时候,文学打开私领域的小小窗口,把隐私抄写出来,供大众偷窥。我们透过文学看到不应该看到的别人的私密生活,因而兴奋,因而转成对自己私密欲望、痛苦与挣扎的迂回发泄管道。我们也可能透过文学发现:别人藏在私生活里的经验,其实和我们自己如是相似,于是可以释放自己在黑暗中摸索疑惑的阴郁与罪恶感,事实上是把个别的、单独的隐私经验予以普遍化、公共化了。①

可知文学作品对他人隐私的披露,读者将其与自己亲身经历或内心欲望对照,在满足欲望的同时也获得了安慰,降低了拥有不可告人的隐私之后的负疚感。但经由文字呈现的隐私,往往是对真相的扭曲。读者享受的,其实只是阅读的过程,他们想要追问的隐私真相,呈现出来的往往只是幻象。

这种写作与阅读的机制,使得隐私在小说中广泛出现。在一般小说中,作者对隐私的暴露只是讲述故事、塑造人物时的附加效果,但民初"黑幕"文学的情况略为不同,它往往以表露隐私为最直接甚至是唯一的文本目的,所有的情节架设和人物形象都围绕黑幕而展开,而篇幅短小的"黑幕书",只是用精练的文字叙述各类隐私,其他多余的修饰几乎全被省略了。这时候的黑幕文学,即变为赤裸裸的隐私展示,有的只是精巧的故事,读者看不到丰润的人物,看不到细致入微、丝丝入扣的情节递进。它最直接地满足了读者对隐私的欲求,但这时候,也距"文学"越来越远。

事实上,今天我们指称为"黑幕书"代表作的《中国黑幕大观》《上海黑幕大观》《上海妇女孽镜台》都是短篇黑幕的集合,最适合于在报刊作为负面消息揭载。这种介于事实与虚构的故事,如果将它们归入某一类的话,当以"杂闻"最为合适。法国

---

① 杨照:《隐私与文学》,《联合文学》,第15卷第11期,1999年9月。

学者弗兰克·埃夫拉尔认为:“所谓杂闻,就是一些无法被分类、触犯了某一规则、脱离常理的事件。”[1]在此定义中,最为关键的即是杂闻事件对规则的触犯,这种触犯,可看成对道德及社会秩序的违抗,它“是由个别或私人的暴力行为(情杀、无耻的凶杀罪行、强奸、偷窃、抢劫、斗殴等等)或是集体或社会的暴力行为(持械抢劫、不正当交易、谋杀、劫持人质、诈骗等等)所构成”[2]。杂闻所披露的现实生活中并不常见的不法事件,往往能激起人们内心的窥探本能,“这与过去的集市闹事、街道斗殴、或是公开行刑的作用是一样的”[3],进而产生阅读的兴趣。

杂闻的这种性质与功能,使得它与消费文化一拍即合。丹尼尔·贝尔曾说,群众娱乐的当代倾向,包括渴望行动、追求新奇、贪图轰动。[4] 在一个社会混乱而道德教条又开始松动的年代,黑幕作为最具隐私性的杂闻,呈现出来的文字图景多为惊人离奇的隐秘事件,迎合了读者的欲求,能部分满足他们的行动渴望。正因为隐私背后敞开着巨大的商业市场,不难理解,民初出版界会对“黑幕”趋之若鹜。小报因其明显的世俗性,更是与“黑幕”唇齿相依。

既然几乎一切文学都与隐私有关,今天看来,“黑幕”文学的症结并不在于要不要表露隐私,而是文本该如何表露虚实杂陈的私密,以及叙事者如何与隐私保持恰当的距离。范伯群先生曾希望研究者将故事集缀型的章回体“黑幕小说”与笔记体的“黑幕书”分别开来。[5] 前者尚有一定价值,而“黑幕书”最为

---

① 〔法〕弗兰克·埃夫拉尔著,谈佳译:《杂闻与文学》,天津:天津人民出版社,2003 年,第 1 页。

② 同上书,第 5 页。

③ 同上书,第 15 页。

④ 〔美〕丹尼尔·贝尔著,赵一凡、蒲隆、任晓晋译:《资本主义文化矛盾》,北京:三联书店,1989 年,第 154 页。

⑤ 范伯群:《中国现代通俗文学史(插图本)》,北京:北京大学出版社,2007 年,第 226—229 页。

人诟病处,即是将隐私视为最大的商业卖点,因此作者在贩卖故事时,与隐私过于贴近,泯灭了叙事者与故事的应有间隔,使得小说家成为隐私的陶醉者、流布者。笔记体的讲故事的方法,作者无从舒展艺术构思和叙事技巧,文本只留下干瘦的筋骨,其文学价值自然等而下之。对于这一点,周作人曾尖锐地指出:“倘说只要写出社会的黑暗实事,无论技巧思想如何,都是新文学好小说,那是中国小说好的更多,譬如《大清律例》上的例案与《刑案汇览》,都是事实,而且全是亲口招供,岂非天下第一写实小说么?”①

女学校中的男性幽灵

“黑幕文学”是一种以媚俗为手段、以牟利为目的特殊文体,将晚清以来小说“回雅向俗”与商业化的趋势发挥到了极致。黑幕的编撰者和出版商以营利为首要目的,必然要迎合读者的喜好,因而读者的趣味不仅明显影响了黑幕文学的格调,在题材上也有一定的规范作用。

虽然黑幕小说从题材上大致可划归于社会小说这一类,但在社会万象中,“黑幕”文字更倾向于聚焦男女关系。1918 年,包天笑在题为“黑幕”的小说中,借一位书局经理之口,透露出“上海的黑幕,人家最喜欢看的是赌场里的黑幕,烟窟里的黑幕,堂子里的黑幕,姨太太的黑幕,拆白党的黑幕,台基上的黑幕,还有小姐妹呢、男堂子咧、咸肉庄咧、磨镜党咧”②。日本学者发现,“黑幕小说”在最流行的时候,几乎所有的题材都与女性相关。③ 可见大众对黑幕的喜好,更多地偏向男女题材,而又以女性为主角。因此可以说,“黑幕”作品商业利益的实现,主

---

① 仲密(周作人):《再论“黑幕”》,《新青年》,第 6 卷第 2 号,1919 年 2 月。

② 天笑戏述:《黑幕》,《小说画报》,第 14 期,1918 年 7 月。

③ 〔日〕神谷まり子:《黑幕小説の女性像について—『中国黑幕大観』》,《野草》,第 83 期,2009 年 2 月。

要是由女性、女性身体来承担的。

清末民初各类黑幕中的女性，以妓女最为常见，她们代表了作者和读者对姿色不凡的下层女性的欲望；而出入黑幕中的高官富商的姨太太，可看成民众对上层女性的想象。此外，黑幕中还有相当一部分为女学生，她们则聚集了旁人对日益成型的、接受过新教育的都市新女性的凝视目光。

伫立于人们视线中的女学堂，每天都有年轻的女学生出入，校园中不时传出悠扬琴歌和欢声笑语，时时散发出吸引力。对大多数男子而言，因为严格的男女之防，女学堂是他们的禁地。但另一方面，读者在报纸上不时又能读到关于女学堂的黑幕故事，似乎作者对女学堂内的一切都了如指掌。这种现象看似矛盾，然而又互为因果：读者的欲望来自对女学生的好奇与垂涎，女学堂的封闭既阻隔了这种欲念的进入，却又加重了这种欲望，使得校园始终处于各种目光的包围中，被想象成黑幕的发生地。

在有关女学校的黑幕中，有一类情节最能使读者兴奋，那就是男子扮成女装，混迹女学校，并与女学生发生暧昧关系。因为早期女学堂基本上不招收男学生，对聘用男性教员有严格限制，因而"黑幕"中扮女装之男子，可以是心怀不轨的年轻教习。现今所见，报上对此类事的披露，最早见于1905年12月19日《申报》，事在湖州南浔中西女学堂。[①] 1907年9月24日，《大公报》也有读者来信披露类似事件，该函历数直隶省宣化府西宁县令之罪恶。作者声明，信中所言皆"鄙人亲知灼见"。其中便有县令纵容扮女装之男教员之事：

> 本年二月间，该处一女学堂由该令聘一女教习来堂。至六月，始知此教习为男子冒充，民间大哗。该令赠以五十金，令其夜间速逃。[②]

---

① 《南浔女学堂停办原因》，《申报》，1905年12月19日，第2张第9版。

② 《来函》，《大公报》，1907年9月24日，第7版。

因为函中所言各节十分离奇,《大公报》编辑认为“官场虽黑暗,想亦不致如此”,但依然照“有闻必录”之例登出。数日后,该报即刊发当地知情人的辩诬书,称前函中所言当地女学之情形与事实相左。[①] 1909 年的《民呼日报》,则以配图新闻的形式,报导南昌某女学内有留学生扮成女装,充任教员,将女学生奸污之事。[②]

黑幕中女学堂内男扮女装的另一情形,是校外男子或觊觎女学生,或先与女学生有了私情,改换女装,扮成女生入学。如 1912 年《新闻报》消息,湖南第一女子师范学校学生陈润华,“伪作女子,貌甚秀丽,年方二九,微缠其足,效东洋女装,聪颖绝伦,于各种科学无不了然于心,屡试冠军”,很快与某女生有了“桑中之约”,后被其他学生窥破隐情,引起全校女生大哗。[③] 1918 年也有男子装扮女生插班考入江西某女学校的传闻。[④] 又如 1909 年底《申报》称九江教会女学“同文书院”女校内“于女生中查出男子三人”。[⑤] 此则消息很快引起了该校监院、美籍传教士库思非(Kupfer, Carl F.)的不满,他在《申报》刊载严正声明,称学校中并无此事。[⑥]而次月《神州日报》一则关于九江学界的消息,却让我们恍然大悟:原来《申报》披露的同文书院女校的传闻,其真相乃是与该校毫不相干的一位男学生爱慕某女生并

---

① “西宁之女学所聘教员,系湖北士人张君沄之母,安砚京都十余稔。高君兴女学,先期特请于去年四月,该教员挟其子媳及二孙女由京到西,侨寓女学堂左近。每日到堂四小时,以《列女传》为宗旨,今犹在堂授课,未尝有辞学一举也。”《来函》,《大公报》,1907 年 10 月 2 日,第 6 版。

② 《男扮女装之教员》,《民呼日报》图画,1909 年 6 月 23 日。

③ 《伪女学生败露》,《新闻报》,1912 年 5 月 24 日,第 2 张第 1—2 版。

④ 《这真是女中丈夫》,《先施乐园日报》,1918 年 11 月 4 日,第 3 版。

⑤ 《女校中查出男子骇闻》,《申报》,1909 年 12 月 22 日,第 1 张第 4 版,后幅。

⑥ 《同文书院监院美国库思非启》,《申报》,1910 年 1 月 16 日,第 2 张第 3 版,后幅。

通信求婚而引发的悲剧故事。[①]

报纸上这类女学堂中“男扮女装”的故事,大多是作为花边新闻出现,由于缺少连续的跟踪报导,今天看来,其真实度大多值得怀疑。报社之所以乐于刊登这类消息,当归因于杂闻本身的轰动效果。这种趣味,往往会消解报纸自身的正义立场,如1906年苏州学界即对《新闻报》刊载苏垣某女校“男女混杂,浮言大起”的流言大为不满,认为报导与事实相去万里,“该报既知其为浮言,浮言而亦录之,既诬吾苏之名誉,且失该报之价值矣”。[②]

从接受者的角度看,这类消息可以予读者获得刺激的阅读体验,即弗兰克·埃夫拉尔所言:“任何动荡都会满足我们的无政府主义欲望。残酷可怕对我们来说很有诱惑力。”[③]这一因果关系,在小说家经营女学校内“男扮女装”的故事中表现得更为明显。因为基本上不存在现实人事纠葛,作家的写作直接面对的是持币以待的消费者,今天看来,除了有限的艺术追求之外,他们编织此类情节的商业目的已不言自明,从中暴露出来的男性欲望也更加明晰。

短篇黑幕小说集中关于女学校内男子乔装女生的例子,可举出《中国黑幕大观》中的《黄丽贞》和《乔扮污学》两篇。黄丽

---

① “浔阳郑生,肄业某校四年矣,因与某守旧者之女缔婚,悔非佳耦,窃慕某校女生之文明,思离前缘,别订自由婚配。乃驰书告女母,为正式之求婚。讵母亦顽固者,忿其年少无礼,将原函封寄其教师,并力斥其轻薄。其教师素精明,恐人诬陷,乃借考课以核对其笔迹,果该生所书也,遂立令退学。生羞怯交集,倏成痴狂,于是自断其发,且因某教习与女母有戚谊,疑其作梗,乃怀刃登门,欲自戕以明志。嗣以遇救不死,拘送县衙,经其兄向官保释。因是以讹传讹,故喧传某校有男扮女装之事。其实该女学校之事,与某生之历史,实两不相涉也。”《情网与情丝》,《神州日报》,1910年2月19日,第3版。

② 《照登苏州学会来函》,《申报》,1906年4月6日,第18版。

③ 〔法〕弗兰克·埃夫拉尔著,谈佳译:《杂闻与文学》,天津:天津人民出版社,2003年,第29—30页。

贞为上海某女校学生。参加入学考试时,“不特文字佳甚,书法亦娟秀异常,校长激赏之,拔置第一,插入甲班”。入校之后,学习勤奋,“与同舍某女生尤亲密,坐则同坐,卧则同卧,颇有形影不离之态,如是者半载”。时值暑假,二人向校长告别。十余日后,校长忽接女生父母信,询问女生下落,校长始大骇。不久后又接一函,原来黄丽贞本名为“黄丽真”,实为男生改扮,现已与女生双宿双飞,在汉口举行正式结婚礼。①

《乔扮污学》其事更为离奇,苏州某女学堂学生婉贞于一日托事返家,次日带领警察四名,突然闯入教室,逮捕同学袁淑娥。事后传出消息,袁氏乃一男子:

> 袁,绍兴人,因姘妇寓于苏,常觊觎女学生之姿色,正当二八妙龄,宛如奇葩初开之候,且富贵花多,一入牢笼,尽可任伊挥霍,于是化妆投考。认姘妇为胞妹。扑朔迷离,以使职员不疑。由此蝶入花丛,狂采浪摘,五十名姝,为之污辱者占大多数。寻欢半载,忽败露于诱奸不遂之贞女。按律当枪毙,以碍于闺阁名誉,改判永远监禁,庾死狱中。②

在文学效果上,这两个故事与报纸上的杂闻并无差异,因为篇幅短小,难以展开更详尽细腻的描写。从这一角度看,长篇文言小说《白杨残梦》对这类情节的处理更为从容。女主人公杨白烟自幼父母双亡,由族叔抚养。12岁时,邑中女学正昌,叔父与婶母将其送入“公立两等文明女子学校”。该校条件优越,每寝室仅住两人,与杨如烟同居者为高等生白玉莲。两人如影随形,亲如姐妹。某礼拜六,白玉莲有表姊何笑芙来访,并得学监汪兆贞作保,插班入学,于是三人同居一室,亲密异常,但偶尔也

---

① 剑:《黄丽贞》,见路滨生编:《中国黑幕大观·学界之黑幕》,上海:中华图书集成公司,1918年,第7—8页。

② 守险:《乔扮污学》,见路滨生编:《中国黑幕大观·学界之黑幕》,第20—21页。

有怪事发生。曾有一夜,三人同卧一铺,如烟正在酣睡中,突觉床架摇动,并闻白玉莲、何笑芙之笑语,其中有“彼尚幼稚”之句,如烟“百索不解”。[①] 在下文中,作者逐渐透露,何笑芙实为男子,因与白玉莲相爱,家长不允,只得男扮女装,逃出家门,与玉莲同入女校读书。而杨如烟与白、何相处日久,感情渐深,知情之后,念笑芙之温柔缱绻,亦甘愿与白玉莲同侍笑芙,于是三人以同学身份,一变而为三角恋爱关系。

小说家借杨如烟之感官,记录了何、白二人在寝室内的暧昧情事。虽然作者并未挑明,但上述隐约的描写,已经颇具香艳意味。待何、白向杨表露身份,这时读者定会恍然悟出,此前二人深夜里令杨如烟迷惑不已的动作和声响,乃是他们欲罢不能的性游戏。并且,他们简短的谈话中“彼尚幼稚”的指涉,已经为日后三人奇怪的情爱关系埋下伏笔。这种不道德的男女关系,已经使读者兴奋难耐,而这一切又都在女学校内发生,更强烈刺激着读者的阅读期待。后文故事,脱离了女学校场景。白玉莲被何笑芙卖与富商为妾;杨如姻反对父母的包办婚姻,自尽未遂,辗转至上海;何笑芙则混迹于妓院,身染重病。小说结局,是何笑芙病逝,白玉莲自杀,杨如烟出家。其情节可谓曲折离奇。《申报》广告称该书为“实事实情,足为男女学生规戒。醒世惩劝,有裨世道人心非浅”,“读之令人声泪俱下,拍案不忍再读”。[②] 这其实只是冠冕堂皇的招徕。《白杨残梦》是非常典型的商业写作。小说荒诞不经的哀情外壳,并不能掩饰其内里的黑幕气息。

于是我们看到,在有关女学堂黑幕的杂闻和小说中,借由女学生装的遮掩,居心叵测的男子揭开了女学堂的神秘面纱,使往日被围墙阻隔的校园变得一览无余。他深入了女学生日常生活

---

① 粟寄沧:《(哀情小说)白杨残梦》,上海:新中华书社,1916 年,第 9—10 页。

② 《申报》广告,1918 年 10 月 22 日,第 14 版。

的腹地,见证了她们的日常起居或爱欲情仇。更重要的是,由于他的加入,打破了女学校内正常的教学秩序,带来了校外的危险气息,并最终促成了黑幕的发生,从而令作品达到耸动人心的故事效果。尽管小说家会在作品中谴责男子的不良企图,或借此抨击女学校管理失职,或感慨"自由结婚"之可怖。但追根溯源,虚构的叙事作品中黑幕的发生,乃源自作家的苦心经营。假扮女装的男子,其一举一动都在小说家的操控之中,因而他的伪装背后,真正隐藏着的是作者的暧昧意图和对读者潜在期待的迎合。

被凝视的女学生

对女学生的注目,从女学堂诞生的那一刻即已开始。有时候,这种注视是出于对女学生们严厉的礼教规范,在行使道德监督的职能,多关注女学生的衣饰。如 1908 年,北京女子师范学堂成立之初,女界闻人继识一为文劝告女学生要穿戴、举止得体,勿为他人指摘。[①] 但另一面,对女学生的窥视乃至跟踪、围观、调戏,纯为欲念的驱使,如晚清辽宁铁岭县内两处女学,"所招学生均系身家清白,质朴品端,衣饰尽尚朴素",却有"无知匪徒,每于女学生出校入校,辄于路旁讪笑"。[②] 安徽巡警道卞柳门,也"以近来女学生出行在街时,每有无耻之徒,围聚观看,任意戏侮,殊属不成事体",因而特出告示严禁。[③] 更有甚者,天津"某女学堂门首,每值下午散学时,必有一般东洋车夫及闲杂人等,任意嬉笑",候伺学生离校。[④] 这些都是对女学生的欲望的明显流露。

如果说,晚清立场比较严肃的报纸对这类举动还大多持批

---

① 爱新觉罗·继识一来稿:《女界刍言》,《北京女报》,1908 年 8 月 27 日。

② 《保护女学的告示》,《北京女报》,1908 年 10 月 4 日。

③ 《保护女校学生》,《大公报》,1908 年 9 月 25 日,第 2 张第 2 版。

④ 《是宜禁止》,《大公报》,1910 年 1 月 28 日,第 5 版。

判态度的话,民国以后,随着消费文化的日益扩张,对女学生秘密的窥探,已近成为世俗性文艺小报的共同趣味。原来街头流氓对女学生的围观,悄然更换为小报新闻对女学生的揭秘。较之起初有形的聚观,这种跟踪显得悄无声息却又无处不在,它对女学生的威胁有增无减。而读者对这类消息的追捧,事实上也参与了欲望的狂欢,成为窥视女学生的同谋。试观此段新闻:

> 余昨晚自校返寓,甫至弄口,人极拥挤,笑声杂作。余赋性好事,乃排□而入,见一二八女郎,绮年玉貌,颇可人意,装束亦极华侈,足登革履似女学生,然面有怒色,口中亦喃喃似訾,不能细辨。既而乘车去。余初不知何事,后再三探之,始恍然。盖该□有高桥一,女郎之车至桥中,忽停顿不前,势将倒退。因有三五顽童,嬉于桥中,见女郎至,即以手拉车后,致不能前进。车夫偶一失足,立仆于地,女郎几亦随之而仆。殆车夫起,而顽童已杳,故女郎盛怒云。①

儿童世界其实是成人社会的缩影,他们对女学生的恶作剧,也可以看成现实社会中成人男子对女学生的不怀好意的玩笑。围观众人对女学生的嘲笑,已陷女子于孤立无援的境地。更堪玩味的是这类新闻中隐含的看与被看的关系。读者是最外围的观看者;作者是事件的及时记录人,他拨开众人,从外而内打探到事件真相;围观的众人距女学生最近,他们目睹了事件的经过,但围观者无意识的冷漠,又落入了记者的笔下;女学生无疑是所有目光关注的核心,其容貌、打扮和神情,都一一进入了各色目光中。于是,在层层包围而又互相交织的视线中,女学生处于绝对被动的、被看的位置。此场合中这种不对等的关系,即是女学生现实处境的象征。

在清末民初小说中,也随处可见男子对女学生的窥视、尾

---

① 兰:《行不得也哥哥》,《先施乐园日报》,1919年3月27日,第4版。

随、围观、挑逗。《侠义佳人》中的倪国秀，是江阴启黄女学的学生，相貌出众，又会打扮，不料在散学途中遭遇了多位男学生肆无忌惮的逼迫，一直追到倪家大厅上。[①]《新镜花缘》中的苏州大成女校学生葛淡人赴留园参加同学聚会，本是乘轿出门，只是轿帘不曾放下，被色中饿鬼未有才瞅见，"走到轿子面前，吆喝轿夫停轿，对着淡人姊姊看了个饱"[②]。岂知未有才并不满足，又纠合同伙八人，赶往留园聚观。某中学体操教员赵乐群，性好女色，对女学生尤为注意，"赵每伺于女生必由之路，而饱眼福"[③]。短篇小说《酒徒别传》中，女学生师兰路遇父执柳先生及其子文生，鞠躬为礼，"柳先生夙闻师兰肄业女校，未见其色，伫足涎视，誉不绝口"，于是心头一动："文生冠矣，当为订婚，订婚必此豸。"[④]

发表于1914年的"社会小说"《夜花园》，叙事人"记者"与"二三知己"先是在上海福州路酒楼上窥见两位年轻男女用餐，神情亲密，后来二人前往夜花园，他们亦乘车尾随，见二人在园中把臂私语，其甜蜜之态，令叙事者"耳鸣目炫，神荡魂消，几几有不能自主者矣"。后文作者又透露二人身份："少年者，某中校西文教员也；女子者，某女校毕业生也。均具新知识入新社会，而新有秘密之关系也。"自此，小说便完成了对新潮男女的道德谴责："自欧风东渐以还，青年士女，见异思迁，自诩文明，几不知廉耻为何物，道德为何事。"[⑤]在民初的短篇小说中，"记者"是叙事人常用的声口。实录的写法，再加上文尾的曲终雅

---

① 问渔女史（邵振华）：《侠义佳人》，《中国近代小说大系：女子权 · 侠义佳人 · 女狱花》，南昌：百花洲文艺出版社，1993年，第310—311页。

② 陈啸庐：《新镜花缘》，《中国近代小说大系：中国进化小史 · 新镜花缘 · 新中国等》，南昌：百花洲文艺出版社，1996年，第297—298页。

③ 戎马书生：《荒淫无好报》，见饭牛亭长（史太昭）编：《女学生之百面观》，第6卷，上海：南华书局，1918年，第22页。

④ 中冷：《（诙谐小说）酒徒别传》，《礼拜六》，第52期，1915年5月29日。

⑤ 天逸：《（社会小说）夜花园》，《江东杂志》，第1期，1914年8月。

奏，使得作者成功换上了道德观风者的面孔。这些策略的运用，部分抵消了叙事者跟踪、偷窥行为本身的不道德。然而今天看来，小说家借以批评世风日下、人心不古的夜花园“情事”（暂不论其真实与否），其实只是青年男女恋爱时的正常约会。而作者貌似痛心疾首的道德批评，并不能掩盖其叙事时的恶俗趣味。他在描摹事件女主人公的妖冶容貌和举止时的微妙心态，亦堪深究。

以上欲望的呈现均无所顾忌。在其他情形下，则表现得遮遮掩掩，一旦被看破，窥视者反而惊惶失措。《道德爱情》中，浮荡少年山秀在苏州留园遇见女学生韩爱同，先是痴看了一阵，继而被同伴怂恿前往表白，走到近前，“将那女子上下打量一回，觉得他表面温柔，骨里却有十分的英气，不由暗暗吃惊，满腔的自由结婚，此刻一句也说不出。惊惊惴惴的坐在这里，这一付局促不堪的样子，好手八股先生也描摩不出，京都一等名脚，也形容难真”[①]。包天笑在《时报》上连载的小说《滑稽旅行》中，两位日本“有识之士”野先生、村先生乘船赴美旅行，一日在舱中见到一位女学生。野先生有意搭讪，却担心冒犯此位女士。徘徊数次，最终鼓起勇气，然而终究未能启齿。[②]

而在有些小说中，男子面对女学生充满诱惑力的容貌，虽已意乱神迷，却又极力镇定，并在内心予以种种暗示，使这种窥视合法化。短篇文言小说《春郊三日记》中，“余”与友人赴郊外踏青，正在池边观鱼嬉戏，忽遇一队女学生，听“莺娇燕呖之音”，嗅“鬓麝衣香之气”，十分慌乱，本打算避开，“然思彼为女学生，道德自当高尚。夫心迹既明，更无瓜李之可嫌，且未免有情，谁能遣此？如是明媚之春光，宜有玉人点缀，余等痴窥其静动”。[③]

---

① 丹徒李正学：《（社会小说）道德爱情》，《宁波小说七日报》，第10期，1909年。

② 笑（包天笑）：《滑稽旅行》，《时报》，1907年3月2日，第5版。

③ 孽儿：《（言情短篇）春郊三日记》，《江东杂志》，第3期，1914年9月。

从心理学上说，凡欲望皆来自于欠缺。在现实生活中，大部分读者和作者都难以亲近女学生，更谈不上与她们进行正常社交或发展情爱关系。小说《电车姻缘》叙一位女学生与电车售票员的爱情故事，当女子主动表示好感时，作者突然插入议论："女学生之神圣尊贵，王孙公子犹萦梦寐，其视碌碌之卖票人，地位之度越几何？"后来女生邀请售票人赴家中夜宴，"女启风琴，唱歌娱情，以为刘晨、阮肇入天台山无此奇遇也"。[①] 这种高度夸张的描写，从侧面表现出在普通人的情爱经历中，女学生是可遇不可求的珍稀资源。

因此，我们在流行文本中读到的女学生，便不尽是其在现实中的真实写照，而多半蕴含着作者的欲望、报刊的策略和读者的期待，如小报《新世界》所载的《海上新道情》咏女学生：

> 女学士，约约乎，作文章，只句无。情书立就真气数，琴歌只学《相思曲》。生理攻研产育科，没边眼镜装埋虎。挨到了星期放假，打扮得玉体凝酥。[②]

所谓"玉体凝酥"，充满了香艳气息，刺激着观察者和读者的感官，自然也只能看成面对"女学生诱惑"的欲望流露。但道情这种文字通俗易晓，具有较广泛的受众基础，因而颇能代表一般市民对女学生的态度。

而当理想与现实的落差达到一定程度时，欲望对象便会被扭曲。通过各类文本投射出来的图景，诸如无中生有、捕风捉影之情形，遂在所难免。以女学生而论，她们鲜活的面孔、清新的气象时时给旁观者带来诱惑，但大多又可望不可及，这时候在各类文字中被源源不断制造出来的书写，并不能视为女学生现实形象的实录。反观清末民初报章对女学日见其多的批评，其立

---

① 懒僧：《（艳情小说）电车姻缘》，《香艳杂志》，第6期，1915年4月。

② 凤郎：《海上新道情》，《新世界》，1918年5月29日，第3版。约约乎，指马虎、随便意；气数，指不像话，不应该；装埋虎，指装糊涂。

场也十分可疑。如1906年前后广东女学的受阻,其原因之一即是报纸的非议,但在倡女学者看来,报馆亦只是部分别有用心的觊觎女学之人发泄私愤的工具:“粤省之报馆,其足以代表舆论否乎?其毁女学也,徒挟一、二人之私见,而以寸管为报复,甚至有垂涎不遂,因怒加毁者。”[①]而《女子世界》则质问所谓“志士”诋毁张竹君、杜清持、陈撷芬、薛锦琴、龙负责、林宗素等女学界名人的阴暗心理:“诸女士亦莫不为世所诟病。吾不解所谓志士者,究如何居心也?又不解何中国志士,独具此等怪异之特质也?”[②]

我们注意到,在关于女学校的负面新闻中,许多都围绕着不道德的男女关系展开。这自然首先因为此种攻击策略的有效性,“女子之恶德,首在淫荡,或稍犯之,则毕生名誉,随之俱逝”[③],“女子惟有诬以暧昧事,耸人听闻,最有效力”[④]。另一方面也是因为对女学生的情色想象,最能激发读者的兴趣,并可能吸引更多人的参与。因此,对以女学生为代表的新女性的社会批评,呈现出泛道德化的倾向。随着民初出版业的日益发达,这种对女学生的任意丑化渐有泛滥的趋势。普通读者鲜有反思这种女性负面形象制造、传播过程与现实逻辑的悖离,更遑论省视其阅读行为本身的负面意义。

小　结

陈晓明先生认为,消费文化本质上是一种女性文化,它用女

---

① 《粤吏之整顿女学》,《中国日报》,1907年2月20日,转引自李又宁、张玉法主编:《近代中国女权运动史料(1842—1911)》,台北:龙文出版社,1995年,第1134—1135页。

② 翠微女士:《志士之对待女子》,《女子世界》,第3期,1904年3月。

③ 诛奸:《青楼如乐土》,饭牛亭长(史太昭)编:《女学生之百面观》,第4卷,上海:南华书局,1918年,第14页。

④ 寒蕾:《(哀情小说)没字碑》,《游戏杂志》,第9期,1914年12月前后。

性做表意符号,“男性要不断地去想象女性,这些男性想象的女性变成一个巨大的符号群,它再转化为消费文化的符号群”①。也就是说,女性是消费过程中必需的桥梁,消费品对于男性的吸引力,往往是通过女性诱惑而产生的。在民初报刊对于女学生旺盛的想象力中,隐藏着的是消费文化的强大推手。

彼时的“女学生诱惑”在发生作用的过程中,往往又与道德评判结盟,使得被消费的女性处于十分不利的境地,她们不仅本身被视为堕落者,而且还需为其他罪恶现象担责:

> 当人们尽情欣赏欲望解放所带来的刺激和快感时,往往就让女性充当诱惑的主角,由女性担当堕落的罪责——这似乎是一种对于女性刻意的误解和伤害。在这个过程中,女性往往处于被扭曲的状态,折射出的总是阴暗邪恶的镜像。②

这种“阴暗邪恶的镜像”,正是本章讨论的“黑幕”。因为女学生群体既富诱惑又潜藏危险,大众流行文本对她们的态度十分矛盾:它们既无处不在地窥探、审视女学生的种种行迹,向读者传递这种诱惑带来的愉悦;但又对女学生表现出明显的贬斥与抵拒,并对亲近她们的后来者予以警告。

在对女学生的评价中,以“尤物”一词最能显现出此种诡谲心态:

> 自来尤物,多能移人,而近今女学界中,此类亦不在少数。③

---

① 陈晓明:《消费文化的女性本质》,见陈晓明:《思亦邪》,济南:山东友谊出版社,2006年,第222页。

② 殷国明:《女性诱惑与大众流行文化》,上海:华东师范大学出版社,2008年,第68页。

③ 仲子:《落花空有意》,饭牛亭长(史太昭)编:《女学生之百面观》,第5卷,上海:南华书局,1918年,第22页。

与其把“尤物”看成女学生中的害群之马而加以谴责,我更倾向于品读它之于女学生的形象变迁过程中的象征意义。在商业文化的合围下,流行文本中的女学生处于被凝视的位置,她们与读者的距离空前接近,被打造成大众消费欲望的符号。这种打量的结果,使得她们的形象与现实经历形成巨大反差,呈现出明显的被污名化的迹象。面对民初黑幕潮流对女学生的侵袭,我更愿意从中逆推女学生成长过程中艰难的处境,质疑消费文化、流行文本的微妙与暧昧。在这个意义上,我要引用王德威的话语,作为本章的结尾:“文学与其说是印证了历史的独一无二的理性逻辑,不如说提醒了我们潜藏其下的想象魑域、记忆暗流。”①

---

① 王德威:《历史迷魅与文学记忆》,《现代中国小说十讲》序,上海:复旦大学出版社,2003 年,第 1 页。

第五章　压抑与救赎

——清末民初小说内外的妓女和女学

青楼故事作为“男女”题材的一种，历来受到小说作者的青睐。早在唐代，即出现了《游仙窟》《霍小玉传》《李娃传》等名篇。潘建国先生认为，青楼女子虽属“社会边缘人物”，“却每每处于古代文学描述之中心”。个中自有原因：“‘青楼’是一个特殊的公共空间，妓女可以不受传统礼教之约束，获得超乎普通女性的社交自由，她们有机会接触社会各式人等，生发种种鲜活故事，为小说家提供丰富的文学素材。”[①]小说中的青楼女子，既是男主人公冶游的对象，是慧眼识英雄的奇女子，又是士子们科举途中的资助者或阻碍者，同时也是其科举失意后的倾吐对象和感情寄托。

到了近代，专写妓女之事的狭邪小说蔚然成一大宗，且“光绪末至宣统初，上海此类小说之出尤多”[②]，散见于其他题材的小说中的妓女形象自是不少。其足迹并不局限于青楼、戏馆等传统场所。与此同时，初初成长起来的女学生亦不断拓展活动空间，她们的足迹与风尘女子时有交叉。出入于历史与小说文本间，妓女与女学生这两种身份迥异的女性不时相遇，碰撞出诸多新奇之事，青楼女子也因此呈现出别样的风貌。

---

① 潘建国：《古代小说边缘人物的双重属性及文体意义》，《北京大学学报》(哲学社会科学版)，2009 年第 3 期。

② 鲁迅：《中国小说史略》，《鲁迅全集》(第 9 卷)，北京：人民文学出版社，第 275 页。

第一节　物欲与文明

“女间争效学生装”

1909年，孙玉声续写《海上繁华梦》，叙甄敏士十年之后重返上海，与朋友在酒楼上欢聚。他偶至栏杆旁俯瞰道路上诸色相：

> 那马路上的风景，虽是马龙车水，依然不改繁华，但出局的那些妓女大半俱改坐包车，也有橡皮轮的，也有三弯式的。那车夫俱是抬轿龟奴改充，或一人前挽一人后推，或一人前挽两人后推，横冲直撞的甚是猖獗。那从前飞也似的轿子却反不甚多见。至于男女的装束，男的多了些皮鞋、草帽不中不西之人，女的多出许多梳辫子、戴金丝眼镜的，混充着女学生，却又涂脂抹粉，异样妖娆，现出那不公不母的怪状，心中好不诧异。

十年之间，海上繁华依旧，高级妓女的出行已由乘轿改为包车，其装束却摹仿文明女学生。回想前尘旧事，甄敏士一时有沧海桑田之感，在诧异的同时，深感失望：“中国若照这样闹去，文明的皮毛尚是七差八搭，贻笑外人，文明的程度更是去题万里，将来不知竟成一个何等世界！不觉感慨万分，在阳台上倚立多时，一言不发。”[①]在这里，青楼女子服饰的变化不仅见证了时光的流转，还与文明程度的高低息息相关，更与国家前途、民族自信心联系在一起。

晚清很长一段时间内，都市妓女一直引领交际场中的服饰潮流，甚至成为良家女子的模仿对象。早在1869年，有人即在

---

① 海上警梦痴仙（孙玉声）：《续海上繁华梦》第1回，载《图画日报》第10号第4页、第11号第4页，1909年8月25、26日。

上海的报纸感叹:“女衣悉听娼妓翻新,大家亦随之,未解何故?”[①]连上海女性对脂粉的特别喜好,据说始作俑者亦是名妓林黛玉:“光绪时,沪妓喜施极浓之胭脂,因而大家闺秀纷纷效尤,然实始于名妓林黛玉,盖用以掩恶疮之斑者也。”[②]妓女出于职业需要,在外貌和服饰上争奇斗艳,却俨然成为时尚先锋,令大家女子起而效之。

与妓女相比,女学生的着装是全然不同的风格。女学堂在开办之初,在服饰上一主朴素淡雅,这既是培养贤母良妻的教育目标和“启发知识、保存礼教两不相妨”的女学宗旨下的必然要求,也是为了减少女学阻力的必要之举。《女子师范学堂章程》即规定:“学堂教员及学生,当一律布素(天青或蓝色长布褂最宜),不御纨绮,不近脂粉,尤不宜规抚西装,徒存形式,贻讥大雅。女子小学堂亦当一律遵守。”[③]而在 1910 年初奏定的《女学服色章程》里,对女学生制服的样式、尺寸、颜色、布料有了更为具体、更加严格的规范[④],而这些细密的条文,也成为地方官员和女学主事者约束学生着装的依据。[⑤] 在上述章程出台前后,各女学一般都对学生衣着有类似的规定,如北京的惠仙女学堂,虽然学生大半是“华族贵胄”,但总办饬令各学生“一律穿竹布衫儿,别的衣服,不准任意乱穿”,并且“严禁各学生,不准留海儿发”[⑥];上海务本女学则规定,“帽鞋衣裤,宜朴净雅淡。棉夹

---

① 《录中国教会报》,《上海新报》,1869 年 6 月 24 日,此转引自李长莉:《晚清上海社会的变迁——生活与伦理的近代化》,天津:天津人民出版社,2002 年,第 333 页。

② 徐珂:《江浙人之服饰》,《清稗类钞》,北京:中华书局,1984 年,第 6149 页。

③ 《奏定女子师范学堂章程》,璩鑫圭、唐良炎编:《中国近代教育史资料汇编·学制演变》,第 591 页。

④ 《学部奏遵拟女学服色章程折(并单)》,朱有瓛主编:《中国近代学制史料》(第 2 辑下册),上海:华东师范大学出版社,1986 年,第 676 页。

⑤ 《整顿女学》,《大公报》,1910 年 10 月 1 日,第 3 张第 1 版。

⑥ 《慧仙女学的规则》,《北京女报》,1907 年 3 月 19 日。

衣服用元色,单服用白色或淡蓝。脂粉及贵重首饰,一律不准携带"①。

随着女学生群体的影响力日见增长,作为流动的风景,她们最先映入路人眼帘的即是其清新质朴的装束,与浓妆艳抹的妓女形成鲜明的对比。更重要的是,"腹有诗书气自华",女学生的优势,乃在知识的掌握,她们是文明开通的代表,是国家和民族命运的寄托,那种由内到外的自信,在旁人看来便是分外动人的气质。1915年《妇女杂志》有文在批判女学生时,便透露出其身份与装束的特殊意味:

> 我国前途绝大之希望,实托命于青年女子之身,而求学者之宗旨,竟不过尔尔,无惑乎流俗之眼光,视此"女学生"三字,谓含有可以炫世、可以骄人之意味也。其不获入校肄业者,则并其举动服饰而模仿之,曰:"此学生派也","此学生装饰也"。②

在追摹"学生派"和"学生装"的女子中,有很大一部分即是青楼女子。女学生们的诗书才华和内在气质,是妓女们短时期内难以拥有的,于是,这种对于女学生的艳羡和好奇,最为直观的便是服饰上的追摹,据《清稗类钞》所载:

> 女学堂大兴,而女学生无不淡妆雅服,洗尽铅华,无复当年涂粉抹脂之恶态,北里亦效之。故女子服饰,初由北里而传至良家,后则由良家而传至北里。此其变迁之迹,极端相反者也。③

前处"良家"指大家闺秀,而后者则限指新式学堂中的女学生。

---

① 《光绪三十一年务本女学校第二次改良规则》,朱有瓛主编《中国近代学制史料》(第2辑下册),上海:华东师范大学出版社,1986年,第593页。

② 瞻庐:《对于主持女学者之卮言》,《妇女杂志》,第1卷第6号,1915年6月5日。

③ 徐珂:《江浙人之服饰》,《清稗类钞》,北京:中华书局,1984年,第6149页。

妓女模仿女学生装束，既有对女学生学堂经历的好奇，同时又有勾栏曲院中顾客们的趣味驱动。如1910年苏州九胜巷有土娼名阿招者，“矫作女学生装束，引蝶招蜂，学界之冶荡者多受其蛊惑”[①]。即使边远地区，此风亦盛。1911年暑假，有女学生赴吕四旅游，“其地属通（南通）海（海安）两境”，“非通都大邑，无山川名胜”，却见“有三五成群纱衫草帽游行河上、颇似女生妆饰者。问之，则妓女也”，因而感叹“伤风败俗，莫此之尤”。[②]

妓女效女学生装的故事，在清末民初的小说中并不鲜见，如《红菜苔》中的土娼爱宝，“因为有几分姿色，又极爱文明的装束，时常打着辫子，穿着皮鞋，乔扮那女学生的模样”[③]。南京某校教员崔生，在秦淮河畔邂逅一位女子，“一似女学生装束，年可二八，真所谓玉精神、花模样，大有潇洒出尘之概”，遂一见钟情，后来方知原是风尘中人。[④]

妓女们模仿女学生装束，既招致效颦捧心之讥，有时又有以假乱真之效，在冶游者眼中，更有荡人心魄之效。陆士谔《新上海》第36回叙浙江富户之子姚锦回，父亲逝后，兄弟分家，他“一竟在父兄手里拘束着，不敢放纵，一旦脱了羁绊，便想到上海来活动活动”[⑤]。乱花迷眼，却对女学生垂涎不已，“我瞧女子中惟女学生别有一种丰韵，与凡脂俗艳自尔不同”[⑥]。曾士规贪慕他的钱财，怂恿自己的三姨太扮女学生勾引姚锦回。三姨太原是妓院里大姐，起初颇不愿意，经不住曾士规的央告，只得依计而行。这番装扮，立见奇效：

(三姨太)向着衣镜里一瞧时，宛然是个女学生了。打

① 《学界痛史片片》，《民立报》，1910年12月8日，第4版。

② 我愚：《吕四半月游记》，《妇女时报》，第10号，1913年5月。

③ 抚掌：《红菜苔》，《小说月报》，第3年第6期，1912年9月。

④ 蓬厂：《落花有意》，《眉语》，第1卷第10号，1915年7月。

⑤ 陆士谔著，章全标点：《新上海》，上海：上海古籍出版社，1997年，第140页。

⑥ 同上书，第164页。

> 扮刚才完毕,恰恰士规进房。三姨太笑问:"你瞧如何,可充得过女学生么?"士规道:"好极,好极!女学生那里有这样的漂亮,真是天女临凡呢!"

姚锦回原是曾家的熟客,见了三姨太此番打扮,"眼睛前顷刻觉着一亮,嘴里头忍不住,不禁叫出一声'好'来,回头见士规在旁,究觉着有点子不好意思"[①]。三姨太的变装带来的陌生化效果,让姚锦回惊艳至于失态,足见学生装的魅力。但三姨太面对曾士规的赏叹,"只是微笑,并不答话"。她的反应或许只是故作矜持,可也能说明大姐出身的她并不是完全赞同男子的审美观——妓女的浓妆和女生的素雅,在她心中并不是像姚锦回般高下立判。

另有一些女子,当她们迫于生计,无奈走上卖身之途时,扮作女学生则不失为捷径,如《最近官场秘密史》中徐太守的千金徐天然小姐,被东席先生业秀才引诱失身,并被骗走所有珠宝。徐太守病故后,天然苦苦支撑门户半年多,业秀才音信杳无,丫头引儿劝她舍身为妓,"天然小姐踌躇了好几天,除了这一条路子,竟然无法可施",可是在张园一连三天始终无人问津。此时引儿又出谋划策,让她改扮为女学生,"替天然小姐梳了一条辫子,穿了一身无色的衣服,裙儿系的低低的,倒别有一般风韵。手里拎了一个小小皮包,坐了马车,如飞的望张园去"。[②] 这样打扮之后,果然在张园获得风流名士子征士的青睐,解决了两人的生计之虞。

风月场中的相逢

小说中风尘女子与女学生的遇合,除了装束上的比较和

---

① 陆士谔著,章全标点:《新上海》,上海:上海古籍出版社,1997 年,第 166 页。

② 天公著,刘桂芳、袁彤校点:《最近官场秘密史》,石家庄:花山文艺出版社,1996 年,第 156—157 页。

效仿外，还有一种情况，即女学生的行迹出没于风月场中，甚至与娼妓直接往来，与其身份构成巨大反差，如《民呼日报》的新闻：

> 宁垣某女学堂学生中，有著名十姊妹者。以不嫁为名，实则日事闲游。上月在秦淮河，坐花舫，打麻雀，甚至飞笺召妓，采烈兴高，若忘其为学生，且忘其为女学生者，未免太放诞风流矣！而该学监督则置若罔闻云。①

在清代社会和文学中，秦淮河是一个极其暧昧的场所，集结了声色犬马的放纵和家国兴亡的悲凉，由此成为良家闺秀的禁地。女学生涉足于此，是其活动空间拓展的体现。民初有女生即在诗歌中记载了秦淮夜游之事：

> 二分明月十分秋，闲向秦淮作夜游。
> 记得星期诸姊妹，醵资齐泛木兰舟。②

这种赏玩，必定是在课余闲暇进行，而且必须在夜幕的掩盖之下，如在白天便会成为男性的品评对象，引来众多猜疑。③ 她们泛舟的目的，只是为了欣赏月色秋光，与男性的冶游有本质的不同。

类似于《民吁日报》中所记，小说中女子叫局吃花酒的情节也并不鲜见，如短篇小说《新旧妇人》中的新派女学生自新称："总之，男界所有的顽意儿，我们女界都有。难道只许男界吃着[喝]嫖赌，就不许女界吗？"④《黄绣球》里毕太太称上海的女学生，"吃起大菜来，也不妨同着几个青年留学生，诙谐百出，叫个

---

① 《女学生吃花酒》，《民呼日报》，1909年6月18日。

② 汪芸馨女士：《记得词》，《妇女杂志》，第2卷第2号，1916年2月。

③ 如"闻近日女生竟有逐龙华胜会，征秦淮花船，一任恶少之指摘讥评，反兴高采烈者，斯真不知自爱，骇人听闻矣"。魏宏珠：《对于女学生之卮言》，《妇女时报》，第4期，1911年11月。

④ 尘因：《新旧妇人》，《民权素》，第6集，1915年5月。

把局开开心，香宾酒灌了几瓶，白蓝地喝了一杯”[①]。《侠义佳人》中的女报主笔毛真新，“专门提倡女权，凡有害于女子的权利，我们都要痛论其非。女人也是人，男人也是人，怎么女人就不能同男人享一样的利益？比如男人嫖婊子叫局，怎么女人就不许嫖婊子叫局？”并得意地向女友叙说她在酒店叫局的经历：

> 薇仙大笑道：“你何妨去嫖嫖看，做个女嫖界的老前辈。”毛真新道：“我嫖虽没有嫖过，叫局却叫过。有一回我同一个朋友去吃番菜，我就写条子叫了两个局来。谁知他们进门，见我们是女子，就有点不大愿意。我倒温言低语，同他们说笑，他们却懒洋洋的，懒得回答。后来拿起琵琶来唱曲子，唱的那声音，低的就如蚊子叫一般。看他那样子，真是讨厌。动了我的气，被我把桌子一拍道：‘真贱人，我抬举你，叫你来唱个曲子，免得受男子们的轻薄，你们倒这样不知抬举。我们难道没有钱给你们么？怎么见了我们，就如见了阎王，见了男人，就如见了性命？混帐东西，给我滚出去。’我这几句话，竟把两个婊子吓的屁滚尿流的逃了去了。”[②]

在晚清，女学会、女学堂、女学报本是三位一体的关系，互不可分。[③] 女报主笔毛真新将妓女呼作“贱人”“混账东西”，其中体现出来的不仅仅是声色消费者凌驾于消费对象之上的支配地位，更蕴含着女子在获得知识之后，面对无知无识且处于道德底层的风尘女子那种显而易见的优越感。

---

① 颐琐：《黄绣球》，《中国近代小说大系：负曝闲谈 · 黄绣球》，南昌：江西人民出版社，1988 年，第 252 页。

② 问渔女史（邵振华）：《侠义佳人》，《中国近代小说大系：女子权 · 侠义佳人 · 女狱花》，南昌：百花洲文艺出版社，1993 年，第 594—595 页。

③ 夏晓虹：《晚清社会与文化》，第 9 章“晚清妇女生活中的新因素”，武汉：湖北教育出版社，2001 年，第 275 页。

当然,并不是每位涉足风月场所的女学中人都表现得如此咄咄逼人。香海(谐音“上海”)昌中女校的南党学生,以谢沉鱼为首,合力闹了一次风潮,把学监李夫人赶走,从此获得了运动、上课、请假诸种自由,“吃吃小华园的茶,瞧瞧新舞台的戏。有时兴之所至,连清和、迎春诸坊,也渐渐有沉鱼辈的足迹了”①。谢沉鱼曾与莺娘、红鹦、雪雁同赴东荟芳潇湘馆,一访《繁华报》上的花榜状元林黛螺。诸人摆好台面,飞笺召妓,“酒过一巡,四个局儿陆续俱到,彼此略谈了三五句,便相互猜拳,开怀畅饮,各人唱了一出帮子调,清脆喉咙,顿触动他们唱歌的兴致”。四个女学生所唱,乃前礼拜音乐课上所撰新歌《好女儿》,吩咐林黛螺琵琶伴奏。三人唱罢,红鹦压轴:

> 红鹦想:“要轮到我压末的《小妹子》咧。”就按了G调,高声唱道:“好女儿,好好好!二十世纪新风气,雌伏雄飞,端的女中豪。某总会,品品箫,一曲琵琶,胜比风琴妙。潇湘蘅芜,大乔与小乔,个中阿娇真个娇。我便化作男儿,也应魂为销。男女界限破除了,运动自由,主义坚抱牢。酒地花天,及时行乐最逍遥。偌大幸福,大幸福,如今分半属吾曹。好好好!”唱至此,黛螺的琵琶声也戛然而止。一番当歌醉酒,作乐陶情,不知不觉,房间里电灯,渐渐的发亮了。②

歌词中的“好女儿”与行乐场面相互映照。在此处狂欢中,女学生们已达物我两忘境地。她们高歌至夜,其乐融融。歌词中的学校,也成为无边自由的福地,行动由心,可以四处评花品柳,可以醉酒当歌。在强烈的反讽中,女学生的神圣、尊贵完全被消解,她们与歌声中的“大乔与小乔”无论在形迹还是精神上已区

---

① 蹉跎子:《最新女界鬼蜮记》,见《中国近代孤本小说集成》第1卷,北京:大众文艺出版社,1999年,第318页。

② 同上书,第332—333页。

别不大。在读者眼中,唱歌之人与伴奏之人虽然身份职业不同,但品行上实可等同看待。

在小说结尾,作者又告诉我们描写女学界种种丑状,乃出于"爱女学,重女学,保护女学,成全女学"之意,"望女学也深,不觉责女学也切","故不惮辞费,寓规于讽",此乃谴责、黑幕小说中的习见声口。事实上,在清末民初小说中有一个被反复渲染的主题,即那些盲目追求"野蛮文明""自由结婚"的女学生,最终成为任何人都能攀折的路旁花柳;那种风气败坏的女学校,则变成荒谬绝伦的淫窟或"台基"。

从晚清到民初,女学堂经历了从无到有的过程。文学作品的女学生,或孜孜于学业,或追求时尚;而小说中由来已久的妓女逍遥风月场里,笑面逢迎,她们浓妆艳服,或略施粉黛效女生装。青楼女子偶尔会与女学生相逢,或被逼视,或同乐未央,但在大多数时候,她们与女学生被分隔为两个不同的世界。如何跨越鸿沟,真正体验女学生的校园生活?对于青楼女子来说,这是值得她们不断努力的梦想。

第二节　青楼兴学:历史与可能

上海青楼兴学的历史

对每位妓女来说,一个无法回避的问题是,时光流逝是如此残酷。"一柄达摩克利斯之剑永远地悬在高级妓女的头顶上,这就是年老与体衰。美丽是一种最主要的优势,即使对一个已经能够在其他不受岁月流逝影响的地方逐渐显示出魅力的高级妓女来说,也是如此。"[①]她们职业生涯的最高峰,往往出现在20岁以前,如1897年《游戏报》花榜状元张四宝年16岁,榜眼金

---

① 〔法〕安克强著,袁燮铭、夏俊霞译:《上海妓女——19—20世纪中国的卖淫与性》,上海:上海古籍出版社,2004年,第65页。

小宝年19岁,探花祝如椿17岁。[①] 此前名动申城的“四大金刚”(林黛玉、陆兰芬、张书玉、金小宝),仅金小宝榜上有名,究其原因,依李伯元解释,主要还是她们“华年已去”[②]。实际上,青楼中人“不过五年为一世耳”[③]。她们的青春,被透支于风月场中短暂的岁月。时光无法挽留,妓女们的出路,除了及早从良外,弃业从学掌握文化技能亦是值得向往的选择。

广东妓女凤生居上海时,与名士易顺鼎有多首酬唱之作。在这些程式化的文字游戏中,最值得注意的是凤生的这首诗:

> 阅历风尘鲜雅人,今朝奇遇亦前因。
>
> 他时莫向章台访,朱九江家是妾邻。(明年将往顺德九江乡从学。)[④]

诗中她已流露出对风月场的厌倦和对新生活的强烈渴望之情。相对于强作笑颜的风尘生涯,入校求学是一种崭新的、令人憧憬的生活方式。这首诗是对过去的告别,又是对未来的向往。凤生的这种心理,很能代表一部分青楼女子的期待。只是,不是所有的女学堂一开始就对她们敞开大门。即使青楼女子自办女学,所要面对的处境,也不是她们所能预测。

1905年初,据称“有人拟在沪上设一学堂,专教青楼娼妇”,《申报》对此传闻极尽冷嘲热讽之能事。[⑤] 而衢州籍文人詹垲1906年春曾记其友人章荷亭“屡怂恿谢文漪女史设学堂以教育

---

① 李伯元:《春江丁酉夏季花榜》,李伯元著,薛正兴主编:《李伯元全集》,第5册,南京:江苏古籍出版社,1997年,第76页。

② 同上书,第75页。

③ 服香:《吴船残响录》,姚鹓雏编:《春声》(第1集),上海:文明书局,1916年。

④ 朱凤生:《和〈即席赠凤生校书〉》,见易顺鼎著,王飚校点:《琴志楼诗集》(下册),上海:上海古籍出版社,2004年,第993页。据王飚《易顺鼎年谱简编》,易顺鼎1904年在上海逗留两月有余,此当作于是年。见《琴志楼诗集》(下册),第1574页。

⑤ 《闻客述沪上倡兴娼学堂事走笔戏书》,《申报》,1905年1月17日,第1版。

青楼,均以绌于资斧不果”[1]。据今所拣资料,专为妓女开办女学的尝试,影响比较大的当始于“梁溪李寓”李咏和“蓝桥别墅”张宝宝等人倡导的“改俗半日学堂”,时间大约在1906年4、5月间。《新闻报》评论将李咏等倡议妓女半日学堂与慈禧提倡女学、女界闻人吴芝瑛倡导女子国民捐相提并论,视为女界文明开通的明证,强种强国的预兆,“中国女界,无论贵贱,至今日已有爱国思想独立精神矣”[2]。

据今所见办学章程,该半日学堂拟设修身、国文、手工、算术等课程,分甲乙两班,甲班学生16岁以上,在下午3点至5点钟上课;乙班学生16岁以下,上课时间为上午10点至12点。每班拟招学生30人。[3] 可见该学堂为业余性质,学习时间较普通女学堂为短。

1906年6月8日《新闻报》刊载了《何畅威太守上学务处书》,首先透露了“上海妓女创立改俗半日学堂,而上海各女学校以为有关名誉,群起以争之”,可知上海女学界对此事的敏感。何畅威继而申明自己的观点:“夫学堂非不可立,而妓女非立学之人,而此时又非彼等宜立学校之时代。”其具体原因,则认为中国女学方在萌芽,此妓女学堂一出,其他女子学校必受牵连,顽固之人必会将二者相提并论,如此全体女学都会声誉堕地,女学前途将大受损害。

目前还未能发现李咏等开办女学的公禀,但从何畅威的文中也能略知一二。她们自称“蛋户堕民”,并以此前上海戏剧界

---

① 思绮斋(詹垲):《花史序》,《花史》,上海:月月小说社,1907年。其序作于“丙午(1906)春分前三日”。谢文漪为诗妓李苹香之艺名。

② 《论中国女界之发达》,《新闻报》,1906年5月6日,第1版。

③ 《改俗半日女学堂暂定简章》,《时报》,1906年5月30日,第4版。又据《南方报》透露,此章程曾录送该报,但未被刊载。《何畅威太守上学务处书(为改俗半日女学堂事)》按语,《南方报》,1906年6月10日,第1版。

刚刚成立的榛苓学堂[1]作为先例，认为同处“下九流”，彼等能开办学堂，妓女亦有资格兴办女学。其姿态相当低调，甚至可以说是卑微，但仍被太守何畅威无情批驳：

> 至于榛苓学堂，虽设自伶人，亦不能援以为例。上海伶人每岁演剧集资以供学费，而所收学生不尽伶人之子弟，今改俗学堂能援以作例乎？不待辩而知之矣。[2]

这段解释显然不那么有说服力。榛苓学堂由伶人集资供学费，妓女学堂亦不需官家或士绅破费；榛苓学堂不全梨园子弟，妓女的改俗半日学堂亦可收他处女子。但何畅威的坚持十分明显：妓女可以上学，但必需待脱籍从良、改换身份后方能进入学堂。

何畅威反对上海设立妓女学堂的又一原因，则是认为国外女学虽然发达，但无从开办妓女学校的先例，因而诸如李咏辈的举动“亦可谓教育界之怪现象矣”。此言亦并无根据，因为就在几天前，《有所谓报》即报导了日本地方开办娼妓学校“锦水红场”的消息，称“谋教育于娼妓，亦可谓能好言其德矣！”[3]此前朝鲜平壤也为官妓开办“妓生学校”，教授管弦歌唱、进退礼仪、诗词书画。[4] 在呈文最后，何氏又建议会务处“会商沪道，婉词解散，俾中国女学之荣光，不致为细人所摧败”。为了增加说服力，他还表示此前“曾将意见遍告此间各女学校长，均深公愤，悉表同情”。而第二天的《新闻报》和《申报》同时刊出了上海各女学校

---

① 榛苓学堂，在上海老北门内西马桥梨园公所，为戏曲界夏月珊、夏月润、潘月樵等发起，经费由梨园担任。学科为普通小学程度，学生不全为梨园子弟。见《上海之建筑·榛苓学堂》，《图画日报》，第110号，第2页，1909年11月24日。此校于1906年春开办，见《记榛苓小学堂开学》，《广益丛报》，第99号，1906年3月14日。

② 《何畅威太守上学务处书（为改俗半日女学堂事）》，《新闻报》，1906年6月8日，第3版。

③ 《郁哉教育普于娼妓》，《有所谓报》，1906年6月3日，第3页。

④ 《娼妓学校之奇闻》，《教育世界》，第88号，1904年12月。

长联合致江苏总会的函件,可见两次上书都是早经计划的举动。

女学校长的公开信与何畅威的函件内容大同小异,但语气更为凌厉,不仅责此半日学堂"名不正言不顺"——"今该学堂以半日读书、半日为妓,界限不清,即良贱无别,虽泰西文明各国亦无此种办法,此名义上之未安者也",更点出了妓女身份、职业与女学生称号的巨大差异。女学校长在对妓女的道德操守进行嘲讽、谴责的同时,更针对李咏将妓女半日学堂与"榛苓学堂"作为参照的说法,认为青楼女子地位比梨园中人更为低下,二者不能混为一谈。[①] 改俗半日学堂之事,已毫无转寰之余地。此函不久后又被《大公报》转载[②],其舆论影响已超出上海一隅。在强大的抗议声中,"改俗半日学堂"只能偃旗息鼓。

另一次影响较大的举动是1912年创办的"青楼进化团"。创议人祝如椿,本是1897年《游戏报》夏季花榜选举的"探花"[③],共同发起者为柳如是、张曼君、翁梅倩、老林黛玉、谢莺莺、万里红、林宝玉、花丽娟等诸人,皆是一时名妓。进化团团址在精勤坊,事务所暂设祝如椿处。创办该团的目的是"使花丛姊妹及附属人(娘姨、大姐等)皆知本团之有益于花界,赞成入团,并将在团女子送入本学堂肄业。务令人人得有智识学力,无论已从良未从良,均可自谋其生计为目的"。团务机构分为总务、教育、经济,其教育股的职务,"一教授文字,二扩充营业,三筹划生计"[④]。而进化团成立后最初着手的事务,即是开办女学堂,吸收青楼姊妹入学。

---

① 《各女学校长致江苏总学会函(为改俗半日女学事)》,《新闻报》,1906年6月9日,第3版;《各女学校长致江苏总学会函(为改俗半日女学事)》,《申报》,1906年6月9日,第10版。

② 《上海女学校长致江苏总学会函》,《大公报》,1906年6月22日,第6版。

③ 李伯元:《春江丁酉夏季花榜》,李伯元著,薛正兴主编:《李伯元全集》,第5册,南京:江苏古籍出版社,1997年,第76页。

④ 《青楼进化团暂行章程》,《新闻报》,1912年5月23日,第4张第1版。

学校开办经费之筹集，据章程计划，有两种办法，一为向众人劝募，一为演剧筹款。[①] 第一种虽然简便，但费时费力，后来实行的是第二种方法。细读其《演剧募金小启》[②]，进化团兴办青楼学校，并非完全是弃业从学，其目的有两重，一是"作从良之预备"，学习文化知识和青楼外的谋生技能，这方面自然无可非议；一是"为艺妓之模型"，即才艺的精益求精，优化服务质量，提升职业水平，使妓女达到《游戏报》花榜所标举的"通翰墨，善酬应，妙诙谐，晓音律，解词曲"[③]之境界。因而其能获得公众多大程度的支持，实在值得怀疑。

最为尖锐的批判依然来自女学界。是年7月出版的《妇女时报》有文章反对此事，其立论的前提，乃是基于这样的判断：妓女是社会毒瘤，害人不浅，岂能容其厕身女学界？此外，作者又针对行人习见不鲜的妓女效女学生装的现象，对妓女进行清算。她们对社会和女学的影响既如此之坏，则妓女学堂之议更不可行。[④]

相较之下，此时在沪旅行的台湾文人连横给予此青楼进化团更多道义上的支持，他认为："青楼亦一业，修其容，习其声，以售其技；博金钱于温柔缱绻之中，固贤于贪吏之强噬民血也。"[⑤]此女学于旧历七巧日（8月19日）开学，诸名妓及雏妓、

---

① 《青楼进化团暂行章程》，《新闻报》，1912年5月24日，第4张第1版。

② 汪了翁：《青楼进化团》，《上海六十年花界史》，上海：时新书局，1922年，第156页。

③ 《纠花侍者之花榜格》，李伯元著，薛正兴主编：《李伯元全集》，第5册，南京：江苏古籍出版社，1997年，第73页。

④ 沈淑贞：《沪上拟设妓女学校论》，《妇女时报》，第7期，1912年7月。

⑤ 连横：《大陆游记》，《雅堂先生文集·余集》，第2册，台北：文海出版社，1974年，第17—18页。连横1912年夏在沪，结识张曼君，并作诗数首相赠，有《示曼君》《幼安香禅邀饮杏花楼并约曼君同往》《出关别曼君》《寄曼君》《曼君持扇乞诗，集定庵句四首赠之》等。见郑喜夫：《民国连雅堂先生横年谱》，台北：商务印书馆，1980年，第82—83页。

大姐、姨娘等报名者共五十余人，“魔鬼地狱，一变而为弦歌礼义之邦”①。其具体课程设置及教学情况，据连横所见，“聘女师二，教国文、算术、刺绣、音乐之学”，“朝授书而夕度曲，可谓勤矣”。②

此学校在众青楼女子的期盼下成立开学，然而“开学不数月，而学生多不时旷课，校务终不振，且无永固基金”，加上祝如椿远赴津门，进化团遂难以为继。③ 1913 年初柳如是、谢莺莺、张曼君、林黛玉在《民立报》刊登启事，称“敝校因学生太少，所入学费不敷所出”，将该校转与他人接办。④ 风尘中人之所以不乐受教，据柳如是之妹云弟（亦入学就读）言，是妓女昼伏夜行的职业特点及作息时间与学校晨兴暮歇的钟点设置发生冲突，且上课占用时间过多，亦妨碍营业。长此以往，“宜乎校中学生日以减，进化团之冰销瓦解”⑤。

民初另一见于记载的青楼女学是 1919 年所办的“鉴冰学校”。校址在鉴冰寓舍，教员为鉴冰之兄，“每日教科一小时，其办法较青楼进化团为简捷”。学生除妓女十名外，另有男女小学生数名，“大率皆妓院中子弟”，然仅坚持四个月。停办之由，据汪吉门称，是受业诸人转移了兴趣，局务余暇，同人沉湎于麻将，“同学赌友，气味相投，沆瀣一气”，于是学业荒废，学校解散。⑥

---

① 汪了翁：《青楼进化团》，《上海六十年花界史》，上海：时新书局，1922 年，第 157 页。

② 连横：《大陆游记》，《雅堂先生文集 · 余集》，第 2 册，台北：文海出版社，1974 年，第 17 页。

③ 汪了翁：《青楼进化团》，《上海六十年花界史》，上海：时新书局，1922 年，第 157 页。

④ 《青楼进化学校特别启事》，《民立报》，1913 年 1 月 5 日，第 1 版。

⑤ 汪了翁：《青楼进化团》，《上海六十年花界史》，上海：时新书局，1922 年，第 157 页。

⑥ 汪了翁：《鉴冰学校》，《上海六十年花界史》，第 157—158 页。入校的十名妓女，除鉴冰外，另有老林黛玉、艳冰、镜花楼、秦楼（即黑枣子）、解语花、黛语楼等。

根据本人所阅文献,清末民初至少还在镇江和北京有人提议为妓女开办专门的女学堂,但都为警察局或教育当局所拒。[①]就上海“青楼进化团”和“鉴冰学校”的开办经验来看,妓女们对于女学的好奇和向往,虽一时得到满足,但她们未曾料及的是,这种除旧布新的意愿和行动,却沦陷于繁琐无聊的日常工作和姊妹们的游戏习气中。顾此即很可能失彼,以一身而兼二任,这又是一个艰巨的考验。

小说中的青楼女学

类似于青楼进化团《募金小启》中所言的“作从良之预备,为艺妓之模型”的办学宗旨,小说中开办妓女学堂的情节,亦可分为两种类型,一是将其视为女界改良的表现,展现的是妓女那种弃旧迎新的精神风貌;一是将其作为世风日下,女界荒诞无耻的象征。当然,最先遇到的问题,还是对此种学堂合法性的质疑。《冷眼观》便对妓女广义议办学堂冷嘲热讽,认为是“清浊不分,贵贱倒置”[②]之时代下的怪象。

黑幕小说《最近女界现形记》里的“文明女总会”,是一个争女权的机构,会员中有不少是妓女。妓女梅爱春任会长时,大谈商战和改良妓界的道理,并请书记员万人奇发表演说,倡兴妓女学堂,认为要“挽救上海的商务”,“第一的紧着”便是创办妓女学堂。[③] 在作者极富反讽的叙述中,“文明女总会”本来不是文明尊贵的机关,而是书中众多女界黑幕里极为醒目的一处,荒淫无耻且可笑至极,其由“妓界巨子”梅爱春(长期患梅毒)担任会

---

① 《何不[必]禀设女闾学堂》,《民吁日报》图画,1909年11月4日;《批(第二一号,十二月七号)》,《京师教育报》,第6卷第2期,1919年2月。

② 八宝王郎(王濬卿):《冷眼观》,《中国近代小说大系:新党升官发财记·后官场现形记·冷眼观》,南昌:百花洲文艺出版社,1991年,第600页。

③ 南浦蕙珠女士:《最近女界现形记》(第5集),上海:新新小说社,1909年,第18页。

长即是明证。此次演讲后，赵月印(与男子鬼混，被赶出家门)奉命出洋，“考察东西各国的妓馆章程，妓女学科”[1]。至于考察妓女学科时的留心之处，文中并未明言，但根据梅爱春的演讲[2]亦可推测，其注目点一是学习歌舞、交际技艺，以便更好取媚嫖客，使其“愉快欢畅”；一是学习国外妓院的卫生措施，消除疾病，增强体质。但《最近女界现形记》11 集共 20 万言，由诸多“话柄”连缀而成[3]，其目的只在“揭露”女界黑幕，而不讲究故事的前后连贯完整。关于妓女学堂也仅叙及赵月印出洋考察，至于考察情况、归国后所办何事则已不在其考虑之内了。

有关妓女兴学的小说，值得一提的还有《现身说法演义》。书叙文人贾慕谊为上海《国民报》主笔，一日往文明女总会采访，结识女总会副会长金菊芳。金菊芳本名金小宝，为上海名妓，归吴有恒观察，后与其离婚，并得养赡费五万金。金菊芳重张艳帜，欲组织妓女学堂，并已筹得款项，商之于贾慕谊。贾为其多处谋划，如关于妓女学堂的定名，“前年曾有名妓数人，具名发起禀办妓女学堂，嗣为学界攻击，政界批驳，遂致中止。今若仍袭旧名，恐为忌者中伤，易生阻力，且前次批驳有案，亦觉碍手”，此处指的即是 1906 年李咏拟办“改俗半日学堂”之事，因而建议定名为“坤明女校”。学生不分妓家良家，一概收录，“而学课内容，仍注重妓界，为对病下药之策”[4]。贾慕谊对此学校抱无穷期盼，可惜开学在即，小人播弄，他只得退出。而坤明女校所托非人，学校开办不久，即被他人将经费卷逃，只得闭罢。日后贾慕谊提及此事，感慨万端。叙述者对妓女兴学的支持与同情，在当时流行的小说中颇为难得。至于主事者金小宝，他虽

---

① 南浦蕙珠女士：《最近女界现形记》(第 5 集)，上海：新新小说社，1909 年，第 22 页。

② “上海的妓女，不但没的教育，不足使人愉快欢畅，反而使的人见了生厌惹气；而且上海的妓女，卫生最不讲究，花柳毒十居八九。”同上书，第 16 页。

③ 阿英：《晚清小说史》，上海：商务印书馆，1937 年，第 177 页。

④ 吴和友：《现身说法演义》，出版地和出版时间不详，第 28—29 页。

不满其平日为人(曾脱籍又重入风尘),但对她此次兴学举动则赞誉有加:

> 金寓为人,虽不足取,然此番热心,慨捐巨款,为人所不能为,却非寻常女流可比。我辈宜竭尽心力,为之赞助,俾此校早日成立。①

坤明女校之举,当是作者参照上海妓女兴学之事虚构而成,但选择金小宝为女学的倡导者,其中大有原因。小说中"终日与一般女学生为伍,满口平权自由"②的名妓金小宝不仅实有其人,而且对于女学的热望也非妓界中他人能比。

清末民初妓女们的办学实践,从表面上看,似乎是出于对女学生生活的羡慕和模仿。更主要的,这是她们自我拯救的重要方式,为的是在年华老去之前,为从良积累更为有效的资本,或掌握谋生的技能。但这种尝试,不仅在道德上遭到时人的讥嘲和压抑,即使她们以一种更为正当堂皇的名义(如强种强国、改良女界)使自己的愿望成为现实,但要坚持下来亦困难重重。在大多数情况下,这个群体的职业特点,决定了她们不可能长期像正常女学生一样在学校朝夕问字。人身自由的妓女在这个庞大的群体中只是极少数,绝大部分妓女,不管是"书寓""长三""么二",还是"花烟间",她们只是鸨母们的摇钱之树。大路上轻盈走过的女学生,与她们分隔在两个完全不同的空间;欢声笑语的女学堂,只是可望不可即的海市蜃楼。

妓女学堂作为青楼"理想国"的常设机构,可举出何海鸣的小说《花英》。妓女花英摆脱老鸨"九花娘"的控制后,联合诸姊妹于大马路中建一硕大"花国",该建筑之规模为世界第一,各地妓女和嫖客络绎而来。花英在"花国"立《保护娼妓新章》,并

---

① 吴和友:《现身说法演义》,出版地和出版时间不详,第31页。

② 妓女鸿云语。同上书,第32页。鸿云与金小宝有隙,坤明女校即被她和相好阿全破坏。

请议员官吏在他处执行,救众多青楼女子于沉沉黑狱。世界各国亦纷纷派人前来考查。花英又立数条规章约束诸妓,其中即有:"妓女在花国中,于营业之暇,须在花国临时学校,学习种种簿记、算学、文字、烹饪、裁缝、手工之学,以为老大时自立之地。"小说中众位风尘女子视为乐土的"花国"和妓女学堂,其实是作者假想中的乌有之乡;"前无古人、后无来者"的花国霸主花英,也只是作者流连风月场中因同情妓女而创造的理想人物:

> 然天壤中究何处有花英耶?嗟乎,花英乎!尔徒为吾理想中之人,吾将焉助?则吾之奇气仍属无可宣泄,吾之寂寞不将愈甚耶?①

关于妓女兴学的书写,我所见到的少有亮色出现在《学究新谈》中。在苏州办学堂的唐舜卿来上海考察学务,先是参观了复古学堂,见此校学风浮嚣,学生作业可笑,很是不乐。后来有人请他去看妓女们聚资开办的移风学堂。该校所授学科除识字、解释字理外,另设女工、乐艺二项专门,而以乐艺最富特色。唐舜卿抵校时,学生军队列队奏迎宾歌欢迎,入堂后则"排班唱歌",歌毕,"请入客厅,然后请献新戏"。而在参与新戏演出的四名女生中,我们赫然发现了压轴演员竟然是"梁溪李寓"李咏:

> 第一出是秦如云的《招国魂》,第二出是陆绮霞的《侠女子》,第三出是金云娇的《勇丈夫》,第四出是李咏的《美社会》。②

---

① 何海鸣:《(理想小说)花英》,《海鸣说集》,上海:民权出版部,1918 年,第 113—114 页。

② 吴蒙:《学究新谈》,第 23 回"喜出望外得闻新乐　言听计从招足逃兵",载《绣像小说》第 70 期。

从时间上看，刊登此回小说的《绣像小说》杂志其版权页作1906年3月，在李咏倡办妓女"改俗半日学堂"前夕，《学究新谈》似乎是对此事的一个大胆预言，但当学者坐实《绣像小说》严重的拖期出版问题①之后，我们便发现此处描写不是预言，而只能算是一个美好而又无奈的寓言罢了。

第三节　红粉传奇：风尘女子上学记

女学堂与妓女的变身

晚清学部颁行的《女学堂章程》，对于报考师范女生的家庭背景和个人品德有严格的规定，"须取身家清白，品行端淑，身体健全，且有切实公正绅民及家族为之保证，方收入学"②。各地女学堂章程亦有类似规定。可见为防止女学"流弊"，办学者对女学生品行有严格要求，意图在源头上区分学生的道德水平，把那些出身不良和行为不端的女子阻拒于校门外。

青楼背景与新式学堂的抵牾，在清末民初已成为普遍的社会共识。这在小说中时有印证。《文明小史》中的王济川读了《民约论》《万法精理》《饮冰室自由书》等新书后，见母亲信奉鬼神、执迷不悟，于是"动了个开女学堂的念头"。东席瞿先生赞誉有加，并主动帮他筹划。王济川之前曾在外国学堂里学了三年的洋文，此时又从瞿先生（原在浙江学堂担任教习）阅览了诸多新学著作，但听到妓女的后代准备报考时，第一反应却是

---

① 樽本照雄先生《〈老残游记〉和〈文明小史〉的关系》一文对照《中外日报》《申报》《东方杂志》等报刊所载《绣像小说》出版广告，证实其延期出版的问题。根据该文，此期《绣像小说》当出版于1907年1月15日至1月31日间。见樽本照雄：《清末小说研究集稿》，济南：齐鲁书社，2006年，第44—55页。

② 《奏定女子师范学堂章程》，璩鑫圭、唐炎良编：《中国近代教育史资料汇编·学制演变》，第592页。

"下流社会的种子"[①]。可见在一般人看来,妓女出身即是一种原罪,她们与女学生的身份有天壤之别,断断不可混淆。

在陈啸庐的《新镜花缘》中,唐盛伯极力反对甥女舜英留洋,对妹夫黄粹存说起眼前女学的各种弊病,最耸人听闻的即是:

> 近来甚至于有做婊子的,也报了名,到学堂里去混杂不清。前天江宁学务总汇处,还有一个禀请制军改良女学校的禀子。那禀子中间有几句道:"各学校自开办以后,外间抵隙蹈瑕,纷纷指摘,确有可凭。所收学生,更漫无稽考,有挂名娼籍,而蒙混入堂者,第一所尤犯此病。"云云。老妹丈,你听听,这是公牍,不是我捏造得来的。[②]

这段文字在对女学界良莠不分、泥沙俱下的混乱现状进行谴责时,却也透露出一个信息,即不断有妓女试图进入女学堂接受教育。

事实上,学部和各女校章程都要求入学女子必须"身家清白",但这种规定显然有相当的执行难度。一个很现实的问题,当女学接收的学生日趋增多,学校无法一一核对考生提供的履历和担保证明。如果办学者思想开通,其办学理论与学部章程有所偏差时,各项规定很可能流于空文,女学校也便成为"不拘一格降人才"的机构。特别是晚清社会人员的空间流动加快,女学生源不限于一地[③],在此处不够资格入学或被女学堂斥退

---

① 李伯元:《文明小史》,李伯元著,薛正兴主编:《李伯元全集》,第1册,南京:江苏古籍出版社,1997年,第176、183页。

② 陈啸庐:《新镜花缘》,《中国近代小说大系:中国进化小史·新镜花缘·新中国等》,南昌:百花洲文艺出版社,1996年,第236页。

③ 如1906年安徽芜湖开办女学堂,"女学生自远方来者甚多"。见《芜湖学界纪事》,《时报》,1906年8月26日,第3版;1907年上海务本女学校共有学生210名,"学生籍贯,各省皆有"。见《务本女学校家庭恳亲会记》),《时报》,1907年6月9日,第2版。

的学生，很有可能改换姓名之后，在其他学堂重新入学，于是便出现了如杭州惠兴女学堂总办贵林所言的“流品不齐之弊”：

> 间尝调查各女校，多有远地女生，因在乡里行为有玷，潜逃远出，而入女校者；有业属下流，为人妄保，而入女校者；又有年岁甚长，已嫁人育子，而假报年岁投考女校者。聚流品杂沓之女子多人于一堂，言论秽乱，习气乖张，而教课之功效，何能敌习气之传染乎？①

1907年广东女子师范学堂招考时，监试委员发现，有此前被驱赶的某学校女教习易名前来投考。② 而次年广西女子师范学堂年招考的学生中，亦有“品行不端的学生严某、萧某，并花旦林秀甫的女儿林素玉，入堂肄业，颇招些个物议。（见去年本报。）今年仍然照旧”③。公众对此三人虽有诸般歧视，但其得以入学并一直坚持至今，可见她们追求知识的强烈渴望。

清末民初小说中，青楼女子脱籍后进入女学堂，受到的阻力要相对小些。如1915年许啸天所撰的短篇小说，著名士绅杨士英有权有势，已到暮年还娶了一位姨太太：

> 这七姨儿原是堂子里娶来的，原名叫韵楼。杨士英娶到家里，便把他送到女学堂读了三年书，那普通的信札和小说书，都写得来读得来，并且还能画几笔水彩画。那里的女学界看他有钱，便也不管他出身淫贱，今天是什么女学堂里请他去当校长，明天是什么女学会里请他去当会长。在七姨儿，化几个钱有什么稀奇，乐得和他们这些假面女才子去厮混，也博得个女教育家、女慈善家的头衔。④

---

① 贵林：《上学部条陈为普及女学校事（附呈普及女校办法说帖）》，《惠兴女学报》，第4期，1908年8月11日。

② 《屏绝声名恶劣女生》，《南方报》，1907年2月26日，第3版。

③ 《再志广西女学现象》，《北京女报》，1908年3月7日。

④ 啸天（许啸天）：《婉转蛾眉马前死》，《眉语》，第1卷第10号，1915年7月。

尽管叙事者对此七姨太的“淫贱出身”仍持鄙薄态度，也不满女学界的良贱不分。但妓女出身的韵楼对女学生的称呼十分在意，以及由此带来的“教育家”和“慈善家”的头衔非常满足。在这背后，显然是杨士英的权势和金钱在起着决定性的作用。在这里，女学界占有了“女学生”的命名权，这种隐性资源与杨士英的金钱和势力达成了共谋。

在民初的短篇小说中，最具传奇色彩的妓女当属《鞠有黄花》中的“媲媥将军”，其“为妓以色艺著，为学生以声誉著，为将军，为夫人，无所之不崭然露头角焉”。[①] 此小说是作者恽铁樵计划中的“革命外史”系列的第二篇，作为辛亥革命的见证者，恽铁樵从一开始就有明确的补史意识——“若此琐琐屑屑，或未必入二十世纪中国史，则尤不可无记矣。本现在之事实，留真相于将来，一孔之见，以为无取乎凭虚架空也。”[②]小说中的女主人公，是一个真假参半的人物，虽现实原型即是名妓金菊仙。[③]《鞠有黄花》叙她初归“某观察”（影射吴保初）之岁：

> 时媲媥才十七八娇小女郎尔，秀外慧中，动人怜惜。观察为之延师教读三年，遂能作论文若诗词。又善楷法，为人书便面，得者珍之。第媲媥颇自视欿然，盖彼居沪上，久见洋行买办，认得爱皮西地，便尔举止骄人，心艳羡之，每语观察以不识西字为憾。时观察方为洋务局总办，闻媲媥言，默然。已而京中办贵胄女学，初时定资格甚严，旋以应者寥寥，卒命凡三品大员眷属皆得入学，于是媲媥大喜，嬲观察，

① 焦木（恽铁樵）：《鞠有黄花（革命外史之二）》，《小说月报》，第3年第5期，1912年8月。

② 焦木（恽铁樵）：《血花一幕（革命外史之一）》后记，《小说月报》，第3年第4期，1912年7月。

③ 《鞠有黄花》对其出身欲说还休：“将军所处之地位屡变，将军之称号亦屡变。谈者有所忌讳，漫以‘媲媥’称之。其真姓氏不可究诘，仅知其最初时期为《繁华梦》中之金菊仙而已。”

谓必得入学乃已。[1]

金菊仙在上海初露向学之意时，观察“默然”的反应，很可能是考虑外在舆论环境而对爱妾的无奈拒绝，但京中“贵胄女学堂”的入学资格，并不细究女学生的出身，因而“婉婳”就此入学。她在贵胄女学堂中，“善交际，工酬应，且成绩最优，又不自矜伐，监督某老福晋，最钟爱之，每王爷贝子来校参观，则婉婳为班长，应对周旋，无或陨越。声华籍甚，不但最贵学生垂于目，即宫中亦闻其名”。并为福晋收为义女，交通王侯，华服往来，如鱼在水，远非往日风尘女子可比。

不久皇帝和太后相继病死，官场大动，观察失去奥援[2]，引疾乞休。“婉婳”亦随之离都归南京，但此时她已一洗往日浮薄习气，“婉婳自为贵胄学生，已稍稍自重，迨为某福晋义女，资望益隆，居然命妇，于是益尊其瞻视，不轻以色笑假人”。闲居无事，则往来当地学界，“为某女学之监督，某师范之校董，某团体之名誉赞成员”。辛亥事起，女界群情激昂，有女子革命军之举，“各校女生无不愿执殳为前驱”，“盛名鼎鼎之婉婳将军，则投身军界，为名世之人才”。民国成立后，她脱离观察，重入海上，问及今后的计划，她则以兴女学作答。

小说至此结束。其周旋于学界、政界、军界经历，可谓小说中绝无仅有的妓女形象。然而此“婉婳将军”，在现实中仅是才艺出众的妓女金菊仙，其唯一的向学经历，仅是从陈三立为诗弟子[3]；小说中“婉婳将军”发迹之处——贵胄女学堂，在女子教育

---

① 焦木（恽铁樵）：《鞠有黄花（革命外史之二）》，《小说月报》，第3年第5期，1912年8月。

② 观察的后台为“河南方氏”，影射袁世凯，在摄政王即位后被迫以足疾告归。

③ 沈宗畸：《彭嫣传》，见孙文光编《中国历代笔记选粹》（中册），上海：华东师范大学出版社，1998年，第844页。

史上亦仅是徒有其名的空中楼阁。[1]“媲婳将军”形象的塑造过程，只是借用了金菊仙的妓女出身而已。作者本意，是以她在小说里的沉浮，见证改朝换代时女界兴学、尚武、从军、参政各路思潮的涨落，作者显然对女学思潮更加认可和关心——投身女学界不仅是主人公破茧化蝶的关键一步，亦是她历尽繁华后的最终归宿，前者是出于情节的需要，而后者更大程度上是作者本人意愿的流露。“雀入大水为蛤”，小说引用《礼记·月令》里的语句，象征着女主人公脱胎换骨的过程，这亦是标题的用意所在。[2] 主人公的经历提醒我们：一旦青楼女子们获得入学的权利，带来的结果不仅是她们身份的转换，更有个人命运和社会地位的飞升。这无疑是最令人期待的。

金小宝上学记

在晚清妓女中，对女学最为执着的要数“四大金刚”之一的金小宝。其入学过程之曲折，在社会上激起反响之强烈，其结局之完美，在同辈中可谓绝无仅有。而金小宝的上学记，亦在小说中被数次书写，在不同的语境中呈现出不同的评价。

关于金小宝的记载，散见于李伯元、吴趼人、李定夷、郑逸梅、徐珂、包天笑诸人的笔记中。限于体例，这些文字大多是一鳞半爪，不足以呈现金小宝求学的详细过程。反而是“艳情小说”《碧海珠》为我们再现了一个更为完整和立体的金小宝。作者显然是金小宝的风尘知己，流连花丛多年，对金小宝饱含同情和尊敬。他似乎熟悉金小宝成长过程中的每一处事迹，并对其堕落风尘给予真诚的谅解和合理的解释，而对于她向学的勇气和执着，则毫不吝惜地加以赞美。“我”对女主人公的态度，是

---

① 关于贵胄女学堂的始末，参黄湘金：《贵胄女学堂考论》，《北京社会科学》，2009年第3期。

② 《礼记·月令》：“鸿雁来宾，爵入大水为蛤，鞠有黄华，豺乃祭兽，戮禽。”

单纯的"溢美"而不涉丝毫猥亵。更为奇特的是,这部作品中没有普通狭邪小说中必备的男女情爱故事,"我"的在场只是作为叙事者才有意义,而没有参与任何情节的推进。小说涉及的人物,大都是确有其人[1],他处笔记所载的内容亦可在《碧海珠》中得到验证[2]。因此"艳情小说"《碧海珠》具备了人物传记的性质,虽然作者态度多有溢美,但大体情节还是可信。

据《碧海珠》所载,金小宝幼年在私塾即颖悟过人,青楼成名后之所以大起向学之志,是因为她在张园与名妓彭鹤俦聚首时,见其能诗善画,"殊觉心焉慕之,由是入学肄业之志益坚"。此时正值庚子变后,"沪上花丛,颇形萧瑟,小宝乃于天中节后,托言消夏,卜居珊家园,延某客至其家专授华文,英文则日至退省路西人某女士塾中习之,一时中西并课,孜孜兀兀,虽出洋留学之志士无以过"[3]。与马氏决绝后,金小宝从北京返回上海,入城东女学堂,更名为"曹文变",随班听讲。而其之所以为城东女学所不容,据小说交待,乃是因为同学的嫉妒和教员偏私,"教员见而恶之,遂摈之出学"[4]。

此处与包天笑所记有异。据《钏影楼回忆录》,1906 年金小宝入城东女学堂两月有余,衣着朴素,不施脂粉,人很聪明,而且学习也非常勤奋。国文教员黄炎培,有次在西菜馆里应酬时,同

---

① 如小说叙金小宝于女学生中最为敬佩者有两人,一为爱国女校之林忠书,一为城东女学之陆守民。前者据业师夏晓虹先生推测,极可能是"林宗素"的曲笔,为林白水之妹,是爱国女学的首届学生。陆守民亦为城东女学学生,即日后金小宝所嫁陆守经之妹,归刘季平。

② 如《清稗类钞》言金小宝曾"适马氏,未几,挈厚资下堂去",《碧海珠》则对此事有细致的记叙,不仅交待了马氏的背景、二人结合和相处的情形,还叙述了金小宝与其决绝的过程。孙玉声的小说《海上繁华梦》和笔记《天香阁韵事》都提及金小宝捐办花冢事迹,但皆不及《碧海珠》详尽。

③ 思绮斋(詹垲):《碧海珠》,见《中国近代小说大系:海上名妓四大金刚奇书·碧海珠·碎琴楼等》,南昌:百花洲文艺出版社,1996 年,第 306 页。

④ 同上书,第 307 页。

座中有人叫局,而所传之妓正好有金小宝。两人见面即认出彼此。当时的尴尬情况,包天笑有很传神的描写:

> 偏偏那个叫她堂唱的商人,还对着黄任之夸说:“黄先生!你不要轻视她,她还是一位女学生哩。”那位姑娘脸涨通红,愈加不能存身,立即起身告辞了。黄任之也不待吃完西餐,说另有他事,起身离席。[①]

女学生和妓女的双重身份被揭穿后,没等到校长杨白民宣布将其开除的决定,金小宝次日再无脸进城东女学堂。包天笑此时同是城东女学的教员,其记载比《碧海珠》的说法应该更接近事实。也是在这一问题上,可以看出小说作者对女主人公的回护之意。但不管是小说还是回忆录,都提及金小宝的聪颖好学,确实是求学良材。日后包天笑提及此事时,曾有反省:“试从宽展处着想,那一等人是不应受教育呢?孔子云:‘有教无类。’”[②]只是当时的教员黄炎培和校长杨白民辈都还未达到这样的认识高度。

金小宝退出城东女学堂后,求学之志未沮,“改就某教会所设女塾。该塾创自外人,含有平等性质,凡来学者皆一视同仁,惟以学生程度之高下为等差。小宝私心窃喜,以为今而后乃得其所矣。不图该塾例只收女童,已笄者皆不得入,更无论青楼中人也。以故入校未几,即有人以小宝历史函知该校长,而小宝复见摈”[③]。可见教会女学虽貌似平等,但亦无她的容身之处,偌大海上学界,大抵也无地侧足。失望之余,回苏州故乡,又拟入某学堂,却一病缠绵,且邻里多不相识,于是数月后复归海上。小楼一角,各路人等闻讯纷至沓来,她不胜厌烦,“仍拟以学界为桃源,藉避诸人缠扰”。后来再次化名为“昭昭”,托人作保,

---

① 包天笑:《钏影楼回忆录》,香港:大华出版社,1971年,第342页。

② 同上书,第343页。

③ 思绮斋(詹垲):《碧海珠》,见《中国近代小说大系:海上名妓四大金刚奇书·碧海珠·碎琴楼等》,南昌:百花洲文艺出版社,1996年,第307页。

“入育贤学堂肄业。自是潜心力学，所与交游，悉一时女学生中之娇娇者”[①]。此“育贤学堂”当指张竹君1904年春天所设的育贤女校，其声名难与城东女学比肩。大约因为小说出版在即，主人公的求学故事也就此停顿，她在育贤女校的遭际如何则未叙及。需要留意的是，《碧海珠》出版后不久，金小宝与陆守经（字达权）的婚事已被人提及[②]，此时金小宝年30岁。

金小宝在城东女学之事，当被人披露于报界[③]，亦有作者写入其他小说中，如1907年出版的小说《新茶花》，“语皆征实，可按图索焉。东鳞西爪，颇多轶闻”[④]，书中叙名妓金小宝代偿了孙汞斋在上海的债务，并赠旅费送其前往日本留学。孙的友人项庆如十分感激和敬佩，金小宝则答无足挂齿，自己喜欢与读书人往来，“明年我还想到女学堂去读书哩”，“后来金小宝果然改名景肖豹，在南方女学堂里充作女学生”。[⑤] 同为青楼中人，项庆如的知己武林林与金小宝惺惺相惜，但对金小宝入女学堂的行为并不赞同。当项庆如劝她也进学堂时，她认为中国的女学还刚萌芽，女学生程度低下，却自视甚高，不屑与妓女入伍，青楼

---

① 思绮斋（詹垲）：《碧海珠》，见《中国近代小说大系：海上名妓四大金刚奇书·碧海珠·碎琴楼等》，南昌：百花洲文艺出版社，1996年，第308页。

② 1908年2月26日苏曼殊在东京寄函刘季平，询问“达权婚事如何？晤时乞道念”。指的即是陆守经与金小宝的婚事。见苏曼殊著，马以君编注：《苏曼殊文集》（下册），广州：花城出版社，1991年，第493页。

③ 我暂时未发现报导，但《碧海珠》称：“时有人投函该学云：‘小宝发愤如是，本足为海上女界生色。况海上未兴女学之先，小宝即创议，谓欲建一学堂，以为吾国二百兆女同胞之向导，闻者辄为嘉叹，徒以臂助乏人，致成画饼，殊堪扼腕。今其向学之心甚切，而贵校乃群挤而去之，其意果安在耶？’书至，教员及学生皆弗省。”思绮斋（詹垲）：《碧海珠》，见《中国近代小说大系：海上名妓四大金刚奇书·碧海珠·碎琴楼等》，南昌：百花洲文艺出版社，1996年，第307页。

④ 《小说管窥录》，见阿英编：《晚清文学丛钞·小说戏曲研究卷》，北京：中华书局，1960年，第508页。

⑤ 心青（钟心青）：《新茶花》，《中国近代小说大系：新茶花·十年梦·兰娘哀史·茜窗泪影》，南昌：百花洲文艺出版社，1996年，第92页。

姊妹入学就读,只会自取其辱:

> 林林摇头道:"罢罢,中国此刻的女学,真还在幼稚时代,那女学生一进了学堂,就如封了王一般,一张便字条还写不出,就只当自己是个文明人,带起眼镜,拖起辫子,看人不在眼里。像我们这种人去就学,是他们不屑与伍的,以为是个卖淫妇。其实他们的行为,也未必高如我辈,不过不好说罢了。像金小宝被学堂里革出来,就是一个榜样。"①

此种学堂,不去也罢,还不如在家自修。武林林的愤恨之语,很为金小宝抱不平。但在金小宝几近卑微、丧失自尊的举动里,不仅仅有对女学各科新知识的追求,更包含着对女学生身份的强烈认同和渴望。这是一种社会地位的象征,足以令她不折不挠、想方设法地去获求。

在金小宝的传记中,一个屡次被提及的情节是她对陆守经的识鉴和鼓励。此事不仅促成了陆守经出洋的成行,更带来了金小宝日后身份的巨大转折。陆守经本是她在城东女学时的老师,金小宝屡次劝他出洋留学,陆答以无资出游——

> 小宝曰:"学生愿假巨资为先生壮行色。"陆眙愕者再,然终未敢许也。未几,陆应湖南某校之聘,小宝复踵之往居。有顷,复申前请,谓区区一教习,何以为终身计,若游学外洋,计之上也。陆察其诚,乃许之,遂至日本习法政。殆毕业归国,小宝尚在北里。陆追思旧事,感念不已。自是益密,未几竟订婚焉。

作者认为"美人钜眼识穷途,四金刚中之金小宝资当斯语"②。

---

① 心青(钟心青):《新茶花》,《中国近代小说大系:新茶花·十年梦·兰娘哀史·茜窗泪影》,南昌:百花洲文艺出版社,1996年,第105页。

② 汪了翁:《金小宝事略》,《上海六十年花界史》,上海:时新书局,1922年,第57页。

金小宝的侠气，他处亦多有表现，如“天香阁写兰捐办花冢事，尤为寻常妓女所不可及”[①]，又如厚资赠沈虬斋远赴南洋，“致为士林称颂”[②]。但金小宝的颖悟和侠义，并不能帮助她光明正大地进入女学堂，此事及她后半生的幸福都有待于与陆守经的结合。

1911 年，陆守经考取了清华学校庚款留美官费生[③]，据说金小宝亦与之同往。四年之后，《小说新报》有作者根据金小宝在美国女校“颇有心得”的传闻，编造了其令国内姊妹万分羡慕的海外壮游经历：

> 汽笛一声，鼓轮万里。从此双飞蝴蝶，梦别乡关；并翼鸳鸯，联吟海澨。比旅行于蜜月，弥离恨于情天。快哉此行！有不觉临风而起舞矣。近以留美有年，离家已久，每值课余之暇，频萦别后之思。眷恋旧游，倍增怀想……[④]

多年前北京妓女洪媛媛出国游学的宏愿[⑤]，金小宝终于实现。它在美求学的幸福生活，虽然只是海上文人不无俗艳的想象，但在此篇游戏文字里，我们可以清晰地看到，同为“金刚”，此时金小宝的身份和地位，与林黛玉已经有了天壤之别——金小宝已修成正果，林黛玉还在继续沉沦。[⑥] 至此，在他人的印象中，她

---

① 孙家振：《天香阁韵事》，《退醒庐笔记》，上海：上海书店出版社，1997 年，第 86 页。

② 章士钊：《疏〈黄帝魂〉》，《章士钊全集》，第 8 卷，上海：文汇出版社，2000 年，第 230 页。此事又见坚抱《沪乘片片》，《神州日报》，1910 年 9 月 17 日，第 4 版。

③ 《第三次庚子赔款留美学生名单》，陈学恂、田正平编：《中国近代教育史资料汇编 · 留学教育》，上海：上海教育出版社，2007 年，第 210 页。

④ 诗隐（朱诗隐）：《艳情尺牍：代金小宝寄致沪上旧侣》，《小说新报》，第 1 卷第 3 期，1915 年 5 月。

⑤ 《名妓出洋留学》，《大公报》，1906 年 7 月 10 日，第 3 版。

⑥ 《代金小宝寄致沪上旧侣》后有按语，言“陆氏以留学美国，因携小宝同往。并为择女校留学焉，近闻其颇有心得，异日卒业归来，当必为祖国女界谋多数之幸福矣。以视林黛玉之犹学傀儡以登场也，夐乎远矣”。但金小宝负笈美国，缺乏其他材料佐证。

终于完成了由青楼女子到女学生的身份转换。至二十年代,金小宝依然居住上海,“各舞台、各游戏场,时见其踪迹,养尊处优,结果可云美满”①。

通过上述考察可知,无论在现实社会还是小说文本中,清末民初妓女向学,始终遭受到道德规范的抑制和女学界的排斥,个别风尘女子历经艰辛达成所愿,其前提是必须改换身份才能获得认可。但这种脱籍从良、然后就学的方法,依然潜藏着“遇人不淑”的危险。妓女的就学之路,存在于一系列的偶然之中,金小宝上学的传奇故事,并不具有可复制性。广大青楼女子的入学可能,实有待于未来一个更加宽容和理性的社会。

第四节 “花魂”与“国魂”

以“国魂”的名义

在晚清特殊的时代背景之下,畸形繁荣的都市里的风花雪月让文人们感慨万端。眼前青楼女子们的沉浮很容易让他们联想到国家民族的命运。一如余怀以《板桥杂记》书写历史伤痛,晚清文人吴蔼航亦在自己的著作《燕京花史》中“以妓女程度之高低,验国家人才之消长”②。而在友人看来,受过“史界革命”洗礼③的吴蔼航有更为明确的追求——“以花魂寄国魂”。因而作者所传各青楼女子,带有显而易见的主观色彩。较之《板桥

① 汪了翁:《四大金刚》,《上海六十年花界史》,上海:时新书局,1922年,第57页。金小宝之结局,据平襟亚言,“与陆同居了很久时期,后被遗弃”。见平襟亚:《旧上海的娼妓》,上海市文史馆编:《旧上海的烟赌娼》,上海:百家出版社,1988年,第168页。

② 桐城假老包(吴蔼航):《梁溪李寓小传》,《燕京花史》,北京:北京派报社,1911年,第42页。

③ 大同《燕京花史序》有言:“读此书者,即作中国史界革命案观可也。”又前引吴蔼航《梁溪李寓小传》无论语词还是文风都有明显的梁启超的痕迹。

杂记》的平淡缓远,《燕京花史》的文字更为峻急。

在文人将“花魂”与“国魂”相系的同时,古今中外的妓女之于国家民族的重要意义亦被发现,被谱成一幕幕可歌可泣的壮剧,如柳亚子之传智勇双全的“民族主义女军人”梁红玉,“名花落溷、飘泊风尘”而又有民族大节的“无名之女杰”(李成栋妾),均被赋予时代新义。[1] 在这些风尘奇侠中,最贴近当下历史、最能鼓舞中国妓女的,可能当属日本妓女安籐夭史。《女铎报》文章即将其与班昭、缇萦、花木兰、贞德、苏菲亚等并称为“古今中外女豪杰”[2]。安籐是长崎人,流落至哈尔滨为娼,为驻地俄将所昵。日俄战争爆发后,她窃出军事地图,乘火车出山海关奔逃至北京,将地图交给日本公使。窃图之前,作者蒋维乔假借安籐口吻,有段生动的心理描写,凸显其爱国之心:“吾虽命薄为娼,飘流异地,然未尝一日忘祖国也。累世受祖国之恩,可无报乎?”文尾又以“记者曰”的形式点出为文用意:“安籐氏者,日本之所谓丑业妇,人民之最下等者也,而犹知爱国;且其雄谋伟略,临机应变,不动声色,而玩俄将军于股掌之上,虽豪杰之士容或不及焉。以彼视此,而吾国二万万女子,其媿死矣!”[3]此处应当脸红的二万万女子中,自然也包括国内与其同操卖笑之业的妓女们。

1906 年李咏拟在沪上设妓女“改俗半日学堂”时,同样从国族命运的角度为妓女们就学寻求合法性。在她所预设的妓女从良后的家庭生活中,姊妹们是家庭教育之母,只有自己掌握了知识,才能教好后代,“这是一定不易的道理”。为了证明彼辈们亦有志气,她列举了古今中外的诸多奇女子,被奉为楷模的自然

---

① 松陵女子潘小璜:《中国民族主义女军人梁红玉传》,《女子世界》,第 7 期,1904 年 7 月;《为民族流血无名之女杰传》,《女子世界》,第 11 期,1905 年 4 月。

② 庐人:《女权思想之感言》,《女铎报》,第 67 期,1917 年 10 月。

③ 竹庄(蒋维乔):《记日本娼妇安籐夭史事》,《女子世界》,第 6 期,1904 年 6 月。

也有前番被大肆称扬的安籐夭史。李咏认为:“他们妓女,也都有国家思想,这就是教育普及的凭据,我们一样的五官四肢,怎见得跟不上他们?”[①]妓女们的爱国热情并不输于本国先贤和日本同行,但在多事之秋,她们之所以无所作为,不能为国家分担义务,实是因为没有接受过教育的缘故。因而妓女们兴办女学,不仅是提高个人文化素养的需要,更是强国强种不可缺少的一环。

仅言爱国之公义,而不显羡学之私情,如此自然能最大程度地减少兴学阻力。但换个角度看,此种因果联系,也极可能是一种言说策略。《最近女界现形记》中,“女子文明总会”拟办妓女学堂,书记员万人奇向嫖客福天长问计,“天长到底是个有名的才子,吃他想出这妓女的盛衰,倚伏于商务上的机关”[②]。于是便有了万人奇第二天的精彩演讲,听得众位青楼女子群情激昂,纷纷叫好。此处透露的,是处于道德底层的青楼女子意欲兴学或入学时,类似于爱国、商战的名义是她们能找到的最正当的理由。

正是在这种对民族国家的崇高的使命感中,小说中的青楼女子有了他人难以想象的奇节瑰行。《女举人》中,游学日本归来的如如女史化名孝廉苗通,女扮男装从上海赴汴梁参加1903年的辛丑、壬寅恩正并科会试。船到汉口时,碰到一位英俊少年,两人相谈时事,甚为投机。苗通问起对方身份,少年爽快地答道:

> “我老实对你说,我实在是一个女儿,原是上海双彩顺里的倌人,因在上海听见什么广西有土匪喇,四川有土匪

① 李咏:《劝上海同志设立半日女学堂启》,见思绮斋(詹垲):《花史》,上海:时中书局,1907年,第112—113页。

② 南浦蕙珠女士:《最近女界现形记》(第5集),上海:新新小说社,1909年,第22页。

> 喇，云南有土匪喇；又听说那一国要占我的矿，那一国要占我的铁路权，那一国要占我的教育权，那一国要占我的练兵权，我们实在难过，所以跑到汉口来散心散心。”苗通心中忖道：“上海还有这桩倌人么？”①

此位风尘女子的感时忧国，丝毫不亚于主人公苗通，令她心生敬佩——“苗通听说，心中忖道：‘好女儿！好女儿！’”当苗通敬问对方姓名时，得到的答复是：“你不必问！将来到了上海双彩顺，便知道的。”此处又进一步透露了她的从业地点，对自己的青楼身份没有任何自卑感。轻轻几笔，便写出了一位豪爽、爱国、自立的青楼女子形象。其与同样是男扮女妆的留学生苗通的交谈，不管在外在气质还是爱国热情上，丝毫都不输于对方。作为一部典型的政治小说，因为道德评判的搁置，旅途中女扮男装的妓女和女学生同样都是“好女儿”、责任心强的好国民，她们在小说家眼中获得同等的地位。

《女娲石》里的花溅女史金瑶瑟，原是“女子改造会”的领袖，后赴美洲留学。因见中国国势日非，便邀同学数人回国，在京城运动一番，“止是政府诸人，好比傀儡一般，又顽又愚，日日吃花酒，玩相公，或是抱着姨太，国家事情丝毫不管。不得已，心生一计，便在京城妓院学习歌舞。又加姿色娟丽，谈笑风雅，歌喉舞袖，无不入神。京城内外，都大大地震动起来”②。在爱国热情的激励下，金瑶瑟毫不顾忌她在道德上可能遭受的攻击，于女留学生和妓女之间自由地进行身份转换：落入风尘是她利用自己的身体优势所能寻求到的最好的报国途径，在她看来，不管是妓女还是女学生，在爱国的大前提下，毫无高下之分。

作为一部带有浓厚无政府主义色彩的乌托邦小说，《女娲

---

① 如如女史：《女举人》，上海：上海同人社石印，1903年，第2—3页。

② 海天独啸子：《女娲石》，《中国近代小说大系：东欧女豪杰·自由结婚·女娲石等》，南昌：百花洲文艺出版社，1991年，第452页。

石》中出现数位不同寻常的奇女子，毫无中国传统小说中女性的阴柔、顺从之习，“是一部曲笔书写、向女性致敬的科幻奇谭”①。但作者对中国的写作传统的改造，显然是不彻底的，书中不时流露出投向女性的美学趣味，包含着令女性极为难堪的语言暴力。金瑶瑟和同伴凤葵在宫廷刺杀胡太后时失手，匆匆出逃，却在路边一家客栈，因凤葵为一女子打抱不平，反被村人擒拿：

> 话说众人把瑶瑟主仆二人捉住，往身上一搜，现出一双雪白白娇嫩嫩的香乳来，又将手往下一摩，乃是个没鸡巴的雌货。众人喜道：“好了，好了，是个革命女妖无疑，我们送到官前领赏罢！”②

金瑶瑟在此处落难、继而被当作妓女卖入“天香院”是小说情节推进必不可缺的一环：只有如此，才能有后面的一系列奇遇。作为一部颂扬女子舍身救国的作品，小说中对女性的情感相当漠视，此处也没提到两人受辱时的任何感受。但今天读来，我们不仅会生发出革命先驱面对愚顽大众时的悲凉，更可能会发现国族话语对女性身体的绝对支配权。小说中的女性，不管是妓女还是女学生，都只是拯救民族国家的有效工具，毫无个人情感和生命价值可言。当“花魂”为“国魂”所征召，看似提高了其固有身份的社会地位，其实不过是可以无限、无偿利用的躯壳罢了。

权力空间下的妓女与女学生

正是在同样历史语境的感召之下，清末民初的青楼女子对于政治运动和社会突发事件表现出罕见的热情。如抵制美约大

① 〔美〕王德威著，宋伟杰译：《被压抑的现代性——晚清小说新论》，北京：北京大学出版社，2005 年，第 326 页。

② 海天独啸子：《女娲石》，《中国近代小说大系：东欧女豪杰 · 自由结婚 · 女娲石等》，南昌：百花洲文艺出版社，1991 年，第 471 页。

潮中，妓女金云娇“力劝姊妹行不用美货，犹恐口舌不能遍及，特刊广告万纸散之北里中”①。1907年安徽水灾时，“蓝桥别墅”张宝宝出巨资发行彩票，所获皆用赈灾。② 当年她又发动姊妹购买苏杭甬铁路股票，至十月初二诸名妓第一次聚会即认780股，每股4.5元。③ 又如辛亥革命时，上海张侠琴、唐天琴等妓女“择我中国良家妇女所不能为不肯为之事，发起女子侦探团，冀稍尽国民之一分子义务”④。他如响应1915年的“救国储金会”，声援五四学生运动，所在皆有。⑤ 至于资助、掩护党人的革命活动，更是层出不尽。但是，妓女这种强烈的爱国热情并未获得应有的回报，她们向国族主义归附的自我认同在很大程度上还只是妓女的单向想象，没有得到广泛的认可。张宝宝等人赈济安徽水灾时的遭遇，即是显例：

> 是年(1906)冬，海上女学界以徐皖各属，需赈孔亟，爰相与演剧于味莼园，为醵赀助赈计。宝宝闻之，欣然往观，当场慨赠十金，并拟于姊妹行另集钜赀，以作臂助。适某女学生在台上说白，语侵青楼中人，宝宝闻而忿甚，以为吾辈堕落风尘，大半出于不得已，今乃不分皂白，一概抹煞，实为有心诋毁，遽离席归。遍约花丛中之素负盛名者，如彩云阁、潘凤春、秦美云、林凤宝、沈宝玉、翁梅倩、胡翡云等数十辈，筹议一雪是耻。遂连宵彻旦，编因果新戏数出，使人恳请华洋义赈会及租界西董，假南京路议事厅为剧场。一时

---

① 思绮斋(詹垲)：《花奇玉金云娇合传》，《花史》，上海：时中书局，1907年，第23页。

② 思绮斋(詹垲)：《张宝宝》，《花史续编》，上海：商务印书馆，1907年，第6页。

③ 《蓝桥别墅劝集路股意见书》，《花史续编》，上海：商务印书馆，1907年。

④ 谈社英：《中国妇女运动通史》，南京：妇女共鸣社，1936年，第38页。

⑤ ［法］安克强著，袁燮铭、夏俊霞译：《上海妓女——19—20世纪中国的卖淫与性》，第2章之“高级妓女与政治”，上海：上海古籍出版社，2004年，第66—68页。另可参邵雍《中国近代妓女史》第3章之“辛亥革命前后的妓女”“妓女的爱国情怀”，上海：上海人民出版社，2005年，第131—146页。

> 北里诸姊妹为宝宝所感动，咸奋然兴起，或愿捐香花酒果之属，届时售诸观者，并入所得剧赀，悉以充赈。事为学界所闻，函请义赈会力阻，幸西董已表同情，不果。于是连演三夕，获赀二万金，悉由会董汇解灾区。[①]

又据周桂笙记载，此次张园聚会于“丙午葭月二十三日”（1907年1月7日）进行，莅会者二千余人。会上有人演说娼妓种种苦况，张宝宝独不以为然：“每闻志士演说，动称吾四万万同同胞云云，请问吾辈妓女，是否亦在四万万之数中？苟其亦在同胞之列，则不应轻之贱之。”[②]正因为基于“四万万同胞”之一份子的认同，她才决定举上海妓界之力，筹集赈款。但她们的行为却遭到学界的反对，之所以最终取得成功，是因为有华洋义赈会的援手。次年夏张宝宝又拟发起赈灾会，华洋义赈会因前次活动“已牺牲名誉，至是不无观望”，张宝宝不得已，只能以个人首饰作为奖品，在张园发行彩票筹款。[③] 张宝宝对于是否为“同胞”身份的焦虑，事实上仍不能得到纾解。在类似的公众活动中，妓女的称号始终是挥之不去的符咒，她们的地位很难得到彻底改观。不管她们如何热情参与和积极奉献，这种良贱之别依然存在。

特别是妓女借用国族主义的主流话语，以正当堂皇的名义为自己的办学举动争取合法性时，便会引来激烈质疑和抨击。1906年李咏议办改俗半日学堂启事和章程在报纸公布之后，《南方报》有评论对其极为鄙夷：“以卑劣之人格，而忽置身于文明；以猥贱之生涯，而忽从事于教育，此其怪现相之不可思议，孰

① 思绮斋（詹垲）：《张宝宝》，《花史续编》，上海：商务印书馆，1907年，第6页。

② 新广（周桂笙）：《新庵随笔：蓝桥别墅》，《月月小说》，第1卷第6号，1907年3月。

③ 思绮斋（詹垲）：《张宝宝》，《花史续编》，第3—4页；《催领蓝桥别墅彩物》，《申报》广告，1907年9月5日，第9版。1908年5月上海近世小说社出版的小说《蓝桥别墅》（樊菊如著，江荫香改订）亦曾记载此事。

有甚于所谓半日学堂者乎？孰有甚于所谓半日学堂者乎？”作者无疑有强大的道德优势，首先即将妓女置于被审判者的地位。身为妓女是彻头彻尾的堕落，是对女界的巨大危害，当然没有向学之权。如果容许她们兴学或入学，便会给其他女学生的名誉和权利带来损害。[①] 1912 年沈淑贞抨击“青楼进化团”时，同样认为妓女若厕身女学，即是对女学的破坏。[②]

此种关于妓女入学会损害其他女学生利益的说法，自然只能是基于当时社会舆论所做的推测。平心而论，清末民初的妓女兴学和入学主张，确实有其惊世骇俗的效应，也会给发展当中的女学带来某种不良影响，但社会舆论和女学界的激烈反应，也不全是为女学前途考虑，此外亦有深意在。

女学自从诞生之初，其自身便有明确的社会定位和对于国家的强烈责任感，社会亦对其寄予无穷希望。作为称号的“女学生”，基本上被当成一种“至尊贵、至高尚”[③]的社会身份，是一种较高社会地位和权力的集合体。作为承载学习活动的女学堂，亦不仅仅是物理意义上的空间，更是民族和国家振兴的希望所系，是一种指向未来的权力象征。因而女学界竭力维持自身血统的纯洁，除了为女学前途着想外，还是一种权力争夺下的本能反应。这种应激举动，使得女学界呈现出一种显而易见的封闭性和排他性。青楼女子不管是发自内心对国族话语的响应，还是出于策略性的选择“强国保种”等类似名义作为开办女学堂的理由，其实质都是对女学界权力的争夺，是一种不守规矩的“越界”行为，自然会遭受女学界的攻击。

在社会结构和权力分配出现大的变动之前，青楼女子们要想进入这种权力空间是十分艰难的。而有时候，即便是因为穿

① 《论沪上女间议设半日学堂》，《南方报》，1906 年 6 月 18 日，第 1 版。

② 沈淑贞：《沪上拟设妓女学校论》，《妇女时报》，第 7 期，1912 年 7 月。

③ 秋瑾：《致〈神州日报〉编者函》，见郭长海、郭君兮辑注：《秋瑾全集笺注》，长春：吉林文史出版社，2003 年，第 382 页。

戴上的类同,她们也会遭受来自处于强势地位的女学界的挤压。1912 年底,安徽各女学校为学生及教职人员制作徽章,带银色者为教职员,用金色者为学生。同时,安徽警察厅长亦允准公娼佩挂襟章,“且以黄金色者为第一等娼,法蓝色者为第二等娼,白银色者为第三等娼”。女学界认为,“似此碱砆乱玉,实属污辱女学”,因而各校女生提议开会,拟上书质问。① 不久之后,《申报·自由谈》即刊载游戏文章,作者以“皖江花姊妹”口吻,认为不应将妓女与女学生强分轩轾,彼辈亦有佩带襟章之权利:

> 女学生为国家谋教育之普及,妓界为国家增岁入之捐款,其同点一;女学生抱爱国之热忱,维持国货、筹划赈捐、经募军饷,指导国民,集会结社,到处演说,妓界每厕足其间,竭力臂助,且设“青楼进化团”,以备进行,其同点二;女学生研究社会交际,妓界亦然,其同点三;妓界服饰类多标新取异,一经服御,女学生即相率效之,今女学生之襟章,妓界亦起而摹仿,其同点四;女学生之佩襟章也,系遵学堂功令,妓界之佩襟章,亦有其警长之谕饬,其同点五。由是言之,女学生与妓界相同之点甚多,非仅取缔襟章,即足以示区别。况襟章亦非女学生专享之特权,我妓实无取缔之必要。②

考虑到游戏文章特殊的文体性质,作者的真正目的,并不在为安徽公娼鸣不平,而是以反讽之语嘲弄妓界对女学界徽章的效仿,同时对女学生也有微讽之意。不过,今天若以严肃的目光来阅读,此文的意义,可能会逸出了作者的写作意图。许瘦蝶以游戏心态为妓女举动寻求到的理由,其实并不滑稽。若摒弃两个群体隐含的道德评判,妓女和女学生在现实生活中有诸多交集,具

① 《薰莸同器》,《申报》,1912 年 12 月 25 日,第 6 版。

② 瘦蝶(许瘦蝶):《代拟皖江妓界通告各界书》,《申报》,1913 年 1 月 15 日,第 10 版。

身份有共通之处,应享受的权利也不应有大的差异。而从道德上对妓女群体进行压制与指责,虽然十分有效,却是有失公正。类似从穿着上区别妓女与良家的做法,民初至少在昆明和南京还曾出现过[①],可见妓女所遭歧视之普遍。

飘零的"花魂"

根据凯瑟琳·巴里对当代卖淫活动中性权力的研究,卖淫是一种持续相当长时间的性剥削,它把性与人分离,把女性与她们的身体分开。"卖淫行为的开始都是一种身份的疏远策略,即妇女们把她们自己的感觉——也就是她们自己,人性,个性特点,她们所了解的自我——与卖淫行为分离",而"身份的疏远是从将自己与家庭、家人和正统社会分离开始的"。[②] 因此,作为职业的卖淫行为,并不需要真实的名字,也不要求真实的感情投入,也不应该关注生计之外的社会事件,如此才能把自己的伤害降到最低点。但在晚清特殊的社会氛围中,流行的国族话语要求她们为时事起而效力,妓女们亦在虚幻的崇高感中,奉献她们的热情、财富和身体。但这种奉献,并不能相应换来社会地位的提升。更为危险的是,同样在国家民族话语的统摄下,青楼女子很可能反身成为国力衰微的替罪羊,变成被挞伐的对象。即使妓女作为正面形象出现的言情小说,也会受这种思维的影响。

短篇小说《恨史》叙唐生和妓女杜秋瑛的情史。杜秋瑛出自苏州名门,父母俱逝后,被族叔卖入上海青楼。杭州唐生关心时事,与秋瑛一见钟情,对其承诺:"俟有机缘,定当师取欧西文

---

① 万揆一:《民国时代昆明娼妓史料探考》,见中国人民政治协商会议云南省昆明市盘龙区委员会文史资料委员会编:《昆明市盘龙区文史资料选辑》,第4辑,1989年,第135页;《勒令妓女悬徽章》,《女铎报》,第83期,1919年2月。

② 〔美〕凯瑟琳·巴里著,晓征译:《被奴役的性》,南京:江苏人民出版社,2000年,第27页。

明诸国自由结婚之体制，以偿我两人空前绝后之爱情。”唐生父丧返杭后，其母认为秋瑛为残花败柳，不允二人婚事，并聘某戚之女为媳。秋瑛接唐生信后“吞芙蓉膏而长逝”。这是当时典型的感伤的言情之作，但作者之意显然不满足于此，文尾借“著余割[剩]语”曰：

> 吾更敢为地球上之多情志士，进一箴言曰：“当保全个人名誉，当珍惜有用赀财。情既宜钟，国尤知爱。毋徒以毕生之精力，难再之年华，尽销磨于爱恋之中，荏苒于风花之薮也。”回瞻东亚，不禁馨香祷祝，向太空而大呼特呼曰：“花魂归来，国魂归来！”①

小说在赞扬妓女杜秋瑛的至情时，却将男子们的情爱视为“私情”和“伪情”，并奉劝男志士勿将年华和金钱耗费于妓女之身，而应当投身于国家大事中。这里无疑是“女祸论”的又一变体。小说至此，他对杜秋瑛的赞美变成一种自相矛盾、暧昧不明的态度，其“花魂归来”的呼唤也显得十分可疑：在中外民族竞争的世界大势下，“国魂”自然是文中在在致意的崇高理想，“花魂”则是被贬损和弃绝的对象。

“国魂”被提升到高于一切的地步，而“花魂”的真实生存状态又如何呢？作为局中之人，上海妓女李咏对众姊妹的入院为妓的原因十分痛心：“可怜我们这一班，都是从小被人家拐贩来的；也有欠多了债，无可设法，出此下策的。总之，身不由主，落了陷阱。”②1903 年孙宝瑄亦认为：“若我国（娼妓），则皆因贫困，为父母或兄弟所贩买[卖]，遂勒使充妓，稍不当意，鞭挞随之，或用非刑，如拷重囚。盖我国妓女之苦，与美国之黑奴几无

---

① 报癖（陶佑曾）：《恨史》，《月月小说》，第 1 年 8 号，1907 年 5 月。

② 李咏：《劝上海同志设立半日女学堂启》，见《花史》，上海：时中书局，1907 年，第 113 页。

以异。”[①]虽然有极少数妓女手拥万金，“然千人之中，难得一二”[②]，绝大部分青楼女子不仅行动不能自由自主，而且生计上也不容乐观，即使衣着光鲜却也难免过着朝不保夕的生活。1906年，《大公报》上有作者以过来人的口吻历诉妓女所遭受的各种酷刑和盘剥，她们处境悲惨，望众位读者大发慈悲，“愿天下有心人怜之而共谋所以救之”[③]。既然“世上无如妓女苦”[④]，大多数妓女还在生死存亡线上挣扎，有待他人援手，此时反而希望“花魂”去拯救“国魂”，实在是过于艰巨的任务。

在今天，当我们反思清末民初妓女和女学的关系时，发现要处理的不仅是妓女和女学堂、女学生之间的纠葛，在其背后更有与民族国家、身体政治等多重关联，下面这条材料，便是一个极好的事例：

> 有从山东来的朋友，说山东有两个妓女，是亲姐妹，大的二十几岁，小的十几岁，姐俩个都有学问，并且有五个胞兄弟，也都在学堂里念书。一切学费膳费，都是出在这姐俩身上。这位大的，终日向客人借钱，预备集成巨款，出洋游学，所有认识他的，也因为他有这样志向，很乐意帮助。听说现在措资已齐了，将要起身。并且嘱咐他妹妹，要牺牲一身，供给这五个兄弟读书。列位看看，这两个妓女，有多大

---

① 孙宝瑄：《忘山庐日记》（上册），癸卯三月二十六日（1903年4月23日），上海：上海古籍出版社，1983年，第669页。

② 新广（周桂笙）：《新庵随笔：蓝桥别墅》，《月月小说》，第1卷第6号，1907年3月。

③ 商人妇：《慈悲慈悲》，《大公报》，1906年3月10日，第3版。该报对此稿的处理颇值玩味，据文后编辑按语：“此稿前由邮便函寄本馆，乞为登报，以其无关要旨，遂搁置之。且意其定为好事者之所为，而故托勾栏中语，以耸人听闻，益不复措意。忽忽已逾旬日。兹检故纸堆中，此稿又适寓目，再取阅之。虽其人其事不足道，而语语沉痛，血泪交并，有令人始则鄙之，继则怜之，终则痛之者。”

④ 《北京新童谣·丑业妇》，《国民日日报汇编》，台北：“中央”文物供应社，1983年，第979页。

> 志向啊！我听说日俄打仗的时候，日本妓女，有捐资报效兵费的，又有一个妓女，到东三省，特为和俄国武官交好，暗中把地图偷去，送给日本军营。可见妓女之中，也很有大英雄，大豪杰。如今我们中国山东省，也有这样的人，这也是中国的进步。①

在这里，我们又一次看到日本妓女安籐夭史成为中国青楼女子们的榜样。然而类似的叙说，在中国亦有赛金花在庚子北京时的离奇故事，并不断在文学作品中演绎。王德威说："赛金花以淫邪之身，颠倒八国联军统帅，扭转国运，是20世纪中国最暧昧的神话之一。"②从这个视角出发，我们发现其他众多的青楼女子亦成为救国神话中的人物。

在这条材料中，作者对这两位妓女不管是发自内心还是出于策略性的礼赞，今天读来都有多重的颠覆意义。妓女为国家、为男性亲属奉献了身体、青春和金钱，但当她希望提高自己的文化水平时，却在国内找不到一个可以入学的地方。她们被言说者的救国宣传打动，多有贡献，但这种强烈的参与意识并没有获得应有的承认，也没有引向自身社会地位的提高。祝如椿等人所认为的"共和国体，阶级蠲除"的期待，实在只是她们一厢情愿的假想；姊妹们"他日达到完美地，大家多欢喜"③的向往，也只是遥不可及的彼岸。在向学的这一关键问题上，她们遭受了道德审视与国族话语的夹击。青楼女子希望通过新式教育来进行自我救赎，但在她们的周围，始终环绕着众人的鄙薄和女学界的敌意，"国魂"或可光大，但望学兴叹的青楼女子，实是难以拯

---

① 《妓女有大志》，《北京女报》，1905年12月16日。

② 〔美〕王德威著，宋伟杰译：《被压抑的现代性——晚清小说新论》，北京：北京大学出版社，2005年，第12页。

③ 汪了翁：《青楼进化团》，《上海六十年花界史》，上海：时新书局，1922年，第156—157页。

救的沉重肉身。她们大多数人必须面对的命运，可借用名妓李咏的诗句——

侬亦飘零如柳絮，与花一样付春泥。①

小 结

在清末民初社会结构持续流动的背景下，各个社群处于不断分化与重组的过程中。我们发现，妓女群体的位置始终是十分尴尬的。她们承袭了千百年来这一名衔厚重的堕落、谴责意味，同时又因为权益竞争遭受着来自其他社群的攻击。由于她们普遍低下的文化水平，再加上先天的道德弱点，许多时候处于失声的状态，因而她们的竞争与反击往往是微弱无力的。不过，在清末民初的社会变局中，有时舆论也会网开一面，国族话语在对妓女的爱国热情进行征召时，她们也有可能成为"女界""四万万同胞"的一分子。然而，这种身份与权利的赋予总是暂时的、策略性的，所谓的"女界""同胞"只是一个模糊的身份界定，并非明晰的、稳固的范畴。

妓女对女学生衣饰的模仿自然不难，但当她们希望将这种羡慕化为进一步的行动，通过进入女学堂学习获取学生身份，从而跻身更高的舞台时，则会遭遇激烈的阻击。这种自我救赎的过程是极艰难曲折的。不过，我们也在彼时的舆论中看到，二者并非始终泾渭分明。少数有志向学的妓女有过短暂的入学经

---

① 李咏：《燕京花史题词》，《燕京花史》，北京：北京派报社，1911年，第10页。据胡文楷所记，李咏字文韵，误适县役某甲。独来沪上肆力于文字，遂解吟咏。在北里中独以风雅闻，其诗集《文韵阁诗存》凡诗140余首。此书我暂时未见。胡文楷编著，张宏生等增订：《历代妇女著作考》（增订本），上海：上海古籍出版社，2008年，第338页。

历,金小宝之外,妓女"黛语楼"出身于女校[1],贝锦曾在"四德女校"肄业[2],"花月阁""肄业于沪某女学校者,垂六七学期之久"[3],而妓女李采"颇有志于兴女学,故妆楼余暇,辄喜读教科书"[4],薛飞云"奁中多置女论语、女孝经、国文教科等书"[5]。部分女学生中的害群之马也被视为形同娼妓,"自由女"便搭起了二者的津梁。此外,不光妓女效仿女学生穿着,女学生模仿妓女浓妆艳抹者也大有人在,"最高贵之女学,何以偏喜学妓女? 我不解"[6]。这都使得妓女与女学生形成了"你中有我,我中有你"的复杂关系。

更重要的是,从后设的视角来看,妓女的存在和遭遇,其实为女学生观照自身处境提供了很好的参照与镜像。现实与文学中二者的地位自然是不对等,但在更大的范围内,她们可能又处于相同的位置,如都被国族话语挟裹、道德评判审视、商业文化消费、男权主义侵袭。在这些强大的话语面前,女学生与妓女一样,都是极被动的,她们的价值是工具化的,她们的感受是微不足道的,她们的声音是微弱的。妓女既是女学生群体的"他者",然而又何尝不是镜中的自己? 在这个意义上,女学生与妓女的互动与竞争,既表明了各群体在人们心目中的新/旧、进步/落伍、文明/堕落的印象,又使得她们成为处境相类的社会共存。女学生对妓女的普遍敌意,显示了她们对自身处境的认知局限。在个体价值建构的进程中,她们亦处于亟需救赎或自我救赎的时间刻度上。

---

① 偶然:《黛语楼》,《先施乐园日报》,1919 年 4 月 2 日,第 3 版。

② 守拙:《记贝锦轶事》,《新世界》,1918 年 7 月 5 日,第 2 版。

③ 桐城假老包(吴蔼航):《花月阁小传》,《燕京花史》,北京:北京派报社,1911 年,第 101 页。

④ 思绮斋(詹垲):《李采传》,《花史续编》,上海:商务印书馆,1907 年,第 28 页。

⑤ 思绮斋(詹垲):《薛飞云传》,《花史》,上海:月月小说社,1907 年,第 2 页。

⑥ 一庆:《心直口快》,《申报》,1912 年 5 月 29 日,第 3 张第 3 版。

余论：小说文类与女学生形象

文类功能与女学生形象的变迁

清末民初的女子教育问题，其实主要是历史研究的课题。我限于学科划分，试图从小说的角度进入，因此我的研究目的也区别于纯粹的历史研究。我追求的不仅仅是女子教育发展的脉络和图景，更重要的是，我想在这种情境中探析时人对女学生群体的社会心态和审美需求。这种方法的合理性和有效性之基础，就是小说这一文体在历史与虚构之间的位置以及由此而来的包容性。在新历史主义的批评那里，“不同意把历史仅仅看成文学的‘背景’或“反映对象”，它认为‘文学’与形成文学的‘背景’或它的‘反映对象’之间是一种相互影响、相互塑造的关系；它不仅把历史和文学都看成是‘文本性的’，而且认为历史和文学都是一种‘作用力场’，是‘不同意见和兴趣的交锋场所’，是‘传统和反传统势力发生碰撞的地方’。这样，历史和文学就不再是思维活动的结果，而成了不断变化更新的思维和认知活动本身”。文学也成了“历史现实和意识形态的结合部”。[1]小说则无疑是这种功能最重要的执行者。

而文学（小说）停留于历史现实与意识形态之间的特殊位

---

① 盛宁：《历史·文本·意识形态——新历史主义的文化批评和文学批评刍议》，《北京大学学报》（哲学社会科学版），1993年第5期。

置,又是由文学的"文体"来呈现的。文体是作品所有文字的组合,是作品最外部、最直观的体现。诚如王蒙所言:"文体使文学成为文学。文体使文学与非文学得以区分。正像一个人的仪表对于人并非无关紧要一样,文体对于文学也是不能掉以轻心的。"[①]一切文学问题,首先便是文体问题,即作品的形式问题。因而分析清末民初小说对女学生书写的各色图景和评价变迁,除了考虑到女子教育演进的线索和民众的意识形态水平外,还必须加入小说自身文体因素的制约。

不过,在中国古典文论中,"文体"有源远流长的传统,其定义歧见纷出,吴承学指出:"在中国古代,'文体'一词,含义相当混杂,既指文学体裁,也指不同体制、样式的作品所具有的某种相对稳定的独特风貌,是文学体裁自身的一种规定性。"[②]这种定义的模糊性和理论体系的缺乏,给实际批评操作带来一定的困难,因而在进一步展开讨论之前,我将引入"文类"的概念。这一译自 genre 的西方理论名词,虽然在中国学界的使用情况仍然混乱,但较之中国文体批评传统,文类理论相对较少歧义,且自成体系。

何谓文类?简单地说,它就是文学作品的类别。文类理论"是一个关于秩序的原理,它把文学和文学史加以分类时,不是以时间或地域(如时代或民族语言等)为标准,而是以特殊的文学上的组织或结构类型为标准"[③]。因此,文类理论的首要任务即是对作品进行分类。这种活动不是建立在作品的创作时代和流传地域等外部因素上,而应根据文本自身的体裁、题材、审美

---

① 王蒙:《〈文体学丛书书〉序言》,载童庆炳:《文体与文体的创造》,昆明:云南人民出版社,1994 年。

② 吴承学:《中国古代文体形态研究》,广州:中山大学出版社,2000 年,第 322 页。

③ 〔美〕雷·韦勒克、奥·沃伦著,刘象愚等译:《文学理论》,北京:三联书店,1984 年,第 257 页。

等特点的分布情况进行。某方面的标准一旦形成,便成为“可被视为惯例性的规则”①或“创造性记忆的代表”②,强制着后来的作家去遵守它。

如此,最初只是为了便于归纳不同作品的文类标准,俨然成为一种文学、文化权力的象征。并且,文类具有一定的封闭性,有时会直接干预文学作品在历史与虚构之间的位置。对于上述功能,南帆有十分精到的论述:

> 文类既是读者的“期待视野”,又是作家的“写作模式”;换言之,文类如同一种契约拴住作家和读者。如果使用一个比喻加以形容,那么,文类的功能与语法相似。语法的管辖范围到句子为止,而文类的管辖范围则是从句子开始——文类提供了文本组织句子的秩序。作为一种形式凝聚力,文类的惯例和成规有能力和外部世界抗衡:文类的惯例和成规有能力保证文学作为一个独立王国而存在,这个独立王国里面所发生的事件有权力异于人们的现实经验。③

正因为各种文类自成体系,不同的文类有不同的特征和作用,它们在人们的阅读生活中担任着不同的角色。读者在阅读不同类型的作品时,一般也会不自觉地将它们区别,使用不同的阅读策略。

一切文字,根据文学性的有无,首先可分为文学文本和非文学文本。文学文类中又可依据作品的体裁划分成诗歌、小说、戏

---

① N. H. 皮尔逊语,转引自〔美〕雷·韦勒克、奥·沃伦著,刘象愚等译:《文学理论》,北京:三联书店,1984 年,第 256 页。

② 〔苏〕巴赫金著,白春仁、顾亚铃译:《陀思妥耶夫斯基诗学问题》,北京:三联书店,1988 年,第 156 页。

③ 南帆:《文类与散文》,见其《敞开与囚禁》,济南:山东教育出版社,1999 年,第 117—118 页。

剧等。小说根据作品风格又有严肃小说与通俗小说(或先锋小说与通俗小说)的对峙。在通俗小说内部,又有多种区别标准,比较常见的是根据题材来源划分为讲史、神魔、世情、侠义等类。各种文类的价值观、审美性、与现实的关系都有较大区别。

近代以来,报刊成为通俗小说最重要的传播载体之一,有力地干预了作品的创作、发表和阅读,使得这一文类在诸多方面发生了变化,但通俗小说的娱乐性并没有根本动摇。相反,报刊很快承认、顺应了这一特性,那些综合性的报纸,往往将它们安排在与新闻不同的版面,由此说明小说与众不同的特点和功能。新闻的价值在于快捷、真实地反映社会事件,小说的目的则在娱目醒心,调剂读者生活,真实性并不是它的主要追求。对比围绕同一题材的文字,两种文类不同的特点表现得十分明显。

1909 年 11 月 16 日,《申报》第 2 张第 3 版外埠新闻的"学务"栏报导了两则有关女子教育的消息,一是卞敬修主持的扬州开敏女学堂请款获允,一是常州半园女学师生赴无锡远足旅行。后者文字如下:

> 常郡钱琳叔君创办半园女学,尚有成效。上月二十六日,该校长徐镜澄君暨各教员率同女学生四五十人赴无锡石塘湾旅行,当晚即归。步伐整齐,精神活泼,洵女界特色也。①

可以看到,这则消息在报导基本事实的同时,亦含有对女学举动的正面评价,十分赞赏女学生们的清新气象。

而在同日《申报》的不同版面上,张春帆开始连载书写广东女学生的"社会小说"《自由女》,开篇即议"自由结婚"之利害,为即将出场的"自由女"作铺垫。他在序言中称,"此书强半皆实人实事,虽间有藻饰之处,然真相具在,著者不敢更易",其目

① 《半园女学生旅行》,《申报》,1909 年 11 月 16 日,第 2 张第 3 版。

的在“为开通民智、针砭社会”，该小说主要内容是“痛斥彼冒充学界中人而行同禽兽者”。[①] 然而通读全书，我们发现，此书情节之离奇，与女学生的真实生活大相径庭，而且就小说风格和作者趣味来看，堪称民初黑幕小说的先声。小说中儒雅风流的主人公江镜波，实是作者张春帆的自我投射。他智勇双全而又艳遇不断，既是堕落女学生（“自由女”）改邪归正的精神导师，又是她们心目中的翩翩佳偶。这一形象，可与张春帆另一著名的狭邪小说《九尾龟》的主人公章秋谷鼎足。正因为此书明显的讽谕意味和主观色彩，呈现出来的女学生形象显然有别于现实中的人物，而成为“溢恶”的典型。

即使在同一版面中，由于文类的不同，通俗小说对女子教育问题的处理也大异于其他文字。1911 年 1 月 18 日第 6 版的《民立报》，其头条是“杂录部”连载的滑稽小说《痴人梦》，借梦境讽刺“循名派”女学生之华而不实。她们为博新派女学生之名，着时装，读《改良家政学》等洋装书，与外国人交往，其实骨子里仍然十分守旧。[②] 而在此篇小说之下的“文苑”栏，发表了《〈湘龄遗稿〉序》，表彰早夭女学生王湘龄的文学才华。王氏为务本女学师范科学生，毕业前罹疾而殁。序文称其为南翔女界之“新人杰”。作者以为，古来不朽有三，“立言尤足以垂之久远”。王湘龄之文，不仅“披华启秀，美不胜收”，而且思想高洁、怀抱宏大。[③] 考虑到序言这一文类的特殊性，女学生王湘龄所得之评价当有溢美的成分，但毫无疑问，作序者对女性的才华、声名是持肯定的态度，与《痴人梦》对女学生之好名的批判立场

---

① 《（社会小说）自由女》，《申报》，1909 年 11 月 16 日，第 4 张第 3 版。《自由女》在《申报》连载时未署名，1914 年此书单行本由上海三省轩发行、民友社印刷，编辑者署“漱六山房”，即张春帆。

② 老谈（谈善吾）：《（滑稽小说）痴人梦》，《民立报》，1911 年 1 月 18 日，第 6 版。

③ 来稿：《〈湘龄遗稿〉序》，《民立报》，1911 年 1 月 18 日，第 6 版。

大不相同。这种差异提醒我们:对于小说中流露出来的意识,研究者应考虑此文类的特殊性,需结合别的文类加以比较分析,而不能简单将其视为定论或共识。

不同文类有不同的功能,其价值有高低之分。众所周知,20世纪中国文学格局最重要的变化之一,即是小说地位的改观,它由不登大雅之堂的文类一跃而成为最被看重、参与作者最多、成就最富、最受欢迎的文类。这一地位的转变,一般认为是由梁启超等人发动的“小说界革命”开启的。梁启超诸人以“革命”的姿态,宣布了小说文类功能的新变,体现了他们冲决文类约束的坚定信心。小说家们以空前严肃的心态对待小说,将之上升至经世济国的伟业,由此最先带来了“政治小说”异军突起。

作家对小说功用认识的变化和写作心态的转变,带来了题材取舍、审美特点、人物形象的大幅转折。表现在政治小说中,便是在题材上对世界大势、国家命运的高度关注;审美上重思想、轻故事,甚至大量引入人物演说,可读性较弱;人物形象则力求高大全,缺乏现实基础。因此我们在政治小说中看到的女学生,多是能行、能言、能文的女豪杰,而鲜有脚踏实地的形象。小说展现的主要是她们四处奔波、救国救民的经历,对她们在校求学的本职,则着墨不多。晚清“政治小说”呈现出来的女学生,是小说家对新女性苍白的溢美,而不是对现实人物的真实映射。若就文学性而言,对于“政治小说”的这种文类实验,今天并不宜给予过高的评价。

晚清小说对女学生的关注,主要表现在社会小说中。而从小说的叙述风格上看,大多又可归入讽刺小说(包括谴责小说)类。晚清讽刺小说的艺术风格,在于其叙述的“闹剧色彩的戏谑化”[1],因而小说人物的漫画化、脸谱化便是习见的情形。

---

① 齐裕焜、陈惠琴:《中国讽刺小说史》,沈阳:辽宁人民出版社,1993年,第254页。

这一现象在“女学小说”中也十分普遍,如《文明小史》对虹口女学堂学生令“须眉失色”的“晶镜革靴”之打扮的批评[①],便是这种风格的体现。当作者的主体性进一步增强,便成了鲁迅所言的“辞气浮露,笔无藏锋”[②]的谴责风格;而如果作者立意全在批判,小说情节和生活经验的距离进一步增大,变得“张大其词”,“近于谩骂”[③],其趣味则去“黑幕小说”不远。

至于民初风起潮涌的言情小说,在文类传承方面,它所连接的主要是明末清初十分繁盛的才子佳人小说。[④] 女学生在言情小说中的呈现,时时受到才子佳人小说写作和阅读传统的掣肘。由此再现出来的女学生的性情,自然不会完全符合现实世界中的真实人物。

从晚清到民初,不同时段的小说对女学生的关注,其主要类型在发生转移,呈现出来的女学生形象也不尽相同。最初的女学生因为寄寓着作者和读者的救国期待,多在政治小说文类中出现,她们往往显得能力非凡。政治小说之后,讽刺风格的社会小说成为叙述女学故事的主要类型,女学生承载着作者、读者对社会风气的批评,形象渐趋于负面。进入民国后,情爱话题占据了女学生书写的主要题材。言情小说中的女学生,以其大胆的行为招致或褒或贬的评判,而以批评的观点占据上风。至于到“五四”之前的黑幕小说大潮,女学生形象完全沦陷,成为污秽不堪的“厌女”符号。从政治到社会、言情,再到黑幕,小说对女

---

① 李伯元:《文明小史》第19回,李伯元著,薛正兴主编:《李伯元全集》,第1册,南京:江苏古籍出版社,1997年,第137页。

② 鲁迅:《中国小说史略》,《鲁迅全集》,第9卷,北京:人民文学出版社,2005年,第291页。

③ 鲁迅对《官场现形记》《二十年目睹之怪现状》的评价,见《中国小说的历史的变迁》,《鲁迅全集》,第9卷,北京:人民文学出版社,2005年,第345页。

④ 陈平原先生将清末民初大批言情小说视为“明末清初才子佳人小说的嫡传”。见陈平原:《清末民初言情小说的类型特征》,《文学史的形成与建构》,南宁:广西教育出版社,1999年,第122页。

学生的印象,可以归纳出从“溢美”到“溢恶”的主要脉络。

在清末民初的“女学小说”中,我们看到了政治小说里本领无穷的、近于神话的救国女子;看到了讽刺小说里空虚不学、举止轻狂的时髦女性;看到了言情小说中“误解自由”的女学生的可悲下场,以及作者“情之所钟,正在吾辈”的自鸣得意和“文士飘零,佳人薄命”的顾影自怜;看到了在黑幕中怒放的“恶之花”。这几类小说中,女学生形象多止于概念化和类型化,成为举动时而僵硬时而出格的脸谱,唯独少见女学生真实的校园生活与日常的喜怒哀乐。

这种文学还原的景象,既受到现实世界女子教育发展过程的制约,也是大众意识对于女学生的观念不断流动的结果①,同时,它还是晚清以来骚动不安的小说文类之挣扎、变迁的外在体现。

“纲纪”“文章”与“性情”

我们知道,通俗小说的功能,一是娱乐,另一是道德说教。鲁迅说《京本通俗小说》“主在娱心,而杂以惩劝”②,周作人说日本早期通俗小说“做书的目的,不过是供娱乐,或当教训”③,都是此意。故事的道德劝惩作用,本质是向主流文化的依附,因而对于通俗小说文类本身来说,这一功能很大程度上保证了小说的合法性。

---

① “我国社会对于女学生之观念,其初惊讶之,其继畏惧之,其终厌恶之,故昔之醉心于女学生者,今每戒人以勿醉心矣。”飘萍女史:《理想之女学生》,《妇女杂志》,第1卷第3号,1915年3月。

② 鲁迅:《中国小说史略》,《鲁迅全集》,第9卷,北京:人民文学出版社,2005年,第120页。

③ 周作人:《日本近三十年小说之发达》,见周作人著,钟叔河编:《周作人文类编·日本管窥》,长沙:湖南文艺出版社,1998年,第235页。

我们也看到，在明清小说中，教育功能不时与作品的审美效果产生矛盾。如《歧路灯》的中心情节是谭绍闻“败子回头”的故事，其背后有作者李绿园十分明显的劝惩目的，杜贵晨认为：“作者这样一种卫道的创作意图，极大地限制和损害了《歧路灯》的思想和艺术”，“使作者不能专心于生活图画的描绘，不时用抽象的说教代替生动的叙述，影响了艺术形象的完整、鲜明与和谐，使作品带有封建修身教科书的气味”。[①] 而梁晓萍则发现《金瓶梅》《林兰香》中“叙事兴趣与道德判断的游离”[②]。这都是小说文类的说教意图与审美价值之间发生冲突的体现。

不过，彼时小说家大多未能意识到这种对立的严重性，在他们的写作经验中，小说主题、人物、情节等因素的轻重自有安排，驾驭起来并不伤神。今人认为小说作者可能处于两难情境，他们却可以轻而易举地解围。文康在《儿女英雄传》中的处理方法，可视为代表：

> 其书(《儿女英雄传》)以天道为纲，以人道为纪，以性情为意旨，以儿女英雄为文章。其言天道也，不作玄谈；其言人道也，不离庸行；其写英雄也，务摹英雄本色；其写儿女也，不及儿女之私。本性为情，援情入性。[③]

在小说家的意识中，“纲纪”是处于第一位的，作者的性情可视为“纲纪”的体现，统摄小说的旨趣，小说中的安学海可视为作者的直接代言人。儿女与英雄既是作品中的主要人物形象，又是情节线索。只是小说中，“儿女”与“英雄”本是一体，作者却

---

① 杜贵晨：《〈歧路灯〉简论》，见其《传统文化与古典小说》，保定：河北大学出版社，2001 年，第 383—384 页。

② 梁晓萍：《明清家族小说的文化与叙事》，天津：南开大学出版社，2008 年，第 196—202 页。

③ 观鉴我斋：《〈儿女英雄传〉序》，见丁锡根编著：《中国历代小说序跋集》，北京：人民文学出版社，1996 年，第 1590 页。序者或为文康之化名。

用两副笔墨,难免出现裂痕,尤其是女主人公由“英雄”十三妹到“儿女”何玉凤的急速转变,令人难以理解。[①]

同样,由于小说家过于坚持固有的道德标准,很可能使笔下的女学生出现让人费解的举动。如包天笑《一缕麻》,女主人公由一名追求婚姻自由的女学生转变成为封建礼教守灵的贞妇,其间的扭曲便与文康的《儿女英雄传》如出一辙,自然只能以包天笑“提倡新政制,保守旧道德”[②]的文化理想来解释。另一方面,现实思潮和人物的先进,往往超出了作家的道德经验,他们书写起来很可能无所适从而呈现出极为惶惑、矛盾的心理。即使他们试图解释社会现象,塑造时新女性,也总难摆脱固有观念的限制,使小说人物乍新还旧,甚至性格分裂。

许指严的长篇“哀情小说”《劫花惨史》中的女学生潘晴雪的形象,便属这种情形。晴雪父亲早逝,家道中落。她生性要强,追求独立,毕业之后担任苏州某女学教员。她自幼性情磊落,好打抱不平,“自励为女界朱家、郭解”[③],作者也以“侠女子”“新世界之女侠”[④]相称。晴雪之姊晴梅遇人不淑,在夫家常受虐待,晴雪远赴打探情形,她遍谒毗陵缙绅先生、学务公所职员,并联合江浙女界同志,大开演说会,救晴梅于水深火热之中,显示出强大的行动能力和崭新的女国民气象,一时间“侠声遍江浙”[⑤]。让人不解的是,就是这位自强自立的女侠,却以蹈海自尽作为结局。其直接原因,是未婚夫赴美留学之后移情别恋,

---

① 梁晓萍:《明清家族小说的文化与叙事》,天津:南开大学出版社,2008年,第202页。

② 包天笑:《钏影楼回忆录》,香港:大华出版社,1971年,第391页。

③ 指严(许指严):《(哀情小说)劫花惨史》,第11章“剑气如虹”,《小说月报》,第3年第3期,1912年6月。此小说连载于《小说月报》第3年1—6期,上海商务印书馆1914年单行。

④ 同上。

⑤ 指严(许指严):《(哀情小说)劫花惨史》,第15章“小鸟衔环”,《小说月报》,第3年第4期,1912年7月。

晴雪无以自解，只有一死了之。这种人生选择，实不符人物的性格逻辑。小说人物前后性格的冲突，即是作家的道德理想与社会思潮、形象个性互相抵牾的文学表现。

至1911年，已有小说批评家注意到了过于直露的道德说教给作品的文学性带来的伤害，《民立报》曾载文道：

> 小说以寓劝惩为主，自是正论。然统观前人小说，其以劝善惩恶为宗旨者，其书往往不佳，满纸庄言正论，如读语录性理之书，人避之如蛇蝎，厌之如腐儒。不惟本心不欲阅，即以父兄师保之督责，亦不能强焉。

而小说之佳者，“往往蹈虚幻，或涉诲淫”。之所以会出现“正者不佳，佳者不正”的错位，作者以为，是小说家未能正确处理故事情节与“世道人心”的关系。二者理想的距离应是“不可即而又不可离”，“无所见而实若可见”。以此标准，评论家称赏“新小说”中的《十五小豪杰》，而对《儿女英雄传》中安学海满嘴理学气颇有微辞。①

从“观鉴我斋”的推许到此处的批评，《儿女英雄传》所受评论的变迁，可看作通俗小说文类的自我反省和调适，由此可能引向小说创作的良性改变。然而，清末民初的通俗小说作者，大多面临着小说商品化的强大挑战，在道德说教和艺术创新之间，又一次陷入两难境地。

通俗小说自诞生以来，一直是最具商业潜力的文类。近代以降，随着稿费制度的建立，小说家与金钱的关系较此前任何时代都紧密得多。文本商业价值的兑现，必须建立在小说的娱乐功能之上。也就是说，小说必须注重故事性，使读者拍案惊奇，才能行销顺畅。清末民初通俗小说中女学生的离奇经历的设

---

① 来稿：《小说闲评》，《民立报》，1911年3月21日，第6版。

置,当从此角度来理解。《花蠹》[1]中女学生伍文瑛精心设计的复仇计划,《茜窗泪影》[2]中女学生何鸳秋和沈琇侠在淫窟中的历险,都超越一般读者的现实体验,因而能够满足读者的猎奇心理,继而实现作者和出版方的商业追求。小说家吸引读者的另一种有效的方式,即对非法的、危险的男女关系的渲染,即如《女学生之百面观》序言所云:"迩来坊间出版之书籍,凡关于女学生事迹,又复形容尽致,污蔑百端,但博社会欢迎,诲淫诲荡,无所不书。"[3]

通俗小说在对传奇性情节用力的同时,并没有削减作品的道德诉求。此中原因在于,读者对作品的欣赏,不仅要消费离奇的故事,同时还要获得道德上满足。当他们对小说人物不自觉地施与赞叹、同情或谴责时,也在享受着精神上的愉悦。一般而言,民众对新思潮、新事件的接受,往往具有滞后性。小说家在创作时,大多将自己的道德理念降低到与读者的水平线齐平。这种文学举动,其实是另一种形式的媚俗。过于迁就读者的道德要求,不仅使通俗小说在文类格局中的地位上升变得更加艰难,也会降低小说的文学价值。

既然一切文学作品都包含着价值判断,因而要求小说抛弃道德准则显然过于苛求,事实上也不可行。问题的关键是:小说应该表现怎样的道德理想,以及如何表现这种道德?根据当代小说评论家的批评经验,小说家的立场和方法应该是:"小说家必须具备更为成熟的道德意识和更为稳定的道德立场,必须以负责任的态度来处理自己作品中的道德主题。他不仅应该从观念上认识到道德价值是整个文学价值结构中具有核心意义的部

---

① 白虚:《(社会小说)花蠹》,上海:文明书局,1915 年。此书 1932 年出至第 7 版。

② 李定夷:《茜窗泪影》,上海:国华书局,1914 年。

③ 天忏生:《〈女学生之百面观〉序(其三)》,饭牛亭长(史太昭)编:《女学生之百面观》,上海:南华书局,1918 年。

分,而且还必须有这样的理性自觉,那就是,他的写作应该为他的时代提供一种积极的道德力量,以促进时代生活的伦理升华和道德进步。”[①]但我们在清末民初“女学小说”中看到的更多的是作者对庸俗道德观念的逢迎。这种立场,助长了小说家本人和读者的写作、阅读惰性,阻碍了对女学生人性的进一步体察,泯灭了小说家自己的艺术个性。小说中呈现出来的道德观,只是接近拟想读者之道德水平线的批评意识,而并非属于作家个人的思想准绳。

1916年出版的《杨花梦》叙述了三位女学生的婚恋故事:倪玉华幼字表兄陈亚榆。陈乃纨绔子弟,吃喝嫖赌无所不为。成婚之日,陈亚榆因杨梅毒发病亡。杨素华是大资本家杨静如之女,才貌出众。拆白党头目蔡白魁觊觎杨家财产,胁迫中学生章韵涛与杨素华接近。章化名殷梦湘,奉老妓殷老妪为母,自称为苏州某大学学生,骗取杨素华的爱情,两人正式订婚。后来殷梦湘良心发现,逃出上海,而蔡白魁则伙同殷老妪盗走杨家财产。杨素华得知事情真相后,含恨病逝。费淑贞原与倪玉华、杨素华同学,后转入他校,乃一“狂妄之荡女”[②]。此书结构上最大的特点,是多设悬念。杨、殷的爱情故事后面一开始就埋伏着巨大的阴谋,但小说直至终篇,才向读者透露殷梦湘的真实身份,其情节极富传奇性。

《杨花梦》的另一显著特点,是小说家强硬的卫道立场。黄花奴在自序中即化用罗兰夫人之名言,谴责自由之罪,称著书之目的,在“针风砭俗,警世劝人”,“诛小人之险恶,挽将亡之道

---

① 李建军:《小说的纪律:基本理念与当代经验》,南京:江苏文艺出版社,2009年,第18页。

② 黄花奴著,燕颐校点:《杨花梦》,《碎琴楼·杨花梦》,长春:吉林文史出版社,1988年,第267页。

德,尚高洁之爱情”。[1] 因此在人物形象上,费淑贞是误解自由的典型,而倪玉华与杨素华则成为高尚道德的标本。她们虽然所适非人,但都表示对未婚夫忠贞不渝。倪玉华既已被认为是“自由狂澜”中的砥柱,而作者在安排杨素华遭遇骗局时,突然按捺不住插入议论:

> 今也未婚之夫,失迹不获;未来之姑,通盗为恶。素华当此,其将作何感想欤?若以不识羞耻之假自由女处此,则必视为平常甚,一夫去,不妨再寻一夫。以若辈之眼光视之,天下无男子则已,苟有男子者,人尽可夫也。此非著者过甚之言,默察今世,执此说者,实有过于恒河沙数。盖自由之说盛行以来,礼义廉耻四字,早已颓亡。[2]

小说家在这里对杨素华奖掖有加,把她看成“冰清玉洁,不事二夫”的优良女学生,并顺带谴责那些道德败坏的“自由女”。这种议论,在全书随处可见。《杨花梦》体现出来的作者的态度,是对女学生追求自由结婚的戒备和敌意,以及对三从四德的依依难舍,完全符合封建卫道士的特征。

不过,若较真考索作者黄花奴的日常行事,不见得是文如其人。据章克标回忆,黄花奴是滕固好友,曾参与“狮吼社”文人圈。滕固未婚时,有一容貌出众、家境富裕的女医生新寡,黄花奴怂恿滕固去追求她,并代为出谋划策。双方皆已愿意,却因女子族人反对而失败。不仅滕固失望到几乎自尽,黄花奴处境也十分窘迫:“男家的家长出面,委托律师在《申报》上刊登了一条警告广告,指出了黄花奴的姓名,以为是他的主谋。”[3]

---

① 黄花奴:《自序》,见黄花奴著,燕颐校点:《杨花梦》,《碎琴楼 · 杨花梦》,长春:吉林文史出版社,1998 年,第 237 页。

② 同上书,第 379 页。

③ 章克标:《滕固与狮吼社》,见章克标:《文苑草木》,上海:上海书店出版社,1996 年,第 15 页。

事件中的女主人公，与《杨花梦》中的杨素华颇有可比性：同样家财富饶，只不过一位是未婚夫出逃（当无归来可能），一位是丈夫亡故。但在再婚问题上，黄花奴的主张大相径庭：他在小说中极力反对女子再嫁，而在现实中则持赞成、期许的态度。黄花奴怂恿滕固求婚之事，发生在1920年代中期，他立场的转移，或许有时代风气的因素，但我认为，更主要的原因是他在通俗小说和现实世界中，有不同的应对策略。

综上所论，倘若借用"观鉴我斋"评论《儿女英雄传》时使用的"关键词"，我们发现，因为清末民初通俗小说文类与"纲纪"的紧密关系及其与商品化的结盟，破坏了小说"文章"内部的和谐，而且带来了作家"性情"的失真。对女学生的书写，基本上屈从于读者的阅读趣味和道德水平，因此难免与历史的真实景象有所偏移。

走向"五四"

清末民初小说中女性情感的缺失和作者对女学生难得"近真"的刻画，另一个重要原因，是女学生主体身份的建构并未完成，以及随之而来的在新闻和小说中的"失声"处境。在男作家只手遮天的情形下，正如秦燕春所言，"一个时代的文学，需要什么样的女性形象，正是一个时代社会心理、尤其是男性心理最为生动的表达"①，于是女学生形象被夸张、被扭曲便不可避免。当然，并非所有的文字都出自男性笔下，薛海燕和郭延礼已经指出在清末民初存在着为数不少的女小说家②，其中便有数位是女学生。不过，就现存的文本看，其数量与男性小说家的作品相

① 秦燕春：《清末民初的晚明想象》，北京：北京大学出版社，2008年，第277页。

② 薛海燕：《近代女性文学研究》，北京：中国社会科学出版社，2004年，第200—215页；郭延礼：《20世纪初中国女性文学四大作家群体考论》，《文史哲》，2009年第4期。

比显得微乎其微,小说中体现出来的女性特质、女权意识也是非常有限的。

较诸男性小说家,女作者的长处在于,她们对女性的社会处境和情感经验往往有更深刻的体察,因而对人物形象的摹写可能更加真实和生动。比如邵振华所著的《侠义佳人》,小说人物是作者身世的自况,因而它对女性生存状态的感知,比一般作品更为深入。[①] 但《侠义佳人》体现出来的社会意识和道德观念,并未超出读者的水平线太多,邵振华对女学生"贤母良妻"之妇职的认同,对女性抛头露面的规谏,与同时其他作品没有本质区别。

从作者性别身份来探析小说的女性意识,另一值得重视的作品是短篇小说《桃花人面》。作者署"徐赋灵女士",该署名又见于此杂志第16期的翻译小说《德国诗集》。郑逸梅在介绍《小说画报》时,言内"有两位女作家,如徐赋灵的《桃花人面》,黄璧魂的《沉珠》"[②],则徐赋灵的女性身份当可确定。小说叙述的是一位大胆开放的女学生灵芝的爱情经历。灵芝美丽多才,性情活泼而又敏感,"是个放纵而矛盾的性质,他脸上很多媚态,对于异性,确有一种极强的魔力"。灵芝毕业后,即嫁给某经济博士、银行顾问孙某。孙人虽不坏,但嫉妒心极强,灵芝婚后生活颇不如意。某日"我"去拜访她,竟说:"我实在没趣,如此活着,倒不如速死的好。"事情起因,是孙某外出时,大雪之夜她有表弟前来拜访,于是留宿一晚。未料孙某归来后竟疑及灵芝的节操,对她非常冷酷。"我"听了灵芝的叙说,大为不平,认为社会上的"尊男主义",对于女子十分不公平,灵芝也抱怨社会的一切伦理道德,"都是男子宽大,女子束缚"。

---

① 郑逸梅:《民国旧派文艺期刊丛话》,见魏绍昌:《鸳鸯蝴蝶派研究资料》,上海:上海文艺出版社,1984年,第405页。

② 黄锦珠:《邵振华及〈侠义佳人〉》,《清末小说》,第30号,2007年12月。

《桃花人面》发表时，已近“五四”，从小说中也可以看出“自由结婚”向“社交公开”思潮的转移。灵芝由一己遭遇而慨叹社会制度、伦理道德对女性的不公平，明显可以看到流行的女子解放思想的影响：在同月出版的《新青年》上，特辟了“易卜生号”，发表了胡适与罗家伦合译的《娜拉》。灵芝与娜拉形象的某种契合，可知作者确实在有意靠拢时代思潮。

但徐赋灵的处理方式，颇耐寻味。灵芝归家后不久，与孙某离婚，在年底又再次结婚。但这次婚姻，更为不幸，“有三个姑娘，一举一动都监视着，翁姑又很严”，于是又闹离婚。一日有同学周女士来访，谈起灵芝，周女士透露，灵芝与表弟实有暧昧事，有人亲眼瞧见，她与表弟携手同行。而小说的结尾，便是“我”在龙华遇见灵芝与一位年轻男子同游赏花，两人神情亲密，却不像是夫妇。[①] 熟悉春秋笔法的读者定能料到，此位男子，即是灵芝那位神秘的表弟。小说至此，其主题便成了通俗小说中常见的对新女性的谴责，灵芝婚姻上的不幸都是由她的不洁品行决定的。

从《侠义佳人》到《桃花人面》，我们看到女性小说家长期处于男权文化的熏染中已经习焉不察，在绝大部分情况下，她们发出的声音并非是对女性现实处境的深刻反省。像秋瑾那样在叙事作品中倡言女权者，只是极少数。正因为此，张莉指出：“如果没有新文化运动，便没有中国现代女性写作真正意义上的完成。”[②]而从文类的角度分析，可见其时社会小说、言情小说的文类特点的强大惯性。即便是女性小说家，依然遵守着同样的文类约束，她们在写作中虽有突破，然而亦不足以推翻这种文类传统。

---

① 徐赋灵女士：《桃花人面》，《小说画报》，第13期，1918年6月。

② 张莉：《浮出历史地表之前：中国现代女性写作的发生》，天津：南开大学出版社，2010年，第5页。

文类相对稳定而又不断变动。作家先天处于既定的文类秩序中,既得承认这种约束又力图摆脱文类的压迫。学者认为,文类“作为对文学作品进行分类时的命名,其本质是基于文学作品自身及其存在时空的多维性而秉持的审美策略”①。“文类是审美策略”的本质论的提出,凸显了文学形式背后纷纭复杂的社会关系和读者、作家个体的主动性。作家在文类约束面前,有其选择、规避、突破的主动性。写作是一种表达的自由,作家可能会抵抗任何既定的成规,“无论是拒绝形式的压迫,抒发个人的自由情怀,抑或在更大范围内瓦解主导意识形态的成见,作家都可能选择文类作为挑战的目标。于是,瓦解文类的冲动不可遏止地出现了”②。虽然在强大的文类规范面前,他们个人的努力只是戴着镣铐起舞,收效甚微而且相当可笑,但正是无数作家的这种冲动,为文类不断输入新鲜血液,保证了文类的常写常新,即如巴赫金所言:“一种体裁总是既如此又非如此,总是同时既老又新。一种体裁在每个文学发展阶段上,在这一体裁的每部具体作品中,都得到重生和更新。体裁的生命就在这里。”③

“五四”之前关于女学生的小说叙述,并非毫无亮色。在通俗小说作家中,最值得关注的是徐卓呆的写作。就我看来,徐卓呆常在小说中以异常冷静的态度叙事而全无刻板的道德说教,放在当时相当难能可贵。再加上徐卓呆在心理视角、人的意识、小说文体上的贡献,谢晓霞将徐卓呆在《小说月报》上的创作视

---

① 陈军:《文类基本问题研究》,北京:北京大学出版社,2013 年,第 49 页。

② 南帆:《文类与散文》,见《敞开与囚禁》,济南:山东教育出版社,1999 年,第 120 页。

③ 〔苏〕巴赫金著,白春仁、顾亚铃译:《陀思妥耶夫斯基诗学问题》,北京:三联书店,1988 年,第 156 页。译本中的“体裁”(жанр),大致相当于“文类”(genre)。

为现代短篇小说的雏形。[1]

从文类角度看，徐卓呆的意义，印证了小说家勇于挑战、瓦解现有文类规范的冲动，也表明了他的文学活动在同时代作家中的先进性。借用陈平原对苏曼殊的评价，第一流的作家往往超越“时代”，也超载“类型”。[2] 徐卓呆之于清末民初小说界，就有这种“超越”的意味。一般说来，通俗小说与“五四”新小说之间有比较清晰的界限，我们却看到了作为通俗小说家的徐卓呆与新文学家精神上的联系：如将他1912年发表的《死后》连同《小说画报》上发表的《嫁妹》《嫉妬心》[3]置诸“五四”新小说中，徐卓呆也毫无愧色。因此，在通俗小说内部，也有向严肃小说、先锋小说转变的可能。

1918年，周作人在北京大学的一次演说中明确提出：

> 新小说与旧小说的区别，思想果然重要，形式也甚重要。旧小说的不自由的形式，一定装不下新思想；正同旧诗旧词旧曲的形式，装不下诗的新思想一样。[4]

从字面意义上看，此时周作人的宣言与梁启超1902年关于小说新意境与旧体裁的反省[5]遥遥相对。但周作人等新文化人有足够的底气将梁启超力有未逮或无暇顾及的问题圆满地完成。白话文运动的成果，使得新一代作者掌握了非常有效的工具；文学革命者对通俗小说进行了扬弃，将其合理资源整合入“平民文

---

① 谢晓霞：《〈小说月报〉1910—1920：商业、文化与未完成的现代性》，上海：三联书店，2006年，第151—160页。

② 陈平原：《清末民初言情小说的类型特征》，《文学史的形成与建构》，南宁：广西教育出版社，1999年，第127页。

③ 《嫁妹》和《嫉妬心》分别发表于《小说画报》第16、19期，1918年9月、1919年1月。

④ 周作人：《日本近三十年小说之发达》，见周作人著，钟叔河编：《周作人文类编·日本管窥》，长沙：湖南文艺出版社，1998年，第247页。

⑤ 《〈新小说〉第一号》，《新民丛报》，第20号，1902年11月。

学”的构想中[1],一举建立起与通俗小说截然不同的新的文学类型——“五四”新小说,提升了小说的文学、文化品格,并最终改变了小说文类在文学格局中的地位。新一代小说家在创作时,“为人生”的严肃目的和“哀妇人而为之代言”[2]的积极立场,使他们用全新的目光打量现实中的女性,在叙述方法和文学主题上都出现了重大变化,由此引发了女学生在小说中的集体突围。

另一方面,借由新文化运动的催化,女学生对主体身份的自觉突然提速,并最终凭着“五四”爱国运动的大舞台,将“女性作为人”的现代女性意识[3]空前张扬,生发出对自由的热烈向往。女留学生陈衡哲发表于“五四”时的诗歌《鸟》,实可看成女性自我发声的标志:

> 我若出了牢笼,
> 不管他天西地东,
> 也不管他恶雨狂风,
> 我定要飞他一个海阔天空!
> 直飞到筋疲力竭,水尽山穷,
> 我便请那狂风,
> 把我的羽毛肌骨,
> 一丝丝的都吹散在自由的空气中![4]

在中国妇女史上,“五四”确实具有划时代的意义。就文学史的

---

① 关于“平民文学”与“通俗文学”的关系,可参考陈平原:《“通俗小说”在中国》,见其《当代中国人文观察》,北京:人民文学出版社,2004年,第71—91页。

② 周作人:《性心理学》,见周作人著,钟叔河编:《周作人文类编·上下身》,长沙:湖南文艺出版社,1998年,第2页。

③ 乔以钢:《论中国女性文学的思想内涵》,见《中国女性与文学:乔以钢自选集》,天津:南开大学出版社,2004年,第143页。

④ 陈衡哲:《鸟》,《新青年》,第6卷第5号,1919年5月。此诗前揭张莉《浮出历史地表之前:中国现代女性写作的发生》已经引用。见该书第18页。

角度看,欧化的白话文成为女学生最拿手的表达工具,已经接受多年教育的女大学生们崛起为新文学的重要力量,开始了"灵魂苏醒的歌唱"[1],一个真正的女性文学的时代即将到来。

---

① 乔以钢:《灵魂苏醒的歌唱——论"五四"时期的女性文学创作》,见《中国女性与文学:乔以钢自选集》,天津:南开大学出版社,2004年,第153—168页。

附录:清末民初单行“女学小说”一览

1.《瓜分惨祸预言记》,中国男儿轩辕正裔译述,上海:独社,1903年。(政治)

2.《女举人》,如如女史著,上海:同人社石印,1903年。(政治)

3.《洗耻记》,汉国厌世者著,冷情女史述,苦学社,1903年。(政治)

4.《自由结婚》,犹太遗民万古恨著,震旦女士自由花(张肇桐)译,1903年。(政治)

5.《海上尘天影》,梁溪司香旧尉(邹弢)编,1904年。(狭邪)

6.《女娲石》,海天独啸子著,卧虎浪士批,上海:东亚编辑局,1904、1905(政治)

7.《女狱花》,王妙如著,1904年。(政治)

8.《中国十二女杰演义》,毛乃庸著,淮安:小方壶斋,1904年。(历史)

9.《卢梭魂》,怀仁编述,1905年。(政治)

10.《上海之维新党》,浪荡男儿(叶景范)著,上海:新世界小说社,1905年、1906年。(社会)

11.《九尾龟》,漱六山房(张春帆)著,上海:点石斋,1906—1910年。(社会)

12.《枯树花续编》,山外山人著,上海:小说新书社,1906年。(伦理)

13.《立宪镜》,杭州戊公演义,谢亭亭长平论,上海:新小说社,1906年。(社会)

14.《泡影录》,破佛(彭俞)著,上海:小说林社,1906年。(社会)
15.《苏州新年》,遁庐著,上海:乐群小说社,1906年。(社会)
16.《天足引》,武林程宗启佑甫演说,上海:鸿文书局,1906年。(伦理)
17.《文明小史》,南亭亭长(李伯元)著,上海:商务印书馆,1906年。(社会)
18.《新党升官发财记》,上海:作新社,1906年。(社会)
19.《邹谈一噱》,乌程蛰园氏著,上海:启文社,1906年。(历史)
20.《碧海珠》,思绮斋(詹垲)著,北京:京师书业公司,1907年。(狭邪)
21.《闺中剑》,亚东破佛(彭俞)著,沪滨散人评注,盲道人批点,上海:小说林社,1907年。(伦理)
22.《黄绣球》,颐琐著,二我评,上海:新小说社,1907年。(政治)
23.《家庭现形记》,仙源苍园著,上海:华商集成图书公司,1907年。(伦理)
24.《冷眼观》,八宝王郎(王濬卿)著,上海:小说林社,1907年。(社会)
25.《女子权》,思绮斋(詹垲)著,上海:作新社,1907年。(政治)
26.《奇遇记》,梦花居士著,上海:新小说社,1907年。(言情)
27.《扫迷帚》,壮者著,上海:商务印书馆,1907年。(社会)
28.《宪之魂》,上海:新世界小说社,1907年。(社会)
29.《新茶花》,钟心青著,上海:申江小说社(上编),1907年;上海:明明学社(下编),1907年。(狭邪)
30.《新水浒》,西泠冬青著,上海:鸿文恒记书局,1907年。(翻新)

31.《中国新女豪》,思绮斋藕隐(詹垲)著,上海:集成图书公司,1907 年。(政治)
32.《惨女界》,吕侠人著,上海:商务印书馆,1908 年。(社会)
33.《剑花洞》,西湖情侠著,东海闲人编,裕记发行,1908 年。(言情)
34.《女学生》,赤夏著,上海:改良小说社,1908 年。(社会)
35.《片帆影》,荔浣著,广州:开新公司,1908、1909 年。(社会)
36.《上海游骖录》,我佛山人(吴研人)著,上海:群学社,1908 年。(社会)
37.《双泪碑》,南梦(陆秋心)著,上海:时报馆,1908 年。(言情)
38.《水月灯》,冯文兽著,上海:汇通印书馆,1908 年。(社会)
39.《新镜花缘》,陈啸庐著,上海:新世界小说社,1908 年。(社会)
40.《新石头记》,老少年(吴趼人)著,上海:改良小说社,1908 年。(翻新)
41.《学究新谈》,吴蒙著,上海:商务印书馆,1908 年。(社会)
42.《玉佛缘》,嘿生著,上海:商务印书馆,1908 年。(社会)
43.《姊妹花》,番禺女士黄翠凝著,上海:改良小说社,1908 年。(社会)
44.《情天劫》(《自由结婚》),东亚寄生著,上海:蒋春记书庄,1909 年。(言情)
45.《侠义佳人》,问渔女史(邵振华)著,上海:商务印书馆,1909 年,1911 年。(社会)
46.《新儿女英雄》,楚伧(叶小凤)著,上海:改良小说社,1909 年。(社会)
47.《新孽海花》,青浦陆士谔著,上海:改良小说社,1909 年。(社会)
48.《新三国志》,珠溪渔隐著,上海:小说进步社,1909 年。(翻新)

49.《新石头记》,南武野蛮著,上海:小说进步社,1909年。(翻新)
50.《新水浒》,青浦陆士谔著,上海:改良小说社,1909年。(翻新)
51.《新西游记》,煮梦(李小白)著,上海:改良小说社,1909年。(翻新)
52.《中国之女铜像》,南武静观自得斋主人编,上海:改良小说社,1909年。(时事)
53.《最近女界现形记》,南浦蕙珠女士,上海:新新小说社,1909年,1910年。(黑幕)
54.《最新女界鬼蜮记》,新阳蹉跎子著,上海:小说进步社,1909年。(黑幕)
55.《官场离婚案》,天梦著,忧天生评,上海:改良小说社,1910年。(社会)
56.《还魂草》,静观子(许俊铨)著,上海:改良小说社,1910年。(言情)
57.《文明强盗》,治逸子(唐畴)著,上海:改良小说社,1910年。(社会)
58.《乌龟变相》,梦天生,上海:小说改良社,1910年。(社会)
59.《新痴婆子传》,笑龛居士记,凤楼女史述,上海:新新小说社,1910年。(伦理)
60.《新金瓶梅》,慧珠女士著,上海:新新小说社,1910年。(翻新)
61.《新上海》,陆士谔著,上海:改良小说社,1910年。(社会)
62.《学界镜》,雁叟著,上海:群学社,1910年。(社会)
63.《浔州黑暗》,项起凤著,上海:集成图书公司,1910年。(社会)
64.《自由泪》,散红著,上海:维新小说社,1910年。(言情)
65.《最近官场秘密史》,天公著,上海:新新小说社,1910年。

(社会)

66.《最近社会秘密史》,青浦陆士谔著,上海:新新小说社,1910年。(社会)

67.《现身说法演义》,古吴贾慕谊口述,武林吴和友编辑,约1910—1911年间(社会)

68.《魑魅魍魉记》,振落著,上海:时务书馆,1911年。(社会)

69.《浪子回头》,虚我生著,上海:改良小说社,1911年。(社会)

70.《六月霜》,静观子(许俊铨)著,上海:改良小说社,1911年。(时事)

71.《龙华会之怪现状》,青浦陆士谔著,上海:时事小说社,1911年。(社会)

72.《秘密女子》,睡狮新著,上海:改良小说社,1911年。(社会)

73.《女界风流史》,青浦陆士谔云翔甫著,上海:五月大声小说社,1911年。(社会)

74.《社会现形记》,上海:改良小说社,1911年。(社会)

75.《苏州繁华梦》,天梦著,上海:改良小说社,1911年。(社会)

76.《吴淑卿义侠传》,善之生(程善之)著,振汉书社,1911年。(时事)

77.《血泪黄花》,青浦陆士谔著,湖南演说科,1911年。(时事)

78.《真本隔帘花影》,睡狮著,上海:小说进步社,1911年。(社会)

79.《孽海花续编》,青浦陆士谔著,上海:民国第一图书局,1912年。(历史)

80.《女学生》,野林著,上海:尚古山房,1912年。(社会)

81.《神州光复志演义》,听涛馆雪庵氏(王雪庵)著,上海:民强书局,1912年。(历史)

82.《中华民国革命新战史演义》，鹅湖山人编辑，上海：两罍轩书局，1912 年。（历史）
83.《红泪痕》，鄂州南国钟天籁著，北京：天民报社，1913 年。（言情）
84.《假文明》，谭斌著，上海：振华书局，1913 年。（社会）
85.《玉梨魂》，徐枕亚著，上海：民权出版部，1913（？）年。（言情）
86.《江南梦》，铁隐著，北京：共和印刷公司，1914 年。（言情）
87.《劫花惨史》，指严（许指严）编纂，上海：商务印书馆，1914 年。（社会）
88.《金陵秋》，东越冷红生（林纾）戏编，上海：商务印书馆，1914 年。（社会）
89.《娘子军》，上海：改良新小说社，1914（？）年。（社会）
90.《茜窗泪影》，李定夷著，上海：国华书局，1914 年。（言情）
91.《小学生旅行》，亚东一郎著，上海：商务印书馆，1914 年。（社会）
92.《新旧英雄》，不才子著，上海：商务印书馆，1914 年。（社会）
93.《新新自由结婚》，吕红侠著，民新印书局，1914 年。（言情）
94.《血泪碑》，石窗山民（童爱楼）著，上海：国民第一图书馆，1914 年。（言情）
95.《野鸳鸯》，治逸（唐畴）著，上海：晋益书局，1914 年。（言情）
96.《有夫之妇》，生可著，杭州：之江日报社，1914 年。（言情）
97.《鸳湖潮》，李定夷著，上海：国华书局，1914 年。（言情）
98.《賈玉怨》，李定夷著，上海：国华书局，1914 年。（言情）
99.《自由女》，漱六山房（张春帆）著，上海：三省轩，1914 年。（社会）
100.《薄命鸳鸯》，花萼著，上海：新新小说社，1915 年。（言情）

101.《并头莲》,江都李涵秋著,上海:国学书室,1915 年。(言情)
102.《广陵潮》,李涵秋著,上海:国学书室,1915 年。(社会)
103.《归梦》,湘影著,上海:中华书局,1915 年。(言情)
104.《花蠹》,白虚著,上海:文明书局,1915 年。(社会)
105.《藕丝记》,安吴胡寄尘著,上海:进步书局,1915 年。(言情)
106.《千古恨》,钱塘蒋景缄著,上海:进步书局,1915 年。(社会)
107.《双花冢》,寄沧(粟寄沧)著,上海:望雨轩,1915 年。(言情)
108.《双泪痕》,次眉女士著,上海:进步书局,1915 年。(言情)
109.《昙花影》,李定夷著,上海:国华书局,1915 年。(言情)
110.《武林秋》,萧山一厂(许一厂)著,邗江铁冷(刘铁冷)评,上海:小说丛报社,1915 年。(言情)
111.《写真缘》,书剑飘零客著,上海:进步书局,1915 年。(言情)
112.《续海上繁华梦》,古沪警梦痴仙(孙家振)戏墨,上海:文明书局,1915 年、1916 年。(狭邪)
113.《雪鸿泪史》,徐枕亚著,上海:小说丛报社,1915 年。(言情)
114.《闸江涛》,崇明孙逸鸥著,北京:会友书社,1915 年。(言情)
115.《掷果缘》,钱塘黄退安著,上海:乐雅小说社,1915(言情)
116.《白杨残梦》,寄沧(粟寄沧)著,上海:新中华书社,1916 年。(言情)
117.《蠢众生》,江都贡少芹著,上海:震亚图书局,1916 年。(社会)
118.《飞英劫》,白蝶魂著,上海:小说丛报社,1916 年。(社会)

119.《冯妇怨》,古越哲庐刘斐村著,上海:撷华小说社,1916年。(言情)
120.《镜中人语》,劫后生著,上海:进步书局,1916年。(社会)
121.《菊儿惨史》,血轮(喻血轮)著,上海:进步书局,1916年。(言情)
122.《泪珠缘》,天虚我生陈蝶仙著,上海:中华图书馆,1916年。(言情)
123.《留东外史》,不肖生(向恺然)著,上海:民权出版部,1916年。(社会)
124.《侬之影史》,沦落女子著,上海:中华图书馆,1916年。(言情)
125.《女学生之秘密记》,江都贡少芹著,上海:文艺编译社,1916年。(写情)
126.《情战》,喻血轮著,上海:进步书局,1916年。(言情)
127.《琼花劫》,湘阴左玄父著,上海:国华书局,1916年。(社会)
128.《求婚小史》,古邗铁冷(刘铁冷)著,梦鸥女史评,上海:藜青阁,1916年。(言情)
129.《三人会》,梁溪井水著,上海:中国图书公司和记,1916年。(社会)
130.《上海之黑幕》,钱生可编,上海:时事新报社,1916—1918年。(黑幕)
131.《双枰记》,烂柯山人(章士钊)著,上海:甲寅杂志社,1916年。(言情)
132.《梼杌萃编》,诞叟(钱锡宝)著,汉口:中亚书馆,1916年。(社会)
133.《孝感记》,老谈(谈善吾)著,甲寅杂志社,1916年。(伦理)
134.《杨花梦》,黄花奴(黄中)著,上海:国华书局,1916年。

(社会)

135.《义缘》,塞北痴著,北京:宣元阁,1916年。(社会)

136.《袁世凯轶事续录》,野史氏编辑,上海:文艺编译社,1916年。(历史)

137.《芸娘外传》,汪处庐著,上海:文明书局,1916年。(社会)

138.《珠树重行录》,张海沤著,上海:民权出版部,1916年。(言情)

139.《薄命花》,娄东邵拙庵著,上海:百新公司,1917年。(言情)

140.《此中人语》,朱瘦菊著,上海:游戏书社,1917年。(黑幕)

141.《斗艳记》,刘铁冷著,上海:小说丛报社,1917年。(言情)

142.《芙蓉影》,天虚我生(陈蝶仙)著,上海:中华图书馆,1917年。(言情)

143.《(社会小说)帘外桃花记》,蝶影楼主周湘笙女史著,上海:泰东图书局,1917年。(黑幕)

144.《海上十姊妹》,海上警梦痴仙(孙家振)著,文明书局,1917年(黑幕)

145.《红颜知己》,周瘦鹃著,上海:中华书局,1917年。(言情)

146.《娇樱记》,漱馨笔述,天虚我生(陈蝶仙)润文,上海:中华图书馆,1917年。(言情)

147.《女学生》,王理堂著,上海:商务印书馆,1917年。(社会)

148.《情网蛛丝》,天虚我生(陈蝶仙)著,上海:中华图书馆,1917年。(言情)

149.《上海秘幕》,上海:一社出版部,1917年。(黑幕)

150.《生死情魔》,喻血轮,上海:文明书局,1917年。(言情)

151.《桃源梦》,燕齐倦游客著,上海:民权出版部,1917年。(社会)

152.《新社会现形记》,江都贡少芹著,上海:新华书局,1917年。(社会)

153.《鸳鸯血·红丝网》,天虚我生(陈蝶仙)著,上海:中华图书馆,1917 年。(言情)

154.《不幸之妻》,红叶,上海:炎社,1918 年。(写情)

155.《此中人语续编》,朱瘦菊著,上海:游戏书社发行,1918 年。(黑幕)

156.《二女忏情录》,顾雪衣著,上海:商务印书馆,1918 年。(言情)

157.《飞絮欺花录》,谢直君著,上海:商务印书馆,1918 年。(社会)

158.《海上罪恶史》,随盦著,上海:平社,1918 年。(社会)

159.《蕙芳秘密日记》,黄梅喻血轮著,上海:世界书局,1918 年。(社会)

160.《帝影鸡声录》,陈伟业著,上海:中华图书馆,1918 年再版(初版未见)(社会)

161.《女学生秘密日记》,喻血轮著,上海:大东书局,1918 年。(黑幕)

162.《女学生之百面观》,饭牛亭长编,上海:南华书局,1918 年。(社会)

163.《评点清代演义》,杭县王炳成编撰,上海:商务印书馆,1918 年。(历史)

164.《上海妇女孽镜台》,上海:中华图书集成公司,1918 年。(黑幕)

165.《天界共和》,钱塘蒋景缄著、江都贡少芹续,上海:文明书局,1918 年。(翻新)

166.《侠凤奇缘》,李函秋著,上海:新闻报馆,1918 年。(社会)

167.《潇湘梦》,湘州女史著,1918 年。(社会)

168.《小姊妹秘密史》,冷眼人著,上海:明社,1918 年。(黑幕)

169.《中国黑幕大观》,路滨生编,上海:中国图书集成公司,1918 年。(黑幕)

170.《中外黑幕丛编》,上海:锄奸社,1918 年(黑幕)

171.《战地莺花录》,李涵秋著,上海:新民图书馆,1919 年。(社会)

172.《茶寮小史》,程瞻庐著,上海:商务印书馆,1920 年。(社会)

173.《女学生》,朱引年著,上海:振圜小说社,1920 年。(社会)

174.《秋水芙蓉》,李伯通著,上海:广益书局,1920 年。(社会)

175.《十年游学记》,红叶著,上海:交通图书馆,1920 年。(黑幕)

参考文献

一 报刊

《大公报》《申报》《新闻报》《时报》《南方报》《顺天时报》《警钟日报》《须弥日报》《民呼日报》《民吁日报》《民立报》《神州日报》《上海报》《中华报》《天铎报》《晨报》《沪报》《国民白话日报》《杭州白话报》《天津白话报》《图画日报》

《万国公报》《时务报》《清议报》《湘学报》《新民丛报》《广益丛报》《国民日日报汇编》《湖北学生界》《江苏》《浙江潮》《云南》《河南》《觉民》《白话》《复报》《祖国文明报》《大同报》《新青年》

《女报》(《女学报》)《女子世界》《北京女报》《惠兴女学报》《女学生杂志》《留日女学会杂志》《中国新女界杂志》《女报》《神州女报》《妇女时报》《妇女杂志》《中华妇女界》《眉语》《女子杂志》《女铎报》

《教育世界》《学部官报》《教育杂志》(商务印书馆)《广东教育官报》《湖南教育杂志》《学生杂志》《教育周报》《都市教育》《京师教育报》《教育公报》《江苏教育》《环球》《中华学生界》《中华教育界》《临时政府公报》

《游戏报》《笑林报》《有所谓报》《世界繁华报》《劝业场》《先施乐园日报》《新世界》

《新小说》《小说林》《月月小说》《绣像小说》《中外小说林》《宁波小说七日报》《江东杂志》《自由杂志》《繁华杂志》《礼拜六》《民权素》《青声周刊》《十日新》《新世界小说社报》《小说月报》《文星杂志》《香艳杂志》《小说丛报》《小说画报》《小说季报》《小说时报》《小说新报》《游戏世界》《游戏杂志》《余兴》《娱闲录》《南社》

二　小说

凌濛初:《二刻拍案惊奇》,北京:人民文学出版社,1996 年。
天然痴叟:《石点头》,上海:上海古籍出版社,1957 年。
天花藏主人述:《玉支玑小传》,上海:上海古籍出版社影印,1994 年。
李落、苗壮校:《定情人》,沈阳:春风文艺出版社,1983 年。
《萤窗清玩》,上海:上海古籍出版社影印,1994 年。
岐山左臣编次,韩镇琪校点:《女开科传》,沈阳:春风文艺出版社,1983 年。
李汝珍著,张友鹤校注:《镜花缘》,北京:人民文学出版社,1955 年。
岭南羽衣女士(罗普):《东欧女豪杰》,“中国近代小说大系”本,南昌:百花洲文艺出版社,1991 年。
郑权:《瓜分惨祸预言记》,“中国近代小说大系”本,南昌:百花洲文艺出版社,1991 年。
如如女史:《女举人》,上海:上海同人社石印,1903 年。
张肇桐:《自由结婚》,“中国近代小说大系”本,南昌:百花洲文艺出版社,1991 年。
邹弢:《海上尘天影》,“中国近代小说大系”本,南昌:百花洲文艺出版社,1993 年。
海天独啸子:《女娲石》,“中国近代小说大系”本,南昌:百花洲文艺出版社,1991 年。
王妙如:《女狱花》,“中国近代小说大系”本,南昌:百花洲文艺出版社,1993 年。
毛乃庸著、吴涑校:《中国十二女杰演义》,《明清小说研究》,1996 年第 1 期。
李伯元:《文明小史》,《李伯元全集》(第 1 册),南京:江苏古籍出版社,1997 年。
乌程蛰园氏:《邹谈一噱》,上海启文社,1906 年。
思绮斋(詹垲):《碧海珠》,“中国近代小说大系”本,南昌:百花洲文艺出版社,1996 年。
颐琐:《黄绣球》,“中国近代小说大系”本,南昌:江西人民出版社,1988 年。
仙源苍园:《家庭现形记》,上海:文振学社,1907 年。
八宝王郎(王濬卿):《冷眼观》,“中国近代小说大”本,南昌:百花洲文艺出版社,1991 年。
思绮斋(詹垲):《女子权》,“中国近代小说大系”本,南昌:百花洲文艺出版社,1993 年。
梦花居士:《(言情小说)奇遇记》,上海:集成图书公司,1907 年。
崔国光等校点:《枭鬼雄魂记》,沈阳:辽沈书社,1992 年。
心青(钟心青):《新茶花》,“中国近代小说大系”本,南昌:百花洲文艺出版社,1996 年。
西泠冬青著、于润琦校点:《新水浒》,哈尔滨:黑龙江人民出版社,1997 年。
思绮斋(詹垲):《中国新女豪》,上海:集成图书公司,1907 年。
南梦(陆秋心):《双泪碑》,上海:时报馆,1908 年。
樊菊如著,江荫香改订:《蓝桥别墅》,上海:近世小说社,

1908 年。
春飒:《未来世界》,“晚清小说大系”本,台北:广雅出版有限公司,1984 年。
陈啸庐:《新镜花缘》,“中国近代小说大系”本,南昌:百花洲文艺出版社,1996 年。
东亚寄生:《情天劫》(《自由结婚》),上海:蒋春记书庄石印,1909 年。
诸夏三郎编辑:《夜花园之历史》,上海:最新小说社,1909 年。
曼陀(杨增荦)译述:《女学生旅行记》,上海:有正书局,1909 年。
问渔女史(邵振华):《侠义佳人》,“中国近代小说大系”本,南昌:百花洲文艺出版社,1993 年。
南武野蛮:《新石头记》,上海:小说进步社,1909 年。
陆士谔著,欧阳健校点:《新水浒》,哈尔滨:黑龙江人民出版社,1997 年。
南浦蕙珠女士:《最近女界现形记》,上海:新新小说社,1909 年。
治世之逸:《新聊斋》,上海:亚华书局,1928 年。
蹉跎子:《最新女界鬼蜮记》,“中国近代孤本小说集成”本,北京:大众文艺出版社,1999 年。
陆士谔著,章全标点:《新上海》,上海:上海古籍出版社,1997 年。
天公著,刘桂芳、袁彤校点:《最近官场秘密史》,石家庄:花山文艺出版社,1996 年。
吴和友:《现身说法演义》,出版地和出版时间不详。
静观子(许俊铨):《六月霜》,“中国近代小说大系”本,南昌:百花洲文艺出版社,1991 年。
善之生(程善之):《女革命军首领吴淑卿义侠传》,振汉书社石印,1911 年。
陆士谔著,王俊年标点:《(时事小说)血泪黄花》,桂林:漓江出版社,1988年。
伧楚:《孽海丛话》(第3编),上海:小说进步社,1911年。
鹅湖山人:《中华民国革命新战史演义》,上海:两罍轩石印,1912年。
徐枕亚:《玉梨魂》,"中国近代文学大系"本,上海:上海书店,1991年。
林纾:《金陵秋》,上海:商务印书馆,1916年第2版。
《娘子军》,"中国近代孤本小说集成"本,北京:大众文艺出版社,1999年。
李定夷:《茜窗泪影》,上海:国华书局,1914年。。
李定夷:《賷玉怨》,上海:国华书局,1914年。
漱六山房(张春帆):《自由女》,上海:三省轩,1914年。
李定夷:《定夷丛刊》(第2集),上海:国华书局,1915年。
白虚:《(社会小说)花蠹》,上海:文明书局,1915年。
海上漱石生(孙玉声)著,奭石等标点:《海上繁华梦(附续梦)》,上海:上海古籍出版社,1991年。
粟寄沧:《(哀情小说)白杨残梦》,上海:新中华书社,1916年。
烂柯山人(章士钊):《双枰记》,"中国近代文学大系"本,上海:上海书店,1992年。
老谈(谈善吾):《孝感记》,上海:甲寅杂志社,1916年。
姚鹓雏编:《春声》(第1集),上海:文明书局,1916年。
徐枕亚:《双鬟记》,上海:小说丛报社,1916年。
剑公编:《精选短篇小说》,上海:中华图书馆,1916年。
娄东邵拙庵:《薄命花》,上海:百新公司,1917年。
黄花奴著,燕颐校点:《杨花梦》,长春:吉林文史出版社,1988年。
海上警梦痴仙(孙家振):《海上十姊妹》,上海:文明书局,1917年。
蝶影楼主周湘笙女史:《(社会小说)帘外桃花记》,"香港正义书社”石印,1928年。
朱瘦菊:《(警世小说)此中人语》,上海:游戏书社,1917年。
路滨生编:《中国黑幕大观》,上海:中华图书集成公司,1918年。
王炳成:《评点清代演义》,上海:商务印书馆,1918年。
何海鸣:《海鸣说集》,上海:民权出版部,1918年。
饭牛亭长(史太昭)编:《女学生之百面观》,上海:南华书局,1918年。
波罗奢馆主人(胡寄尘)编:《中国女子小说》,上海:广益书局,1919年。
张枕绿:《绿窗泼墨》,上海:枕华出版部,1919年。
红叶:《(巾帼指南)十年游学记》,上海:交通图书馆,1920年。
杨尘因:《新华春梦记》,上海:泰东图书局,1920年第3版。
李伯通编著:《清朝全史演义》,上海:广益书局,1928年。
陶寒翠著,汤哲生点校:《民国艳史》,郑州:中原农民出版社,1993年。
网蛛生(平襟亚)著,王锳标点:《人海潮》,上海:上海古籍出版社,1991年。
张恨水:《春明外史》(第3集),上海:世界书局,1931年。
林纾著,林薇选注:《林纾选集(小说卷上)》,成都:四川人民出版社,1985年。

三 史料、笔记

朱有瓛主编:《中国近代学制史料》(第1辑下册,第2辑下册),上海:华东师范大学出版社,1986年、1989年。
陈学恂、田正平编:《中国近代教育史资料汇编·留学教育》,上海:上海教育出版社,2007年。
璩鑫圭、唐良炎编:《中国近代教育史资料汇编·学制演变》,上海:上海教育出版社,2007年。
曼昭、胡朴安著,杨玉峰、牛仰山校点:《南社诗话两种》,北京:

中国人民大学出版社,1996年。
苕溪生:《闺秀诗话》,上海:新民书局,1934年。
汪石庵编:《香艳集》,上海:广益书局,1913年。
阿英编:《晚清文学丛钞·小说戏曲研究卷》,北京:中华书局,1960年。
阿英编:《晚清文学丛钞·说唱文学卷》,北京:中华书局,1960年。
丁锡根编著:《中国历代小说序跋集》,北京:人民文学出版社,1996年。
虫天子(张廷华)编:《香艳丛书》,北京:人民文学出版社,1992年影印。
广东省立中山图书馆编:《旧粤百态:广东省立中山图书馆藏晚清画报选辑》,北京:中国人民大学出版社,2008年。
丁守和主编:《辛亥革命时期期刊介绍》(第4集),北京:人民出版社,1986年。
徐蜀、宋安莉编:《中国近代古籍出版发行史料丛刊》(第25册),北京:北京图书馆出版社,2003年。
中国现代美术全集编辑委员会编:《中国现代美术全集·年画1》,沈阳:辽宁美术出版社,1998年。
王智毅编:《周瘦鹃研究资料》,天津:天津人民出版社,1993年。
魏绍昌编:《鸳鸯蝴蝶派研究资料》,上海:上海文艺出版社,1984年。
芮和师等编:《鸳鸯蝴蝶派文学资料》,福州:福建人民出版社,1984年。
陈平原、夏晓虹编:《二十世纪中国小说理论资料》(第1卷),北京:北京大学出版社,1997年。
杨世骥:《文苑谈往》,上海:中华书局,1945年。
萧继宗主编:《革命人物志》(第15集),台北:中国国民党中央委员会党史委员会,1976年。

贺觉非编著:《辛亥武昌首义人物传》,北京:中华书局,1982 年。
湖北省志地方志编纂委员会编:《湖北省志人物志稿》,北京:光明日报出版社,1989 年。
孙宝瑄:《忘山庐日记》上海:上海古籍出版社,1983 年。
吴虞著,中国革命博物馆整理:《吴虞日记》,成都:四川人民出版社,1984 年。
恽代英著,中央档案馆等编:《恽代英日记》,北京:中共中央党校出版社,1981 年。
郑喜夫:《民国连雅堂先生横年谱》,台北:商务印书馆,1980 年。
霍有光、顾利民编:《南洋公学—交通大学年谱》,西安:陕西人民出版社,2002 年。
沈亦云:《亦云回忆》,台北:传记文学出版社,1980 年。
杨子烈:《张国焘夫人回忆录》,香港:自联出版社,1970 年。
杨步伟:《一个女人的自传》,长沙:岳麓书社,1987 年。
谢冰莹:《一个女兵的自传》,上海:良友图书印刷公司,1936 年。
屈映光:《屈巡按使巡视两浙文告》,北京:亚东制版印刷局,1915 年。
樊增祥著,那思陆、孙家红点校:《樊山政书》,北京:中华书局,2007 年。
郭延礼编:《秋瑾研究资料》,济南:山东教育出版社,1987 年。
柴德赓、荣孟源等编:《中国近代史资料丛刊·辛亥革命(七)》,上海:上海人民出版社,1957 年。
李文海主编:《民国时期社会调查丛编·底边社会》,福州:福建教育出版社,2005 年。
李又宁、张玉法主编:《近代中国女权运动史料(1842—1911)》,台北:龙文出版社,1995 年。
中华全国妇女联合会妇女运动历史资料室编:《中国近代妇女运动历史资料(1840—1918)》,北京:中国妇女出版社,1991 年。

葛元煦纂，仓山旧主（袁祖志）重修：《重修沪游杂记》，光绪十四年（1888）铅印。
寒灰编纂：《金刚卖国记》，北京：国民社，1919 年。
思绮斋（詹垲）：《花史》，上海：月月小说社，1907 年。
思绮斋（詹垲）：《花史续编》，上海：商务印书馆，1907 年。
桐城假老包（吴蔼航）：《燕京花史》，北京：北京派报社，1911 年。
汪了翁：《上海六十年花界史》，上海：时新书局，1922 年。
饭郎编辑：《沈佩贞》，北京：新华书社印刷，1915 年。
刘韵琴：《韵琴杂著》，上海：泰东图书局，1916 年。
周瘦鹃编：《香艳丛话》，上海：中华图书馆，1916 年。
喻血轮：《绮情楼杂记》，台北：文海出版社，1974 年。
包天笑：《钏影楼回忆录》，香港：大华出版社，1971 年。
包天笑：《钏影楼回忆录续编》，香港：大华出版社，1973 年。
郁慕侠：《上海鳞爪》，上海：上海书店出版社，1998 年。
陈伯熙编著：《上海轶事大观》，上海：上海书店出版社，2000 年。
刘禺生撰，钱实甫点校：《世载堂杂忆》，北京：中华书局，1960 年。
孙家振：《退醒庐笔记》，上海：上海书店出版社，1997 年。
徐珂：《清稗类钞》，北京：中华书局，1984 年。
孙文光编：《中国历代笔记选粹》，上海：华东师范大学出版社，1998 年。
郑逸梅：《南社丛谈》，上海：上海人民出版社，1981 年。
郑逸梅：《清末民初文坛轶事》，北京：中华书局，2005 年。
许指严：《新华秘记》，北京：中华书局，2007 年。
《常识大全》，上海：常识报馆，1928 年。
中国人民政治协商会议全国委员会文史资料研究委员会编：《辛亥革命回忆录》（第 1 集），北京：中华书局，1961 年。
中国人民政治协商会议全国委员会文史资料研究委员会编：

《辛亥革命回忆录》(第2集),北京:中华书局,1962年。
中国人民政治协商会议湖北省委员会编:《辛亥首义回忆录》(第3辑),武汉:湖北人民出版社,1980年。
中国人民政治协商会议湖北省委员会文史资料研究委员会:《湖北文史资料》(总第22辑),湖北法制报印刷厂印刷,1988年。
中国人民政治协商会议广东委员会文史资料研究委员会编:《广东辛亥革命史料》,广州:广东人民出版社,1981年。
浙江省辛亥革命史研究会、浙江省图书馆编:《辛亥革命浙江史料选辑》,杭州:浙江人民出版社,1981年。
中国人民政治协商会议上海市委员会文史资料工作委员会编:《文史资料选辑》(第27辑),上海:上海人民出版社,1979年。
上海市文史馆编:《旧上海的烟赌娼》,上海:百家出版社,1988年。
嵊县政协文史资料委员会编:《嵊县文史资料》(第8辑),1992年。
上海嘉定区政协:《嘉定文史资料》(第21辑),2003年。
中国人民政治协商会议江苏省常熟县委员会文史资料研究会编辑:《文史资料辑存》(第6辑),1966年。
中国人民政治协商会议江苏省暨南京市委员会文史资料研究委员会:《江苏文史资料选辑》(第18辑),南京:江苏古籍出版社,1986年。
中国人民政治协商会议云南省昆明市盘龙区委员会文史资料委员会编:《昆明市盘龙区文史资料选辑》(第4辑),1989年。
政协丹徒县文史资料研究委员会:《丹徒文史资料》(第4辑),1987年。
〔日〕宗方小太郎著,冯正宝译:《辛壬日记·一九一二年中国之政党结社》,北京:中华书局,2007年。

四 诗文

李伯元著,薛正兴主编:《李伯元全集》(第5册)南京:江苏古籍出版社,1997年。
陈三立著,李开军校点:《散原精舍诗文集》,上海:上海古籍出版社,2003年。
易顺鼎著,王飚校点:《琴志楼诗集》,上海:上海古籍出版社,2004年。
连横:《雅堂先生文集·余集》,台北:文海出版社,1974年。
林纾著,林薇选注:《林纾选集(文诗词卷)》,成都:四川人民出版社,1988年。
柳亚子著,中国革命博物馆编:《磨剑室诗词集》,上海:上海人民出版社,1985年。
忏绮盦主人(廖恩焘):《嬉笑集》,1924年刻本。
《最新时调秋集》,上海:沈鹤记书局石印,出版时间不详。
雷瑨辑:《古今滑稽文选》,上海:扫叶山房,1926年。
孙殿起辑、雷梦水编:《北京风俗杂咏》,北京:北京古籍出版社,1982年。
褚问鹃:《寸草心》,广州:粤秀出版社,1947年。
谢冰莹等著:《女作家自传选集》,重庆:耕耘出版社,1945年。
杨绛:《将饮茶》,北京:三联书店,1987年。

五 论著

郑玄注,孔颖达正义,吕友仁整理:《礼记正义》,上海:上海古籍出版社,2008年。
孙诒让撰,王文锦、陈玉霞点校:《周礼正义》,北京:中华书局,1987年。
鲁迅:《鲁迅全集》(第1、4、9卷),北京:人民文学出版社,2005年。

周作人著,钟叔河编:《周作人文类编》(第5、7册),长沙:岳麓书社,1998年。

阿英:《阿英全集》(第6卷),合肥:安徽教育出版社,2003年。

马君武著、莫世祥编:《马君武集》,武汉:华中师范大学出版社,1991年。

高铦、高锌、谷文娟编:《高燮集》,北京:中国人民大学出版社,1999年。

章士钊:《章士钊全集》(第8卷),上海:文汇出版社,2000年。

胡适著,欧阳哲生编:《胡适文集》(第9卷),北京:北京大学出版社,1998年。

江亢虎:《江亢虎博士演讲录》(第1、2集),上海:南方大学出版部,1923年。

江亢虎:《江亢虎文存初编》,上海:现代印书馆,1944年。

陈天华著,刘晴波、彭国兴编校:《陈天华集》,长沙:湖南人民出版社,1982年。

陈望道著,复旦大学语言研究室编辑:《陈望道文集》(第1卷),上海:上海人民出版社。

章克标:《文苑草木》,上海:上海书店出版社,1996年。

秋瑾著,郭长海、郭君兮辑注:《秋瑾全集笺注》,长春:吉林文史出版社,2003年。

严复著,王栻主编:《严复集》(第3册),北京:中华书局,1986年。

苏曼殊著,马以君编注:《苏曼殊文集》,广州:花城出版社,1991年。

闻一多著,李定凯编校:《闻一多学术文钞·诗经研究》,成都:巴蜀书社,2002年。

荣德生:《荣德生文集》,上海:上海古籍出版社,2002年。

邓嗣禹:《中国考试制度》,长春:吉林出版集团有限责任公司,2011年。

舒新城:《近代中国教育思想史》,上海:中华书局,1932年。
王伦信:《清末民国时期中学教育研究》,上海:华东师范大学出版社,2002年。
阿英:《晚清小说史》,上海:商务印书馆,1937年。
阿英:《小说闲谈》,上海:上海古籍出版社,1985年。
陈军:《文类基本问题研究》,北京:北京大学出版社,2013年。
陈平原:《当代中国人文观察》,北京:人民文学出版社,2004年。
陈平原:《二十世纪中国小说史(第1卷)》,北京:北京大学出版社,1989年。
陈平原:《文学史的形成与建构》,南宁:广西教育出版社,1999年。
陈平原等著:《教育:知识生产与文学传播》,合肥:安徽教育出版社,2007年。
陈晓明:《思亦邪》,济南:山东友谊出版社,2006年。
杜贵晨:《传统文化与古典小说》,保定:河北大学出版社,2001年。
范伯群:《中国现代通俗文学史(插图本)》,北京:北京大学出版社,2007年。
黄锦珠:《晚清小说中的"新女性"研究》,台北:文津出版社,2005年。
李东芳:《从东方到西方——20世纪中国大陆留学生小说研究》,北京:中国文联出版社,2006年。
李建军:《小说的纪律:基本理念与当代经验》,南京:江苏文艺出版社,2009年。
李楠:《晚清民国时期的上海小报》,北京:人民文学出版社,2006年。
梁晓萍:《明清家族小说的文化与叙事》,天津:南开大学出版社,2008年。
南帆:《敞开与囚禁》,济南:山东教育出版社,1999年。

南帆等:《文学理论基础》,北京:北京大学出版社,2008 年。
欧阳健:《晚清小说史》,杭州:浙江古籍出版社,1997 年。
齐裕焜、陈惠琴:《中国讽刺小说史》,沈阳:辽宁人民出版社,1993 年。
童庆炳:《文体与文体的创造》,昆明:云南人民出版社,1994 年。
王德威:《现代中国小说十讲》序,上海:复旦大学出版社,2003 年。
吴承学:《中国古代文体形态研究》,广州:中山大学出版社,2000 年。
谢晓霞:《〈小说月报〉1910—1920:商业、文化与未完成的现代性》,上海:三联书店,2006 年。
殷国明:《女性诱惑与大众流行文化》,上海:华东师范大学出版社,2008 年。
游友基:《中国社会小说通史》,南京:江苏教育出版社,1999 年。
张蕾:《"故事集缀"型章回体小说研究》,北京:北京大学出版社,2012 年。
朱寿桐主编:《汉语新文学通史》,广州:广东人民出版社,2010 年。
夏晓虹:《觉世与传世——梁启超的文学道路》,北京:中华书局,2006 年。
夏晓虹:《晚清文人妇女观》,北京:作家出版社,1995 年。
夏晓虹:《诗界十记》,杭州:浙江文艺出版社,1991 年。
夏晓虹:《晚清女性与近代中国》,北京:北京大学出版社,2004 年。
夏晓虹:《晚清社会与文化》,武汉:湖北教育出版社,2001 年。
夏晓虹:《阅读梁启超》,北京:三联书店,2006 年。
胡晓真:《才女彻夜未眠——近代中国女性叙事文学的兴起》,北京:北京大学出版社,2008 年。
李奇志:《清末民初思想和文学中的"英雌"话语》,武汉:湖北教育出版社,2006年。。
乔以钢:《中国女性与文学:乔以钢自选集》,天津:南开大学出版社,2004年。
王引萍:《明清小说女性研究》,银川:宁夏人民出版社,2007年。
薛海燕:《近代女性文学研究》,北京:中国社会科学出版社,2004年。
张宏生编:《明清文学与性别研究》,南京:江苏古籍出版社。
张莉:《浮出历史地表之前:中国现代女性写作的发生》,天津:南开大学出版社,2010年。
陈东原:《中国妇女生活史》,上海:商务印书馆,1937年。
金天翮著,陈雁编校:《女界钟》,上海:上海古籍出版社,2003年。
罗苏文:《女性与近代中国社会》,上海:上海人民出版社,1996年。
邵雍:《中国近代妓女史》,上海:上海:上海人民出版社,2005年。
谈社英:《中国妇女运动通史》,南京:妇女共鸣社,1936年。
周一川:《近代中国女性日本留学史(1872—1945年)》,北京:社会科学文献出版社,2007年。
徐天啸编撰:《神州女子新史续编》,上海:神州图书局,1913年。
胡道静:《上海新闻事业之史的发展》,上海:上海通志馆,1935年。
贾树枚主编:《上海新闻志》,上海:上海社会科学院出版社,2000年。
程绪珂、王焘主编:《上海园林志》,上海:上海社会科学院出版社,2000年。
李长莉:《晚清上海社会的变迁——生活与伦理的近代化》,天津:天津人民出版社,2002。
柳无忌、殷安如编:《南社人物传》,北京:社会科学文献出版社,

2002 年。
柳亚子著，柳无忌编：《南社纪略》，上海：上海人民出版社，1983 年。
桑兵：《晚清学堂学生与社会变迁》，桂林：广西师范大学出版社，2007 年。
张树年：《我的父亲张元济》，天津：百花文艺出版社，2006 年。
邹鲁：《中国国民党史稿》，上海：商务印书馆，1947 年。
〔法〕安克强著，袁燮铭、夏俊霞译：《上海妓女——19—20 世纪中国的卖淫与性》，上海：上海古籍出版社，2004 年。
〔美〕高彦颐著，李志生译：《闺塾师：明末清初江南的才女文化》，南京：江苏人民出版社，2005 年。
〔美〕凯瑟琳·巴里著，晓征译：《被奴役的性》，南京：江苏人民出版社，2000 年。
〔美〕王德威著，宋伟杰译：《被压抑的现代性——晚清小说新论》，北京：北京大学出版社，2005 年。
〔日〕樽本照雄：《清末小说研究集稿》，济南：齐鲁书社，2006 年。
〔法〕弗兰克·埃夫拉尔著，谈佳译：《杂闻与文学》，天津：天津人民出版社，2003 年。
〔美〕布斯（Booth，W. C.）著，华明等译：《小说修辞学》，北京：北京大学出版社，1987 年。
〔美〕丹尼尔·贝尔著，赵一凡、蒲隆、任晓晋译：《资本主义文化矛盾》，北京：三联书店，1989 年。
〔美〕雷·韦勒克、奥·沃伦著，刘象愚等译：《文学理论》，北京：三联书店 1984 年。
〔苏〕巴赫金著，白春仁、顾亚铃译：《陀思妥耶夫斯基诗学问题》，北京：三联书店，1988 年。
〔英〕格兰特（Neil Grant）著，乔和鸣等译：《文学的历史》，太原：希望出版社，2003 年 。

六　工具书

胡文楷编著，张宏生等增订：《历代妇女著作考》(增订本)，上海：上海古籍出版社，2008年。

姚佐绶等编：《中国近代史文献必备书目(1840—1919)》，北京：中华书局，1996年。

马学新等主编：《上海文化源流辞典》，上海：上海社会科学院出版社，1992年。

曲彦斌、徐素娥编著：《中国秘语行话词典》，北京：书目文献出版社，1994年。

上海图书馆编：《中国近代期刊篇目汇录》，上海：上海人民出版社，1965—1984年。

北京图书馆编：《民国时期总书目(1911—1949)：文学理论·世界文学·中国文学》，北京：书目文献出版社，1992年。

江苏省社科院明清小说研究中心、文学研究所编：《中国通俗小说总目提要》，北京：中国文联出版公司，1990年。

刘永文：《晚清小说目录》，上海：上海古籍出版社，2008年。

马良春、李福田主编：《中国文学大辞典》，天津：天津人民出版社，1991年。

中国社会科学院文学研究所编：《中国长篇小说辞典》，兰州：敦煌文艺出版社，1991年。

〔日〕樽本照雄：《(新编增补)清末民初小说目录》，济南：齐鲁书社，2002年。

七　论文

陈大康：《〈民立报〉与小说有关编年》，《明清小说研究》，2010年第1期。

陈大康：《〈新小说〉出版时间辨》，《华东师范大学学报》(哲学社会科学版)，2009年第2期。

陈大康:《〈中国通俗小说总目提要〉“未见”条目之补遗》,《明清小说研究》,2013 年第 1 期。
陈太胜:《走向文化诗学的中国现代诗学》,《文学评论》,2001 年第 6 期。
盛宁:《历史·文本·意识形态——新历史主义的文化批评和文学批评刍议》,《北京大学学报》(哲学社会科学版),1993 年第 5 期。
冯鸽:《清末新小说中的“女豪杰”》,《中山大学学报》(社会科学版),2009 年第 2 期。
郭延礼:《20 世纪初中国女性文学四大作家群体考论》,《文史哲》,2009 年第 4 期。
侯杰:《文本分析与中国近现代性别史研究》,《郑州大学学报》,2009 年第 2 期。
黄森学:《“黑幕小说”研究(之一)》,《黄石教育学院学报》,2003 年第 4 期。
李萌昀:《论古代小说中故事场景的文化含义——以“客店场景”为例》,《明清小说研究》,2009 年第 3 期。
李萌昀:《男性想象中的“国女革命”——论晚清小说〈女娲石〉》,《沈阳师范大学学报》(社会科学版),2009 年第 5 期。
刘慧英:《20 世纪初中国女权启蒙中的救国女子形象》,《中国现代文学研究丛刊》,2002 年第 2 期。
马勤勤:《〈香艳杂志〉出版时间考述》,《汉语言文学研究》,2013 年第 3 期。
欧阳健:《〈十年游学记〉非晚清小说》,《明清小说研究》,1988 年第 2 期。
潘建国:《古代小说边缘人物的双重属性及文体意义》,《北京大学学报》(哲学社会科学版),2009 年第 3 期。
秦燕春:《青楼传奇:秦淮记忆的晚清命运》,《文艺研究》,2007 年第 2 期。

萧相恺:《未见著录的三部新〈聊斋志异〉考》,中国社会科学院文学研究所中国古代小说研究中心编:《中国古代小说研究》(第2辑),北京:人民文学出版社,2006年。

谢仁敏:《晚清〈新世界小说社报〉出版时间、主编考辨》,《明清小说研究》,2009年第4期。

杨联芬:《晚清女权话语与民族主义》,《励耘学刊》(第5辑),北京:学苑出版社,2007年。

杨联芬:《五四社交公开运动中的性别矛盾与恋爱思潮》,陈平原主编:《现代中国》(第10辑),北京:北京大学出版社,2008年。

杨照:《隐私与文学》,《联合文学》,第15卷第11期,1999年9月。

叶楚炎:《科举与女性——以明中期至清初的通俗小说为中心》,《首都师范大学学报》(社会科学版),2009年第6期。

张军、裘思乐:《〈黄萧养回头〉作者为欧榘甲考——兼论欧榘甲在前期〈新小说〉作者群中的重要地位》,《戏剧艺术》,2009年第1期。

杨联芬:《20世纪初中国的女权话语与文学中的女性想象》,《海南师范学院学报》,2004年第2期。

傅德元:《刘成禺主要著述史实考订》,《历史研究》,2006年第3期。

郭松义:《清代人口问题与婚姻状况的考察》,《中国史研究》,1987年第3期。

范沛潍:《清末癸卯甲辰科会试述论》,《历史档案》,1993年第3期。

何玲:《1903年汴城会试论略》,《教育史研究》,2003年第4期。

黄锦珠:《邵振华及〈侠义佳人〉》,《清末小说》,第30号,2007年12月。

黄湘金:《贵胄女学堂考论》,《北京社会科学》,2009年第3期。

黄新宪:《蓝鼎元的教育观探略》,《河北师范大学学报》(教育科学版),2004 年第 1 期。

黄彦:《中国社会党述评》,《近代中国》(第 14 辑)上海:上海社会科学院出版社,2004 年。

季家珍:《女性教育中的文化与文本传播:历史情境中的 20 世纪早期女性课本》,《法国汉学》(第 8 辑),北京:中华书局,2003 年。

李细珠:《性别冲突与民初政治民主化的限度——以民初女子参政权案为例》,《历史研究》,2005 年第 4 期。

畲丽芬:《近代女知识分子与辛亥革命》,《浙江社会科学》,1991 年第 5 期。。

沈祖安:《拼把头颅换凯歌——从秋瑾的诗文看她的革命思想》,《杭州大学学报》,1979 年第 1—2 期。

夏晓虹:《“英雌女杰勤揣摩”——晚清女性的人格理想》,《文艺研究》,1995 年第 6 期。

夏晓虹:《从父母专婚到父母主婚——晚清的婚姻自由》,《读书》,1999 年第 1 期。

夏晓虹:《彭寄云女史小考》,《中国现代文学研究丛刊》,2001 年第 3 期。。

夏晓虹:《秋瑾之死与晚清的“秋瑾文学”》,《山西大学学报》(哲学社会科学版),2004 年第 2 期。

夏晓虹:《吴孟班:过早谢世的女权先驱》,《文史哲》,2007 年第 2 期。

游鉴明:《导言》,《近代中国妇女史研究》,第 15 期,“传记文类与女性书写”专号,2007 年。

柏文蔚:《五十年经历》,《近代史资料》(第40 号),北京:中华书局,1979 年。

张克明:《民国时期北京地区禁书览要》,《北京出版志》(第 4 辑),北京:北京出版社,1994 年。

赵立彬、李瑾:《辛亥革命时期上海女子军事团体源流考》,《史林》,2006 年第 1 期。

中国第一历史档案馆:《清末金韵梅任教北洋女医学堂史料》,《历史档案》,1999 年第 4 期。

陈湘涵:《寻觅良伴:近代中国的征婚广告(1912—1949)》,台湾清华大学历史研究所硕士论文,2009 年。

史全水:《邹弢:一个被忽视的近代重要作家》,复旦大学中文系硕士论文,2009 年。

赵娟:《中国近现代教育小说研究》,河北大学教育学院博士论文,2011 年。

〔日〕服部繁子著,郑云山译,李延善校:《回忆秋瑾女士》,中国社会科学院近代史研究所编:《国外中国近代史研究》(第 8 辑),北京:中国社会科学出版社,1985 年。

〔日〕神谷まり子:《黒幕小説の女性像について—『中国黒幕大観』》,《野草》,第 83 期,2009 年 2 月。

学术史丛书

中国禅思想史　葛兆光　著
——从6世纪到9世纪
士大夫政治演生史稿　阎步克　著
中国文学研究现代化进程　王　瑶主编
中国现代学术之建立　陈平原　著
——以章太炎、胡适之为中心
陈寅恪先生史学述略稿　王永兴　著
明清之际士大夫研究　赵　园　著
儒学南传史　何成轩　著
西潮激荡下的晚清地理学　郭双林　著
中国文学研究现代化进程二编　陈平原主编
文学史的权力　戴　燕　著
《齐物论》及其影响　陈少明　著
文学史书写形态与文化政治　陈国球　著
晚清女性与近代中国　夏晓虹　著
北京:都市想像与文化记忆　陈平原　王德威　编
中国民间文学研究的现代轨辙　陈泳超　著
触摸历史与进入五四　陈平原　著
制度・言论・心态　赵　园　著
——《明清之际士大夫研究》续编
近代中国的百科辞书　陈平原　米列娜　主编
清末民初的晚明想象　秦艳春　著
德语文学研究与现代中国　叶　隽　著
作为学科的文学史　陈平原　著
儒学转型与文化新命　彭春凌　著
——以康有为、章太炎为中心(1898—1927)
政教存续与文教转型　陆　胤　著
——近代学术史上的张之洞学人圈

世运推移与文章兴替　王　风　著
　　——中国近代文学论集
晚清文人妇女观　夏晓虹　著
晚清女子国民常识的建构　夏晓虹　著
* 文化制度和汉语史　〔日〕平田昌司　著
* 现代中国述学文体　陈平原　著

文学史研究丛书

中国现代主义诗潮史论　孙玉石　著
小说史:理论与实践　陈平原　著
上海摩登　〔美〕李欧梵　著　毛　尖　译
　　——一种新都市文化在中国 1930—1945
北京:城与人　赵　园　著
中国小说叙事模式的转变　陈平原　著
晚清至五四:中国文学现代性的发生　杨联芬　著
词与文类研究　〔美〕孙康宜　著　李奭学　译
二十世纪中国文学三人谈·漫说文化
　钱理群　黄子平　陈平原　著
唐代乐舞新论　沈　冬　著
文学复古与文学革命　〔日〕木山英雄　著　赵京华　译
鲁迅·革命·历史　〔日〕丸山昇　著　王俊文　译
　　——丸山昇现代中国文学论集
鲁迅、创造社与日本文学
　〔日〕伊藤虎丸　著　孙　猛　徐　江　李冬木　译
被压抑的现代性　〔美〕王德威　著　宋伟杰　译
　　——晚清小说新论
汉魏六朝文学新论　梅家玲　著
　　——拟代与赠答篇

重建美国文学史　单德兴　著
明代复古派唐诗论研究　陈国球　著
新文学现实主义的流变　温儒敏　著
丰富的痛苦　钱理群　著
　　——堂吉诃德与哈姆雷特的东移
大小舞台之间　钱理群　著
　　——曹禺戏剧新论
地之子　赵　园　著
《野草》研究　孙玉石　著
中国祭祀戏剧研究　〔日〕田仲一成　著　布　和　译
韩南中国小说论集　〔美〕韩　南　著
才女彻夜未眠　胡晓真　著
　　——近代中国女性叙事文学的兴起
中国现代小说的起点　陈平原　著
　　——清末民初小说研究
朱有燉的杂剧　〔美〕伊维德　著　张惠英　译
后殖民理论　赵稀方　著
耻辱与恢复　〔日〕丸尾常喜　著　张中良　孙丽华　编译
　　——《呐喊》与《野草》
鲁迅与中国现代文学批评　陈方竞　著
鲁迅:中国“温和”的尼采　张钊贻　著
左翼文学的时代　王　风　〔日〕白井重范　编
　　——日本“中国三十年代文学研究会”论文选
中国戏剧史　〔日〕田仲一成　著　布　和　译
上海抗战时期的话剧　邵迎建　著
屈原及其诗歌研究　常　森　著
鲁迅:无意识的存在主义　〔日〕山田敬三　著　秦　刚　译
情与忠:陈子龙、柳如是诗词姻缘　〔美〕孙康宜　著　李奭学　译
知识与抒情　张　健　著
　　——宋代诗学研究
唐代传奇小说论　〔日〕小南一郎　著　童　岭　译
临水的纳蕤思:中国现代派诗歌的艺术母题　吴晓东　著

美人与书　　魏爱莲　著

——19 世纪中国的女性与小说

史事与传奇　　黄湘金　著

——清末民初小说内外的女学生

* 物质技术视阈中的文学景观　　潘建国　著

——近代出版与小说研究

* 屈原及楚辞学论考　　常　森　著

其中画 * 者即将出版。